Paula Fox

KALIFORNISCHE JAHRE

Paula Fox

KALIFORNISCHE JAHRE

Roman

Aus dem Englischen
übersetzt von Susanne Röckel

Verlag C.H.Beck

Titel der Originalausgabe:
The Western Coast, erschienen bei
Harcourt Brace Jovanovich in New York

ISBN 3 406 47152 8

2. Auflage 2001
Für die deutsche Ausgabe

www.beck.de
Gesamtherstellung: Kösel, Kempten
Gedruckt auf säurefreiem, alterungsbeständigem Papier
(hergestellt aus chlorfrei gebleichtem Zellstoff)
Printed in Germany

In Erinnerung an
Amos Elwood Corning
und für
Max Markowitz und
Sara Chermayeff

«... unsere Existenz ist in jedem Augenblick und in erster Linie das Bewußtsein dessen, was uns möglich ist.»

Ortega y Gasset

Teil 1
DER KONGRESS

1

Selbst an den eisigsten Nachmittagen marschierte im Winter 1939 ein Mann, der weder Mantel noch Hut trug, die Straße zum Claremont Inn hinauf, hielt dort inne, um in aufrechter Haltung vor dem alten Bauwerk zu salutieren, und ging mit großen Schritten weiter in Richtung Grant's Tomb. Oft blies vom Hudson River ein rauher Wind herüber und wirbelte körnigen Schnee von einer grau werdenden Kruste auf, die täglich schrumpfte und härter wurde, als ob sie den Boden in sich aufnähme, den sie bedeckte. In der winterlichen Klarheit der Luft schien von dem Mann, dessen weites Hemd sich um seine Taille und die magere Brust bauschte, ein besonderes, fahles Licht auszugehen.

Für die meisten Studenten im International Hostel auf der anderen Straßenseite war der Mann ein nebensächliches Objekt in dieser gefrorenen Landschaft. Die älteren Bewohner schenkten ihm selten ihre Aufmerksamkeit, wenn sie im Lese- und Besuchszimmer, dessen Fenster auf den Riverside Drive gingen, die Zeitschriften durchsahen. Neue Studenten oder ihre Gäste, die von dem exzentrischen, halbnackten Marschierer gehört oder ihn vor ihrem eiligen Eintritt ins Foyer flüchtig auf der Straße gesehen hatten, blieben an den Fenstern stehen und machten sich Gedanken über seine Lebensumstände, sein peinliches und wunderliches Äußeres.

Was sagte er wohl zu sich selbst? Seine Lippen bewegten sich ständig in stummer Rede. Von Zeit zu Zeit streckte er die Arme aus und drehte sich langsam im Kreis, dann neigte er sich wie ein biegsamer Wipfel, um sich schließlich wieder gerade hinzustellen, den dunklen Palisades jenseits des Flusses zugewandt.

Wenn jemand über den Mann lachte, war es gewöhnlich ein Schweizer, der von seinen Kursen für angehende Hoteliers an der Columbia University ein paar Straßen südlich des Wohnheims zurückkehrte. «Lach nicht!» sagte dann ein spanischer Student streng, um gleich einen eigenen ironischen Kommentar über die obskuren Rituale des Mannes hinzuzufügen.

Einen Tag nach Weihnachten öffnete ein Japaner die Tür zum Leseraum und ging, als er das Schachspiel bemerkte, dem sich zwei Chinesen in einer Ecke hingaben, sofort wieder hinaus. Jemand lachte. Mehta, einer der Inder aus Neu-Delhi, der am Fenster gestanden und gesehen hatte, wie der Mann vor dem Claremont Inn salutierte, drehte sich um und erklärte, an den Raum im allgemeinen gerichtet: «Es war Kampfgas, bestimmt. Ich habe etwas gelesen über euren Krieg ... viel gelesen.»

Walter Vogel, ein Schauspieler ohne Engagement, seit es, jetzt schon einige Monate, das Federal Theater Project nicht mehr gab, haßte den Inder, der einmal lächelnd zu ihm gesagt hatte: «Walter, du bist wie eine Schlange, die die kleinen Eier der Vögel frißt», was sich auf Walters ständige Anbändelversuche in der Cafeteria des Wohnheims bezog.

«Ach, Indien ...», sagte Walter und hielt Mehta die Titelseite seines *Daily Worker* vor die Nase. Er mochte überhaupt keine Inder, mit ihren geliehenen Stimmen und ihren Frauen, die seiner Vorstellung nach nicht anders aussahen, wenn sie sich hinlegten, als wenn sie standen.

«Kampfgas mit Phosphor oder Chlor», fuhr Mehta fort, indem er sich jetzt an einen indischen Freund wandte. «Sie haben es bei Ypres benutzt, die Deutschen. Aber die *Alliierten*, so hießen sie», der Freund lächelte, «fanden heraus, daß es sich lohnte, Gasmasken zu benutzen, und *natürlich* setzten sie selbst Gas ein. Die Franzosen hatten Gasgranaten. Interessant, nicht?»

«Der Westen ist sehr erfinderisch», sagte Mehtas Freund. «In Indien sind wir natürlich nicht so entwikkelt.»

«Wie großartig von euch», sagte Hannibal Salazar. «Meinst du nicht, Walter, daß Indien großartig ist?»

Walter setzte sich, ohne zu antworten, und fuhr fort, seine Zeitung zu lesen. Hannibal blickte zum Fenster, wo das Mädchen stand, das Walter mitgebracht hatte und noch immer hinaussah. Er ging zu ihr.

«Ein weggeworfenes Ding», sagte Hannibal weich. «Dieser Mann ...»

«Wie hält er das aus?» fragte das Mädchen, dessen Gesicht fast die Scheibe berührte. «Die Kälte ... Es ist sogar hier drinnen kalt.»

«Der Wind ist dort oben immer so schlimm», sagte Hannibal. «Aber vielleicht spürt er ihn nicht in seinem Wahn. Ich leide so sehr unter diesem schrecklichen Wetter.» Er sah an seinem kurzen, stämmigen Körper hinab. «Das Klima erklärt vielleicht die vielen gefühllosen Menschen, die ihr in diesem Land habt.»

«Ich fahre morgen nach Kalifornien», sagte sie. «Dort ist es warm.» Dann, während ihr konzentrierter Blick dem stockenden Gang des Mannes zurück zum Riverside Drive folgte, sagte sie: «Oh, er muß die Kälte spüren!» Einige Augenblicke später verlor sich der Mann in der frühen Dezemberdämmerung. Hannibal berührte ihren Arm: «Komm, wir gehen. Es ist zu kalt hier. Wie heißt du? Walter ist sehr unhöflich, daß er mir deinen Namen nicht gesagt hat.»

«Annie», antwortete sie, immer noch angestrengt aus dem Fenster sehend. «Hat er etwas, wo er hingehen kann? Sein Kopf sah kahlgeschoren aus, völlig kahl. Kümmert sich niemand um ihn?»

Walter war zu ihnen getreten, die zusammengelegte Zeitung unter dem Arm. Hannibal sah zu ihm, dann zu dem Mädchen. Sie war jung, wie alle Mädchen, die Walter hatte. Ihre Kleider waren so schäbig. Wie gerne würde er ihren jungen Hals küssen! Aber er konnte Mädchen nur zum Lachen bringen. Sie mochten seine Witze, und wenn sie lachten, mitten in ihrem Gelächter, konnte er ihre Arme und Hände berühren, ihr Haar, und sie erlaubten es ihm, als Bezahlung, wie er vermutete.

«Niemand kümmert sich um irgend jemanden», sagte Walter. «Das ist die Krankheit der kapitalistischen Gesellschaft.»

«Aber kann ihm nicht jemand einen Mantel geben?» fragte Annie.

«Ach, komm, Baby. Geh vom Fenster weg. Wenn du glaubst, es geht ihm schlecht, solltest du mal die Amputierten in den Veteranenkrankenhäusern sehen.»

«Ja», sagte Hannibal, seine dicken, sauberen Hände reibend. «Laßt uns hier verschwinden und in dieser gräßlichen Cafeteria einen Kaffee trinken. Es gibt eine unglaubliche Geschichte, Walter, über Alberto und seine zwei chinesischen Mädchen ...»

Walter sagte: «Nein. Ich möchte mit dir über das Komitee für die spanischen Flüchtlinge sprechen.»

«Ich werde nichts über spanische Komitees sagen», sagte Hannibal. «Morgen vielleicht. Nicht heute abend.»

Die Inder waren gegangen. Die Schachspieler saßen schläfrig über ihr Brett gebeugt, auf dem nur noch ein schwarzer König und sein Bauer und zwei weiße Läufer und der weiße König übrig waren.

Als Walter auf die Tür zuging, öffnete sie sich, und ein Junge von sechzehn oder siebzehn betrat den Raum, durchquerte ihn und blieb neben dem großen Klavier stehen. Er wandte die Augen ab, als die beiden Männer und das Mädchen an ihm vorbeikamen. Walter bedachte ihn mit einem leicht geringschätzigen Blick. Als er sah, daß Annie stehengeblieben war, um den Jungen anzusehen, ergriff er mit beiden Händen ihren Arm und schüttelte sie. «Hör auf, Leute anzustarren!» sagte er laut. «Hör auf zu träumen!»

Hannibal berührte Annies Haar und seufzte. «Wie erträgst du es nur mit so einem Rohling?» fragte er und nahm der Beleidigung mit einem Lachen die Spitze.

Als die Tür sich schloß, setzte sich der Junge auf den Klavierhocker und begann, die Anfangsakkorde der *Cathédrale engloutie* zu spielen. Er berührte leicht die Tasten, beugte sich tief über seine Hände, als fürchtete er, die Aufmerksamkeit der Schachspieler in der Ecke auf sich zu ziehen.

2

«Wie kann es einen Anfang geben?» fragte Fern. «Du wirst in jemandes Leben hineingeboren. Du wirst mitgeschleppt, du bist ein Nichts, Treibgut. Meine erste unabhängige Handlung, mein erster echter Anfang war der Eintritt in die Partei.»

Max schloß das Buch, aus dem er laut vorgelesen hatte, und legte es zwischen sie beide auf den Vordersitz. Ferns Fahrweise, furchteinflößend im Stadtverkehr von Los Angeles, fiel hier, auf der Landstraße, kaum noch ins Gewicht. Er hatte sie zweimal gebeten, nicht dauernd auf die Bremse zu treten. Ihre kurzfingrigen, weiß behandschuhten Hände ruhten mit jener ängstlichen Ehrfurcht vor jeglicher Art von Maschine auf dem Lenkrad, die er insgeheim als weiblich charakterisierte. Männlicher Chauvinismus, vermutete er. Doch von den Handschuhen fühlte er sich berührt. Sie trug sie, weil es sich so gehörte, wie Frauen in der Kirche Handschuhe trugen – die Hände vor Gott versteckt.

«Was sagt er?» fragte sie gereizt und stieß ihren Finger auf das Buch. «Daß seine Geburt das erste Unglück war, das ihm widerfuhr? Sentimentalität!»

«Weil es seine Mutter das Leben kostete», sagte Max.

«Womöglich war das sein erstes Glück», entgegnete sie scharf.

«Nimm den Fuß von der Bremse.»

Der eigensinnige Fuß hob sich widerwillig.

«Brich aus, wenn du kannst – wenn du wirklich kannst», sagte sie. «Ich hab's noch nicht geschafft. Letzte Woche war ich in Redlands. Kaum bin ich da, fängt meine Mutter mit dem Erdbeben an. Das ist elf Jahre her. Dann das ermordete Kind, dem jemand den Kopf in den Schulranzen gestopft hat, und das ist sieben Jahre her. Ein Erdbeben und ein Mord! Das ist meine harmlose kleine bourgeoise Mama! Alles, um mich davon abzuhalten, daß ich rede! Ich habe die Lager der spanischen Flüchtlinge in Frankreich nur *erwähnt,* und schon fängt sie an zu zittern. Ich konnte *sehen,* wie ihre Finger zitterten, und mein Vater ging raus in den Hof, um mit seinem verdammten Zitronenbaum zu spielen! Aber, o Gott! Ich falle in dieselben alten Rituale zurück. Ich räume nach dem Abendessen den Tisch ab, als würde ich eine Goldmedaille dafür kriegen. Denkst du, wir könnten am Tisch sitzen und ein richtiges, ernstes Gespräch führen? Nein! Joan Crawford hat sich wieder scheiden lassen oder hat wieder geheiratet oder sonst was. Mein Magen ist ruiniert. Ich habe versucht, meine Mutter davon abzuhalten, meiner kleinen Nichte dieses entsetzliche Gebet beizubringen – sie ist erst zwei –, kennst du dieses Gebet? ‹Wenn ich mich zum Schlafen lege, hüte, Gott, all meine Wege, wenn ich vor dem Morgen scheide, laß –›»

«Da vorn ist jemand. Siehst du? Am Baum», sagte Max. «Fern, hör auf, dich wegen deiner Familie zu quälen. Jeder hat eine.»

«Das ist meine Schwäche. Ich kann nicht aufhören, über sie nachzudenken.»

«Ich dachte schon, ich hätte dich abgelenkt», sagte er.

Sie sah auf das Buch.

«Mit dem da?» fragte sie höhnisch. «Diese ganze angeborene Güte des Menschen? Zurück zur Natur?»

«Das ist eine dumme Vereinfachung», sagte Max. «Was du ansprichst, gehörte zu einem Argument in einem seiner Essays. Du solltest genauer sein. Er meinte nicht, daß die Gesellschaft zurückkehren könne zu einem Stadium von natürlicher Unschuld. Hat dir nicht einmal die kleine Geschichte von dem Nußbaum gefallen?»

«Ich war nie im geringsten an Rousseau interessiert», sagte sie mit deutlichem Tadel. «Es gibt für mich zu viele wichtige Dinge zu lesen.»

In Max tauchte plötzlich ein Bild auf – er selbst, die Hände um Ferns Hals gelegt, ein-, zweimal zugedrückt, nichts weiter. Aber das gehörte zu seinem eigenen fragwürdigen bourgeoisen Hintergrund, dieses tiefe Gefühl von Verletzung, das er so oft empfand, wenn seine Genossen prahlerisch oder wütend Schriftsteller ablehnten, die er heimlich bewunderte, die in seiner Jugend seine geistige Nahrung gewesen waren. Doch die Genossen hatten natürlich recht. Es gab wichtigere Dinge, über die man heute nachzudenken hatte, die das Handeln bestimmten. Später würde es Zeit genug geben.

«Es ist ein Mädchen!» rief er aus. «Was macht sie dort? Die nächste Stadt ist Stunden entfernt.»

«Sie hat wahrscheinlich einen Spaziergang gemacht und sich hingesetzt, um zu verschnaufen», sagte Fern und beschleunigte etwas.

«Langsamer», verlangte Max. «Bitte, Fern. Halt an.»

Er ergriff ihren Arm, spürte, daß es sie weitertrieb, daß sie nichts damit zu tun haben wollte. Sie schnitt eine Grimasse, fuhr aber an den Rand und hielt an, ein paar Meter von dem bewegungslosen Mädchen entfernt, das tatsächlich zu schlafen schien, mit dem Rücken gegen den Baum gelehnt, die Augen geschlossen.

Einige Augenblicke herrschte Schweigen zwischen Fern und Max in der plötzlichen Stille des heißen Autos. Fern sah nicht zu dem Mädchen hin; ihre Augen waren auf die Straße vor ihr gerichtet. Ihre Gedanken – Max wußte es – wanderten zu den Genossen, wie sie sich zwischen den gelben Klappstühlen hindurchschlängelten, die bei dem Kongreß aufgestellt wurden, kraftlose, aber hartnäckig wiederkehrende Gedanken.

Er hatte Abschnitte aus dem ersten Buch von Rousseaus *Bekenntnissen* vorgelesen. Es war nicht das erste Mal, daß er mit Fern im Auto fuhr, und er wußte, daß ihre Fahrweise ihn aufregen würde; er hatte vorgelesen, um sich selbst daran zu hindern, ständig an einen tödlichen Zusammenstoß zu denken. Einmal, bei irgendeiner Reise, hatte er sie gebeten, ihn ans Steuer zu lassen. Sie war explodiert, und der ganze Takt, mit dem er die Bitte an sie gerichtet hatte, war zunichte gemacht worden durch ihren Vorwurf, seine Nervosität sei daran schuld, daß sie so schlecht fahre.

«Das nächste Mal kriegst du, was du willst», sagte er. «Das ländliche Elektrifizierungsprogramm in der Ukraine ... oder die Frauenfrage.»

«In gewissen Kreisen sieht man deine Leichtfertigkeit nicht sehr gern», sagte sie steif.

«Ach, Fern!»

Das Licht der Sonne, deren Wärme durch die Windschutzscheibe verstärkt wurde, lag auf ihrem Schoß, auf Ferns behandschuhten Händen, ihren Knien. Fern bemerkte, daß sie die hartgekochten Eier gleich hätten essen sollen – der Geruch erinnerte sie unangenehm an Schulbrote. Ein Auto fuhr langsam vorbei. Zwei Chinesen saßen auf den Vordersitzen des staubigen schwarzen Packards.

«Sie fahren zum Kongreß», sagte Fern. «Darauf wette ich.»

«Delegierte von der Abteilung Charlie Chan.»

«Das ist chauvinistisch ...»

Max öffnete die Tür und stieg aus. Er streckte sich und gähnte, beobachtete dabei das Mädchen. Sie rührte sich nicht. Er spürte ein leichtes Prickeln auf der Haut. Ihre nackten Beine lagen, an den Knöcheln gekreuzt, ausgestreckt vor ihr. Das dicke Tweedkostüm, das sie trug, überraschte ihn – es war bestimmt das einzige Kostüm dieser Art in Südkalifornien.

«Hallo», sagte er leise.

Ihre Augen öffnete sich. Sie lächelte unvermittelt und drückte sich fester an den Baum, dann fuhr ihre Hand nach oben und berührte ihr eigenes Lächeln. Als sie aufstand, tat sie es so, als ob es nicht genug Platz gäbe, um aufrecht auf den Beinen zu stehen.

«Wir dachten, es geht Ihnen vielleicht –» Er zögerte. Er hatte sagen wollen: «Es geht Ihnen schlecht», aber angesichts ihrer Schüchternheit schien der Satz zu intim. «Sie hätten vielleicht Schwierigkeiten», sagte er statt dessen und erklärte das «wir», indem er in Richtung Auto winkte, zu Fern, deren Gesicht als Silhouette durch die staubige Windschutzscheibe zu erkennen war. «Sie sind weit weg von allem.»

«Ich bin auf dem Weg nach San Diego», sagte sie. «Ich hatte eine Mitfahrgelegenheit von Los Angeles. Aber der Mann hat mich hier rausgelassen.» Sie sah zum Baum zurück.

«Hier?»

Sie sagte nichts. Ihr Gesicht war ausdruckslos. Er würde keine Erklärung bekommen.

«Wir nehmen Sie mit», sagte er. «Wir fahren nach San Diego.»

«Das ist sehr freundlich», sagte sie, erneut lächelnd, in höflichem Ton. Dann schien sie unsicher zu werden und sah von ihm zum Auto.

«Gut», sagte er und bemerkte einen Anflug von Schärfe in seiner eigenen Stimme, wunderte sich darüber und fragte sich, warum dieses Mädchen ihn beunruhigte.

«Ich treffe mich dort mit einem Freund», sagte sie mit schwacher Stimme.

Der Mann, der sie hier an der Straße abgesetzt hatte, hatte sicher versucht, ihr irgend etwas anzutun, dachte Max. Sie hatte «Mitfahrgelegenheit» gesagt, oder? «Mein Freund ist bei der Handelsmarine. Ich habe mir den Namen des Schiffes aufgeschrieben, aber, ich weiß nicht, ich muß den Zettel verloren haben. Es war ein einfacher

Name. Ich glaube, es ist die Matson Line. Matson?» Jetzt flüsterte sie fast.

«Es gibt eine Reederei, die so heißt», sagte er. Ein Vogel zwitscherte ganz nah. Er und das Mädchen sahen gleichzeitig nach oben, in die Bäume. Sie lauschten, aber das Geräusch wiederholte sich nicht.

«Ich heiße Max Shore», sagte er, «und dort im Auto ist Fern Diedrich.»

Das Mädchen nickte und strich seinen Rock glatt. Bestimmt hatte ihr jemand dieses Kostüm geschenkt, es paßte ihr nicht. Falten des dicken Stoffs bildeten unterhalb des Gürtels um ihre Taille einen Wulst. Sie berührte ihr Haar; kurze Strähnen standen von dem kreisförmig um den Kopf gelegten Zopf in die Höhe. Er dachte: Der Zopf steht ihr überhaupt nicht; sie weiß nicht, was sie mit ihren Haaren anfangen soll. Sie war groß, hübsch vielleicht. Grashalme und Erdklümpchen klebten an ihren Beinen. Sie konnte nicht älter sein als achtzehn.

Sie ging vor ihm her zum Auto, sah dann plötzlich zurück, als sie die Hand an der Tür hatte, wie um sich zu vergewissern, daß er immer noch einverstanden war. Er gab ihr ein Zeichen, daß sie einsteigen solle. Sie krümmte den Rücken, und ihre schwarze Handtasche aus rissigem Leder hing gerade von ihrem Handgelenk.

Fern nickte ihr kurz zu, als sie sich auf die Rückbank fallen ließ. «Hallo. Passen Sie auf! Setzen Sie sich nicht auf die Eier», sagte sie. «Wollen Sie sie nicht essen? Der Geruch macht mich verrückt.»

Max seufzte. Autos waren langweilig und erschrekkend. Sie hatten noch eine ziemlich lange Strecke vor sich. Die Klappstühle waren schon in der Halle aufgereiht; die wichtigeren Leute – Leute wie seine eigene Frau, Eva – waren schon da, testeten das Mikrophon. «Genossen ...»

Als Fern krachend den zweiten Gang einlegte, fragte Max: «Wie heißen Sie?»

«Annie.»

Sie hatte geantwortet wie ein Dienstmädchen. Max sah sie fragend an, aber sie senkte nur den Kopf.

«Wohin wollen Sie?» fragte Fern.

«Ich treffe mich mit einem Freund», erwiderte das Mädchen. «Er ist auf einem Schiff, das irgendwann heute in San Diego ankommt. Vielleicht ist er schon da.»

«Wie heißen Sie weiter?» fragte er unbeirrt.

«Gestern nacht, haben Sie die Flugzeuge gesehen?» fragte Fern und drehte sich einen Moment nach hinten um; ihre Stimme war jung, ja mädchenhaft, interessiert. Der Wechsel in ihrem Tonfall im Vergleich zu der gleichgültigen Weise, mit der sie nach Annies Reiseziel gefragt hatte, war so auffällig, daß Max aus seinen Gedanken über das geheimnisvolle Auftauchen des Mädchens am Straßenrand auffuhr.

Was für einen Mann, fragte er sich, konnte Fern in San Francisco versteckt halten? Oder war sie eines jener jungalten Mädchen, denen die Partei jede Menge Erklärungen lieferte für alles, was kläglich war in ihrem Leben? Er schämte sich sofort. Wenn sie einsam und verlassen wären, nicht mehr harmonierten, was wäre dann? Nein, nur ihre Ergebenheit zählte. Wer war er, daß er Reinheit verlangte? Doch Fern ... Ach, Fern!

Beim Frühstück an diesem Morgen hatte sie fast schreiend gesagt, daß sie niemals einen Cent auf den Kauf von Kleidern verwenden werde, solange noch ein einziges Buch in ihrer Bibliothek des Marxismus-Leninismus fehlte. Und wie bitter hatte sie sich über die Mädchen beklagt, die sich ihre politischen Ansichten in den Betten gewisser Funktionäre aneigneten, deren Namen sie jetzt lieber nicht nenne, obwohl sie es nicht unterließ, in selbstgefälliger Drohgebärde anzudeuten, daß sie sehr wohl etwas dazu zu sagen hätte, wenn die Zeit dazu gekommen sei. Daß ihr mehr Dinge fehlten als Bücher, schien ihr nicht in den Sinn zu kommen. Aber was für eine sonderbare Antwort hatte sie ihm gegeben, als er sie unvermittelt fragte, ob sie nicht eines Tages heiraten wolle.

«Ich will jemanden, der nicht einmal lebendig ist», hatte sie in demütigem, bekenntnishaftem Ton gesagt. Max war überrascht gewesen, weil er geglaubt hatte, daß sie schließlich doch eine Affäre gehabt habe. Vielleicht jemand von der Lincoln-Brigade, der in Spanien gefallen war, oder, weniger romantisch, jemandes Ehemann, der einen Autounfall in Oakland nicht überlebt hatte. Aber einen Augenblick später hatte er gewußt, daß diese Phantasien töricht waren, und als er sie jetzt sah, wie sie das Auto fuhr und keinen Respekt hatte vor ihrem Tun (behandschuhte Hände leblos auf dem Steuerrad, Rükken aufrecht gegen die Lehne, Fuß auf dem Bremspedal), erkannte er, daß sie genau das gemeint hatte, was sie gesagt hatte: Sie wollte jemanden, der nicht lebendig war und es nie sein würde.

«Die japanischen Flugzeuge», sagte sie gerade. «Sie flogen letzte Nacht über die Stadt. Sind Sie nicht aus L. A.?»

«Ich wohne ganz in der Nähe», sagte das Mädchen, «Richtung Hollywood.»

«Sie waren so hoch, ich habe noch nie Flugzeuge so hoch am Himmel gesehen. Denen geschieht es ganz recht – verkaufen einem militaristischen Regime ihren Schrott, nach Nanking, als ob sie nicht wüßten –»

«Denen?» fragte er, nur um sie zu provozieren.

«Den amerikanischen Kapitalisten», sagte sie in leisem, zornigem Ton.

Er wandte sich zu dem Mädchen; sie lächelte sofort, als ob sie nichts Überraschendes gehört hätte. Ihre Zähne waren klein, gleichmäßig, vernachlässigt. Das Lächeln war eine peinliche Gewohnheit, dachte er, wie ein Tic – oder eine Art Tarnung.

«Annie, wie heißen Sie weiter?» fragte er noch einmal.

«Gianfala», antwortete sie.

«In der Zeitung steht, daß sie das nächstemal L. A. bombardieren», sagte Fern. «Was für ein Witz!»

«Sie sind Italienerin?» fragte Max, ihre helle Haut, ihr helles Haar betrachtend.

«Einer meiner Großväter stammte von dort», sagte sie.

«Haben Sie Hunger?»

Aber er bedrängte sie. Er sah es daran, wie sie sich weiter in den Sitz zurückzog, und er spürte, wie er selbst nervös wurde. Er wünschte plötzlich, daß Fern sich durchgesetzt hätte und sie nicht angehalten hätten. Er faltete die Hände im Schoß. Papier knisterte. Sie öffnete das Essenspaket. Warum tat sie es so verstohlen?

«Ein Witz deshalb, weil es verdammt noch mal möglich ist, daß sie es wirklich machen», sagte Fern. «Wenn eine avancierte monopolkapitalistische Gesellschaft Waffen anhäuft ... Max, warum nimmst du mich dauernd auf den Arm?»

Unwillkürlich wandte sich Max erneut um. Ein kurzer Blick zeigte ihm, daß das Mädchen das Ei betrachtete, das in seiner Hand lag. «Klopfen Sie es auf dem Ellbogen auf», riet er leise.

«Gott sei Dank! Sie ißt die Eier!» rief Fern aus.

«Immer schön Gott danken.»

«Schon gut, Max. Ich habe eine Menge Opium inhaliert, bevor ich die Kirche verließ», sagte Fern scharf. «Beiß dich nicht an solchen kleinen Sachen fest. Ein bißchen Selbstkritik würde dir guttun.»

«Wenn du bei mir bist, brauche ich keine», sagte er trocken.

«Essen Sie bitte alle beide!» rief Fern nach hinten.

«Wenn Sie Hunger haben», fügte Max hinzu.

Das Mädchen aß beide Eier und legte die zerbrochenen Schalen in das Papier zurück. Max zündete eine Zigarette an, hielt ihr dann einladend die Packung hin. Sie nahm sich schnell eine Zigarette heraus. Dieses Ausstrecken der Hand und schnelle Ergreifen der Zigarette war die erste entschiedene Geste, die er sie machen sah. Sie sog den Rauch tief in die Lunge. Fern zog einen Handschuh aus und schnippte mit den Fingern. «Ich will eine», sagte sie.

Fern hatte einige Tage zuvor aus San Francisco angerufen und gefragt, ob sie eine Nacht bei ihnen verbringen könne; als Gegenleistung hatte sie angeboten, Max in ihrem Auto zum Kongreß in San Diego mitzunehmen. Bei ihrem Bruder, der in Los Angeles lebte, könne sie unmöglich übernachten, hatte sie Max' Frau Eva erzählt, die wütend eingehängt und gesagt hatte: «Ihre ewige Verwandtschaft! Ich wünschte, sie würde sie aus der Partei heraushalten.»

«Sie hat nur darum gebeten, eine Nacht bei uns schlafen zu dürfen», hatte Max sanft entgegnet.

«Sie ist Delegierte! Es geht hier nicht um Freundschaft. Weißt du, daß ich dabei war, als sie ihre Familie einmal bei einer Parteisitzung zur Sprache brachte? Sie hat sie in eine Diskussion über demokratischen Zentralismus hineingezogen, lieber Himmel!»

«Wie?»

«Wie? Ich weiß nicht, wie. Sie hat es einfach getan.»

Fern kam einige Stunden nach Evas Abreise an, als Max gerade den Müll hinausbrachte. Eva hatte gesagt: «Laß den Müll nicht herumliegen, Max. Du wirst anfangen zu lesen und ihn vergessen. Bring ihn hinaus, Max. Bring ihn raus.»

Er hatte Fern im Wohnzimmer ein Bett gerichtet, während sein zweijähriger Sohn Thomas mit staubigen Kartoffeln auf dem Boden spielte. Später, als er Thomas zu Bett gebracht hatte, aß er mit Fern das Chili, das Eva gekocht hatte, und dann saßen sie noch eine Weile zusammen und redeten. Die Langeweile, die er empfand, war so intensiv gewesen, daß es schon ans Komische grenzte, doch sie war auch ein Gegenmittel gegen die Beklommenheit gewesen, die in diesem letzten Jahr immer wieder in ihm aufgekommen war, wenn er an irgendeine größere Zusammenkunft von Parteileuten dachte.

Er kannte Fern seit Jahren, seit ihrem letzten Jahr in der Highschool. Eva war in der gleichen Klasse gewesen. Anders als er selbst, waren die beiden Mädchen aus Familien gekommen, die die Depression verbittert hatte; sie waren dankbar gewesen, in der Schule sein zu können, weg von ihrem jeweiligen Zuhause, wo sich die Atmosphäre aus verständnisloser Nörgelei und Mißmut zusammensetzte. Ferns Vater war Buchbinder gewesen; seit er arbeitslos geworden war, bewohnte er die kleinen Zimmer des Hauses wie ein Fürst im Exil und machte immer wieder ätzende Bemerkungen über die feinen und verläßlichen Eigenschaften von Leder. Ferns Mutter nahm Arbeit in privaten Haushalten an – sie nannte sich Haushälterin –, um die Familie durchzubringen, und schließlich fand auch Mr. Diedrich eine Stelle in einem kleinen Immobilienbüro in Redlands, wo er durch sein zurückhaltendes Wesen und eine gewisse Selbstsicherheit, die von der langjährigen Ausübung eines anspruchsvollen Handwerks herstammte, den Kunden den Eindruck vermittelte, sie hätten es mit einem Mann von Format zu tun.

Evas Vater, ein Klempnermeister, schrie – wenn er nicht gerade sinnlos betrunken war –, daß er ohne seine verdammten Kinder – alle weiblich – die schlechten Zeiten wie ein Mann hätte durchstehen können, statt die verfluchte Unterstützung von Roosevelt annehmen zu müssen.

Max' Familie aber hatte Wälder, die ihr seit Generationen gehörten; Max' Vater war Besitzer einer Zeitung in einer Stadt im Norden Oregons. Sie mußten mit einem Auto statt mit zweien auskommen, mit einem Dienstmädchen statt mit dreien, und eigentlich entbehrten sie nichts – so hatte Max es gern ausgedrückt, bis Eva ihm gesagt hatte, er gebe doch nur an. Einer von Max' Onkeln hatte sich bei dem Versuch, das wiederzugewinnen, was er an der Börse verloren hatte, einen Platz im Irrenhaus ergaunert; er trug einen ausgebeulten Koffer bei sich – den ein Wärter ihm schließlich entwand –, mit einer häßlichen Erfindung aus Metall, für die ihm, wie er schwor, die Regierung das Patent verweigere, weil gewisse Erfinderrivalen sich in hohen Positionen befanden. In dem Jahr, als sein Vater langsam an Blasenkrebs starb, war Max zu einer Tante nach Los Angeles geschickt worden, damit er dort das letzte Highschooljahr abschloß. Er erhielt sein Zeugnis, eine halbe Stunde nachdem sein Vater in einem Krankenhaus in Portland gestorben war; Mrs. Shore stand am Bett, der Wollfaden, der zu einem angefangenen Strickpullover gehörte, baumelte an ihren Fingern. Nur seine Tante war zur Abschlußfeier gekommen. Es war genug Geld dagewesen, so daß Max die Universität in Berkeley besuchen konnte. In seinem ersten Jahr dort hatte er Eva geheiratet.

Seine Frau und Fern hatten einen Charakterzug gemeinsam, wie verschieden sie auch in allem anderen waren. Sie gaben Männern gern Befehle. Da er Unentschlossenheit und Widerspruchsgeist hinter ihrer herrischen Art vermutete, nahm er es gutmütig hin. Er neigte dazu, ziemlich viele unangenehme Dinge an Menschen hinzunehmen, wenn er spürte, daß sie in Wirklichkeit unsicher waren bei dem, was sie taten.

Fern war gestern abend müde gewesen, und sie sah besser aus, wenn sie müde war. Die morgendliche Energie, ihre erregten Ausbrüche wegen des bevorstehenden Kongresses gaben ihrer Miene etwas von krankhafter Begierde, die er abstoßend fand. Sie und Eva waren etwa gleich alt, doch Fern sah älter aus. Sie würde schnell altern, dachte er, ihr Profil betrachtend. Der Blick, den sie ihm zuwarf, war fast herausfordernd, als ob sie erraten hätte, was ihm durch den Kopf ging.

Sie war ein hübsches kleines Mädchen gewesen, eine aufgeweckte Brünette, dunkel und flink, mit schmalen Füßen, die in weiß-braunen, sorgfältig geputzten und glänzenden Sportschuhen steckten. Sie trug keinen Schmuck, nur schlichte Blusen oder ihr Twinset. Sie war heute weniger adrett, als sie es damals gewesen war. Ihre abgetretenen Hacken, die Flecken auf ihrer Garderobe, die schiefen Säume ihrer Kleider ließen mangelnde Pflege erkennen. Doch sie trug noch immer Handschuhe. Diese Handschuhe!

Eva war weniger hübsch gewesen, außer daß sie eine erstaunlich schmale Taille hatte und wunderschöne schlanke Fesseln. In den abgedunkelten Zimmern, wo sie und Max sich geliebt hatten, sooft sie konnten, vergaß er ihre scharfe Stimme, deren Selbstgefälligkeit sich von Engels und R. Palme Dutt nährte, von Parteisitzungen in staubigen Pensionszimmern in Berkeley, von Parteihader, Dissens und Diskussion. Damals – es war nur ein paar Jahre her – schien das eifrige, rosahäutige Mädchen mit dem schweren Körper und dem runden Gesicht, dessen Züge sich seinem Hals und seiner Schulter und seinem Bauch genau eingeprägt hatten, keine Verbindung zu haben mit der jungen, knallharten Funktionärin, *la commandante,* wie er sie nannte. Doch sie ging liebevoll mit ihrem Sohn um – eine Art von sexueller Romantik schottete das Kind von der Tageswelt der Politik ab und verband es mit jenen verdunkelten Zimmern der Liebe und ihrer Bewegungen.

Die meisten Frauen in der Partei, dachte er, besonders die jüngeren wie Eva oder Fern, litten unter einem gewissen Uneinssein mit sich selbst. Er begriff es nicht. Gestern abend, vielleicht aus der Langeweile heraus und weil er das Wort «Genossin» absichtlich falsch verstand, hatte er sie mit vorsichtiger erotischer Neugier angesehen. Er war sich dessen nicht völlig bewußt gewesen. Aber sie mußte etwas gespürt haben. Abrupt, mitten in einem Satz, war sie aufgestanden und hatte gesagt: «Ich brauche meinen Schlaf.» Ihre Stimme war hoch und dünn gewesen, und sie hatte seinen Blick vermieden. Zuerst fragte er sich, ob das Chili ihr nicht gut bekommen sei. Er hatte schon zuvor bemerkt, daß sie zu denen gehörte, die im Essen herumstochern und es dann wegschieben. Es gab eine Menge Ekel in Fern.

Aber später, als die Flugzeuge sie beide geweckt hatten und sie zum Fenster gegangen waren, um das Spiel der Suchscheinwerfer zu betrachten, hatte ihre Aufregung über dieses *Ereignis* – es war etwas nie Dagewesenes, diese winzigen Flugzeuge, zwischen Erde und Nachthimmel haftend – eine für einen Moment ungeschützte Seite ihres Wesens beleuchtet. Danach, als sie die Radiomeldungen hörten, die nachdrücklich erklärten, es habe sich um japanische Flugzeuge gehandelt, hatte sie wieder ihre gewöhnliche Haltung eingenommen, hatte über den Imperialismus geschimpft und auf die inneren Widersprüche des Kapitalismus hingewiesen, während die Widersprüche ihres eigenen Wesens am Fenster zurückblieben, wo die Vorhänge wieder an ihrem richtigen Platz hingen.

«Max! Bist du taub? Ich habe dich gefragt, ob es stimmt, daß Ethel krank ist? Ich habe gehört, sie kommt nicht.»

«Ethel?» fragte er erstaunt. Er hatte vergessen, wo er war, wohin er fuhr. Sie stieß ihn mit ihrer Hand, die so schnell dabei war zu stoßen. Er sah ärgerlich auf diese Hand, dann zu ihr. Sie nickte kurz in Richtung Rücksitz. Keine Namen! – Max war klar, daß es das war, was sie meinte. Es amüsierte ihn etwas, hauptsächlich aber regte es ihn auf. Wer, glaubte sie, war diese arme Streunerin? Eine FBI-Informantin? Eine trotzkistische Spionin?

«Ihr altes Leiden macht ihr wieder zu schaffen», antwortete er; er ärgerte sich darüber, daß er vorsichtig war, und war sich des Dünkels bewußt, der eine schlechte Nachrichten bringende Stimme leicht hohl klingen läßt. Das alte Leiden – elf Messerstiche. Ethel Schaeffer, die 1911 an den großen Streiks der Näherinnen in New York teilgenommen hatte, der es in den zwanziger Jahren zusammen mit anderen Genossen fast gelungen war, Dubinsky die Leitung der Gewerkschaft zu entreißen, die fast gestorben war, eine echte Heldin. Sie war die einzige von allen ihm bekannten Parteileuten, die von «den Bossen» sprechen konnte, ohne daß er zusammenzuckte. Diese sehr kleine Frau mit Silberhaar und grauen Augen verfolgte ihre Absichten mit einer Unbeirrbarkeit, die den banalsten politischen Slogans das Feuer der Begeisterung ihres eigenen Engagements verlieh. Ihre Stimme war eine zärtliche Berührung; die Studenten, die sich nach ihren Seminaren an der Parteischule von Los Angeles um sie drängten, schienen im Gegensatz zu ihr tölpelhaft, unecht. Eine anständige kleine Mutter aus Osteuropa, voller Narben wie eine Heilige, nicht verunreinigt von heimlicher Unentschlossenheit. Er liebte sie wegen der Intaktheit ihres Seins; er beneidete sie darum. Aber sie war auch ein Ungeheuer – wie alle Heiligen.

Er war kein guter Kommunist, das wußte er.

«Ich liebe sie», sagte Fern heftig. «Sie ist eine großartige Frau!»

«Sie ist einzigartig», sagte er trocken.

«Das ist ein Kompliment, das sie verachten würde.»

«Dürfte ich Sie um noch eine Zigarette bitten?» fragte das Mädchen. Max gab ihr seine Packung. Sein Blick fiel auf die Handtasche neben ihr auf dem Sitz. Der Verschluß war kaputt, sie stand offen. Er sah eine halbvolle Packung Camels. Es war ihm nicht wohl bei ihrer ungeschickten Schwindelei. War Geld in der Handtasche? Seine Begierde zu wissen, was darin war, wurde so groß, daß er sich abwenden mußte.

«Ist Ihr Freund Offizier?» fragte er und dachte: Wahrscheinlich ist gar nichts in der Handtasche, ein Kamm, ein Lippenstift, ein Schlüssel zu einer Tür.

«D. S.», sagte das Mädchen, dann: «Diensttauglicher Seemann.» Sie sprach, als ob sie einen Satz in einer fremden Sprache übte.

«Er kommt von der Westküste?» fragte Fern, schwaches Interesse in der Stimme.

«New York.»

Fern warf Max einen bedeutungsvollen Blick zu. «Ich habe eine scheußliche Geschichte über Bull Curran gehört», sagte sie leise. «Scheußlich!»

«Oh, ja», sagte das Mädchen eifrig. «Er ist Präsident der Nationalen Gewerkschaft der Seeleute.»

Fern schnitt eine Grimasse.

«Hör auf», sagte Max kühl, und zu dem Mädchen: «Dann ist es also kein Passagierschiff? Ein Frachter?»

«Ich glaube», entgegnete das Mädchen, dann wagemutig: «Ja. Es muß ein Frachter sein. Aber es gibt auch Tanker. Es könnte ein Tanker sein.»

Er konnte ihren Akzent nicht einordnen. Er klang nicht unkultiviert, sagte ihm aber auch nichts über sie. Er konnte sich überhaupt kein Bild von ihr machen. Warum wollte er sich ein Bild von ihr machen? Fern, törichterweise mißtrauisch, sprach von organisatorischen Dingen. Er wußte, worauf sie hinauswollte. Sie hätte ebensogut in Geheimsprache reden können. Er wurde plötzlich gewahr, daß er blinzelte, und bemerkte überrascht, daß sie schon auf der Küstenstraße waren, im grellen Schein von Himmel und Meer dahinfuhren.

Fern redete weiter und weiter ... Die Genossen aus Hollywood machten ihr Sorgen, sagte sie gerade. Sie seien so labil, so oberflächlich. Und einige der europäischen Flüchtlinge – diese deutschen Juden –, die in die Filmindustrie hineingerutscht seien, hätten das Gift der Sozialdemokratie mitgebracht und die dämlichen New

Yorker Salonjuden mit ihren hysterischen, bösartigen antibolschewistischen Angriffen auf die Politik des Genossen Stalin verunsichert.

Max' Mutter hatte gesagt – letztes Jahr im August, als der Hitler-Stalin-Pakt geschlossen worden war: «Jetzt hast du also auch Hitler geschluckt! Was für ein Verdauungssystem mein Sohn besitzt!»

Er hatte mit ihr gestritten, Argumente ins Feld geführt gegen das sardonische Starren jener eng zusammenstehenden blauen Augen, dann aber, als er erkannte, daß seine leidenschaftliche Selbstverteidigung mit der Familie zu tun hatte, nicht mit Politik, hatte er aufgegeben. Eva, die auch dabeigewesen war, hatte weitergeschrien und herumgefuchtelt, während seine Mutter sie unerschütterlich beobachtete. Max wußte, daß sie Eva für «gewöhnlich» hielt, schlimmer noch, für langweilig. Aber sie liebte ihren Enkelsohn abgöttisch. Als Thomas geboren wurde, gab sie es auf, mit Eva zu streiten; sie hörte nur zu und wartete, daß man ihr das Baby in die Arme legte. Max war damals glücklich gewesen – er hatte das Baby stundenlang betrachtet. Und doch hatte es einen Vorbehalt in ihm gegeben, einen Anflug von Furcht beim Anblick des Kindes. Heute morgen, bevor er mit Fern losgefahren war, hatte er Thomas zu einer Nachbarin gebracht, die oft auf Thomas aufpaßte, wenn er und Eva nicht da waren. Als er in der nach Wachstuch riechenden Küche mit der Nachbarin die praktischen, alltäglichen Dinge besprach, hatte er einen Schmerz verspürt, als würde er das Kind vielleicht nie wiedersehen.

Es gab viele, die Hitler nicht geschluckt hatten, Freunde, die er nicht mehr treffen konnte. Er betrachtete Ferns dünnen Mund, der sich öffnete und schloß, sich öffnete und schloß ... Er war voller Erbitterung. Jenseits der Stimme Ferns, des verstörenden Unwohlseins des Mädchens auf dem Rücksitz, des aufgeheizten Wageninneren war der glitzernde Pazifik, der weiße Kieselstrand weit unten, der wolkenlose Maihimmel, eine Kette von Seevögeln, schwebend im Wind. Er hatte Frauen gründlich satt.

«Heute sind die Nazis in Belgien», unterbrach er Fern. Sie öffnete den Mund. Spontan legte er die Hand auf ihre Lippen.

«Fahren Sie zum erstenmal nach San Diego?» fragte er das Mädchen.

«Ja», sagte sie, und ihre Augen waren so weit offen, daß sie blind aussahen. «Ich habe diesen Teil der Küste noch nie gesehen.»

Seine Hand fiel von Ferns Mund. Er spürte eine leichte Feuchtigkeit an seinen Fingern, als ob ihre Worte eine neblige Spur dort hinterlassen hätten. Fern lächelte finster. «Manchmal frage ich mich, Max, was du eigentlich vorhast.»

Er fragte sich dasselbe.

Sie hatten den Stadtrand von San Diego erreicht, und er sagte Fern, sie solle so nah wie möglich an den Hafen heranfahren.

«Wir haben keine Zeit», sagte sie.

Ja, dachte er, sie sehnt sich nach diesen Klappstühlen, der erregenden Stille, die dem ersten Wort des Eröffnungsredners folgte, «Genossen ...»

«Doch, wir haben Zeit», sagte er.

Das Mädchen lehnte sich nach vorn; Max spürte die Nähe ihres Gesichts dicht hinter seiner Schulter.

«Vielleicht wissen Sie, wo ich in L. A. oder Hollywood ein Zimmer finden kann?» fragte sie. «Ich habe ein Zimmer, auf dem Hollywood Boulevard. Aber da ist ein Mann nebenan, der die ganze Nacht seinen Hund schlägt. Ich kann nicht schlafen, der Hund wimmert so.»

Fern warf Max einen schnellen Blick zu; ihr Mund zuckte vor zurückgehaltenem Lachen.

«Das ist schrecklich», sagte Max.

«Sie sind so hilflos», murmelte das Mädchen.

Ferns Gesicht schien anzuschwellen, doch nicht, weil sie lachte. Es war Entrüstung. «Es gibt schlimmere Dinge auf der Welt als weinende Hunde», sagte sie.

«Der Mann ist Deutscher, glaube ich», sagte das Mädchen entschuldigend.

«Ich kenne einen Schauspieler, der vorhat, im nächsten Monat nach New York zu gehen», sagte Max. «Obwohl man bei Schauspielern nie sicher sein kann. Er hat ein Zimmer in der Sycamore Street. Ich schreibe Ihnen den Namen auf, Sie können ihn anrufen. Ich habe die Nummer vergessen. Er weiß vielleicht etwas, auch wenn Sie sein Zimmer nicht bekommen.»

«Ich zahle jetzt acht Dollar die Woche. Ich glaube, ich kann nicht mehr zahlen», sagte das Mädchen.

«Behalten Sie lieber, was Sie haben», sagte Fern. «Für weniger kriegen Sie nichts.»

«Er heißt Jake Cranford», fuhr Max fort. «Sie können ihm sagen, daß Sie von mir kommen.» Er hätte das letzte nicht hinzuzufügen brauchen, wodurch er ihr die Möglichkeit gab, eine Verbindung zu ihm herzustellen. Es wurde ihm zuviel; er hatte es nur Fern zum Trotz getan.

Fern hielt an der Bordsteinkante. «Von hier ist es zu Fuß nicht mehr weit», sagte sie.

Max roch das ölige Wasser des Hafens. Es erregte ihn immer; in jeder Stadt, die er besuchte, ging er als erstes zum Hafen. Er hatte in San Francisco am Kai gestanden, in New York, in Boston, in Seattle und hinuntergestarrt auf die Regenbogenfarben der Öllachen, die sich mit den Gezeiten hin und her bewegten, war mit den Augen einer Trosse gefolgt, bis er, mit einem Schauder des Vergnügens, die Wand eines Schiffes erkannte, das über ihm aufragte.

Es war der Hafen gewesen, der ihn zur Partei gebracht hatte. In seinem letzten Studienjahr in Berkeley, 1934, vor erst sechs Jahren, hatten die Hafenarbeiter gestreikt. Er war zwischen den schiefen Bücherstapeln des Sather-

Gate-Buchladens in Träumen versunken gewesen, als ein Klassenkamerad ihm das Buch aus der Hand riß, in dem er schläfrig geblättert hatte. «Mein Gott! Ein Generalstreik!» hatte der Mann ausgerufen. «Wozu liest du Stephen Crane, verdammt noch mal? Los, gehen wir!»

Joseph Conrad, Stephen Crane, unmerklich übergehend in die Reihen der Hafenarbeiter mit ihren weißen Mützen und blauen Arbeitshemden, in Harry Bridges, in die lautlosen, vor Anker liegenden Schiffen, in die Angst und den Übermut, die Freude über den wirklichen Kampf, der bevorstand; ja, es war außerordentlich gewesen, wie die Stille, die einem Erdbeben vorausgeht, die Luft atemlos, die Erde wartend.

«Danke», sagte das Mädchen und rutschte zur Tür. «Ich bin so dankbar. Ich weiß nicht, wie ich ohne Sie hierhergekommen wäre.»

«Jemand hätte Sie schon aufgelesen», sagte Fern, indem sie dem Mädchen offen ins Gesicht sah. Das Mädchen wurde rot, als hätte man ihm einen Vorwurf gemacht.

Sie stieg aus und nahm die häßliche Handtasche mit.

«Auf Wiedersehen», sagte sie lächelnd zu Max.

«Rufen Sie Jake an!» rief er, als Fern den Gang einlegte. Das Mädchen war ein paar Schritte gegangen, als es sich plötzlich umdrehte. «Warten Sie!» rief sie. «Ihr Name! Wie heißen Sie mit Nachnamen?»

«Shore», rief er aus dem Fenster. «Max Shore.»

Sie nickte und wandte sich um und ging weg. Er beobachtete sie noch, als Fern das Auto ungeschickt wieder auf die Fahrbahn lenkte. Plötzlich, nach all dem Lächeln, den Entschuldigungen, war er, so seltsam er es selbst fand, völlig davon überzeugt, daß das Mädchen eigensinnig war, daß es einen eigenen Willen hatte. Gleich darauf fehlte ihm ihre Gegenwart, und die Gewalt seines Gefühls verblüffte ihn.

Fern sagte, unerwartet: «Ja, Max, du bist freundlich. Das werde ich dir zugute halten.»

Max, verwundert über ihr Kompliment, dachte an Rousseaus Priester, M. de Pontverre, über den er bemerkt hatte: «Er war ein freundlicher Mann, doch gewiß kein guter Mensch.»

Ich bin kein guter Mensch, dachte Max, ohne großes Bedauern; nur ein Gefühl von etwas Verlorenem beschlich ihn – zu lange schon verloren, als daß man darüber trauern konnte. Er seufzte und begann, sich mit dem Kongreß zu beschäftigen.

3

«Die *Cormack Traveler* ist heute morgen eingelaufen. Kann nicht Matson sein, mein Kind», sagte der Mann. «Das sind nur Passagierschiffe.» Er winkte mit einem runden Haken in Richtung der Docks. «Sie ist das einzige Schiff, das heute einläuft. Ist noch keiner von Bord.»

Annie wußte nicht, wo sie sich hinstellen sollte, um zu warten. Sie wollte den Mann mit dem harten Gesicht, dem breiten Lederband um das Handgelenk und dem bedrohlichen Haken nicht noch mehr Fragen stellen. Ein Mann, der einen beladenen Transportwagen schob, kam zwischen ihnen vorbei, und sie ging zurück und lehnte sich gegen die Wand des Hafenamtsschuppens. Als der Transportwagen weg war, sah sie, daß der Mann mit dem Haken sich umdrehte und sich einer Gruppe von Männern in Arbeitskleidung zugesellte, die zusahen, wie die Fracht eines Schiffes namens *Molly Good* langsam von einem Ladebaum an Deck herabgelassen wurde. Das Netz fiel zu Boden, ein Dutzend Haken blitzten im Sonnenlicht auf, als die Männer sich vorwärtsbewegten. Hinter dem Achterdeck der *Molly Good* erkannte sie die *Cormack Traveler*, deren Decks verlassen schienen. Dann kam ein Mann an die Reling, der die dunkelblaue Mütze eines Wachmanns trug. Sie war zu weit weg, um zu erkennen, ob es Walter Vogel war oder nicht. Sie machte ein paar Schritte vorwärts, und ein junger Mann rief: «Achtung, meine Schöne!» Er ging gekrümmt unter dem Sack, den er auf dem Rücken trug, doch als er fast bei ihr war, grinste er und streckte eine große, breite Hand nach ihr aus. Sie ging zum Schuppen zurück. Walter hatte geschrieben, daß sie vielleicht warten müsse; er hatte nicht gesagt, wann er an Land käme.

Es war heiß geworden, und das Tweedkostüm, das Johnnie Bliss für sie im Fundus der Paramount gestohlen hatte, drückte sich an ihren Körper wie ein rauhhäutiges Tier. Die Bretter des Schuppens, grau, uneben, salzzerfressen, glitzerten in der Hitze; sie spürte Schweiß auf ihrem Hals, ihrem Gesicht. Als sie ihre Wangen rieb, blieb orangefarbenes Make-up von Max Factor an ihren Fingern kleben. Sie hatte gehofft, so elegant auszusehen! So unbekümmert! Johnnie hatte ihr das Kostüm gebracht, eingeschlagen in Zeitungspapier. Sie hatte neu und unnahbar aussehen wollen. Nein! Gleichmütig! Das war es. Gute Kleidung konnte einen gleichmütig werden lassen.

Sie zündete sich eine Camel an und rauchte sie, als ob sie dabei über etwas Kompliziertes nachdenken würde. Männer sprachen sie an. Sie stieß den Rauch aus. Eine neue Sorge kam ihr in den Sinn – hatte Max Shore gewußt, daß sie ihre eigenen Zigaretten hatte? Er hatte so oft zu ihrer Handtasche hingesehen. Hatte er es vermutet? Aber er war so freundlich gewesen, und sie hätte alles erklären können – daß sie kein Geld hatte, wirklich überhaupt keins, und wie man dazu kam, Dinge zu tun, die schändlich waren.

Ein Arm legte sich um ihren Hals. Walters Gesicht sank an ihren Hals, zwischen Schulter und Kinn, ihren verschwitzten Hals. «Annie, Annie», murmelte er und zog sie mit dem Arm um ihre Taille von dem Schuppen weg, in das heiße Sonnenlicht zurück. Einen Augenblick sahen sie einander an. Vier Monate nach ihrem ersten Zusammentreffen und dreitausend Meilen von jenem Ort entfernt, hatte sie ihn im Verdacht, daß er schon halb dabei war, über sie zu lachen. Er war sonnengebräunt und hatte zugenommen. Sie war betäubt von seiner Gegenwart. Er nahm ihre Hand, und sie ließen die Docks hinter sich.

«Geht's dir gut?»

«Ganz gut», sagte sie.

«Dein Make-up ist verschmiert.»

«Ich habe Arbeit. Und ein Zimmer. Aber es ist nicht sehr wunderbar.»

«Arme Annie», sagte er und legte seinen Kopf an ihren. «Nicht sehr wunderbar», äffte er sie nach. «Warum lernst du nicht, richtig zu sprechen?»

In einem Café am Hafen trank er einen Whiskey und ein Bier zum Nachspülen und aß Spiegeleier mit Schinken. Sie nahm ein Hackbratensandwich und Kaffee und dachte, der Hunger habe sie wahnsinnig gemacht, während sie vor lauter Seligkeit, sich den Bauch zu füllen, kaum in der Lage war zu kauen.

«Erzähl mir...»

Sie erzählte ihm den ersten Teil der Fahrt, der dicke Mann mit der Brille, der ihr ein Buch zum Anschauen gegeben hatte. «‹Nette Bilder›, sagte er. Zuerst dachte ich, es wäre über griechische Kunst, die Gesichter waren wie Statuen, weißt du. Aber die Zeichnungen waren schlecht, und diese Statuen haben Sachen miteinander gemacht.»

«Ein unanständiges Buch...»

«Ja. Dann sagte er, er würde mir was zeigen, und hielt an. Ich stieg aus und rannte in den Wald. Er war zu dick, um mich einzuholen. Ich lief lange, dann kam ich zurück und setzte mich an die Straße ... wußte gar nicht, was ich tun sollte. Ich hatte Angst, per Anhalter weiterzufahren. Aber ich wurde gerettet. Ein Mann und eine Frau hielten und nahmen mich mit. Der Mann war wirklich sehr nett. Die Frau nicht. Sie redete über langweilige Dinge, aber es sollte wichtig klingen, und sie gab mir zu verstehen, daß ich nicht wissen durfte, worüber sie sprach. Ich weiß nicht, warum ich solchen Hunger habe...»

Walter ging zur Bar und kam mit einem weiteren Glas Whiskey zurück.

«Was soll ich mit dir machen?» fragte er, die Augen zur Decke drehend. «Von einer Patsche in die nächste.»

«Ich konnte nicht zu Fuß nach San Diego laufen.»

«Mit dem Bus?»

«Kein Geld.»

«Wie war die Reise in den Westen?»

«Diese verrückte Frau, May Landower – sie war die ganze Zeit betrunken. Wir hatten eine Reifenpanne in Arizona, mitten in der Wüste. Sie stieg aus und fing an zu beten, kniete sich hin, mitten auf der Straße. In Virginia sagte sie, wir sollten nach einer natürlichen Brücke Ausschau halten, das hatten ihr an diesem Morgen die Karten gesagt. Es waren keine Leute dort auf dem Parkplatz, und sie schrie, wir wären in tödlicher Gefahr. Einmal, in einem Laden, wo wir Zigaretten kauften, da war eine Frau mit Haaren im ganzen Gesicht. Danach redete sie nur noch über die Wechseljahre, sagte, ich würde auch eines Tages so aussehen, dann würde ich das Leben verstehen. Sie hatte eine kleine Aspirinschachtel, in der sie ihre Pillen hatte, sie sagte, es seien zerstoßene Affendrüsen und sie würden ihr unwahrscheinlich guttun. Das einzig Gute war der Mann, den wir mitnahmen, kurz bevor wir die Rockies erreichten. Er war groß und alt, mit rotem Haar, Koch in einem Zeltlager des Civilian Conservation Corps, und seine Frau bekam gerade ein Kind in einer kleinen Stadt auf der anderen Seite der Berge. Er fuhr uns also. Es war Nacht. Die Straße war so eng. Manchmal gab es Nebel. Ganz weit unten konnte man die Lichter sehen, vielleicht von einem anderen Auto. Er fuhr wie der Wind. Er hatte solche Angst wegen seiner Frau. Sie sei eigentlich nur ein kleines Mädchen, sagte er. Und wir kamen in diese kleine Stadt, mitten in den Bergen. Es gab ein Hotel, und da ließ er uns stehen und rannte mitten auf der Straße zum Krankenhaus. Es war drei Uhr nachts. Sie haben uns Weißbrot zu essen gegeben, wir hatten solchen Hunger. Während er fuhr, hat sie die ganze Zeit aus der Flasche getrunken und gesagt: ‹Ach je, es ist so gut, einen Mann zum Fahren zu haben, nicht, Annie? Ach je, ach je!›»

Er saß bewegungslos da, den Blick auf ihr Gesicht gerichtet. Sie aß das Stück Toastbrot, das noch auf seinem Teller lag.

«Und dann?» fragte er. Sie spürte, daß sie irgendwie einen Sieg errungen hatte. Er wollte mehr hören.

«In dieser Nacht, betrunken, wie sie war, befragte May wieder ihre spiritistischen Karten. Sie ergaben das Wort ‹reifen›. Sie sagte, man reife durch Trauer und Unglück, Trauer und Unglück stünden uns bevor. Ich sagte, wir würden wieder eine Reifenpanne haben. Oh, es war schrecklich, schrecklich! Darum mußte ich weg von ihr. In Hollywood war sie mehr als verrückt; sie sagte, ich sei auch verrückt, jeder.»

«Wie hast du meine Briefe bekommen, nachdem du hierherkamst?»

«Es gibt da einen Mann, Johnnie Bliss. Ein Bekannter von ihr. Er bringt sie mir.»

«Nur die Briefe?»

«Er mag keine Frauen.»

«Ein Schwuler?»

Sie gab keine Antwort. «Was für eine Arbeit?» fragte er.

«Lagerhilfskraft. In einem Laden in Los Angeles. Sie verkaufen Kleider, Sachen für Frauen.»

«Wieviel?»

«Ungefähr vierzehn Dollar.»

«Ungefähr?»

«Dreizehn fünfzig.»

«Und die Miete?»

«Acht Dollar.»

«Wie hast du es verdammt noch mal geschafft, dir so eine Frau für die Fahrt hierher auszusuchen? Okay, na gut...»

Sein Haar sah feucht aus. Sie erzählte ihm nichts über den Deutschen und seinen Hund. Sie sah ihm zu, wie er mit halbgeschlossenen Augen mit seinem Whiskeyglas spielte, und sie stellte sich vor, wie verächtlich er das Zimmer betrachten würde, das sie gemietet hatte. «Ich erzähle dir von meiner Fahrt», sagte Walter, das Glas vor sich hinstellend.

Es fiel ihr schwer zuzuhören. Sie dachte immer wieder an das Zimmer, seine aschefarbenen Wände, das Quietschen der rostigen Federn, wenn sie das Bett von der Wand klappte, die zwei fettverkrusteten Flammen des Gaskochers, den staubigen, fauligen Geruch des Mietshauses.

«Hast du mir zugehört, Annie?»

«Was?»

«Ich muß bis Seattle auf dem Schiff bleiben. Noch eine Woche oder so. Ich habe nur ein paar Stunden, dann muß ich wieder an Bord.»

Sie verbarg ihre Erleichterung – wenigstens würde er ein paar weitere Tage lang das Zimmer nicht sehen. Dann fragte sie sich, wie sie nach Hollywood zurückkäme. Irgendwie hatte sie bisher nicht daran gedacht. Sie hatte sich vorgestellt, mit Walter zurückzukehren.

«Hast du irgendwo eine Toilette gesehen?» fragte sie schüchtern.

«Hinten, hinter der Bar», sagte er, plötzlich grinsend. «Woher hast du dieses Kostüm?» Sie stand schnell auf, ohne ihm zu antworten.

Die Toilette war schmutzig. Der Stoff bildete einen Wulst um ihre Taille. Sie stieß mit dem Kopf gegen die nackte Glühbirne. Das Becken befand sich in einem unentschiedenen Zustand – die Spülung funktionierte nicht, aber es gab ein unaufhörlich tröpfelndes Rinnsal. Walters Grinsen begleitete ihre Pein; sie empfand eine furchtbare Scheu bei diesen Verrichtungen. Welch paradiesischer Unbefangenheit mußten sich andere Leute erfreuen! Dauernd stand jemand auf oder verließ den Raum, um die Toilette aufzusuchen; sie selbst hatte eine Schwäche dafür, sich das erhabene und großartige Hokken auf Kloschüsseln vorzustellen. Was für eine Idiotin sie war!

Auf dem Rückweg zu ihrem Tisch torkelte ein alter Mann von der Bar auf sie zu und ergriff ihren Arm. Er war betrunken und roch nach Ketchup. Krächzend wie ein rostiger Vogel in einer Spieldose, sagte er: «Was für ein Leben!» Sie sah, daß Walter sie beobachtete. Sie legte ihre Hand auf die Hand, die ihren Arm festhielt. «Ich weiß», sagte sie. «Gar nichts weißt du», murmelte er.

Als sie das Café verlassen hatten, stritten sie über den alten Mann. «Du bist zu sentimental», sagte er. «Er war nur ein alter Penner, völlig fertig. Er wollte nur einen Drink von dir schnorren.» Aber davon war nicht die Rede gewesen, sie bestand darauf. Er wollte nur mit jemandem sprechen, er wollte sagen: «Was für ein Leben!», zu einem lebendigen Menschen, der auf ihn reagierte. Was gab es sonst?

«Sozialismus!» sagte Walter zornig. «Eine Gesellschaft, in der alte Männer nicht soweit kommen, daß sie um etwas zu trinken betteln.»

«Aber das hat er nicht getan!» Walter ging entschlossen vor ihr her. «Verdammt!» schrie sie. «Er hat das nicht getan!»

Walter schritt aus, als wäre er allein, und es schien Annie wie eine Strecke von Meilen, als sie hinter ihm herzockelte, ausgelaugt durch den Tag, durch ungerechte Anschuldigungen, durch ihre völlige Abhängigkeit, in diesem Augenblick, von Walter. Sie hatten die Vororte San Diegos hinter sich gelassen und liefen auf einem Felsen oberhalb des Strands entlang. Die kalifornische Landschaft war so wild, so uneinnehmbar in ihrer Nicht-Menschlichkeit; kaum verließ man eine der Siedlungen, die sich an den sanfteren Küstenstreifen zusammendrängten, schienen Lärm und Geschäftigkeit des Stadtlebens schon trügerisch und leer.

Zwischen Sandhügeln und Binsen sank Walter plötzlich auf die Knie, legte sich dann hin, streckte die Arme aus und schloß die Augen.

Annie sah auf den Pazifik hinaus. Ihr Vater hatte gesagt, er sei das einzige, außer der Wüste, das es wert sei, daß man es länger als fünf Minuten ansehe; die unermeßliche Leere, die sie durch zu Schlitzen verengte Augen in sich aufnahm, schien eine nebulöse Ödnis, eine formlose, bewegliche Ödnis. Am Strand unter ihr erblickte sie einen einsamen Schwimmer, der mit schwingenden Armen und hochgezogenen Knien in die Brandung sprang.

«Leg dich hin, Annie», sagte Walter schläfrig.

Sie saß da und betrachtete ihn. Er hatte diese lange Fahrt gemacht, eine Küste hinunter, durch den Panamakanal, die andere Küste wieder hinauf – für sie? Seine Forderung lastete schwer auf ihr, als ob sie all die Stunden und Tage seiner Reise enthielt. Sie war es nicht wert – er schien es bereits zu wissen. Sie beugte sich zu ihm. Er lag da wie ein Stein, ein Mann auf dem Rücken, die Füße in den schweren Arbeitsstiefeln aufwärts gerichtet, und er roch nach warmer Haut und seinem sauberen, baumwollenen Arbeitshemd. Er legte seine Hand auf ihren Rücken.

«Annie?»

Er hatte ihr neun Briefe geschrieben, der letzte war in Colón aufgegeben worden; seine Schrift überzog die Seiten wie Stacheldraht. Die Briefe waren alle über sie; ihre Unwissenheit, ihren Exhibitionismus – erinnerte sie sich an die Nacht, in der sie sich in Unterwäsche in Jersey Lighters Dachwohnung zur Schau gestellt hatte? –, sie wisse nichts von der Welt, von Menschen, von ihrem eigenen Klassenhintergrund, von Sex, von Geld. Sie wisse nichts von der Welt des Kampfes, davon, was es hieß, arbeiten zu müssen, um seinen Lebensunterhalt zu verdienen. Sie sei verwöhnt; alle Frauen ihrer Klasse seien verwöhnt. Arbeitende Frauen, Frauen der Arbeiterklasse seien anders; er beschrieb sie; er sagte, ihr Verhältnis zu Männern sei realistisch; sie hätten echte Mösen, schrieb er, und wüßten, wozu man sie benutzt. Doch er werde sie, Annie, verändern – er werde ihr etwas beibringen.

Die Briefe ließen eine freudige Erregung in ihr entstehen und stießen sie gleichzeitig ab. Gesagt zu bekommen, was man war! Solch unversöhnliche Kritik ließ Ehrlichkeit und Gründlichkeit erkennen. Er kannte sie! Doch sie vernichtete alle Briefe – es war ihr unangenehm, das Papier zu berühren, noch als sie die Schnipsel in die Mülltonne leerte. Sie stellte sich vor, sie wären feucht, bedeckt mit einem Hauch von Schweiß; sie beschäftigten sich mit ihr, aber es gab die Anwesenheit anderer Frauen darin, erwachsener Frauen, und sie zog ihre Hand von ihnen weg, als ob sie durch die Briefe hindurch auf schimmerndes weibliches Fleisch stoßen könnte.

«Laß mich», murmelte er, drückte sie auf den Sand, rollte sich zur Seite und legte sich auf sie. Sie wandte den Kopf ab, weil sie sich daran erinnerte, daß er sie nicht auf den Mund küssen wollte. Unter seinem Brustkorb, der sich gegen ihren preßte, kämpften sich seine Hände höher und umfaßten ihre Brüste. «Alles in Ordnung», flüsterte er. «So, alles in Ordnung.»

Sie hievte ihn von sich herunter und setzte sich auf. Einer ihrer Zöpfe hob sich langsam von dem Anker der Haarnadeln und fiel neben ihrem Gesicht nach unten.

«Ich mag keine Jungfrauen», sagte er kalt. Sie sahen hinunter zum Strand. Der Schwimmer war nicht mehr da.

Auf dem Rückweg zur Stadt schwieg er die meiste Zeit. Er hatte seine Wachmannsmütze aufgesetzt und sie tief in die Stirn gezogen. Wenn er doch einmal sprach, war seine Stimme sanfter, als sie das Recht hatte zu erwarten. Hatte er vorher gewußt, wie sie sich verhalten würde?

Ob sie überhaupt Geld habe, fragte er. Nein? Nicht einmal für den Bus? Sie log. Er drückte ihr ein paar Scheine in die Hand. Als sie wieder am Hafen waren, legte er die Hand auf ihren Hinterkopf und zog sie an sich, um ihr einen Kuß auf die Wange zu geben. Bevor sie ging, bemerkte sie, daß seine Augen sie fixierten. Sie waren das Beste an ihm, diese Augen, groß, braun, hell. Was für ein Geheimnis er war! Ein plötzlicher Andrang von Erregung ließ sie schwindlig werden; sie konnte ihn haben – auch wenn sie ihn nicht wollte; ein Kommunist, ein Seemann, ein Frauenkenner, all die unerforschlichen Dinge der Welt hatten in ihm Platz. Vielleicht würde sie einmal etwas entdecken – sie würde ihm erlauben, diese einfache Sache mit ihr zu tun, und wenn er in ihren Körper eindrang, würde er sie vielleicht von einer anderen, bedeutungsvolleren Unkenntnis befreien.

An der Bushaltestelle zählte sie das Geld, das er ihr aufgedrängt hatte – dreißig Dollar. Essen, Miete, eine Zeitlang Sicherheit. In ihrer Vorstellung umarmte sie ihn voll reiner Dankbarkeit.

4

Als Annie Walter Vogel das erstemal sah, war er betrunken. Ein Highschoollehrer aus Summit, New Jersey, hatte sie mitgenommen zu einer Party in einem alten Haus in der Perry Street in Greenwich Village. Es war Anfang Dezember; vereister Schmutz glitzerte im Rinnstein; ein starker Wind blies durch die fast leeren Straßen, ließ die Deckel der Mülltonnen herunterfallen und rollte sie wie Reifen vor sich her.

In einem rauchgeschwängerten Raum im zweiten Stock saß ein Negergitarrist auf einem Barhocker, ein schwarzes Schiff in grauem Nebel. Er spielte ein Lied, *The Midnight Special.* Als Annie ihn bat, es noch einmal zu spielen, starrte er sie aus rotgeäderten Augen an. «Du magst das Lied?» fragte er. «Es ist wunderschön», sagte sie. «Hm», knurrte er. «Du weißt nichts über dieses Lied. Aber ich spiel's für dich, weil *ich* es bin, der so wunderschön ist.» Er lächelte nicht. Er beugte sich über die Gitarre und schien sie in seinen Bauch hineinzudrücken. Er schleuderte ihr die Worte entgegen, ohne sie mit seinem Blick loszulassen. Die Gitarre bewegte sich unter seinen Händen wie der Kolben einer Lokomotive, der jetzt in ihre Richtung stieß. Ein Mann lehnte sich lachend gegen sie. Sie dachte, es sei der Highschoollehrer, der sich über ihr Unbehagen lustig machte – der Gitarrist schien zu versuchen, sie durch sein Spiel in die Knie zu zwingen –, aber es war ein gutaussehender junger Mann in einem dicken schwarzen Pullover. «Er liebt dich einfach», hatte er gesummt. Sie sah den Blick des Gitarristen unsicher werden, und plötzlich donnerte er: «... *when the midnight special come to town.*»

Der Fremde fand eine Ecke hinter einer Couch. «Ich heiße Walter Vogel», sagte er und zog sie neben sich auf den Boden. Die Gitarrenmusik war leiser geworden; um sie und über ihnen ging die Party ihren taumelnden, geräuschvollen Gang. Sie konnte den Highschoollehrer nicht sehen; es war ihr eigentlich egal, ob er noch da war oder nicht. Sie trank ekelerregend süßen Wein aus Walters Pappbecher; er stellte den Becher zwischen sie auf den Boden; er hielt ihre beiden Hände in seinen; ihre Knie berührten sich. Die gespannte Aufmerksamkeit, die er ihr widmete, betrunken oder nicht, machte sie benommen. Sie wußte, daß sie zuviel redete. Aber wie er lachte! «Wer bist du, wer bist du ...?» fragte er leise. Keine Antwort wäre dem Geheimnis, der Bedeutung einer solchen Frage gerecht geworden ... wer war sie eigentlich? Aber sie versuchte es. Die Party verschwand aus ihrem Bewußtsein. Er hatte ein Zelt in der Wüste für sie aufgestellt – sie warf ihre Schleier beiseite. Sie hatte nicht gewußt, daß sie so *charmant* sein konnte; sie hatte nie gesehen, wie *komisch* ihr Leben gewesen war, noch immer war ... Ihr heiratswütiger Vater, der sie erst vor kurzem in einer Wohnung in der westlichen Siebenunddreißigsten Straße mit einem Kasten Bier und siebenundzwanzig Dollar allein zurückgelassen hatte, um wieder zu heiraten, natürlich, und ihre ehemalige Stiefmutter Bea, die ihr Solitär beigebracht hatte, damit sie etwas zur Unterhaltung hatte, und – plötzlich sahen die Schleier aus wie Lumpen. Walter Vogel, Wein im Mund und glasige Augen, lachte sie ungläubig – oder vielleicht verächtlich? – an. Voll peinigender Selbsterkenntnis stand sie auf, war wieder Teil der Party. Er kam unsicher auf die Beine und nahm sie gleich in die Arme. Sie wehrte sich; er hielt sie fest.

«Ganz ruhig, Baby, ganz still. Hier ...» Er ließ sie einen Moment los und drückte ihr eine zerdrückte Pakkung Zigaretten in die Hand und einen Stift. «Du schreibst auf, wo du wohnst, da, in die Ecke da. Schreib.» Und sie tat es, hoffnungslos.

Der Highschoollehrer hatte seinen Mantel an und stand neben der Tür. «Ich habe keine Zeit, dich heimzubringen», sagte er. «Es ist schon so spät. Ich habe noch die ganze lange Fahrt bis New Jersey, komm, ich setze dich in ein Taxi.»

Zu Annies Erstaunen stand Walter Vogel schon am nächsten Abend vor ihrer Tür.

«Hallo», sagte er. «Ich bin hier, um dich zu einer Versammlung mitzunehmen.»

Er kam in die kleine Wohnung, besah sie kritisch, schüttelte den Kopf. «Beeil dich. Wir kommen sonst zu spät.»

«Was für eine Versammlung?»

«Eine Diskussion ... Vielleicht lernst du was dabei.»

In einem kleinen Lagerhaus am unteren Broadway saßen etwa ein Dutzend Leute in einem langen, schmalen Raum und hörten einem Mann zu, dessen Mund von einem harten, borstigen Schnurrbart bedeckt war. Einige Leute nickten Walter zu, als er sich mit Annie setzte.

«Ich bitte euch», sagte der Mann, die Stirn runzelnd, «die sonderbare Leichtfertigkeit – und Leichtfertigkeit ist ein viel zu mildes Wort, um das notorische Verhalten zu beschreiben, das ich beschreiben will – dieser sogenannten Genossen zu bedenken, die dem Land des Sozialismus, der Union der Sozialistischen Sowjetrepubliken, Herz und Heimat des triumphalen Sieges der Arbeiterklasse über die Tyrannei der bourgeoisen Repression, so schnell ihr Vertrauen entzogen haben – wie schwach ist der Geist, wie weich ist das Hirn dieser Genossen!», ein Mann lachte irgendwo hinter Annie und Walter, «die unfähig sind oder, um es richtiger auszudrücken, die sich hartnäckig weigern, die Strategie des Genossen Stalin zu verstehen. Wie viele von uns haben das Gejammer vom ‹armen kleinen Finnland› über sich ergehen lassen müssen, das ein paar Wochen nach dem Abfall dieser schwachen Gemüter einsetzte, dieser Menschewiki, wie ich sie nennen will, die sich kindisch und eigensinnig weigern, die *Notwendigkeit* jenes Paktes einzusehen, den Genosse Stalin mit diesem Deutschen, Hitler, geschlossen hat, um ihn hinzuhalten! Es ist von höchster Wichtigkeit, daß wir zwischen Strategie und Taktik unterscheiden, Genossen, von allerhöchster...»

Walter war aufgestanden. «Würdest du für einen Gast den Unterschied zwischen Strategie und Taktik erläutern?» fragte er den Redner förmlich. Dieser sah Annie grübelnd an, dann nickte er lebhaft. Annie hörte nicht zu; sie nahm ungenau wahr, daß sie sich unter Leuten befand, die in der Welt, die sie selbst so ruhelos und verständnislos durcheilte, Bedeutungen, Kategorien, Erklärungen erkannten, wodurch es ihnen möglich war, ihre Gedanken miteinander zu verknüpfen. Daß Walter zu ihnen gehörte, beruhigte sie, für den Moment; die Worte des Redners waren ihr gleich; daß er sich abmühte in einem Dickicht aussichtsloser Sätze, war gleich. Was immer es war, worüber er sprach – er war überzeugt!

Später waren alle sehr nett zu ihr. Ein Mann und eine Frau mittleren Alters, die mit ihrer aus der Mode gekommenen Abendgarderobe fehl am Platz schienen, hielten ihre Hände. Ein junger Mann berührte die Zöpfe auf ihrem Kopf. «Sag mal, Walter, wo hast du diese liebe Kleine aufgelesen?»

Walter ging mit ihr in die Cafeteria. Sie aßen Reispudding und tranken mehrere Tassen Kaffee. Er zog ein Buch aus seiner Jackentasche und schob es ihr zu. Sie nahm es in die Hand. Es hieß *Das Schicksal des Menschen.* «Ich will, daß du das liest», sagte er. Sie gingen den Broadway entlang. Über den Turmspitzen einer dunklen Kirche schienen zwei glänzende Sterne nach unten zu fallen, dorthin, wo sie unweigerlich aufgespießt würden.

«Er ist ein Funktionär der alten Schule», sagte Walter über den Redner bei der Versammlung. «Autodidakt. Er war nie auf der Schule – er stammt aus einer Einwandererfamilie.»

Sie dachte, er klinge defensiv. «Oh, er war gut», sagte sie, und ihr Herz hob sich, vielleicht vor Glück, als sie die kleine Steinkirche betrachtete.

«Er ist strohtrocken, aber er kann nichts dafür. Die Hauptsache ist, daß er loyal ist», sagte Walter.

«Ich habe nicht mal gewußt, daß er über Rußland redet, bis er ‹Stalin› sagte», bemerkte sie.

«Du weißt nicht viel», stellte er fest. «Wo hast du dein Leben verbracht? In einem Loch im Boden?»

Sie hatte noch nicht darüber nachgedacht, wo sie ihr Leben verbracht hatte, nur die einzelnen Tage. Ihr Vater hatte gesagt, er würde in ein paar Wochen zurück sein. Ein paar Wochen waren vorbei. Der Kasten Bier war immer noch im Schrank und ein Tweedjackett von ihm. Ihre Mutter war gestorben, als sie zwei war. Annie hatte ihr Leben in einer Männerwelt verbracht. Jetzt würde sie eine neue Stiefmutter bekommen, noch eine Frau, die sich ihr gegenüber, wie sie vermutete, mehr oder weniger wie Bea verhalten würde.

«Was willst du, Annie?» hatte sie ihr Vater vor einigen Monaten gefragt. «Du *mußt* irgend etwas *wollen.*» Was bei der Frage herauskam – sie war nicht fähig gewesen, sie zu beantworten –, war, daß ihr Vater darauf bestand, daß sie irgendeine Schule besuchte. Also ging sie weiterhin, sogar nach seinem Verschwinden, einige Tage in der Woche zur Art Students League und spielte in einem Keller im Hinterhaus der Kunstschule unter dem desinteressierten Blick eines stämmigen russischen Bildhauers mit Ton. Manchmal stand sie einem Wandmaler oder einer Zeichenklasse Modell.

Sie war daran gewöhnt, leere Taschen zu haben; ein, zwei Dollar reichten ihr von Tag zu Tag. Sie trug fast alles, was sie besaß, in den Taschen ihres Mantels mit sich herum, eines Kamelhaarmantels, der ihr von einer der Freundinnen ihres Vaters geschenkt worden war – sie hatte vergessen, von welcher.

Der Bildhauer hatte ihr einmal gesagt, sie habe Talent, dann hatte er gelacht und gesagt, Talent sei das wenigste.

Ihr Vater hatte zwei Monate die Miete für die Wohnung bezahlt – sie hatte die Quittung gesehen. Das Haus war klein und schäbig, der Besitzer ein tunesischer Homosexueller, der gelegentlich für Annie arabisch kochte und ihr in hohem, prahlerischem Ton seine Sorgen erzählte. Oft half sie ihm, wenn er sich in eines der Ballkleider zwängte, die er bei seinen Partys gern trug. Sein liebstes Kostüm war ein roter Rumbarock mit Rüschen und einem Schlitz bis hinauf zu seiner ausladenden Taille. Einmal hatte er seine wenigen Mieter um zwei Uhr nachts mit dem Schrei geweckt: «Wo sind meine TITTEN!» Während er die Treppe hinauf- und hinunterstolperte, hatte er geweint und das Schwein verflucht, das ihm seinen wunderbaren Vorbau mit den ausgeformten Brustwarzen gestohlen hatte. Annie hatte ihn vom Geländer des obersten Stockwerks aus beobachtet – sie war wach gewesen und hatte die *Milkman's Matinee* im Radio gehört – und über eine dunkle und schreckliche Rache an irgend etwas, irgend jemandem nachgedacht. Der Tunesier, Samuel, war zu ihr hinaufgestiegen – die anderen hatte alle ihre Türen verschlossen. Er war betrunken, seine Perücke hing am Hinterkopf, sein Makeup war verschmiert.

«Du weißt nichts, du dumme Schlampe», schimpfte er, hatte mit steifen Schritten ihre Wohnung betreten und war sofort auf dem Webteppich zusammengesunken, auf dem er bis zum Morgen schlief. Sie kochte ihm dann Kaffee, und er erzählte ihr, wie sehr er die Vereinigten Staaten von Amerika hasse und die Juden, die sie regierten, und wie normal sein Leben verlaufen wäre, wäre er nicht mit vierzehn von zu Hause weggelaufen, und daß er jetzt sechs dicke Kinder haben könnte. Von heute an, versicherte er ihr, sei er ihr Freund, auch wenn dieser Dreckskerl von Vater, den sie habe, keinen Cent Miete zahle, und er werde sie umsonst hierbleiben lassen, na ja, fast umsonst. Seine Versprechungen bereiteten ihr schmerzliches Unbehagen. Von diesem Zeitpunkt an lud er sie zu seinen Tuntenpartys ein – sie ging nicht hin –, und dann und wann steckte er ihr einen Dollar zu. Doch er hatte Momente, in denen er mit jeder Faser Hausbesitzer war – dann betrachtete er sie kalt, und sie wußte, daß er ausrechnete, wie lange sie noch die Nerven haben würde, in der Wohnung zu bleiben ohne Geld für die Miete.

Sie erhielt innerhalb einer Woche zwei bunte Karten von ihrem Vater aus New Mexico. Auf der zweiten stand: «Brauchst du Kohle?» Aber da es keine Anschrift gab, war die Frage sinnlos. Eine junge Frau aus ihrer Bildhauerei-Klasse schenkte ihr zwei billige Baumwollkleider und sagte, sie sollte versuchen, einen Job als Mannequin in einer Modeagentur zu bekommen. Annies Aussehen wurde oft bewundert, aber die Komplimente, die sie hörte, durchdrangen nicht jenes Unverständnis ihrer selbst, das ihr Wesen ausmachte.

Gehorsam ging sie zu einer Agentur in der Park Avenue. Der Warteraum war voller Mädchen, an deren dünnen Beinen große schwarze Mappen lehnten. Sie waren so hübsch! Schließlich wurde sie ins Büro des Chefs der Agentur gebeten. Er sah auf ihre Beine, ihr Baumwollkleid, ihre Zöpfe. Er sagte ihr, sie solle ihr Haar lösen und sich vornüberbeugen, dann nach hinten. Hatte sie irgendwelche Kleider? Irgendwelche professionellen Fotos? Nein, nein, sie hatte keine. Er sagte, sie könne am nächsten Tag Katalogaufnahmen machen. Sie verließ den Raum, rot vor Aufregung. Sie hatte von dem unglaublichen Verdienst von Mannequins gehört – fünf Dollar die Stunde, manchmal sogar mehr.

Am nächsten Tag ging sie in dem anderen Baumwollkleid und dem Kamelhaarmantel zu einem Haus in der Gegend der östlichen Fünfzigsten Straße. Hinter einem Eisengitter war ein hübsches kleines Haus mit Marmorfront. In der offenen Tür sah sie Kameras auf Stativen, Kleider, über Möbel mit zierlichen Füßen verstreut, und einige gutangezogene Mädchen, die mit zwei jungen Männern sprachen. Sie ging weg, ohne die eisernen Tore aufzudrücken.

Sie sah Walter ziemlich oft nach jener Versammlung; er warte auf das Auslaufen des Schiffes, sagte er. Arbeit als Schauspieler fand er nicht. Er versuchte häufig, mit ihr zu schlafen, ließ sie aber beim kleinsten Zeichen von Widerstand los. Sie leistete immer Widerstand. Er nahm sie zu keiner weiteren Versammlung mit, brachte ihr aber ein Exemplar des *Daily Worker* zum Lesen. Einmal ging er mit ihr ins Stanley Theater, wo ein russischer Film lief, *Panzerkreuzer Potemkin*. Nach dem Ende des Films sprach er mit einigen Leuten im Vorraum. Sie war still, verzweifelt still; der Film hatte sie erschreckt, aber sie tröstete sich mit dem Erschreckenden; ihre eigenen Sorgen waren nichts ... es gab eine ganze Welt von Sorgen.

Zwei Wochen vor Weihnachten schrieb ihr Vater, er habe sich entschlossen, eine Weile in Taos zu bleiben. Es sei ein herrliches Land zum Malen. Er legte eine Anweisung über fünfzig Dollar bei, doch es gab noch immer keine Adresse. Im Gefühl, reich zu sein, ging sie in die Cafeteria der Art Students League im obersten Stock und traf den Highschoollehrer aus Summit, den sie seit der Party, auf der sie Walter begegnet war, nicht gesehen hatte. Er hatte die Klasse von Kuniyoshi besucht. Er begrüßte sie lakonisch. Während sie ihm in der Absicht, ihn zu amüsieren, davon erzählte, wie sie als Mannequin hätte arbeiten sollen und es nicht getan hatte, zeichnete er ein Bild von ihr in sein Notizbuch. «Wir sollten heute abend zusammen essen», sagte er und schob ihr das Bild zu. Das Mädchen, das er skizziert hatte, lächelte fade, trug aber den Kopf hoch erhoben.

Er war in der Vergangenheit öfter gut mit ihr essen gegangen, und obwohl er nicht sehr attraktiv war – seine Augen waren trüb, und beim Reden öffnete er meist nur die eine Seite des Mundes –, war er auf eine unpersönliche Weise freundlich zu ihr. Sie gingen in einen Nachtklub, wo eine sehr dicke Negerin mit rötlicher Haut gewagte Lieder sang und sich auf einem Klavier in der Mitte der Tanzfläche selbst begleitete. «In den alten Zeiten in Paris, da war sie berühmt...», sagte der Lehrer. Vorher hatte er ihr schon erzählt, daß er nie in Europa gewesen sei. «Aber du weißt sowieso nichts von dieser Zeit», fügte er hinzu.

Er brachte sie heim. «Du bist verführerisch», sagte er und küßte sie. Er hatte reichlichen sauren Speichel im Mund. Sie wehrte sich und dachte schon, sie müsse Samuel um Hilfe rufen. Aber plötzlich ließ er sie los. «Du bist ein armes, wildes Wesen», sagte er mit seiner trockenen, flachen Stimme. «Du bist nicht ernsthaft.»

Einem unwiderstehlichen Impuls folgend, preßte sie die Lippen zusammen. Ihre Enttäuschung beschämte sie; sie war bereit, «Ich liebe dich» zu diesem insolenten alten Fremden zu sagen, der selbst jetzt noch darauf sah, daß das Hemd, das ihm während ihres Kampfes aus dem Gürtel gerutscht war, gleich wieder ordentlich saß.

«Warum bist du nicht in der Schule? Warum hast du kein richtiges Zuhause?» fragte er, als seien ihm diese grundsätzlichen Erwägungen jetzt erst in den Sinn gekommen.

Sie erklärte es ihm eilig. Sie habe nicht immer so gelebt, allein. Sicher, ihr Vater führe ein Wanderleben und sorge nur unregelmäßig und manchmal gar nicht für ihr Wohlergehen, aber sie sei in der Schule gewesen, sogar auf der Highschool. Es sei eben langsam zu Ende gegangen, und wahrscheinlich glaube ihr Vater, sie sei jetzt alt genug, um allein zu leben.

«Was glaubt er, wie du dich ernährst, wenn du nichts von Männern bekommst?» fragte er sie scharf. Die Frage war wie ein Schlag; sie hatte keine Antwort.

«Du brauchst eine Mutter», sagte der Lehrer. Dann sagte er, sie würden sich nicht mehr treffen. Er schüttelte formell ihre Hand. Er habe gewisse Bedürfnisse, erklärte er. Eines Tages würde sie es verstehen.

Ein paar Tage später, im Bildhauerei-Kurs, vertraute ihr eine Frau mittleren Alters laut flüsternd an, daß sie nach Kalifornien gehen werde. «Thomas Wolfe sagte, es führt kein Weg zurück, aber für mich schon. Ich habe dieses wahnsinnige Klima und all diese gemeinen Menschen absolut satt. Ich habe dich die ganze Zeit beobachtet. Du bist nicht gemein, deshalb sage ich dir das.» Sie lud Annie für denselben Nachmittag zum Tee ein.

Sie hieß May Landower, und sie wohnte in einer vollgestopften, nach Vogelfutter riechenden Souterrainwohnung an der East Side. Zwei Kanarienvögel hockten auf einer kurzen Stange in einem Käfig neben dem schmutzigen Fenster, das auf einen Innenhof voll aufgehäuftem Müll ging. In der Mitte des Zimmers lagen auf einem runden Tisch die spiritistischen Karten. Ein großes Klavier lauerte im Schatten wie ein dunkles, ausgestopftes Tier. May schenkte ihnen beiden Whiskey ein.

«Keinen Tee», sagte sie. «Nicht, wenn ich Pläne mache. Tee ist für die Dauer.» Sie sprach mit Würde und bewegte dabei langsam ihre Hände in der Luft, als ob ihre Gedanken zu erlesen seien, um sich in bloßen Worten niederzuschlagen. Wenn sie im Zimmer herumging, fielen Dinge von den Tischen; sie hob sie auf, ächzte und schwankte dabei, und in den Falten ihres weiten Rocks sammelte sich der Staub vom Boden. Sie war betrunken, erkannte Annie. In einer früheren Periode ihres Lebens hatte sie womöglich gut ausgesehen, eine hagere Schönheit des Mittleren Westens mit schmaler Nase und feinen Lippen, großen, blaßblauen Augen und mit der Brennschere gekraustem, hennagefärbtem Haar über einer breiten, niederen Stirn.

Sie nahm einen Packen Karten auf und hielt ihn geziert in ihrer schmalen Hand. Ein kleiner Diamantring an einem Finger glitzerte im Licht einer wackligen Lampe. «Was ist nicht dumm?» fragte sie rhetorisch. «Ein guter Freund von mir wählte das Zeltlager für seinen Sohn aus, indem er auf die Seite mit der Liste aller Zeltlager in der *New York Times* einen Dartpfeil warf. Es stellte sich heraus, daß es das allerbeste Zeltlager war. Ich lese jeden Morgen und jeden Abend in den Karten. Was macht es schon aus? Schicksal ist Schicksal. Ich habe ein paar Dollar gespart, genug, um ein gebrauchtes Auto zu kaufen. Es gibt Kinder in Hollywood, die nur darauf warten, Tonleitern zu lernen.» Sie zeigte auf das Klavier. «Ich habe sogar eine ältere Frau gefunden, die meine lieben kleinen Vögelchen nehmen wird. Mein Mann verließ mich, als die Depression am schlimmsten war – aber natürlich war es damals immer schlimm. Egal. Ich hab's geschafft. Er starb vor zwei Monaten einen einsamen Tod. Kalifornien ist klar für mich, jetzt, wo er nicht mehr da ist.»

«Interessieren Sie sich für Bildhauerei?» fragte Annie, während einer der Kanarienvögel ein mattes Repertoire verzagter Triller zum besten gab.

«Etwas, womit man die Zeit herumbringt», erwiderte May. «Da geht's mir wie dir, mein Liebes, also, worauf warten wir?»

«Mein Vater – ich erwarte ihn irgendwann zurück. Er hat gerade wieder geheiratet –»

«Nein, nein ... Wenn er jetzt nicht kommt, wird er nie zurückkommen.»

«Aber Sie wissen nichts davon!» protestierte Annie.

«Du bist Waise», sagte May entschieden. «Wie ich. Deine Aura ist schwach. Alle Waisen haben eine schwache Aura. Sie müssen ihre Energie selbst erzeugen. Es ist hart, hart ... Trink aus! Ich brauche eine Reisegefährtin. Wenn du fünfzig oder sechzig Dollar zusammenkriegen kannst, sorge ich für den Rest. Es war mir nicht beschieden, Kinder zu haben, nur treue Freunde.»

Sie warf die Karten auf den Tisch und ging entschlossen zum Klavier, wo sie, noch immer stehend, mit den Fingern über die Tasten fuhr. «Ich kannte Gershwin», rief sie, während eine kunstvolle Kadenz erklang. Die Kanarienvögel hüpften auf den Boden des Käfigs.

May kehrte zu den Karten zurück und sah Annie durchdringend an.

«Ich werde etwas Zeit brauchen. Das Modellstehen in der Kunstschule bringt nicht viel ein. Aber mein Vater schickt mir vielleicht noch einen Scheck. Gut, ich versuche, das Geld zusammenzubekommen.»

May breitete die Finger aus und starrte wie durch ein Gitter auf Annie. «Ich werde dich mitnehmen zu Swami Besharandi. Ich werde es bedauern, ihn verlassen zu müssen, fast so sehr, wie es mir wegen meiner zwei Vögelchen leid tut. Er wird dir den inneren Frieden geben, den du brauchst, um das Geld zu beschaffen.»

Am gleichen Abend stieß Annie auf Samuel, der die Treppe von ihrer Wohnung herunterkam. Er sah aschfahl aus. Als ihre Blicke sich trafen, begann er trocken zu schluchzen. «Ich glaube, ich werde eingesperrt», klagte er. Sie drückte die Milchflasche und das Brot, das sie gekauft hatte, an ihre Brust und wollte an ihm vorbei. «Warte!» bettelte er. Er folgte ihr in die Wohnung und sank in einen Stuhl.

«Danny droht, mich ins Gefängnis zu bringen.»

«Danny?» fragte sie.

«Danny!» schrie er. «Du weißt verdammt gut, wer Danny ist! Er wohnt seit fünf Tagen mit mir zusammen!»

«Ich habe ihn noch nie gesehen», sagte sie.

«Die kleine Hure! Siebzehn und so böse wie ein alter Stricher...»

«Willst du ein Bier?» fragte sie in der Hoffnung, ihn zu besänftigen.

«Ich habe Tee getrunken. Ich nehme an, du weißt, was Tee ist? Eine kleine Mieze wie du! Die Art von Tee, die nicht aus Tee besteht? Und er wollte es probieren. Es wurde ihm schlecht davon. *Jeder* weiß, daß einem beim erstenmal schlecht davon wird! Jetzt schreit er herum, ich hätte ihn vergiftet und er würde die Polizei rufen. Das ist Erpressung! Nur weil ich ein kleines Haus besitze, denkt er ... Mein Gott, ich lebe seit '35 von dem, was ich habe. Und dieser dumme kleine Schwätzer, der eine Mutter und ein Landgut hat und auf irgendeine beschissene berühmte Privatschule geht, der sich nie unter den Achseln wäscht, *der* will mich verpfeifen, weil er mit seinem häßlichen Mund mal an einem Joint gezogen hat!

«Samuel. Ich habe keine Ahnung, wovon du sprichst.»

«Marihuana. Lieber Himmel! Weißt du denn gar nichts?» Wenn ihr noch einmal jemand diese Frage stellte, würde sie ihn umbringen. Nur das, ihn umbringen. Samuel seufzte. «Denkst du, er meint es ernst?» fragte er.

«Nein», sagte sie knapp.

«Du bist klug», sagte er. «Das habe ich immer gewußt. Wirst du mit ihm reden? Ich lade dich danach zum Essen ein. Wirst du es machen?»

Annie schlug keine Essenseinladung aus. Nachdem der Lehrer sich verabschiedet hatte, hatte sie keine richtige Mahlzeit mehr gehabt, nur ein paar Sachen zum Essen da und dort. Das schwache nagende Gefühl in ihrem Bauch war immer da, wie etwas, das gefangen ist und herauswill. Wenn sie nur wüßte, wie sie ihre nächste Mahlzeit bestreiten sollte, hatte sie oft gedacht, würden sich die nächtlichen Ängste und die Ängste des Tages in erträgliche Besorgnis verwandeln lassen.

Sie gingen zusammen hinunter in Samuels große Wohnung mit den roten Samtvorhängen und weichen Kissen, dem Geruch nach Räucherstäbchen. Sie kannte das Zimmer gut. Ein dünner Junge erhob sich aus einer Ecke der breiten Couch. Samuel machte Licht.

«Sprich mit ihm», bat er Annie.

Die Pupillen des Jungen drehten sich nach oben. «O Gott!» schrie er gellend und fiel zurück auf die Couch, das Gesicht mit den Händen bedeckend. Annie setzte sich neben ihn. Starker Schweißgeruch drang durch den Stoff seines dicken Tweedjacketts. Sie nahm eine seiner Hände von seinem Gesicht. Er schauderte, erlaubte ihr aber, seine Hand zu halten. «Was ist los?» fragte sie leise.

«Oh, mein Gott!» stöhnte er. Samuel fing an zu weinen.

«Ich kann aus der Hand lesen», sagte Annie.

«Lieber Gott! Sie kann aus der Hand lesen», rief der Junge.

«Du hast eine schöne Hand, wie ein kleiner Fisch», sagte sie.

«Weißt du, was er mir angetan hat?» fragte der Junge. «Der mit seinem schmutzigen Opium?»

«Es ist kein Opium», schluchzte Samuel.

«Er hat versucht, mich umzubringen. Ich hatte Alpträume, ich fiel und fiel und fiel ...»

«Spielst du Klavier?» fragte Annie sanft und beharrlich.

Danny ließ die andere Hand von seinem Gesicht fallen. Er sah Annie gerade ins Gesicht, sie war ganz nah. Samuel schniefte; er saß gekrümmt in seinem Stuhl.

«Na ja, ja ... ich spiele. Ich bin musikalisch.»

«Ich wußte es», sagte Annie.

«Ich bin seit Tagen nicht daheim gewesen! Meine Mutter würde sterben, wenn sie wüßte, was ich durchgemacht habe.» Er schloß die Augen; sein Kopf sank zurück auf die gebogene Lehne der Couch. Sein Adamsapfel war wie ein kleines Zelt aus Fleisch, aufgestellt in seinem dünnen Jungenhals. Er sah sogar noch jünger aus als siebzehn, dachte Annie. Solche langen schwarzen Wimpern. Einen Augenblick stellte sie sich ihn tot vor, eine kleine Leiche, jemanden, der weint.

«Aber jetzt geht's dir wieder gut», sagte Annie, seine Hand tätschelnd.

«Es wird mir *nie* wieder gutgehen», sagte der Junge seufzend. Er wandte sich schläfrig zu ihr um und lächelte: «Letztes Jahr war ich nur am ersten Weihnachtsfeiertag zu Hause. Ich habe ihnen gesagt, daß ich das nie wieder machen würde.»

Erstaunt sah Annie Samuel an, wie um von ihm eine Bestätigung zu erhalten. Die Schaufenster, das Lametta – um sie herum war schon einen Monat lang Weihnachten, und sie wußte nichts davon.

«Weihnachten!» echote Samuel in melancholischem Ton. «Ja.»

«Und bald werde ich wieder in Massachusetts auf die Schule gehen», sagte Danny, den Blick auf Samuel gerichtet, «wo ich zwei Zimmergenossen habe. Einer ist ein Flegel. Aber der andere nicht.» Er lächelte gewinnend und senkte seine schönen Wimpern. Als er sie wieder hob, blickte er sich gleichgültig im Zimmer um. «Mir ist so langweilig», sagte er still, «ich wünschte, ich wäre tot.»

«Ich auch, manchmal», sagte Annie schnell. Samuel schlang die Arme um seine Brust und starrte den Jungen schweigend an. Sie nahm an, daß er die Einladung zum Essen vergessen hatte. Sie stand auf. Samuel sah sie an.

«Wasch dein Gesicht. Ich hab's dir gesagt, oder? Daß ich dich ausführen werde. Hast du keinen anderen Mantel? Schau deine Beine an! Sie sind ganz rot vor Kälte. Mein Gott! Hast du keine Strümpfe zum Anziehen? Ich gebe dir ein Paar Socken. Warte ...»

Er verschwand im Schlafzimmer, wo er, wie Annie wußte, einen Moment innehalten würde, um mit der Hand über den schwarzen Bettüberwurf zu fahren. Danny sagte kühl: «Wo hat er dich denn aufgelesen?» Aus einem Impuls heraus boxte ihn Annie auf den Arm. Er lachte fast liebevoll.

Samuel kehrte mit einem Paar Socken in der Hand zurück. «Hier. Sie passen farblich nicht zu diesem atemberaubenden Mantel, aber wenigstens frierst du nicht an den Füßen. Mein Gott! Die Zehen fallen dir noch ab!»

«Auf Wiedersehen, Danny», sagte Annie.

Der Junge hatte sich wieder in sich selbst zurückgezogen. Er winkte mit einem Finger. «Oh ... Frohe Weihnachten», sagte er hämisch zur Welt im allgemeinen.

«Komm in zwanzig Minuten zurück», sagte Samuel an der Tür und drehte sich bereits, um in das Zimmer zurückzukehren.

Er ging mit Annie in ein französisches Restaurant ein paar Straßen weiter. «Jetzt bestellst du was Gutes», befahl er. Eine Spur Puder lag auf einer seiner Wangen. Er aß wenig und sah nachdenklich aus, anders als sonst. Er bat die Bedienung um Tee und schüttelte den Kopf, als sie fragte, ob sie noch eine Tasse Kaffee bekommen könne. «Du paßt nicht auf dich auf», bemerkte er. «Du beleidigst deinen Körper. Zuviel Kaffee – du rauchst zuviel. Wer hat dir je irgend etwas beigebracht?»

«Jeder bringt mir etwas bei», sagte sie spöttisch, «als ob ich der Dorftrottel der Welt wäre.»

«Was soll's», sagte er. «Du verlangst danach.»

Verwöhnte Jungen machten ihn wahnsinnig, sagte er, diese Jungen mit ihren Maßschuhen und Müttern, die die Einkaufsliste den Dienstboten gaben. Sie wüßten nichts vom Schmerz des Lebens, der Wahrheit, die er vor vielen Jahren von fern erahnt hatte, als er am Strand des Schott Djerid stand, dem großen Salzsee in Tunesien, jenseits davon die Wüste.

«Das Nichts», sagte er. «Das ist der Name der Wahrheit.» Dann lächelte er. «Geld, Geld bedeckt das Nichts.»

Nachdem sie gegessen hatten, ging er mit ihr ins Kino; er betrachtete gleichmütig die Vordächer mit den Filmtiteln in Neonschrift und sagte nörglerisch: «Ach, der hier. Was macht es schon für einen Unterschied?» Es war ein französischer Film, den ersten, den Annie je sah, *Die große Illusion*. Später, als sie zur Dreiundsiebzigsten Straße zurückgingen, sagte Samuel: «Ich wollte immer jemanden wie diesen Adeligen kennenlernen, den Dünnen, nicht den Deutschen. Aber du und ich, wir haben nicht solches Glück.» Sie kamen an zwei jungen Männern vorbei, die vor den Schaufenstern herumlungerten. Samuel kicherte leise und sagte, der blonde Ehepartner trage ein Toupet, weil er alle seine Haare früh verloren habe, «auf dem ganzen Körper – oh, das ist wirklich ein schweres Los!»

Annie wollte seinem Sexgerede nicht zuhören. Das Kino hatte sie in eine melancholisch gefärbte erhobene Stimmung versetzt – wenn die Arbeiter in der Welt, wie Walter gesagt hatte, mehr miteinander zu tun hatten als mit ihren eigenen Landsleuten, so traf das auch für die Adeligen zu. Wie nobel der seinem Untergang entgegensehende französische Offizier im Film gewesen war, mit welcher Haltung er seine weißen Handschuhe gewaschen hatte, den Tod vor Augen. Nobel! Woher hatte sie dieses Wort? Von ihrem Vater wahrscheinlich – noble Gesten, noble Gründe, nobel, weil ein Scheitern damit verbunden war.

Samuel spielte nervös mit seinen Schlüsseln. Sie argwöhnte, daß er auf die Straße zurückgehen wollte, sobald sie auf dem Weg nach oben war, «auf die Piste», sagte er dazu.

«Samuel, ich will weg von New York.»

«Bis nächsten Monat ist bezahlt», sagte er ungeduldig. «Dein Scheißvater hat das geregelt, wenigstens das. Ich habe darüber nachgedacht, wie du trotzdem bleiben könntest – einmal in der Woche meine Wohnung putzen, weißt du, so was. Ich kann dich einfach nicht völlig umsonst hier wohnen lassen. Du verstehst...»

«Ich möchte, daß du mir fünfzig Dollar leihst, Samuel», sagte sie und wappnete sich innerlich gegen einen Zornausbruch. Er sagte nichts. «Da ist eine Frau in meiner Klasse in der Kunstschule, die nach Kalifornien fährt. Sie nimmt mich mit.»

Samuel stieß einen langen Seufzer aus; die Schlüssel hingen an seinen Fingern.

«Ich habe mir meinen Lebensunterhalt selbst verdient», sagte er. «Von Schiff zu Schiff, von Sfax nach Piräus, von Neapel nach Barcelona. Oh – du hättest mich sehen sollen – wie eine reife kleine Feige!»

«Es tut mir leid», sagte Annie demütig. «Es tut mir wirklich leid. Ich habe nur gedacht, ich frage mal. Ich werde weiter Modell stehen und es irgendwie zusammenkratzen.»

«Warum schickst du dem alten Teufel kein Telegramm? Da draußen ist er und versäuft das Geld seiner neuen Frau, wie ich ihn kenne. Du könntest ihn verklagen, wegen Verletzung der Unterhaltspflicht. Wußtest du das?»

«Ich weiß nicht einmal seine Adresse.»

«Gut, ich aber!»

Es war ihr äußerst peinlich, und er sah es sofort. «Hör zu, ich sagte ihm, wenn ich deine Mama sein soll, muß er mir eine Adresse geben, wo ich ihn erreichen kann. Er ist in Taos –»

«Das weiß ich auch –»

«– und glaub bloß nicht, daß er in einer Hütte wohnt, der nicht!»

«Ich kann ihn nicht um Geld bitten», sagte sie verzweifelt. «Ich kann nicht.» Ihr Vater hatte gesagt: «Annie, du bist nicht gierig...» Ihn um Geld zu bitten, um irgend etwas zu bitten bedeutete, die einzige Verbindung zu zerstören, die es nach ihrem Gefühl noch zwischen ihnen gab. Sie konnte jetzt nicht einmal Samuel bitten, ihr die Adresse in Taos zu geben. Halt still, lächle, wenn man dich fragt, bitte um nichts. Das war das Gesetz. Sie wollte es brechen; sie wünschte, sie hätte keinen eigenen Willen, lebte in einer Anstalt für Geisteskranke, wo alles, was durch Selbstbeherrschung zurückgehalten wurde, aus ihr herausfiele wie zerbrochenes Porzellan.

Samuel starrte auf seine kleinen Füße in den weichen Ziegenlederschuhen. «Ach, komm mit», sagte er rauh. Sie folgte ihm in seine Wohnung. Es roch muffig, unbenutzt. Samuel ging ins Schlafzimmer und kam mit einer Zigarrenkiste zurück. Als er sie öffnete, sah Annie, daß sie voller Geldscheine und Münzen war. Es lagen auch zwei große Diamantringe darin. «Es sind Fälschungen», sagte Samuel. Er gab ihr fünf neue Zehndollarnoten.

«Such dir einen Mann, irgendeinen großen, starken Mann. Halt dich von Juden fern. Kriege Kinder. Werd um Gottes willen kein Schnorrer. Du weißt es noch nicht, aber die Zeit vergeht.» Dann fügte er mit sichtbarer Anstrengung hinzu: «Und vergiß das mit dem Geld. Ich hole es mir eines Tages aus dem Versteck von diesem Scheißkerl. Frohe Weihnachten, Liebes. Geh jetzt ins Bett.»

«Deine Socken ...»

«Ach, behalt sie ...»

Am letzten Tag der Bildhauerei-Klasse vor Weihnachten sagte May Landower zu Annie, daß der siebenundzwanzigste Dezember ein günstiger Tag zum Wegfahren sei, und am ersten Weihnachtsfeiertag stand mittags Walter Vogel vor ihrer Tür mit Matrosenmütze auf dem Kopf und Matrosenjacke über seiner Bluejeans und seinem Arbeiterhemd. Er hatte ihr sein Stück zum Lesen mitgebracht, das er geschrieben hatte, siebenunddreißig Seiten. Er schien aufgewühlt, unruhig, aber sie hatte ihn im Verdacht, daß ihn eigentlich etwas anderes beschäftigte.

«Lies es jetzt», befahl er und drehte den Stuhl herum, so daß er mit dem Rücken zu ihr saß.

«Ich habe nicht einmal gefrühstückt», sagte sie.

«Dann iß etwas...»

Sie trank die Milch vom Vortag und aß eine Scheibe Brot.

Das Stück bestand vorläufig aus drei Szenen. In der ersten kam ein Schauspieler nach Hause, um seiner Frau zu sagen, daß es das Federal Theater nicht mehr gibt. Sie erwartet ein Kind. Sie haben kein Geld. Ihre Eltern sind – «Was ist ein Kulak?» fragte Annie.

«Ein reicher Bauer und Ausbeuter», entgegnete er in verächtlichem Ton, ob des Kulaken oder ihrer Unwissenheit wegen, wußte Annie nicht.

Die Eheleute umarmen sich, Bosse und Imperialisten verfluchend. Während die Frau auf einem Feldbett schläft, reinigt der Schauspieler ein altes Winchestergewehr. In der zweiten Szene, am nächsten Morgen, erwacht die Frau und schreit, als sie das Gewehr sieht. Der Kühlschrank ist leer. Ein Nachbar stürmt herein, um zu verkünden, daß der Schauspieler seine Tochter geschwängert habe. Die Frau fällt in Ohnmacht. In der dritten Szene wendet sich der Schauspieler direkt ans Publikum. Er hatte schon seit Monaten gewußt, daß das Federal Theater kein Geld mehr bekommt. Im Wissen, daß Elend und Armut im Kapitalismus nie aufhören, hat er sich einen Rausch angetrunken. Auf dem Weg nach oben zu seiner Frau, der er sagen will, daß sie abtreiben müsse, verführt er die Tochter des Nachbarn. Aber eben *weil* er in der Nachbarwohnung kurz haltmacht, wird das Leben seines Babys gerettet!

«Wen wird er erschießen?» fragte Annie.

«Niemanden. Es zeigt nur seine Machtlosigkeit.»

«Ah.»

«Es ist ein bißchen holzschnittartig ...»

«Nein, nein ...»

«Agitprop ...»

«Was?»

«Es ist um aufzuklären, eine Art Lehrstück, für Arbeiter-Studiengruppen.»

«Aha.»

Sie wollte zu Boden fallen vor Verlegenheit. Und doch war sie gerührt. Ihr Vater hatte gesagt, es gebe keinen Zweck im Leben, nur die unwillkürliche Bewegung von Würmern, geistlose Energie. Aber Walter versuchte, mit seinem furchtbaren Stück etwas auszurichten. Sie wollte ihm nicht länger erzählen, was sie über *Die große Illusion* gedacht hatte. Er versuchte, etwas für sie zu tun, nicht wahr? Eine Ordnung in ihr Leben zu bringen. Sie erinnerte sich daran, wie freundlich die Leute bei der Versammlung gewesen waren, zu der er sie mitgenommen hatte. Sie erinnerte sich, daß er gesagt hatte, es sei nichts falsch an ihr, außer, daß sie ein Opfer der Wertvorstellungen der bürgerlichen Klasse sei. Das war wenigstens besser, als ein Opfer von *jemandem* zu sein.

«Es ist sehr gut», sagte sie schließlich. Es war nicht die schlimmste Lüge ihres Lebens. Er nickte grimmig.

Sie sagte ihm, daß ein Wandmaler der Art Students League sie eingeladen hatte, bei ihr vorbeizukommen, es gebe Drinks und etwas zu essen. Der Wandmaler, der aus Louisiana kam, hatte oft sein Mittagessen mit ihr geteilt. Sie hatte ihm Modell gestanden. Sie war sicher, daß Walter ihn mochte. Walter war einverstanden, sah aber noch immer recht grimmig aus. Sie gab ihm das Manuskript zurück. Er rollte es zusammen und steckte es in die Tasche.

Auf dem Weg nach unten sagte sie: «Weißt du, ich gehe wirklich nach Kalifornien.»

«Ich weiß», sagte er. «Du bist nun mal so.»

«Übermorgen», sagte sie, seine Bemerkung ignorierend. Er nahm sie mit plötzlicher Heftigkeit in die Arme, es tat weh. Einer ihrer Füße baumelte über der nächsten Stufe. Sie fürchtete, daß einer der Mieter oder, noch schlimmer, Samuel ins Treppenhaus käme. Walter murmelte etwas und küßte ihren Hals. «Nicht!» bat sie flehentlich. Er drückte sich fester an sie, wie um eine verklemmte Tür gewaltsam zu öffnen. Er küßte sie nie auf den Mund – das sei albernes Filmgetue, sagte er. Sie hatte ihn gefragt, ob sich die Leute in der UdSSR nicht küßten. Er hatte gesagt, sie solle nicht so verdammt arrogant sein.

«Walter!» rief sie. Er ließ sie abrupt los und lief vor ihr her die Treppe hinunter. Ein feiner Schnee fiel. Die wenigen Autos, die am Bordstein parkten, sahen aus wie verlassene Heuschuppen. Annie und Walter gingen schnell, schweigend, in Richtung Columbus Circle, in dessen Nähe Leonard Poole mit seiner Frau und zwei Kindern in einer kleinen Wohnung lebte.

Die Tür war offen. Ein erstickender Geruch von alten Heizungsrohren konnte sich gegen den köstlichen Duft von Maisbrot und gebratenem Hühnchen nicht durchsetzen, dem Annie nachging, bis sie zum Büffet kam, das auf einem Kartentisch neben einem in der Mietshaushitze schon welkenden Christbaum aufgebaut war. An seiner Seite befand sich ein weiterer kleiner Tisch, auf dem eine große Glasschale stand; eine Schöpfkelle hing vom Rand herab.

Walter schien fast sofort betrunken; in einem Arm hielt er eine junge Malerin, die Annie flüchtig kannte, der andere umkreiste die runde Schulter von Leonard Pooles fülliger, gepflegter Frau aus Georgia, während er einen geistesabwesenden Blick in das überlegene Gesicht ihres Säuglings warf. Annie aß ununterbrochen. Sie war schon in vielen mit Menschen gefüllten Räumen gewesen. Außer dem Essen – das ihr niemand streitig zu machen schien – erregten nur die beiden kleinen Kinder der Pooles ihr Interesse. Das Mädchen war etwa zehn, untersetzt, mit würdevollem Gesicht, in einem langen, weißen Baumwollnachthemd, mit einem goldenen Kreuz, das an einer Kette um ihren Hals hing. Der Junge war vielleicht fünf. Und als Annie, mit einem Hühnerflügel in der einen, einem Stück Maisbrot in der anderen Hand, sie beobachtete, legte der Junge seine kleinen Hände auf die Oberschenkel seiner Schwester und den Kopf in ihren Schoß. Seine Fingernägel sahen wie kleine rote Bonbons aus – er mußte den Nagellack seiner Mutter ausprobiert haben. Das Mädchen sah träumerisch auf seinen sich an sie schmiegenden Kopf herab, dann auf die Erwachsenen, die sie redend und schreiend umkreisten. Sie lächelte schwach, als ihr Blick auf dem dürren Baum mit seinen staubigen Popcorngirlanden zur Ruhe kam.

Annie mußte an sich halten, um nicht in Protestgeheul auszubrechen. Wie war es entstanden? Sie hatte nichts getrunken – sie trank gern, hatte aber Angst, weil sie unter Alkohol zuviel redete. Sie drängte sich durch die Menge in einen kleinen Vorraum und öffnete die Tür zu einem bescheidenen Bad. Sie hustete stark und bedeckte das Gesicht mit ihren fettigen Fingern. Eine Reproduktion der Mona Lisa aus einer Zeitschrift klebte auf dem Spiegel über dem Waschbecken.

«Geht's dir gut, Schätzchen?» fragte eine wohlklingende Stimme jenseits der Tür. Mit größter Anstrengung hustete Annie ihre Kehle frei ... «Alles bestens», sagte sie, «ein Stück Huhn ist mir zwischen den Zähnen steckengeblieben.»

Die Tür öffnete sich, und Mrs. Poole, mit ihren fremdartigen, schwingenden Kreolen im Ohr, sah sie liebevoll an. «Sicher?»

Lieber Himmel, sie war schön! Sich vorzustellen, man würde so aussehen!

«Ach je», sagte Mrs. Poole. «Weihnachten macht uns alle traurig.» Sie hielt Annies Hand mit festem Griff und führte sie zurück in den Partyraum. Walter stand in der

Mitte und rief, daß die unterdrückten Völker der Kolonien der Welt sich eines Tages mit den geknechteten Negern des amerikanischen Südens zusammenschließen würden, um aufzustehen und – «Bla! Bla! Bla!» schrie Leonard Poole und fiel lachend gegen Walters Rücken. Niemand beachtete sie.

«Ich muß die Kinder ins Bett bringen», sagte Mrs. Poole leise. «Kommen Sie mit mir.»

Annie folgte ihr und den Kindern in ein winziges, heißes Zimmer. Zwei ungemachte Betten standen an zwei gegenüberliegenden Wänden. Die Kinder murmelten schläfrig und hielten ihre Mutter am Arm fest, das kleine Mädchen schob Mrs. Pooles Armreifen auf und ab auf ihrer glatten Haut. Eine neue Puppe saß auf einem Kissen. Der Junge wollte seinen Laster, und die Mutter sagte nein, es könne ihm weh tun, wenn er im Schlaf über ihn rolle. Küsse. Das allmähliche Heraufziehen der Bettdecken.

Mrs. Poole führte Annie zu einem größeren Schlafzimmer und hieß sie sich auf einer Bank vor einer kunstvollen Frisierkommode niedersetzen. «Das ist das einzige, was ich aus New Orleans mitgebracht habe», erklärte sie. «Leonard bekam einen Anfall, sagte, ich sei keine richtige Malerfrau. Ich sagte ihm, ich sei *seine* Frau ... Ich brauchte einfach ein kleines Zeichen vergangener Herrlichkeit.» Ein schmales Buch, *Der Prophet,* lag neben einer leeren Parfümflasche. Von dem sepiafarbenen Umschlag blickte ein zartes Gesicht mit einem Ausdruck milden Wahnsinns. Annie nahm es in die Hand. «Einer seiner Studenten hat es Len geschenkt. Wir haben es noch nicht gelesen, aber mein kleines Mädchen sagte, der Mann auf dem Umschlag ist Gott ... Also, sieh mal. Deine Haare sind ganz falsch so, mit diesen hochgesteckten festen Zöpfen.»

Sie löste Annies Haar und warf die Gummis in den Papierkorb. «Sie machen dein Haar kaputt, brechen die

Spitzen», sagte sie. Sie bürstete und kämmte die lange Mähne. Annie beobachtete sie schläfrig im Spiegel, als sie einen dicken Knoten machte und ihn mit Nadeln feststeckte. Sie fühlte sich außerordentlich friedlich. Mrs. Poole lachte plötzlich. «Mein kleines Mädchen haßt es, wenn ich ihr Haar bürste. Jetzt, schau. Ich gebe dir diesen Lippenstift. Ich sehe wie eine Zigeunerin damit aus. Ich habe ihn nur ein- oder zweimal benutzt. Wie alt bist du überhaupt? Siebzehn, schätze ich. Leonard sagt, du bist ein wunderbares Modell, so still.»

«Ich stehe gern Modell», sagte Annie. «Es läßt alles aufhören.»

«Was hört auf?»

«Ach, ich weiß nicht ... der Lärm der Dinge.»

«Dieser Mann, mit dem du gekommen bist, sieht sehr gut aus», sagte Mrs. Poole. «Er ist zu alt für dich, nicht? Und was redet er die ganze Zeit soviel? Nur wenn er trinkt, nehme ich an. Wenn Männer anfangen zu trinken, setze ich mich hin und warte, bis es vorbei ist. Ich habe Leonard gesagt, daß er die Bowle zu stark gemacht hat.»

«Ich glaube, Walter war schon ein bißchen betrunken, bevor wir kamen.»

«Ach, dann ...»

An der Schwelle zum Wohnzimmer hielt Mrs. Poole inne und seufzte leise. «Im Frühjahr gehen wir zurück nach New Orleans. Ich bin froh darüber. Das ist kein richtiges Leben für mich, in diesen scheußlichen Räumen herumzugammeln und dafür zu sorgen, daß die Kinder etwas zu tun haben.»

Partystimmen brachen in Annies Bewußtsein ein und erschütterten den Frieden, den sie im Schlafzimmer verspürt hatte. Ein großes, dünnes Mädchen, gut geschminkt und elegant gekleidet, gestikulierte aufgebracht zu Walter hin.

«Ich halte Leute nicht aus, die über Shakespeare und russische Filme so reden wie Sie!» rief sie. «Wenn ich

Leute so reden höre, werde ich verrückt! Ich kann Ihre Aufgeblasenheit nicht ausstehen. Dieser Ausdruck in Ihrem Gesicht ... ganz schmierig vor Eitelkeit! Lieber Gott! Ich könnte *kotzen*! Was meinen Sie damit, Sie haben über den *Kirschgarten* gelacht und die Leute um Sie herum schockiert? Ach was, Sie haben nur versucht zu zeigen, wie originell Sie sind! Wir alle sind ein Haufen unanständiger Affen und stolzieren herum, als ob wir *wirklich* wären! Ich lache so laut, daß ich kaum noch schlafen kann ...»

«Das glaube ich gern», murmelte Mrs. Poole. Walter grinste herausfordernd. Das Mädchen brach plötzlich in Gelächter aus. «Sie, ein Radikaler!» rief sie aus, sich auf ihren langen, dünnen Beinen leicht hin und her wiegend. «Ich habe noch nie jemanden gekannt, der nicht aus rein persönlichen Gründen dabeigewesen wäre ...»

«Na gut, Sie wissen ja alles so verdammt genau», erwiderte Walter. Wie merkwürdig würde es sein, dachte Annie sehnsüchtig, fähig zu sein, so mit Walter zu reden – ihn zu ärgern!

Später, als sie in Richtung der U-Bahn-Station am Columbus Circle gingen, sprach Walter mit ihr über das Mädchen. «Phantastisch!» sagte er. «Hast du gesehen, wie sie angezogen war? Sie weiß genau, wie sie aussieht und was sie mit ihrem Aussehen macht.»

«Ich habe nicht das Geld, um so auszusehen.»

«Es ist nicht nur Geld. Es ist Stil.»

«Du sagst immer, es sei Geld.»

Jetzt, sagte er, als sie die Treppe der U-Bahn hinuntergingen, werde er sie ein paar Freunden vorstellen, die im Village wohnten. Elmira, die Frau des Paars, das sie besuchen wollten, war früher mit seinem besten Freund, Kenneth, verheiratet gewesen, einem verrückten Iren. «Er hat mich zur Partei gebracht.» Einmal, erzählte er ihr, habe ihn Kenneth zu einer Totenwache mitgenommen; sie hätten der Leiche die Arme und Beine gebrochen, so daß sie aufrecht sitzen und an dem Trinkgelage teilnehmen konnte. Elmira sei jetzt mit einem nicht sehr hellen Typen verheiratet, aber daran sei sie nicht schuld. Kein Mensch könne mit Kenneth verheiratet bleiben. Er sei größer als die Ehe. Walter sang im Zug vor sich hin. Er war sehr betrunken.

Die Lighters wohnten unterm Dach. Annie und Walter fanden die Tür angelehnt. Es roch nach Klebstoff und Stroh. Jersey Lighter saß auf einem Hocker und sah nachdenklich auf eine Drahtpuppe in seiner Hand.

«Frohe, frohe Weihnachten!» schrie Walter.

Jersey sah auf. «Hallo, Walter. Da auf dem Regal ist Wein. Elmira ist gleich zurück.»

«Hier ist Annie, meine kleine Annie!» rief Walter und schob sie dem Mann entgegen.

Jersey nahm seine Brille ab. Er hatte ein kleines, ruhiges Gesicht; sein Lächeln war nur ein winziges Längerwerden seines schmalen Mundes. «Hallo, Annie», sagte er. «Siehst du dieses Ding? Es wird mit Seide drapiert im Schaufenster eines protzigen Warenhauses stehen. Walter, wir haben's geschafft. Elmira hat Aufträge von den meisten der großen Kaufhäuser. Ich werde Leute anstellen müssen.»

«Kapitalist!»

«Das will ich hoffen», sagte Jersey sanft.

«Wo ist Elmira?» Walters Stimme war jetzt gedämpft; er beobachtete, wie Jerseys schmale Finger sich an der Puppe zu schaffen machten. Es war kalt in der Wohnung, und die Stimmung war nüchtern.

«Nicht weit von hier gibt's eine Party, auf der Geld für die spanischen Flüchtlinge gesammelt wird», erwiderte Jersey. «Elmira ist die Hauptattraktion. Ich hab' ihr ein Roulette auf den Bauch gemalt. Die Leute setzen Vierteldollars auf die Zahlen. Wenn das Baby ihren Vierteldollar wegstrampelt, gewinnen sie von Albert Maltz *Fluß im Untergrund*.»

Er sah zu Walter hinauf. «Was hast du gemeint? Mich einen Kapitalisten zu nennen, mit diesem Vogel-Grinsen? Hör zu, Vogel, wir nennen das Baby Franklin Delano, ob Junge oder Mädchen.»

«Wann soll es kommen?»

«Nächsten Monat. Wir werden etwas machen müssen, wegen des Klimas hier. Es ist zu kalt für einen Säugling. Oder vielleicht nennen wir's auch Volksfront – abgekürzt Volkie.»

«Du klingst verbittert, Genosse», sagte Walter.

«Ich bin müde», gab Jersey zurück. «Es wird einen fürchterlichen Krieg geben. Ich verstehe es nicht ... ich verstehe die Partei nicht. Ich will nur in Ruhe gelassen werden.»

Annie wanderte in dem großen Raum herum. Auf langen Holztischen standen Töpfe mit Klebstoff und Farbe, und überall lagen Stoffetzen, Metallbeschläge, Werkzeug, Holzwolle. Sie spürte, daß Walters Stimmung umgeschlagen war – die Männer redeten leise in der Ecke – und man sie sich selbst überlassen hatte. Sie stand halb träumend über einen Zeichentisch gebeugt. Es war wie zu den besten Zeiten, wenn ihr Vater wirklich gearbeitet hatte. Arbeit hatte einen eigenen Geruch; scharf, sauber, kraftvoll.

Elmira kehrte bald zurück und wärmte ihnen einen Topf Spaghetti auf. Sie war eine kleine, energische Frau, entenähnlich mit ihrem schwangeren Leib. Sie sprach mit einem kaum zurückgehaltenen Lispeln und schriller, lebhafter Stimme. Doch in all ihrer Lebhaftigkeit, mitten in ihrem Geplauder mit Walter, hielt sie den Blick mit einer gewissen Berechnung auf Annie gerichtet. Annie dachte: Sie schauspielert. Jersey winkte sie zu sich. Annie ging zu ihm und ließ Elmira und Walter am Tisch zurück. Es war ihr nach dem vielen Essen leicht übel.

«Normalerweise esse ich nicht soviel», vertraute sie Jersey schüchtern an.

«Schade, daß wir Essen nicht wie Zigaretten aufheben können, für die mageren Zeiten», sagte er. «Willst du Natron?»

«So schlimm ist es nicht.»

«Jersey!» rief Elmira. «Erinnerst du dich an diese wunderbaren Bühnenbilder, die Kenneth gemacht hat, als wir alle in Washington waren, weißt du, so in der Art von Breughel? Walter, was meinst du! Jetzt lebt er im Wald und will keinen Menschen sehen! Malt nur Bäume.»

Jersey sagte leise zu Annie: «Sie hat Kenneth nicht meinetwegen verlassen. Sie hat ihn einfach verlassen. Ich glaube, sie hat mich geheiratet, weil ich von ihren Freunden der einzige war, der ihn nicht anbetete.»

«Jersey! Erzähl Walter, was Kenneth dir letzten Monat geschrieben hat ... diese paar Zeilen. Erzähl's ihm. Hör dir das an, Walter!»

«Ich habe ihn *gehaßt*», flüsterte Jersey, legte Annie die Puppe in den Schoß und stand auf. «Er schrieb: ‹Laß nicht zu, daß diese Bienenkönigin sich auf deine Kosten vermehrt. Du weißt, was mit Drohnen passiert.›»

Elmira stieß ein unverständliches Wort aus, legte dann ihren Kopf auf Walters Schulter. «Kannst du dir das vorstellen?» fragte sie. «Unser alter Kenneth? So *reaktionär*!»

Annies Vater war so ähnlich; auch er sprach dauernd über Frauen, die die Energie der Männer zerstörten, Teufelinnen, die es darauf anlegten, begattet zu werden, Materialistinnen, die vorgaben, Romantikerinnen zu sein. Was war die Bedeutung dieses Wortes, *reaktionär*? Jersey konnte es ihr vielleicht sagen. Sie wandte sich an ihn, um zu fragen, aber er zog gerade eine alte Matratze in einen kleinen Raum, den sie noch nicht bemerkt hatte. Elmira nickte und lächelte, als Walter sagte, das Baby da drin sei auch schläfrig.

«Wer hat das Buch gewonnen?» fragte Jersey mit mehreren Decken auf dem Arm. «Du bleibst über Nacht, oder, Walter?»

«Ach, ich habe nicht aufgepaßt», sagte Elmira. Sie saß auf dem Doppelbett und zog ihre Schuhe aus. «Wirklich, du kannst heute abend nicht mehr arbeiten, Jersey», sagte sie verdrießlich. «Das Licht wird uns alle wach halten.»

Die Matratze, auf der Annie und Walter schlafen sollten, war unter ein kleines Fenster geschoben worden. Walter ging nackt im Zimmer herum, mit gehässiger Miene. Annie zog sich bis auf Slip und Büstenhalter aus und sah unbehaglich zu der offenen Tür, die in den großen Raum führte. Die Lichter gingen aus. Sie kämpften ein paar Minuten, sie und Walter; Fleisch traf auf Fleisch. Walters Hand griff zwischen ihre Beine. «Bitte, laß es sein!» flüsterte sie. «Sie werden uns hören!» – «Was denken sie wohl, tun wir hier?» flüsterte er wütend zurück. Aber am Ende schlief er ein; sein Rücken berührte ihren.

Sie hörte den Atem der Schlafenden aus dem angrenzenden Raum. Walter schnarchte zart. Sie lag bewegungslos da, schwach vor Erschöpfung. Die Müdigkeit des Beobachters, sagte sie sich selbst. Wenn sie die Menschen nur nicht soviel beobachten würde! Der kleinste Wechsel ihres Ausdrucks, die winzigste Wendung ihrer Körper, Fussel auf ihren Kleidern, Löcher in ihren Schuhen, Flecken auf ihren Fingern, ihre gefährlichen und unvorhersehbaren Blicke; Menschen, die in der Nase bohrten, Essensreste aus den Zähnen saugten, sich die Wangen kratzten – sie riefen ein unheimliches und qualvolles Echo in ihr hervor! Aber wozu? Wozu!

Plötzlich hörte sie jemanden singen. Sie richtete sich vorsichtig auf einem Ellbogen auf, um Walter nicht zu wecken, und sah hinunter. Vier Leute standen unter einer Straßenlampe und sangen *Stille Nacht, heilige Nacht* zu den dunklen Fenstern der MacDougal Street hinauf.

Morgens tranken sie mit den Lighters Kaffee. Walter war mißmutig, und Elmira, die sich wegen seiner Einsilbigkeit offensichtlich beleidigt fühlte, verhörte ihn angriffslustig darüber, wann er wieder arbeiten werde. «Ich werde zur See fahren», antwortete er schnippisch.

Bevor sie gingen, gab Jersey Annie ein Stück Papier. «Es ist etwas, das ich vor langer Zeit einmal abgeschrieben habe. Es ist die Beschreibung eines Gemäldes von Giotto, die *Verkündigung Mariä*, glaube ich.» Sie mußte wohl ein verdutztes Gesicht gemacht haben. «Ich weiß nicht», sagte er, indem er rasch zu Elmira und Walter zurückblickte, die am Zeichentisch leise miteinander sprachen. «Ich dachte, du würdest es vielleicht mögen – eine Art Weihnachtsgeschenk.» Er lächelte plötzlich. «Du bist nett», sagte er. «Zu nett für Vogel.»

Sie legte das Papier in ihre Handtasche und sah Jersey ins Gesicht. «Danke», flüsterte sie. Es war ein geheimer Vorgang zwischen ihnen gewesen.

Sie machte mit Walter aus, ihn später am Nachmittag in einem Restaurant an der Kreuzung Zwölfte Straße und Sechste Avenue zu treffen, dann ging sie eilig in die entgegengesetzte Richtung. In der U-Bahn nahm sie das Stück Papier heraus. Sie las: «Ein Engel ist durch die Tür getreten und kniet nieder. Im Schweigen zwischen Anrichte und Kamin wird das Schicksal der Welt entschieden.»

Sie las es mehrmals. Wie schön! Wie geheimnisvoll! Warum hatte Jersey es ihr geschenkt?

Aber dann machte sie sich Sorgen um Geld – das Schicksal der Welt hatte wenig mit ihr zu tun.

Wieder in der Wohnung, öffnete sie die oberste Schublade einer Kommode aus Ahornholz. Eingewickelt im Innern eines Handkoffers waren die Armbänder ihrer Mutter, zwei davon dicke Goldreifen, einer mit drei kleinen, sternförmigen Diamanten. Der einzige Bruder ihrer Mutter, Onkel Greg, hatte sie Annie geschenkt und ihr den wohlerwogenen Rat gegeben, sie ihrem Vater gegenüber nicht zu erwähnen. Sie erinnerte sich, daß Bea, die zweite Frau ihres Vaters, einmal zu ihr gesagt hatte: «Wer immer mit deinem Vater verheiratet ist, mein Mädchen, macht bald die Bekanntschaft mit dem Pfandleiher...» Annie fand ein solches Geschäft nicht sehr weit von der Art Students League entfernt.

Unterwürfig schob sie die zwei Armreifen über die Theke, dem unbestechlich prüfenden Blick eines gelbhäutigen Mannes entgegen. Er gab ihr fünfunddreißig Dollar und einen Pfandschein. «Aber –», wollte sie protestieren. «Gold ist eine Droge auf dem Markt», sagte er.

«Die Diamanten?»

«Diamanten! Die sind wertlos.»

Sie ging direkt zu May Landowers Wohnung; dort stand die ältere Frau in einem Durcheinander von Koffern aus Korbgeflecht und blies den Staub von einer Handvoll Bücher. Die Vögel und das Klavier waren weg. May war ein wenig betrunken.

«Ich hatte recht wegen Donnerstag», sagte sie mit ihrer üblichen bedeutungsschweren Emphase. «Ich habe es in meinem Horoskop nachgeprüft. Aber wir müssen alles tun, um an einem Dienstag in Kalifornien anzukommen. Es kann jeder Dienstag sein. Ich bin ein Dienstagsmensch. Du wirst nicht glauben, wieviel ich schon erreicht habe! Ich habe mein Klavier verkauft, das Auto steht bereit. Ich habe völlig mit meinem Leben hier gebrochen. Ich fühle mich ... ich fühle mich völlig losgelöst, meine Liebe, und trink ein Glas, zur Feier des Tages, ja? Nein? Gott sei Dank, Weihnachten ist vorbei! Wie ich mich an die Vergangenheit erinnere! Aber – man muß in die Zukunft blicken. In Wahrheit gibt es keine. Ich hatte Nasenbluten heute morgen. Ein gutes Zeichen!»

«Ich habe über hundert Dollar», brachte Annie vor.

«Ach», entgegnete May mit einer Handbewegung, «diese Dinge erledigen sich von selbst. Ich kann mich wirklich nicht um Geld kümmern. Das Schicksal entscheidet.» «Ich habe noch nie soviel gehabt», sagte Annie, «alles auf einmal.»

«Ich habe früher wie eine Königin gelebt!» rief May und warf die Bücher auf den Boden. «Ich hatte zweiunddreißig Paar Schuhe, Kleider von Balmain. Wie unwichtig das alles ist! Alles, was ich brauche, ist ein Klavier, ein kleines Stück Natur, einen Vogel, eine Pflanze ... Wir müssen uns von der Leidenschaft für materielle Dinge befreien. Freiheit! Ich werde es immer bedauern, daß du den Swami nicht getroffen hast ... himmlischer Mann ...»

«Fahren wir morgens?»

«Ich habe es mit den Karten berechnet. Zehn Uhr ist günstig. Du verzeihst es mir doch, daß ich dich nicht abhole? Aber ich muß von *hier* losfahren.»

Annie sagte zu, um neun Uhr dreißig bei May zu sein, um Kaffee zu trinken – «damit wir die nächsten paar Stunden nicht halten müssen, bis wir der Aura dieser Stadt entkommen sind. Sie dehnt sich weiter aus, als die meisten Leute vermuten!»

Sie fuhr zurück in die Dreiundsiebzigste Straße, wo sie Samuel begegnete, der gerade aus dem Haus ging. Er war mürrisch und reizbar und bedrängte sie, ihm alles zu sagen, bis zur genauen Minute ihres geplanten Auszugs, und als sie protestierte, rief er: «Hör zu, ich führe diesen Laden nicht wegen deiner *beaux yeux*! Ich muß meinen Lebensunterhalt verdienen. Niemand kümmert sich um mich, wenn ich eine alte Dame bin!»

Annie wusch die wenigen Stücke ihrer Unterwäsche und packte ihre Kleider in einen alten Lederkoffer ihres Vaters. Seine Ecken waren abgenutzt und zerkratzt. Aber es war ein ansehnlicher Koffer. Als sie ihn anhob, durchfuhr sie ein Stoß der Erregung! Sie ging tatsächlich nach Kalifornien! Sie bemerkte das Tweedjackett ihres Vaters, das im Schrank hing. Sie schlug die Schranktür laut zu. Sollte der nächste Mieter es bekommen.

Das Buch, das Walter ihr zum Lesen gegeben hatte, *Das Schicksal des Menschen*, sah unter dem Bett hervor. Vielleicht würde sie es auf der Fahrt in den Westen beenden können. Um Walter nicht zu enttäuschen, hatte sie schon ein paar Seiten gelesen.

Während sie ihre Unterwäsche über den Badewannenrand zum Trocknen hängte, dachte sie an den Mann in der Pfandleihe – daß er sie kein einziges Mal angesehen hatte; wenn er ihr nur einen Blick zugeworfen hätte, hätte sie sich weniger geschämt, daß sie die letzten Andenken an ihre Mutter versetzte. Dann erinnerte sie sich an Onkel Greg.

Oh, sie sollte ihn besuchen, bevor sie fuhr! Es war nur eine Stunde mit dem Bus nach Nyack, dann einige Meilen zu Fuß bis zu dem alten Haus am Hang hinter dem Friedhof. Nein. Es war zu spät. Aber wenigstens würde sie ihn anrufen.

Als ob ihre Hand sie berührt hätte, sah sie die Bronzestatue von dem Löwen mit der Maus vor sich, die auf dem Tisch neben dem Telefon stand; zu dieser Zeit des Jahres klingelte es selten – es war eine Zeit der Flaute für Onkel Greg.

Nach der Kirche waren sie in seinem Ford heimgefahren, auf dem Rücksitz die dicke Sonntagszeitung, in deren Falten sich die roten und gelben, kuchenstiebitzenden Katzenjammer Kids und Maggie und Jiggs und Snuffy Smith und die scheußliche, kinnlose Gump-Familie verbargen, und später, nachdem sie die Comics in einem Zug gelesen hatte, hatte sie auf dem Rücken gelegen und zu dem Löwen hinaufgesehen, dessen eine Pfote sich nach der Maus ausstreckte, ohne sie je zu berühren. In der Nähe dieses Tischs stand das Radio, eine große Kiste mit den Zügen eines Nagetiers, zwei Knöpfe als Augen und die Skala als Schnauze. Nach dem Mittagessen hatte sie mit Onkel Greg *Amos 'n' Andy* gehört, und bevor sie schlafen ging, hatte sie im neuesten *National-*

Geographic-Heft blättern dürfen, das im untersten Fach des Bücherregals lag. Über dem Bücherregal hing ein gerahmtes Bild von Edwin Markham; wenn es Abend wurde, verschmolz es mit der dunklen Tapete mit dem Weidenmuster, die ihre Großmutter so geliebt hatte. Schlafenszeit! Eine Kirchenglocke läutete. In ihrer Erinnerung ging sie langsam die Treppe hoch, verließ nur widerstrebend den Tag – hielt inne, um ihr Gesicht an die bemalte Glasscheibe eines schmalen Fensters zu drücken, das während des Vormittags die Eichentreppe in rötliches Licht tauchte, ging dann weiter bis ganz nach oben, an der verglasten Wand im Flur vorbei, einen Durchgang entlang, in dem es nach den getrockneten Blütenblättern roch, die Onkel Greg in Einmachgläsern aufbewahrte, in ihr eigenes Zimmer. Es war auch das Zimmer ihrer Mutter gewesen.

Sie ließ das Buch in den Koffer fallen; wie schrecklich alles war! Walter und Samuel und May und diese dumme kleine Elmira! Grimassierend und schwatzend, gefangen wie Fliegen auf Fliegenpapier in ihren eigenen Meinungen über die Welt, über sie, über das Schicksal.

Jene Tage mit Onkel Greg waren überschattet gewesen von Trauer – jetzt spürte sie es; regnerische Dämmerungen des Sommers, die über den Friedhof zogen wie eine langsam steigende Flut, bis sie die Fenster des alten Hauses erreichten, das ihr Großvater gebaut hatte, und sich der Seelen des kleinen Mädchens und des Mannes mittleren Alters bemächtigten, wenn sie beim Essen saßen, Büchsenlachs und gekochte Kartoffeln. Armer Onkel Gregory! Nach soviel Bildung – er hatte sogar an der Universität von Heidelberg studiert – war er am Ende Gärtner geworden. Er schwieg oft. Doch jede Geste, jedes Wort war von einer besonderen Freundlichkeit erfüllt gewesen, einer dauerhaften Geduld. Und er hatte Anwandlungen, stets unerwartet, reiner Spiellust; manchmal spielten sie zusammen Versteck, und das alte Haus lebte auf im Lärm der rennenden Schritte und der Ausbrüche von Gelächter. Sie hatte viele Jahre mit ihm verbracht. Sie war in einem Schulhaus aus roten Ziegeln unten an der Straße zur Schule gegangen; in den Sommern, im Frühjahr und im Herbst hatte sie Onkel Greg auf seinen Rundgängen begleitet; er hatte auf den Gütern am Fluß gearbeitet, wo die reichen Leute wohnten.

«Onkel Zuckertomate» hatte ihn Annies Vater genannt wegen der Angewohnheit des alten Mannes, auf fast alles Zucker zu streuen, und Annie hatte, wenn auch widerstrebend, gelacht; der Sinn ihres Vaters für das Lächerliche war ihr entgegengekommen, auch wenn sie die Gefahr spürte, die darin lag.

Sie ging in einen Drugstore an der Zweiundsiebzigsten Straße und häufte Münzen vor sich auf. Das Telefon in Nyack klingelte lange. Er konnte überall im Haus sein, wühlte vielleicht auf dem Dachboden in alten Koffern oder las in einem der oberen Räume, um dann langsam, ohne großes Interesse, zum Telefon zu gehen. Es könnte Arbeit sein, würde er denken, wiewohl unwahrscheinlich zu dieser Jahreszeit, und er brauchte das Geld. Das kleine Einkommen, das ihm sein Vater hinterlassen hatte, reichte kaum, um das Dach zu reparieren und die Steuern zu bezahlen. Endlich hörte sie seine zögernde, helle Stimme.

«Hier ist Annie, Onkel Greg.»

«Annie, Liebes! Gerade heute morgen habe ich an dich gedacht! Ich hab' ein bißchen abgestaubt, und da kam ich zu dem Löwen mit der Maus. Erinnerst du dich? Ist alles in Ordnung? Bist du bei deinem Vater?»

«Er hat wieder geheiratet. Er ist weggegangen und lebt jetzt in New Mexico.»

«Also bist du allein? Bist du allein?»

«Ja, sozusagen. Aber ich gehe nach Kalifornien, mit einer Frau. Sie hat ein Auto. Morgen fahren wir.»

«Ich war nie an der Westküste», sagte er. «Sie ist neu, weißt du, geologisch gesehen. Na ja ... aber weiß dein Vater, wohin du gehst, Annie?»

Sie zögerte. «Ich denke – er wird es erfahren.»

Onkel Greg hustete leise. «Möchtest du hierherkommen, Annie? Mir gefällt der Gedanke nicht, daß du allein bist.»

«Ich bin gar nicht allein, Onkel Greg. Aber ich wollte dich anrufen, um zu wissen, wie es dir geht ... Ich werde schreiben. Ich weiß, bisher hab ich es nicht getan. Aber diesmal werde ich schreiben.» Und sie meinte es ernst, sie nahm sich vor, ihm zu schreiben, egal, was kommen würde.

«Mir geht es gut, Annie. Du weißt ja. Ich komme zurecht. Jetzt ist die ruhige Jahreszeit für mich. Ich interessiere mich neuerdings sehr für George Washington. Hast du je etwas über ihn gelesen? Na ja ... Ich habe ein paar Bücher gefunden, von denen ich nicht mal wußte, daß ich sie habe. Wahrscheinlich hat sich auch Vater für ihn interessiert. Ach – mir geht's sehr gut, wirklich.»

«Das freut mich.»

«Das Tal des Hudson ist voll mit amerikanischer Geschichte. Ich habe immer gesagt, der Hudson sei der schönste Fluß, der edelste. Weißt du, ich bin auf dem Rhein und auf der Donau gefahren. Aber – ach! In Deutschland ist es jetzt so schrecklich! Dieser furchtbar gewöhnliche Kerl. Ich höre ihn manchmal im Radio – diese Reden. Seine Stimme kommt aus der Steinzeit, Annie. Aber – na ja, ich habe etwas vor ... eine kleine geschichtliche Reise zum Lake George im Frühjahr, wenn ich es einrichten kann.»

Er hatte Freunde; sie erinnerte sich an alle, die Damen aus der Kirche, die ihm zum Geburtstag Kuchen backten, die alte Mrs. Gerow, die ihm in ihrem Testament ihr Mahagonibett in Schlittenform vermacht hatte, all die Leute, die sie damals sonntags zum Essen eingeladen hatten.

«Onkel Greg, wenn ich von Kalifornien zurück bin, komme ich und bleibe eine Weile.»

«Das würde mich freuen», sagte er. «Ich mag es nur nicht, daran zu denken, daß du so allein bist.»

«Ich komme schon zurecht.»

«Ich fühle mich sehr getröstet von George Washington», sagte er. «Du wirst auch etwas finden, Annie, etwas, was dich tröstet.»

«Ich muß dir eine sonderbare Frage stellen. Habe ich einen zweiten Vornamen?»

«Das ist gar nicht so sonderbar», erwiderte er. «Warte. Ich habe deine Geburtsurkunde irgendwo. Ich kann sie holen. Es könnte Elizabeth gewesen sein, nach deiner Mutter, weißt du. Meine Mutter liebte die alten Namen. Mein zweiter Name ist Luke. Sie mochte die Apostel sehr gern.»

Sie sagten auf Wiedersehen, und jeder von ihnen übte Zurückhaltung, wofür der andere dankbar war. Annie ging den Broadway hinunter und dachte an ihren neuen Namen, ein dunkler, duftender Name. Die fast leeren Geschäfte gaben der Straße ein müßiges, niedergeschlagenes nachweihnachtliches Aussehen. Von Gedanken an Onkel Greg verfolgt, beunruhigt wegen der Dinge, die sie bei den Vorbereitungen für den nächsten Tag zweifellos vergessen hatte, ging sie in ein Kino, das die *Sturmhöhe* zeigte. Onkel Greg hatte ihr vor Jahren das Buch geschenkt. Filme prägten sich nur wie ein schwacher Fingerabdruck dem Gedächtnis ein; bei all seinem guten Aussehen und seiner filmischen Präsenz war der Darsteller, der Heathcliff spielte, viel zu weit von der Auffassung entfernt, die sich in ihr von dieser Figur gebildet hatte.

Danach fuhr sie mit der U-Bahn zu dem Restaurant in der Zwölften Straße. Walter kam zu spät. Annie saß in einer Ecke, das Gesicht von den hoffnungsvollen Blicken der Männer an der Bar abgewandt. Als Walter in der Tür erschien, wunderte sie sich über die Freude, die sie bei seinem Anblick empfand.

Er legte seine Hände um die Kerze auf ihrem Tisch. Sie bemerkte ein kleines, flaches Mal an einem seiner Finger und berührte es zart – er hielt mitten im Reden inne, und auf sein Gesicht trat ein sehnsüchtiger Ausdruck, der mit den keuchenden Kämpfen ihrer Körper in Fluren und auf Betten keine Verbindung zu haben schien.

Eine Zeitlang sprach er von sich selbst, von seinem Vater, der in Sacramento lebte und den er seit acht Jahren nicht gesehen hatte. Er sei ein furchtbarer Mann, sagte Walter. Einmal, als er einige Freunde aus Berkeley mit heimgebracht hatte – ja, er war ein Jahr auf dem College gewesen –, hatte der alte Mann einen Wutanfall bekommen, weil in der Badewanne ein Schmutzrand gewesen war, und er hatte gesagt, Walters Freunde taugten nicht dazu, in Häusern zu leben. Also hatte Walter ihm gesagt, was für ein kleinbürgerlicher Dreckskerl er sei mit seinem widerlichen kleinen Maklergeschäft. Darauf hatte er das Haus verlassen, und sie hatten in all den Jahren kein Wort gewechselt.

Ein Mädchen kam herein und ging zur Bar. Walter starrte sie an. Dann, wieder zu Annie gewandt, sagte er grinsend: «Ich dachte, ich hätte ihre Rückseite wiedererkannt.»

Annie rutschter tiefer in ihren Stuhl. Walter ergriff ihre Hände. «Mach dir nichts draus», sagte er. «Man kann dich so leicht auf den Arm nehmen, Baby!»

«Du lachst immer über mich ...»

«Ach, komm. Laß uns gehen. Ich stelle dich einem spanischen Freund von mir vor.»

«Noch eine Versammlung?»

«Nein. Er lebt in einem Wohnheim für ausländische Studenten am Riverside Drive. Es gibt verdammt wenig junge Leute unter ihnen. Die Fahrt lohnt sich schon deshalb, weil man beobachten kann, wie die chinesischen

Studenten die Japaner ignorieren und die Texaner sich jedesmal hinterm Schrank verstecken, wenn ein Neger hereinkommt.»

«Könnten wir nicht einfach hierbleiben? Morgen fahre ich weg ...»

«Nein», sagte er liebenswürdig. «Auf jeden Fall sehe ich dich früher wieder, als du glaubst. Ich habe heute angeheuert und komme wahrscheinlich auf ein Schiff, das über Panama an die Westküste fährt.»

5

Das Zimmer, das Annie gemietet hatte und über das sie Walter an jenem Morgen in San Diego sowenig wie möglich gesagt hatte, befand sich im ersten Stock eines kleinen, stuckverzierten Mietshauses in der Mitte zwischen Hollywood und Los Angeles. Die Gegend selbst war trostlos und Tag und Nacht vom Gedröhn eines übelkeiterregenden Pulsierens erfüllt, als ob Hollywood ständig seine Ausscheidungen die elenden Straßen mit den Gruppen verkümmerter Palmen hinabspülte. Hier gab es Kleindarsteller, die nie genug Erfolg gehabt hatten, um zu scheitern, erloschene Sterne der Stummfilmzeit, die mit sich selbst sprachen in Zimmern, in denen sie zu sterben fürchteten, und alte Leute aus dem ganzen Land, die nach Kalifornien gekommen und am Ende hier gestrandet waren, mit ihren mageren Ersparnissen, von denen sie hofften, daß sie sie auch am nächsten Tag noch über die Runden brachten. Junge Männer und Mädchen vom Land, auf der Flucht vor der tödlichen Langeweile von Städten, die in den zwanziger Jahren zu sterben begonnen hatten, mieteten sich einige Tage in muffigen Zimmern ein, ohne überhaupt ihre Koffer auszupacken.

Annies Zimmer enthielt einige wacklige Möbelstücke, ein Waschbecken, etwas, das ein Ofen sein sollte, eine Toilette in einer Wandnische und das Klappbett. Sie fragte sich oft, wie die alten Leute diese Betten abends herunterbekamen, und sie stellte sich groteske Szenen von Kampf und Niederlage vor, in denen die bejahrten Körper hilflos an dem Griff hingen wie verdorrte Früchte an einem Ast.

Die grauen Wände waren schmutzig und dünn; jedes Geräusch drang hindurch. Vielleicht würde der Mann von nebenan die ganze Nacht wegbleiben, wie es gelegentlich vorkam. Aber kaum hatte sie ihre Handtasche auf den dreibeinigen Tisch aus Ahornholz fallen lassen, hörte sie schon seine Stimme, grollend, heiser und erregt, und ihr eigenes Zimmer füllte sich mit dem fremden Tonfall. Sie stand bewegungslos da, wartete auf das Geräusch des ersten Schlages, das Jaulen des Hundes, die immer höher werdenden Schreie des Mannes, das Stürzen und Fallen, wenn der Hund im Zimmer herumlief – sie vermutete, daß er versuchte, sich unter oder hinter den Möbeln zu verstecken –, und den schweren Tritt des Mannes auf dem Boden. Der Schrei des Hundes gewann etwas von menschlicher Qual, während die laute Stimme des Mannes zu einem tierischen Knurren verkam – sie hörte den Aufprall von Dingen, die herunterfielen, das Krachen von an die Wand geworfenen Gegenständen, dann ein dünnes Winseln, ob von dem Mann oder vom Hund, konnte sie nicht sagen. Dann fing es von vorn an. Annie warf sich gegen die Wand, schlug mit den Fäusten dagegen und rief: «Aufhören! Aufhören! O Gott! Hören Sie doch auf!»

Absolute Stille.

Dann das Geräusch eines schweren Gegenstandes, der über den Boden gezogen wurde. Ein Koffer? Dann ein weiteres wahnsinniges Aufjaulen, ein dumpfer Schlag, das bittere Schluchzen eines Mannes.

Annie lief auf den Flur hinaus und hämmerte mit schmerzenden Fäusten an die Tür des Mannes, während das Herz ihr heftig in der Kehle pochte. Die Bewegung im Innern des Zimmers hörte auf. In ihrer Vorstellung schlug sie den Kopf des Mannes, bis er platzte.

Jetzt hatte er angefangen zu singen; es war etwas in Deutsch.

«Liebe ... Liebe», summte er immer wieder. Sie hörte Schritte hinter sich, und als sie sich umdrehte, sah sie eine

Frau, die sie aus einem Türspalt ein paar Meter weit weg beobachtete. Die Frau machte einige Schritte auf Annie zu, einen Arm hatte sie nach hinten ausgestreckt, wie um ihr eigenes, halb sichtbares Zimmer in seiner Verletzlichkeit zu beschützen.

«Kümmern Sie sich um Ihre eigenen Sachen, Sie dumme Ziege!» knurrte sie. «Gehen Sie sofort in Ihr Zimmer, los!»

«Er quält einen Hund!» rief Annie.

«Es gibt keinen Hund», stieß die Frau verächtlich aus. «Er fabriziert die beiden Stimmen selbst. Wie ein Bauchredner. Er ist ein Bauchredner, der sich auf Hunde spezialisiert hat.»

«Sie lügen!» sagte Annie wütend. «Ich höre den Hund doch!»

«Er arbeitet eine kleine Nummer aus», sagte die Frau in lustlosem Ton. «Für Theater, Film und Radio. Es hat nie einen Hund gegeben.» Sie bewegte einen dünnen Finger heftig in Annies Richtung. «Hören Sie auf, uns zu belästigen!» rief sie. Annie floh in ihr Zimmer. Von nebenan war kein Laut zu hören, nur ein Radio, das irgendwo spielte, ein Auto, das in einen anderen Gang wechselte, draußen auf der Straße. Sie aß eine Orange, die sie in einer Schublade neben dem Waschbecken fand. Sie war riesengroß, geschmacklos, fast ohne Saft.

Sie mußte sich ein anderes Zimmer suchen – sie hielt es hier nicht aus! In zwei Tagen fing sie an zu arbeiten. Außer dem Modellstehen in der Kunstschule hatte sie noch nie gearbeitet; sie konnte sich nicht vorstellen, wie es sein würde. Fast wünschte sie, es wäre möglich, unsichtbar zurückzuschlüpfen in May Landowers kleines Haus an der Beechwood Avenue in Hollywood. Sie und May – ihre Gemeinschaft hatte ein groteskes Ende gefunden; Annie war mit ihrem Koffer durch das Wohnzimmer gestürmt, während May scheußliche dissonante Akkorde auf dem Klavier geklimpert hatte und Johnnie Bliss wie ein mottenzerfressener Bär auf der Straße tanzte. In dieser Nacht, als sie nirgends hinkonnte, hatte er sie auf dem Rücksitz seines alten Fords schlafen lassen. Sie hatte es sich gemütlich gemacht zwischen den Stoffresten, die er aus der Requisite des Studios gestohlen hatte, wo er als «Näherin», wie er sagte, beschäftigt war. Es hatte außer Stoffen noch andere Dinge gegeben – Schnur, Werkzeug, Schachteln mit Nadeln, Garnspulen und die Konservenbüchsen, die er dabeihatte, falls er aus seinem Zimmer ausgesperrt würde.

«Du bist besser dran», hatte er in dieser Nacht zu Annie gesagt. «Die alte Schlampe ist übergeschnappt. Ich weiß es am besten. Ich kenne sie seit ein paar hundert Jahren.» Er hatte May in den strahlenden Tagen der Vergangenheit kennengelernt, als er selbst bedeutende Rollen als Liebhaber beim Stummfilm übernommen hatte. Mays Ehemann war ebenfalls Schauspieler gewesen. «Er hat mich dieser Kuh vorgezogen!» erzählte Johnnie, als sie die Hollywood Hills hinaufgefahren waren, um dort die Nacht zu verbringen. «Oje, sie war schon damals eine Kuh. Man kann es schon erkennen, wenn sie zehn sind. Prinzessinnenkühe. Dazu werden sie in Amerika herangezüchtet.»

«Bin ich eine Kuh?» fragte sie schläfrig von der Rückbank.

«Du!» rief er und verdrehte sein schlechtsitzendes Toupet, um sie zum Lachen zu bringen. Er war in dieser Nacht aus seinem Zimmer ausgesperrt worden, weil einer seiner jungen Männer sich ins Handgelenk geschnitten hatte und blutend durch den Salon der Vermieterin gelaufen war; er hatte ihren türkischen Teppich mit Blut vollgetropft, während Johnnie weinend und händeringend hinter ihm hergestürzt war. Aber die Vermieterin werde darüber hinwegkommen, sagte er zu Annie, wie immer. Deshalb war er bei May vorbeigekommen – er hatte nichts anderes zu tun gehabt, und er bekam bei ihr

immer etwas zu trinken. Annie hätte vielleicht nicht den Mut gehabt, Mays Haus zu verlassen, wenn er nicht dagewesen wäre.

Sie hatten beide im Wohnzimmer gesessen, und Johnnie hatte nach dem Genuß eines der mexikanischen Gerichte, die May kochte, leise aufgestoßen. Sie war mit ihrem kürzlich erworbenen Pekinesenhündchen hinausgegangen. Johnnie erzählte Annie wieder einmal von den großartigen alten Zeiten, als sein Haar lockig und voll und schwarz und seine Zähne noch nicht schlecht gewesen waren und er unter den schönsten Jungen, die die Welt je zu Gesicht bekommen habe, hatte wählen können ... Heute fuhr er nur noch herum mit seinem sündigen alten Auto und las auf, was er kriegen konnte an Nähjobs und jungen Männern. Als sie sagte, es tue ihr leid, hatte er ihr seine braunen Zahnstummel gezeigt und gesagt: «Mein Leben ist eine dumme Sache gewesen, aber klage nicht, mein Töchterlein, und weine nicht so sehr...»

Er war überhaupt nicht wie Samuel. Er machte sich wirklich Sorgen um Annie und tröstete sie mit seinem kleinen Vorrat an Mitgefühl. Und anders als Samuel war er ein armer Schlucker. Sie zahlten ihm sehr wenig für seine Arbeit im Studio. «Es ist schlimmer, als ein Nigger zu sein», sagte er. Und dann fügte er leise hinzu: «Es gibt einen wunderschönen farbigen Jungen, der als Bote für das Studio arbeitet. Er schwebt auf Wolken.»

May war von ihrem Spaziergang mit dem Hund zurückgekehrt; eigentlich war sie durch die Tür getaumelt, die Frisur war zerstört, das Kleid über ihrer üppigen, sommersprossigen Schulter heruntergezogen. Der Pekinese japste. Johnnie war aufgestanden und mit krummem Rücken und einem Arm über der Stirn wie ein tragischer Held auf sie zugegangen.

«Mach dich nicht über mich lustig, du gemeiner Schwuler!» rief May und brach in Tränen aus.

«Was ist los? Was ist los?» rief Annie, als May ihr mit Wimperntusche verschmiertes Gesicht von den Händen hob.

«Zwei Blocks von hier», begann sie in einer Art Singsang, «im Dunkeln ... hat mich ein Mann gebissen», ihre Stimme wurde schrill, «in die Brust gebissen!»

«Küsse, Bisse, Liebesglut ...», sang Johnnie und hämmerte auf das Klavier ein.

«Raus!» heulte May.

«Ach komm, du hast dir das ausgedacht!» rief Johnnie. «Du liebeskranke alte Katze! Wünschst du dir nicht –»

Annie rannte aus dem Zimmer in ihren eigenen abgeteilten Raum und packte ihre Sachen. Es reichte! Jeden Abend kam May mit einer neuen Überfallgeschichte zurück. Sie war morgens betrunken, krank bis zum Nachmittag, putzte dann, gekleidet in eine Art Mönchsrobe, das Haus, schob Möbel hin und her und beklagte sich bitter über Annies Faulheit – warum, zum Teufel, habe sie sich jemals eines hilflosen Kindes angenommen? Nicht mal den verdammten Karten könne man trauen!

Sie hatte nicht mit May gesprochen seit jener Nacht. Johnnie, der ihr Walters Briefe brachte, sagte, sie könne sie abschreiben. «Sie gibt dir für alles, was falsch läuft, die Schuld, und glaub mir, nichts läuft richtig! Ich habe ihr gesagt, sie sollte vor den kleinen weißen Füßen von Aimee S. McPherson niederknien. Ach, schau bloß nicht so verängstigt! Sie wird dich schnell genug vergessen.»

Aber Annie ließ die Sache nicht los; sie schuldete May etwas. Sie wußte, daß May sich seit langem vom Ton der menschlichen Stimmen zurückgezogen hatte und in einer geisterhaften Welt der spiritistischen Begegnungen und der Zufälle des Kartenlegens lebte, und doch wollte sie sich der verrückten alten Frau erklären.

Es schien ihr, daß sie jedesmal, wenn sie von einem Ort wegging, eine Spur zerbrochener Dinge hinterließ: nicht gehaltene Versprechen, enttäuschte Erwartungen – Erwartungen, die sie, ohne es zu wollen, hervorgerufen hatte. War irgend etwas Außergewöhnliches an ihr? Etwas jenseits der speziellen Umstände ihrer eigenen Geschichte, die sie komisch verkehrte und in Unterhaltung verwandelte, nur um die Aufmerksamkeit von jemandem, irgend jemandem zu erregen? Aber das war gerade das Elend! Die Geschichte kündete bloß vom Geschichtenerzähler selbst – das war das Teuflische daran!

War es das, weshalb flüchtige Begegnungen sie so erschütterten? Als ob es nur während dieser vergänglichen Episoden möglich wäre, daß jemand sie erblickte, ohne eine Absicht damit zu verbinden. Sie dachte an Mrs. Poole, die ihr Haar gebürstet hatte, den schlanken Jungen in seinem unförmigen Anzug, der in dem Wohnheim am Riverside Drive am Klavier gestanden hatte, Jersey Lighter, der ihr das Stück Papier schenkte, den alten Mann in der Bar an diesem Morgen in San Diego.

Der Mann nebenan weinte; er mußte direkt an der Wand stehen, sein Unglück schien durch die dünne Trennwand hindurchzusickern. Annie nahm ihre Handtasche und verließ das Zimmer. Sie würde Johnnie nicht erreichen können; seine Vermieterin weigerte sich, ihn an das Telefon in ihrem Wohnzimmer zu rufen, und er hatte seit Jahren kein eigenes Telefon mehr gehabt. Johnnie tauchte irgendwann am Tag oder in der Nacht einfach auf; manchmal brachte er ihr Tüten mit Lebensmitteln mit, wenn er ein bißchen Geld verdient hatte.

Sie stand unentschlossen auf der Straße; sollte sie nicht einfach zurückgehen, ihre Ohren mit Klopapier verstopfen und zu schlafen versuchen? Dann erinnerte sie sich daran, daß ihr Vater vor Jahren von einem alten Freund gesprochen hatte, einem Drehbuchautor, der in den späten zwanziger Jahren nach Hollywood gekommen war. James St. Vincent, das war sein Name! Sie ging in eine Telefonzelle und erhielt die Nummer von der Auskunft. Ohne sich Zeit zum Denken zu lassen, rief sie an. «Hier bei St. Vincent», sagte eine Männerstimme. «Mr. St. Vincent? Hier ist Annie Gianfala, die Tochter von Anthony Gianfala.»

«Einen Moment, bitte», sagte die Stimme. Einen Augenblick später hörte sie einen undeutlichen Ausruf.

«Annie? Annie, hast du gesagt? Mein Gott! Ich habe dich nicht gesehen, seit du ein Säugling warst ... Du bist also hier? In Hollywood? Komm sofort her!»

Sie wußte, wie Alkohol klang. «Ich bin näher an Los Angeles als an Hollywood», sagte sie.

«Nimm ein Taxi. Ich bezahle es. Komm gleich. Es ist wichtig ...»

Sein Eifer bereitete ihr Unbehagen, und doch war der hektische Befehl aufregend. Er gab ihr seine Adresse – ein Ort namens Arizona Canyon.

Auf dem Hollywood Boulevard fand sie ein Taxi. Es war eine lange Fahrt den ganzen Boulevard entlang, über den Sunset Strip, wo der Fahrer sagte – es war das einzige Mal, daß er sprach –: «Das ist das Trocadero, wo *sie* hingehen. Ich mache Führungen, sag Ihnen, wo die Stars wohnen, und alles ...»

Sie bogen in eine enge Straße ein, die sich bergauf schlängelte. Durch Bäume und dichtes Gebüsch und am Rand der abfallenden Rasenflächen schimmerten die Lichter von Anwesen, die so vielgestaltig waren, daß sie eher Ausstellungsstücken ähnelten als Häusern. Es war, als hätten die Besitzer gefürchtet, sie könnten irgendeinen Baustil verpassen, und daher Türme, griechische Säulen, spanische Balkone und koloniale Fassaden in einem Gebäude zusammengezwängt.

Als das Taxi hielt, hörte Annie das Geräusch eines fließenden Baches. Ein Bernhardiner warf sich, heftig mit dem Schwanz wedelnd, gegen die Autotür. Dann wurde der Hund weggezogen von einem Mann in dunklem Jackett, der den Fahrer bezahlte und Annie eine Auffahrt entlang zu den offenen Türen führte. Als die Helligkeit einer erleuchteten Diele sie übergoß, wurde ihr plötzlich bewußt, wie ungepflegt sie aussehen mußte. Unsicher trat sie ein. Eine Stimme aus einem anderen Raum rief: «Komm herein, Mädchen! Komm herein!» Annie folgte der Anweisung und betrat ein großes Eßzimmer.

Bewegungslos und mit grimmigen Mienen saßen zwei Frauen und ein Junge an dem langen Tisch; alle drei Köpfe beugten sich leicht nach vorn über das auf Schalen angerichtete Essen. Am oberen Ende des Tisches saß ein Mann mit einer Leinenserviette über dem Kopf. Als er sprach, flatterte die Serviette an der Stelle, wo sein Mund sein mußte.

«Du siehst weder ihm noch ihr ähnlich», sagte die Serviette. «Was meint ihr, meine Lieben?»

Die Frau neben ihm hielt ihren Kopf hartnäckig gebeugt, aber die andere Frau sah Annie kurz an und sagte in müdem Ton: «Ich habe seit Jahren weder ihn noch sie gesehen. Was weiß ich?»

«Was weiß ich?» äffte sie der Mann nach. «Du hast eine so gewinnende Weise, etwas auszudrücken. Woraus bestand dieser Satz? Handbehauenem Stein? Setz dich, armes Mädchen, und erzähl mir von deinem alten Herrn.»

Aber Annie blieb stehen und starrte auf die Serviette. Ein unterdrücktes Lachen ertönte. Er sagte: «Ich halte es nicht aus, meine Lieblinge hier anzuschauen. Ich verstecke mich.»

Der Junge warf Annie einen verstohlenen Blick zu. In diesem Moment kam durch die Schwingtür eine farbige Frau, die eine kunstvolle Eistorte trug. Auf einer Seite war die Torte in sich zusammengefallen, als ob jemand die Hand darauf gedrückt hätte.

«Wünschen Sie Kaffee, Mister?» fragte die Frau teilnahmslos; sie machte sich kaum die Mühe, die Antwort abzuwarten, bevor sie wieder zurückging in die Küche. Der Bernhardiner beobachtete Annie, kroch auf dem Bauch von der Diele herein und bewegte sich dabei mit großer Kunstfertigkeit, still eine schwere Pfote nach der anderen hebend.

«Hau ab, Byron!» sagte eine der Frauen scharf. Erst als der Hund sich aufrichtete, mit hängendem Kopf nach Hundeart um Verzeihung bittend, und das Eßzimmer verließ, bemerkte Annie, daß die Frau ihn gemeint hatte.

«Ich bin umgeben von feindseligen Frauen und einem Kind, das übermäßig unter ihrem Einfluß steht. Heute setzt man mir diesen langweiligen Kuchen vor, tödlich gezuckert. Laß uns von hier verschwinden», sagte der Mann und zog die Serviette mit einem Ruck von seinem Kopf. «Kein Kaffee!» schrie er in Richtung der geschlossenen Küchentür.

James St. Vincents Kopf war lang, sein Gesicht schmal. Graues Haar, von schwarzen Strähnen durchzogen, krauste sich auf seinem Schädel. Sein Gesicht hatte etwas entfernt Affenähnliches; die langen, schmalen Augen bewegten sich unruhig. Die Miene verriet Ungeduld, aber auch Unsicherheit, als hätte sich die Verwirrung eines Kindes vor der Sonderbarkeit des Lebens unverändert und antwortlos erhalten, trotz all der Fakten, die diese schlauen Augen eingesammelt hatten.

Die Frau neben ihm sagte: «Aber ich will Kaffee, und Grace will Kaffee und – wer weiß? Andrew will vielleicht auch Kaffee!» Der Junge schüttelte stumm den Kopf und stopfte sich weiter mit kleinen, spitzen Fingern Kuchenstücke in den Mund. Er sah wie vierzehn oder fünfzehn aus, konnte aber gut noch jünger sein.

James St. Vincent stand auf, ließ die Serviette auf den Tisch fallen und ging zu Annie, um ihren Arm zu nehmen. «Nach oben!» flüsterte er.

Er führte sie in ein Schlafzimmer, wo sich Andeutungen weiblichen Ordnungsbestrebens zwischen ungeordneten Papieren auf Boden und Tisch, Bleistiften auf Fensterbänken, einer schief auf dem seidenbezogenen Sitz eines Sessels stehenden Schreibmaschine sowie einem in eine Ecke geworfenen Männerregenmantel verloren. Es gab ein Telefon auf einem Kissen; das schwarze Kabel kringelte sich auf dem Bettüberwurf aus beigem Satin.

«Also, Kamerad! Was zum Teufel machst du hier draußen?» Er setzte sich hin, streckte sich dann auf einem der zwei Betten aus. Sein grauer Pullover war voller kleiner Löcher. Sie bemerkte, daß seine Hände wie die des Jungen waren, spitz, katzenhaft, eher abstoßend. Der Hund erschien in der Tür. «Armer Byron. Komm rein, mein Junge», sagte St. Vincent zu dem Hund, der sofort auf das unbesetzte Bett sprang und sich zu einem Bündel aus weißem und braunem Fell zusammenrollte. Annie stellte die Schreibmaschine auf den Boden und setzte sich.

«Eine Frau fuhr von New York hierher. Ich kam mit», entgegnete sie im Wissen, daß das keine Antwort war.

«Warum bist du nicht in der Schule?»

Eine ebenfalls unbeantwortbare Frage. «Ich weiß es eigentlich nicht», sagte sie. «Ich glaube, ich bin zu oft unterwegs», fügte sie lächelnd hinzu, während sie nach etwas suchte, womit sie ihn von sich ablenken konnte. «Mein Vater sagt, Sie haben Stücke geschrieben ...»

Jim hob die Hände, als ob sie eine Pistole auf ihn gerichtet hätte.

«Das tat ich», sagte er traurig. «Ja, das tat ich. Aber es gibt kein Glück – dort. Und ich habe nicht nur Andrew, den armen Kerl da unten, der seinen Kuchen ißt, sondern noch zwei weitere Söhne und ein Mädchen, ein, zwei Jahre älter als du, vielleicht. Ich kam '28 her, dem Klang des Geldes wegen, nicht wegen des Geldes selbst, verstehst du? Es flutet durch dieses Haus, wie bei einer Überschwemmung, alle paar Monate, und dann sitzen wir nach ein paar Tagen wieder auf dem trockenen ... Nein, es war der Klang davon, die *Idee* davon – Tausende von Dollars für ein Drehbuch, das ich früher in Stunden aus dem Ärmel schütteln konnte, nicht immer, aber es hat eine Zeit gegeben, als ich mit Hilfe von ein bißchen Benzedrin in vierundzwanzig Stunden ein Skript fertig hatte und zehn Riesen dafür bekam! Dann feiern wir eine Weile – ich zahle das Schulgeld für das Mädchen und kaufe ein paar Sachen.»

Annie fragte sich, was es mit den zwei Frauen im Eßzimmer auf sich hatte. Sie fand es nicht weiter schlimm, daß er versäumt hatte, sie ihnen vorzustellen. Warum hätte er es tun sollen? Sicher hatte er seine Gründe. Sie war gern hier mit ihm allein. Die Anwesenheit anderer Frauen hätte ihr Vergnügen zerstört. Andere Frauen gingen bei ihr von irgendwelchen Voraussetzungen aus, deren Charakter sie nur ungenau begriff. St. Vincent starrte sie nachdenklich an.

«Die Damen da unten ... Hope, die verzweifelt, und Grace, die ein Tolpatsch ist ... sind Schwestern. Meine Frau ist gestorben, weißt du, vor einigen Jahren. Hope kenne ich schon seit Jahren ... meine Frau war lange krank ... ach, egal. Und so ist sie mit der grauenhaften Grace eingezogen. Die grauenhafte Grace sagt: ‹Ich weiß nicht, warum du dieses *Zeug* ißt, ich weiß nicht, warum du diesen großen Hund hast, ich weiß nicht, was du an diesem langweiligen Victorville findest, diesem langweiligen *Sand.*› Sie macht mich verrückt mit alldem, und dennoch fühle ich mich genötigt, den Versuch zu machen, es zu *erklären,* weil ich weiß, daß all diese Fragen einfach nur wütende Flüche sind. Sie folgt mir in jedes Zimmer und macht Bemerkungen darüber, wie ich eine Zigarette anzünde, wie lange ich am Fenster stehenbleibe ... Aber diese grauenhafte Frau – die magischen Worte: *Ich arbeite,* und schon ist sie meine Sklavin, nicht aus Respekt, Kamerad, sondern weil sie finanzielle Erwartungen hegt. Dann bedient sie mich wie eine Priesterin, obwohl alles, was ich tue, verdammt noch mal, nur ein *Film* wird! Sie ist allerdings weniger streng mit mir als Hope. Arme Hope! Sie hat einfach aufgegeben! Ach, na ja ... Ich hab es selbst getan, die Frauen ruiniert, die Mauern eingerissen.»

Er setzte sich auf und rieb sich kräftig die Hände. «Wir haben es uns gutgehen lassen, dein alter Herr und ich, bevor wir den Harpyien zum Opfer fielen. Er war furchtbar mit Frauen, weißt du, ist erbärmlich vor ihnen herumscharwenzelt. Siehst du den Stapel Papier dort? Es ist ein Stück, es ist vielleicht meine Rettung. Wenn es gut ist, Kamerad, werde ich wie ein geölter Blitz wieder an der Ostküste sein. Gut, nimm die ersten zehn Seiten, lies sie mir laut vor, sei so lieb!»

Annie las und hielt das Manuskript dabei fest in den Händen. Es war eine alltägliche Unterhaltung zwischen Ehepartnern. An einer Stelle rief St. Vincent aus: «Aha!», als wäre ihm plötzlich ein wertvoller Gedanke gekommen. Walters sogenanntes Stück hatte Annie nur deshalb gerührt, weil er es geschrieben hatte. Aber das hier!

«Siehst du?» fragte er sie, als sie die zehn Seiten beendet hatte. «Siehst du, was ihr Problem ist?»

«Ist es, weil sie verheiratet sind, Mr. St. Vincent?»

Er lachte. «Nenn mich Jim. Ja, das ist genau das Problem. Aber sie lieben einander nicht mehr und wollen es doch wieder. Was einmal wahr gewesen ist, ist es nicht mehr. Sie sind dabei, es künstlich herzustellen. Sie versuchen, sich die Liebe wieder anzueignen. Hast du das gesehen? Wahrhaftig?»

Warum fragte er *sie* über wiederangeeignete Liebe? Wie eignete man sich Liebe denn überhaupt an? Verärgert – vielleicht, weil er törichterweise erwartete, sie wüßte irgend etwas über solche Dinge, und sie sich dadurch wie eine Närrin fühlte – sagte sie laut: «Soll man sich Liebe überhaupt aneignen?»

Sofort sah sie an seinem Gesicht, daß es ihm leid tat. «Das war unfair von mir», sagte er mit einem gütigen Lächeln. «Es war gemein. Weißt du, jetzt, wo du hier bist, ist es ein bißchen, als ob du dein Vater wärst. O Gott! Ich muß Brazzi anrufen. Er wartet in der Sporthalle auf mich. Halt die Stellung, Kamerad!» Er griff nach dem Telefon auf dem Kissen und gab der Vermittlung eine Nummer durch.

Annie ging zum Bett und streichelte den Hund. Er legte seinen großen Kopf in ihre Hand und sah mit lammfrommen Augen zu ihr auf. Sie hatte auf einmal Hunger. Sie wünschte, jemand hätte ihr ein Stück Kuchen angeboten. Sie hatte seit jener trockenen Orange nichts gegessen.

Mit Jims Stimme war eine seltsame Veränderung vorgegangen. Jetzt war sein Timbre rauh, er sprach wie ein Gangster im Film. Er beendete seine Unterhaltung und wandte sich zu ihr, um sie zu betrachten. Seine schweigende Prüfung machte sie unruhig. «Du hast», sagte er endlich, «ein sehr gutes Gesicht. Obwohl ich nicht weiß, was dahinter ist ... Brazzi ist ein Profiboxer, und er wäre vielleicht gut geworden, wenn er sich nicht an die Frauen gehängt hätte. Es ist schlimmer, als zu trinken. Ich habe eine Menge Geld in seine Karriere gesteckt. Ach, na ja ... jetzt schlage ich vor, wir setzen uns von hier ab und machen uns einen schönen Abend.»

Das Jackett, das er aus dem Schrank nahm, sah ganz wie das ihres Vaters aus, das sie in der Wohnung in der Dreiundsiebzigsten Straße zurückgelassen hatte.

Jim unterbrach ihre Gedanken, als sie sich jene Wohnung gerade vorsichtig wieder ins Gedächtnis rief, und sagte: «Beatrice ist hier in der Gegend, wußtest du das? Ich habe sie zweimal gesehen, aber sie will nicht mit mir reden, weil sie mir zweifellos an dem Bruch mit deinem Vater die Schuld gibt. So sind Frauen ...»

Als sie nicht antwortete, ging er zu ihr und blieb vor ihr stehen. «Beatrice?» wiederholte er leicht ironisch.

«Ach! Diese Beatrice. Ich habe sie immer Bea genannt.»

«Aber du hast bei ihnen gelebt, nicht?»

«Vor Jahren, eine Zeitlang.»

Er berührte ihre Wange kurz mit den Fingern. «Na ja, der alte Herr hat die Vaterrolle nicht gerade bravourös gemeistert, oder? Aber das ist schon gut so. Beatrice ist ein sehr hartes Mädchen. Dein alter Herr glaubte, sie sei der Geist Italiens, aber ich wußte immer, daß sie mit ihrem ganzen Temperament nur ein mediterranes Waschweib ist. Vamps der unteren Klasse spezialisieren sich auf Temperament. Ich erzähle dir ein paar schöne lustige Geschichten über sie ... wenn du magst.» Er nahm ihre Hand, und sie stand auf. «Wir müssen ganz leise sein», warnte er. «Die Gorgonen dürfen nicht erfahren, was wir vorhaben. Byron, Junge, verrat uns nicht!»

Das Haus schien verlassen. Sie trafen keinen Menschen auf der Treppe. Erst als sie zum Eingang kamen, glitt der Diener, der Annies Taxi bezahlt hatte, von irgendwo hervor – von unter dem Teppich vielleicht – und öffnete schweigend die Tür. Als sie in die von Eukalyptusduft erfüllte Nachtluft hinaustraten, sagte Jim: «Er gehört zu meiner Bande. Wenn das Stück produziert wird, kommt er mit mir in den Osten. Er wußte gut Bescheid mit dem Stück, war genial als Hilfe, als ich im zweiten Akt steckengeblieben bin. Brazzi ist verrückt nach ihm.»

Sie gab keinen Kommentar ab – die Leute, die Beziehungen, die Dinge seines Lebens waren ihr völlig fremd. Sie spürte, daß er froh war um ihre Gesellschaft, und das war genug. Er führte sie um das Haus herum zu einer Garage. Das Geräusch des Baches war hier lauter. «Ist da ein Fluß?» fragte sie. «Künstlich», sagte er. «Ach, du meine Güte, schau dir an, wie sie das Auto geparkt haben! Zum Teufel damit. Wir nehmen ein Taxi.» Sie sah den großen Buick, der in einem Winkel halb in, halb außerhalb der Garage stand. «Komm», drängte er sie. «Vom Fenster aus kann man uns sehen.»

Sie liefen die Straße entlang, und Jim hielt leicht ihren Arm. «Das Haus von Garland», sagte er mit einer vagen

Geste zum Hang. Ein Auto kam langsam vorbei; das Gesicht des Fahrers war vom Armaturenbrett beleuchtet. Er kam Annie bekannt vor. Ein Filmstar? «Der Koch der Brandleys», sagte Jim. «Opiumsüchtig, habe ich gehört. Ich habe mit ihm Golf gespielt ... Sehr eleganter Bursche, der den Ball furchtbar schneiden kann. Er redet über nichts anderes als Golf; er nennt es seine grüne Geliebte.»

An einer Kreuzung sahen sie ein Taxi, das an der Auffahrt zu einem großen Haus im Tudor-Stil parkte. Jim ging hin und sprach mit dem Fahrer, während Annie einige Schritte hinter ihm stehenblieb. «Ich zahle Ihnen doppelt soviel wie er», versprach Jim. «Und noch eine ganze Menge mehr, bevor die Nacht zu Ende ist.»

«Ich soll warten», sagte der Fahrer.

«Er wird nie da rauskommen, Kamerad», versicherte Jim mit melodiöser Stimme. «Ich weiß, wer in diesem Haus wohnt. Sie werden bis zum Morgen hier stehen, und ich wette, der Fahrgast verschwindet durch den Hinterausgang.»

«Ich weiß nicht ...»

«Doch», sagte Jim entschieden. «Sie wissen, ich habe recht. Wir werden richtig Spaß haben.» Er hielt Annie die Tür auf, und als sie sich auf dem Rücksitz eingerichtet hatte, wandte er sich zu ihr und sah ihr ins Gesicht. «Wo ist der alte Herr?» fragte er in solch düsterem Ton, daß ihr plötzlich ganz beklommen zumute war, als ob ihre Empörung darüber, daß sie nicht wußte, wo ihr Vater war, sie dazu gebracht haben könnte, ihn durch die Kraft ihrer Vorstellung auszulöschen. Sie antwortete eilig: «Er ist irgendwo in der Nähe von Santa Fe, in einem Ort namens Taos – ich weiß nicht, wo in Taos oder was Taos überhaupt ist –, und er hat wieder geheiratet, aber ich habe seine neue Frau nie gesehen.»

Die Neuigkeit überraschte Jim offenbar nicht. «Deine Mutter war ein nettes Mädchen», sagte er nachdenklich.

«Aber sie hat es nicht geschafft. War dem Leben nicht gewachsen. Und so kam als nächste Frau Beatrice. Dein Vater spielte mit Illusionen – manchmal war sie eine italienische Bäuerin, manchmal eine Aristokratin, je nach der Laune von diesem Kerl. Sie war so abgebrüht, dachte er, sie würde für sich leben und ihn seiner Arbeit überlassen. Aber das machen sie nie . . . Frauen.»

Als der erschöpfte Taxifahrer schließlich bei ihrem Haus ankam, dessen Stuck in der ersten rosigen Morgendämmerung matt schimmerte, und Jim, grau im Gesicht, in seinen Sitz gesunken war, die katzenhaften Hände ineinander verschränkt auf dem Schoß, wußte Annie, daß sie in einer außerirdischen Region gewesen war, wo Geld nicht zählte, wo der Impuls des Augenblicks Gesetzeskraft genoß.

Zuerst hatten sie an einem Minigolfplatz gehalten, wo Jim sie durch die Hindernisse in Puppengröße geleitet und dabei eine pedantische Beschützerhaltung an den Tag gelegt hatte, die sie sofort glücklich machte. Auf dem winzigen Golfplatz begann sie zu pfeifen, und er brach in lautes Gelächter aus und sagte, er wünschte, es sei genauso leicht, anderen Frauen zu gefallen. Sie besuchten eine Reihe kleiner Bars, wo Jim einen Drink nach dem anderen in sich hineinschüttete, ohne daß sich irgendeine sichtbare Wirkung einstellte. In einem Lokal namens Melody Garden mischte er sich in die Unterhaltung zwischen zwei Matrosen und einem schlanken, gebräunten blonden Mädchen ein, dessen honigfarbenes Haar am Hinterkopf einen schweren, geflochtenen Knoten bildete. Sie sagte, sie sei Wienerin. Die Matrosen sagten, sie seien vom Land, verflucht noch mal! Und sie nannten St. James «Pappi».

Zu fünft zwängten sie sich in das Taxi. Der Fahrer, dem die Sache jetzt Spaß machte, weil er fest daran glaubte, daß beim nächsten Halt das große Abenteuer winkte – wie Jim es ihm eingeredet hatte –, fuhr in gefährlichem Tempo nach Santa Monica. Dort ließ ihn Jim in südliche Richtung fahren, bis sie zum Vergnügungsgebiet am Hafen kamen, wo der orangene Lichtschein einen Teil des mondlosen Himmels aufleckte.

«Ich liebe Venice Park», sagte der Fahrer. Jim lief fort und kehrte kurz danach mit zwei Hotdogs zurück, die er dem Fahrer in die Hand drückte; dann gab er ihm eine Handvoll Münzen. «Viel Vergnügen, Junge...»

Sie gingen den langen Pier entlang, an dem sich Schießbuden und Stände mit verschiedenen Attraktionen, Riesenrad und Rutschbahn aneinanderreihten – Jim nannte es «künstlichen Spaß». Hier und da blieben sie stehen, um mit Pfeilen nach Luftballons zu werfen oder auf kreisende Räder mit aufgesteckten Enten zu schießen, bis sie zum Ende des Piers kamen, wo die schmalen Gleise einer Achterbahn, von spinnenbeinartigen schwarzen Pfeilern getragen, aus dem Wasser ragten und weiterwuchsen in ungeahnte Höhen und nackte Glühbirnen an den abwärtsführenden Gleisen mit schwachem Licht den Weg zur sicheren Vernichtung beleuchteten.

«Du mußt!» sagte Jim entschieden zu Annie, als die Matrosen und das Mädchen, Karin, in einen wartenden Wagen stiegen. «Du mußt es tun, weil du Angst davor hast. Das ist der Grund, nichts sonst.» Wortlos schüttelte sie den Kopf. «Ja», sagte er. «Wovor man Angst hat, wird zum einzig wirklichen Leben, das man hat. Du kannst es nicht lassen, so, wie es ist. Sie wird dir immer im Nacken sitzen – wenn du es jetzt nicht tust.»

«Komm schon, Pappi!» schrie einer der Matrosen. Karin saß sittsam zwischen ihnen, aber sie drückten sich an sie und hatten ihre Arme über ihren starren Schultern ineinander geschlungen.

Mit einer Ungeduld, die ihn auf einmal gewöhnlich erscheinen ließ – der Gedanke schoß ihr durch den Kopf, sie war zu erschrocken, ihn weiterzuverfolgen –, ergriff St. Vincent Annies Arm und zog sie auf den Vordersitz, den die Matrosen leergelassen hatten, vielleicht aus Ehrfurcht vor St. Vincent als dem König der Vergnügungen in dieser Nacht.

Es ratterte, der kleine Wagen stieß vor und schwankte bedrohlich, als er um die erste Ecke bog. Annie sah auf das schwarze Wasser hinunter. Sie sah die Pfeiler, die den Pier trugen, die Pfähle der Achterbahn stachen einer nach dem anderen in die flache See. «O Gott ...», ächzte sie. Jim legte den Arm um sie. «Es ist gleich vorbei ...»

Es schien nie vorbei zu sein. Klirrend erklomm der Wagen die schwankenden Hänge, machte auf dem Gipfel eine bösartige Pause, setzte mit einem Sprung zu einem höllischen Sturz an, einem hemmungslosen Fall, der ihre Lungenflügel gegen das Rückgrat trieb, die Luft aus ihr herauspreßte; ihre Schreie waren erstickt wie in Alpträumen, ihr offener Mund war größer als ihr ganzes Gesicht. In einem Tal sagte sie mit schriller Stimme: «Mach, daß es aufhört ... Ich bring dich um! Ich bring dich um!» Aber Jim lehnte über dem Wagenrand und erbrach sich. Die Matrosen stießen freudige Schreie aus. Nur das Mädchen aus Wien war still. Als Annie einen Blick nach hinten warf, um herauszufinden, ob die schlimmste Folter überstanden war, sah sie Karin, die aufrecht saß, mit völlig beherrschter Miene. Annie drehte sich um und ergriff mit nassen Händen die eiserne Sicherheitsstange. Plötzlich war es vorbei; der Wagen ratterte zurück an seinen Platz. Die Matrosen sprangen hinaus; Karin strich ihren Rock glatt und weigerte sich, die Hilfe der Hände anzunehmen, die sich ihr hinstreckten. Jim, ein Taschentuch gegen den Mund gedrückt, nahm Annies Arm und zog sie aus dem Wagen. «Gut gemacht, Kamerad», murmelte er unter dem Taschentuch.

Zitternd riß sie ihre Hand weg. «Ja, ja, du hast recht. Ich wäre auch böse», sagte er.

Im Taxi hielt sie den Teddybär, den Karin an einer Wurfpfeilbude gewonnen hatte. Sie schwieg den ganzen langen Weg bis Malibu Beach, hörte ohne Interesse der Unterhaltung der anderen zu, Jim mit seinen bohrenden komischen Fragen, seinen Reden über Frauen und Geld und Arbeit, seinem plötzlich veränderten Tonfall, wenn er den Jargon von Berufsboxern nachmachte. Die Matrosen stellten Fragen über die Geheimnisse der Filmstars und schlugen einander vor Vergnügen mit den Fäusten, wenn er sarkastische Antworten gab. Aber Karin lachte nicht; sie beobachtete ihn beharrlich, ohne die Augen je von seinem Gesicht abirren zu lassen. Jim sagte: «Du willst Filmstar werden, nicht, Mädchen?»

«Ja.»

«Und wozu?» fragte er mit leicht bedrohlicher Sanftmut. Der Fahrer schrie: «Und warum nicht! Sehen Sie sich doch nur das Geld an, das die machen! Was die sich leisten! Ich könnte Ihnen was erzählen –»

«Nein, Junge», sagte Jim mit derselben unangenehmen Milde, «du kannst mir gar nichts erzählen.»

«Woher haben Sie gewußt, daß da eine Party sein würde?» fragte Annie, als Jim dem Fahrer sagte, er solle genau dort halten, an der Rückseite dieses Hauses.

«Es gibt immer eine Party», sagte er. «Hast du mir jetzt verziehen? Darf ich annehmen, daß du mir verziehen hast?»

Diesmal kam der Fahrer mit ihnen. Einmal, in den Stunden, die folgten, sah Annie ihn auf dem Schoß einer Frau sitzen und die Perlen ihrer langen Halskette zählen. Das Haus, in dem die Party stattfand, war wie der Mittelteil eines kleinen Dampfers gebaut. Es gab Bullaugen als Fenster und eine Schiffsleiter statt einer Treppe. Die Frauen trugen fast alle Strandkleider in fröhlichen Farben; die weißen Leinenhosen der Männer hoben ihre bloßen, gebräunten Füße hervor. Die Atmosphäre war von einer sonderbaren Vertraulichkeit geprägt, die die Neuankömmlinge sofort gefangennahm. Doch der ungezwungene Umgang hatte etwas Flaches an sich wie ein schnell zu durchdringender Nebel, von dem man eine leichte Benommenheit zurückbehält. Vielleicht, dachte Annie, schien es nur so wegen der riesigen Mengen Alkohol, die all diese gutaussehenden Männer und schönen Frauen konsumierten, während ihre Stimmen wie die Schreie tropischer Vögel in die Höhe stiegen und sie einander mit Blicken und Händen streichelten.

Aber als sie sie eifrig und hoffnungsvoll befragten – was wollten sie von ihr? –, begann sich ihr Aussehen zu verändern. Die herrliche Bräune von Frauenschultern konnte deren Fettpolster nicht zum Verschwinden bringen; goldene und silberne Gürtelschnallen schnitten in Männerbäuche ein; Zähne, die aus der Entfernung weiß und strahlend wirkten, glichen aus der Nähe gleichartigen Teilen billigen Porzellans. Sie sah nachgezogene Linien, wo Augenbrauen ausgezupft und angehoben worden waren zu bleistiftdünnen Höhen der Arroganz. Eine Frau mit einem beeindruckenden Heiligenschein aschblonden Haars schleuderte ihre Schuhe von sich, und an ihrem schmalen Fuß trat ein großer, champignonfarbener entzündeter Ballen zutage. Sie berührten sie viel, sie küßten sie, sie sagten, sie sei ein Schatz. Wessen Mädchen sei sie denn? Wolle sie es nicht sagen? Nicht das von dem alten Schreiberling, oder? Und um Gottes willen! Warum trage sie dieses traurige Tweedkostüm?

Sie floh die Leiter hinauf. Oben war die «Kapitänsbrücke» – ein kleines Schlafzimmer, wie sie in Erfahrung brachte, als sie die Tür öffnete. Auf dem Bett, das fast den ganzen Raum einnahm, saß ein nackter Mann rittlings auf einer Frau, deren Kopf halb unter einem Kissen lag und deren Hände sich zu Fäusten ballten. Annie zog die Tür zu, aber das Bild blieb, hatte sich in ihrer Vorstellung festgesetzt – die Schenkel des Mannes, haarig und schweißglänzend, die die Frau gepackt hielten, deren lange Beine unter ihm hervorschossen, die Füße senkrecht am Ende des Bettes, die Sohlen schmutzig, die Fersen orange getönt.

Sie ging wieder hinunter und fand Jim, der einer aufmerksam schweigenden Gruppe, die sich um ihn gebildet hatte, vorlas. Karin beobachtete ihn von einer Ecke aus; ihre Augen glitzerten. Die Matrosen lagen wie Puppen auf dem Boden, während die Frau mit dem entzündeten Ballen übertrieben zwanglos um sie herumtanzte – war es wirklich übertrieben? Hielt sie sich in diesem Moment für großartig?

Jim blickte von dem Buch auf und drückte es dem Mann neben ihm in die Hand, als er Annie bemerkte. Sie sah den Namen Rupert Brooke auf dem Umschlag. «Laß uns einen Spaziergang machen», sagte er. Sie gingen zur Tür hinaus, zum Strand. Niemand schien zu bemerken, daß sie gingen; die Leute, denen er vorgelesen hatte, standen apathisch zusammen, als ob ihnen noch keiner gesagt hätte, daß die Vorführung zu Ende war.

Lichter von anderen Strandhäusern erleuchteten mit schwachem Schein die weite Sandfläche. Der Strand ging unvermittelt in Dunkelheit über, wo der langsame, feierliche Ansturm der Wellen sich endlos wiederholte wie ein wieder und wieder gesprochenes unbekanntes Wort. Eine Linie aus weißem Licht schimmerte vor dem dunklen Horizont. «Das Riff», sagte Jim leise. Sie gingen zum Wasser, dessen Rand als silbern leuchtende Linie zu sehen war.

Jim beugte sich plötzlich vor und holte eine Handvoll kleiner, silberner Fische aus dem Wasser, hielt sie hoch, damit sie sie sah, und warf sie in die Wellen zurück.

«Sie kommen zum Sandstrand, um zu laichen, und sterben, Tausende, Millionen von ihnen. Es macht mich verrückt. Deshalb werde ich nie ein Haus hier draußen haben.» Dann, indem er sich wie aufgezogen immer wieder herunterbeugte und hochstreckte, warf er die kleinen Fische mit vollen Händen ins Meer. Sie verfolgte seine hektischen Bewegungen und wurde auf einmal fröhlich.

Er hatte Autos und Frauen und Hunde und Matrosen in seiner Gewalt, er konnte Partys und Vergnügungsparks aus dem Ärmel schütteln und war doch hilflos, wenn er sich wütend dem blinden Los dieser winzigen, von der Flut herangeschwemmten Geschöpfe entgegenstellte.

Er nahm sie bei der Schulter und schüttelte sie. «Lach nicht!» rief er. Aber sie lachte nur lauter und entwand sich seinem Griff. Dann, als sie sich zu ihm neigte, fiel ihr Blick auf sein schmerzverzerrtes Gesicht. Er hat zuviel getrunken, dachte sie, er hat genug von all dem schrecklichen Spaß, und ihr Lachen erstarb.

Schweigend gingen sie bis zum letzten Haus. Nicht weit dahinter fanden sie eine sandige Böschung, auf der sie sich niederließen. Dann sprach er – fingerschnipsend und händereibend, als ob Worte allein nicht genügten, um seine Gefühle mitzuteilen – über das Entkommen.

«Das Stück ... das Stück. Ich hatte bisher fast zuviel Glück, und das Theater hat sich seit den Zwanzigern so sehr verändert, ich weiß nicht. Aber Gaskin hat letzte Woche aus New York angerufen, und er ist interessiert, mehr als nur oberflächlich, obwohl ihm der dritte Akt nicht besonders gefällt. Er mag recht haben, aber ich kann es nicht ausstehen, wenn man mit Meinungen wie mit Möbelstücken herumspielt, um ein Publikum von Idioten bei der Stange zu halten. Ach, dein alter Herr und ich, wir waren einmal so jung wie du. Als wir uns kennenlernten, haßten wir einander, umschlichen uns wie streitsüchtige Kater, dann wurden wir die besten Freunde, bis ich hierherkam und, na ja, eigentlich war es vorher, als das mit dem Heiraten losging. Er war böse auf mich, weil ich an die Westküste gegangen war, sagte, es würde mich ruinieren. Nein, es geht nur immer weiter und weiter und weiter ... Aber wenn aus diesem Stück etwas wird, nehme ich den ganzen Clan mit zurück in den Osten, weg von hier, wo wir wie die verrückten Zigeuner leben –»

«Aber warum bleiben Sie überhaupt? Wenn Sie es so hassen?»

Er lachte kurz. «Verdammt will ich sein! Und warum, zum Teufel, sollte ich nicht bleiben? Ich nehme an, es wird dich nicht beeindrucken, aber ich habe diese Horde Kinder, die ich versorgen muß ... Es stimmt, ich hasse diesen albernen, rohen Landstrich. Ich bin nur froh, wenn es regnet ... Keiner bringt dich zum Arbeiten, weißt du, du bringst dich selbst zum Arbeiten. Aber ich sage dir, dein alter Herr war der größere Dummkopf! Bea forderte ihm die Seele aus dem Leib – sie hat ihn so weit gebracht, daß *er*, als *Künstler*, für diese Magazine gearbeitet hat, das Layout gemacht hat für diese schönen Geschichten über Mädchen namens Tanya aus Cornflakes, Nebraska, die von grauhaarigen Schurken gevögelt werden – *schmutzige* Geschichten! Ja! Das hat er gemacht, damit Bea sich ihre Fünfundzwanzigdollarschuhe kaufen konnte, sie hat es gebraucht, sie hat ihn ausgesaugt, aber du kennst sie ja, Mädchen, du kennst sie ...»

«Und Sie?»

«Kümmere dich nicht um mich!» rief er. «Ich zahle, was ich schuldig bin, verdammt!»

«Ich erinnere mich eigentlich nicht an sie», sagte Annie beschwichtigend. «Nur an ihre Augen ...»

«Ihre Augen», echote er. «Außergewöhnlich, wie von einem wilden Tier.»

«Sie mochte es nicht, wenn jemand krank war», sagte Annie zerstreut.

«Ja. Sie haßte es», stimmte er zu. «Sie haßte jede Art von Hilflosigkeit.»

«Ich denke gerade daran, wie ich Tony einmal sagte –»

«Du nennst ihn Tony?»

«Ja. Tony. Ich sagte ihm, ich hätte Zahnweh. Sie war da, ging im Zimmer auf und ab mit einem Drink in der Hand. Sie sagte, sie würde sich um mein Zahnweh schon kümmern. Und dann hob sie mich hoch – ich muß ungefähr sechs gewesen sein – und setzte mich auf den Notsitz eines Autos, das sie damals hatten. Sie fuhr den Storm King Highway am Hudson River entlang, ich sah sie durch die hintere Scheibe, sie saß über das Lenkrad gebeugt da wie ein Teufel. Ich dachte, der Sitz würde abbrechen und mich mit sich fortreißen.»

«Sie sind gesichert.»

«Das habe ich nicht gewußt!» rief Annie aus. «Woher hätte ich das wissen sollen? Als wir zurück waren, fragte sie mich: ‹Na, ist das Zahnweh weg?›»

«War es weg?»

«Ja.»

«Meine Mutter war eine Säuferin, eine irische Säuferin, die Schlimmsten der Schlimmen», sagte Jim, seine Knie umklammernd. Annie zündete eine Zigarette an, und er nahm sie mit selbstverständlicher Vertrautheit. «Und der gute alte Herr, St. Vincent selbst, verließ uns und haute ab, zurück nach Donegal oder County Clare – ich habe nie gefragt –, und da waren wir nun, zu siebt, in Boston, und sie fiel dauernd hin und machte sich naß. Wir mußten alle zur Arbeit gehen, außer der kleinsten Schwester, und die starb ohnehin. Wir mußten das Geld zusammenbetteln für einen Sarg. Ich kann dir alles in ein paar Minuten erzählen, die ganzen vierzehn Jahre. Die Wahrheit ist vielleicht nicht wichtig im Lauf des wirklichen Lebens, trotz allem. Übrigens, möchtest du Bea mal sehen?»

Sie konnte sein Grinsen sogar im Dunkeln erkennen.

«*La Siciliana*», sagte er, als sie stumm blieb, dann, in melancholischem Ton: «Dein Vater schreibt mir nie und ruft mich nicht an. Er hat Angst vor mir, weißt du. Es ist wirklich schlimm für dich, aber er war immer der Sklave von erwachsenen Frauen – und wie sie ihn dafür gehaßt haben! Als deine Mutter starb, war er Freiwild. Er hätte sie auf die Dauer doch verlassen, fürchte ich. Sie hat ihn nicht hart genug an die Kandare genommen. Sie war ein blasses Ding, von einer netten irisch-protestantischen

Sippschaft, ganz und gar nicht die entsetzlich verrückte katholische Sorte.»

«Sie haben sie gut gekannt? Ich wußte nicht, daß Sie Tony schon so lange kennen.»

«Nein, kaum. Man lernte sie nicht so einfach kennen, sie war so bescheiden und still und tödlich erschrocken beim Anblick eines menschlichen Gesichts.»

«Ich hätte sie vielleicht gemocht.»

«Gemocht?» rief er. «Aber nein! Ich mag meinen alten Pullover und meine Golfschläger. Aber nicht meine Kinder. Noch sie mich. Noch meine tote Mutter und meine Brüder. Mögen ist kein Wort für solche Dinge. Es ist alles Leidenschaft . . .»

«Das Wasser steigt», sagte sie, während sich ihr Fuß vorwärtstastete in die Nässe. Er stand schweigend auf und stellte sich hinter sie. In dem schwarzen Himmel war ein Hauch von Grau. «Ich nehme an, du hast keine Uhr», sagte er. «Na, egal. Wir holen die Bande und fahren dich nach Hause.»

Sie gingen zurück zu dem Schiffshaus, an anderen Häusern vorbei, die sich dunkel und still dem Meer zuwandten. Als sie die Stufen zum Deck hochstiegen, sahen sie durch das Fenster, daß der Raum fast leer war. Ein Mann schlief auf dem Boden, mit offenem Mund; eine Frau lag zusammengerollt auf einem Peddigrohrsofa, neben ihr trat der Kopf eines Dackels hervor, der auf seinen Pfoten ruhte. Doch aufrecht und wach auf einem Stuhl in der Ecke, ein halbvolles Glas in der Hand, saß Karin.

Durch das Fenster begegnete sie ihrem Blick.

«Sie wird es nicht schaffen», murmelte Jim. «Sie kann ihre Gier nicht verbergen, und sie hat überhaupt keinen Stil. Sie ist nur eine kleine Hure.»

Das Mädchen war auf sonderbare Weise reglos, als ob es einem fesselnden Ton lauschte. Eine Hure?

Jim öffnete die Tür in eine Stille hinein, die nur unterbrochen wurde von einem leisen Knistern; auf dem Weg zum Hintereingang bemerkte Annie, daß es von bratenden Eiern auf dem Herd kam. Eine Gabel in der Hand, sah ein untersetzter Mann in weißen Tennisshorts auf sie hinunter. Annie erkannte ihn als den Mann aus dem Schlafzimmer. Offensichtlich war er hungrig – vier Eier waren in der Pfanne.

«Bis dann, Jack», sagte Jim über die Schulter. Der Mann winkte mit der Gabel, sein Blick blieb stetig auf das Essen gerichtet.

Der Fahrer schlief auf dem Rücksitz des Taxis. Jim schüttelte ihn sanft. Ein erwartungsvolles Lächeln hellte das dunkle, unsympathische Gesicht auf. Jim lachte leise. «Die Party ist zu Ende ...»

Sie fuhren in südliche Richtung einem weiten, hellgrauen Himmel entgegen, der sich allmählich in das durchdringende Blau eines kalifornischen Morgens verwandelte. Der Fahrer rauchte eine verbogene Zigarette und sagte, er habe es genossen, einmal erleben zu können, wie die anderen lebten.

Karin wohnte in einem Bungalow am Melrose Boulevard, zusammen mit zwei anderen Mädchen, sagte sie. Sie fragte Annie nach ihrer Adresse. Bevor sie aus dem Auto schlüpfte, sah sie zu Jim zurück: «Also, Herr Jim, ich denke, ich habe Ihnen für diesen Abend in Hollywood, Kalifornien, zu danken. Und dir, Annie. Ich hoffe, wir sehen uns wieder.» Gelassen ging sie den zementierten Weg entlang zu ihrer Tür.

«Ein schlimmes Mädchen», sagte Jim. «Aber klug. Sie wußte, ich würde ihr nicht helfen! Ach, mir ist nicht wohl!» sagte er seufzend und ließ sich in den Sitz zurückfallen. Er sah plötzlich alt aus. Dann öffnete er die Augen. «Alles in Ordnung, ich bin noch da ...»

Annie sah den vertrauten Ford in der Nähe des Hauses. Es war, unerwarteterweise, ein willkommener Anblick. Bevor sie ausstieg, griff Jim in seine Tasche und holte einige Scheine heraus, die er ihr in die Hand schob, indem er sich ein letztes Mal anstrengte und ihre verschlossenen Finger einen nach dem anderen aufbog. «Ich hätte dir mehr gegeben», sagte er lächelnd, «aber unser Freund da vorne bekommt für heute nacht mein ganzes Vermögen.» Seine Augen schlossen sich, sein Kiefer sackte nach unten. Der Fahrer versicherte ihr: «Ich bringe ihn schon heim. Ich bin an sie gewöhnt...» Neben ihm, auf dem Vordersitz, saß der Teddybär aus dem Venice Park.

Die Luft war weich und erfüllt von der duftenden Frische des neuen Tages. Annie spähte durch die Scheibe des Fords. Johnnie Bliss lag auf dem Rücksitz in seinem Nest aus Dingen, seine bestrumpften Füße hingen über den Vordersitz. Er schnarchte leise. Sie lehnte sich gegen den Wagen, sah die Palmen ringsum, die stillen Häuser, die Fenster ihres Hauses mit den heruntergelassenen Jalousien, den weiten Himmel. Es war ein langer, langer Tag gewesen. Sie war morgens am Meer gewesen und dann, in der Nacht, war sie an derselben Küste gewesen, an der Walters Schiff jetzt immer noch entlangfuhr. Sie dachte an Max Shore und die Frau mit den weißen Handschuhen.. Ihre Versammlung, oder was immer es war, wohin sie gefahren waren, mußte längst vorbei sein.

«Mein Gott!» Johnnies gebrochene Stimme unterbrach die Stille. «Ich dachte, du kommst *nie* zurück! Bestimmt hast du dich herumgetrieben, du schlaues Ding! Oje, oje! Mein Rücken ist an drei Stellen gebrochen.»

In Annies Zimmer zählten sie das Geld, das Jim ihr geschenkt hatte, fünfunddreißig Dollar. In Deutschland nebenan war alles still. Sie erzählte Johnnie dies und das von dem Abend, aber er zeigte sich nicht besonders interessiert. Er sei schon auf all diesen Partys gewesen, sagte er, und besseren, als sie je kennenlernen würde. Dann zog sie das Klappbett herunter, während er gähnte und sich den Rücken kratzte und sich über die Garnspulen beklagte, auf denen er geschlafen hatte.

Sie legten sich beide aufs Bett, angezogen, weil sie zu müde waren, sich außer Schuhen und Jacken irgendwelcher Sachen zu entledigen, er mit dem Kopf am Fußende, sie mit dem Kopf auf einem Kissen. Er war sofort eingeschlafen. In dem Licht, das durch die grauen Jalousien vor dem Fenster hereindrang, betrachtete sie den schweren, bejahrten Mann. Ein schwacher ranziger Geruch nach Schweiß und Zigarettenrauch stieg von seinen Kleidern auf. Sie versuchte, ihn sich als jungen Filmstar vorzustellen, einen Liebhaber mit hoch geschätztem Profil. Sie glaubte, das Kratzen von Hundeklauen an der Wand zu hören. Doch dann, beruhigt durch Johnnies Gegenwart, fiel auch sie in tiefen Schlaf.

6

«Der Hund mag es vielleicht», sagte Johnnie Bliss gereizt. «Du hättest es viel schlimmer treffen können als mit diesem Haus.» Er blickte verächtlich auf den Schuh in seiner Hand. «Schau dir das an! Ich werde noch in Zeitungspapier herumlaufen. Ich schäme mich so sehr, daß ich sie nicht mal zum Schuster bringe.» Er zog den Schuh über seinen Fuß, beugte sich vor und ächzte vor Anstrengung.

«Abends hierher zurückzukommen ist wie eine Strafe», sagte sie. Sie trocknete sich Gesicht und Hände ab und ging zum Fenster. Ein leichter Wind ließ die Jalousie am Fenster rascheln.

«Du bist ein Trottel, Annie. Ein vollkommen fremder Mensch sagt dir, du sollst einen anderen fremden Menschen anrufen, und schon denkst du, da kriegst du eine tolle Suite. Was ist, wenn die Miete fünfmal so hoch ist wie hier? Was machst du mit diesem offenen Koffer? Du hast den Mann noch nicht mal angerufen!»

«Es ist nicht nur der Hund – es ist der Deutsche, wie er knurrt und schreit, die ganze Nacht. Und diese verrückten alten Leute, die hier wohnen.»

«Hör zu, meine Liebe, mit dem Geld, das wir haben, gehören wir genau zu den Leuten, über die du dich so hochnäsig äußerst.» Er kicherte.

Annie schlitzte eine braune Papiertüte auf und leerte ihre Handtasche darauf aus. Tabakkrümel und ungefähr ein Dutzend Pennys fielen auf das Papier, außerdem ein Busfahrplan von New Jersey und ein von Annie in einem Supermarkt erworbenes viereckiges Stück Pappe, an das ein Dutzend Probefläschchen der berühmtesten Parfums der Welt angeheftet gewesen waren. Sie roch an der Pappe.

«Ich werde diesen Schauspieler gleich anrufen. Wo ist die Sycamore Street?» fragte sie.

«Beim Grauman», antwortete Johnnie und griff nach dem Parfum. Er entkorkte eine der Miniaturflaschen und rieb sich mit dem gesamten Inhalt das Kinn ein. «Womit beabsichtigst du, die Miete zu bezahlen? Gottvertrauen?» fragte er.

Er sah schmutzig und unliebenswürdig aus, wie er da auf dem ungemachten Bett saß. Sie begriff, daß er es gern so hatte, wie es war; er wollte nicht, daß sie umzog.

Sie trug ein altes weißes Hemd von Walter und ein Paar Jeans, die sie in einem Geschäft für Marinebedarf in New York gekauft hatte. Sie setzte sich neben Johnnie, um ihre Turnschuhe anzuziehen.

«Bring etwas zu essen mit, ja?» sagte er.

«Ich muß ein anderes Zimmer finden, bevor Walter kommt», sagte sie.

«Walter! Irgendein Matrose pfeift, und schon fällst du ihm zu Füßen!»

«Er ist nicht irgendein Matrose. Er ist Schauspieler und Dramatiker.»

«Ich kenne Schauspieler. Mit einem Matrosen würde es dir bessergehen.»

Sie stritten, während sie das Bett machte und Johnnie sich über dem Waschbecken rasierte; er benutzte den Rasierer, den er in seiner Jackentasche bei sich trug.

Sie ging in den nächsten Drugstore, um Jake Cranford anzurufen. Eine Frau mit einem Sprachfehler hob ab; auch ihr Gehör schien beeinträchtigt, denn Annie mußte Cranfords Namen mehrmals wiederholen. Auf einmal war eine laute Klingel zu hören, die die Stimme der Frau übertönte. Eine Weile herrschte Schweigen, dann sagte ein Mann: «Ja? Hier Jake Cranford.»

«Mr. Cranford, ich habe gestern Max Shore getroffen. Er sagte, Sie würden Ihr Zimmer aufgeben. Er sagte, ich könnte es vielleicht mieten.»

«Die nächsten zwei Wochen noch nicht, nein. Wer sind Sie?»

«Annie Gianfala», sagte sie. «Denken Sie, ich könnte einmal kommen und es mir trotzdem ansehen?»

«Natürlich. Jederzeit.»

«Heute?»

Ein lautes Stöhnen war zu hören, ein geflüstertes: «Einen Moment.» Hatte er eingehängt?

«Mr. Cranford?»

«Ich habe mir noch kein neues Rezept geholt.» Seine Stimme klang wieder normal. «Jetzt geht's mir gut. Ich habe Kolitis.»

«Es tut mir leid, daß ich gerade anrufe, wenn Sie sich nicht wohl fühlen.»

«Egal. Ich bin *immer* krank. Ja, kommen Sie heute, nach fünf, okay? Das Zimmer ist nicht schlecht.»

«Ich werde kommen.»

Er sagte ihr die Hausnummer. «Noch eine Sache», fügte er hinzu. «Das Haus ist voller Katzen. Das ist ein Nachteil. Es kann ziemlich übel riechen.»

«Solange sie niemand schlägt...»

«Was?»

«Ich hoffe, Sie fühlen sich bald besser.»

«Nie!» sagte er fröhlich.

Sie kaufte eine Packung Zigaretten, einige Orangen und ein Brot in einem Gemüseladen. Nach dem Essen sagte Johnnie, er müsse ein paar Sachen zum Nähen in der Kostümabteilung abholen. Sie fuhr mit ihm zu den Paramount-Studios hinaus und wartete im Auto, während er die Sachen holte. Am Tor, auf einem dreieckigen Flecken borstigen Grases stand ein Zelt. Ausgebreitet auf einem hölzernen Campingstuhl, trockneten vor dem Zelteingang Socken und Männerunterhosen in der

Sonne. Während Annie das Zelt noch verwundert betrachtete, wurde die vorn herabhängende Stoffbahn zurückgeschlagen, und ein junger Mann in Cowboystiefeln, engen Jeans und einem karierten Hemd tauchte auf. Mit elegantem Schwung setzte er einen riesigen Cowboyhut auf seinen großen Kopf. Er betastete die Unterwäsche, schüttelte den Kopf, machte dann einige schnelle Kniebeugen. Keiner von den Leuten, die in das Studio hineingingen oder aus ihm herauskamen, blickte zu ihm hin. Nach ein paar Minuten kehrte Johnnie mit einer verschnürten Schachtel zurück.

«Gott sei Dank gibt es alte Liebhaber», sagte er und warf die Schachtel auf den Rücksitz. Als sie wegfuhren, fragte sie ihn, ob er den Cowboy bemerkt habe. «Ach, er ist schon seit Monaten hier», sagte er. «Er denkt, er kann sie dazu bringen, daß sie eines Tages nachgeben. Aber Filmleute sind komisch. Er strengt sich zu sehr an, und sie sind an Irre gewöhnt. Sie zeigen nur Interesse, wenn man sie ignoriert. Dann sind sie beleidigt und müssen einem etwas zu tun geben, nur um das Gesicht zu wahren.»

«Aber wie lebt er?»

«Ach, Annie, wie lebe ich? Vielleicht geht er auf den Strich. Vielleicht hatte er ein bißchen Geld gespart, bevor er das Zelt aufstellte. Vielleicht ißt er Babys. Welche Hausnummer ist es auf der Sycamore Street? Hör mal, könntest du vielleicht ein bißchen Benzin kaufen für mich armes altes Huhn? Jetzt, wo du so reich bist!»

Sie öffnete eine kleine Stoffbörse und gab ihm eine Fünfdollarnote. «Mein Gott! Du hältst mich aus!» sagte er.

«Wenn du mich hier rausläßt, komme ich zu früh.»

«Gut, dann mußt du eben zu früh dasein.»

Er hat etwas vor, dachte sie. Er sah sie mit einem raschen Blick an, als ob er ihren Argwohn bemerkt hätte. Er kräuselte die Lippen. Sie wappnete sich gegen einen seiner Ausbrüche obszöner Reminiszenzen. Aber er lächelte nur.

«Ich habe Hunger. Laß uns beim Griechen etwas essen.»

Er sagte: «Ich bin nicht in der Lage, mich auf Essen zu konzentrieren, wenn all diese kleinen Nichtstuer um den Flipper herumstehen.»

Er stellte das Auto an der Greyhound-Station an der Cahuenga Street ab, und sie gingen in ein kleines Restaurant, das von einem sehr dicken, glatzköpfigen Griechen geführt wurde. Zu dieser Zeit, am Nachmittag, war es leer, und niemand kümmerte sich um den Spielautomaten an der Bar. Der Grieche brachte ihnen kleine Steaks, und sie aßen mit leidenschaftlicher Hingabe. Annie dachte, wenn sie nur jeden Tag drei Mahlzeiten hätte, wäre sie bereit, auf dem Gehsteig zu schlafen.

Als sie gingen, kam ein wohlhabend aussehender Mann mittleren Alters mit einem zotteligen roten Haarschopf herein. Der Grieche lachte und klatschte die Hände über dem Kopf zusammen. Der Mann gab ihm verstohlen einen Wink und ging zur Musikbox, wo er sich etwas auswählte. Annie blickte ihm neugierig über die Schulter und sah, daß er den Knopf für eine Platte namens *Finlandia* drückte. Als die Musik anfing, vergrub der rothaarige Mann sein Gesicht in den Händen und schaukelte wie in tiefem Gram vor und zurück. Der Grieche rief: «Warum du spielst das verdammte Ding immer? Ich schmeiß die Platte raus. Warum du gehst nicht endlich nach Finnland zurück?» Er zwinkerte Annie zu und zuckte mit den Schultern.

Johnnie setzte sie vor einem heruntergekommenen, schindelgedeckten Haus mit auffälligen Erkerfenstern ab. Etliche Katzen lagen auf den Stufen, die zu der großen Veranda hinaufführten, wie Waren auf einem Regal, und schliefen in der Spätsommersonne.

«Hör zu, mein Schatz», sagte Johnnie. «Gib nichts auf plötzliche Gefühle. Nimm das Zimmer nicht, nur weil es verfügbar ist. Ich kenne dich und die Männer! Ich glaube, du würdest dich auf die Stromabnehmer legen, sogar wenn ich es wäre, der dich darum bittet. Du solltest dich nicht so verfügbar machen!»

Annie ging die Stufen hoch, über die Katzen, durch die offene Eingangstür in eine dämmrige Diele, die nach Staub und Katzenurin und altersmuffigem Holz roch. Sie hörte die geräuschvolle Spülung einer Toilette irgendwo weiter oben. Eine ältere Frau hinkte aus einem Zimmer jenseits der Diele auf sie zu, kam vor ihr zum Stehen und betrachtete sie schweigend.

«Wünschen Sie etwas?» fragte sie endlich mit piepsender Stimme aus einem Mund, der so klein war, daß es aussah, als wäre er an beiden Enden festgenäht.

«Mr. Cranford.»

«Mr. Cranford», wiederholte die Frau und schüttelte den Kopf, als ob sie auf bessere Neuigkeiten gehofft hätte. «Gehen Sie nur rauf. Er ist im zweiten Stock, erste Tür nach der Uhr.»

Eine Katze tapste die Treppe hinunter. Außer den schwarzgestrichenen Türen war alles im Haus – Tapeten, Möbel, Decken – von einem verblichenen Braun oder Grau. Katzen kamen aus den Ecken und unter Tischen hervor; ohne sich um Annie zu kümmern, suchten sie nach warmen Flecken unter den staubigen Fenstern.

Sie ging an einer altmodischen Uhr vorbei, deren Pendel stillstand, und klopfte an die Tür rechts daneben. Sie hörte das Geräusch von Bettfedern, dann Schritte. Neben der Tür war ein handgeschriebenes Schild, auf dem sie las: «An die Mieter. Mehr als einmal wird nicht geklingelt, wenn Anrufe für Sie kommen.»

Die Tür öffnete sich, und sie blickte in die braunen Augen eines sehr jungen Mannes. Sein hellbraunes Haar, wellig und substanzlos wirkend wie lose Federn, war aus der hohen, glatten Stirn zurückgekämmt.

«Mr. Cranford?»

«Ja. Sie sind die Freundin von Max?»

Sie nickte; sie würde es später erklären, wenn nötig. Er trat zur Seite, um sie vorbeizulassen. Das Zimmer war, verglichen mit ihrem eigenen, geräumig. Drei große Fenster sahen zu einem alten Haus, das genauso aussah wie das, in dem sie sich befand. Über dem Bett – einem richtigen Bett mit zwei aufgestellten Kissen auf einer Seite – lag ein bunter geknüpfter Bettüberwurf. Es gab zwei Korbsessel, einige kleine, abgetretene Teppiche auf dem Boden und einen Tisch mit einem Lampenschirm aus farbigem Glas.

«Es ist ein schönes Zimmer», sagte sie, auf den Bettüberwurf blickend.

«Meine Mutter hat mir diese Decke geschickt», sagte er. «Ich müßte sie mitnehmen, aber alles andere bleibt da. Es ist recht ruhig hier, außer wenn es beim alten Ivan mal hoch hergeht.» Er zeigte auf ein vorhangloses Fenster in dem Haus gegenüber. Annie sah genau in das Zimmer dort. Manuskriptstapel waren auf dem Boden aufgehäuft, und eine Anzahl von Stühlen stand im Kreis herum, als sollte gleich eine Versammlung beginnen.

«Wenn Sie nicht schlafen können», sagte Jake Cranford. «Es ist so gut wie ein Film, diese verrückten Leute da drüben zu beobachten.» Er machte eine Handbewegung zu dem Sessel. «Ich würde Ihnen eine Zigarette anbieten, aber im Augenblick bin ich pleite.»

Annie gab ihm ihre Packung. Er nahm eine kleine Bratpfanne von einem Bord über einer Kochplatte und stellte sie vor sie auf den Boden. «Als Aschenbecher», sagte er.

Sie rätselte, welche Rollen er je bekommen könnte. Er sah so zerbrechlich aus; sein Gesichtsausdruck war zuvorkommend und verbindlich. Aber als sie seine Hände betrachtete, sah sie, daß sie schwielig und hart waren, als ob er schon viel körperliche Arbeit verrichtet hätte.

«Wo wohnen Sie jetzt?»

«Auf dem Hollywood Boulevard, nicht weit von Los Angeles», antwortete sie. «Das Zimmer ist schlecht, aber das ist nicht das Problem. Es ist der Mann, der seinen Hund schlägt. Er ist genau neben mir, und die Wände sind so dünn.»

Er sagte nichts dazu, sah sie nur weiter mit ruhigen Augen an. «Dieses Zimmer kostet sechs Dollar die Woche», sagte er. «Kochen ist eigentlich verboten, aber man kann es doch, wegen der Katzen von Mrs. Corrigan. Ich meine, weil wir Mieter ihre Katzen ertragen müssen, können wir ein bißchen schummeln. Es ist eine Art Handel.»

Ihre Stimmung hob sich. Das Zimmer kostete zwei Dollar weniger als ihr jetziges. Walter würde mit ihr zufrieden sein.

«Ich würde es sehr gern haben», sagte sie.

«Warum nicht? Aber Sie wissen, es sind noch etwa drei Wochen.»

«Ich dachte, Sie haben zwei gesagt –»

«Nachdem ich mit Ihnen gesprochen hatte, hat mein Agent angerufen. Er hat etwas für mich in irgendeinem Musical über New Orleans. So geht es eben. Man weiß nie.»

Annie schwieg. Vielleicht konnte sie die eine Woche in Johnnies Auto schlafen. Dann, wenn Walter kam, würde er vielleicht etwas unternehmen, damit es besser wurde mit dem Mann und dem Hund.

«Ich habe eigentlich keinen eigenen Agenten», sagte Cranford lächelnd. «Das hat wichtig geklungen, oder? Es ist nur eine Agentur, in der ich einer unter anderen bin. Sie stecken mich immer in die Revuenummern für Jungen, hinten, weil ich groß bin.»

«Mr. Shore sagte, Sie gehen nach New York. Stammen Sie von dort?»

«Nein, nein ... mein Zuhause ist in der Nähe von Phoenix. Meine Familie hat eine kleine Ranch. Na ja, eigentlich nur eine Farm. Wir nennen sie eben Ranch. Ich wollte in den Osten, dachte, im Theater würde ich weiterkommen. Nur wenn es Krieg gibt, werde ich wahrscheinlich zur Armee gehen. In Wahrheit setze ich keine großen Hoffnungen auf das Theater. Jeder Job ist mir recht, im Moment. Ich will nicht in Arizona sein oder in Ohio. Ich mag nur Küsten.»

«Mögen Sie das Meer?»

«Nein, nein. Ich mag es nur nicht, im *Innern* des Landes zu sein, verstehen Sie? Ich will ganz am Rand sein! Wie alt sind Sie?»

«Achtzehn.»

«Wollen Sie zum Film?»

«Nein.»

«Ach, sagen Sie schon ...»

«Nein, wirklich.»

«Dann sind Sie aus Kalifornien?»

«Ich bin aus New York.»

«Ich weiß nicht, was Sie hier machen. Es ist der Arsch der Welt, Entschuldigung.»

«Alle, die ich getroffen habe, hassen es», sagte sie. «Und doch bleiben sie hier.»

«Eigentlich weiß ich nicht, warum ich selbst überhaupt hierbleibe. Es ist nur das bißchen Gehopse in einer Revue.»

Er war komisch, wenn er sich so anstrengte, genau zu sagen, was er meinte.

«Wie alt sind Sie?»

«Dreiundzwanzig.»

Sie drückten gleichzeitig ihre Zigaretten aus.

«Es ist das Geld», sagte er mit einem Ausdruck von Verwirrung, beugte sich vor und verschränkte die Hände. «Es macht mich wahnsinnig. Ich liege hier und denke darüber nach, wie ich zu Geld komme. Ich habe einen Freund, der noch schlimmer ist. Wenn wir zusammen sind – Sie können sich nicht vorstellen, was für verrückte

Sachen wir uns ausdenken! Manchmal bin ich sicher, er wird im Gefängnis enden! Mein Charakter ist allerdings nicht besonders kriminell.»

«Ich frage mich oft, wie es ist, Geld zu haben. Gestern abend war ich bei einem Schriftsteller, der für den Film arbeitet. Es gab einen künstlichen Bach im Garten, und der Eßtisch war länger als dieses Zimmer. Er muß dem Taxifahrer hundert Dollar gegeben haben, daß er uns die ganze Nacht herumgefahren hat.»

«Wie heißt er?»

«James St. Vincent.»

«Ja, ich habe von ihm gehört.» Er schwieg einen Augenblick. Dann: «Wissen Sie, ich habe gerade gedacht, ob Sie mich ihm vielleicht vorstellen könnten, aber dann ist mir eingefallen, wie sie Schriftsteller hier behandeln. Niemand beachtet sie.»

«Aber sie werden so gut bezahlt! Er sagte mir, er bekommt zehntausend Dollar für das Drehbuch zu einem Film.»

Jake wiederholte: «Zehntausend Dollar!»

Sie gab ihm noch eine Zigarette. «Ich sollte nicht rauchen», sagte er, als er sie anzündete. «Ich kriege Bauchschmerzen davon.»

«Es wäre genug für mein ganzes Leben», sagte sie.

«Ich glaube nicht», sagte er nachdenklich.

«Aber es gibt nur arme Leute in diesem Land –»

«– die Pläne schmieden, wie sie reich werden können.» Er lachte. «Ich bin arm. Hier sagen sie pleite. Es klingt besser.»

«Sie sind nicht arm. Sie haben eine Familie mit einer Ranch. Ich habe wirklich arme Leute gemeint.»

«Die Armen wird es immer geben. Es ist natürlich. Reich und arm. Max Shore zieht mich auf wegen meiner Haltung. Wußten Sie, daß er Kommunist ist? Ich bin vorher noch keinem begegnet. Er hat einmal versucht, die Komparsen zu organisieren, wissen Sie, eine Zelle zu bilden, oder wie man es nennt. Nachdem er sich monatelang bemüht hatte, bekam er ungefähr zwanzig Leute zusammen, und zwei von ihnen waren hundert Jahre alt und sind nur gekommen, weil es Kaffee gratis gab und irgendwas zu essen. Er ist zu nett für diese Leute. Sie sollten zurückgehen nach Rußland.» Er sah sie an und lächelte. «Nicht, daß es mir was ausmachen würde, selbst dorthin zu fahren. Ich würde gern überallhin fahren, bevor ich sterbe. Wie haben Sie Max kennengelernt?»

Sie erzählte es ihm – unter Auslassung des eigentlichen Grundes ihrer Fahrt nach San Diego, den sie ihm, ohne weiter darüber nachzudenken, nicht nennen wollte. Aber er ging auch nicht weiter darauf ein, bemerkte nur, sie habe Glück gehabt, Max' Frau nicht begegnet zu sein, die ein richtiger Feldwebel sei. Sollte sie nicht zu Mrs. Corrigan gehen und sicherstellen, daß sie das Zimmer bekam? Annie wußte nicht, ob sie es wirklich gleich tun sollte. Er sagte, es werde bestimmt keine Schwierigkeiten geben. Mrs. Corrigan achte nur auf Katzen und Mietzahlungen.

«Haben Sie Geld?»

«Ein wenig», sagte sie.

«Ich habe ein paar Dollar gehamstert. Möchten Sie zu Abend essen und ins Kino gehen? Ich gehe furchtbar gern ins Kino!»

«Ja», antwortete sie ohne Zögern und war sich dabei bewußt, daß sie genau das tat, wovor Johnnie sie gewarnt hatte, indem sie einem plötzlichen Gefühl nachgab und sich diesem Mann zur Verfügung stellte. Aber Jake Cranford war so ein freundlicher, friedlicher Junge. Sie fühlte sich wohl mit ihm; den Fragen, die er gestellt hatte, fehlte die zugespitzte Aggressivität, die sie von Leuten ihres eigenen Alters gewohnt war. Sie war nicht gern in Gesellschaft von sehr jungen Leuten – sie trieben sie zurück in die Besonderheit ihres Lebens, machten aus ihr eine Gefangene ihrer eigenen Fremdheit.

«Es macht Ihnen nichts aus, selbst zu zahlen?» fragte er sie.

«Nein, nein ...»

«Ich mache mir die ganze Zeit Sorgen, daß ich das Geld für die Fahrkarte nach New York verpulvere. Ich habe einen Mann gekannt, dem das passiert ist. Er hat eine große Party gegeben, bevor er hier wegging, und als er am nächsten Tag aufwachte, hatte er kein Geld mehr für den Bus. Wissen Sie, Sie könnten den Mann bei der Polizei anzeigen – den, der seinen Hund schlägt.»

«Ich hätte Angst, das zu tun», sagte sie. Sie legte die Zigaretten in ihre Handtasche zurück und empfand beim Anblick der Pappe, an der die Parfumfläschchen befestigt gewesen waren, einen Anflug von Sorge um Johnnie. Aber vielleicht war es möglich, daß er heute abend in sein eigenes Zimmer zurückkehrte – sie konnte auch ihm nicht immer zur Verfügung stehen, oder?

«Und warum sind Sie hier in den Westen gekommen?» fragte Jake.

«Da war eine Frau, die ich kennenlernte, sie ist mit dem Auto gefahren. In New York habe ich eigentlich nichts gemacht. Sie bot mir an, mit ihr zu fahren, und ich kam mit.»

«Ich war nie im Osten», sagte er. Er öffnete die Tür eines schmalen Schranks und entnahm ihm eine glänzende Jacke, wie sie Basketballspieler trugen. Sie stellte sich ihre eigenen Kleider vor, wie sie dort hingen. Sie würden nicht viel Platz brauchen. Und die von Walter! Sie wandte sich zum Fenster; plötzlich war sie ängstlich, als hätte sie Walter selbst erblickt, der sie aus dem Schrank heraus mißbilligend ansah.

Im Haus gegenüber sah sie einen schwergewichtigen Mann in einem braunen Pullover, der eilig herumlief und hier und da Stühle zurechtrückte. Während sie ihn beobachtete, warf er plötzlich die Hände hoch und begann zu dirigieren, als ob er ein Orchester vor sich hätte. Etwas später hörte sie ferne Klänge von Musik.

«Das macht er die ganze Nacht», bemerkte Jake, der neben ihr stand. «Und er spielt dieselben Platten immer wieder, klassisches Zeug.»

Sie musterte kurz seine Jacke. Sie schien ihm zu groß. «Von meinem Bruder», sagte er.

«Kennen Sie den Mann da drüben?»

«Ja, ja. Ich verbringe ab und zu den Abend mit ihm. Es ist wirklich toll. Ich nehme Sie einmal mit. Sie lassen jeden rein. Ich glaube, sie mögen es, wenn man sie beobachtet.»

Bevor sie das Haus verließen, sprach Annie mit Mrs. Corrigan, der hinkenden Frau, die ihr den Weg zu Jakes Zimmer gewiesen hatte. «Sie können das Zimmer haben, denke ich», sagte Mrs. Corrigan. «Warum nicht? Sie kommen, und sie gehen. Nur Wanderer in dieser Stadt...» Sie hatte offenbar ihren Mund noch weiter zugenäht. Annie verstand sie kaum.

Sie schlug vor, daß sie zu dem Griechen gingen. Das Essen war billig und gut. Beim Kaffee vertraute sie ihm an, daß sie noch nicht ganz achtzehn war. Er lachte und nannte sie San-Quentin-Wachtel, und als sie fragte, was das heiße, erklärte er, daß es etwas damit zu tun habe, daß man mit minderjährigen Mädchen keine Staatsgrenzen übertreten dürfe.

«Carson Brody, dieser Freund von mir, der solche kriminellen Gedanken hat, er kommt aus Boston, Ihrem Teil des Landes. Sie müssen ihn kennenlernen. Er weiß so viel – ich kenne niemanden, der so viele Dinge weiß. Wissen Sie, warum die Filmindustrie hier in Kalifornien ist? Carson hat es mir gesagt. Weil die mexikanische Grenze so nah ist. In New York hat es mit den Filmen angefangen, vor dem Weltkrieg. Die größten Läden hatten spezielle Patente. Aber eine Menge kleinerer Firmen konnten sich die Patente nicht leisten und haben trotzdem

Filme gemacht. Also sind diese kleinen Firmen hierhergekommen und machten weiter Filme, weil sie gedacht haben, bevor man sie gerichtlich belangt, können sie über die Grenze nach Mexiko entkommen. Carson liest immer Gesetzbücher.»

«Will er Anwalt werden?»

«Carson? Er will gar nichts werden. Er wartet nur auf seine Chance ... Er sagt, man muß alles wissen, dann kann keiner einen fertigmachen. Ich bin nicht ganz seiner Meinung. Möchten Sie einen Film mit Jimmy Stewart sehen? Es läuft einer ganz in der Nähe.»

«Ich mag ihn nicht sehr – seine Unterlippe ...»

Jake lachte. «Wissen Sie, er hat ein Vermögen gemacht mit dieser Unterlippe. Na gut, ich gehe mit Ihnen zu Ivan. Dort ist es so gut wie im Kino. Weil Sie mir Ihr wirkliches Alter gesagt haben, sage ich Ihnen, daß ich in Wirklichkeit Jack heiße. Carson sagte, ich solle mich Jake nennen. Er sagte, es wäre besser, weil man denken würde, ich sei Jude, und in der Filmindustrie gibt es so viele Juden.»

Mit äußerster Sorgfalt setzte er seine Kaffeetasse ab, beugte sich dann über den Tisch, während seine Hände zu seinem Bauch flogen. Erschrocken streckte Annie die Hand nach ihm aus. Er schüttelte mit geschlossenen Augen und schmerzverzerrtem Mund den Kopf. «Schon okay», sagte er mühsam. «Die ganzen Zigaretten und der Kaffee. Ich sollte mich von Kaffee fernhalten.»

Er straffte sich, lächelte ihr schwach zu und nahm eine Flasche mit Medizin aus der Tasche; es war kaum noch etwas darin. Er schluckte rasch die wenigen verbliebenen Tropfen einer grünen Flüssigkeit und sank in den Stuhl zurück. «Ich sollte Babynahrung essen und Phenobarbital nehmen. Aber von diesem labbrigen Zeug wird mir schlecht, und die Tabletten machen mich trübsinnig.»

«Aber was ist es?»

«Ich habe es schon seit Jahren. Kolitis ... Krämpfe im Dickdarm. Es tut weh, aber es geht vorbei. Sehen Sie, es ist schon vorbei. Wissen Sie, die haben einmal in meinen Bauch geschaut, durch ein Fluoroskop. Ich verdaue fünfmal schneller als ein normaler Mensch. Wenn man es sehen könnte, könnte ich damit auf Tournee gehen. Kommen Sie, es wird besser, wenn ich spazierengehe. Ein Mann im Bus hat mir den Trick verraten, ich soll gehen, das bringt das Blut dahin, wo – ach, verdammt! Ich weiß nicht.»

Annie sah auf seine rauhen Hände; eine davon hielt noch immer die Medizinflasche mit festem Griff. Er erriet ihre Gedanken. «Ich weiß, ich sehe aus, als ob ich jede Minute umkippen würde, aber ich war ein guter Arbeiter.» Er steckte die Flasche ein. «Während meiner ganzen Highschoolzeit habe ich für meinen Vater auf der Farm gearbeitet. Sie können es mir glauben, ich war um fünf auf den Beinen, hab gearbeitet wie ein Pferd.»

«Ich werde morgen arbeiten», sagte sie. «Es ist mein erster Job.»

«Wirklich?»

«In L. A. Ein Kleidergeschäft. Ich bin Lagerhilfskraft.»

«Wieviel kriegen Sie bezahlt?»

Sie zögerte. Aber es wurde ihr klar, daß sie vor ihm nicht lügen mußte. «Elf Dollar die Woche», sagte sie.

«Ziemlich mager», sagte er und schüttelte den Kopf. «Das ist eine Sache, die ich Max zugute halte. Es ist ein Verbrechen, wie die Leute bezahlt werden. Ich meine, Sie kriegen elf Dollar die Woche, und St. Vincent kriegt zehntausend für ein Drehbuch –»

«Aber ich kann eigentlich gar nichts», sagte sie.

«Wissen Sie, Sie könnten viel mehr kriegen, als Bedienung in einem Restaurant oder einem Drive-in. Die Filmleute geben gutes Trinkgeld. Oder Sie könnten als Mannequin arbeiten – wenn Sie Kleider haben. Haben Sie welche? Wahrscheinlich nicht. Na ja, das ist kein so guter

Gedanke. Diese Modeagenturen, ein paar davon sind nicht besser als –», er hielt inne und sprach nicht zu Ende.

Er hatte sie nicht beleidigen wollen, und sie dachte an Samuel und Johnnie, an Walter und ihren eigenen Vater, die sie nicht schonten. Jake war wirklich unschuldig.

«Sie meinen, sie vermitteln Mädchen an Männer?» fragte sie leise.

«Ja. Und auch an Frauen.» Sie sahen einander ernst an. Plötzlich wurde er rot. «Gehen wir und schauen, was Ivan macht.» Am Ende zahlte er für sie beide und sagte, es sei egal, er könne das Geld für das Ticket an die Ostküste schon noch aufbringen, und wer für elf Dollar die Woche arbeite, sollte nicht gezwungen sein, allein für sich aufzukommen ... Sie solle daran denken, was Max Shore dazu sagen würde, daß er, Jake, die Arbeiterklasse ausbeute. «Das Pro-le-ta-riat!» skandierte er.

Sie gingen zurück zur Sycamore Street. Es war fast, als ob sie zusammen von der Schule heimgingen, dachte sie und erinnerte sich an ihren kurzen Aufenthalt in der Highschool von Nyack, wo sie erfolgreich lateinische Verben konjugiert hatte und in Mathematik durchgefallen war.

Bei Ivan tauchten sie sogleich in die eigentümliche Welt eines verrückten Daseins ein. Nur ein paar Minuten nachdem Ivan sie zu einer hölzernen Bank gewinkt hatte, traf sein Zimmergenosse, der «Sheriff», ein, mit einem großen Leinensack, den er vor ihnen auf dem Boden ausleerte. Wecker, Bruchbänder, Kapseln, Lippenstifte, blaue Flaschen mit Magnesiamilch, Zigarren, eine Wärmflasche, eine Klistierspritze, Schokoladenriegel, Flaschen mit Rizinusöl, Dosen mit Abführmittel und eine Mickeymaus fielen heraus.

«Hol das Scheusal runter», befahl Ivan. «Das wird ihn interessieren.»

Der Sheriff riß seinen Cowboyhut herunter. «Es ist zum Kotzen!» rief er mit entrüsteter Tenorstimme.

«Seht ihr!» rief Ivan aus. «Er hat keinen Respekt vor seiner Arbeit. Wie zum Teufel bist du mit diesem Sack da rausgekommen, Sheriff? Du machst dich selbständig, ich verstehe. Mein Gott! Nächste Woche tauchst du mit dem ganzen Drugstore hier auf, als nächstes sammelst du alle Drugstores in der Gegend ein, dann Los Angeles, dann Kalifornien selbst, verdammt! Jetzt hält mal jeder den Mund! Ich werde die Nummer neununddreißig in e-Moll spielen. Magst du Mozart, Kleine? Wie heißt du?»

Annie nickte schweigend; sie beobachtete Ivans Tic. Die obere Wange faltete sich zusammen und zog sich zum Unterlid hoch, und diese Bewegung schien eine eigene Unterhaltung mit ihr zu führen. «Annie», sagte sie fast unhörbar.

Der Sheriff öffnete mit einem Taschenmesser eine Dose Rüben und spießte sie nacheinander auf, um sie verdrießlich zu zerkauen.

«Ich habe doch gesagt», rief Ivan gereizt, «daß du das Scheusal runterholen sollst. Er wird sich die Ausbeute des Abends ansehen wollen, und das sehe ich immer gern. Du erschreckst ihn zu Tode.»

«Nichts erschreckt ihn», erwiderte der Sheriff, dem der Rübensaft aus dem Mund rann. «Du erzählst mal wieder Märchen.»

Ivan zuckte mit den Schultern. Er nahm die Schallplatte vorsichtig in die Hand und wischte sie mit einem Zipfel seines Hemds ab. «Unter den Blinden ist er der einäugige König», sagte er in bedeutungsvoll getragenem Ton. «Annie, du bist nur ein liebes junges Mädchen. Du kannst dir nicht vorstellen, was für ein verkommenes Loch das hier ist. Die Vermieterin ist eine alte Säuferin, hat jede Menge Ginflaschen unterm Bett, da kann sie noch so sehr die Engländerin spielen, damit ich mir minderwertig vorkomme.»

«Sie *ist* Engländerin», bemerkte der Sheriff.

«Er», sagte Ivan mit vorwurfsvoll auf den Sheriff weisendem Finger, «quält sie. Er hat ihr erzählt, es hätte einen Erdrutsch in Island gegeben – ihr Sohn ist da stationiert, beim Militär – und die gesamte Bevölkerung wäre ausgelöscht worden. Sadist!» Er brach in lautes Gelächter aus, und sein Tic wurde so heftig, daß man glaubte, das Auge komme nicht heil davon. Abrupt endeten seine wilden Lachsalven, und er sah den Sheriff zornig an. «Sie war heute so betrunken – sie hätte keinen Anruf entgegennehmen können. Meine Güte! Was wäre gewesen, wenn jemand mich angerufen hätte? Du bist wahrscheinlich dafür verantwortlich, daß mir ein phantastischer Auftrag entgangen ist, du Mistkerl!» Er wandte seine Aufmerksamkeit Annie zu. «Hier wohnen lauter Irre», sagte er. «Nebenan wohnt ein Riese. Sein Bett ist zweieinhalb Meter lang. Einmal in der Woche kommt er mit ein paar Filipinos heim, und dann machen sie einen Krawall, der mich in den Wahnsinn treibt!»

«Rede nicht darüber», sagte der Sheriff ärgerlich. Er kickte die leere Rübendose aus dem Weg und legte sich auf ein schmales Bett. «Es ist sehr unangenehm.»

«Und dieser Irre, der da liegt, arbeitet im Drugstore und klaut ihnen einmal die Woche die Regale leer, und dann läßt er den ganzen Müll hier, und ich muß mich darum kümmern. Er geht nicht mal zum Hehler damit. Was zum Teufel soll ein Hehler auch mit Abführpillen machen? Warum stiehlst du nicht mal was Nützliches, du unzurechnungsfähige Kreatur!»

Der Sheriff schloß die Augen.

«Jetzt hören wir zu», sagte Ivan ruhig. Er drehte das Grammophon auf, aber kaum hatte die Musik angefangen, nahm er den Arm von der Platte und starrte ihn mit hoffnungsloser Wut an. «Warum klaust du nicht ein paar neue Nadeln für mich, du Trottel!» schrie er in Richtung des Sheriffs. «Es ist das einzige Vergnügen meines Lebens! Seht euch diesen Roman an!» Er machte eine

Handbewegung zu den Manuskriptstapeln in allen Ecken des Zimmers. «Er ist über zweitausend Seiten lang – für die Länge allein würde ich einen Preis verdienen. Inzwischen sind die ersten Seiten schon vergilbt. Ich könnte ebensogut tot und begraben sein. Annie, bist du beim Film?»

«Nein.»

«Das ist gut. Ich erzähle dir was. Erzähl du es ihr, Sheriff, das mit Cusimano.»

«Warum nennt man ihn Sheriff?» flüsterte Annie Jake zu. «Das hab ich nie herausgefunden», flüsterte er zurück.

Der Sheriff begann, tonlos zu sprechen, mit geschlossenen Augen.

«Cusimano hatte einen anständigen kleinen Friseurladen in Chicago. Eines Tages las er in einer Zeitschrift, daß Sam Wood das Leben von Rudolph Valentino verfilmte. Er verkaufte seinen Laden, schenkte vom Erlös das meiste seiner Frau, kaufte sich einen Nadelstreifenanzug und fuhr in den Westen, nach Hollywood. Durch eine erbärmliche Pechsträhne verschlug es ihn schließlich hierher, in dieses Haus. Er war dick und fünfzig. Ivan fand sehr bald heraus, daß dieser Idiot sich vorstellte, die Hauptrolle zu spielen, Valentino selbst. Ivan redete mit ihm und deutete an, daß man in Hollywood nicht einfach ankommt und seine Absichten verkündet – nein, man muß etwas Besonderes, Herausragendes machen, um die Aufmerksamkeit auf sich zu ziehen. Der arme dumme Kerl hörte Ivan zu, als ob es Moses wäre, der zu ihm sprach. Ivan sagte, Cusimano sollte sich ein Pferd besorgen, sich als Scheich verkleiden und um fünf Uhr morgens zum Studio hinausreiten –»

Ein riesengroßer Mann, der nichts anhatte außer einer glänzenden schwarzen Hose und Filzpantoffeln, trat in das Zimmer, küßte Ivan auf die Wange und ließ sich, vor Anstrengung ächzend, auf den Boden nieder. «Meine Güte! Das war ein schwarzer Tag!» sagte er.

«Halt den Mund!» rief Ivan.

«Spielen wir Pinokel?» fragte der Mann wehleidig.

«Also übernahm es Ivan», fuhr der Sheriff fort, «Cusimano mit Pferd und Kostüm zu versorgen. Am vereinbarten Morgen kam Ivan mit einem Pferd, das er einem Milchmann gestohlen hatte, hierher. Ivan kennt sich mit Pferden nicht aus, hat eigentlich Angst vor ihnen, aber er war so fest entschlossen, Cusimano zu vernichten, daß er fähig war, die Spuren des Gauls wegzuschaffen und ihn beim Zügel zu führen –»

«Lieber Gott!» explodierte der dicke Mann. «Ich habe diese verdammte Geschichte schon tausendmal gehört. Wer ist dieses Mädchen?»

«– fast bis ganz die Treppe hoch und ins Zimmer hinein», fuhr der Sheriff unerschütterlich fort. «Ivan hatte schon ein paar Dollar aus der Keksdose der Vermieterin gestohlen, während sie bewußtlos auf dem Küchenboden lag, und damit kaufte er einige Bahnen weißen Stoff und vielleicht einen Meter grüne Borte. Mit meiner Hilfe zog Ivan Cusimano an und geleitete ihn zu seinem Roß, das gerade versuchte, sich auf dem Bürgersteig niederzulegen.»

«Das Pferd war gar nicht so schlecht», bemerkte Ivan sanft.

«Das Pferd war mißgebildet wie ein Kamel mit einem umgekehrten Höcker. Das Pferd war mißgebildet wie Ivan und das Scheusal –»

«Nenn mich nicht mißgebildet, du *gonif*!» schrie das Scheusal und kratzte sich das schwarze Kraushaar auf der Brust.

«Aber Cusimano hatte völlig den Verstand verloren durch den Gedanken an den Ruhm, der vor ihm lag, so daß er den Zustand seines Reittiers nicht bemerkte. In der allerletzten Minute, als er schon auf dem Pferd saß, sah ich, daß er Al-Capone-Schuhe trug, schwarz, also zogen wir sie ihm aus –»

«Warte!» rief Ivan und stürzte zu einem Schrank, aus dem er ein Paar kleine, schwarze, spitze Schuhe nahm und sie Annie überreichte.

«Wir gaben dem Pferd ein paar Tritte. Wir waren nur eine Stunde zu spät dran. Es war sechs Uhr morgens.»

«Ich kriege vielleicht einen Sechswochenjob bei Warner», sagte das Scheusal. «Eine Story von Ambrose Bierce liegt jetzt schon monatelang bei ihnen herum, und Larry Green sagte, er würde es mich vielleicht mal probieren lassen.»

Ivan sah ihn verächtlich an.

«Ich erfinde das nicht», sagte das Scheusal. «Siebenundfünfzig Dollar die Woche.»

«Ich glaube dir, wenn ich das Geld sehe», sagte Ivan.

«Was ist mit Cusimano passiert?» fragte Annie. Jake lachte unterdrückt.

«Wie zum Teufel soll ich das wissen?» fragte Ivan in beleidigtem Ton. «Er ist nie zurückgekommen.»

«Klapsmühle», sagte der Sheriff grimmig. «Was sonst?»

«Das ist eine furchtbare Geschichte», sagte Annie deutlich vernehmbar zu dem ganzen Zimmer.

«Annie, Liebling!» protestierte Ivan. «Es war genau das, was er verdiente. Dieser dumme Spaghettifresser! Warum sollte er sich ungestraft seinen Illusionen hingeben dürfen – während wir anderen dafür bezahlen müssen?» Er gab dem Scheusal einen Packen abgegriffener Karten und sagte, während er sich ihm gegenüber auf den Boden setzte: «Gib, Blödmann!» Der Sheriff schien in einen Dämmerzustand verfallen zu sein.

«Ich gehe lieber», sagte Annie zu Jake. «Ich habe keinen Wecker, und ich kann nur hoffen, daß ich rechtzeitig aufwache.»

Der Sheriff stand plötzlich auf, beugte sich über seine erbeuteten Sachen und suchte einen großen Wecker in schlichtem Design aus, den er ihr gab; seine Miene verriet Nervosität. «Danken Sie mir nicht», sagte er hastig. «Er ist gestohlen. Pech.»

Annie stand auf. «Geh nicht, liebes Mädchen», sagte Ivan, eindringlich seine Karten betrachtend. «Deine Anwesenheit hebt die Stimmung.»

«Gute Nacht, Ivan», sagte Jake. «Danke.»

«Tut mir leid, daß ich euch nichts anbieten konnte», sagte Ivan, ohne von dem Spiel aufzublicken. «Aber im Moment sind wir pleite. Nächste Woche wird uns das Scheusal köstliche Dinge zum Essen und Trinken bringen, nicht wahr, du elender Lügner?»

«Gib mir drei Karten», sagte das Scheusal.

«Aber was sind sie?» fragte Annie später, als sie mit Jake am Hollywood Boulevard stand und auf den Bus wartete, der sie heimbringen würde.

«Schriftsteller», sagte Jake.

«Schriftsteller!» Sie dachte an James St. Vincent. «Was schreiben sie?»

«Ivan sagt, er hat früher für MGM gearbeitet. Das Scheusal auch. Aber ich glaube, der Sheriff ist vom Mond.»

«Sie sind so hart zueinander», sagte sie.

«Laß uns ein bißchen gehen», sagte er. «Ich sehe keinen Bus weit und breit.»

Sie gingen los, an Grauman's Chinese Theater vorbei, leeren Geschäften, einigen schummerigen Bars. Ein dumpfes Aufschlaggeräusch begleitete ihre Schritte. «Verdammt!» rief Jake aus; er hüpfte auf einem Fuß. Die Sohle des anderen Schuhs hing von seiner Ferse herab wie eine Rinderzunge. «Ich habe sie erst vor ein paar Wochen reparieren lassen.» Er fing an zu lachen. «Schau dir diesen großen, häßlichen Wecker an, den du da hast. Wir sind ein Paar! Hier. Ich ziehe ihn auf. Rate, wieviel Uhr es ist?» Sie standen vor dem Fenster eines Juweliergeschäfts. Im Innern schlug eine Wanduhr Mitternacht. Der Ton des Geläuts drang gedämpft durch das Glas.

«Wenigstens schneit es hier nicht», sagte er. «Es muß schrecklich sein, nichts zu haben, wenn das Klima rauh ist.»

«Es ist überall schrecklich, wenn man nichts hat», sagte sie.

Sie hörten beide das Rumpeln und Rattern einer herankommenden Straßenbahn. Er sagte: «Wollen wir morgen zusammen essen?»

«Gut.»

«Beim Griechen, ungefähr um sieben?»

Sie winkte ihm vom Straßenbahnfenster aus zu. Es gab nur noch einen Fahrgast außer ihr, der hinten saß. Sie setzte sich in die Mitte. Etwas später hörte sie, daß sich hinter ihr jemand bewegte. Der Mann war weiter vorgegangen und saß jetzt auf dem Platz in ihrem Rücken. Sie hielt den Kopf steif nach vorn gerichtet und sah erst aus dem Fenster, als sie fast an ihrer Haltestelle waren.

Jenseits des Gehsteigs sah sie das dunkle Mietshaus. Aufflackerndes Weiß wurde einen Moment lang vom Straßenbahnfenster zurückgeworfen. Sie hörte das Geraschel einer Zeitung und sah, hin- und hergerissen zwischen Widerwillen und Neugier, schnell zu dem anderen Fahrgast. Er war alt; seine Augen waren halb geschlossen; mit einer Hand hielt er eine zusammengerollte Zeitung hoch und gab ihr den Blick frei auf seine nackten Genitalien, die in seinem Schoß ruhten wie ein neugeborenes Häufchen haarloser Tiere.

Johnnie Bliss wartete an diesem Abend nicht auf sie. Sie war erleichtert. Sie hatte genug geredet für heute. Das Bett fiel mit seinem häßlichen, in den Ohren gellenden Ton herunter. Sekundenlang lauschte sie angespannt, mit dem Kopf an der Wand, aber sie hörte kein Ächzen, kein Gejaul aus dem Zimmer nebenan.

Die Menschen, denen sie in den letzten achtundvierzig Stunden begegnet war, waren wie Perlen von einer zerrissenen Schnur, die bewußtlos in Südkalifornien herumrollten. Wen kannte sie, außer Walter, der irgendein Ziel verfolgte? Es schauderte sie bei dem Gedanken, daß auch sie in eine Ecke rollen und sterben könnte, verrückt werden könnte wie Ivan, alt werden könnte in einem Zimmer wie diesem, eine Hexe werden könnte wie die Alte am Ende des Flurs, um irgendeinem jungen Mädchen, das noch nicht geboren worden war, einen Schrecken einzujagen.

Sie hatte Jim St. Vincent und Jake gemocht und besonders Max Shore und sogar Ivan. Aber Walter konnte sie vielleicht retten. Sie mochte Walter nicht, flüsterte sie bei sich, nicht sehr.

7

Was Annie sich auch immer darunter vorgestellt haben mochte, ein ganz normaler Lohnempfänger zu werden, am Ende ihres ersten Tages in dem Bekleidungsgeschäft war sie so niedergeschlagen, daß sie sich fragte, woher ihr die Idee gekommen war, daß ihr die Arbeit für den eigenen Lebensunterhalt ein Gefühl des Rechtmäßigen verleihen würde, wenigstens den äußeren Anschein, wie jedermann zu sein. Sie hatte ausbrechen wollen aus jenem unsicheren und anarchischen Leben, in dem nur der Zufall regierte.

Dennoch – um zu leben, mußte man essen.

Am späten Nachmittag kam ihr der Gedanke, daß jemand, der nur einen Funken Verstand besaß, nie damit einverstanden gewesen wäre, sich fast neun Stunden am Tag in einen Keller einsperren zu lassen, um am Ende der Woche elf Dollar mit heimzunehmen.

Der Lagerbestand, den sie ordnen und einräumen sollte, ragte in Pyramiden von Schachteln aus dünnem Karton vor ihr auf. Jenseits der wenigen Meter, die von einer schwachen Glühbirne beleuchtet wurden, war der riesige Keller dunkel. Wasser tropfte unaufhörlich in den ferneren Bereichen der Dunkelheit. Sie hörte Ratten. Als sie einmal den Kreis aus trübem gelbem Licht verließ, traf sie auf eine Herde monströser Papphirsche, die an der Wand lehnten. Um den Hals trugen sie Kränze aus Kiefernzweigen, die unter ihrer Berührung zerfielen.

Mittags schrie ihr eine Stimme von oben zu, daß sie zum Essen gehen solle. Sie ging etwa einen Block weiter in eine Imbißstube, wo sie ein Eiersalatsandwich aß, leicht blinzelnd in dem weißen, staubigen Licht, das den

Himmel trübte. Die Menschen sahen käsig aus. Auf dem Rückweg zum Laden kam sie durch eine von Japanern bewohnte Gegend. Das Spielzeug, die Tassen und Stoffe in den Schaufenstern strahlten eine spezielle billige Heiterkeit aus; in den Tiefen dieser Läden bewegten sich kleine Gestalten wie Schattenrisse. Morgens hatte sie gehört, wie der Geschäftsführer des Ladens zu einer Angestellten sagte: «Sie sollten alle diese Schlitzaugen nach Tokio zurückschicken.» Walter hatte ihr einmal beschrieben, wie japanische Soldaten im Gebrauch von Bajonetten geschult wurden – sie wurden monatelang von Frauen ferngehalten, «um sie hart zu machen», hatte er gesagt, und zum Aufspießen benutzten sie chinesische Gefangene. Er hatte ihr ein Foto gezeigt – Soldaten, warm eingepackt wie Kinder zum Spielen im Schnee, die ihre Bajonette in gefesselte Gefangene auf dem Boden eines Grabens stießen. Ein Bleichmittel schien das Sonnenlicht angegriffen zu haben; die Farben der Dinge liefen ineinander, und die Straßen wurden grau. Ganz Los Angeles war ein Keller.

In der letzten Stunde des Tages rief der Manager sie nach oben. «Helfen Sie Miss Gluck», sagte er. Miss Gluck, eine Frau mittleren Alters mit einer ausladenden Hochfrisur aus pechschwarzem Haar, zuckte und schüttelte sich und murmelte vor sich hin, wenn sie Kleider von der langen Metallstange riß, an der sie hingen, und sie alten Negerfrauen oder mexikanischen Mädchen oder sehr dicken weißen Frauen, die Übergrößen verlangten, grob in die Hand drückte.

«Sie waschen sich nicht», flüsterte Miss Gluck Annie barsch ins Ohr, während sie Kleider in Papiertüten stopfte. «Sie schwitzen wie die Schweine – sie können Gottes Sprache nicht sprechen. Eines Tages werden sie aufstehen und uns vernichten ... nichts wird übrig sein auf Gottes Erde. Mach deine Handtasche zu! Mach sie zu! Laß sie nie so herumliegen! Sie sind so dumm. Stell dir vor, du müßtest diesen *Dreck* kaufen. Ich würde diesen *Dreck* nicht kaufen, und wenn ich splitternackt die Angel Flight Stairs hochgehen müßte. Da kommt Tante Jemima mit dem bösen Blick! Sie ist eine Diebin. Dieses alte Niggerweib würde dir die Zähne aus dem Mund stehlen. Paß auf sie auf!»

Miss Glucks eigener Körpergeruch war erstickend – trockene Aprikosen und Ammoniak mit einer leichten Moschusnote.

Der Tag endete; die Angestellten eilten in die Dämmerung hinaus. Morgen ging es wieder von vorne los.

Annie kam ein paar Minuten vor Jake beim Griechen an. Das Restaurant war voll. Eine Reihe von Männern lehnte an der Bar und beobachtete ein Mädchen mit hohen Absätzen, das am Flipper spielte. Der Grieche ging auf leisen Sohlen im Raum umher; er hatte sich ein schmutziges weißes Handtuch um seinen ausladenden Bauch gebunden. Zwei Kellnerinnen mit Frettchengesichtern und gelbgefärbtem Haar trugen Teller auf den Armen und knallten sie ihren Gästen auf den Tisch.

Jake sah erwartungsvoll und froh aus, als ob er eine Glückssträhne gehabt hätte. Er schlüpfte auf den Stuhl ihr gegenüber. «Wie geht's dem Arbeitermädchen?» fragte er und ergriff ihre Hand und drückte sie. Er war sehr lieb, frisch und munter, und doch ärgerte sie sich über seine Frage. Sie konnte sich nicht dazu durchringen, ihm zu antworten. Statt dessen las sie die bekleckerte Speisekarte. «He, was ist?» fragte er. «Es war schrecklich», sagte sie. «Ich habe den ganzen Tag in einem Keller verbracht, so groß wie die Stadt. Diese armen Leute kaufen Kleider für einen Dollar neunundneunzig. Wenn man sie waschen würde, würden sie sich auflösen. Der Laden macht Räumungsverkaufspreise, aber sie räumen nie, nach dem, was ich im Keller gesehen habe. Ich habe fünfundzwanzig Minuten Pause gemacht, und nur fünfzehn Minuten sind erlaubt. Als ich zurückkam, hat mich der Geschäftsführer gefragt, ob ich glaubte, ihnen einen Gefallen zu tun, ‹wenn Sie uns mit Ihrer Anwesenheit beehren›, und ob ich nicht wüßte, daß die Weltwirtschaftskrise noch nicht vorbei ist, und wie viele Läden es wohl gebe, die jemanden einstellen, der wahrscheinlich nicht mal weiß, wie die Bundeshauptstadt heißt. Ich soll in einer Woche die Bestände geordnet haben. Danach bringen sie mich um, glaube ich. Jemand hat mir erzählt, daß das letzte Lagermädchen vier Kleider gestohlen und sie übereinander angezogen hat und so aus dem Laden gegangen ist. Es muß ihr schlecht gegangen sein – wenn sie dieses Zeug gestohlen hat.»

«Na gut, bleiben Sie ein paar Wochen dort. Sie können eine andere Arbeit finden, wissen Sie.»

So weit hatte sie noch nicht gedacht.

«Es ist immer leichter, eine Arbeit zu finden, wenn man schon eine hat, ich weiß nicht, warum.»

«Ich weiß nicht, warum ich denke, daß ich nie aus solchen Sachen herauskomme», sagte sie kleinlaut. «Es ist so dumm. Sie haben recht. Ich werde eine andere Arbeit finden.» Ihre Stimmung hob sich. Das griechische Restaurant schien ein heiterer Ort zu sein.

«Und ich habe diesen Job gekriegt», sagte er. «Sie müssen mir Glück bringen. Es ist nicht viel, aber immerhin etwas. Vielleicht erspäht mich irgendein großer Regisseur hinter all diesen Zwergen. Hören Sie, warum bringen Sie diesen Schriftstellerfreund von Ihnen nicht dazu, daß er Ihnen zu Probeaufnahmen verhilft?»

«Nicht von mir.»

«Okay», sagte eine der Kellnerinnen ungeduldig. «Los jetzt. Sie wollen den Spezialteller, Krabbencocktail und Steak?»

«Könnte ich ein Sandwich bekommen?» fragte Annie und sah mit beschwichtigendem Lächeln zu der jungen Frau auf.

«Schauen Sie mal auf die Karte», sagte sie.

«Nehmen Sie ein richtiges Essen», sagte Jake. «Ich habe Geld.»

«Nein, ich möchte nur ein Schinkensandwich und Kaffee.» Sie fuhr nervös am Boden ihrer Handtasche entlang. Da waren ein paar Münzen zwischen den Tabakkrümeln. Sie würde erst am Ende der zweiten Woche bezahlt werden, hatte ihr der Geschäftsführer gesagt. Probezeit.

«Sehen Sie!» rief sie aus. «Da ist der rothaarige Mann, den ich schon mal hier gesehen habe. Ich glaube, er kommt nur her, um eine besondere Platte zu hören. Er sieht reich aus, oder? Ich frage mich, warum er in so ein Lokal kommt. Er ist betrunken, glauben Sie nicht?»

Der rothaarige Mann starrte in den Musikautomaten. Er warf eine Münze ein und sah sich dann trotzig im Raum um. Auf einmal – als ob sie ihn gerufen hätte – ging er geradewegs auf Annie zu. Er schwankte über ihr hin und her, ohne von Jake Notiz zu nehmen.

«Mögen Sie Sibelius?» fragte er heiser, mit leichtem Akzent. Bevor sie antworten konnte, schlug er mit der Faust auf den Tisch. «Größter lebender Komponist, verdammt!» In einer Sekunde war der Grieche zur Stelle. Er führte den Mann zur Theke und stellte eine Tasse Kaffee vor ihn. Der Mann schob sie beiseite und legte den Kopf auf die Arme. Der Grieche warf Annie ein triumphierendes Lächeln zu.

Sie lachte, als sie Jakes Gesichtsausdruck bemerkte. «Das passiert mir immer», sagte sie. «Wenn irgendwo im Umkreis von einem Kilometer ein Betrunkener ist oder ein Verrückter, kommt er geradewegs zu mir.»

«Gestern abend habe ich Max gesehen. Er fragte mich, ob Sie angerufen hätten. Es ist komisch, wie Leute sich treffen, nicht?»

«Max?»

Dann erinnerte sie sich. Es wurde ihr unbehaglich zumute. Hatten sie über sie gesprochen?

«Er fragte nach dem Mann mit dem Hund.»

«Der Mann mit dem Hund!» rief sie. «Ich habe vergessen, es Ihnen zu erzählen. Als ich heute abend heimkam, bevor ich hierherfuhr, war die Polizei da. Der Mann hat mitten am Nachmittag angefangen zu jaulen, und wahrscheinlich haben die anderen Leute Angst bekommen. Sie haben ihn mitgenommen.»

«Und der Hund?»

Die Kellnerin brachte ihre Bestellung. Jake nahm seine Flasche mit Medizin heraus und schluckte ein paar Tropfen.

«Der Hund ... Ich weiß nichts von ihm. Vielleicht hat die alte Frau recht gehabt, und es gab keinen Hund ... Nein, das ist nicht wahr. Ich habe ihn winseln gehört. Menschen können bellen, aber diesen verletzten Ton kann man nicht nachmachen. Ich mag gar nicht an den Hund denken.»

«Haben Sie den Mann gesehen?»

«Nein, nein ... Ich habe meine Tür zugemacht. Ich wollte ihn nicht ansehen.»

«Hören Sie. Haben Sie irgendwelche Kleider? Sie sehen aus, als ob Sie es nicht mehr lange aushalten in diesem Kostüm.»

«Ich habe ein Kleid», sagte sie.

Er machte ein so mitleidiges Gesicht, daß sie lachen mußte. «Vielleicht geben sie mir eine dieser Kreationen aus dem Laden billiger», sagte sie.

Sie saßen lange beim Griechen, länger als die Gäste an den Tischen und der rothaarige Mann, der von einer Kellnerin an die Tür gebracht worden war, so lange, bis nur noch ein einsamer Trinker an der Bar stand, in ein leises Gespräch mit dem Griechen vertieft, der nachdenklich in seinen Zähnen stocherte und mit seiner großen Hand ein Glas Bier umfaßte.

Jake erzählte von sich selbst. Zuerst hörte sie ohne großes Interesse zu; sie war damit zufrieden, ihn zu betrachten, als wäre er eine angenehme Landschaft, die kleinen Bewegungen seines Körpers zu registrieren, das Mienenspiel, das seinem Gesicht unerwartet Leben verlieh. Aber während sie die nicht sehr flüssigen Schilderungen mit teilnahmsvollem Nicken begleitete, bemerkte sie allmählich, wie gewöhnlich sie waren, wie voll von trivialen Ereignissen, die mit der Angespanntheit in seiner Stimme nicht zusammenpaßten.

Ein aus Vorfreude und Furcht gemischter Schauder überlief sie bei dem Gedanken daran, was er sagen würde, wenn sie ihm ein paar Dinge über sich erzählte. Er stellte sich wahrscheinlich vor, sie käme aus einem konfektionierten Leben wie dem seinen. Es würde Unglauben, vielleicht Entrüstung geben. Er würde vielleicht soweit gehen, sie zu bemitleiden! Bei dem bloßen Gedanken daran funkelte sie ihn verächtlich an. Aber wie konnte er das bemerken, wenn Tränen in seinen Augen standen? Er sprach über ein Mädchen namens Wendy.

Wendy! Eine halbvergessene Unterhaltung zwischen Erwachsenen – wem genau, konnte sie nicht sagen – stieg in Annie auf und kristallisierte sich in der Erinnerung an die Stimme von – ihrem Vater?, die sagte, daß gewisse Namen nichts anderes als ihre Herkunft aus der Unterschicht verrieten – Namen wie Wendy, April, Dawn.

Und Jake weinte! Wegen einer *Wendy*. Annies Gefühl, eine persönliche Geschichte von dramatischer Überlegenheit zu besitzen, löste sich auf.

Das Mädchen hatte einen Monat nach dem Highschoolabschluß seinen besten Freund geheiratet. Sie hatte sich mit ihm an der Quelle verabredet, wo die Kühe getränkt wurden, und ihm seinen Ring zurückgegeben. Das war der wahre Grund, warum er von zu Hause fortgegangen und nach Kalifornien gekommen war, und jetzt war er schon jahrelang hier, aber: «Ich bin noch nicht drüber weg. Ich denke immer noch an sie und wie sie mir das antun konnte.»

Sie glaubte, vor Neid würde ihr Herz aufhören zu schlagen. Sie begehrte das Leben dieses Mädchens, wollte dieses Mädchen sein, das schon Mutter zweier Kinder war und in einer kleinen Stadt lebte mit einem Mann, der ein gebrauchtes Auto hatte und ein kleines Haus, und sonntags gab es Essen mit –

«He, was ist los mit Ihnen?»

«Was?»

«Sie machen so ein finsteres Gesicht!»

«Nein, nein. Mir geht's gut, ich höre Ihnen nur zu –» Ja, ihr Leben war beschämend gewesen! Sie konnte Jake ebensogut die Geschichte von dem Mann in der Straßenbahn erzählen, der sich vor ihr entblößt hatte!

«Möchten Sie Ivan besuchen?» fragte er in gedämpftem Ton. Er sah sie sorgenvoll an.

«Nein, jetzt nicht», sagte sie. Und dann, mit vor Bestürzung brechender Stimme, rief sie: «Ich bin auch eine von denen, die nicht dazugehören!» Er wurde blaß und sah hastig um sich. Im nächsten Moment nahm sie seine Hand. «Schon gut», sagte sie. «Es ist nur die Arbeit, der Hund, alles ...»

Der Grieche stand an ihrem Tisch.

«Los, Kinder. Ich muß jetzt zumachen.»

Später, als sie den Cahuenga Boulevard entlanggingen, fragte sie ihn, warum er Schauspieler werden wolle.

«Ach, wegen des Geldes, denke ich ... Ich bin immer gern ins Kino gegangen. Ich bin ein guter Tänzer, wissen Sie. Und ich wollte nicht mein Leben lang in einer Kleinstadt bleiben.»

Sie sah in sein Gesicht. Er würde es nicht schaffen. Sie wußte nicht, warum sie es wußte, aber sie wußte es. Sein ganzes Dasein war zu gewöhnlich; das war seine Tugend und seine Beschränkung. Sie hielten vor einem Schuhgeschäft an.

«Sehen Sie sich diese roten Schuhe an», sagte sie. «Sind sie nicht hübsch?»

Er legte den Arm um sie, und sein weiches Haar fiel auf ihre Wange, als er sich zu ihr beugte, um sie zu küssen. «Ich kauf sie dir», murmelte er. Sie machte sich gewaltsam von ihm los. «Was ist denn?» Sie sah in Richtung der wenigen Menschen, die die Straße entlanggingen. Er folgte ihrem Blick. «Sie beachten uns nicht», sagte er. Dann: «Komm mit mir zurück, auf mein Zimmer.»

Sie schwieg.

«Komm mit», wiederholte er sanft.

Sie betrachtete die roten Schuhe. «Aber wie hat es sich *angefühlt*, Sie zu sein?» brach es aus ihr heraus. «Oh, ich habe in Fenster hineingesehen, ich habe Leute gesehen, die an einem Tisch zusammensaßen, aber was geht wirklich vor? Sie haben mir von Basketballspielen und Kühen und Sonntagsessen und kalten Wintern erzählt. Kühe! Und ein Ring zum Abschluß der Highschool! Und Sie haben sich einfach entschlossen, Schauspieler zu werden und nach Hollywood zu gehen! Wie passiert das? Wie entschließt man sich? Was bedeutet es? Und Sie haben mit Ihrem Bruder getrunken und den Laster in den Graben gefahren. Was haben Sie da empfunden? Und Ihre Mutter hat diese Decke für Sie gemacht, und Sie hatten einen Lehrer, den Sie mochten. Wie *ist* es, Sie zu sein?»

Er zog sich in die Eingangsnische des Schuhladens zurück und starrte sie erstaunt an, als ob sie im Begriff stünde, ihn anzugreifen. Ein Mann ging an ihnen vorbei und sah sie fragend an.

«Ach, es tut mir leid», sagte sie demütig. «Kommen Sie zurück, kommen Sie da heraus . . .»

Er machte ein paar vorsichtige Schritte. Sie lächelte. Er lachte nervös. «Sie haben nichts getan, das Ihnen leid tun müßte», sagte er.

Sie gingen weiter. «Sie müssen gespürt haben, daß ich etwas weggelassen habe», sagte er endlich. «Ja. Ich habe ein Auto gestohlen und war sechs Monate im Gefängnis. Ich weiß nicht, warum ich es getan habe. Ich war gerade achtzehn. Da stand es, vor dem Kino. Manchmal habe ich da gearbeitet, abends, nachts, habe die Plakate ausgewechselt und so, in den Vitrinen, und war Platzanweiser. Der Schlüssel steckte. Ich fuhr aus der Stadt raus, an den Burma-Shave-Reklameschildern vorbei, und als ich zum letzten kam, wartete ein Polizist auf mich. Ich kannte ihn, wir kannten ihn alle, die Kinder in einer kleinen Stadt wie dieser kennen ihre Polizisten. Sie waren nicht zu streng. Ich hätte viel mehr kriegen können. Mein Vater weinte. Ich werde nicht zur Armee gehen, auch wenn es Krieg gibt, weil ich vorbestraft bin.» Er schwieg eine Zeitlang. «Es war kein richtiges Verbrechen. Es war ein Impuls. Ich wollte das Auto gar nicht. Es stand eben da! Und ich hatte Lust auszubrechen . . .»

Er ergriff ihren Arm. «Du warst so klug zu erkennen, daß ich das verheimlicht habe.» Sie sagte nichts. Sie wußte nicht, wie sie erklären sollte, daß es nicht sein Geheimnis war, was sie von ihm gewollt hatte. Konnte ihr denn nie jemand sagen, was das war, man selbst zu sein?

Auf dem Weg zurück zu dem Zimmer in der Sycamore Street hielt sie seine Hand. Er machte das Licht nicht an. Eine Zeitlang rauchten sie und beobachteten Ivans Fenster.

Das Scheusal, im schwarzen Anzug, trank Wein aus einem Krug, und Ivan machte sich an seinem Grammophon zu schaffen. Gedämpftes Stimmengewirr drang über die wenigen Meter zwischen den zwei Fenstern zu ihnen herüber. Es war eine ruhige Nacht im Haus der Verrückten. Jake hielt ihre Arme und Hände, wenn sie nicht rauchten. Es war etwas unheimlich, hier zu sitzen und das Zimmer dort zu beobachten.

Schließlich stand Jake auf und führte sie zu seinem Bett. Er legte die bunte Decke sorgfältig auf einen Stuhl, dann entkleidete er sich. Sie zog das schreckliche Kostüm aus und schlüpfte aus ihrer Unterwäsche. Sie hatte Angst, weil es kein Zurück gab. Von dem Augenblick an, als er so unsicher aus dem Eingang des Schuhgeschäfts herausgekommen war, hatte sie sich auf das hier eingestellt.

Es tat ihr auf eine unerwartete Weise weh; es war solch ein intimer, verborgener Schmerz. Und sie war benommen von der Plötzlichkeit, mit der es passierte und dann vorbei war. Jake war kurz und leicht und fast lautlos – sie lauschte seinem heftigen Atmen und dachte an Walters wildes Gestöhn, das sie immer verlegen gemacht hatte, obwohl es zwischen ihnen nie so weit gekommen war.

Das Schweigen war absolut; der Mann, der neben ihr lag – er war so schlank und hatte so seidenweiche Haut –, schien jetzt eine Materialisation der Dunkelheit, etwas aus ihrer Phantasie. Dann sprach er, mit dem Mund an ihrem Ohr. «Du hast es noch nicht gemacht», sagte er flüsternd. «Das wußte ich nicht.» Stolz schwang in seiner Stimme mit. Sie empfand plötzlich Zorn, den gleichen Zorn wie auf Walter, als er gesagt hatte, er hasse Jungfrauen. Jake erhob Anspruch auf sie. Sie würde es nicht erlauben.

«Ich hätte etwas benutzen sollen, denke ich», sagte er. Sie war nicht fähig, sich Sorgen darüber zu machen – wie war es möglich, daß sie ein Baby produzierten, wenn sie dalag wie eine Tote?

Er begleitete sie den ganzen Weg nach Hause. Über den Hügeln brach eben das Licht hervor, ein Licht, das die Farbe von Wasser in einem Blecheimer hatte. «Morgen hole ich dich von der Arbeit ab», sagte er. Er küßte sie, bevor sie hineinging. Das gefiel ihr, sein kaum spürbarer Jungenkuß.

Unter der Tür lag ein Telegramm von Walter, das seine Ankunft am folgenden Sonntag ankündigte. Sie sah auf den Wecker des Sheriffs – noch zwei Stunden zum Schlafen.

Als sie wach im Bett lag und wußte, daß sie nicht mehr schlafen konnte, dachte sie an Walter. Sie dachte an ihren Vater, wie er lachend auf allen vieren gekrochen war vor einer dicken Frau in einer Bar im Village, wo er einmal mit ihr hingegangen war. Sie dachte an den Highschoollehrer aus Summit, seine schrecklichen Küsse. Sie dachte an Jake.

Ihre Arbeit war furchtbar; jetzt würde sie Jakes Zimmer nie bekommen. Aber sie hatte etwas für Walter getan. Sie hatte den Umstand aus dem Weg geräumt, gegen den er Einspruch erhoben hatte. Dann – während sie vor Scham laut aufschreien wollte –, sagte sie laut: «Jake hat es getan. Ich habe ihn dazu gebracht ...»

8

An ihrem zweiten Arbeitstag bat Annie den Geschäftsführer um eine stärkere Birne für den Keller. Er sagte, sie könne die Schachteln sehen, oder nicht? Gut, dann reiche es ja; nie zuvor habe es irgendwelche Klagen gegeben – vielleicht seien ihre Augen schlecht.

Sie stellte sich vor, daß man nach ein paar Wochen in diesem Keller den Mut verlieren würde, sich zu beschweren. Der Tag war nicht besser, außer daß Miss Gluck mit ihrem ziemlich heimtückischen Lächeln anzunehmen schien, daß sie Verbündete seien im Kampf gegen die armen Frauen, die so niedergeschlagen die Ständer mit schäbigen Kleidern durchforsteten.

In dem schwachen gelben Lichtkegel machte sie Bestandslisten, warf feuchte, schimmelüberzogene Schachteln in die Dunkelheit und trug, wenn der Geschäftsführer zu ihr hinunterschrie, die Sachen, die er verlangte, in den Laden hinauf; die hellen Lichter blendeten sie, wenn sie mit einem Stapel von Schachteln oben ankam. Wie ein Maulwurf fand sie es allmählich angenehmer, unter der Erde zu bleiben. Sie nahm an, daß der Geschäftsführer und seine Verkäuferinnen sich davor fürchteten, die lange Treppe hinabzusteigen, die in ihr Verlies führte. Es war ihr boshaft und triumphal zumute, und sie ließ es sich nicht nehmen, Miss Gluck von den Ratten zu erzählen, wobei sie ein gemeines Lächeln unterdrückte, als sie sah, daß der dicke Hals der Frau vor Ekel bebte. Sie ging zurück nach unten und dachte, daß der Keller der einzig geeignete Ort sei für eine so grausame Natur wie sie selbst.

Den ganzen Tag hatte sie ein vages körperliches Mißbehagen verspürt; vielleicht bekam sie bald ihre Menstruation. Onkel Greg war einmal mit ihr zum Arzt gegangen, als sie dreizehn war. Der Arzt hatte ihr die Zeichnung einer nackten Frau gezeigt, auf Pappe aufgezogen. Immer würde sie diese Frau vor sich sehen – sie hatte kein Gesicht gehabt. Mit Zahlen versehene Pfeile zeigten auf verschiedene Teile des weiblichen Körpers. Der Arzt hatte sie streng angesehen und ihr die erklärenden Legenden, die zu den Zahlen gehörten, laut vorgelesen. Aber all das hatte sie schon seit Jahren gewußt. Eines der Mädchen in der Schule hatte in einem Geschäftsumschlag mit der gedruckten Adresse seines Vaters auf der Rückseite eine Damenbinde mit sich herumgetragen. Alle Klassenkameradinnen hatten sie in der Mädchentoilette kichernd und schaudernd in die Hand genommen. Sie erinnerte sich, wie sie die Mädchen geärgert hatte, indem sie sagte: «Das ist ja langweilig …» Aber sie hatte nicht hochmütig sein wollen – sie wußte nicht, was sie damit hatte sagen wollen. Als sie sehr klein war, hatten ihr Vater und Bea sie ins Kino mitgenommen. Sie hatten *The Squaw Man* gesehen. Sie fragte sich bis heute, welche Szene darin sie veranlaßt hatte, Bea, als sie aus dem Kino kamen, zu fragen: «Wie werden Babys gemacht?» Bea hatte im Tonfall eisiger Wut geantwortet: «Durch Geschlechtsverkehr!» Was hatte James St. Vincent über Bea gesagt? Sie haßte Hilflosigkeit. Sex machte Menschen hilflos.

Der Laden schloß; Miss Gluck suchte ihre Pakete zusammen, ihre Strickjacke, ihre Handtasche; die Verkäuferinnen gingen heim; der Geschäftsführer rauchte. Annie sah Jake auf der anderen Straßenseite, er wartete auf sie.

Sie winkte ihm schüchtern zu. Er winkte mit beiden Armen zurück. Wenn er wüßte, wie sie ihn benutzt hatte! Sie hielt sich nervös außerhalb seiner Reichweite, als sie bei ihm war, aus Furcht, er würde sie umarmen. «Warte …», sagte sie. Er nahm ihren Arm und führte sie in den Eingang eines Bürogebäudes. Dort küßte er ihre

Wangen, zog an ihren Zöpfen und legte seine dünnen Arme um ihre Schultern. «Ich werde den Laden für dich niederbrennen», sagte er.

Heute abend erkannte der Grieche sie wieder und führte sie selbst zu einem Tisch. Nach dem Essen gingen sie gleich in Jakes Zimmer. Er hatte eine Blume für sie gekauft, eine Gardenie, die auf einem Stück zerknittertem weißem Seidenpapier lag. Ihr Duft erfüllte den Raum.

«Ich habe meinem Freund, Carson, von dir erzählt, und er will dich treffen. Er hat sich entschlossen, Stuntman zu werden – sie verdienen einen Haufen Geld –, und er will, daß wir zusammen eine Wohnung nehmen, vielleicht ein kleines Haus mieten. Ich werde hierbleiben. Hast du mich gehört, Annie? Ich glaube, alles wird besser, oder? Willst du, daß ich hierbleibe, Annie? Wenn Carson und ich ein kleines Haus haben, wird es schöner für uns sein als in diesem Zimmer, oder? Ich habe mir noch etwas für dich überlegt. Die May Company. Es ist das größte Kaufhaus hier im Westen. Sie werden dir einen anständigen Lohn zahlen.»

Annie sah die Zukunft – wie sie nach Hause käme in das «kleine Haus», wo Carson, der Stuntman, und Jake, der Tänzer, warteten. Wie der Sheriff würde sie mit einem Sack voll gestohlener Sachen heimkommen. Bald würden sie anfangen, sie ebenfalls Sheriff zu nennen. Sie sah auf ihre armseligen Schuhe hinunter; die Absätze waren an der Außenseite so abgelaufen, daß es Mühe bereitete, aufrecht zu stehen.

«Mein Vater hat mir erzählt, es gibt Hotelzimmer, die fünfhundert Dollar die Woche kosten», sagte sie.

Jake runzelte verblüfft die Stirn. «Was?»

«Nur so.»

«Am Samstag können wir zum Strand gehen.»

«Jeden Samstag? Du und ich und Carson?»

«Ich meine, diesen Samstag.» Aus der Verblüffung wurde Verwirrung. «Was ist los?»

«Tut mir leid», sagte sie kühl und mit einem Lächeln, das er unsicher beantwortete. «Wie geht's deiner Kolitis?»

«So lala», sagte er, einlenkend.

«Wann fängt dein Film an?»

«Mein Film?» Er ging zum Fenster. «Es sind ja nur ein paar Tage Arbeit.»

«Sind diese kleinen Häuser, von denen du gesprochen hast, möbliert?»

«Ich weiß nicht.»

Er tat ihr leid, wie ihr ein gequältes Tier leid getan hätte, etwas weniger, vielleicht. Sie betrachtete die wächsernen Blütenblätter der Gardenie. Was war das? Eine Verherrlichung des *Geschlechtsverkehrs*? Dieser Verlust von Anmut, diese hingestreckten Glieder, diese Offenbarung, daß nur die Außenseite des Lebens trocken und unvergänglich war, während die Innenseite aus Nässe und Blut und den vergänglichen und gefährlichen Rhythmen des Pulsschlags bestand?

Der zornige Tumult, der in ihrem Innern tobte, erschreckte sie, und sie begann, im Zimmer auf und ab zu laufen.

Es gab ein lautes, dumpfes Geräusch, ihre Knöchel wurden festgehalten, und sie fiel auf den harten Boden. Jake hatte sie stürzen lassen; er lag auf dem Boden, sein Kopf bei ihren Füßen, und hielt noch immer ihre Knöchel gepackt. Sie schnappten beide nach Luft, der Atem war ihnen ausgegangen. Jake kletterte an ihr hinauf wie an einem Seil, zog sich mit den Händen vorwärts, so daß sie sich nicht bewegen konnte, bis sein Gesicht nur noch ein paar Zentimeter von ihrem entfernt war.

«Annie, Annie . . .», sagte er.

Sie ballte die Faust.

«Du weinst ja.»

«Nein!» rief sie.

Er half ihr auf und führte sie zu der Gardenie. «Riech mal», sagte er und hob die Blüte zu ihrem Gesicht. «Riech mal diesen Duft!»

Später zeigte er ihr etwas zur Empfängnisverhütung. «Das ist das häßlichste Ding, das ich je gesehen habe», sagte sie. «Es sieht aus wie etwas, das alte Zwerge in einem Keller machen.»

Er wollte, daß sie die ganze Nacht bei ihm blieb und morgens von der Sycamore Street aus zur Arbeit fuhr. Aber das könne sie nicht, sagte sie. Er brachte sie mit der Straßenbahn nach Hause. Aus dem Fenster blickend, sah sie von weitem Johnnies Auto vor dem Haus. Hastig erzählte sie Jake von ihm. Er hörte kommentarlos zu. «Er hat mir soviel geholfen, sein Essen mit mir geteilt. Als ich niemanden hatte, mit dem ich reden konnte ...»

«Wo schläft er, wenn er bei dir übernachtet?» fragte Jake.

«Auf dem Boden ... Wenn er in Schwierigkeiten ist, kann er nicht in sein Zimmer zurück.»

«Solche Leute sind immer in Schwierigkeiten», sagte er.

«Wie jedermann!» rief sie.

«Nein, anders», sagte er, als er ihr zum Auto folgte. Johnnie saß auf dem Vordersitz und las im Licht der Straßenlaterne mit müden Augen eine Zeitung. Er sah auf, als sie näher kamen, und richtete den Blick auf Jake.

Sie stellte sie rasch einander vor, dann nahm sie Jakes Arm und führte ihn zur Straßenbahnhaltestelle zurück; sie war sich bewußt, daß Johnnie sie aufmerksam beobachtete. Es war ihr, als ob im nächsten Augenblick alles enthüllt würde, all ihre Geheimnisse, all ihre Lügen. Sie wünschte, Jake wäre für immer verschwunden.

«Ich gehe besser zurück», sagte sie bittend. «Ich habe ihn eine ganze Weile nicht gesehen, und ich bin es ihm schuldig. Er wird nicht länger bleiben als eine Stunde.»

«Ich will, daß du mit mir zurückkommst», sagte Jake.

«Aber ich kann nicht, Jake!» Sie war verzweifelt. «Ich bin zu müde!»

Mit einem Schulterzucken gab er nach, dann küßte er sie auf die Wange. Sie wandte sich um, erfüllt von dem wilden Verlangen, in ihrem Zimmer zu sein, und es war ihr gleich, was Jake dachte. «Morgen?» fragte er fast schüchtern. «Ja, ja . . .», versprach sie.

Einmal sah sie sich um. Jake stand da und sah auf die Gleise hinunter, eine lange, hagere Gestalt mit hängendem Kopf.

«Also das hast du vorgehabt», sagte Johnnie. «Du schlechter Mensch . . . Du hast den alten Johnnie zum Narren gehalten.»

«Ach, sei still!» sagte sie.

Er hörte nicht auf, sie zu quälen, bis er seinen gewohnten Platz auf dem Bett einnahm. Sie haßte den sauren Geruch, der von ihm ausging, wenn er sich auf die andere Seite wälzte. Aber sie litt unter ihrer eigenen Undankbarkeit. Es war ihr klar, daß sie nicht gewollt hatte, daß Johnnie sie mit Jake sah; sie wollte sich selbst nicht mit der Meßlatte messen, die Johnnie anlegte: Geschlechtsverkehr. Lieber Gott, wie konnte sie ihm erklären, daß sie nicht begriff, warum man so einen Wirbel darum machte? Was ihr am besten gefiel, war, mit Jake dazuliegen, leise im Dunkeln zu reden, die Beine übereinander, die Gesichter nah zusammen, die Hände verschlungen. Es war so tröstlich! Was hatten Johnnies gräßliche Geschichten über dünne kleine Männer mit riesigen Geschlechtsteilen damit zu tun?

Am nächsten Abend lernte sie Carson Brody kennen. Er hatte einen häßlichen Schädel, der hart aussah, und eng zusammenstehende graue Augen. In seiner Gegenwart wurde Jake aufgeregt und mitteilsam. Carson war zunächst still und wachsam. Sie spürte etwas Eisenhartes hinter seinem Argwohn. Er wollte sich nicht direkt an sie wenden, aber seine Worte schienen für sie bestimmt –

Sätze, die sich ausstreckten wie Schlangen, über gemeine Weiber und Dreckskerle, über Stuntmen, die Motorräder über Klippen fuhren und sich den Schädel dabei zertrümmerten, über eine gewisse Bar, wo es eine Liste von Männern gab, die drei Filme überlebt hatten, ohne sich irgendwelche Knochen zu brechen. Aber am meisten sprach er von den Weibern, die mit Männern Schlitten fuhren und sie anschmierten, die «gebumst» werden wollten und die Männer so selbstverständlich verrieten, wie sie atmeten. Jake sei ein Baby, sagte er einmal, ein Tölpel, der sich nicht auskannte, aber er, Carson, werde sich um ihn kümmern; Carson werde ihn nie verraten. Jake glühte. Carson sagte, er verstehe nicht, wie ein netter amerikanischer Junge aus Arizona wie Jake sich mit einem gottverdammten Kommunisten wie Max Shore einlassen könne.

«Er ist in Ordnung, Carson», sagte Jake. «Du mußt nicht gleich hochgehen bei dem Thema.»

Aber Carson wurde immer gehässiger, wie eine Spinne, die sich selbst vergiftet; seine Ausbrüche wurden lauter; er schleuderte Bemerkungen, Warnungen, Drohungen wie Flaschen, und sie zerschellten planlos auf der Oberfläche einer Welt, von der er sagte, sie könne nicht auf Erlösung hoffen. Dann kam er auf Hollywood.

«Alle Schwulen aus dem ganzen Land kommen hierher und bauen sich kleine Nester und lesen diese Jungen von der Straße auf und verderben sie ... Sie wollen Schauspieler sein, damit sie unter den heißen Scheinwerfern der Welt ihre Ärsche zeigen können, sie streichen um die Frauen herum, das mögen sie, und dabei lassen sie den armen, kleinen, hinterwäldlerischen Botenjungen des Regisseurs nicht aus den Augen ... Man muß mal gesehen haben, wie ihre Augen aussehen, wenn sie angeblich irgendeine Schauspielerin anhimmeln! Ich habe sie studiert, richtig studiert. Sie denken an all diese verirrten kleinen Jungen, die hierherkommen, um Geld zu verdienen und berühmt zu werden, nicht um irgendwelcher Ärsche willen, wie sie. Und die Frauen – sie sind alle verrückt, weil es keine Männer in Kalifornien gibt, nur Schwule und Zigeuner und Wahrsager und Kommunisten ...»

«Carson, hör auf damit», unterbrach ihn Jake freundlich. «Du sagst solche rohen Dinge.»

Carson zog seine Lippen auseinander – vielleicht lächelte er.

«Wir sollten bei diesem Krieg mitmachen», sagte er. «Das ganze Land reinigen, alle in Uniformen stecken, jawohl! Zu Befehl! Wenn ihre Ärsche in der Uniform stecken, hören sie bestimmt auf, mit ihnen herumzuwackeln.»

Seine flachen, stumpfen Finger spielten mit dem braunen Stoff seiner Hose, der über den Knien straffgezogen war. Sein kugelförmiger Kopf war in ihre Richtung gedreht, aber der Blick richtete sich weiterhin auf Jake. Er stürzte eine halbe Flasche Bier hinunter.

«Sind Sie hier im Westen geboren?» fragte sie.

«Boston», sagte er kurz angebunden.

«Warum sind Sie nach Kalifornien gekommen?»

Er gab ihr keine Antwort. «Jake, was ist mit diesem Film? Ich wette, es gibt 'n paar hübsche Mädels, die halbnackt herumrennen.» Er warf ihr einen schnellen Blick zu.

Annie stand auf. «Ich gehe besser», sagte sie zu Jake. Brodys Wut brauchte den ganzen Sauerstoff im Zimmer auf. Sie konnte kaum atmen.

«Ich dachte, wir gehen raus und trinken beim Griechen einen Kaffee», sagte Jake unsicher.

«Nein. Ich habe ein paar Dinge zu erledigen», sagte sie. Sie ging zur Tür, sah dabei Carson aus den Augenwinkeln, stolperte über das Bett, verfing sich in der Decke. Als sie an der Tür war, trat Jake zu ihr. «Ich gehe mit dir hinunter», sagte er.

Auf der Treppe sagte sie: «O Jake, er ist –»

«Nein, warte!» Er legte ihr den Finger auf den Mund. «Er macht sich wirklich Sorgen um mich. Er hatte das traurigste Leben, das man sich vorstellen kann. Sein Vater starb und hinterließ seiner Mutter neun Kinder. Sie mußte sechs von ihnen in ein Heim geben.»

Sie gingen auf die Veranda hinaus. Eine Katze sprang aus dem Schatten und lief ins Haus. «Verstehst du», sagte Jake. «Es gab nichts zu essen. Wirklich *nichts*. Seine Mutter hatte eine tödliche Krankheit, sie zerstörte sie von innen, jeden Tag ein bißchen mehr. Er war einer von den drei Kindern, die bei ihr geblieben waren, also mußte er alldem zusehen. Ihre Verwandten waren genauso arm, und er sah, wie die Priester ihr nicht halfen, und sie wären verhungert, wenn sie nicht als Putzfrau in einem Irrenhaus bei Boston gearbeitet hätte, wenn sie nicht den Abfall mit heimgebracht hätte, den nicht mal die Patienten essen wollten. Schon als kleiner Junge rannte er weg. Er war immer so groß, daß niemand sah, wie schwach er war – wegen seines Körperbaus. Er hatte ein paar Jobs, und zwei Jahre lang, sagte er, hat er nur gegessen, Tag und Nacht. Dann arbeitete er beim Civilian Conservation Corps und wollte die dreißig Dollar im Monat seiner Mutter schicken. Aber sie konnten sie nicht finden.»

«St. Vincent kommt aus Boston», sagte Annie. Jake redete weiter, als ob er sie nicht gehört hätte.

«Sie hatte sich einfach in Luft aufgelöst», sagte er. «Er hat kein einziges Mitglied seiner Familie je wieder aufgespürt, er hat nie genug Geld gehabt, um richtig mit dem Suchen anzufangen. Ich glaube, es macht ihn verrückt – all diese Leute, die einfach verschwinden, wie ein Schiff, das sinkt, und du bist der einzige Überlebende.»

«Aber warum war er so wütend auf mich?»

Sie gingen die Sycamore Street hinunter.

Jake sprach mit großem Ernst, als ob er wirklich versuchte, darüber nachzudenken.

«Du bist nicht der Grund, sondern ich. Ich bin der einzige echte Freund, den er hat. Wir haben uns bei mir zu Hause kennengelernt. Seine Arbeitsstelle war nicht weit von unserer Farm entfernt. Meine Familie war nett zu ihm. Er denkt, es gibt nur zwei Arten von Frauen, schlechte und noch schlechtere. Die schlechten sind alt und können nicht viel für einen tun. Die noch schlechteren kennt er aus dem Effeff. Er denkt, ich bin eine leichte Beute, weißt du, und daß ich ausgenutzt werde.»

«Hast du ihm von mir erzählt?» fragte sie mit einem Beben in der Stimme.

«Ich erzähle ihm alles», sagte Jake. «Es baut ihn auf, wenn ich ihm vertraue. Es tröstet ihn.»

Sie war betroffen von dem Gedanken, daß Jakes vertrauliche Mitteilungen diesem verhungerten grauen Hund Trost verschaffen konnten. Einen Moment schwieg sie. Sie näherten sich der großen Straße am Ende der Sycamore Street.

«Warum redet er so viel über Schwule?»

«Er war nervös, das ist er immer, wenn Fremde da sind. Ich weiß, er ist schwer zu verstehen. Aber er kann wirklich lustig sein! Er denkt sich die wahnsinnigsten Sachen aus, um reich zu werden. Er kann nächtelang über Geld reden, daß es alles gutmachen kann. Hör zu – geh nicht. Ich weiß, du bist nur wegen Carson gegangen. Gut, dann geh zum Griechen, und warte auf mich. Ich gehe zurück und erkläre –»

«Was willst du erklären?»

«Ich werde ihm was sagen. Er wird es kapieren. Bitte. Morgen ist Sonntag. Heute könntest du die ganze Nacht bleiben, oder?»

Sonntag.

Ihr Leben explodierte. Sie wußte nicht, ob sie in die Straßenbahn steigen sollte, die sich schlingernd auf sie zubewegte, oder zum Griechen oder in ihr Zimmer zurückgehen, um auf Walter zu warten, oder zu May

Landower, um sie um Verzeihung zu bitten, oder ob sie Kalifornien sofort verlassen sollte, per Anhalter zurückfahren sollte an die Ostküste oder ob es besser war, einfach mit Jake zusammenzubleiben. Ja, sie würden zusammen ein kleines Haus mieten; Carson konnte im Wohnzimmer Bier trinken und Gläser gegen die Wand werfen, während sie und Jake im Schlafzimmer kuschelten ... Sie wußte nicht, was sie tat, mit den Münzen in der Hand, wohin sie ging.

«Nein!» schrie sie auf.

«Was, nein?»

«Jake, ich muß jetzt einfach gehen!»

Aber er drückte sie an sich, und die Straßenbahn fuhr vorbei. Sie sah ihr mutlos nach. «Annie, was hast du?»

Sie gingen die Sycamore Street zurück. «Ist dir schlecht? Ist es das?»

Sie sagte es ihm. Sie sprach schnell, den Blick zu Boden gerichtet, auf der Höhe seiner Füße; er begann zu schlurfen; von fern bemerkte sie, daß er seinen Schuh hatte besohlen lassen. Dann redete sie nicht mehr. Sie sah zu ihm auf. Sein Gesicht war aschfahl, seine Augen rot gerändert. «Warte –», bat sie.

«Die ganze Woche hast du also auf *ihn* gewartet», sagte er mit tonloser Stimme. «Du hast mich nur benutzt.»

Ihre Beine drohten nachzugeben. Wußte er, *wie* sie ihn benutzt hatte?

«Ich wollte es nicht», sagte sie. Sie wollte ihm erklären, daß sie keine Wahl hatte, doch sie verstand selbst nicht, wie es eigentlich war. Hauptsächlich wollte sie etwas tun, etwas sagen, damit sich seine Miene veränderte.

«Mein Leben ist ein Schlamassel», sagte sie, den Blick auf sein Gesicht gerichtet, um ihn dazu zu bewegen, ihr zuzuhören. «Nicht wie das von Carson. Einfach ein Schlamassel. Ich weiß nichts. Ich weiß nicht mal, wie man sich richtig die Zähne putzt. Es ist, als ob ich jeden Tag von vorn anfangen müßte, wie ein Neugeborenes. Dieser Mann, Walter, na ja, er ist ein bißchen wie Max Shore. Ich meine, er kann mir etwas beibringen.» Jake drehte den Kopf weg, sah an den Häusern hoch, den Bäumen, über die leere Straße. Was hatte irgendein Mann einmal zu ihr gesagt? «Ich würde dich gern bei der Hand nehmen», und dabei hatte er gegrinst.

«Man muß mich bei der Hand nehmen», sagte sie unglücklich.

«Du hast Angst vor diesem Mann», sagte Jake. Sie bestritt es. Aus Ivans Haus trat plötzlich ein Riese mit einem vollgestopften Kissenbezug auf dem Rücken. Sie und Jake traten ein paar Schritte zurück. Das Kinn des Riesen war wie ein Felsvorsprung.

«Der Weihnachtsmann», flüsterte Jake.

Annie lachte matt. «Vielleicht ist er mit dem Sheriff ins Geschäft gekommen», sagte sie. Jake legte die Hand auf ihren Arm.

«Du meinst es nicht ernst. Bleib bei mir. Du hast blaß ausgesehen, als du von Vogel geredet hast. Mein Gott! Er ist zwölf Jahre älter als du!»

Eine lange Zeit debattierten sie leidenschaftlich. Dann sah sie, daß er unruhig zu den Fenstern des Hauses hochblickte, und sie wußte, daß er sich Sorgen machte wegen Carson Brody.

«Er ist ein richtig gemeiner Kerl, dein Busenfreund», rief sie aus. «Was bringt es dir ein, mir zu sagen, was ich tun soll? Was ist gut für mich? Den ganzen Abend hast du dagesessen und hast dumm gegrinst, während er sich auskotzte.»

«Er ist treu!» rief Jake. «Aber das verstehst du nicht!»

«Ich gehe.»

«Dann geh!»

«Jake?»

«Er hatte recht. Carson hatte recht!» schrie er und

rannte plötzlich los und sprang hustend und schluchzend die Stufen zur Veranda hoch. Sie sah ihn zur Treppe hasten. Sie lauschte einige Minuten, wie um das letzte Echo seines Weinens zu erhaschen. Er war *ihretwegen* unglücklich. Was war mit ihr los, daß sie hier stand und lauschte, in der Hoffnung, noch mehr davon zu hören! Hier stand, freudig bewegt, als ob sie zunähme, Substanz gewänne durch den von ihr verursachten Kummer. Doch daneben gab es eine neutrale Instanz in ihr; weder sie noch Jake hatten soviel gefühlt, wie sie zu fühlen vorgegeben hatten. Sie rannte am Haus der verrückten Schriftsteller vorbei zum Hollywood Boulevard.

Am Samstagabend waren die kleinen Bars voll. Die Leute gingen spazieren und hielten ab und zu an, um die Schaufenster zu betrachten. Vom Fenster der Straßenbahn aus sah Annie im Vorbeifahren die ausgestellten Kleider, die alle so neu waren, so unerreichbar. Bei ihrer Arbeit gab es keine Möglichkeit, genug zu sparen, um irgend etwas zu kaufen; es gab eigentlich nicht einmal genug zu essen. Ihre Unterwäsche war zerschlissen, ihre Schuhe hatten Löcher.

An ihrer Haltestelle hielt sie nach Johnnies Auto Ausschau, aber es war nicht da. Sie hatte Angst davor, allein zu sein.

Aus einem Impuls heraus rief sie James St. Vincent an, bevor sie zu ihrem Zimmer hinaufging. Die Frau, die den Hörer abnahm – Annie nahm an, daß es eine der beiden war, die an jenem Abend am Eßtisch gesessen hatten –, sagte kurz angebunden, daß Mr. St. Vincent für unbestimmte Zeit in Palm Springs sei.

Kurz nach Mitternacht, als Annie gerade versuchte, sich auf *Das Schicksal des Menschen* zu konzentrieren, tauchte Johnnie auf. Er war betrunken und drehte sein Toupet auf dem Kopf herum. Aus einer Papiertüte holte er zuerst sechs Grapefruits, dann eine Orangensaftpresse aus Glas. Sie beobachtete ihn teilnahmslos; sie war dankbar, daß er da war, aber zu verzweifelt, um mit ihm zu sprechen.

«Was ich mir für Sorgen um dich mache! Du hast deinen armen alten Johnnie einfach im Stich gelassen.» Er hackte mit einem Taschenmesser so lange auf die Grapefruit ein, bis er sie in zerklüftete Stücke zerlegt hatte. Dann preßte er sie aus, vor Anstrengung ächzend und mit verrutschtem Toupet. Er nahm ein Glas und präsentierte ihr das Resultat seiner Arbeit, schob dabei eine Schale auf dem Boden mit dem Fuß weg.

«Kalifornien!» rief sie.

«Sei still, Annie-Fannie. Trink aus.»

Sie trank und erzählte ihm dann von Carson Brody, dessen Haß sie verfolgt hatte bis in dieses Zimmer, bis zu dieser Stunde.

«Es gibt Tausende von Jungen wie ihn – rohe Jungen, die nur darauf aus sind, eine Million zu machen, und die sich überlegen, wie sie die anderen reinlegen können.» Johnny sprach nur leicht unartikuliert; währenddessen hob er die Grapefruitschalen auf und ließ sie in die Papiertüte fallen.

«Es hat damit zu tun, wie wir alle erzogen werden – wie wir aufwachsen.» Er seufzte, warf die Tüte auf den Tisch und ließ sich schwerfällig auf dem Stuhl nieder. «Jeder will eine Million haben. Er wird irgendeine arme Mary heiraten und sechs Kinder von ihr kriegen. Er wird zuviel trinken und zu Nutten gehen. Meine Mutter sagte, Gott hält für uns alle die Arme auf, und schubste mich zwölf Jahre lang Sonntag für Sonntag in die Kirchenbank unserer Familie. Lieber Himmel! Den einzigen Witz, den sie je machte – soviel ich zu hören bekam –, war, als mein Vater in Chicago einen Herzinfarkt hatte und starb – er hatte eine kleine Fabrik für Fleischprodukte, und nachdem er Mama verlassen hatte, heiratete er eine Frau, die halb so alt war wie er selbst –, also, nachdem sie das Telegramm gelesen hatte, sagte meine Mutter: ‹Er ist ungeschoren davongekommen!› Meine Onkel waren Diakone in der Kirche. Die Kirche war alles in unserem Leben. Aber die ganze Zeit, während ich in der Sonntagsschule die Jesusbildchen in der Hand hielt, dachte ich: Nur raus hier! Hast du eine Zigarette?»

Sie gab ihm eine. Er zündete sie an und sagte: «Warte! Warte!» und stieß dabei den Rauch aus. Und sie wartete und sah all diese Väter vor sich, die wegliefen.

«Ich hatte einmal einen französischen Jungen», sagte er. «Claude. Er war hier, um als Schauspieler berühmt zu werden. Aber er war zu schön. Es machte einen trübsinnig, ihn nur anzusehen. Gut, er sagte zu mir: ‹Wie langweilig ihr seid mit eurem ewigen Glück-Unglück . . . Die Schwänze wachsen euch, aber die kleinen *Säälen* bleiben immer in Muttis Schoß.›» Johnnie lachte und hustete. «Du auch, Annie? Denkst du auch über deine Millionen nach?»

«Nein, nein . . .»

«Worüber dann? Was suchst du?»

«Ich weiß nicht.»

«Was immer es ist, hier ist der richtige Ort dafür.» Er zog sein Jackett aus und band seine Schuhe auf. «Ich hab zuviel getrunken», sagte er und rülpste ausgiebig. Er legte sich auf seine Seite des Bettes. «Unsere letzte Nacht, Prinzessin. Ich mag gar nicht daran denken, was morgen in diesem Bett geschehen wird!» Er machte sein schmachtendes Pola-Negri-Gesicht und vergrub den Kopf in der Decke.

Morgens war er kühl, distanziert, sarkastisch. Absurderweise wollte sie ihn begleiten, als er ging.

Walter kam am späten Nachmittag, und Annie, die nervös und blaß war – sie war nicht aus dem Haus gegangen, hatte nur ein paar Orangen und eine Schachtel Cracker gegessen –, sah ihn mit gefrorener Miene an, als er seinen Seesack auf den Boden fallen ließ – das dumpfe Geräusch hatte sie schon die ganze Woche erwartet.

«Hallo, Baby», sagte er. Sie drückte sich an ihn und fühlte die Metallknöpfe an seinem Arbeitshemd. Seine Gegenwart ließ den Raum schrumpfen; er roch nach Seife und Maschinenöl.

«Gibt's was zu essen?» fragte er, während er sein Hemd aufknöpfte und sie wegschob.

«Ich bin nicht rausgegangen. Ich hatte Angst, du würdest gerade dann kommen.»

«Später...»

Ohne seine Kleider schien er weniger massig. Auf seinem rechten Oberschenkel war eine tiefe, schmutzigrote Narbe. Jakes dünne Knochen hatten sich, von Dunkelheit bedeckt, gegen sie gepreßt wie die Knochen eines verwundeten Kindes; sie hatte sich sein Fleisch bläulich vorgestellt. Walters Brust und Rücken hatten die Farbe von hellem Bernstein. Als er sich neben sie legte, fragte sie sich, was er empfinden würde, wenn er entdeckte, daß jenes wesentliche und doch lächerliche Hindernis verschwunden war. Er konnte ihr den Vorwurf machen, ihm etwas verheimlicht zu haben. Sie begann, sich eine Geschichte auszudenken, gab es dann auf und schlang die Arme um ihn. Er murmelte in ihren Hals, daß sie etwas tun müsse, um nicht schwanger zu werden.

Seine Hände, sein Mund und schließlich sein Geschlechtsorgan drangen in sie ein; das Steifwerden ihrer Glieder geschah ohne ihr Zutun; sie floh ihn, auch noch, als sie völlig passiv dalag.

Er war bedrückt, wie er es nie gewesen war bei seinen früheren Versuchen, mit ihr zu schlafen. Der Schweiß seiner Kraftanstrengung bedeckte ihren Bauch und ihre Schenkel, und sie dachte, daß es möglich wäre, ihn nur dafür zu lieben; wenn ihr jenes weibliche Entgegenkommen, mit dem er soviel Erfahrung hatte und womit er sie so erbarmungslos verspottete, auch für immer fehlen würde, konnte sie vielleicht lernen, das hilflose Tier zu lieben, das sich hinter Kleidern und Sprache verbarg –

wenn es demütig und blind und stumm war wie jetzt. Aber es war nicht stumm! Dieser wortlose Schrei an ihrer Brust hatte jeden Menschen ins Leben geschleudert, die alte Hexe im Flur, den wahnsinnigen Deutschen, die große Masse. Als sie spürte, daß er aus ihr hinausglitt und sich von ihr entfernte, staunte sie über das Schweigen des hilflosen Tieres in ihr selbst. War sie ohne es geboren worden?

«Du hast gedacht», flüsterte er, «die ganze Zeit.» Sie betrachtete seine geröteten Augen. «Annie ... manchmal bist du ziemlich reizlos.»

Sie spürte einen scharfen Schmerz und drehte sich weg. Er sagte nichts mehr. Es wurde spät. Sie ging den Hollywood Boulevard hinunter, bis sie einen offenen Lebensmittelladen fand. Als sie wiederkam, war er in Jeans und Unterhemd, sauber und stattlich. Er nahm die Sachen aus der Einkaufstasche. «Ach, Annie. Lieber Gott!»

Sie hatte kleine Hot dogs gekauft.

«Das ist kein Essen!»

«Ich habe genommen, was sie hatten ...»

«Besser, du hättest ein paar Dosen Makkaroni besorgt –» Sie brach in Tränen aus. Sie ging planlos im Zimmer herum und schluchzte. Sie warf sich über das Bett; sie rollte auf den Boden. Eingehüllt in ihren Kummer, hörte sie ferne Laute, Schritte, ein sonderbares kleines Pfeifen.

Sie hustete. Das Schluchzen hörte auf, und sie sah durch das Gewirr ihres Haars zu Walter. Er war ganz darauf konzentriert, sein Arbeitshemd zuzuknöpfen. Ihre Blicke trafen sich. Er lächelte.

Sie stand auf und ging zur Toilette, wo sie sich mit dem rauhen, grauen Klopapier die Nase putzte. Als sie herauskam, machte Walter das Bett.

«Wir essen jetzt», sagte er.

9

Am Ende des Tages kam Annie aus dem Keller in das helle Licht des Ladens und ging zur Straßenbahn, die sie ratternd und schlingernd heimbrachte. Oft wurde sie von Walter erwartet. Manchmal war er nicht da und kam erst zurück, wenn sie schon schlief. Die Arbeit verlangte nicht viel körperliche Anstrengung, und doch war sie erschöpft von der quälenden Langeweile und der Einsamkeit.

Sie lernte einige seiner Freunde kennen – die meisten hatten mit ihm am Federal Theater gespielt. Wie sie lebten, zeigte, welche Stufe des Erfolgs sie beim Film erklettert hatten. Ein Schauspielerehepaar wohnte zusammen mit einem Regisseur und dessen Frau in einem riesigen schattigen Haus im «Tal». Um welches Tal es sich handelte, wußte Annie nicht. Sie wurden in einem Tourenwagen abgeholt, der schon bessere Tage gesehen hatte. Im Innern roch es angenehm nach Leder und Minze. Mitchel Lowe, der Schauspieler, der am Steuer saß, sagte, seine Frau baue Minze an und verkaufe sie auf kleinen Märkten in der Umgebung. Er steuerte das alte Auto mit viel Schwung; er war fröhlich, denn er hatte gerade seine erste größere Rolle in einem Film bekommen. Er nahm Walter auf den Arm wegen seiner «Matrosennummer». «Als nächstes fängst du in einer Fabrik an, Walt. Als Arbeiter! Als echter Arbeiter!»

Lowe war der am sonderbarsten aussehende Mann, den Annie je gesehen hatte. Er hatte das Gesicht eines Spaßvogels, eine große, knochige Nase, Augenbrauen wie kleine Hecken, die hochstiegen und niederfielen, wenn er redete. Seine Augen schienen belustigt von allem, was er sagte, als ob sie das Publikum wären in seinem beweglichen Gesicht.

Walter lächelte – etwas verärgert, dachte sie. «Wer seinen Namen ändert, um beim Film Karriere zu machen, ist wohl kaum geeignet, die revolutionäre Arbeit von jemandem zu verhöhnen, der versucht, sich von seiner bourgeoisen Einstellung zu befreien. Lieber Gott! Mitchel Lowe! Der perfekte nichtjüdisch-nichtssagende Name!»

Lowe griff nach Walters Knie und drückte es zusammen. «Neid!» rief er. «Wolltest ja selbst gern so sein, Walt!»

Sie fingen an, über Filme zu reden, und Walter sagte, daß die meisten der neuen verdorben seien durch jüdische Sentimentalität. Annie zog sich in ihren Sitz zurück. Aber Lowe schien gleichmütig, sogar belustigt. «Du Antisemit», sagte er ohne Bitterkeit.

Sie bogen in die Einfahrt eines Hauses ein, das in Größe und architektonischer Hysterie jenen ähnelte, die Annie im Arizona Canyon gesehen hatte. In einem riesigen Wohnzimmer saß eine Frau unter einer kleinen Lampe und strickte. Ein kleiner, elegant gekleideter Mann lehnte an einem Flügel, während ein anderer auf und ab ging und dabei gedankenverloren sein Kinn betastete. Der Raum schien für seine Größe sehr wenige Lampen zu haben.

Alle begrüßten Walter herzlich. Als Lowe Annie der strickenden Frau vorstellte, kam ein Mädchen mit festem Schritt in den Raum und ging zu Lowe.

«Murray –»

«Mitchel!» rief der Schauspieler. «Bitte, Lottie!»

«Wie immer du heißen magst – hast du das Brot mitgebracht?»

«Vergessen ...», sagte Lowe mit einem warmen Lächeln zu Annie.

«Wir sprachen gerade von Schaljapin», bemerkte der kleine Mann am Flügel. «Spiel noch mal *Tod und Abschied*, bitte, Natascha.»

Die Frau legte ihr Strickzeug beiseite und ging zu einem Plattenspieler. Der Mann, der im Raum auf und ab gegangen war, hielt vor Annie an und sah auf sie hinunter. Er war groß, kräftig gebaut, mit weißem Haar und schwarzen Brauen. Im schwachen Licht des Raumes sah Annie, daß er seidige Haut hatte und rosige Wangen. «Wer ist das, Walter?» fragte er mit einem leichten Akzent.

«Das ist meine Annie», sagte Walter.

Natascha glitt zurück auf ihren Stuhl und nahm die Stricknadeln wieder in die Hand. «Wie jung sie ist, Walter», sagte sie.

«Bitte», beharrte der Schaljapin-Liebhaber. «Keiner spricht. Ich will das hier hören.»

«Ich heiße Gunther Wildener», sagte der weißhaarige Mann und streckte Annie seine Hand hin. Sie schüttelte sie kurz. Lottie sah Walter ernst an. Ihre Augen weiteten sich ein wenig. «Hallo, Walt», sagte sie. Sie legten einander die Arme um die Schultern und standen schweigend da. Als sie sich voneinander lösten, sagte Walter: «Geht's dir gut? Murray sagt, er bekommt bald eine große Rolle.»

«Mitchel!» sagte der Schauspieler. «Wer seid ihr – meine Feinde?»

Lottie sah Annie kühl an. «Wie geht es Ihnen?» fragte sie höflich und wandte sich gleich danach an ihren Mann. «Wir haben kein Brot fürs Frühstück.»

Annie verspürte einen kleinen Stich der Angst. Lottie war schön; Walter ging so respektvoll mit ihr um. Aber sie war so kalt!

Dann redeten sie alle zusammen – sie hatten sich von ihr wegbewegt, und es überraschte sie, als eine Hand nach der ihren griff. Es war die von Gunther. Er zog sie zu den langen, schweren Vorhängen, die die Fenster verbargen.

«Was machen Sie an diesem irrwitzigen Ort? Ich nehme an, Sie kommen von woanders? Jeder hier kommt von woanders.»

Einen Moment dachte sie, er meinte den Raum, in dem sie sich befanden, und sie sah über die Schulter nach Walter, der sich angeregt mit der Strickerin unterhielt.

«Hollywood», sagte Wildener. «Ich meine Hollywood.»

«Der Film interessiert mich nicht», sagte Annie eilig.

«Gut für Sie!» sagte Wildener lachend. «Was machen Sie dann mit Walter Vogel? Er verbraucht Menschen wie Pennys, besonders Menschen Ihres Alters.»

«Wir sind zusammen.»

«Sie sind zusammen?» Die Unterhaltung auf der anderen Seite des Raumes übertönte Schaljapin allmählich.

«Machen Sie sich nicht die Mühe, den Leuten da zuzuhören. Sie reden über Trotzkisten. Trotzkisten und russische Kultur. *Kulturni.* Sehr große Themen. Aber Lottie denkt an das Brot, das ihr Mann vergessen hat mitzubringen. Lottie ist unaufmerksam. Sehen Sie sich das an!» Er zeigte auf ein Gemälde, das an der Wand zwischen den Fenstern hing. «Ein Landseer! Man stelle sich vor, ein Landseer in dieser Hütte. Der frühere Mieter hatte womöglich einen Hang zu England. Oder zu Tieren.» Er ging zu dem Bild und fuhr mit dem Finger über die Oberfläche. Annie war ihm gefolgt, weil sie nicht recht wußte, was sie sonst tun sollte. «Es ist eine Kopie. Ich muß meine Brille aufsetzen.»

«Was für ein hübscher Hund», sagte Annie.

«Ja. Hübsch ... Sind Sie in Kalifornien geboren? Ist so etwas möglich? Haben Sie die Straße der Wahrsager gesehen? Die Swamis? Das größte Zigeunerlager der Welt, dieses Hollywood. Diese Leute», er machte eine Handbewegung zu den anderen, «sie denken, man kann hier *gut* sein. Ein paar von ihnen haben vorher nie einen Rasen gesehen. Sie denken, ein Rasen ist etwas Paradiesisches! Jeder Tag wird hier erfunden, als ob es vorher keinen Tag gegeben hätte. Aber warten Sie. Wenn wir in den Krieg eintreten, wie sich alles ändern wird! Hübsche Mädchen werden

Uniformen tragen und die großen Straßen entlangmarschieren und patriotische Lieder singen –»

«Es ist ein imperialistischer Krieg», sagte eine Stimme an Annies Schulter. Es war der Mann, der am Flügel gestanden hatte. Offenbar hatte er Schaljapin für den Augenblick aufgegeben.

«Das ist Israel Kuyper», sagte Wildener. «Er beabsichtigt, ein berühmter Regisseur zu werden, nicht, Israel? Wie heißen Sie mit Familiennamen, Annie? Walter denkt, Frauen sollten keine Familiennamen haben.»

«Gianfala», sagte sie.

Kuyper nickte ihr müde zu. «Wir werden an diesem Krieg nicht teilnehmen», sagte er zu Gunther.

«Doch, werden wir. Bevor er zu Ende ist, werden wir dabeisein!» sagte Gunther. «Du vergißt, ich war noch bis letztes Jahr in Deutschland. Was ich gesehen habe, habe ich gesehen.»

«Wir müssen das Volk gegen den imperialistischen Krieg mobilisieren», sagte Kuyper nachdrücklich. «Sag mir, Gunther, wie reagieren deine Studenten auf die Ereignisse?»

«Meine Studenten», sagte Wildener, «sind entweder passiv oder dumm oder beides. Aber sie sind alle reich. Ich mußte doch einen kleinen Kurs über die Weltwirtschaftskrise halten. Ich erzählte ihnen, daß es keinen traurigeren Anblick gibt als Männer ohne Arbeit. Aber sie denken, das ist der ideale Zustand im Leben.»

«Möchten Sie noch einmal Schaljapin hören?» fragte Kuyper.

«Ich hasse die Oper!» schrie Gunther. «Besonders die russische!»

Kuyper zuckte die Achseln.

«Also sind wir beide Ausländer», sagte Gunther zu Annie. Bedauernd schüttelte sie den Kopf; es gefiel ihr, in eine Gruppe einbezogen zu werden, wenn auch nur in eine Gruppe von zweien.

Israel Kuyper betrachtete sie teilnahmslos. «Sind Sie aus der Branche?»

Wildener brach in heftiges Gelächter aus. «Die Branche! Ach, Israel, du bist verraten und verkauft, bevor dich irgend jemand engagiert hat! Nein, sie ist nicht aus der Branche. Sie ist mit Walter zusammen.» Er sah zu Walter am anderen Ende des Zimmers. «Er war kein guter Schauspieler, wissen Sie. Hat sich zu sehr selbst in Szene gesetzt. Er hatte fürchterlich komplizierte Beziehungen zu Leuten, die das Sagen hatten. Israel, erinnerst du dich, wie er seine Stimme verlor, weil er den Regisseur so haßte? Er sieht gut aus. Oh, dieses Land ... Die Dummköpfe hier sind vor lauter romantischen Phantastereien völlig durcheinander. Und damit sind sie nichts wert, nichts!» Wildener schien einen Augenblick wirklich zornig. Israel ging wieder zum Flügel. Er stand über die Tasten gebeugt, ließ die Finger leicht darauf ruhen. «Er will, daß jemand ihn bittet zu spielen», flüsterte Wildener. «Aber keiner tut es.»

«Was unterrichten Sie?» fragte sie ihn.

«Im Augenblick sollte ich Deutsch unterrichten. Demnächst wird es wahrscheinlich an der Universität verboten. Ich habe keine Qualifikation für irgendwas anderes. In Wirklichkeit unterrichte ich mehr. Diese Studenten – sie sind sowieso unfähig, Deutsch zu lernen, also reden wir über die Weltwirtschaftskrise und französische Literatur und sogar Filme –, alles, um sie vom Einschlafen abzuhalten.»

«Aber waren Sie nicht Schauspieler?»

«Nein, nein. Nie. Ich habe ein Stück geschrieben, es kam heraus, und dann traf ich diese Leute hier. Dann schrieb mir Lowe – der früher Murray Gold war –, ich solle hierherkommen. Er ist ein netter Kerl. Für einen Schauspieler außerordentlich nett. Er wußte, daß ich kein Geld hatte, und schickte mir eine Anweisung, so daß ich die Fahrt bezahlen konnte. Trotz seines Narzißmus schätzt er auch andere Berufe. Besonders das Schreiben. Ich halte das für eine wertvolle Eigenschaft bei einem Schauspieler. Nach meiner Ankunft bekam ich eine Stelle als Lehrer. Jetzt hoffe ich, daß nichts passiert, kein Krieg, kein Erdbeben, und lasse mich von der blöden Sonne verwöhnen ... Seit vielen Jahren ist es das erste Mal, daß ich regelmäßig Geld bekomme, ein Zimmer habe, in dem ich meine Bücher und meine Platten unterbringe, ein Becken, in dem ich meine Socken wasche, und Socken zum Waschen. Mein bester Freund an der Ostküste hat den Verstand verloren, weil er zwölf Jahre lang keine feste Arbeit hatte. Jetzt macht er Continuity bei Comics und hatte die entsetzliche Idee, den *Hamlet* im Slang von heute zu schreiben. Armer Fischbein! Aber natürlich, es wird Krieg geben. Und wahrscheinlich auch ein Erdbeben.»

Israel Kuyper hatte leise zu spielen begonnen. Annie hob den Vorhang. Sie sah das Glitzern eines Swimmingpools bei einem Wäldchen. Die Äste der Bäume schwangen hin und her. Es mußte windig sein. Sie hatte sekundenlang das Gefühl, sich in ihrem eigenen Traum zu befinden.

«Kennen Sie diesen Witz?» sagte Wildener gerade. «Über eine kommunistische Versammlung. ‹Du bringst den Gin mit, ich den Neger.›»

«Ich habe denselben Witz in New York gehört», sagte Annie überrascht. Wildener lachte aus vollem Herzen. Aber Natascha hatte ihn gehört.

«Das ist ein sehr schlechter Witz, Gunther», sagte sie streng. «Ich mag keinen Chauvinismus. Es ist sehr ernst. Es ist ein Angriff auf die kommunistische Partei und auf Neger, und es ist eine böse bourgeoise Verhöhnung niedrigster Art!»

Gunter verneigte sich. «Dir fehlt es an Humor, Nat», sagte er. «Aber ich vermute, kein Revolutionär kann sich Humor leisten.»

Lowe und Lottie riefen alle in eine große Küche, wo man sich um einen Marmortisch setzte und Kaffee und Schwarzbrot mit Käse vorgesetzt bekam. «Es tut mir leid, daß es nicht mehr Brot gibt», entschuldigte sich Lottie. «Aber Murray hat es vergessen ...»

Kuyper bemerkte, er hätte nicht geglaubt, daß Hollywood zivilisiert genug sei für solche Annehmlichkeiten wie Schwarzbrot, und Gunther sagte: «Das Problem mit Juden ist, daß sie so hoffnungslos provinziell sind.»

«Damit hätten wir zwei Antisemiten unter uns», sagte Lowe. «Wir sind ein kleiner Mikrokosmos, nicht wahr, Annie?» Er lächelte ihr mit seinem ganzen Gesicht zu. Kuyper erzählte eine lange Geschichte über die Machenschaften irgendeines trotzkistischen Drehbuchautors, der verhinderte, daß kommunistische Schriftsteller Aufträge bekamen. «Was für widerwärtige Leute das sind!» sagte er.

«Was ist Narzißmus?» fragte sie Walter, als sie zurück waren in ihrem Zimmer.

Er sah sie ernst an und sagte, sie solle sich neben ihn aufs Bett setzen.

«Narziß war ein Jüngling», flüsterte er. «Und er wollte niemanden lieben. Deshalb bestraften ihn die Götter, indem sie ihn dazu brachten, daß er sich in sein eigenes Spiegelbild in einem Teich verliebte. Aber immer wenn er die Arme ausstreckte, um sein Bild zu umarmen, verschwand es, und so starb er allmählich an dieser furchtbaren Liebe.»

Sie sah ihn an, warf ihm dann spontan die Arme um den Hals und küßte ihn. «Und ein Trotzkist?»

«Dasselbe», murmelte er.

«Ach, komm.»

«Es ist zu lang, um es zu erklären. Wir sprechen später darüber.»

«Lottie hat mich nicht gemocht. Aber sie mag dich.»

«Der einzige Mensch, der ihr am Herzen liegt, ist

Murray. Ohnehin», fügte er grausam hinzu, «würde sie sich nicht für jemanden wie dich interessieren.»

Annie war verletzt, sie stand auf. «Du warst nicht echt mit ihr», sagte sie. «Dieses ganze vielsagende schweigende Umarmen. Und sie ist auch unecht – diese verbissene Schönheit und das Gerede über Brot ... jeder dort hat Theater gespielt. Es war nur Schau.»

«Alle Leute überall auf der Welt machen Schau.»

«Ich nicht!» rief sie. «Ich bin natürlich.»

«Das ist deine Schau», sagte er grinsend und zog sich das Hemd über den Kopf.

«Es ist keine Schau.»

«Doch, die größte überhaupt.» Er griff nach ihr und drückte sie an sich. «Meine Annie ist die größte Schauspielerin von allen!»

Über seine Schulter hinweg sah sie seine quadratische schwarze Seemannsbrieftasche auf dem Bett, die Befestigungskette in einer Falte des Bettuchs versteckt. Sie hatte sie an diesem Morgen durchstöbert, während er sich auf der Toilette eingeschlossen hatte, und ein verblaßtes braunes Foto von einem jungen Mädchen im Badeanzug gefunden, das mit nichtssagendem Lächeln an einem Baumstumpf lehnte. Einer von Walters Pennys?

Am nächsten Abend war er betrunken, als sie heimkam; er saß gekrümmt und mit hochgezogenen Beinen auf dem Stuhl, und auf dem Boden stand eine Flasche Whiskey. Sie spürte einen unerklärlichen Groll und auch Ekel. Betrunken spielte er grausame Spiele mit ihr. Ihre Arbeit hatte eine unvorhergesehene Wendung genommen. Der Geschäftsführer des Ladens, ein Mann voll finsterer Stimmungen, die offenbar daher rührten, daß er aufsässiges Verhalten von seinen Verkäuferinnen erwartete, hatte in bezug auf Annie besondere Maßnahmen ergriffen, indem er sie aus ihrem stillen, stockdunklen Keller herausrief, um sie auf eine neue Aufgabe anzusetzen. Bevor sie beendet war, hatte er sie ihr weggenommen, um ihr etwas Neues zu tun zu geben, das er nach einer Zeit wieder unterbrach, und so weiter, bis Annie um ein Haar vor Unzufriedenheit losbrüllte. Immer wenn sie aufsah, war das Gesicht des Geschäftsführers ihr zugewandt, geschwollen, lippenlos und von unversöhnlicher Dummheit. Sie mußte sich passende Kleider kaufen; die Straßen von Los Angeles glänzten in der Sonne, die Luft war voller Staub. In ihrem Tweedkostüm verging sie vor Hitze, das Baumwollkleid war zerknittert und von Schweißflecken übersät. Die Frauen im Laden sahen sie mißbilligend an, und eine von ihnen hatte gesagt: «Sie sollten sich ein paar nette Blusen und Röcke kaufen – Sie wollen ja wohl nicht schlimmer aussehen als unsere Kundinnen.»

Und hier war Walter – betrunken, aber sauber und frisch und gemein. «Annie, ich habe eine lustige Geschichte für dich.»

Sie ließ ihre Handtasche auf den Boden fallen.

«Ich will mich waschen», sagte sie kühl.

Er warf ihr einen spöttischen Blick zu, wodurch sie sich aus irgendeinem Grund ein wenig besser fühlte.

Als sie zum Waschbecken ging, sah sie einen an Walter adressierten Brief auf dem dreibeinigen Tisch. Er kam ihr nach und stellte sich hinter sie. Sie wusch sich die Seife vom Gesicht. «Du hast Seife im Haar», sagte er.

Sie zuckte die Achseln. Er lächelte. «Ich mag dich, wenn du streng und seifig bist.» Sie ging zum Bett und setzte sich. Walter setzte die Whiskeyflasche an den Mund, bot sie dann ihr an. Sie schüttelte den Kopf.

«Heute war ich bei Paul Lavan, den ganzen Tag war ich dort.»

«Wo?»

«Er ist Cutter. In einem Studio. Hör zu, trink mal was ...»

Sie nahm einen Schluck. Es war warm, unangenehm, es schmeckte nach Medizin. Sie wollte die Geschichte nicht hören. Es mußte etwas Widerliches sein, das sah sie an seiner Miene. Sie wollte, daß er weg war; sie wollte allein sein; sie wollte aus dem Fenster sehen, auf die elend langweilige Straße hinaus, und sich umdrehen, und das Zimmer sollte leer sein und das Bett hochgeklappt.

«Na gut, was ist mit der Geschichte?»

«Da war eine Szene von einer brasilianischen Tänzerin, die Samba tanzte, eine von diesen Südamerikanerinnen, für einen Film. Sie hat keinen Slip angehabt.»

Sie sah ihn fragend an. Sein Gesicht wurde dunkel, und er stand auf. «Sie trug keine Unterwäsche», sagte er, sorgfältig artikulierend. «Sie haben sie von unten aufgenommen. Das ist alles. Sie haben diese eine Szene tausende Male kopiert, und die Tänzerin ist nach Brasilien zurückgefahren.»

«Ich verstehe nicht, was die Geschichte ist.»

«Na gut. Also, es gibt keine Geschichte.»

«Du hast den ganzen Tag diese Szene angeschaut?»

«Eigentlich nicht den ganzen Tag. Es dauert nicht lang, so etwas zu betrachten. Was hast du denn, zum Teufel?»

«Und sieht sie anders aus als andere Frauen? War es toll, als ihr alle *das* angestarrt habt?»

«Ja. Es war toll!» schrie er. Er trank wieder aus der Flasche, dann sah er sie an. Sie dachte, daß er verwirrt aussah, und zum erstenmal seit seiner Ankunft hatte sie das Gefühl, einen kleinen Sieg errungen zu haben. Sein Blick war durchdringend.

«Von wem ist der Brief?» fragte sie.

«Von einem Freund in New York», erwiderte er. «Komm ins Bett.»

«Jetzt?»

«Jetzt.»

«Ich kann nicht.»

«Du kannst nicht?»

«Ich bin müde und hungrig.»

«Ich habe ein paar Sachen zum Essen gekauft», sagte er. «Wir können nicht jeden Abend ins Restaurant gehen.» Sie ging sehr langsam zu der Küchentheke hinüber, wo er die Sachen hingelegt hatte. Er sagte nichts. Sie fragte sich, wie weit sie ihn treiben konnte.

Es gab Orangen, Dosenfleisch, Brot, ein kleines Stück Butter in Wachspapier, eine Flasche Milch. Sie machte das Abendessen. Nachdem sie in völligem Schweigen gegessen hatten, fragte er sie, ob sie ins Kino gehen wolle. Sie sei zu müde, sagte sie. Später ging er hinaus, um Zigaretten zu kaufen. Annie las den Brief.

Das meiste bezog sich auf Leute, die sie nicht kannte, Ereignisse, die sie nicht interessierten, aber die letzten paar Sätze waren über sie. «Ach, Walter», las sie, «um Gottes willen, worauf hast du dich da eingelassen mit dieser kleinen blonden Biene? Vergreifst du dich jetzt schon an kleinen Kindern? Es ist nichts Ernstes, oder? Komm zurück, bevor jemand dich völlig ruiniert!» Die Unterschrift lautete «Lily».

Sie erwähnte den Brief erst, als sie im Bett lagen und das Zimmer im Dunkeln lag, bis auf das Licht, das unter der Jalousie gedämpft hereindrang. «Wer ist Lily?» flüsterte sie. Es kam keine Antwort, sie hörte nur Walters gleichmäßigen Atem. «Lily!» rief sie. Walter setzte sich auf, machte Licht und nahm sich eine Zigarette.

«Du hast den Brief gelesen.»

«Ja.»

«Lily und eine Freundin von ihr, Beth, haben mir geholfen, als ich arbeitslos war. Es sind nette Mädchen. Sie waren nett zu mir.»

«Ich bin die blonde Biene?»

Er lächelte. «Ja, Annie.»

«Was hast du ihnen über mich geschrieben?»

«Nicht viel.»

«Aber es ist schrecklich für mich!» brach es aus ihr heraus.

«Schrecklich!» äffte er sie nach.

«Hat dieser Mann dir ein Bild von dieser brasilianischen Tänzerin gegeben?»

«Mag sein», sagte er. Dann sprang er aus dem Bett und ging zu seinem Seesack, nahm einen kleinen Öltuchbeutel heraus und kam damit zu ihr zurück. «Mach ihn auf», sagte er. In dem Beutel waren zwei Ringe.

«Ich hatte sie versetzt», sagte er. «Vor Jahren. Aber ich habe die Zinsen bezahlt. Sie haben meiner Mutter gehört. Wir werden heiraten, Annie.»

Der goldene Ring paßte nicht, aber der mit den drei Saphiren glitt über ihren kleinen Finger.

«War sie klein?»

«Normal groß», sagte er. «Nicht so riesig wie du.» Er legte sich auf sie. «Riesiger Dummkopf», sagte er.

Sie glitt unter ihm weg und schob ihn beiseite.

«Heiraten?» War es das, woran er von Anfang an gedacht hatte? Wegen dieser paar Tage, die sie zusammengelebt hatten? War es eine Art Prüfung gewesen? Aber heiraten? Sie konnte sich nicht vorstellen, warum. In Filmen hielten sich junge Leute bei der Hand und träumten von den Möbeln, die ihnen einmal gehören würden. Bräute trugen weiße Kleider, womit sie, wie ihr Vater gesagt hatte, ihre Deflorierung feierten. Was sie brauchte, war ein Paar neue Schuhe.

«Es würde uns guttun», sagte er, als ob er von einer Medizin sprechen würde.

Er hatte eine weitere Überraschung für sie auf Lager in dieser Woche. Sie kam heim, und er trat ihr entgegen mit einem Autoschlüssel, den er von einer ihrer Haarklemmen baumeln ließ. Er führte sie auf die Straße hinunter zu einem Chevrolet-Kabrio, Baujahr 1937. Das Leder hatte Risse, die Kotflügel waren verbeult.

«Du fährst», befahl er.

Sie tat es. «Wer hat es dir beigebracht?» fragte er.

«Mein Vater.»

«Ich werd's dir noch mal zeigen. Drück nicht dauernd auf die Kupplung, das ist das erste.»

Sie fuhren einige Meilen. Er sagte, ihr Vater müsse fahren wie ein Idiot.

Als sie ins Zimmer zurückkamen, sagte er, er sei an diesem Tag im Büro der Reederei gewesen. Sie hätten ihm nur so viel bezahlt, daß er das Auto damit kaufen konnte, einhundertfünfundzwanzig Dollar. Dann fing er an zu lachen.

«Du solltest dein Gesicht sehen!» rief er. «Oje! Es ist sinnlos, dich auf den Arm zu nehmen.» Und er griff in seine Hosentasche und holte handvollweise Geldscheine heraus, die er ihr hinwarf. Geld raschelte über ihren Rock, blieb auf ihrem Schoß und ihren Schenkeln liegen. «Kauf dir ein paar Kleider, um Himmels willen», sagte er.

Sie hatte bündelweise Geld in der Hand und geriet in eine lustvolle Entrückung, die ihre Glieder weich werden ließ. «So viel davon», murmelte sie.

«Nicht viel», widersprach er.

Am nächsten Tag ging sie früher von der Arbeit nach Hause; sie erzählte dem Geschäftsführer, ihr sei schlecht, sie werde jeden Augenblick ohnmächtig, müsse sich jeden Augenblick übergeben ... Der Geschäftsführer blickte sie wütend an, ließ sie aber gehen. Sie traf sich mit Walter in einem Kaufhaus am Hollywood Boulevard.

Sie kaufte drei Baumwollkleider, einige Blusen und einen Rock, der Besen-Rock hieß, weil er, wie die Verkäuferin sagte, die Falten behielt, wenn sie ihn nach dem Waschen um einen Besenstiel wickelte. Sie kaufte zwei Paar Lederschuhe und ein Paar Turnschuhe. In einem anderen Teil des Geschäfts nahm Walter einen Trenchcoat von der Stange und zog einer Schaufensterpuppe einen braunen Filzhut vom Kopf. «Zieh den Mantel an und den Hut dazu», sagte er. Er ging mit ihr in eine Bar. Sie betrachtete sich in dem langen Spiegel hinter den aufgereihten Flaschen. Er grinste.

Sie empfand deutlich eine Art von Hochmut, der sie erregte. Ihre neuen Kleider machten sie ganz. Leute sahen sie an. Sie lächelte nicht.

«Annie! Du hast ein Auto, Kleider ... Du hast einen Sprung nach vorn gemacht!»

«Wohin auch sonst», sagte sie abweisend. Sie starrte ihr Spiegelbild an, und es kam ihr kühn vor, sich so etwas nach so kurzer Bekanntschaft herauszunehmen.

«Paß auf. Du mußt die Erlaubnis deines Vaters bekommen, daß wir heiraten dürfen, weil du minderjährig bist.»

«Ich kenne seine Adresse nicht, ich weiß nur, daß er in New Mexico ist.»

«Du mußt es gleich heute machen. Jetzt trink das.»

Er schob ihr ein Glas mit Whiskey und ein großes Glas Bier zu. «Das ist ein Boilermaker.»

«Ich will das nicht.»

«Mach schon. Sei hart!»

Sie stürzte den Whiskey hinunter und trank das Bier dazu. Es wirkte sofort, und es war herrlich. Es trug zu ihrem neuen Gefühl der Unangreifbarkeit bei. Der Hut war wunderschön. «Ich werde mir noch einen kaufen», sagte sie großspurig.

Er verschränkte die Arme und lachte. Sie wünschte, sich ihren Hochmut erhalten zu können – ein Lachen würde ihn vernichten. Aber er sah so komisch aus, wie er da auf dem Barhocker kauerte und sie anstachelte. Sie lächelte widerstrebend.

Wie bekam sie die Adresse ihres Vaters heraus, ohne Samuel in New York anrufen zu müssen? Das war zu teuer und kam deshalb nicht in Frage. Sich Samuels prahlerische Stimme vorzustellen war wie die Berührung mit einer Messerspitze. Dann erinnerte sie sich, daß James St. Vincent gesagt hatte, Bea arbeite in Hollywood. Bea würde die Adresse haben. Sie wußte, daß ihr Vater Bea immer noch Unterhalt zahlte. Wie hatte er sie verflucht!

Es fiel Annie schwer, St. Vincent um Auskunft zu bitten. Sie wußte, daß ihre Beziehung zu ihm auf schwachen Füßen stand. Ihn um Auskunft zu bitten war fast so schlimm, wie um Geld zu bitten. Aber Walter hörte nicht auf, sie unter Druck zu setzen. Endlich rief sie an. St. Vincent war immer noch nicht zurückgekehrt. Es war dieselbe Frau, mit der sie schon einmal gesprochen hatte. Sie fragte sie schüchtern, ob sie wisse, wo Bea Gianfala wohnte. Die Frau – Geliebte oder Schwester der Geliebten? – lachte rauh.

«Wir wissen immer, wo Bea wohnt! Sie macht solchen Krawall! Sie arbeitet bei MGM. Dort können Sie sie erreichen. Fragen Sie nach der Abteilung für Drehbuchentwicklung. Und wenn Sie mit ihr reden, sagen Sie ihr, daß ich die Polizei rufe, sollte sie jemals versuchen, noch einmal mein Haus zu betreten!»

Annie rief beim Studio an, und nachdem sie geschworen hatte, Beas Stieftochter zu sein – die Nachricht, daß Bea eine Stieftochter besaß, schien die Frau, mit der sie sprach, in Erstaunen zu versetzen –, gab man ihr endlich Beas Nummer zu Hause.

Selbst nach so vielen Jahren begann sie wieder zu zittern, als sie die schroffe Stimme hörte.

«Bea, hier ist Annie.»

«Annie? Welche Annie, verflucht noch mal?»

«Gianfala.»

«Ach! Du!»

«Ich möchte dich nicht stören.»

«Warum störst du mich dann?»

«Ich muß meinen Vater erreichen. Ich dachte, du weißt vielleicht . . .»

«Wozu?»

«Na ja –»

«Damals warst du so eine miese kleine Lügnerin. Fang das nicht wieder mit mir an!»

«Bitte. Gibst du sie mir?»

«Er schuldet mir Unterhalt. Ich könnte ihn ins Gefängnis bringen.»

Ihren aufwallenden Zorn unterdrückend, holte Annie tief Atem. «Du könntest all diese Bilder von ihm verkaufen, die du mitgenommen hast.»

«Ha! Verkaufen! Bist du wahnsinnig? Kein Trödler würde mir die abnehmen!»

«Bitte, Bea.»

Es gab eine Pause. Annie hörte das Klirren von Glas gegen Glas. Bea trank – geräuschvoll. Sie hustete. «Er ist Maler, damit er leben kann wie ein Penner», sagte sie mürrisch. «Überhaupt ist es ihm zu billig, Geld zu verdienen. Er würde nur alles ausgeben. Ich nehme an, er hat dir mitgeteilt, daß er wieder geheiratet hat?» Wieder hörte man sie laut schlucken. «Diesmal hat er auch eine Schnapsnase abgekriegt», sagte sie voller Befriedigung.

Es war, als wäre die Zeit stehengeblieben. Bea hatte immer auf diese Weise mit ihr gesprochen.

«Erinnerst du dich, Annie, wie ich dir beigebracht habe, Patiencen zu legen?» fragte Bea bedeutungsvoll. «Das hat dir gefallen. Ich habe dir acht verschiedene Arten von Solitär gezeigt. Erinnerst du dich?»

«Ja.»

«Ich war nicht so übel, oder?» schmeichelte die Stimme.

«Nein.»

Dann fragte sie, hart und aggressiv: «Was willst du von ihm?»

«Ich bin dabei zu heiraten. Ich brauche seine Erlaubnis, weil ich noch nicht achtzehn bin.»

Annie hörte schrilles Gelächter, der Hörer wurde krachend fallen gelassen, dann war Bea wieder da.

«Wie hast du herausgefunden, wo ich wohne?»

«Ich hab die St. Vincents angerufen.»

«Er hätte es dir nicht gesagt. Ich wette, es war dieses Ekel, Hope. Wie geht es diesem Ekel?»

«Ich habe deine Nummer von MGM.»

«Heiraten! Mein Gott! Ich hätte geglaubt, du wärst davon geheilt, bevor du überhaupt damit anfängst!»

«Die Adresse, Bea.»

«Vielleicht geb ich sie dir, vielleicht nicht», erwiderte Bea.

«Bea!»

«Wenn er ein richtiger Künstler wäre, würde er nicht seine Zeit mit Heiraten verbringen. Er hätte dich nicht gekriegt, mein Kind! Er ist ein unvernünftiger Mensch. Unvernünftig! Gut. Ich hole jetzt die Adresse, und viel Glück für dich. Warum ziehst du nicht einfach mit deinem Prinzen zusammen?»

«Es war schwer, aber ich habe sie», berichtete Annie Walter.

«Dann telegrafiere ihm jetzt gleich.»

«Warum hast du es so eilig?»

«Sei nicht so widerspenstig, Annie.»

«Ich dachte, Kommunisten seien für die freie Liebe ...»

Er machte ein pikiertes Gesicht. «Das ist kapitalistische Propaganda», sagte er. Sie lachte.

10

Das Antworttelegramm kam am nächsten Abend.

«Ich glaube, du bist verrückt», lautete es. «Ich erlaube dir zu heiraten, da man niemand von seiner Verrücktheit abbringen kann. Herzlich.» Es war unterschrieben mit «Papa».

«Papa!» rief sie. «So habe ich ihn nie im Leben genannt. Seine Briefe hat er immer mit ‹Tony› unterschrieben.»

«Er ist klüger als du, Baby. ‹Tony› kann dir keine Erlaubnis zum Heiraten geben.»

Die einzelnen Schritte dieser Prozedur waren so beschwerlich gewesen, auf dunkle Weise bedrohlich und eindeutig unabänderlich – das Telefonat mit Bea, das Aufsetzen des Telegramms an ihren Vater, das nervöse Warten in einem engen Laden, wo ein bejahrter, hohläugiger Juwelier auf einem Tablett mit Eheringen umhergetastet hatte, während Walter ihr amüsiert und herablassend beim Anprobieren von Ringen zugesehen hatte, als ob es sich bei alldem um ein von ihr ausgeheecktes absurdes Vorhaben handelte, der vorhergehende Besuch bei einem Arzt, den sie nicht weit von ihrem Haus entfernt gefunden hatte und der allein in seiner Praxis gewesen war, ohne Patienten, grämlich, und ihr ein Gummipessar mit hartem Rand grob angepaßt hatte. Und jetzt teilte Walter ihr mit, daß der letzte Akt morgen in Los Angeles stattfinden werde und er schon alles Nötige in die Wege geleitet habe. Jeder Stein über dem Eingang der Höhle war an seinem Platz. Sie würden einander heiraten. Warum hatte sie das Gefühl, daß *sie* es war, die hier eingemauert wurde?

«Während meiner fünfzehnminütigen Mittagspause?» fragte sie bewußt ironisch.

Sein Blick war geduldig.

«Wenn ich ihnen sage, mir ist schlecht, werfen sie mich raus.»

«Das wäre gut», sagte Walter ruhig. «Es ist der mieseste Job, von dem ich je gehört habe. Nur du hast dir so was suchen können.»

«Es ist Arbeit. Und ich kann sowieso nichts.»

«Es gibt andere Arbeit, wo man nichts wissen muß, aber besser verdient.»

Der Morgen fing an mit einem unangenehmen Gespräch mit dem Geschäftsführer. Es war klar, daß er ihr nicht glaubte. Ihr kam die Idee, ihm zu erzählen, daß sie Lepra im fortgeschrittenen Stadium habe. Aber statt dessen entschuldigte sie sich immer wieder und setzte dadurch sowohl ihn als auch sich selbst unter Druck. Sie sagte, sie werde morgen dasein, egal, was passiere. Dann, auf dem Rückweg von dem Drugstore, wo sie telefoniert hatte, sah sie Johnnie Bliss auf dem Weg zu ihrem Haus. Oh, sie hätte ihn fernhalten, ihm eine Karte schreiben, ihm sagen sollen, daß sie die Stadt für immer verlasse! Walter würde ihn verachten. Er würde sie für seine bloße Existenz verantwortlich machen!

Es wurde nicht so, wie sie befürchtet hatte. Walter war äußerst gastfreundlich, nötigte Johnnie all seine Zigaretten auf, bot ihm etwas zu trinken an – «So früh am Morgen?» säuselte Johnnie zweifelnd –, und als Johnnie kurz danach ging, ergriff er seine Hand mit Wärme. Annie ging mit ihm den Flur entlang. «Geht's dir gut?» fragte sie ihn.

«Natürlich geht es mir gut!» Unvermittelt nahm er ihre Hand und drückte ihr Handgelenk fest zusammen. «Besser, du machst dir um dich selber Sorgen», sagte er gehässig. Der Schmerz nahm ihr den Atem. «Warum hast du –»

Aber er ging schnell davon und stieg mit watschelnden Schritten die Treppe hinunter, bis sie ihn nicht mehr sah. «Johnnie?» Was hatte sie nur getan?

«Zieh deinen neuen Mantel an ... Wir müssen um elf Uhr im Justizgebäude sein.»

Sie fuhren zum Gericht von Los Angeles, wo Walter sie durch leere Säle führte, die nach behördlichem Bohnerwachs rochen. Ein Mann im Arbeitsanzug fegte den Boden. Später übernahm er, neben einem jungen Büroangestellten, die Rolle eines ihrer beiden Trauzeugen. Die Zeremonie dauerte nur ein paar Minuten. Der Richter hatte gepflegtes Haar und sprach in übertrieben mildem Ton. Annie unterdrückte ein mächtig aufwogendes Gelächter, das sie zu verschlingen und auf die Straße hinauszuschwemmen drohte. Die Trauzeugen lächelten ihr zu und verließen den Raum. Ein Sonnenstrahl, der durch das große Fenster hereinfiel, zielte segenbringend auf das Haar des Richters. Sie betrachtete die Staubkörnchen. In ihrer Kehle stieg immer wieder ein kurzes Lachen auf. Dann bemerkte sie, daß Walter und der Richter einen hitzigen Streit hatten, etwas über Murmansk ... die Murmanskfahrt.

«Aber wie können Sie Ihre junge Frau nach so kurzer Zeit allein lassen?» fragte der Richter entrüstet. Walter antwortete ihm mit gezwungener Geduld, was andeutete, daß der Richter geistig nicht ganz auf der Höhe sei. Die Murmanskfahrt war so gefahrenreich, daß man eine Prämie bekam; eine ziemlich große Menge Geld. Was seine junge Frau betreffe, sagte Walter, so könne sie verdammt gut auf sich selbst aufpassen, wie alle Frauen auf der Welt. Der Richter tätschelte Annies Hand und bedachte sie mit einem mitleidigen Blick.

Nachher, als sie mit Walter die Straße entlangging, sagte sie: «Was ist Murmansk?»

«Nichts ... Wir sind verheiratet! Was hältst du davon?»

Sie tastete nach ihrem Ring; er war weder schwer noch zu

eng, aber er machte sie atemlos, als ob zwei Finger sich an ihre Kehle drückten.

«Annie Vogel!» sagte Walter.

Nein! rief sie stumm. Und dann, ganz plötzlich, war ein großes Wohlgefühl in ihr, unerwartet und überwältigend. Walter war stehengeblieben, um die Fotos im Schaukasten eines Kinos zu betrachten. Er hatte seine Hände in die Gesäßtaschen seiner Hose gesteckt und sich vorgebeugt, um die Bilder besser zu sehen. Er sah überraschend jung aus. Sie schlenderte zu ihm hin, und dabei fiel ihr jemand auf der anderen Straßenseite ins Auge. Sie war sicher, daß es der Mann war, der sie im Auto nach San Diego mitgenommen hatte, Max Shore. Sie wandte sich schnell ab, aus Angst, daß er sich an sie erinnern könnte, sich gezwungen fühlen könnte, zu ihr zu gehen und mit ihr zu sprechen. Sie hatte oft an Max Shore gedacht, daran, wie er sie angesehen hatte und wie er auf diese Frau, die das Auto gefahren hatte, so komisch-gereizt reagierte. Er war ihr so traurig vorgekommen.

«Laß uns ins Kino gehen!» sagte Walter. Sie lachte, weil ihr etwas Derartiges an ihrem Hochzeitstag widersinnig schien, und sagte ja.

Sie saßen in dem fast leeren Kino und sahen Ida Lupino mit ihrem harten, hübschen Gesicht, das wie das Gesicht eines kleinen Hundes war. Annie bekam die Geschichte kaum mit. Walters Hand war auf ihrem Knie. Der Ring irritierte sie noch immer, und verstohlen schob sie ihn an ihrem Finger auf und ab.

Walter kaufte Lammkoteletts und eine Flasche Wein und zwei große Kartoffeln.

Sie aßen früh zu Abend; sie kochte, während Walter eine Zeitung las, die er auf dem Rückweg gekauft hatte. Gierig sah sie auf die brutzelnden Koteletts hinab. Es gab zwei für jeden, ein nie dagewesener Luxus...

«Großer Gott!» rief Walter aus.

«Was?»

«Dieses Mädchen. Ein Mädchen auf der Gesellschaftsseite. Sie sieht *phantastisch* aus!»

Annie ging zum Bett, wo Walter lag und die Zeitung über seinen Kopf hielt. Sie griff danach. Er riß sie ihr weg. Sie sprang aufs Bett, packte die Zeitung, blätterte sie rasch durch. Es gab kein Mädchen in den Gesellschaftsnachrichten, nur ein kleines Foto von Merle Oberon auf der Filmseite. Er lachte anzüglich.

«Warum hast du das mit dem Mädchen gesagt?»

«Hm?»

«Walter?»

«Du läßt dich so leicht auf die Schippe nehmen, Annie. Es ist so leicht, dich aus der Reserve zu locken.»

Sie saß auf dem Stuhl und sah ihn wortlos an. Was immer er dachte, seine Miene blieb zunächst unverändert. Sie zeigte das spöttische Interesse von jemandem, der die vorhersehbaren und dennoch komischen Possen eines Hanswursts betrachtet.

«Ich bin kein Hanswurst», sagte sie, so beiläufig sie konnte.

«Nein», stimmte er zu. «Aber du bist dumm.»

Sie wollte ausrufen, daß sie jung war! Genauso hatte sie sich einst gegen den Vorwurf ihres Vaters verteidigt, sie sei «vergnügungssüchtig», weil sie an einem Nachmittag zwei Filme hatte sehen wollen. «Ich bin nur ein Kind!» hatte sie zu Tony gesagt. Als sie sich jetzt daran erinnerte, lächelte sie kläglich. Es war, als wäre Jugend eine Art von Epilepsie, die man erklären mußte, selbst wenn man gerade von einem Anfall heimgesucht wurde.

Warum hatte Walter sie geheiratet? Was wollte er wirklich mit ihr? Eine unheimliche Frage kam ihr in den Sinn: *Wen* hatte Walter eigentlich geheiratet?

Er sah jetzt nicht mehr spöttisch aus. Seine Miene war nachdenklich und finster. Er seufzte plötzlich. Er sah so melancholisch aus, daß sein Gesicht weicher erschien. Sie hätte ihn gern nach seinen Gedanken gefragt, aber sie hatte Angst ...

Er trank eine ganze Menge an diesem Abend und sprach immer wieder von seiner Zeit als Schauspieler. Er schien sich an jemanden zu wenden, der nicht da war. Er schlief in seinen Kleidern ein. Sie zog ihm die Schuhe von den Füßen, ohne ihn zu wecken. Als sie seine Schuhe nebeneinander vor das Bett stellte, empfand sie Sorge um den ungeschützten schlafenden Mann, das Aufwallen einer starken Zuneigung. Als sie sich neben ihm einrichtete – sie strengte sich an, ihn nicht zu wecken, und das bereitete ihr ein besonderes Vergnügen –, dachte sie plötzlich an Max Shore. Wie würde es sein, wenn Max Shore hier in diesem Bett läge? Ihre halbgeschlossenen Augen öffneten sich weit.

Miss Gluck sah den Ring gleich, als Annie dabei war, die Blusen in einer Vitrine glattzuziehen.

«Nein! Ich kann hellsehen! Gestern sagte ich mir, ich könnte wetten, daß du nicht krank bist. Ich wußte, daß bei dir irgendwas im Busch ist. Und jetzt schau, was da im Busch war! Und wen hast du in deinem kleinen Netz einfangen können? Es sei denn, du trägst diesen Ring nur, weil du mit jemandem zusammenwohnst ... ist es so? Achtung! Die Eingeborenen kommen. Wir reden später.»

Annie versuchte, Miss Gluck nicht zu nahe zu kommen, doch die eifrigen Augen der älteren Frau verfolgten sie den ganzen Tag. Kurz vor Ladenschluß erwischte sie sie endlich.

«Ist es wahr? Bist du wirklich verheiratet?»

«Ja.»

«Mit wem? Ich sag's ja! Du bist ja noch ein kleines Kind! Ich hoffe, er hat ein bißchen Geld.»

Und nachdem Annie ihr die kürzestmögliche Geschichte erzählt hatte: «Ein Matrose! Meine Güte!» Miss Gluck löste sich in ein sonderbares, starkes Lachen auf.

Annie sah, wie sie mit dem unmutig aussehenden Geschäftsführer sprach. Er kam mit festem Schritt zu ihr. «Ich kann nicht behaupten, daß ich es gutheiße, wie Sie mich angelogen haben. Sie hätten es mir sagen dürfen. Sie hätten den Tag freibekommen können – statt ihn sich zu ergaunern.»

Walter wartete vor dem Geschäft auf sie. In ängstlicher Erwartung dessen, was Miss Gluck zu ihm sagen könnte, zog sie ihn weg. Sie wußte, daß sich Miss Gluck, wenn sie sie erst einmal zusammen auf der Straße sah, auch intimere Szenen zwischen ihnen ausmalte. Der Gedanke entsetzte sie, als ob Miss Gluck ihren Körper berührte.

«Nett von dir, daß du mich abholst», sagte sie. Walter lächelte abwesend und legte dann den Arm um ihre Schultern. Sie gingen in ein Restaurant. Auf einmal geschah etwas Unbegreifliches. Neben Annie saßen zwei männlich und vierschrötig aussehende Frauen am Tresen. Sie waren nicht jung. Sie sahen rasch zu Annie. Annie nahm sofort ihren Ehering ab. Als sie aufsah, bemerkte sie, daß Walter sie dabei beobachtet hatte. Sein Grinsen war wölfisch. Sie steckte den Ring wieder an. Sie hatte den Appetit verloren.

«Warum hast du das getan?» flüsterte Walter.

Ihre Erniedrigung war vollkommen. Sie sah auf das Steak hinunter, das in einer fettigen Sauce schwamm. Es war eines, sich von Walter «an die Hand nehmen» zu lassen. Aber was sie mit dem Ring getan hatte, machte sie ihm gegenüber schrecklich angreifbar. Oh, wenn sie den Augenblick, den Impuls nur zurücknehmen könnte! Doch Walter schien lediglich amüsiert auf seine gewöhnliche herrische Art. Was hatte sie mit diesen beiden unangenehm aussehenden Frauen zu tun?

Später bemerkte sie kaum, wo sie hingingen.

«Annie, wir sind da», sagte Walter.

«Da?» echote sie trübselig. Dann sah sie auf und stand vor dem Busbahnhof von Los Angeles. Er ging geradewegs auf eine Wand von Schließfächern zu, Annie kam langsam hinter ihm her. Als er dort war, nahm er einen Schlüssel aus der Tasche, schloß eine Metalltür auf und zog seinen Seesack heraus. Er drehte sich um und stand ihr gegenüber. Menschen schoben sich an ihnen vorbei; einige eilten zu den Laderampen.

«Ich habe das Auto vollgetankt», sagte er. «Es steht direkt vor dem Haus.»

«Aber wohin fährst du?»

«New York.» Er nahm ihre Hand. «Ich muß gehen. Wir haben fast kein Geld mehr. Ich muß zurück und mich um die nächste Fahrt kümmern.»

«Fahrt? Wohin?»

«Vielleicht nach Murmansk, diesmal.»

«Aber du hast nichts gesagt!» brach es aus ihr heraus.

«Nein», gab er ohne weiteres zu. «Aber noch eine oder zwei Fahrten, und ich werde genug haben, um auf zwei Beinen zu stehen. Das Auto, weißt du, und deine Kleider, große Ausgaben. Danach komme ich wieder und suche mir eine Arbeit hier im Westen. Wäre das nicht gut, Annie? Du hast doch sicher gewußt, daß ich dich bald verlassen muß. Du mußt eine bessere Arbeit finden – das mußt du unbedingt. Und bleib in Verbindung mit den Leuten, die du kennengelernt hast. Paul Lavan wird sich darum kümmern, daß du bei irgendwelchen politischen Aktivitäten mitmachst. Ich will, daß du der Partei näherkommst – du brauchst das, Annie ...»

«Du hast es mir nicht gesagt», sagte sie noch einmal und zwang sich dabei, ruhig zu sprechen, als könnte sie sich nur in Ruhe selbst von dieser Ungeheuerlichkeit überzeugen.

«Ich habe mich erst gestern entschieden. Als ich mir darüber klargeworden war, wie die finanzielle Situation ist.»

«Aber gestern haben wir geheiratet!»

«Und ich wußte, ich würde gehen müssen.»

«Warum kannst du nicht jetzt eine Arbeit finden?»

«Ich will eine Wahl haben. Jetzt würde ich alles annehmen müssen. So komme ich mit genügend Geld zurück, um mich etwas umschauen zu können. Ach, komm, Baby, beruhige dich.» Er schüttelte sie sanft. Sie gingen zu der Laderampe, wo der Bus nach New York sich mit Gepäck und Reisenden füllte. Ihr war schlecht, und sie lehnte sich an ihn.

«Paß auf, du kümmerst dich um alles. Du bist ein braves Mädchen. Du machst das.»

«Wann kommst du zurück?» Ihre Stimme zitterte. Ihr ganzer Körper zitterte.

«Sechs Wochen, zwei Monate vielleicht. Es hängt von der Fahrt ab. Wenn ich die nach Panama nehme, wird es vielleicht kürzer. Aber ich schreibe, Annie, und du wirst ganz brav sein, ja?» Er küßte ihren Hals und war fort.

Als der Bus sich in Bewegung setzte, stand Annie da und sah zu Walters Gesicht hinauf. Er drückte seine Nase ans Glas, schnitt Grimassen, grinste sie komisch an. Sie ging, bevor der Bus zurückgesetzt und seinen Standplatz verlassen hatte. Im Bahnhof stieß sie mit Menschen zusammen und sah stumm in ihre indignierten Gesichter. Sie war umgeben von Leere. Was sie sich erst vor ein paar Tagen so leidenschaftlich gewünscht hatte, war eingetreten. Sie war allein.

Sie nahm die Straßenbahn nach Hause, aber als sie da war, schaffte sie es nicht, in ihr Zimmer hochzugehen. Sie fand das Auto, wie von Walter angegeben, vor dem Haus. Sie fuhr in Richtung Beverly Hills. An der Abzweigung zum Arizona Canyon zögerte sie, aber die Leere um sie war eine Kraft, die sie weitertrieb. Das Schlimmste, das St. Vincent tun konnte, war, sie wieder wegzuschicken.

Der Bernhardiner sprang in großen Sätzen an ihr hoch, als sie die Autotür geschlossen hatte und die Auffahrt entlangging. Aber es war Andrew, St. Vincents Sohn, der an die Tür kam, nicht Jims Butler und literarischer Ratgeber. Sie spürte, daß hinter dem Jungen das Haus leer war. Andrew blinzelte, als er sie ansah, und lächelte dann unsicher. Seine Augen standen eng zusammen; er hatte Jims schmalen Kopf.

«Ach, ich dachte, Mr. St. Vincent –»

«Er feiert», unterbrach Andrew. «Feiert irgendwo mit den Mädchen ...» Er lachte schrill.

«Na ja, dann –»

«Wollen Sie nicht mich besuchen? Kommen Sie herein, und besuchen Sie mich, es ist langweilig, wenn ich hier allein bin. Nicht mal die Dienstboten sind da.» Er schnipste mit den Fingern, wie es der ruhelose St. Vincent tat, als ob er durch diese spöttische Nachahmung die Gegenwart seines Vaters heraufbeschwören könnte. «Daddy spricht mit mir, es sei denn, er arbeitet. Ich mag es nicht, allein zu sein.»

Er bemerkte ihr Zögern. «Ich habe Kuchen», offerierte er hoffnungsvoll.

«Na gut», sagte sie.

Sie folgte ihm geradewegs in die Küche, wo er einen Teller aus dem Schrank nahm, auf dem sich die Überreste eines Schokoladenkuchens befanden. Wie der Kuchen, den sie an jenem ersten Abend in St. Vincents Eßzimmer bemerkt hatte, war auch dieser eingedrückt. Vielleicht hatte die Köchin nach dem Backen in einem Wutanfall ihre Hand mit Wucht darauf niederfallen lassen. Andrew schnitt für sie beide ein großes Stück ab, nahm zwei fürstliche Trinkpokale aus einer Vitrine und füllte sie mit Milch. An der Wand war ein Kasten mit numerierten Knöpfen. Sie wußte, wozu sie da waren, aus all den Filmen über das Leben der Reichen. Wenn man frühstücken wollte, rief man das Dienstmädchen, indem man eine Glocke zog, die hier in der Küche summte.

«Wir tun so, als wäre die Milch Scotch», sagte Andrew. Er hob den Pokal. «Auf das!» rief er und trank einen großen Schluck. Die Milch tropfte über sein Kinn. Er lachte, und sie lachte mit. «Ich sehe böse aus, oder?» sagte er. Wie eine gnomenhafte Gestalt aus einem Märchen sprang er auf die Füße. Er riß ein Leintuch von einem Ständer, wischte sich das ganze Gesicht damit ab und ließ sie dabei nicht aus den Augen. Der Kuchen war gehaltvoll und schmeckte köstlich. «Wir können ihn aufessen», sagte er.

Er wischte mit seinen kleinen Fingern den Zuckerguß auf dem Teller auf. «Ich mag nur Kuchen», sagte er bedeutungsvoll. Dann, im gleichen Ton: «Ich kenne Ihren Vater. Ich erinnere mich an ihn. Er ist ein furchtbarer Säufer.» Die letzte Bemerkung erfolgte in einem Ton, der nicht zu ihm paßte; es war das geborgte Urteil eines Erwachsenen.

Oh, auch sie erinnerte sich an ihren Vater. Sie erinnerte sich immer an ihn. Das Leben bei Onkel Greg war einige Jahre lang in seiner ruhigen Bahn verlaufen, und dann, eines Abends, als sie ungefähr elf war, war Licht aufgeblitzt, als die Tür zu ihrem Zimmer sich öffnete und wieder schloß.

Tony, nach Schnaps und Zigaretten riechend, war gekommen und saß an ihrem Bett. Sie hatte sich aufgesetzt und war sofort hellwach gewesen. Er hielt ihre Hand. Er sagte ihr, daß sich ihr Leben verändern werde. Bald werde er kommen und sie mitnehmen. Würde sie gern auf den Kanarischen Inseln leben? Er habe von einem guten Internat in der Schweiz gehört. Sie würden wunderbare Partys feiern in Paris. Alles sei möglich. Er küßte sie zum Abschied. Die Tür öffnete sich, dann war es wieder dunkel. Morgens war er fort. Onkel Greg war den ganzen Tag aufgeregt. Nein, nein, er wisse nicht, wann Tony zurückkomme; es war nach der ganzen Zeit ein unerwarteter Besuch gewesen. Sie ging den ganzen Tag in dem alten Haus umher, unfähig zu essen, schwindlig vor Hunger. Die Kanarischen Inseln ...

«Er ist kein furchtbarer Säufer», sagte Annie. «Er trinkt nur.»

«Mein Vater, den einige Leute Jimmy nennen, war sein bester Freund», sagte Andrew sanft, als ob er verstanden hätte, daß er sie gekränkt hatte. «Sie haben oft zusammen getrunken.»

«Ich habe gestern geheiratet», sagte Annie aus einem Impuls heraus. «Und gerade eben, bevor ich hierherkam, habe ich meinen – Mann zum Bus nach New York gebracht.»

«Man muß es nehmen, wie es kommt», sagte Andrew. «Das sagt mein Vater.»

Er schnitt noch zwei Stücke von dem Kuchen ab. «Eins ist gut. Wenn sie alle weggehen, kann ich essen, was ich will.»

«Wo gehst du zur Schule?»

«Ich habe Privatlehrer», sagte er. «Wissen Sie, mit meinem Kopf ist etwas nicht ganz richtig. Nein, nein, ich bin nicht verrückt. Nichts dergleichen! Nur daß meine geistige Ausstattung ein bißchen anders ist. Das sagt mein Vater. Wie Rechnen. Ich kann es überhaupt nicht. Aber mein Vater sagt, Rechnen ist sowieso etwas Ausgedachtes. Es hängt alles davon ab, was man kann, wenn man sich was ausdenkt. Ich würde Ihnen gern meine Armeen zeigen. Sie sind die besten der Welt. Mein Vater läßt sich die Soldaten aus England kommen.»

«Niemandes Kopf ist ganz richtig», sagte sie. «Ich glaube ...»

«Das hätten Sie mir nicht sagen müssen», sagte Andrew freundlich. «Ich brauche es nicht. Ich weiß, was ich weiß. Ich bin nützlich, wenn wir mal nicht flüssig sind. Ich bin ein guter Fahrer, meisterhaft, sagt mein Vater. Wenn wir hier ausziehen, kriege ich Arbeit als Fahrer von Wäschereilastern, einfach so!» Er schnipste mit den Fingern.

«Wie alt bist du?» fragte sie.

«Fast siebzehn», sagte er. Es war ein Schock – er war so klein und krumm.

«Wann zieht ihr hier aus? Warum?»

«Wenn er bei einem Film dabei ist, bleiben wir. Jeder hier lebt auf Pump, wissen Sie. Wenn er das Geld für den Film bekommt, bezahlt er alles, und dann kriegen wir wieder Kredit. Aber manchmal, wenn es zwischen den Filmen zu lang ist, gibt uns auch niemand mehr Kredit. Dann ziehen wir in eine Hütte in der Old Veteran's Road, und ich suche mir einen Job. Keine Privatlehrer mehr, kein Tanzlehrer für meine Schwester.»

Tanzlehrer! Annie sah einen schlanken Franzosen im Abendanzug vor sich, der im Tangoschritt durch einen Salon glitt. «Kommt er hierher?»

«Früher, bevor meine Schwester fortging ins Internat. Kommen Sie, wir schauen uns meine Soldaten an.»

Er ging mit ihr in einen Raum neben dem Wohnzimmer, der fast völlig von einem Billardtisch ausgefüllt wurde. An einer Wand hing eine Scheibe für Wurfpfeile. Nah an den Fenstern war ein großer Tisch, auf dem Hunderte von Spielzeugsoldaten in Reih und Glied aufgestellt waren.

«Meine Komparsen!» sagte Andrew stolz. Annie lauschte dem Murmeln des künstlichen Bachs. «Sehen Sie!» rief Andrew.

Er nahm mehrere der Spielzeugsoldaten in die Hand, untersuchte sie begeistert und stellte dann jeden an genau denselben Platz zurück. Offensichtlich gab es einen umfangreichen Plan in den Tiefen von Andrews nicht ganz richtigem Kopf.

«Ich werde die Lage hier ändern», sagte er. «Jetzt schauen Sie genau hin!» Rasch stellte er eine Anzahl der kleinen Soldaten um. In etwa einer Minute hatte sich das Bild auf dem Tisch drastisch verändert. «Ich habe sie mit neuen Problemen konfrontiert», sagte er. «Haben Sie die Zivilisten bemerkt? Sehen Sie die Frau und ihre Kinder?

Ich habe eine Kiste voller Farmer und Tiere. Von Clausewitz sagte, der totale Krieg bedeutet, daß alles – Zivilisten und Besitz – angegriffen werden muß. Haben Sie *Vom Kriege* gelesen? Mein Vater liest mir daraus vor, wenn er sich dazu fähig fühlt. Sie würden staunen, wieviel ich verstehe.» Er nahm einen Fußsoldaten zwischen zwei Finger, streckte den Arm gegen Annie aus und rief: «Peng!»

«Du mußt so viele töten», murmelte sie.

«Es ist kein echter Tod.»

«Letzten Winter habe ich in New York einen Mann gesehen, der fast nackt in der Kälte herumwanderte. Jemand sagte, er hätte im Ersten Weltkrieg einen Gasangriff mitgemacht. Es muß ein schreckliches Leiden sein, wenn man so ist.»

Andrew beugte sich über die Tischplatte und veränderte noch einmal die Aufstellungen. Als er sie wieder ansah, lag ein trotziger Ausdruck auf seinem Gesicht.

«Aber ich sagte doch – es ist nicht echt. Auf jeden Fall – der Mensch ist von Natur aus ein Mörder. Nur daß er es nicht zugeben will.»

«Zeig mir dein Haus», bat sie schnell. Der kleine Gnom sah sehr grimmig aus.

«Es ist langweilig», sagte er steif. «Nur ein langweiliges Haus mit Möbeln. Das andere Haus, in das wir ziehen, wenn wir pleite sind, ist besser. Es ist eine Hütte.»

Er war jetzt voll Widerspruchsgeist. Was konnte er schon von Hütten wissen? Sie betrachtete seine blankpolierten Schuhe. Sie grübelte darüber nach, was vor ihr lag. In diesem Moment zweifelte sie an Walters Existenz; er war einfach verschwunden und hatte ihr die unerklärliche Bürde seines Namens zurückgelassen. Er war verschwunden und hatte *ihren* Namen gestohlen.

«Ich bin kein Mörder», sagte Andrew flehend.

Sie fuhr auf, als ob sie geschlafen hätte. «Aber das weiß ich!» versicherte sie ihm. Er lächelte und stellte ein reiterloses Pferd auf den Tisch zurück, das sich auf seiner Hand aufbäumte, mit aus dem Kopf tretenden Augen und in der Luft schwebenden Steigbügeln.

Sie blieb noch eine Weile. Sie saßen zusammen am Flügel, und Andrew brachte ihr den Flohwalzer bei. Das unerträgliche Gefühl der Leere kehrte zurück. Sie wollte etwas anderes machen.

«Ich gehe jetzt», sagte sie.

«Noch nicht, bitte ...»

«Doch. Ich muß sehr früh arbeiten.»

Er sah auf einmal ernst aus. «Ja. Dann sollten Sie gehen. Über Arbeit weiß ich Bescheid.»

An der Tür gaben sie einander höflich die Hand, aber Andrew sah zu Tode betrübt aus, als er zurückging in das leere Haus.

Annie rannte zum Auto. Sie saß eine lange Zeitlang in dem stillen, teuren Zwielicht der von Bäumen gesäumten Straße. Dann machte sie sich voller Angst, aber erwartungsvoll auf den Weg zum Venice Park. Sie war sich selbst auf der Spur, suchte alle Orte auf, an denen sie gewesen war. Vielleicht würde sie am Ende des Weges etwas Wesentliches finden, ein Zeichen, an dem sie sich in den vor ihr liegenden Tagen festhalten konnte.

Die lange Fahrt war nicht bedrückend; sie war daran gewöhnt, allein zu sein, das hatte sie vergessen. Aber ihre Gedanken waren beunruhigend und nicht klar genug, als daß sie hätte sagen können: «Hier. Das ist es, worüber ich nachdenke.» Sie konzentrierte sich auf Bea. Sie erinnerte sich daran, wie Bea nachts herumgewandert war, mit einer Tasse kalten Kaffee in der Hand, dem aufgelösten schwarzen Haar. Manchmal gab es heftige Kämpfe mitten in der Nacht, aber Bea hatte etwas sonderbar Ungeschicktes an sich gehabt und war Annies Vater nicht gewachsen gewesen, wenn sein Ausdruck kalt wurde vor Widerwillen und er in ihr erbostes Gesicht hineingesagt hatte, sie sei eine «Wilde».

Während der kurzen Zeit, die Annie mit ihnen zusammengelebt hatte, waren sie so oft umgezogen, daß sie nur wenige Freundschaften schließen konnte: mit einem französischen Jungen, der von seinen Klassenkameraden wegen seines starken Akzents und seiner Kleinwüchsigkeit gehänselt wurde; einem häßlichen kleinen Mädchen, dessen Augen hinter der Brille wie die Augen einer alten Frau wirkten; einem Mädchen namens Brooks, das im Klassenzimmer hinfiel und blau im Gesicht wurde, wenn es Kleister oder Tinte auf einem Stück Papier verschüttete, das aber, abgesehen von diesen sonderbaren Anfällen, vernünftiger war als jedes andere Kind, das Annie je kennengelernt hatte. Diese «Freunde» waren alle Durchreisende gewesen wie sie selbst. Aufgrund einer kindlichen Übereinkunft sprachen sie nie miteinander über ihre Nöte. Sie spielten ihre eigenen Spiele, Travestien von Spielen, die die erwünschten Kinder spielten, diejenigen, in deren Häuser Annie nie eingeladen wurde, diejenigen, auf deren Köpfen Lehrerhände ruhten und Segen spendeten. Die Spiele endeten fast immer in wildem Gelächter; es waren Außenseiterspiele, Parodien, voll wütender Enttäuschung.

Sie hatte vergessen, Walter nach der Narbe an seinem Oberschenkel zu fragen. Es ärgerte sie, daß sie ihn nicht gefragt hatte. Er kam vielleicht nie zurück. Das Narbengewebe stand jetzt deutlich vor ihrem inneren Auge, es glühte in seiner braunen Haut. Und dann, genau vor ihr, sah sie die grellen Lichter von Venice Park. Aber diesmal war der Himmel nicht so schwarz, und das Mondlicht lag als weiße Zunge auf der Wasserfläche.

Annie ging den Pier entlang. Sie erinnerte sich an die Schießbude, an der Karin den Teddybär gewonnen hatte. Als sie sich dem Ende des Piers näherte, wo die Achterbahn mit ihren drohenden Buckeln in die Luft stieg, sah sie ein Gebäude, das «Haus der Freaks» hieß. Sie konnte sich nicht entsinnen, es bei jenem ersten Mal mit St. Vincent gesehen zu haben. Sie trat näher. Die grellen Plakate, deren Farben aussahen, als wären sie von lebenden Wesen abgekratzt worden, versprachen Schocks, bei denen starke Männer in Ohnmacht fielen. Zwei Männer betrachteten das Bild einer tätowierten Dame. Eine ältere Frau, von Kopf bis Fuß in einen dicken schwarzen Schal eingewickelt, sah sehnsüchtig zum Eingang, wo ein Mann in einer Kabine mit einer Rolle Eintrittskarten spielte.

St. Vincent hatte sie darauf aufmerksam gemacht: Wovor man Angst hat, wird zum einzig wirklichen Leben. Sie kaufte eine Karte, passierte einen Spalt in der Segeltuchplane und gelangte in einen dunklen Durchgang. Irgendwo weiter vorne hörte sie leises Gemurmel wie von Leuten, die sich leise unterhalten. Der Durchgang führte in einen runden Raum mit hoher Zeltdecke. Ganz nah zu ihrer Rechten war eine kleine Bühne, auf der ein riesiger fettleibiger Mann mit einer schwarzen Schleife um den Hals saß. Als sie ihre Augen rasch abwandte, glitt eine seiner Hände träge von einem torsoartigen Oberschenkel herab. Entlang der kreisförmigen Wand befanden sich weitere Bühnen, abgeteilt durch schwarze Vorhänge. In jedem Abteil saß ein bewegungsloses, deformiertes oder abstoßend gezeichnetes Geschöpf auf einem Stuhl mit gerader Lehne; alle waren stumm wie Steine.

Sie gewahrte plötzlich einen starken Geruch, eine Mischung aus faulem Obst, Urin, Stroh, Schweiß und den beunruhigenden Ausdünstungen von Tieren. Das Gemurmel, das sie gehört hatte, kam offenbar von einer kleinen Gruppe von Menschen, die an einer hölzernen Absperrung lehnten und das Paradestück der Ausstellung betrachteten. Auf einem an einem Drahtzaun befestigten Schild las sie: «AFFENGEBÄRERIN».

In der Mitte des Rings, hinter dem bis zur Decke reichenden Drahtzaun, saß eine kolossale Negerin auf einem kleinen Hocker. Der Boden war mit Streu bedeckt; ein paar Halme steckten in ihrem Haar, klumpiges Stroh klebte da und dort auf ihrem braunen, weiten Gewand, das eine ihrer braunen Schultern freiließ. Um sie herum flitzte, grimassierte, defäkierte, schubste, kniff und kreischte eine Horde kleiner Affen. Sie kletterten auf ihren Schoß, ihre Schultern; sie rissen an ihrem Haar, das wie ein schwarzes Heidekrautdickicht war. Manchmal saßen sie da und hielten ihre Schwänze wie Damen ihre Fächer. Ihre kleinen, gefleckten gelben Augen bewegten sich wie die Augen von Dieben, und sie entblößten ihre Zähne in fledermaushaftem Grinsen.

Der Kopf der Frau war gebeugt. Als Annie sich gerade abwenden wollte, sah die Affengebärerin auf. Eines der Tiere sprang auf ihren Schoß und zog an dem Stoff ihrer Tunika, dann fiel es auf die Streu und sprang auf ein anderes Äffchen, das zu Füßen der Frau innehielt. Man hörte Gelächter aus dem Publikum an der Barriere. Die Frau drehte langsam den Kopf, ihr Blick blieb an Annie hängen. Ihre Miene war ernst, unnahbar. Annie wurde rot vor Scham und Mitleid. Die Frau lächelte und hielt Annies widerwilligen Blick fest. Das Lächeln wurde breiter. Es war, als wären sie beide allein. Annie lächelte unsicher zurück. Die Frau nickte fast unmerklich mit dem Kopf. Vielleicht geschah es nur in Annies Vorstellung. Dann fiel der Kopf der Frau vornüber; sie versteckte ihre Hände in den Falten ihres Kostüms.

Auf der Heimfahrt durchlebte Annie noch einmal jenen blitzartigen Austausch zwischen ihr und der Negerin. Was hatte das bedeutet? Warum hatte das Lächeln der Frau sie so erhoben? Welche plötzliche Einsicht hatte sie zueinandergebracht?

Als sie in ihr Zimmer kam, fand sie zwei Briefe, die unter der Tür hindurchgeschoben worden waren. Einer war von Paul Lavan, der andere von Max Shore.

Teil 2
BEGEGNUNGEN

11

An einem Abend während der langen Regenperiode dieses Sommers bekam Max Shore Besuch von Jake Cranford. Jakes Schuhe standen voll Wasser, seine Basketballjacke klebte durchnäßt am Hemd, und von seinem klatschnassen Haar rann ihm das Wasser ins Gesicht. An der Tür sah er unsicher zu Eva, die sich im Licht einer kleinen Tischlampe mit konzentriert zusammengepreßten Lippen die Nägel lackierte.

«Jake, lange nicht gesehen. Komm rein.»

Max ließ die maschinengeschriebenen Seiten, die er redigiert hatte, fallen und streckte sich. Das Flugblatt war unmöglich! Bevor man es ins Spanische übersetzen konnte, mußte es ins Englische übersetzt werden. Die schwerfällige, atemlose Sprache, durchsetzt mit Parteijargon, sollte der mexikanischen Gemeinde von Los Angeles klarmachen, daß die kommunistische Partei ihre Behandlung durch die Polizei als eine Angelegenheit betrachtete, für die sie sich in brüderlicher Weise verantwortlich fühlte. Warum gab es diese lange Abschweifung über die chauvinistischen Implikationen des Ausdrucks «feingliedrige italienische Hand»? Das Flugblatt war voll von solchen irrelevanten Nebenbemerkungen. Aber da er den ehemaligen Missionar kannte, der es im Auftrag der Partei geschrieben hatte, war Max nicht überrascht. Calvin Schmitter würde seine Herde, jede Herde, stets mit allen Kenntnissen, über die er verfügte, überschwemmen, ob dies im Sinn der Sache wäre oder nicht.

Calvin Schmitter war unversöhnlich; sein ausgewaschenes, blasses kleines Schwedengesicht kontemplierte ewig irgendeinen Tag des Gerichts, wenn all die Wahrheiten, die er gesammelt hatte, durch das Erscheinen des Herrn bestätigt würden. Die Flugblätter, die er schrieb, wurden normalerweise Max gegeben, damit er sie mit irgendeiner Art von Logik versah, und dem verantwortlichen Komitee mochte noch so klar sein, wie furchtbar geschwollen Calvin schrieb – es betraute ihn doch immer wieder mit dieser Arbeit. Danach gab es unvermeidlich Streit, denn der beleidigte und daher sture Calvin versuchte, alles, was nicht zur Sache gehörte und was Max gestrichen hatte, wieder einzufügen. Er hatte Shore vorgeworfen, ein «literarischer Abweichler» zu sein und sich verstiegenen Normen zu beugen, die nur dem bourgeoisen Konsumismus dienten. Warum konnte Max die schlichte Sprache nicht akzeptieren, die die Unterdrückten brauchten? Calvin wußte, daß Max es nötig hatte, sich von seinen inkorrekten Ansichten zu befreien.

«Kann ich mit dir reden?»

Eva sagte: «Setz dich, Jake, aber nicht auf den blauen Stuhl. Mein Gott, hast du keinen Schirm? Willst du Wein oder Kaffee?» Eva bog ihre Finger unter der Lampe.

«Nichts», sagte Jake und sah sie müde an. Er konnte kaum verhehlen, daß er wünschte, sie würde den Raum verlassen. Eva lächelte schwach.

Max' Stimmung war trübe; er beobachtete die beiden mit einiger Sympathie, die zum Teil aus Dankbarkeit bestand, weil er die beschwerliche, erst halb beendete Arbeit los hatte. Eva begriff schnell, wenn es um ihre eigene Anwesenheit ging; sie schien es immer zu wissen, wenn Leute es lieber hatten, daß sie verschwand. Sie blieb quälend lang, bis es ihr beliebte zu gehen. Sie wußte, daß Jake schüchtern war.

«Ich habe wirklich gar nichts da», sagte sie. «Wie wäre es mit einer Tasse Tee? Oder Ovomaltine? Oder Kakao?»

Jake krümmte sich, Wassertröpfchen wurden auf den Boden gesprengt.

«Oh, zieh um Gottes willen deine Jacke aus», sagte Eva. «Ich mache Kaffee.»

Sie ging langsam aus dem Zimmer und sah dabei Max an, um sicherzugehen, daß er wußte, welches Spiel sie spielte.

Jake stolperte über die eigenen Füße, als er sich seine formlos gewordene Jacke vom Leib riß und sie hilflos an Max weiterreichte. Dann sank er auf die Couch. Man sah die Knochen unter seiner Haut, und sein Haar klebte am Schädel. Max erkannte, wie er als alter Mann aussehen würde. Als Heranwachsender hatte er Jungen wie Jake gekannt. Sie waren seine Freunde gewesen. Der Reichtum seiner Familie, ihre Stellung in der Gemeinde war ihm damals nicht problematisch erschienen, nicht bevor er auf das College gekommen war.

Schlaksige, träge Jungen, die als Heranwachsende nur mühsam ihren Weg fanden, dazu neigten, heimliche Helden – manchmal die eigenen Kameraden – zu verehren, ab und zu exzessiv zu trinken und kleine kriminelle Handlungen zu begehen, die oft den Höhepunkt jener frühen Jahre darstellten und mit kurzen Gefängnisaufenthalten oder Strafen auf Bewährung endeten, die Beschämung und Verwirrung zur Folge hatten – im Bewußtsein ihrer selbst gab es nichts, was diese Dinge erklären konnte. Er hatte Jake oft genug gefragt, warum er das Auto damals gestohlen hatte, und Jake hatte nur bestürzt dreingesehen und noch einmal erzählt, wie sich alles abgespielt hatte, als ob die Ereignisse selbst die Erklärung wären für den Diebstahl. Was die Heldenverehrung anging, so war Max selbst der Held jener kleinen Clique in der Stadt im Norden gewesen, der er ein paar Jahre angehört hatte. Inzwischen nahm er an, daß sie ihn einfach deshalb bewundert hatten, weil er reich an Möglichkeiten gewesen war, die sie nie gehabt hatten; sie hatten das umfassendere Leben gespürt, das das Vermögen seiner Familie ihm eröffnete. Wahrscheinlich hatten sie ihn auch beneidet. Wenn sie heute wüßten, was aus ihm geworden war, würden sie es ihm heimzahlen.

«Jake, um was geht es?»

«Um mich, wahrscheinlich», sagte Jake. «Alles ist schiefgelaufen. Mein alter Freund Carson und ich sind auseinander, und ein Mädchen hat mich reingelegt. Es ist die, der Sie gesagt haben, sie soll mich anrufen. Und ich kriege keine Arbeit. Es ist so eine verdammte Sache. Aber ich kapier's nicht. Wissen Sie, ich habe es immer geschafft, irgendwas zu verdienen, um durchzukommen. Ich hatte etwas Geld gespart, um an die Ostküste zu fahren, und jetzt hab ich auch das aufgebraucht.»

Er sah elend aus. Aber Max' Mitgefühl erlosch in dem Augenblick, als Jake das Mädchen erwähnte. «Ein Mädchen – Annie», sagte er und sah sie deutlich vor sich, wie er sie zuerst an der Straße erblickt hatte, an einen Baum gelehnt.

«Ja, Annie», erwiderte Jake und begann, eine hochtrabende Geschichte von erlittenem Verrat zu erzählen, durchsetzt mit philosophischen Ermahnungen seiner selbst, die an die bösartigen Bemerkungen Brodys denken ließen und auch eine hausbackene, traurige Weisheit der Niederlage enthielten. «Gut, daß du Brody los bist», unterbrach ihn Max an einem Punkt. «Er taugt wirklich nichts.» Aber Jake verteidigte ihn eilig: Max habe ihn nur einmal getroffen, wisse Max nicht, was für ein schreckliches Leben Brody gehabt habe? Was für ein treuer Freund er gewesen sei? Wie recht er gehabt habe, als er gesagt hatte, die besten Freunde würden immer wegen eines Mädchens Probleme kriegen? Also, Brody habe bei diesem Mädchen recht gehabt, und er, Jake, müsse sich einfach damit abfinden, es als Erfahrung verbuchen, die Sache abschließen, ehe der Schaden noch größer werde.

«Hör auf!» sagte Max.

Jake hielt inne. Eva kam mit einem Tablett herein, auf dem Kaffeetassen und eine Kanne standen.

«Was ist aus ihr geworden?»

Jake schaute ihn mit einem matten Blick an, dann sah er zu Eva.

«Ich weiß nicht», sagte er.

Max empfand heftige Unduldsamkeit gegenüber beiden – Jake mit seinem jugendlichen Gefasel, Eva, die so selbstzufrieden aussah mit ihren frisch lackierten, glänzenden Nägeln über den Kaffeetassen.

«Warum gibst du ihr nicht ein bißchen von deinem Selbstmitleid ab?» fragte Max Jake. «Sie scheint mehr Schwierigkeiten zu haben als dein Freund Brody.»

«Sie hat gelogen.»

«Sie hat es versäumt, dir gewisse Dinge mitzuteilen.»

«Hm!»

«Nur ein Kind», murmelte Max.

«Sie hat gelogen.»

«Na und!» gab Max verärgert zurück. «Hast du nie gelogen?»

«Nicht bei so etwas», sagte Jake.

«Du warst nie in einer Situation, wo du dich dazu gezwungen sahst. Du bist so dumm mit deinen Wahrheitskategorien! Glaubst du, die Welt ist für jeden so einfach?»

«Für mich ist es auch nicht einfach gewesen!» rief Jake.

Eva sagte: «Ich weiß nicht, worum es hier geht, Max, aber Lügen ist Lügen.»

«Nein. Das ist es eben. Und du weißt nicht, worum es geht.»

«Sie sind auf ihrer Seite», sagte Jake entrüstet.

«Ach, hör auf», rief Max. «Ich will doch nur, daß du darüber nachdenkst. Du hast nichts gesagt, was mich davon überzeugt hätte, daß sie dir überhaupt etwas bedeutet! Es ist nur verletzte Eitelkeit!»

«Ich weiß nicht, wovon Sie reden», sagte Jake wehleidig.

«Das merke ich.»

Jake stand auf. Max, den eine plötzliche und unerklärliche Panik überkam, ergriff Jakes Arm. «Nimm's nicht so schwer», sagte er. «Ich weiß, du fühlst dich schlecht, ich habe nur versucht, es zu verstehen. Aber was ist aus ihr geworden?»

«Aus wem?» fragte Eva.

«Ein Mädchen», sagte Max kurz angebunden. «Fern und ich haben sie auf der Straße aufgelesen, als wir zum Kongreß fuhren.»

«Das hast du mir nie erzählt.»

«Es war nicht wichtig», sagte er und meinte, es hätte sie nicht interessiert. Sie hörte die unausgesprochene Wahrheit. Sie sagte, es hätte sie sehr wohl interessiert, als ob er laut gesprochen hätte. Ja, sie begriff schnell; das mußte Max ihr lassen.

Bevor Jake sie an diesem Abend verließ, hatte er noch erzählt, daß er zum Militär wolle, und Max hatte ihm den Namen eines Anwalts gegeben, der vielleicht seine Papiere in Ordnung bringen konnte. Eva war wild geworden, weil Max Jakes Vorhaben, in einer imperialistischen Armee zu dienen, unterstützte. Eine Sekunde lang dachte er, er habe sie sagen hören, sie werde es der Partei melden, aber dann fiel ihm ein, daß das nicht sein konnte. Es mußte seine eigene innere Stimme gewesen sein. Nein, Eva war verstummt, als ob er ihr am Ende wirklich einen Schreck eingejagt hätte. Sie neigte zu politischer Schreckhaftigkeit.

Auf irgendeine Weise gelang es ihm aber während des Gesprächs über Gesetz und Militärdienst und Anwälte, Annies letzte Adresse von Jake zu bekommen.

Er blickte Jake kaum an, als er ging, betrachtete statt dessen den nassen Umriß seines Körpers auf der Couch. Eva war hinter ihn getreten und legte ihre Arme um seine Taille. Sie lehnte sich an ihn. Er hatte die Vorstellung, daß er sie auf dem Rücken trug.

«Max?» fragte sie prüfend, mit leiser Stimme.

«Ich habe keine Zigaretten mehr», sagte er kurz angebunden. «Ich gehe raus und schaue, ob der Drugstore noch offen ist.»

«Du weißt, daß er nicht offen ist», sagte sie und machte sich von ihm los.

Er zuckte mit den Schultern und lächelte ihr gezwungen zu. Sie gingen zu Bett und lagen schlaflos da, dem Regen lauschend, der an die Fenster schlug.

Eine Woche später, als er mit Eva in Los Angeles war, hatte er Annie vor einem Kino gesehen. Sie hatte einmal zu ihm hingeblickt, dann schnell die Augen abgewandt. Er wußte nicht, ob sie ihn gesehen hatte oder nicht. Eva hatte ihn zum Weitergehen gedrängt. Sie mußten zu einer Sitzung des Komitees über das Flugblatt. Max hatte noch schnell über die Schulter geblickt und gesehen, daß Annie zusammen mit einem Mann das Kino betrat.

Dann, ein paar Tage später, hatte er ihr ein paar Zeilen geschrieben.

In dem Augenblick, in dem er den Brief einwarf, schämte er sich. Der kurze Absatz enthielt nichts, außer plumpem Gönnertum, dem Angebot von Hilfe bei Schwierigkeiten, die er nicht abschätzen konnte. Den Rest des Tages dachte er an nichts anderes; es wurde ihm klar, daß er sich wegen des Betrugs schämte, den er auszuführen versuchte.

Der wirkliche Grund, warum er mit ihr in Kontakt treten wollte, war Neugier, der Wunsch, sich in ihr Leben einzumischen, sie vor sich zu haben, sie anzusehen, solange er wollte, sie auszufragen, soviel er wollte. Seine Reaktion auf Jakes Geschichte, die schwachen, erbärmlichen Beteuerungen verratener Liebe, zeigten Max, je länger er darüber nachgrübelte, wie stark das Mädchen seine Phantasie beschäftigte. Den Brief zu schreiben hieß – so hatte er sich selbst gesagt –, in der besten Tradition sozialer Verantwortung zu handeln, als ein politischer Priester, der sich um die Heimatlosen außerhalb der wohlbehüteten Herde sorgte. Und auf diesen Gedanken folgte die Frage: War er so an ihr interessiert, weil sie eine Heimatlose war?

Die Heimatlosen, die die Partei interessierten, waren keine Anhalterinnen und Matrosenliebchen mit unbestimmbarem Akzent. Ein schwarzer Arbeiter in der Fischereiindustrie oder das Mitglied einer reaktionären Gewerkschaft, ein Textilarbeiter aus dem Süden, ein Gewerkschaftsrepräsentant, klassenbewußte Arbeiter, Drukker zum Beispiel oder irgend jemand, der im Hafen arbeitete, aber kein Mädchen wie dieses. Er selbst war nicht erwünscht – ein Mann, dessen Miene starr wurde, wenn von Balzac als von einem Bourgeois mit Eisenbahnanteilen die Rede war, und der kleinliche Auseinandersetzungen führte über Rousseau, der sein Einkommen von den «Holzbaronen» bezog, ein Mann, der tatsächlich nicht zu arbeiten brauchte, wenn er nicht wollte. Eva verlieh ihm, dachte er, seine einzige Existenzberechtigung. Sie war wirklich; sie war korrekt, und selbst ihre Impulse, nie abweichlerisch, schienen von einem Instinkt gespeist, der ganz und gar politisch war. Sie sagte nie das Falsche; sie dachte nie das Falsche.

Etliche Monate vergingen, doch Annie antwortete nicht auf seinen Brief.

Das wäre vielleicht das Ende gewesen. Dann brachte Calvin Schmitter bei einer nichtöffentlichen Sitzung in der Staatsschule die Rede auf Theda Rothstein. Theda habe ihre wöchentliche Kolumne in der Parteizeitung vernachlässigt, sagte er. Es sei jedem klar, der diese Dinge mit wachen Augen beobachte, daß Theda sich treiben ließe. Er habe gehört, sie schreibe ein Buch. Ein Buch über sie selbst und Simon Concannon. Sie sollte mittlerweile über Simons Tod hinweggekommen sein, sagte Calvin. Es seien jetzt fast sechs Jahre her seit der Ermordung des Malers in Spanien. Außerdem sei er nur Fahrer eines Rettungswagens gewesen. Sie lege ein starrsinniges, unangemessenes Verhalten an den Tag. Sie sei morbide. Ihre Trauer vergrößere sich mit der Zeit, statt abzunehmen – wie es korrekt sei. Sie habe eine Redaktionssitzung auf ungebührliche Weise verlassen. Obwohl er persönlich nichts gegen sie habe, habe er gehört, daß sie von ihm als von «diesem Missionar» gesprochen habe. Als Amtsträger repräsentiere er die Partei. Wenn Theda ihm gegenüber beleidigend sei, beleidige sie die Partei.

Während er dem tobenden Calvin zuhörte, fragte sich Max, ob die Welt sich nach der Revolution nicht weitgehend aus Calvins zusammensetzen würde. Es sei denn, es wäre erlaubt, auf den Barrikaden sowohl nach vorn wie nach hinten zu schießen.

Unglücklicherweise hatte Calvin Max dazu ausersehen, Theda aufzusuchen und die Dinge auf kameradschaftliche Weise mit ihr durchzusprechen. Herauszufinden, was los war. Meldung zu erstatten.

Also hatte er sie aufgesucht. Ihre Wohnungstür war offen. Direkt gegenüber der Tür flatterten die Blätter eines Eukalyptusbaums an ein Fenster. Ein Tisch stand am Fensterbrett. Darauf stand eine Kerze in einer mit geschmolzenem Wachs bedeckten Weinflasche. Diverse Zeitungen waren auf dem Tisch und ein Becher. Theda saß auf einer Bank und betrachtete ihre Finger. Sie sah auf, als Max hereinkam, und bedeutete ihm, still zu sein. «Dreiundsechzig, vierundsechzig», sagte sie laut, mit den Fingern zählend.

Er lächelte ihr zu. Sie sah ihn zerstreut an. Dann, ohne den Blick von ihm abzuwenden, schob sie einen Stapel Bücher zum Rand des Tisches und sah zu, wie sie auf den Boden fielen.

«Mr. Irving Blond war vierundachtzig, als er starb», sagte sie. «Ein französischer Jude, glaubst du nicht? Aber er war erst sechzig, als das Foto gemacht wurde.»

Als er neben ihr am Tisch stand, sah er, daß sie hinunterblickte auf die Seite mit den Todesanzeigen in einer

Zeitung von Los Angeles. Da war das Bild von Mr. Blond, aufgenommen 1926.

«Kanntest du ihn?»

«Nein. Ich kenne keinen von ihnen.» Sie machte eine Handbewegung zu den Todesanzeigen. «Was mich interessiert, ist die Lebensdauer.»

Er erinnerte sich dann daran, daß Theda immer nach den Namen von Haustieren gefragt hatte und daß sie einmal, bei einer Versammlung in irgendeiner Wohnung, Calvin wütend gemacht hatte, weil sie mit lauter Stimme seinen Vortrag über Menschewismus unterbrochen hatte, um zu fragen, wie alt der Hund – eine Promenadenmischung – sei, der unter dem Tisch saß, und dann auszurechnen, wie alt er möglicherweise werden konnte – als wäre Calvin einfach durch einen Zauberspruch zum Verschwinden gebracht worden. Es gehörte zu Thedas Gewohnheiten, solche Dinge auszurechnen. Der Tod eines Kindes, von dem sie in der Zeitung gelesen oder gehört hatte, schien sie zu verblüffen. «Sieben Jahre alt», sagte sie immer wieder, und ihre Stimme verriet Unglauben und Schrecken.

«Ich hatte es vergessen», sagte er.

«Ich habe dich lange nicht gesehen, Max, aber ich bin froh, daß du hier bist. Ich bringe dir Kaffee. Oder willst du einen Drink?»

Er schüttelte den Kopf.

Sie ging quer durch den Raum zum Herd und brachte die Kaffeekanne. Zwischen ihn und das Fenster schob sich ihr langer Arm. Er war schlank, braun, mit blassen Sommersprossen gesprenkelt. Nachdem sie den Kaffee eingegossen hatte, setzte sie sich hin und legte die Ellbogen auf die Zeitungen.

«Bist du gekommen, um mir Rat zu erteilen, Genosse?» fragte sie leicht ironisch.

«Schreibst du ein Buch?»

Sie runzelte die Brauen. «Ach, zum Teufel. Wer hat das

gesagt? Ich habe ein Tagebuch angefangen, eine Art Tagebuch in die Vergangenheit. Weißt du, ich besitze all diese Bilder von Simon.» Sie winkte in Richtung Wand. «Ich weiß nicht, was ich mir vorgestellt habe. Ein Denkmal, wahrscheinlich.»

«Calvin macht sich Sorgen um deine Kolumne.»

«Sprich nicht mit dieser unechten Stimme zu mir, Max.»

Er beugte den Kopf. Ihre schmalen Finger trommelten auf das Papier. Sie trank und stellte die Tasse zurück. Er sah zu ihr auf.

«Calvin ist eine dreckige kleine Ratte», sagte sie nachdenklich. «Ein Wirrkopf, ein Narr, ein kleines Monster voll gefräßiger Eitelkeit, eine Laus, ein Idiot, ein falscher Fuffziger.»

Er fing an zu lachen. Dann wurde er von einer plötzlichen Mattigkeit ergriffen, als ob man ihm eine Droge verabreicht hätte. Es fiel ihm ein, wie angespannt er gewesen war, als er die Straße zu Thedas Wohnung hinaufgegangen war. Aus dem unteren Stockwerk drangen die vertrauten Eingangstakte von *Showboat*. Er sah auf den Fußboden.

«Damit beginnen sie den Tag», sagte sie. «Es ist nicht die einzige Platte, die sie haben, aber es ist die einzige, die sie spielen. Ich frage mich, was sie bei dieser Musik erlebt haben. Man könnte glauben, sie hörten ihrer Hochzeit zu oder einer Kaffeehausversion davon. Es hängt ein lebensgroßes Bild von Helen Morgan bei ihnen an der Wand. Komisch.»

«Geht es dir gut, Theda?»

«Ja, mir geht's gut.»

«Was macht die Leserei?»

«Warner hält mich auf Trab», sagte sie mit einem Blick auf die Bücher auf dem Boden. «Ich werde langsam verdammt gut, weißt du. Ich lese einen chilenischen Roman von siebenhundert Seiten auf transparentem Papier in drei Stunden.»

Sie sah abgespannt aus. Sie war mindestens zehn Jahre älter als Max; er wußte eigentlich nicht, wie alt sie war. Sie war eine große, magere Frau mit einem Gesicht, das im Ruhezustand gewöhnlich wirkte. Aber wenn sie sprach, wenn sie sich für etwas interessierte, flogen ihre Hände durch die Luft, und ihre Schultern bewegten sich, und das gewöhnliche Gesicht mit den dunklen, schmalen Augen und den schmalen Zügen strahlte eine Art von leidenschaftlicher Energie aus. Sie war nie schön, in irgendeinem Sinn, den Max sich vorstellen konnte, aber sie konnte Schönheit unbedeutend erscheinen lassen. Jetzt, da er dazu ausersehen worden war, ihr zu sagen, daß sie ihre Pflichten vernachlässige, wurde ihm bewußt, wie schwer und wie verletzend diese Aufgabe war. Wenn sie sich wirklich «treiben ließ», wie Calvin gesagt hatte, würde sie heftig ins Treiben geraten sein.

«Calvin sagte, du würdest dich treiben lassen», sagte er.

«Er hat recht, diese Wanze», sagte sie, und man spürte die Verachtung der großgewachsenen Frau für den kleinen Mann.

«Willst du es mir erzählen?»

«Nein», sagte sie. «Noch nicht. Ich sage dir folgendes. Ich schreibe die Kolumne nicht länger. Du kannst ihnen sagen, ich habe keine Zeit, zuviel Arbeit. Sag nichts von Simons Buch.»

«Theda. Simons Tod ist jetzt sechs Jahre her. Und sie wissen, daß du etwas schreibst.»

An ihrem Kinn zuckte ein Nerv. Ihre Haut wurde um einen Ton blasser. Sie stand auf und ging zu einem Haken, nahm einen Sonnenhut herunter und setzte ihn auf. Dann kam sie zurück und setzte sich. Sie nahm den Hut ab, setzte ihn wieder auf. Einen Augenblick dachte er, sie habe den Verstand verloren.

«Ich habe nicht den Verstand verloren», sagte sie. «Die Sonne blendet mich. Ich mag es, in der Nähe des Baumes zu sitzen, aber die Sonne ist scheußlich an diesem Fenster. Ich weiß, wie lang er tot ist.»

Er versuchte zu sagen, was ihm zu sagen aufgetragen worden war, aber aus Unsicherheit brachte er kein Wort über die Lippen.

«Ach, ich weiß», sagte sie. «Warum ich immer noch über ihn nachgrüble? Also, ich habe nie damit aufgehört. Es ist einfach an die Oberfläche gekommen. Warum ist es in diesem Jahr an die Oberfläche gekommen? Weil ich alt werde und all die toten Dinge angetrieben kommen. Die toten Dinge in meinem Kopf. Eins nach dem anderen habe ich sie rausgeworfen. Als ich zu Simon kam, habe ich von vorn angefangen zu trauern, als ob ich nie zuvor getrauert hätte. Und wirklich, ich hatte nie getrauert. Was für unheimliche Wesen ... Ich meine, ich bin ein unheimliches Wesen. Sein Tod verwandelte mich in etwas Besonderes, für mich selbst, weißt du. Es war aufregend. Sein Tod war etwas Aufregendes für mich.»

Er erinnerte sich an Simon. Seine Bilder, drei Linien, Strand, Meer, Himmel, immer dasselbe, leer, als ob er eine angehaltene Welt gesehen habe und von ihr hypnotisiert gewesen sei. Max betrachtete die Bilder, die Theda aufgehängt hatte. Immer der Strand, Meer, Himmel, leergefegt von allem, was belebt war. Er hatte ihn nur einmal getroffen, bei der Party, die ihm zu Ehren veranstaltet worden war, bevor er, als Tourist getarnt, nach Frankreich aufgebrochen war, von wo er weiterreisen wollte nach Spanien. Simon war schweigsam gewesen, erstarrt in seinem Rausch, hier in diesem Zimmer; er hatte sich in den Segeltuchsessel sinken lassen, während Theda, die bleichen Wangen mit Röte übergossen, sich um ihn kümmerte und es schaffte, daß der Raum um ihn leer blieb, als hätte sie genau gewußt, daß er das Gedränge der Leute nicht ertrug. Er war kein Parteimitglied gewesen, nur ein Junge vom Land, aus Ohio, der einmal im Monat nach Cleveland fuhr, um die Bibliothek zu besuchen und bändeweise Zeichnungen zu studieren. Am Ende hatte er nichts gezeichnet.

«Als ich ihm bei jenem ersten Mal den Ozean zeigte, war es, als ob ihm das Herz aus dem Leib fallen würde», sagte Theda. «Es verschlug ihm den Atem. Daran erinnere ich mich.»

Er war auf seine glatte, unerbittliche Weise hinter den Frauen hergewesen, auch als er mit Theda zusammenlebte. Max erinnerte sich daran, wie er während der Party seinen Blick starr auf ein Mädchen gerichtet hielt, wie er es mit verzweifeltem sexuellem Ingrimm angesehen hatte.

Es gab ein verblaßtes Foto von ihm im Goldrahmen auf einer Kommode. Er schien kleiner, als Max ihn in Erinnerung hatte, aber das feingeschnittene, leere Gesicht war dasselbe, die pfeilgerade Nase und die irische Verschwiegenheit um die Augen, das dicke, gelockte Haar. Sie waren bestimmt ein sonderbares Paar gewesen, Theda und Concannon. Sie beobachtete ihn nachdenklich.

«Was denkst du?»

«Über – Bindungen.»

Sie schnaubte leise.

«Warum sagst du ihnen nicht, daß du die Kolumne nicht mehr machen wirst», sagte er mit unerwarteter Erbitterung. «Dumme und verdammt lange Abstinenz, um das Leben eines Toten zu erforschen ...»

Sie lächelte und nahm seine Hand und hielt sie, bis er verlegen wurde und sie wegziehen wollte. Sie ließ sie fallen.

Das Zimmer fühlte sich zu warm an.

«Max, ich werde austreten.»

«Warte –»

«Nein. Du willst es nicht hören, obwohl du es weißt. Ich bin nicht vernünftig genug, um Gründe anzuführen. Ich weiß, es *gibt* gute Gründe, aber ich will sie nicht einmal. Ich war nie gut darin, das Leben auf diese Weise zu sehen. Ich habe über Dinge gelacht, über die ich nicht hätte lachen sollen. Es gibt Leute, die lieber sterben würden, als die Partei zu verlassen, ich weiß das. Es ist ihr Lebensinhalt. Nicht meiner. Es tut mir nicht weh. Ich will nicht, daß man auf mich böse ist. Aber das wiegt nicht so schwer wie das, was ich tun will. Ich kann dir sagen, was ich tun werde.»

«Was wirst du tun?»

«Du klingst ängstlich ... Ich werde einen Job bekommen bei Warner und an Drehbüchern arbeiten. Ich weiß, daß das kommen wird. Ich werde mir ein kleines Auto kaufen und jeden Morgen ins Studio gehen. Vielleicht gibt es jemanden, der mich eines Tages heiraten möchte. Vielleicht gibt es jemanden, der das tun wird. Ich werde mein Tagebuch schreiben.»

«Was war es? Der Krieg? Der Hitler-Stalin-Pakt? Was ist es gewesen?»

«Das hätte es sein sollen. Aber nein. Ich will ein normales Leben. Ich will Jane Austen lesen und ein bißchen Geld verdienen.»

«Du kannst Jane Austen lesen.»

«Nein. Jetzt nicht. Später.» Sie lachte. «Was hältst du von meinen Ambitionen? Und du? Hör zu, sogar ich weiß, daß es Krieg geben wird, und wir werden daran beteiligt sein, jeder. Die Linie der Partei wird sich ändern. Ich habe nicht einmal dagegen etwas. Alle Linien ändern sich. Aber ich will in keine Linie verwickelt sein. In Deutschland töten sie Juden. Sie werden sie in Polen töten, überall. Vielleicht wird jeder sterben.»

«Theda!»

«Was ist mit dir, Max?» Sie grinste. «Sag's mir. Ich erzähl's nicht weiter.»

Er schwieg lange. Das Licht der Sonne berührte seine Hand. Er betrachtete die schimmernden Blätter des Eukalyptusbaums. Dann erzählte er ihr von dem Mädchen, Annie.

«Was hast du vor?» fragte sie leise. «Willst du mit ihr zusammenziehen? Willst du deine kleine Familie verlassen?»

«Nein, nein, nein …»

«Aber dann – warum?»

Er sah sie verzweifelt an. «Ich weiß nicht. Sie hat mein Interesse geweckt. Aber das tun auch andere. Es war einschneidender. Ich kriege sie nicht aus dem Kopf. Es ist, als ob ich sie unbedingt wiedersehen müßte.»

«Dann tu das.»

Er fühlte sich bestätigt, als wäre ihm eine Erlaubnis erteilt worden. Er begann, im Zimmer auf und ab zu gehen.

«Mein Weg ging vom College zur Partei und zur Heirat», sagte er. «Es ist, als ob ich nie draußen gewesen wäre.»

«Ja.»

«Ich habe immer etwas zu tun gehabt. Ich habe dauernd den Wunsch, nichts zu tun. Dazusitzen. Nicht zu denken.»

«Zu denken», bemerkte sie.

«Ich meine, so, wie ich bis jetzt gedacht habe.»

«Du hast dich auch treiben lassen, Max. Calvin wird über uns beide zu Gericht sitzen.»

«Er hat immer über mich zu Gericht gesessen», sagte Max. «In seinem Kopf hat er mich schon hundertmal erschossen.»

«Sieh es nicht so romantisch.»

«Tu ich nicht, tu ich nicht», protestierte er.

Sie seufzte. «Du solltest dieses Mädchen finden.»

Als er sie verließ, war sie zu den Todesanzeigen zurückgekehrt; hin und wieder wandte sie sich zum Fenster, und ihr Gesicht war von dem Strohhut verdeckt.

Er ging direkt zu dem Haus, wohin er seinen Brief geschickt hatte, und stöberte bald einen älteren Mann auf, der ihm die von Annie hinterlassene neue Adresse gab.

Dann fuhr er die Cheremoya Avenue hinauf, bis er bei einem einfachen, häßlichen Stuckhaus anlangte, das auf einem kümmerlichen Rasenstück stand; ein Schlauch lag quer über dem zementierten Weg.

Eine hagere Frau mittleren Alters öffnete ihm auf sein Klingeln. Als er sie nach Miss Gianfala fragte, blieb ihr Gesicht ausdruckslos. «Annie», sagte er, fürchtend, daß er hier nicht weiterkam.

«Ach, Annie. Sie meinen Annie Vogel», sagte die Frau aufgeregt. Sie drehte sich immer wieder unruhig um, als ob sie jemanden hinter der Tür versteckte. «Sie ist in der Souterrainwohnung, da unten. Gehen Sie hinten herum.» Ein kleines Kind mit langen Zöpfen kam und streckte seinen Kopf unter dem Arm der Frau heraus. «Wer ist das, Mom?» Die Frau schob den Kopf der Kleinen zurück und schloß abrupt die Tür.

Max folgte dem zementierten Weg um das Haus herum bis zu dessen Rückseite. Einige Stufen führten nach unten, zu einer Tür. Er klopfte. Zuerst hörte er nichts. Er bereitete sich darauf vor, in diesem feuchten Winkel sitzen zu bleiben, bis sie nach Hause kam. Plötzlich öffnete sich die Tür.

Sekundenlang sahen sie einander an, und keiner von ihnen sprach.

«Sie sind der Mann, der mich im Auto mitgenommen hat», sagte sie endlich. Das Zimmer hinter ihr war dunkel. Sie sah blaß und schmal aus, als hätte sie zu lange in dieser Dunkelheit gelebt. Er antwortete nicht, weil er sprachlos war, erschrocken, und wünschte, er wäre nicht hergekommen.

«Sie haben mir auch geschrieben. Es war nett von Ihnen, mir zu schreiben. Es tut mir leid, daß ich nicht geantwortet habe.»

Dann trat sie beiseite; er ging hinein, als hätte sie ihn dazu aufgefordert. Gleich darauf stieß er mit einem Tisch zusammen.

«Warten Sie!» sagte sie. «Ich mache Licht.»

Das Zimmer war ein Quadrat von etwa vier mal vier Metern. Ein Schlafsofa mit zerwühltem Bettzeug stand in einer Ecke. An einer Wand war die Küchenzeile, bestehend aus einem kleinen Kühlschrank, einem Herd, einem weißen Waschbecken. Ein großer, unförmiger Sessel mit einem flauschigen Überwurf nahm die Mitte des Zimmers ein. Er rückte den Tisch zurecht, an den er gestoßen war.

«Bitte, setzen Sie sich», sagte sie.

Er hatte noch kein Wort gesagt. Sie sah krank aus, aber das Lächeln war so, wie er es in Erinnerung hatte. Wie war sie in dieser Höhle gelandet, die muffig roch und feuchte Ecken und Ungeziefer und Schimmel erwarten ließ? Sie hatte eine neue Frisur. Die Zöpfe waren weg. Ihr Haar hing herunter, formlos, ungepflegt. Sie trug ein Männerhemd und Jeans, und sie war barfuß. Als sie sich auf das Bett setzte, versuchte sie, ihre Füße unter der Decke, die bis zum Boden herunterhing, zu verstecken.

Sie wartete.

Als er endlich sprach, kam ihm seine eigene Stimme fremd vor.

«Ich habe mich gefragt, was mit Ihnen passiert ist», sagte er.

«Nichts», sagte sie. «Gar nichts. Es geht mir gut.»

«Ich habe Jake Cranford getroffen, deshalb habe ich geschrieben.»

Sie antwortete nicht. Jakes Name rief keine Reaktion hervor. Sie sah nachdenklich zu Boden, dann blickte sie zu ihm auf. Ihre Augen waren überanstrengt und sehr groß. Es kam ihm vor, als sei sie in Beschlag genommen von einer großen Idee, die ihre ganze Konzentration, ihr ganzes Sein beanspruchte. Sie sah ihn wirklich nicht.

«Ich dachte, Sie bräuchten vielleicht Hilfe. Meine Frau und ich –»

Er brach ab. Das Lächeln war aufgeflammt, aber jetzt war es nicht das unbehagliche, besänftigende Lächeln aus seiner Erinnerung, es war ironisch, boshaft.

Er sprach hartnäckig weiter. «– haben über Sie geredet –», warum erzählte er eine solche Lüge?, «und ich dachte, nachdem Jake mir von Ihnen berichtete, daß Sie vielleicht nicht so viele Leute kennen, daß Sie vielleicht Arbeit brauchen ...» Er verstummte. Warum konnte er nicht ehrlich sein?

«Ich bin auch verheiratet», sagte sie; sie sprach tonlos, so daß ihre Feststellung nur die Entsprechung dessen schien, was er gesagt hatte, als ob sie begonnen hätten, ein Spiel miteinander zu spielen und jeder dem anderen versichern mußte, daß er die und die Spielfigur besaß. Schlagartig traf ihn die Bedeutung dessen, was sie gesagt hatte. Er sah im Zimmer herum, als ob Annies Ehemann dort sein könnte, versteckt in der Dunkelheit.

«Ich weiß nicht, wo er ist», sagte sie. «Ich habe lange nichts gehört. Murmansk vielleicht.»

«Murmansk!»

«Er ist Seemann.»

«Der Mann, den Sie damals treffen wollten?»

«Ja. Der.»

«Sie sehen krank aus.»

Sie sah erschöpft aus, als ob sie von irgendwelchen Greueln in einem anderen Zimmer dieses elenden kleinen Hauses die ganze Nacht wach gehalten worden wäre. Doch ihre Jugend war deutlich zu erkennen; so zusammengesunken sie dasaß, eine Hand gegen den Magen gedrückt – die harmonische Balance ihres Körpers strafte ihren matten Zustand Lügen. Sie schüttelte den Kopf und beugte sich weiter vor, preßte die Hände an den Bauch; er beobachtete sie, angstvoll, hilflos. Dann sah sie auf, und ihre Augen waren wieder so groß, daß sie einen Augenblick wie lidlos erschienen.

«Was ist los?» rief er.

«Nichts, gar nichts...»

Sie stand unvermittelt auf. «Kann ich Ihnen einen Kaffee machen?»

«Nein, danke.»

«Ich glaube, ich habe sowieso keinen.»

«Warum ist er in Murmansk?»

«Ich weiß nicht, ob er dort ist. Aber er sagte, er würde vielleicht diese Route bekommen. Die Prämie ist hoch. Das Geld ... das war es.» Sie setzte sich wieder auf die Bettkante, drehte ihre Füße auf dem Boden unter der Decke. «Ich würde gern meine Schuhe suchen und sie anziehen», sagte sie schüchtern. Er begriff, daß sie nicht wollte, daß er sie bei dieser gewöhnlichen Handlung beobachtete. «Sind das nicht Schuhe?» fragte er und zeigte auf ein Paar Sandalen unter dem Waschbecken.

Sie ging schnell hin und nahm sie und zog sie an, mit dem Rücken zu ihm. Sie war größer, als er sie in Erinnerung hatte, aber er wußte, daß sie nicht so knochig, so abgezehrt gewesen war.

«Jake sagte, Sie hätten einen schrecklichen Job.»

«Ach, das war damals. Ich habe eine Menge anderer gehabt, seit ich Jake das letztemal sah. Sie waren alle mehr oder weniger gleich. Jobs für Würmer.»

«Denken Sie nicht so.»

«Wie soll ich denn denken?»

«Es ist schwer, Arbeit zu finden – wenn man keine Ausbildung hat. Und die Weltwirtschaftskrise ist noch nicht wirklich vorbei.»

«Leute, die sie erlebt haben, denken offenbar, sie haben Anrecht auf einen Orden.»

«Haben sie auch.»

Sie sah ihn mit Interesse an.

«Eine Menge Leute haben sie nicht überlebt», sagte er; es war ihm gleichgültig, worüber er redete, er war nur dankbar für ihr Interesse.

«Ach, die Leute, die sich umgebracht haben...»

«Nein. Die Sie als Würmer bezeichnet haben. Sie starben lebendig, aufgezehrt von den Demütigungen, die sie erlitten.»

«Was ist mit den drei Mahlzeiten am Tag?»

«Die meisten Menschen auf der Welt essen keine drei –»

«Sie klingen wie Walter. Mein Mann. Drei Mahlzeiten am Tag, und die Menschen werden gut und nett und glücklich sein.»

«Es wäre immerhin hilfreich.»

«Was im Menschen würde es helfen?»

Er bewegte sich unruhig. «Tut mir leid», sagte sie. «Ich weiß über fast gar nichts Bescheid. Nicht, daß ich nicht lesen würde. Aber ich kann keine Bücher über den Zustand der Welt lesen, Geschichte und Wirtschaft, all das.»

«Was mögen Sie?»

«Geschichten.»

«Was für Geschichten?»

«Tony, mein Vater, hat mir manchmal Bücher geschenkt. Ich habe die meisten verloren, weil ich so oft umgezogen bin. Das letzte, das ich gelesen habe, war *Auf der Suche nach Indien.*»

«Hat es Ihnen gefallen?»

«O ja.»

«Ich hatte einmal eine Klassenkameradin, im College. Sie fragte uns immer wieder: ‹Was ist da eigentlich passiert, in diesen Höhlen von Marabar? Was war das für ein Geräusch, das Mrs. Moore gehört hat?›» Annie schien das nicht so komisch zu finden wie er.

«Das frage ich mich auch...», sagte sie ernsthaft.

«Was noch?»

«James Huneker.»

«Er hat keine Geschichten geschrieben.»

«Doch, ein paar», verbesserte sie ihn ohne Eifer. «Und Conrad. Und Chesterton. *Der Mann, der Donnerstag war.* Und Dickens. *Robin Hood.*»

«Faulkner?»

«Ich mag diese ganzen Schwachsinnigen nicht. Tony nennt ihn den Leichenfresser vom Mississippi.»

«Das ist eine seltsame Zusammenstellung, diese Leute, die Ihnen gefallen.»

«Ach, na ja, es gibt noch andere. Früher habe ich Listen von den Sachen gemacht, die ich gern gelesen habe. Es hat mir die größte Freude gemacht, ihre Namen aufzuschreiben.»

«Und was ist mit modernen Schriftstellern? Wie Joyce? Oder Virginia Woolf? Und die Russen?»

«Lawrence», sagte sie. «*Söhne und Liebhaber*. Erinnern Sie sich, wie Mr. Morel die Pakete heimbringt und sie und Paul –»

Wieder preßte sie die Hände gegen ihren Bauch. Er stand erschrocken auf.

«Sie sind wirklich krank.»

«Es geht vorbei», preßte sie heraus. Und dann trat wieder ein Ausdruck des Schreckens auf ihr Gesicht. Ihr Mund verzerrte sich. Er ging zu ihr und nahm ihre Hand.

«Kann ich Ihnen nicht helfen?» bat er.

«Nein. Ich kann es nicht ertragen, es Ihnen zu sagen. Ich kann es nicht ertragen zu sagen, was es ist.»

«Ich werde einen Arzt rufen.»

«Ich habe einen Arzt.» Sie zog ihre Hand aus der seinen und sagte: «Setzen Sie sich. Es war gut, über Geschichten zu sprechen. Ich habe mich besser gefühlt dadurch.»

Er setzte sich; seine Knie zitterten.

«Jake war auch krank, oder? Kolitis? Was ist aus ihm geworden?»

«Er will zum Militär.»

«Ja. Sein Freund Brody glaubte, das sei ein gutes Rezept für jedermann. Die Armee.»

Er mußte sich anstrengen, klar und deutlich zu sprechen. Sie waren wie von allem losgelöst in diesem Keller, ihr Gespräch war außerhalb der Zeit. Ihre Schmalheit, der Schmerz, der sich in ihrem Gesicht offenbarte, ihre Erschöpfung, der tropfende Wasserhahn, das zerwühlte Bettzeug, die schattige Feuchtigkeit, die Vorstellung eines Tages, den der Wind in die Nacht jenseits eines einzigen kleinen Fensters trieb, all das gab ihm das Gefühl, als er ob im Begriff stünde, sich in ein anderes Medium aufzulösen. Die festen Knoten von Gewißheit und Haltungen und Meinungen, von täglicher Gewohnheit, von Verantwortung gegenüber seiner Frau und seinem Kind, von politischer Überzeugung waren gelockert.

«Brauchen Sie Arbeit?» fragte er unvermittelt.

Sie lachte. «Ich kriege Jobs, soviel ich will», sagte sie. «Es gibt nur Jobs für Leute mit meinem Bildungsstand. Zehn oder fünfzehn die Woche. Beim letzten hatte ich achtzehn, ungelogen. Deshalb bin ich krank.» Sie sah einen Moment fast verschmitzt aus. Es überraschte ihn, er hatte nicht gedacht, daß sie verschmitzt sein könne. «Ich erzähle es Ihnen», sagte sie.

«Ich meinte nicht diese Art von Arbeit.»

«Ich war Lagerhilfskraft, als ich mit Jake Cranford zusammen war», begann sie, und er hätte nicht sagen können, ob sie sich über sich selbst lustig machte mit dem leicht theatralischen Schnörkel dieses Anfangs, oder ob sie eine bewußte Anstrengung unternahm, um sich von der Pein in ihrem Bauch abzulenken.

«Ich arbeitete in einem Keller voller Ratten. Eines Tages konnte ich nicht mehr dort hinuntergehen, wo das Wasser den ganzen Tag tropfte und die Hälfte sich allmählich in lebendigen Schimmel verwandelte. Am dritten Tag, nachdem sie mich rausgeschmissen hatten, hatte ich kein Geld mehr. Ich versetzte den Verlobungsring, den Walter mir geschenkt hatte. Ich blieb eine Woche zu Hause, ging nur ab und zu hinaus, um etwas zu essen einzukaufen. Ich lag im Bett, und es war ein Traum, in dem die Stunden einfach vorbeigingen, ohne Gedanken, ohne Bewegung, wie ein bleicher Himmel ohne Wolken oder Vögel, nichts, um die Zeit kenntlich zu machen. Wieder ging mir das Geld aus. Diesmal gab es nichts am Ende. Walter schrieb mir aus New York. Er sagte, er könne nicht genau angeben, wohin er fahre, aber wenn ich nachdächte, würde ich es wissen und die nächste Zeit keine Nachrichten von ihm erwarten. Er schickte eine Anweisung über zwanzig Dollar. Ich weinte vor Erleichterung. Ich würde das Zimmer noch nicht verlassen müssen, außer, um Essen zu kaufen. Und dann war auch das zu Ende. An dem Tag, an dem ich nur noch einen Dollar in der Tasche hatte, kam ein Mann vorbei, der mir zur gleichen Zeit wie Sie geschrieben hatte, ein Freund von Walter. Ich saß in meinem Zimmer auf dem Bett, und es klopfte an der Tür. Ich konnte sein Gesicht nicht sehen, es war hinter einem Bücherstapel versteckt, den er mitbrachte. Er nannte mich Annie, als ob er schon alles über mich gehört hätte. Er legte die Bücher auf einen Stuhl, und ich sah, wie sie runterfielen, während er redete. Er hob sie nicht auf. Ich auch nicht. Er war sehr klein, mit einem kleinen Spitzbart, ganz grau, und er trug einen feinen Anzug. Er sagte – einer von denen, die nach jedem Wort den Namen ihres Gegenübers sagen, wie um einem zu versichern, daß sie wissen, wer man ist, und man kommt zum genau entgegengesetzten Schluß –, daß er bald wiederkäme und mir Zeit ließe, das zu lesen, was er ‹die Literatur› nannte, und daß er sich freuen würde, meine Eindrücke über das Gelesene zu hören. Ich sollte wissen, daß das, was er mir mitgebracht hatte, nur eine Auswahl sei, aber er hätte die Werke hinsichtlich meines Klassenhintergrunds, meines Alters, meiner Erfahrung sorgfältig ausgewählt. Aber was ich darüber dachte – wissen Sie, er war der Mann, mit dem Walter, mein Mann, einen ganzen Nachmittag in einem Schneideraum Bilder von einer südamerikanischen Tänzerin angeschaut hatte, die vergessen hatte, ihre Unterhose anzuziehen. Was *er* darüber dachte, konnte ich nicht erraten. Ich dankte ihm, und er stand eine Minute an der Tür, dann hat er zwei Finger an seinen Hut gelegt wie ein Schauspieler im Kino und ist gegangen.»

«Er war Cutter?» fragte Max leise; seine Neugier war stärker als sein Wunsch, sie nicht zu unterbrechen.

«Ja.»

«Paul Lavan?»

«Ja, ja», sagte sie und nickte, ohne Überraschung in der Stimme. Dann sah sie ihm ins Gesicht. «Sie sind an dem Tag damals zu einem kommunistischen Kongreß gefahren, nicht?»

Max erinnerte sich an Ferns Vorsichtsmaßregeln und lachte.

«Ja.»

«Oje», rief sie und krümmte sich.

«Bitte ... Was ist es?»

«Bandwurm», keuchte sie. «Seine letzten Zuckungen.»

Er setzte sich wieder und streckte die Hand in ihre Richtung aus, wie um einen Schlag abzuwehren.

«Der Doktor hat mir etwas gegeben. Malefern. Es dauert vierundzwanzig Stunden. Ich habe nichts gegessen.»

Max stand auf und ging zum Waschbecken, drehte den Hahn auf und hielt einen Becher, der dort stand, darunter. Er trank das Wasser bis auf den letzten Schluck. Ihm war übel.

«Gibt es irgend etwas –»

«Nichts», sagte sie. «Ich muß warten, bis es vorbei ist. Ich will sterben. Das ist die Wahrheit. Wie kann ich das aushalten? Er wirft sich herum. Gott weiß, wie groß er ist. Verstehen Sie? Ich will von einer Klippe springen, um ihn loszuwerden, ertrinken, verbrennen. Irgendwas.»

Er war so überrascht, daß er dastand wie eine schlaffe Puppe, mit dem Rücken am Waschbecken. «Ich bleibe hier», murmelte er. «Ich bleibe bei Ihnen, bis es vorbei ist.»

«Würden Sie das tun? Jetzt, wo Sie da sind, würde ich Sie nicht gern wieder gehen sehen. Solange ich allein war, waren meine Gedanken weg. Ich mußte mich dazu *bringen,* nicht zu denken, weil ich das nicht aushalte, was mit mir passiert. Aber jetzt kommen sie wieder. Meine Gedanken und der Wurm.»

«Sie haben nicht geschlafen.»

«Nein, ich habe nicht geschlafen.»

«Können Sie Wasser trinken?»

«Nein. Noch nicht.»

«Haben Sie ein Telefon?»

«Oben. Die Frau, der das Haus gehört.»

«Weiß sie Bescheid? Könnte sie Ihnen helfen?»

«Sie kann niemandem helfen. Sie ist wahnsinnig vor Sorgen. Sie hat vor einem Jahr ihren Mann verlassen und ist nach Kalifornien gezogen. Und ihr Liebhaber hat sie mit einer Kette geschlagen, vor zwei Wochen, und das kleine Mädchen war dabei. Es ist weggelaufen. Ich bin losgegangen und habe es gefunden. Vielleicht würde sie es erlauben, daß jemand ihr Telefon benutzt. Wen wollen Sie anrufen?» Ihr Ton war bei der letzten Frage angestiegen. Es war wie ein unterdrückter Schrei. Ein Schauder überlief ihn; er wußte, es war ihr gleich, wem sein Anruf galt.

«Ich werde bei Ihnen bleiben. Ich muß meiner Frau Bescheid sagen.»

«Wird sie nichts dagegen haben?»

«Nein. Aber ich muß sie jetzt noch nicht anrufen. Sprechen Sie. Sprechen Sie weiter.»

«Ja ... Ich habe an dem Tag damals ein Buch gelesen. Es war kurz. *Zehn Tage, die die Welt erschütterten.* Dann fing ich ein anderes an, *Der große Aufbruch* von einer Frau mit einem seltsamen Namen – Weathervane?»

«Weatherwax.»

«Ja. Und das *Kommunistische Manifest* und etwas, was ich schon vergessen habe, von Lenin. Da, dort drüben», und sie zeigte in eine Ecke, wo er einen Stapel Bücher an der Wand sah. «Ich mache besser weiter», sagte sie. «Von Zeit zu Zeit werde ich von Angst gepackt und sehe mich die Straße entlanglaufen, aber wie kann man dem entgehen? Ich habe einen anderen Job gefunden. Nieten sortieren. Drei Männer waren die Chefs. Ein langer, enger Raum mit einem Rollschreibtisch vorn und zehn Metalltonnen hinten. Es gab acht mexikanische Mädchen, die die Nieten prüften, und einen neunten, leeren Stuhl vor den Tonnen. Sie zahlten neun Dollar die Woche und sagten, wenn die Sache richtig in Fahrt käme, würden sie uns Akkordlohn zahlen, und wir würden fünfzig Dollar die Woche machen.»

Sie legte sich hin. «Lassen Sie mich nur eine Minute ausruhen. Ich werde gleich weitererzählen.»

Er blieb schweigend im Sessel sitzen, beobachtete sie, sah, wie ihr weißes Gesicht sich mit glänzendem Schweiß bedeckte. Sie hatte die Knie angezogen, das verfärbte Leder der Sandalen war zwischen den Falten der Decke. Eine schwache Lichtspur zog sich am Boden hin, graues Licht, wie die Spur einer Nacktschnecke; ein Strahl der Straßenlampe sickerte durch das kleine Fenster. Er würde Eva anrufen. Was er ihr sagen wollte, nahm keine vernünftige Form an.

Das Mädchen lag still da. Sie wartete auf den nächsten Vorstoß des ekelerregenden Wesens in ihren Eingeweiden, auf den Schrecken dieses Moments. Sie erinnerte sich daran, wie die mexikanischen Mädchen ihr orangerotes Eis am Stiel gebracht und gelacht hatten, als sie es geleckt hatte, draußen auf dem Bürgersteig während ihrer kurzen Mittagspause. *Huesos* hatten sie sie genannt, *flaca,* weil sie jeden Tag dünner wurde, als ob sie in der kalifornischen Sonne schmelze. Sie erzählte Max davon, und er beugte sich zu ihr, als wäre er taub. Flüsterte sie? Sie wußte es nicht.

Hinten in der Werkstatt war es kühl und höhlenartig gewesen; die nackten Glühbirnen über den Tonnen hatten einen orangenen Schimmer auf ihre Hände geworfen. Sie saßen da, sortierten Nieten und warfen die beschädigten in Körbe zu ihren Füßen. Die mexikanischen Mädchen brachten in Blecheimern ihr Mittagessen mit, kaltes Rührei, Bohnen, Tacos. Annie kaufte ab und zu einen Hot dog von einem Verkaufswagen an der Ecke und trank Coca-Cola. Manchmal aß sie nichts und kaufte statt dessen Zigaretten. Bei leerem Magen verursachte der Rauch eine leichte Benommenheit; ihr Stuhl schien nicht auf dem schmutzigen Boden, sondern auf dem flutenden Meer zu stehen, und ihre Hände zitterten. Sie fühlte sich aus dem Gleichgewicht, am Rand des Krankseins. Sie entdeckte, daß sie die Mädchen zu einer gewagten Fröhlichkeit anstiften konnte. Sie war ihr Clown. Manchmal fuhren die drei Männer zur Lockheed-Vega-Flugzeugfabrik hinaus, um Säcke mit unsortierten Nieten zu holen und die sortierten abzuliefern. Die mexikanischen Mädchen gingen während der Mittagspause oft spazieren, sie legten einander die Arme um die Taille und sahen aus wie ein Schwarm rundlicher brauner Vögel.

Den ganzen Tag saß Annie mit gekrümmtem Rücken über ihrer Tonne, mühte sich ab und wünschte sich sehnlich, daß es endlich sechs Uhr würde, während sich die Männer vorne am Rollschreibtisch dem Würfelspiel hingaben. Sie warfen den Würfel fluchend hin und her, und der Geruch von Zigarrenrauch trieb nach hinten zu den Tonnen. Annie beugte sich unter der Last der stumpfen Tage.

«Diese Juden!» sagte Laurita.

«Annie, *chica,* frag sie, wann sie uns endlich pro Sack bezahlen. Sie werden auf dich hören», sagte Natalie.

Sie versuchte es.

«Geht in Ordnung, Kleine», sagte einer der Männer. «Sobald wir das mit den Leuten von der Flugzeugfabrik hinkriegen, mit Vertrag und allem Pipapo, werdet ihr richtige Akkordlöhne kriegen. Braucht aber Zeit – kapierst du das? Wir haben praktisch keine zwei Dollar Reserve. Verstehst du, wir versuchen, das Ding für uns alle zum Laufen zu bringen, aber wir müssen den Gürtel enger schnallen, bis die guten Zeiten kommen. Wenn sie anfangen, Flugzeuge für den Krieg zu bauen, dann wirst du sehen. Du darfst nicht vergessen, wir gehören nicht zu diesen reichen Läden mit jeder Menge Kapital.» Sie ging zurück zu ihrer Tonne und hörte, wie der Würfel auf das Holz traf. Plötzlich hatte sie geschrien: «Wann zahlt ihr uns endlich genug, daß man davon leben kann? Hört auf mit diesen Märchen von Verträgen!»

Die drei Männer kamen zur Tür; ihre Köpfe waren alle auf dieselbe Weise ausgerichtet, die Empörung anzeigte.

«Raus», sagte einer zu Annie. «Du fliegst raus.»

Sie fing an zu lachen. «Gauner!» schrie sie. Die Mädchen um sie herum schwiegen. Sie blickte sie an. Sie hatten ihre Stühle zurückgezogen. Ihre Augen glitzerten. Sie konnte ihren schneller gewordenen Atem hören.

«Ich bin gefeuert», sagte sie fröhlich, mit schwacher Stimme.

Laurita stand auf, dann die anderen.

«Wir gehen alle», sagte das Mädchen. Von den anderen kam bekümmertes Murmeln. Sie brauchten das Geld; sie konnten nicht aufhören.

«Ich gehe», sagte Annie und stellte ihren Stuhl zurück. «Aber ihr müßt nicht. Danke trotzdem.»

Sie war nicht mehr wütend. Nach ihrem Weggang würde es keinen Hinweis darauf geben, daß sie jemals in diesem Raum gewesen war. Es gab nichts mitzunehmen, außer ihrer alten schwarzen Handtasche. Als sie zum Eingang ging, wo die drei Männer in einer Reihe standen wie Platzanweiser, stopfte einer von ihnen eine Fünfdollarnote in ihre Hand, indem er ihre Finger aufbog und sie über dem Geldschein wieder schloß.

«Ich gehe zur Gewerkschaft», sagte Annie leise.

«Ha! Gewerkschaft!» sagte der, der ihr das Geld gegeben hatte.

«Was weiß sie schon», sagte ein anderer. «Die dumme Kuh!»

Max stand über ihr und sah auf sie herab.

«Sind Sie in Ordnung?»

«Ich hab mich an diesen Laden erinnert», sagte sie. Sie setzte sich langsam auf, als ob sie Angst davor hätte, daß ihr Inneres sich entleerte.

«Ihretwegen bin ich zur Gewerkschaft gegangen», sagte sie. Sie hatte kaum gewußt, was eine Gewerkschaft war. John Lewis, der Congress of Industrial Organizations, das war alles. Sie fand die zentrale Geschäftsstelle im Telefonbuch.

Die CIO-Zentrale war in einem alten Holzhaus mit staubbedeckten Fußböden untergebracht. Ein Mann kehrte Schutt auf. Man wies ihr den Weg zu einem Büro, wo ein Mann mit einem grauen Filzhut hinter einem zerkratzten Eichenschreibtisch saß. Es war nichts darauf, außer einem Telefon und einem Aschenbecher. Sonnenlicht stach durch eine ramponierte Jalousie und hinterließ eine Narbe auf dem Boden.

«Man hat mich in diesem Laden gerade entlassen», hatte sie gesagt.

«Moment. Was arbeiten Sie?»

«Ich habe Nieten sortiert.»

«Das ist keine Berufsbezeichnung.»

«Die Männer, denen die Werkstatt gehört, haben neun Mädchen angestellt. Sie sammeln die Nieten von den Flugzeugfabriken ein, dann sortieren sie sie nach Größe, und die, die nicht beschädigt sind, verkaufen sie ihnen wieder.»

«Was für Nieten?»

«Solche, die man bei Flugzeugen benutzt. Nachdem sie sie festgenietet haben, lockern sie sich wieder und fliegen herum. Sie verlieren ziemlich viele.»

Der Mann lachte. Das Geräusch hallte in dem großen leeren Raum wider. «Amerikaner – sie würden in der Hölle Schwefel verkaufen», sagte er. «Wenn es einen Ort gäbe, wo nichts wäre, gar nichts, verstehen Sie, und es würden zwei Bürger unseres Landes in diesem Garnichts sein, dann würde einer dem anderen den Platz zum Daraufstehen vermieten, und der andere würde ihm für das Platzvermietungsunternehmen Steuern abnehmen.»

«Sie haben uns neun Dollar die Woche bezahlt», sagte Annie.

«Na, mit so einem Lohn kommt man nicht weit.»

«Sie haben uns immer wieder Akkordlohn versprochen.»

«Mexikanerinnen? Ich meine, waren die anderen Mädchen hauptsächlich mexikanisch?»

«Alle, außer mir.»

Der Mann sah wissend auf seinen Schreibtisch und nahm dann eine Zigarre aus der Tasche seines Jacketts. Er zündete sie an und warf die Zellophanhülle auf den Boden.

«Ich frage deshalb, weil sie nicht damit durchkommen würden, wenn die Mädchen nicht Mexikanerinnen wären. Verstehen Sie, jeder andere würde es besser wissen.» Er grinste sie an.

«Ich bin keine Mexikanerin, und ich habe den Job genommen, weil ich das Geld brauchte.»

Der Mann starrte sie an. Sie glaubte zu wissen, was er dachte – man mußte Mexikaner sein, daß neun Dollar der Rede wert waren.

«Ich habe nicht gesagt, daß Sie Mexikanerin sind. Nicht, daß das schlimm wäre. Ich bin selber Prolet. Gut, geben Sie mir die Adresse.» Sie schrieb sie auf ein Stück zerknittertes Papier, das er aus seiner Tasche holte. «Vielleicht können wir sie erschrecken», sagte er. «Hören Sie, es gibt jede Menge guter Jobs. Und es wird noch mehr geben, wenn wir erst in den Krieg eintreten.»

«Krieg?»

«Mein Gott! Glauben Sie bloß nicht, daß die dieses Gesetz zur Rekrutierung der Soldaten nicht durchbringen! Wie alt sind Sie?»

«Neunzehn», log sie.

«Warum kommen Sie zu uns?»

«Ich habe nicht gewußt, wo ich sonst hingehen soll», sagte sie, während sie zurückging in Richtung Tür. «Ich habe von Ihnen gehört.»

«Sie haben von uns gehört, ja?»

Der Mann wollte, daß sie blieb. Eine Fliege summte irgendwo.

«Na ja, eigentlich haben Sie ganz recht. Gehen Sie mal zur AFL, die würden Ihnen nicht zuhören, wenn Sie nicht seit achtzig Jahren an einer Maschine stehen. Leute wie Sie haben ja keine Ausbildung. Wenn wir nicht wären, würdet ihr ohne Ruder auf dem Fluß herumtreiben.»

«Was hat die Gewerkschaft getan?» fragte Max sie leise.

«Ich weiß es eigentlich nicht. Aber einen Monat später kam ich dort vorbei, und alles war mit Brettern vernagelt.»

«Was war dann?»

«Dann hatte ich eine gute Arbeit. In einem griechischen Restaurant, wo ich oft gegessen hatte. Mit Trinkgeld habe ich ungefähr zwanzig Dollar die Woche verdient. Deshalb bin ich jetzt krank.»

Sie hielt inne, nahm die Decke und wickelte sich in sie ein.

«Ist Ihnen kalt?»

«Das kann ich nicht sagen.»

«Ich kenne ein Ehepaar, das eine kleine Töpferei hat», sagte Max. «Sie machen ihre eigenen Sachen und verkaufen sie an Händler. Die Keramik ist ziemlich schrecklich, Vasen mit darauf gemalten schlafenden Mexikanern mit Sombreros, all das, Tonvögel, die man auf den Rasen stellt, aber sie brauchen immer Leute. Haben Sie jemals gezeichnet – irgend etwas in dieser Art?»

«Ich war eine Weile auf der Kunstschule», sagte sie. «Es war nichts Besonderes, nur um etwas zu tun.»

«Man muß dafür kein Raphael sein. Es ist mechanische Arbeit.»

«Ich will nicht undankbar sein. Aber die Sache ist die – ich habe schon einen Job, in einem Drive-in in Laguna Beach. Sobald das – dieses Ding – aus mir draußen ist. Wo ich gearbeitet habe, war eine Kellnerin, die dorthin geht. Das Trinkgeld soll gut sein, und es soll dort schön sein.»

Er verzweifelte bei dem Gedanken daran, daß sie wieder verschwinden würde, und fahndete in seinem Gedächtnis nach etwas, was genug Anziehungskraft besäße, um sie zu halten – hier, wo er sie sehen konnte. Aber woran dachte er?

«Wissen Sie, wieviel Uhr es ist?»

«Meine Uhr ist kaputt», sagte sie. «Aber ich schätze, es ist ungefähr sechs.» Sie schlug die Decke von ihren Füßen zurück und ging zum Fenster. «Was für ein Loch das hier ist!» rief sie aus. «Ich muß meinen Kopf draußen ins Blumenbeet hängen, um zu sehen, wie das Wetter ist. Aber es ist so billig.» Sie zog den Vorhang beiseite und sah hinaus. «Wie seltsam! Es ist tatsächlich eine Wolke am Himmel, wie bei richtigem Wetter.»

«Ich muß jetzt telefonieren», sagte er. «Gibt es in der Nähe einen Drugstore?»

«Drei Blocks von hier», sagte sie. «Weit.»

Sie sah rasch zu ihm, dann weg, und er merkte, daß es ihr schwerfiel, ihn nicht zu bitten dazubleiben. «Es dauert nicht lang», sagte er. «Ich muß die Nachbarin anrufen, die auf meinen Sohn aufpaßt –»

Ein merkwürdiger Ausdruck glitt über ihr Gesicht. Er wußte, er hatte ihr etwas Wichtiges mitgeteilt, etwas, was sie beunruhigte.

«Meine Frau hat einen Job als Sekretärin, und die Nachbarin wird ihr sagen, daß ich später komme.»

«Wie alt ist er?»

«Fast drei.»

«Ist er viel allein?»

«Nein, nein. Ich bin ziemlich oft zu Hause. Eva geht morgens weg. Er liebt die Nachbarin.» Dann fügte er ohne Grund hinzu: «Sie ist groß und dumm und versteht sich auf Kinder.»

Sie lachte ein wenig; das Lachen brach ab, als sie sich vorsichtig auf das Bett niederließ. «Er bewegt sich», keuchte sie.

Sie lag jetzt auf dem Bauch; ihr Gesicht war von einem Kissen verdeckt. Seine Haut prickelte, als er eine Hand mit der anderen umschloß. Es gab nichts, was er ihr hätte sagen können. Der Wurm starb. Es war, als stürbe sie.

Sie konnte das sehr gut – reden und sich in ihren Geschichten verlieren, statt sich krampfhaft mit dem fürchterlichen Geschehen in ihrem Inneren zu beschäftigen. Aber er konnte nicht richtig mitdenken. Er hörte auf jenes andere, als ob es eine Stimme hätte, ein unterirdisches, unartikuliertes Gestöhn.

Er war jetzt schon Stunden mit ihr zusammen; die Erinnerung an sie war verblaßt und hatte ihrer lebendigen Gegenwart Platz gemacht.

Diese Eigenschaft, die er ihr zugeschrieben hatte, als sie in San Diego von Ferns Auto weggegangen war, diese Hartnäckigkeit, dieser eigene Wille, wurde hier bestätigt. Was zu begreifen zunächst so leicht für ihn gewesen war, die einsamen *Tatsachen* ihres Lebens, das Zimmer, die Feuchtigkeit, der tropfende Hahn, ihre Armut, ihre Jobs, die so nichtig scheinende Heirat – es hatte sich abgeschwächt, war dünn und flüchtig geworden, sobald ihm die Kraft und das Geheimnis ihrer Natur aufgegangen waren.

Scharf rief er sich ins Gedächtnis, daß jeder Mensch aus Klasse und Vermögen und Umständen gemacht war, aus Nahrung und Arbeit, die man ihm gegeben oder entzogen hatte. Aber die empfindsame Offenheit ihr gegenüber ließ ihn all diese Kategorien aus seinem Denken hinauswerfen wie Parasiten, obwohl er gleichzeitig wußte, daß er seine Meinungen, die er sich über fast ein Jahrzehnt hinweg angeeignet hatte, nicht völlig ablegen konnte. Das gewöhnliche Leben hatte seine mächtigen gewöhnlichen Wahrheiten. Zum Teufel mit allem! Sie brauchte Arbeit, Pflege, das Wissen der Welt! Wie lange konnte ihr Wille sie wie ein Blindenhund durch idiotische Ereignisse führen? In seiner Unfähigkeit, ihr jetzt zu helfen, in seiner Angst vor den eigenen Gedanken war er in dieser schmerzvollen Situation plötzlich glücklich.

Eine Stunde später ging er, um zu telefonieren. Sie hatte ihn gebeten zu gehen, und als er zögerte, hatte sie gesagt: «Was aus mir rauskommt, muß ich für das Labor aufheben. Der Arzt sagt, der Kopf muß dasein, sonst wird er wieder wachsen. Und – bitte gehen Sie jetzt!» Darauf hatte sie sich umgedreht und war schwankend auf eine kleine Tür neben der Couch zugegangen. Er bebte im Innern, während er die Straße hinunterging. Was sie auf der Toilette durchmachte, stand ihm sofort vor Augen; er mußte sie bei ihren Qualen begleiten, in jeder Sekunde, so gut er es vermochte.

Er rief an und kaufte zwei Sandwiches mit Ei und einen Schokoladenriegel im Drugstore; dann ging er zurück zu Annies Keller. In den zwanzig Minuten, die er weggewesen war, hatte sie es fertiggebracht, das Bett zusammenzuschieben, und jetzt saß sie mit fahlem Gesicht, doch ruhig, in dem breiten Sessel.

«Alles in Ordnung?»

Sie nickte.

«Haben Sie's geschafft?»

«Ja. Habe ich. Ich sage Ihnen nichts davon. Es ist jetzt vorbei. Ich bin sehr müde.»

«Ich habe Ihnen ein Sandwich mitgebracht.»

Sie lächelte nachdenklich, sanft, als hätte ein zarter Gedanke sie berührt. Sie sagte: «Ich kann noch nicht. Mein Magen kann nichts aufnehmen. Ich könnte ein bißchen Schnittlauch essen, aber keine richtige Nahrung; es ist zu sehr wie das andere ... Ich fühle mich, als ob ich nie wieder etwas essen wollte. Ich habe ein Glas Wasser getrunken. Es war so gut.»

«Stört es Sie, wenn ich esse?»

«Nein. Ich habe angefangen, Ihnen zu erzählen, wie ich den Wurm bekommen habe. Nachdem ich in dem Restaurant angefangen hatte, ja, ich machte über zwanzig Dollar die Woche, wirklich, mit Trinkgeld, obwohl die meisten Leute, die dort essen, nicht reich sind, nur Jungen, die auf dem Golfplatz aushelfen, solche Leute. Und da war ein finnischer Mann, er gab mir immer einen Dollar, auch wenn er nur eine Tasse Kaffee hatte. Aber ich habe Sibelius allmählich gehaßt. Ich habe dort nie etwas gegessen, außer einem Sandwich spätnachts, wenn der Grieche zumachte. Und meine Gier ist immer größer geworden, oh, es war schrecklich! Auf Hamburger. Ich fand einen Laden namens Tips. Die Hamburger haben nur fünfunddreißig Cents gekostet, aber selbst jetzt noch, wenn ich daran denke, will ich einen. Sie hatten ungefähr zehn verschiedene Sorten. Eine war mit Mayonnaise und Pickles, davon hätte ich zehn essen können. Normalerweise habe ich nur zwei zum Mittagessen gekauft. Die Kellner lachten mich aus, aber ich war wie ein Vielfraß in einem Traum, ich habe nie genug gekriegt. Ich dachte an sie, schon wenn ich aufwachte und – wenn mir klar wurde, daß ich genug Geld hatte, um mir tatsächlich welche zum Mittagessen zu kaufen! Dann fing ich an, andere Läden auszuprobieren, Drive-ins und Drugstores und Restaurants. Dabei muß ich mir den Wurm eingefangen haben. Ich habe abgenommen und mich komisch gefühlt, und das Mädchen, das auch bei dem Griechen arbeitete, sagte, ich würde allmählich wie eine Nonne aussehen, so weiß wie Papier. Ich konnte nie genug zu essen kriegen. Manchmal hat mir der Grieche erlaubt, die Krabbencocktails aufzuessen, und ich durfte mir sogar Steaks grillen, wenn alle gegangen waren, am frühen Morgen. Ich habe gegessen und gegessen und gegessen. Ich war verrückt nach Essen. Aber es war vor allem der Hackfleischgeschmack – alles andere trat dahinter zurück. Und schließlich hat mich das Mädchen zu einem Arzt geschickt. Ich brachte ihm eine Stuhlprobe, und er sagte, ich hätte einen Bandwurm. Wissen Sie ... als er mir sagte, was ich zu tun hätte, schaffte ich nicht, es zu machen. Ich wußte nicht, was schlimmer war, den Wurm zu haben oder ihn loszuwerden. Und dann, vor ein paar Tagen, fiel ich um, als ich gerade ein Tablett zu einem Tisch brachte, und bespuckte einen Gast mit Ketchup. Also nahm ich die Tabletten.»

«Ich glaube, Sie möchten schlafen», sagte er.

«Ich könnte schlafen, denke ich.»

«Ich bleibe bei Ihnen.»

Sie stand etwas unsicher auf, und er half ihr zum Bett, wo sie sich hinlegte. Er deckte sie zu und ging zum Sessel. Sie schlief fast sofort ein.

Seine Wache dauerte bis in die Nacht. Sie erwachte unvermittelt, öffnete die Augen, und ihr Blick blieb an ihm haften. Sie lächelte. «Man glaubt nie, daß schreckliche Dinge vorbeigehen», sagte sie.

«Ich habe ein Sandwich für Sie aufgehoben. Es ist ein bißchen matschig.»

Sie nahm es und aß es auf.

«Warum bleiben Sie nicht hier in Hollywood, wo ich Ihnen helfen kann? Ich habe eine Freundin, eine Frau, die Ihnen bestimmt gefällt. Und dieser Job. Wollen Sie wirklich in dieses Drive-in? Es ist harte Arbeit. Man wird Sie nicht gut behandeln.»

«Ich muß. Ich habe es der Kellnerin versprochen, Sigrid, daß ich mit ihr gehe. Ich versuche es einfach. Ich kann immer zurückkommen.»

Er mußte jetzt gehen. Er zündete sich eine Zigarette an und wurde sich bewußt, daß er die ganze Zeit, die er mit ihr zusammen war, nicht geraucht hatte – er hatte gewartet. Sie bat ihn um eine Zigarette, und als er sie ihr gab, sagte sie: «Diesmal habe ich wirklich keine. Als Sie mir diese Zigaretten im Auto gaben, hatte ich welche in meiner Tasche. Wie unehrlich ich geworden bin! Wissen Sie, diese Frau oben, sie will, daß man ihr zuhört. Ich höre ihr zu, weil sie mir manchmal Kakao macht, wenn ich am Küchentisch sitze. Sie sagt, jetzt, wo sie es wirklich mit dem Leben zu tun hätte, würde sie sehen, daß es ein grausamer Schwindel ist. Es gefällt ihr, so zu reden – sie ist anscheinend zufrieden, daß sie das herausgefunden hat.»

Sie war zu jung, dachte er, um zu wissen, wie die Menschen waren – sie wußte nur, was sie ihr antaten.

Aber ihr Gesichtsausdruck ließ ihn nicht los. Sie sah zur Decke, als ob sie die geschlagene Frau und ihr furchtsames Kind dort sehen würde. Sie rauchte; sie dachte nach. Die quälenden Stunden, die der Wurm ihr bereitet hatte, hatten sie geschwächt, aber ihre Gedanken beschäftigten sich schon mit etwas anderem.

«Was ist aus dieser Frau geworden, die das Auto gefahren hat?»

«Fern? Ach, Fern.»

«Sie hielt mich für dumm, weil ich so erschüttert war wegen diesem Hund.»

«Fern richtet ihren Blick auf das, was jenseits der Knochen zu ihren Füßen ist.»

Sie sah verwirrt aus.

«Sie ist ein Mensch, der –» Aber es langweilte ihn bereits. Über Fern zu sprechen war, wie matschiges Brot zu essen. Annie lächelte ihn an. «Sie ist nicht so schlecht», sagte er, fast als müsse er Fern in Schutz nehmen. «Sie ist loyal, sie macht die ganze Arbeit, die kein anderer machen will.»

«Ich nehme an, dieser Mann, Lavan, hat da, wo ich früher wohnte, nach mir gesucht. Walter wollte, daß ich zu Versammlungen gehe. Er wollte, daß ich in die Partei eintrete.»

«Warum haben Sie es nicht getan?»

«Was würden sie mit mir anfangen?»

«Was würden Sie von ihnen wollen?»

«In New York war ich auf einer Versammlung. Walter sagt, ich sei bourgeois. Ich habe nie daran gedacht, daß ich einer Klasse angehöre, einer Klasse, die andere unterdrückt.»

«Die Menschen leiden unnötig», sagte er; er war jetzt erschöpft.

Sie fuhr auf. «Jeder leidet. Ich weiß nicht, was Sie meinen – unnötig. Glauben Sie, Leiden ist Versagen?»

«Ich meine, es gibt Leiden, die man beenden kann. Viele werden von wenigen versklavt, zerstört, ausgebeutet.»

«Glauben Sie, Sie können das anders machen?»

«Besser. Der Sozialismus kann es besser machen. Die Dinge sind verkehrt.» Er dachte einen Augenblick nach. Klassenkampf, die englischen Waisen als Sklaven in Fabriken, die wilden Utopien des neunzehnten Jahrhunderts, die unvermeidliche Revolution – er hatte soviel gelesen. Liebknecht und Alcott und Brisbane und Saint-Simon und Fourier und Kautsky, Engels und Marx und –

«Wie können Sie das? Durch den guten Willen der Kapitalisten?»

«Nein.»

«Gewalt?»

«Die Gewalt der Arbeiterklasse.»

«Und dann?»

«Jeder gibt, gemäß seinen Fähigkeiten, jeder erhält, gemäß seinen Bedürfnissen.»

«Wer hat das gesagt?»

«Louis Blanc.»

«Und wenn man keine Fähigkeiten hat?»

«Wenn der wahre Kommunismus herrscht, wird man bekommen, was man braucht, mit oder ohne Fähigkeiten.»

«Die Menschen sind zu schlecht.»

«Es ist das System.»

«Es kann nicht sein, daß der Kommunismus das erste System ist, das funktioniert. Nein. Sogar ich weiß das. Sogar ich weiß . . .»

«Sie müssen Bücher über Geschichte lesen.»

«Walter sagt, die bürgerliche Geschichtsschreibung verzerrt alles.»

«Hören Sie, Sie müssen etwas lernen von der Welt da draußen.»

«Sie sind heute bei mir geblieben. Es war so gut von Ihnen, das zu tun.»

Er stand schweigend an der Tür; es tat weh, sie verlassen zu müssen.

Sie ging zu ihm.

«Ich möchte gern wissen, was aus Ihnen wird», sagte er. «Schreiben Sie mir aus Laguna Beach?»

«Zu Ihnen nach Hause?»

«Ja, ja. Natürlich zu mir nach Hause.» Er fand ein Stück Papier in der Brieftasche, einen Zettel von der Reinigung – er würde seine Hemden nie zurückbekommen –, schrieb die Adresse auf und gab sie ihr, während er sich den fürchterlichen Streit mit dem chinesischen Reinigungsbesitzer vorstellte.

Plötzlich ergriff sie seine Hand – er hatte den Stift noch in den Fingern –, hob sie zu ihrem Mund und drückte ihre Lippen darauf. «Danke», sagte sie.

Als er heimkam, war die Tür angelehnt, und er hörte

Stimmen, eine laut, zwei andere murmelnd. Er seufzte bitter.

Es waren Levi Lewis und seine Frau Cleo. Max betrat sein Wohnzimmer. Eva stand in der Mitte des Zimmers; sie sah ziemlich plump aus, eine Zigarette hing von ihren Lippen, und ihr Blick war starr auf Levi gerichtet, dessen Arm Cleos runde Schultern umfaßte. Wie immer schien Cleo verwirrt. Sie war Levis wichtigster Vorzeigegegenstand, vielleicht der einzige in seinem Leben. Seine Negerbraut. Seinen guten Glauben konnte keiner in Frage stellen.

Fieberhaft brachte er sich bei jeder Gelegenheit zur Geltung, indem er redete, redete, redete, als ob Cleos Anwesenheit – und sieh nur, wie fest er sie hielt, als ob sie verschwinden könnte – ihm die uneingeschränkte Erlaubnis gäbe, die Winkel seines Geistes zu erforschen. Armer Teufel! Arme Cleo mit ihrem jungen, runden, weichen Gesicht, den Ringellocken an den Ohren, den gepflegten braunen Händen, aneinandergepreßt auf ihrem Schoß; ihr ganzer Körper wurde in Levis Umarmung hineingezogen, sie war sein Talisman, sein Objekt.

Er schaffte es, in jeder Unterhaltung, bei Versammlungen, bei Ausschußsitzungen die Rede auf seine heroische Tat zu bringen, genau wie Fern ihre Familie ins Spiel brachte. Und einige waren beeindruckt. Ja, Calvin Schmitter war beeindruckt. So was, Levi hatte tatsächlich eine von *denen* geheiratet!

«Hallo, Cleo», sagte Max herzlich. Sie lächelte ihn an und versuchte, sich millimeterweise vom fiebrigen Griff ihres fieberhaften Ehemannes loszumachen.

«Ich bin auch da», sagte Lewis. «Ich weiß, daß meine Frau eine Anziehungskraft ohnegleichen besitzt, aber du könntest das Wort auch an mich richten, Shore.»

Eva nickte ihm kameradschaftlich zu. Das gehörte zu ihrem Geschäft. Wenn er länger wegblieb, wenn sie länger wegblieb – keine Fragen.

Sie waren beide Menschen, die es ernst meinten.

«Hallo, Levi.»

«Wir haben gerade von den Auswirkungen des Streiks bei Disney gesprochen. Walt und seine siebenhundert Zwerge. Habt ihr übrigens schon bemerkt, daß all diese Mäuse weiß sind?»

Max schnaubte. «Nicht ganz», sagte er. Es würde noch eine Zeitlang dauern, bis sie gingen. «Ich brauche was zu essen», verkündete er leicht aggressiv und ging in die Küche.

Das Ehepaar Lewis ging um eins. Eva ließ sich auf die Couch fallen. Max hatte sie beobachtet und war der Unterhaltung kaum gefolgt. Eine Art Mitleid stieg in ihm auf. Er wußte nicht, woher es kam. Sie sah so müde aus; er bemerkte, daß sie ein gutes Stück zugenommen hatte, und ihre Brüste schienen so schwer und irgendwie traurig. Er ging zu ihr, legte die Arme um sie und vergrub sein Gesicht in ihrem Hals, und der vertraute Duft stieg ihm in die Nase, der Duft ihres dicken Haars, ihres Halses. Er legte sein Bein in ihren Schoß und zog sie an sich, und sie sagte: «Oje, was ist in dich gefahren?» Aber es gefiel ihr. Er wußte es.

Irgendwann in der Nacht erwachte Max schreckerfüllt. Er zog seinen Arm unter Evas Schultern hervor und ging zu Thomas' Kinderbett. Eine Zeitlang lauschte er dem leisen, gleichmäßigen Atem des Kindes. Ohne ihn zu berühren, beugte er sich über das Bett und untersuchte jeden einzelnen Gesichtszug seines Sohnes im schwachen Schein der Nachtlampe. Doch selbst wenn Thomas aufwachte, konnte Max von dem Jungen kaum erwarten, daß er ihm sagte, alles werde gut.

12

Sigrid färbte ihr kurzes, störrisches Haar kanariengelb und malte neue, volle Lippen über ihren dünnen Mund. Annie fuhr zur Ivar Street, dort stand Sigrid zwischen Bündeln von Gepäck und einem Koffer und sah aus wie ein Neonschild, das man bei Tageslicht angeschaltet gelassen hat. Sie beluden das Auto. «Menschenskind!» sagte Sigrid von Zeit zu Zeit aus keinem besonderen Anlaß.

Als sie es sich endlich im Auto bequem gemacht hatte, sah sie Annie scharf an. «Also, wir werden sehen, was passiert. Bist du diesen Wurm losgeworden? Mein Bruder hat eine Wohnung für uns gefunden, eine Meile vom Drive-in entfernt, in der Nähe vom Strand. Ich hab deine Vermieterin, dieses Ekel, angerufen, aber sie wollte dich nicht ans Telefon holen. Ich hab dreimal angerufen. Zuletzt hab ich gesagt: ‹Menschenskind! Du alte Schachtel! Warum hörst du nicht mal auf zu saufen?›, und sie hat aufgehängt. Ich wollte dir das mit der Wohnung erzählen, die Joe gemietet hat. Joe wird auch eine Weile da wohnen. Unten in der Garage ist ein Zimmer mit einem Bett. Er hat im Augenblick nichts Besseres zu tun. Er hat gesagt, er will versuchen, einen Job als Barkeeper zu kriegen. Es gibt jede Menge Bars dort unten. Du siehst entsetzlich aus.»

Annie sagte ihr, daß der Bandwurm jetzt weg sei und daß sie sich etwas schwach fühle, aber das Labor habe gesagt, sie hätten den Kopf gefunden –

«Menschenskind! Bloß keine Einzelheiten!»

– und Sigrid verstehe das nicht mit der Vermieterin, die immer von ihrem Freund geschlagen werde und nicht betrunken sei, sondern krank.

«Ich bin kein Wohltätigkeitsverein», sagte Sigrid. Sie zündete sich eine Zigarette an und lehnte sich in den rissigen Ledersitz zurück.

Da sie schon einige Male in Laguna gewesen war, gab sie Annie Anweisungen, wie sie fahren sollte, und schwieg ansonsten die meiste Zeit. Einmal hielten sie, um zu tanken, und später bat sie Annie, zu einem kleinen Wald zu fahren, weil sie «ein Bedürfnis» habe. Sie gingen zwanglos miteinander um. Sie hatten sich nicht viel zu sagen. Nachdem sie in dem griechischen Restaurant mit ihr zusammengearbeitet hatte, wußte Annie, daß Sigrids zeitweilige Gesprächswut immer mit irgendeinem augenblicklichen oder bevorstehenden Ereignis zu tun hatte. Wenn sie eine Eigenart besaß, die vielleicht an Denken heranreichte, so war es eine gelegentlich an ihr zu bemerkende Heimtücke – allerdings handelte es sich hierbei um eine eher mimetische Tätigkeit als um das Anzeichen von echten Gedanken. Aber, dachte Annie, sie war «gutherzig», und das war das Optimum dessen, was man im Normalfall erwarten konnte. Man konnte sich mit vielem abfinden, wenn Menschen gutherzig waren, sogar mit ihren Grausamkeiten.

Über Max Shore nachzudenken, dessen Besuch erst ein paar Tage zurücklag, war komplizierter. Shores Anwesenheit während jenes schrecklichen Tages war einer anderen Größenordnung zuzurechnen als einfacher Gutherzigkeit. Wäre sie allein gewesen, sagte sich Annie, hätte sie sich vielleicht die Kehle durchgeschnitten, um den Austritt des Schädlings nicht mitmachen zu müssen. Schon als Max an ihre Tür geklopft hatte, war sie in einem Zustand solch äußerster Panik gewesen und hatte so völlig unter dem Einfluß eines alles lähmenden Grauens gestanden, daß sie zögerte, die Tür zu öffnen, da sie Angst hatte, auf die Straße hinauszurennen, in dem aussichtslosen Bemühen, den vor ihr liegenden Stunden davonzulaufen.

Also hatte er bei ihr gesessen, wachsam, angespannt; seine Aufmerksamkeit, die ganze Aufmerksamkeit eines Mannes, den sie nicht kannte, war ihr gewidmet gewesen, als hätte er sich zu ihrer freien Verfügung in ihre Hand begeben. Sie hatten es gemeinsam durchgestanden. Er hatte sie zugedeckt; sie hatte das durchgeweichte Sandwich von ihm genommen. Und doch war sie unfähig gewesen, auf sein Hilfsangebot einzugehen, jedenfalls zu diesem Zeitpunkt. Ihr Gefühl der Verpflichtung gegenüber Sigrid, die ihr wenig galt, wog schwerer als die Aussicht, daß Max Shore einen Platz in ihrem Leben einnahm. Nicht, daß sie glaubte, es gebe irgendwelche Arbeit für sie, außer stumpfsinniger Plackerei. Was die Freundin betraf, die er erwähnt hatte – was kümmerte es sie schon, aber sie wollte doch wissen, wen er sich als Freundin auserkoren hatte.

Aus Angst, ihr Verstand könnte von dem Bandwurm vernichtet werden, hatte sie ihm ihre Geschichten erzählt. Aber sie hatte ihm nicht alle erzählt.

Da waren die Filme. Sie verbrachte ganze Tage im Kino; sie ging vom Kino zur Arbeit; die Eindrücke der Kinosessellehnen waren an ihren Unterarmen, weil sie sie so fest andrückte – aus Angst davor, daß ein Mann sich neben sie setzte und seine Hand auf ihren Oberschenkel legte; oder vor Schlimmerem, wie es einmal geschehen war, als ein Mann statt seiner Hand wie eine Rolle Münzen seinen Penis auf ihren Rock gelegt hatte.

Filmmusik hypnotisierte sie – jene anschwellenden pulsierenden Akkorde, das weiche Gefühl von hämmernd bearbeiteten Klavieren und rasend gestrichenen Geigen, wenn die Liebenden sich küßten, wenn der Nebel das Haus umwallte, wenn der Schiffsbug auf den gleichmäßigen Wellen des Ozeans aufragte und niedersank, wenn Kalenderseiten durch Apfelblüten und Schneeflocken flatterten, um vom Vergehen der Zeit zu erzählen, wenn Cowboys ihre Pistolen aus dem Halfter nahmen, wenn

Bogart in der engen Straße einer Stadt direkt auf sie zufuhr, wenn Mädchen, versunken in ihre Träume, ganz für sich selbst tanzten. Dimitri Tiomkin! Es war ein Name, der ihr den Kopf verdrehte, selbst wenn sie, vier Krabbencocktails auf dem Arm, unterwegs war zu einem Tisch voller bleicher Balljungen vom Golfplatz, die in einer Ecke Cracker mampften.

Wenn sie das Kino verließ, hob sie diese Filmmusik vom Bürgersteig, verdunkelte das Licht, ob es Nachmittag war oder Nacht oder Morgen. Sie wußte, es war furchtbares Zeug; sie weinte – nicht wegen des bescheidenen Wiener Mädchens, das sich, vom erfolgreichen Komponisten verlassen, in die Donau warf, sondern wegen dieser Musik, einem klebrigen Sirup, der sich über ihr Gehirn ergoß und eine Welle der Melancholie in ihr aufsteigen ließ, die auf magische Art und Weise zu einem Zustand der Verzückung führte.

Gunther Wildener, der weißhaarige Mann, den sie im Haus des Schauspielers kennengelernt hatte, wo sie mit Walter gewesen war, fand heraus, wo sie wohnte. Er war von einer schwergewichtigen Heiterkeit, die Annie Männern mittleren Alters zuzuordnen gelernt hatte, Männern, die ihre Hände gern auf die Körper junger Mädchen legten. Er hatte ihr Ratschläge gegeben, was sie mit ihrem Leben anfangen sollte, und er hatte dabei in dem gleichen Sessel gesessen wie Max Shore; er hatte ihr vorgeschlagen, daß sie sich zusätzlich ein bißchen Geld verdiente, indem sie sich fotografieren ließ. Man fuhr sie zu einem Landhaus. Sie saß nackt auf einem Sprungbrett; die wellige Oberfläche der rauhen Matte schnitt in ihr Gesäß ein, während etliche Männer, ohne mit ihr zu sprechen, Aufnahmen machten. Nach Wildeners Anweisungen bewegte sie sich hin und her. Jemand sagte: «Mach was mit den Brustwarzen.»

Sie zog sich an. Wildener ging mit ihr in ein Restaurant auf dem Sunset Strip. Ein Schauspieler, den sie aus dem

Kino kannte, trank allein in einer Ecke. Nach einer Reihe von Drinks erbrach er sich, offenbar ohne jede Skrupel, in seinen hübschen grauen Hut. Dann gab er ihn einem Kellner und torkelte hinaus. Brokatstoff hing in drohenden Falten von den Ecken des Raums. Sie fühlte sich wie in einem Zelt, das dabei war einzustürzen.

«Es ist nichts Schlechtes daran», versicherte ihr Wildener. «Du hast einen wunderbaren Körper. Also machen wir kleine farbige Bilder, und Gentlemen aus dem ganzen Land können dich genießen und bewundern. Bestell das Bœuf Stroganoff.» Er fuhr mit seiner dicken, starken Hand ihren Arm entlang. «Du brauchst ein paar Kleider, die dich zur Geltung bringen», sagte er. Sie fragte ihn nach seinen Studenten. Das lenkte ihn nicht lange ab. Sie verstanden beide. Nachdem er schwerfällig von dem Bett in seiner Wohnung aufgestanden war, ging er ins Bad und sagte «Armes Ding» in einem Ton, daß sie dachte, er würde gleich in Tränen ausbrechen. Sie dachte, er meinte sich selbst.

Sie entdeckte oder nahm es vielmehr endlich zur Kenntnis, daß Männer diese Sache mit ihr machen wollten, die sie mit jeder machen wollten. Ihr Körper, das Objekt, hatte keinen Wert für sie. Und doch empfand sie irgendwo – es war wie eine versteckte Lasterhaftigkeit – Liebe für ihn, bemitleidete ihn wie die verlassenen Tiere, die sie manchmal sah, wenn sie sich spät nachts an den Türen geschlossener Geschäfte entlangdrückten.

Die Filmmusik begleitete sie fast immer. Der Blick eines Mannes, und die Eine-Million-Dollar-Akkorde hoben an; der Mann sprach, und eine Geige spielte eine billige und zärtliche Weise; sie gingen die nächtlichen Straßen Hollywoods entlang, und Cellos färbten den Nachthimmel pflaumenblau; sie sahen einander an in seinem oder ihrem Zimmer, und ein gedämpfter Trommelwirbel erscholl. Dann lag der Körper des Mannes auf ihr, und das ganze Orchester fiel mit blechernem Geschepper in seinen eigenen Graben. Ja. Dann packte die ganze verdammte Bande ihre Butterbrottüten und Instrumente zusammen, und sie zogen ihre alten Mäntel an und gingen heim.

Paul Lavan hatte sie ebenfalls ausfindig gemacht. Sie hatte ihm gesagt, sie habe alle Bücher gelesen. Es war nicht wahr. Er nahm sie zu einigen Versammlungen mit.

Sie hatte das Gefühl, nicht das Recht zu haben, mit diesen gewöhnlichen Menschen auf den Stuhlreihen in kahlen Räumen zusammenzusein; einige von ihnen warfen Zigarettenkippen auf den Boden und traten sie sorgfältig aus, und alle lauschten dem Redner schweigend und aufmerksam. «Die inneren Widersprüche des Monopolkapitalismus.» Was für ein Trommelwirbel das war! Sie waren so *ernst*! Wenn Lavan wüßte, wenn sie wüßten, wie ihr Leben war, wenn sie von der Filmmusik wüßten, den Hamburgern, den Männern, den verzweifelten Wanderungen um Mitternacht.

Aber Lavan wußte offensichtlich etwas. «Du bist neurotisch», sagte er eines Abends zu ihr, nachdem sie eine Diskussion über «Kunst als Waffe» gehört hatten. Er brachte sie zu ihrer Straßenbahn. Er hatte ein Auto, sagte aber, seine Frau habe gerade entbunden und er könne sich wirklich nicht die Zeit nehmen, sie heimzufahren.

«Neurotisch?» fragte sie.

«Hast du je von Freud gehört?»

«Ja», antwortete sie. Sie versuchte, sich an die Witze zu erinnern, die sie gehört hatte, in denen Freud irgendeine Rolle spielte.

«Paß auf», sagte er, und es schien ihm auf einmal unbehaglich zumute zu sein, «erzähl das niemandem weiter, was ich gesagt habe. Weißt du, ich sollte solche Sätze nicht benutzen. Es ist nur, weil du so kummervoll aussiehst, und ich –»

«Ich werde nichts sagen», sagte sie schnell. Was kümmerte es ihn, ob sie weitererzählte, was er gesagt hatte?

Vielleicht wußte er, daß sie mit Männern schlief. Vielleicht nahm er ihr wegen Walter irgend etwas übel. An diesem Abend fuhr sie nach Hause und grübelte über Walter nach, dessen seltene Briefe immer mit der Ermahnung endeten, sie solle ihre Beine geschlossen halten. Warum fühlte sie nichts beim Gedanken an Walter? Beim Gedanken an die Männer, mit denen sie ihn «betrog»?

Sie wußte, daß Menschen, wenn sie erst einmal verheiratet waren, nicht tun sollten, was sie tat; irgendwo in einem Winkel ihres Hirns hingen blasse Abstraktionen, regungslos wie gemalte Wolken – Gott, ordentliche Mahlzeiten, würdevolle Haltungen, Klassenarbeiten mit dem eigenen Namen, säuberlich in der rechten oberen Ecke, Familien um einen Eßtisch, die Älteren die Jungen belehrend, unsterbliche Liebe, Musik des Geistes, nicht der Küsse und Tode von Filmstars.

Sie brach in Lachen aus, und Sigrid sagte: «Menschenskind! Du hast mich erschreckt!» Und Annie sagte: «Ich hab nur an etwas gedacht, einen alten Witz.»

«Erzähl ihn mir, ich will auch lachen», verlangte Sigrid. Also erzählte Annie ihr eine Reihe von Schülerwitzen, die mit Buchtiteln zu tun hatten – *Halt in der Wüste,* von Mustafa Piesel ... Und Sigrid lachte kreischend.

Es wäre herrlich, immer so weiterzufahren, sicher im Auto, im Koffer ein paar Kleider, jede Menge Zigaretten in den Seitentaschen. Aber ein großes Schild, das darauf hinwies, daß Laguna Beach nahe war, vertrieb die behagliche Stimmung. Eine Ahnung von Angst, vertraut wie das Morgenlicht, ließ Annies Hände sich um das Lenkrad spannen.

Der kleine Ort lag still in der Mittagssonne. Voller Argwohn nahm Annie die teuer aussehenden kleinen Läden, die die Seeseite der Straße säumten, in sich auf. Zu ihrer Linken, in den Bergen, hingen die blutroten Dächer großer Häuser wie Sonnensegel zwischen den glänzenden Blättern der Bäume.

«Da ist das Drive-in», verkündete Sigrid und zeigte zu einem runden Gebäude auf dem ins Meer vorspringenden Felsen. Ein Auto stand auf dem Asphaltstreifen, ein Tablett klemmte am Fahrerfenster, darauf lag eine zerknitterte Serviette.

Nach etwas weniger als einer weiteren Meile rief Sigrid: «Hier! Bieg hier ab!»

Sie fuhren eine mit zerstoßenen Muschelschalen bedeckte Straße entlang zu einem unauffälligen kleinen Haus, in dem vielleicht einmal die Dienstboten eines größeren Anwesens gewohnt hatten. Blumen kletterten an den Wänden hoch, der dicke Ast einer Weinrebe folgte dem Geländer der Treppe, die zum oberen Stock führte. Als Annie anhielt, öffnete Sigrids Bruder mit weißen, aufgekrempelten Hemdsärmeln die schmale Tür im Erdgeschoß; blinzelnd stand er in der Sonne, streckte sich und rieb sich das Gesicht.

Er war ein schlanker junger Mann von etwa zwanzig, und er sah aus, als wäre er nicht Sigrids Bruder, sondern ihr Sohn, von dem sie sich in einer früheren, unschuldigeren Zeit befreit haben mochte, als ihr Haar von derselben hellbraunen Farbe gewesen war wie seines. Sigrid fiel ihm um den Hals, und in Annie stieg plötzlich ein Bild von Sigrid auf, wie sie mit einem Mann im Bett lag, unbeholfen, bockig, ein linkisches Bauernmädchen, stampfende Kühe in Ställen, Gerüche von Klee und Schweiß und Dung.

Am nächsten Tag gingen sie zur Arbeit. Ernie Cotts kam aus Oklahoma, und er beabsichtigte, mit dem Drive-in reich zu werden. Seine blasse, flachbrüstige Frau machte die Buchhaltung auf einem leergeräumten Tisch im hinteren Teil der Küche; sie saß da wie ein Grashalm, mit vor Widerwillen runzlig gewordenemGesicht im dichten Bratendunst. Ein Filipino, aufrecht wie ein Spielzeugsoldat und mit unerklärlicherweise sauberer Schürze, verbeugte sich jedesmal vor Annie, wenn sie in seine Richtung sah.

Der Koch, ein ehemaliger Marinesoldat, trug manchmal sein Gebiß. An den Tagen, wenn sein Gesicht symmetrisch aussah, war er nüchtern und machte gelegentlich einen bissigen Scherz. Wenn sein Gebiß nicht da war und sein Mund sich nach innen zog, war er voller Gin und neigte zu heftigen Wutanfällen, in deren Verlauf er mit den langstieligen Bratenwendern auf den Grill klatschte, als ob er ihn umbringen wollte, die Bestellungen von dem Rad, das zwischen Küche und Tresen hing, abriß und alles, was er darauf ablas, verfluchte, während er nach dem Korb mit Pommes frites griff und die Portionen herausschüttelte.

Ernie lümmelte überall herum, sein großes, unattraktives Gesicht war nahezu ohne Ausdruck, seine Lippen lagen wie zwei Blutegel aufeinander. Wenn Annie an ihm vorbeiging, streckte er oft die Hand aus und ließ sie fallen, wo es ihm gerade paßte, auf ihrem Rücken, ihrem Gesäß oder ihrem Bauch, während er desinteressiert seine Frau im Auge behielt. Der Filipino nannte sie «Miss Annie»; er war klein und sah zu ihr auf, und wenn sie nicht zu beschäftigt waren, sprach er in unzusammenhängender Weise mit ihr über seine Gedanken.

Die Wochenenden waren Marathons, die in Erschöpfung endeten. Sigrid übernahm die Autos draußen, und Annie stand hinter dem Tresen, wo sich die Kundschaft in drei Reihen drängelte und dabei schrie und kreischte und lachte – es waren meist junge und reiche Leute aus Hollywood, Filmkinder, Kinder aus der *Branche*. Sie verlangten komplizierte Kreationen, die Annie herzustellen hatte, Mixturen aus Soda und Eis und Walnüssen und Sahne und Saucen und Pistazien. Die Mädchen behandelten sie unverschämt grob; die jungen Männer flirteten und sahen sie über das helle, saubere Haar ihrer Freundinnen hinweg anzüglich an.

Sie stellte sich vor, wie sie sie sahen – eine junge Bedienung, die mit unerschütterlicher Miene ihre Anweisungen befolgte, mit Schweißflecken auf der Uniform, weil sie sich so für sie anstrengte, ein Arbeitermädchen, arm, jenseits ihrer Welt. Eines Abends fanden Sigrid und sie Mäusekot in den Sahnebehältern. Sigrid lachte, aber Annie, die bei der Erinnerung an ihren eigenen grausigen Parasiten ein Schauder überlief, schüttete die ganze Sahne weg. Als Ernie es herausfand, nahm er ihren knappen Rock in die Hand, zog ihn über ihrem Hintern zusammen und brüllte, daß er sie feuern werde, wenn sie je wieder etwas ohne seine Erlaubnis wegwarf. Auf seinen Lippen war Speichel.

Eines Nachmittags kam ein Schauspieler, der als Gangsterdarsteller berühmt war, und bestellte Ginger-ale. Da saß der Killer in seinem Seidenhemd, ein kleiner, dünner Mann mit grau werdendem Haar. Er gab ihr einen Dollar Trinkgeld. Sie erinnerte sich an Tonys Geschichte von dem jungen Mädchen, das sich in die Garderobe bringen ließ, um Sarah Bernhardt kennenzulernen, und als das Mädchen vor Aufregung weinte, nahm die große Schauspielerin seine Hand und küßte sie, und – hatte Tony gesagt – das Mädchen habe diese Hand dann wochenlang nicht gewaschen. Der Dollar des Schauspielers verschwand in Annies Handtasche, und sie gab ihn genauso aus wie die anderen Dollars. Sigrid warnte sie, daß seine Frau versuche, Ernie dazu zu bringen, sie loszuwerden. «Diese vertrocknete alte Mähre will dich hier nicht mehr sehen, Süße, weil der ungehobelte Alte nicht aufhören kann, dich zu betatschen. Bleib von ihm weg.»

Fast jedes Wochenende gab es schwere Autounfälle; die jungen Leute aus Hollywood rasten in ihren kleinen Kabrios die Straßen entlang und warfen sich mit voller Wucht und mit derselben sprachlosen Penetranz, mit der sie ihre abscheulichen Süßspeisen verlangten, dem Tod in die Arme. Deshalb kam an den Wochenenden oft die Polizei vorbei, um im Drive-in «Ausschau nach Unruhestiftern zu halten», wie sie sagten. Es waren zwei Polizisten mittleren Alters. Wenn die Menge aufmüpfig wurde, packten die Polizisten die jungen Männer und brachten sie zu ihren Autos zurück; sie sollten sichergehen, daß sie sich außerhalb von Laguna umbrachten, sagten sie zu ihnen. Manchmal fuhren sie Annie in einem alten Polizeiauto nach Hause, das ratterte wie eine halbleere Werkzeugkiste. Eines Abends fuhren sie mit ihr nach San Diego, dann an die mexikanische Grenze, gegenüber von Tijuana. Sie waren freundlich zu ihr gewesen; sie spürte, daß sie sie beschützen wollten. Aber an diesem Abend redeten sie, als ob sie nicht da wäre, und doch wußte sie, daß sie die Unterhaltung hören sollte. Es ging um die Partys, die in den schönen, luxuriösen Häusern auf den Anhöhen gefeiert wurden; Panik erfaßte sie, als sie mit ihnen am Grenzübergang zusammensaß, der Motor lief und die beiden stämmigen Männer in ihren blauen Uniformen sich verschluckten vor Lachen über die Taten der Reichen und Privilegierten, und sie dachte: Was ist, wenn sie über mich Bescheid wissen? Was ist, wenn sie wissen, daß ich die Versammlungen der kommunistischen Partei besucht habe? Was ist, wenn sie entdecken, daß ich verheiratet bin? Mit einem Kommunisten? Ernie hatte ihr gesagt, sie solle ihren Ehering bei der Arbeit nicht tragen. Grinsend hatte er gesagt: «Ich nehme an, ich muß das nicht erklären, oder?» Sie hatte mittlerweile von den auf Kommunisten angesetzten Einheiten gehört; Paul Lavan hatte ihr von Polizisten erzählt, die in ihren Hochburgen Männer, die für Tom Mooney auf die Straße gegangen waren oder versucht hatten, Gewerkschaften zu organisieren, in die Genitalien getreten hatten. Sie dachte einen schrecklichen Moment lang, daß sie vor Angst einfach anfangen würde zu weinen, und dann würde alles herauskommen. Aber nichts geschah; sie fuhren sie heim, waren die ganze Strecke über schweigsam, und als sie ausstieg, sagte einer von ihnen: «Bleib sauber, Annie-Fannie.»

An ihren freien Nachmittagen ging sie in ihrem neuen grünen Badeanzug, den sie von ihrem Lohn gekauft hatte, an den Strand und legte sich in die Sonne. Bald wurde ihr das langweilig, und sie begann, an der schönen Küste mit dem feinen Sand und den vielteiligen Felsformationen spazierenzugehen, und dabei sah sie manchmal hinauf zu dem Haus an der Steilküste, das, wie ihr jemand gesagt hatte, Bette Davis gehörte.

Eines Abends gingen alle Lichter in Laguna Beach aus. Sie hörte zum erstenmal, daß es eine Alarmanlage zwischen Laguna und der Insel Catalina gab, die unter der Meeresoberfläche verlief. Jemand hatte sie berührt und den Alarm ausgelöst. Die Wellen schlugen an den Strand; die Straße war voller Menschen – «Was ist passiert? Was ist denn passiert?» –, es gab Gekicher, manche waren betrunken, überall war der Duft von Geißblatt und von Rosen. Sie verließ das Drive-in und ging zu der Bar ein paar hundert Meter weiter die Straße entlang, wo Sigrids Bruder Arbeit als Barkeeper gefunden hatte. Man hatte Kerzen angezündet, und sie sah Joe lächelnd, mit den Armen auf dem Tresen, im Gespräch mit einem gutaussehenden Mädchen. Er winkte ihr zu, als er sie sah.

Annie, Sigrid und Joe führten ein etwas lustloses Familienleben, frühstückten zusammen und teilten sich die Hausarbeit. Annie hatte ihre Leidenschaft für Hamburger verloren und aß so viel von Sigrids farblosem, stärkehaltigem Essen, daß sie zunahm.

«Ich komme nicht drüber weg», sagte Joe zu ihr. «Ich meine, vielleicht ist da draußen ein echtes japanisches U-Boot.» Das Mädchen, mit dem er gesprochen hatte, stand von dem Barhocker auf und verschwand in einer dunklen Ecke, wo ein junger Mann sich in einem hölzernen Kapitänssessel im Schatten ausgestreckt hatte.

Andere Leute kamen herein und sprachen über die mögliche Entwicklung. Annie las keine Zeitung, nicht weil Lavan ihr gesagt hatte, daß die Presse von den Kapitalisten kontrolliert werde und daß alle Nachrichten tendenziös seien, sondern einfach deshalb, weil die bloße Vorstellung, sich hinzusetzen, um nichts anderes zu tun, als eine Zeitung zu lesen, ihr absurd vorkam.

Sie fragte sich ernstlich, ob sie die Nachricht versäumt habe, daß zwischen Japan und den Vereinigten Staaten Krieg herrschte, während sie gleichzeitig wußte, daß das nicht sein konnte. Die Leute waren erregt durch den momentanen Stromausfall. Joe servierte in einem fort Drinks. Meist Whiskey. Annie befand sich nach zwei Drinks im Gespräch mit einer Gruppe von Leuten mit leichtem englischem Akzent, der, wie sie vermutete, angelernt war. Es wurde ihr plötzlich klar, daß es sich um genau die Leute handelte, die in den Häusern auf den Anhöhen wohnten.

Wie die Besucher der Party, auf die sie St. Vincent mitgenommen hatte, entwickelten auch diese Leute ein intensives, wenn auch kurzlebiges Interesse an ihr. Sie waren älter, als sie angenommen hatte; die Männer rochen nach Parfum, und die Haut der Frauen hatte jene leblose, tiefe Bräune, die mit den mittleren Jahren, passiver Hemmungslosigkeit und Müßiggang einherging. Sie luden sie zu weiteren Drinks ein. Sie dachte sich eine phantasievolle Geschichte für sie aus, weil sie wußte, daß sie nicht zu denen gehörten, die Drive-ins frequentierten. Sie erzählte ihnen, daß sie in Paris aufgewachsen sei, daß ihre Eltern bei einem Flugzeugunfall getötet worden seien – bei einem Flug mit ihrem privaten Flugzeug –, daß sie sich entschlossen habe, ihren eigenen Weg im Leben zu gehen, daß sie beabsichtige, Pianistin zu werden, daß ihr Verlobter in Südfrankreich ertrunken sei –

Das Licht ging wieder an.

Später sagte jemand, eine Ente sei in die Unterwasser-Alarmanlage geraten. Es wurde ein lokaler Witz daraus. Niemand fand je heraus, was wirklich passiert war.

Sie und Joe gingen zusammen schwimmen. Sie beobachtete, daß ihre Gliedmaßen ziemlich gleich aussahen, helle Arme und Beine, mit hellblondem Flaum bedeckt. Er sagte ihr, daß er das gefärbte Haar seiner Schwester hasse. Er erzählte ihr Geschichten von Indianerfamilien in Minnesota, die er gekannt hatte. Er sehnte sich nach kalten Wintern, in denen man seinen Atem sehen konnte, in denen die Bäume schwarz waren gegen den Schnee. Er rollte sich auf dem Sand näher an sie heran und sagte: «Ich wollte nicht hierherkommen, aber wir waren so arm, nachdem Mama gestorben war und Pa wegen seines ewigen Trinkens einfach vor die Hunde ging, deshalb haben Sigrid und ich Arbeit gesucht, weißt du, und uns nicht unterkriegen lassen, aber ich weiß nicht, was das soll, dieses Leben, vielleicht gehe ich eines Tages zurück und arbeite auf meiner eigenen Farm. Mann! Mir fehlen diese Winter.»

Ein von Adresse zu Adresse weitergeschickter Brief ihres Vaters wartete auf sie.

«Mein dummes Mädchen», lautete er, «wo zum Teufel bist du? Nach der Meinung der Welt sollte ich solche Dinge wissen. Hast du diesen Knaben wirklich geheiratet? Margo und ich werden im Herbst und Winter in Massachusetts sein. Sie schreibt ein Buch über die Geschichte des Türkisschmucks, und sie ist sehr gut und diszipliniert und beschämt mich. Ich habe gut gearbeitet und sollte in besserer Laune sein, weil ich für November die feste Zusage einer Galerie habe, aber ich bin's nicht. Die Indios deprimieren mich. Sie sehen alle halb verhungert aus und haben fette Pferde. Ich habe eine richtige Panik vor Klapperschlangen entwickelt. Margo hat gestern eine gefunden, eine junge, unter einem Eimer, und seitdem versuche ich, eine Methode auszuarbeiten, wie man gehen kann, ohne den Boden zu berühren. Ich sehne mich nach einer vertrauteren Landschaft, also machen wir hier die Fliege, fahren nach Cape Cod oder

Salem oder irgendwohin. Aber ich schreibe dir weiter, auch wenn du trotzig bist und es nicht tust. Hast du je bei St. Vincent, meinem alten Freund, vorbeigeschaut? In Liebe, du kleine Ratte.»

Es war bei weitem der längste Brief, den sie je von ihm bekommen hatte, und sie hielt ihn in der Hand, bis es Zeit war, zur Arbeit zu gehen. Sie würde ihn demnächst beantworten. Wenn ihr etwas wirklich Lustiges einfiel, über das sie schreiben konnte.

Spät an diesem Abend machte sie einen kurzen Spaziergang auf dem Muschelweg. Als sie zurückkam, lehnte Joe an der Tür seines kleinen Zimmers neben der Garage. Er rauchte eine Zigarette, der Rauch von der Glut streifte seinen schmalen Mund. Er küßte sie, beugte sich etwas vor dabei, ohne sie zu berühren. Sie machte einen Schritt auf sein Zimmer zu. Er versperrte ihr den Weg mit dem Arm. Sofort zog sie sich zurück. Er nahm ihre Hand und trat die Zigarette aus. Seine Haut war feucht. «Du bist verheiratet», sagte er fast unhörbar. Sie zog ihre Hand weg und ging in Richtung Treppe. Sigrid, die unerschütterlich tief schlief, stöhnte plötzlich oben im Schlafzimmer, und Annie erschrak, als ob etwas aus Stein Gebautes einen Klagelaut von sich gegeben hätte. «Warte!» Joe bekam ihren Rock zu fassen.

Sie zogen sich im Dunkeln aus. Sie legte sich auf sein Bett. Er sagte: «Ich hab es – noch nie gemacht.» Sie hatte Angst um ihn, sie hatte Angst um sich selbst. Er stand über ihr, trat von einem nackten Fuß auf den anderen. «Du mußt nicht», flüsterte sie. «Ich muß», sagte er verzweifelt. «Ich hab Angst.»

«Wovor?»

«Ich weiß nicht», rief er leise und fiel neben ihr nieder. Er berührte sie nicht. Am Ende lag er schräg über ihr und befleckte durch eine traurige, demütigende, rasche Bewegung seiner Hüfte ihren Bauch. Er rief leise: «Ich weiß nicht, was mit mir los ist.»

«Nichts», sagte sie und hielt ihn fest.

«Ja, ja. Ich habe alles darüber gehört», sagte er undeutlich in ihren Hals hinein. «Es war wie etwas Schreckliches, das ich tun mußte, wie erschossen zu werden, wie auf ein Feld geführt und erschossen zu werden. Und siehst du, siehst du? Ich kann nicht, ich kann nicht.»

«Es ist das erste Mal.»

«Nein, nein, nein. Ich hab's schon vorher probiert. Meine Freunde haben es mir gesagt, meine Freunde daheim, von klein auf. Ich habe einen älteren Jungen – etwas mit mir machen lassen. Ich habe das genauso gehaßt. Aber ich will –»

«Es sind alles Lügen.» Ihre Stimme wurde lauter. «Wir alle hören diese Lügen.»

«Sch!» flüsterte er wütend, aufbrausend. «Ich will nicht, daß Sigrid etwas erfährt. Ich habe sie mit Männern zusammen gesehen. Ihr ist es egal. Sie ist wie eine Wildkatze. Sie wird Sachen zu mir sagen. Oh, bitte, sag ihr nichts.»

Sie umarmte ihn und küßte seine weichen Arme und deckte ihn mit einem Leintuch zu und ging nach oben zu Bett, mit Tränen in den Augen, überall roch es nach Geißblatt, und sie dachte: *Alles* ist Lüge, und entdeckte Sigrid aufrecht im Bett. Sie sah ihr Gesicht im Mondlicht – Sigrid grinste.

«Ich hab euch gehört», sagte sie in leisem Singsang. «Mein kleiner Bruder hat nichts zustande gebracht.»

«Du hast von nichts eine Ahnung, verdammt noch mal», sagte Annie in so hartem Ton, daß die Muskeln ihrer Kehle zu gefrieren schienen. «Wenn du noch einmal davon sprichst, bring ich dich um!» Sie warf ihre Kleider auf den Boden und ging ins Bad, um sich zu waschen. Als sie zurückkehrte, rauchte Sigrid.

«Es tut mir leid», sagte sie demütig. «Du hast recht. Es tut mir leid. Menschenskind! Es geht mich sowieso nichts an. Ich hab meine eigenen Sorgen.»

Annie blieb wach. Sie hatte nie zuvor im Leben so mit jemandem gesprochen.

Etwa eine Woche später schwenkte ein Armeejeep in das Drive-in ein, und ein großer, junger, rothaariger Mann in der Uniform eines Lieutenants stieg aus. Er ignorierte die anderen Gäste – es war ein unverhohlenes Ignorieren, als reite er in ein Bauerndorf ein und halte nach dem lokalen Fürsten Ausschau. Er schwang sich auf einen Barhocker und schenkte Annie ein gönnerhaftes Grinsen. Eines seiner hellblauen Augen stand etwas schief; seine strahlende Farbe, die gespannte Wachsamkeit seiner Bewegungen, seine offensichtliche Arroganz machten ihn unverwechselbar, vielleicht sogar gewinnend. Unwillkürlich sah sie ihn auf eine Weise an, die ihn befriedigen mußte.

«Etwas Kaltes», sagte er in klarem, entschiedenem Ton und sah sofort von ihr weg zum hinteren Teil der Küche, während er gleichzeitig, als ob er jede Regung seines Lebens unter Kontrolle hätte, ein flaches, goldgerahmtes Lederetui herauszog, dem er eine Zigarette mit goldener Spitze entnahm. Sie hätte, wie sie annahm, das ganze Schauspiel an diesem Punkt beenden können, wenn sie gefragt hätte: «Was wollen Sie?» Statt dessen füllte sie ein Glas mit Eis und goß Ginger-ale darüber. Sie stellte es vor ihn hin, sorgfältig, in die Mitte, und drehte ihm gleich darauf den Rücken zu. Er lachte. Sie beobachtete, daß die anderen Gäste ihn prüfend betrachteten und dabei jenes Interesse an den Tag legten, das Menschen fremdartigen Angehörigen ihrer Spezies entgegenbringen. Er trank sein Getränk mit kleinen Schlucken. Sie wandte sich anderen Aufgaben zu. «Kommen Sie her», sagte er. Sie blieb stehen, wo sie war. «Bitte.»

«Gehen Sie heute abend zum Essen?»

«Ja.» Ihr Kopf sagte *nein*.

Beide sprachen in demselben klaren, entschiedenen Ton.

«Wann?»

«Um neun», sagte sie.

Punkt neun schwenkte der Jeep die Rampe hinunter, laut dröhnend zwischen dem halben Dutzend parkender Autos; und er sprang mit seinen langen Beinen hinaus und drehte sich suchend nach ihr um. Sie hatte nicht weit vom Tresen auf ihn gewartet. Sie ging ohne Ausdruck auf ihn zu, stieg in den Jeep, und er drehte den Zündschlüssel mit einem eleganten Schwung des Handgelenks. Sie fuhren donnernd die Rampe hoch auf die Straße.

«Wir fahren nach Balboa», verkündete er.

Da sie zuerst einem Impuls gefolgt war und dann beschlossen hatte, ihn auszutricksen, war sie jetzt gefangen. Als sie an dem Muschelweg vorbeikamen, der zu ihrem Haus führte, war sie nahe daran, ihm zu sagen, er solle sie sofort aussteigen lassen. Dann war es zu spät.

Während des luxuriösen Essens, das auf seine Rechnung ging, redete er ununterbrochen. Er sei Soldat geworden – er habe das Reed College besucht. Er spreche Deutsch und Französisch wie ein Einheimischer – ein gebildeter Einheimischer ... Erst letzte Woche sei er mit einer amtierenden Schönheitskönigin ausgegangen; sie habe gerade irgendeinen nationalen Wettbewerb gewonnen. Sie sei ordinär, aber lebendig. Sein Zigarettenetui komme von der Bond Street, aber er bezweifle, daß Annie je von der Bond Street gehört habe. Man werde ihn demnächst nach Alaska schicken, obwohl das eigentlich geheim sei. Er nehme an, sie habe gehört, daß es bei der Armee geheime Informationen gebe? Er sei Offizier, weil er Gentleman sei. Und umgekehrt. Er wohne bei Freunden in den Bergen nicht weit von Laguna. Habe sie bemerkt, daß er ein falschstehendes Auge habe? Als Kind habe man ihn damit aufgezogen. Es sei jetzt, denke er, eines seiner größten Pluspunkte, außer seiner Sprachbegabung.

Er war der lächerlichste Mensch, dachte sie, den sie je getroffen hatte.

Später fuhr er mit ihr eine der kurvenreichen Straßen entlang, die in die Berge führten. Das dunkle, üppige Laub, der schwache Schein einer Straßenlampe hier und dort, der Blick, den man in erleuchtete Fenster erhaschte, erinnerten sie an Arizona Canyon. Sie bogen in eine Einfahrt, die zu einem großen, kreisförmigen Vorsprung aus Granit führte, wo ein großes Auto stand. Unter ihnen lag das Städtchen Laguna, dahinter die große Fläche des Pazifiks. Das Haus, erläuterte er sorgsam, sei eine Kopie eines Teils der Alhambra. In Spanien. Auf einer Seite war ein großer Swimmingpool. Man konnte schwimmen und gleichzeitig auf den Ozean hinabblicken. Um den Pool standen feingearbeitete Säulen und Löwenskulpturen. Das Sternenlicht machte aus den Löwen Tiger.

«Schwimmen wir?» fragte er und ging zu ihrer Überraschung in eine Art von Badehütte am Ende des Pools, aus der er mit einem Arm voller Badeanzüge herauskam. «Sherry hat immer welche», sagte er. «Wählen Sie.»

Sie tauchte ohne einen Spritzer in das schwarze Wasser und streckte die Arme aus, die sie nicht mehr bewegte, als nötig war, um ihren Körper an der Oberfläche zu halten. Sie vergaß den rothaarigen Mann; sie drehte sich auf den Rücken, und der Himmel war ein dunkles Gewässer; sie hörte mit ihren wassergefüllten Ohren das entfernte Geräusch der Wogen. Eingehüllt und aufgehoben in dieser Dunkelheit, schien sie in schmerzloser Leere aufgehängt. Dann erblickte sie den Mann am anderen Ende des Pools, der bis zu den Oberschenkeln im Wasser stand, eine Tintenzeichnung von einem Mann, auf der die hellen Farben seines Haars und seiner Haut und Augen dunkel geworden waren. Sie fiel ohne Atem unter Wasser, stieg auf und sank wieder, stieg auf und schnappte nach Luft. Obwohl ihre Füße auf dem gekachelten Boden des Pools festen Halt fanden, war es, als ob es nirgends einen Boden gäbe. Unbeholfen lief sie zum Rand des Pools, keuchte dabei ein wenig, ohne sich darum zu kümmern, daß sie vielleicht irgendwelche Fremden in dem stillen Haus, das über ihr aufragte, aufweckte. Er zog sie heraus.

Er führte sie in die Umkleidekabine in der Badehütte. Er sagte, er bleibe hier, bis der Befehl komme, der ihn nach Norden schickte, nächste Woche. Er goß Whiskey in ein Glas und füllte es mit Wasser aus einer lederumhüllten Karaffe vom Tisch neben einer Korbcouch auf. Sie trank das Glas in einem Zug leer.

In seiner Badehose wirkte er wie ein Storch.

«Wo sind die Leute? Sherry? Über die Sie gesprochen haben?»

«Bei einer Party», sagte er. «Sie haben ein farbiges Dienstmädchen und einen Chauffeur, aber die sind am anderen Ende des Hauses.»

Es klang, als fühlte er sich unbehaglich.

Sie wartete einfach, und die Nässe ihres Badeanzugs verteilte sich auf dem chintzbespannten Polstersessel, in dem sie saß.

«Es ist sehr wichtig», sagte er. «Sex.»

Wichtig?

«Für die Hygiene. Wissen Sie, was Hygiene ist? Ich meine, für die Spannung, den Abbau von Spannung.»

Sie hatte ein Zittern in seiner Stimme gehört, aber als er das letzte Wort aussprach, schien er an Sicherheit zu gewinnen, und seine Stimme hatte wieder den klaren, entschiedenen Klang, der sie im Drive-in angezogen und abgestoßen hatte.

«Nun, stimmen Sie mir nicht zu?»

«Es wäre schön, wenn Sie mich heimbringen könnten.»

«Sie schäkern nur so herum und halten Männer zum Narren», sagte er im gleichen Ton.

«Gut. Aber –»

«Ich hatte eine Geliebte in Paris. Ich habe überall Frauen gehabt. Es ist kein Problem für mich, Frauen zu kriegen.»

«Es tut mir leid.»

«Es tut Ihnen leid, alles okay.» Er lächelte, und während sein Mund breiter wurde, zogen sich seine Augen zusammen, so daß sie dachte, er werde anfangen zu weinen. Er preßte seine herausstehenden Fingerknöchel an die Zähne.

«Na gut, altes Haus, lassen Sie uns gehen. Ziehen Sie sich an. Wir fahren», sagte er, schlug sich klatschend auf beide Knie, stand auf, zog seine Badehose aus und die Uniform an.

Sie hatte sich ihm und seinem Hygieneprogramm verweigert, aber sie empfand keine Erleichterung, sondern fühlte sich mehr denn je als seine Gefangene. Wenn sie sich hätte mitnehmen lassen in sein Bett, hätte sie gewonnen. Sie wußte nicht, was das bedeutete. Die Freiheit gewonnen bis zum nächsten Mann? Einen Augenblick war sie versucht, sich nackt vor ihn hinzustellen und ihn mit ihr machen zu lassen, was er wollte. Es war ein furchtbarer Abend gewesen, weil sie ständig zwischen entgegengesetzten Impulsen hin- und herpendelte. Sie haßte sich mit dem vollen Bewußtsein ihres Selbsthasses. Wie häßlich er war!

Er fuhr den Berg hinunter bis zum Muschelweg. Sie sagte, sie werde den Rest des Weges zu Fuß gehen.

Er hielt an und ließ den Motor laufen.

«Danke für das Essen», sagte sie und verfluchte sich dafür, daß es so beschwichtigend klang.

«Danke für Ihre zauberhafte Gesellschaft.»

Sie wollte etwas zu ihm sagen, etwas Verheerendes, etwas, was den goldenen Rand seines verdammten Zigarettenetuis aus der Bond Street zum Schmelzen brachte. Er starrte geradeaus durch die Windschutzscheibe. Plötzlich wurde sie von Schwäche überwältigt.

«Es tut mir wirklich leid», sagte sie sanft. Aber er begriff nicht; sie wußte, daß er dachte, sie entschuldige sich dafür, daß sie sich ihm nicht zur Verfügung gestellt hatte, während sie *ihn* meinte, um den es ihr leid tat, um alles. Er nickte kurz. Sie ging die Straße entlang und lauschte dem sich entfernenden Geräusch des Jeeps. Der Mond war aufgegangen, und die weißen Muschelschalen schimmerten wie alte, reingewaschene Knochen.

In den Wochen, die auf die Begegnung mit dem Soldaten folgten, wurde sie so schweigsam, daß Sigrid – die sich schon um Joe Sorgen machte, die Gründe dafür aber erst später enthüllen sollte – dazu überging, ihr jedesmal einen Klaps zu geben, wenn sie in ihre Nähe kam.

«Wach auf!» schrie sie. «Menschenskind!»

Es schien Sigrid nicht in den Sinn zu kommen zu fragen, was los sei, bis Annie eines Tages über ihrem von Sigrid gemachten Frühstück saß und zu weinen anfing. Joe stand auf wie vom Schlag getroffen, ließ eine Gabel auf den Boden fallen, an deren Zinken Eigelb hing, und floh die Treppe hinunter.

«Bist du schwanger?» fragte Sigrid und zog ihren Stuhl so dicht an Annie heran, daß ihre Beine sich berührten.

«Nein, nein, nein.» Sie rieb sich die Tränen aus dem Gesicht.

«Ist es dein verdammter Ehemann? Er hat nicht geschrieben? Ist es das?»

«Nein. Ich weiß nicht ...»

«Ernie? Ist es Ernie? Hast du Angst, daß er dich rausschmeißt? Hör zu, du warst in letzter Zeit so still, daß dieses dumme Weib von ihm denkt, er hat sich wieder eingekriegt. Hör zu. Willst du was zu trinken? Ich hab eine Flasche Rum von so einem Kerl ... willst du –»

«Es geht schon besser», rief Annie. «Es kam nur plötzlich über mich.»

«Aber du bist schon wochenlang so!»

«Ich bin müde. Nur müde.»

«Nein. Du bist nicht müde.»

Sie versuchte, sich eine Erklärung auszudenken, damit Sigrid nicht sah, daß sie selbst nicht wußte, was eigentlich das Problem war. Sie fühlte sich dünn und blaß und hilflos – hilflos in bezug worauf? Unfähig, Ernie direkt anzuschauen, höflich zu dem Filipino zu sein, die schmutzigen Metalltabletts einzusammeln, die an den Autos klemmten, die Wutanfälle des Kochs zu ertragen, die physische Verkommenheit dieser Küche zu sehen. Tatsache war, daß sie inzwischen braungebrannte Haut hatte, einen fast rundlichen Körper und daß sie bestimmte Verhaltensweisen harter Arbeit gelernt hatte, Verhaltensweisen, deren Zweck es ist, daß man sich fügt, und die man annimmt, ohne zu überlegen, wodurch die Erschöpfung entsteht, die gedankliche Leere, das Spiegelbild der Arbeit selbst.

Aber Sigrid, Lockenwickler auf dem Kopf, zündete sich eine Zigarette an, obwohl noch eine halb geraucht im Unterteller ihrer Kaffeetasse lag. Ihr breites Gesicht mit den derben Zügen war bleich. Sie ging nicht in die Sonne, aber ihre Arme und ihr Hals waren verbrannt. Sie starrte auf einen Punkt jenseits von Annies Schultern. Die Sorge bewirkte, daß ihre Augen enger zusammenstanden, als ob sie versuchte, sich ihr mit einem Objektiv zu nähern, eine Großaufnahme zu machen, sie deutlicher zu erkennen.

«Joe», murmelte sie. «Du kriegst einen Heulanfall. Aber ich mache mir wirklich Sorgen um Joe. In letzter Zeit ist er wie früher. Er hat sich in alte Decken gewikkelt und ist in den Schnee hinausgegangen, als er klein war, und manchmal dachte ich, es wäre endgültig, er würde sich in den Schnee legen und sterben. Weißt du, daß er jetzt über zehn Tage nicht einmal guten Morgen zu mir gesagt hat? Ich sehe ihn hinter der Bar dort, wenn ich nachts auf dem Heimweg vorbeigehe, er macht Drinks und starrt ins Leere. Gibt es etwas zwischen euch beiden, wovon ich nichts weiß?»

«Nein, nichts», sagte Annie. «Er spricht auch kaum noch mit mir.» Sie hatte sich noch nie um Joe Gedanken gemacht. Er kam jeden Morgen gegen zehn zum Frühstück die Treppe hoch und war da, wenn sie alle zur gleichen Zeit ihren freien Abend hatten, was selten war, und Sigrid ihre geschmacklosen, nahrhaften Mahlzeiten für sie kochte; er brachte den Abfall hinaus; er kaufte ein; er hielt seinen Garagenraum peinlich sauber. Annie sah ihn oft mit einem Besen in der Hand, unsichtbaren Staub auf den Muschelweg hinauskehrend, die Hemdsärmel bis zum Ellbogen aufgekrempelt, mit gespannter, gedankenverlorener Miene. Annie wusch die ganze Wäsche und hängte sie naß auf eine dünne Leine, die Joe zwischen zwei Bäumen gespannt hatte. Jeder von ihnen hatte seine Aufgabe. Was zwischen ihr und Joe geschehen war, war inzwischen bedeutungslos. Er nahm das Auto, wann er wollte, und sprach mit ihr – wenn er überhaupt etwas sagte – ohne irgendein Anzeichen von Spannung, nur mit einer gewissen Tonlosigkeit. Sie gingen allerdings nicht mehr zusammen zum Strand, und wenn er ein, zwei Stunden in der Wohnung im ersten Stock verbrachte, rauchte er ruhig und sah aus dem Fenster, wo der Wein wuchs, und war recht schweigsam; nur Sigrids Stimme erregte von Zeit zu Zeit seine Aufmerksamkeit, wenn sie sich über die Gäste des Drive-ins lustig machte, und wenn Annie unvermittelt auflachte, starrte er sie an und runzelte ein wenig die Brauen, als ob ihn etwas verwirrte.

Es war seltsam, wie zart er aussah, wenn man ihn neben Sigrid sah. Sie war nicht wirklich derb, aber sie hatte etwas Stumpfes an sich, und sie hatte sich älter gemacht durch das leblose, messingfarbene Haar, die Wimperntusche, die ihre Augenhöhlen dunkel wirken ließ, den tiefroten Lack auf ihren Fingernägeln.

Der Briefträger kam und rief zu ihnen hinauf, es sei Post da für die Mädchen. Sigrid holte einen Brief von Walter mit einem unentzifferbaren Poststempel und einen Brief von einer Cousine, den sie Annie laut vorlas, vielleicht in der Hoffnung, daß Annie ihr Walters Brief vorlas. Das war Sigrids Art, sich von ihren Sorgen abzulenken. In Wahrheit war sie nicht neugierig, was Walter betraf.

«Meine Cousine fragt mich dauernd, ob ich schon beim Film bin. Sie denkt, das ist ein guter Witz.»

Sie schüttelte den Kopf. «Menschenskind! Manchmal denke ich, was wird aus mir? Ich könnte nach Minnesota zurück. Ich habe so viele Verwandte dort. Aber, o Gott!»

Walter schrieb, er habe einen von Annies Briefen erhalten und hoffe, es warteten noch eine Menge mehr auf ihn in New York. Er werde bald zurücksein, sagte er. Er habe ein merkwürdiges Abenteuer erlebt, von dem er ihr erzählen werde. Sei sie brav? Er hoffe, sie sei mit den richtigen Leuten zusammen und bekomme viel Trinkgeld. Der Brief trug das Datum vom Monat zuvor. Mit einemmal war ihr furchtbar beklommen zumute, und sie warf den Brief zu Sigrid hinüber, die ihn laut las und die Worte überdeutlich artikulierte wie ein Kind, das lesen lernt. «Er schreibt gut», sagte sie. «Er kann nicht so schlecht sein.»

Joe kam in dieser Nacht um drei Uhr heim; während er die Straße entlanglief, sang er laut. Annie und Sigrid wurden von dem Lärm wach, sie gingen auf die Treppe hinaus und beobachteten ihn, wie er im Mondlicht torkelte, Blätter von den Bäumen abriß und sie um sich verstreute. «Total voll», murmelte Sigrid. «Wie der Alte.»

Er krachte gegen seine Tür, stieß sie auf und verschwand. Später hörte Annie, wie er sich draußen erbrach. Morgens streute er Erde über eine Stelle auf dem Gras. Er sah mitgenommen aus, zerbrechlicher denn je. Er starrte zu ihr hinauf, als sie im Bademantel auf der Treppe erschien. Einen Moment sahen sie einander in die Augen. Dann lächelte er schwach. «Das Leben ist nur eine Schale Kirschen», sagte er. Sie lachte beruhigt, ging wieder hinein und sagte zu Sigrid: «Alles in Ordnung mit ihm.»

«Nein», widersprach Sigrid. «Nicht mit ihm.»

In dieser Woche ging Annie eines Nachmittags, als die Sonne nur noch ein ständiger gewaltiger Hitzeerguß war, die Bäume stillstanden, der Ozean glatt dalag und alles gleichzeitig glitzerte und sterbensmatt war, in eine Bar an der Hauptstraße von Laguna. Man konnte dort angenehm sitzen. Der Tresen war ein langes Aquarium, und während man trank, konnte man in das grüne Wasser hinuntersehen und die hin und her flitzenden Fische verfolgen. Sie kannte ein paar von den Stammgästen. Der Barmann mixte ihr einen Martini. Sie hatte inzwischen eine starke Vorliebe für Gin entwickelt. Sie sah in das Aquarium hinunter. «Wie heißt dieser noch mal, Harry?» fragte sie. «Das ist ein Neonfisch», sagte er. «Jede Menge davon, Süße.»

Jemand spielte eine Melodie auf dem Klavier in der Ecke neben dem Fenster, das zum Ozean hinausging. Annie fühlte sich erfrischt und leicht und entspannt. Etwas ungeheuer Tröstliches lag darin, in einer Bar wie dieser sein zu können, bezahlen zu können, was man trank, und ein paar Leute zu kennen. Ihr Herzschlag schien sich zu verlangsamen.

«Fische!» sagte eine Stimme. «Sie sind zu unnahbar.» Sie wandte den Kopf und sah einen Mann von etwa fünfunddreißig, der zu ihr hinsah. Ein hohes Glas stand vor ihm. Trotz der Hitze trug er ein Tweedjackett und einen Hut, den er aus der Stirn geschoben hatte. Die weiche Krempe schlug einen Kreis um sein Gesicht.

«Sie sind einfach nur unnahbar», erwiderte sie.

«Das ist wahr», sagte er beifällig. «Das Adjektiv ist auch fehl am Platz. Ich meinte unnahbar im Vergleich zu Hunden, wahrscheinlich. Fische haben einem nichts zu bieten. Sie wissen nicht, daß man sie betrachtet, mit Augen, die so groß sind wie sie selbst.»

Sie wandte sich ab, weil sie sich nicht unterhalten wollte.

«Leben Sie hier?»

Sie nickte.

«Sie wollen nicht mit mir reden?»

Er sprach ernst, als liege ihm wirklich etwas an ihrer Antwort.

Es ärgerte sie. Er brach in ihren ruhigen Nachmittag ein. «Ich glaube nicht», sagte sie mit einem höflichen Neigen des Kopfes in seine Richtung.

«Ich wünschte, Sie wollten», sagte er, offenbar ohne jegliche flirtende Absicht.

Er hörte ihren Seufzer und sah traurig aus. «Na ja, dann.»

«Es ist nur, weil ich nicht viel Zeit für mich selbst habe», sagte sie zögernd.

«Was nimmt Ihnen die Zeit weg?»

Sie gab auf. «Ich bin Kellnerin in einem Drive-in hier in der Straße. Es ist ziemlich viel los. Ich habe nicht viel Privatleben.»

Eine Frau mittleren Alters in einem Strandkleid sang: «Du weißt ja nicht, was Liebe i-i-ist» in falscher Tonart über der Klaviermelodie, gespielt von einem älteren Lebemann in einer losen Jacke mit Gürtel.

Der Mann mit dem Hut nickte. «Ich habe auch kaum Zeit für mich. Ich bin hier heruntergekommen auf der Suche nach Zeit, aber jetzt will ich sie anscheinend nicht.»

Er wartete. Sie spürte, daß er wünschte, sie würde ihm Fragen stellen. Aber sie schwieg.

«Aus Hollywood», sagte er.

Sie wußte sehr wohl, was es bedeutete, wenn man diesen Unterschied machte zwischen Hollywood und Los Angeles. Der Film.

«Sie arbeiten beim Film?»

«Sehen Sie? Ich kann nicht direkt sein. Ich sagte das, damit Sie es herausfinden. Es tut mir leid.»

Sie verstand seine Entschuldigung nicht. Harry fragte, ob jemand noch etwas zu trinken wolle, andernfalls werde er jetzt sein Truthahnsandwich essen. Der Mann lud sie zu einem weiteren Martini ein. Er trank Soda ohne Alkohol. Seine Augen waren dunkel, mit Schatten, und sein schwarzes Haar war dick und lockte sich um die Ohren. Er hatte kleine, knochige, braungebrannte Hände, die über den Fischen trommelten und umherschnellten, als wollten sie ihre endlose Bewegung begleiten.

«Ich schreibe für den Film», sagte er. Dann fügte er bedächtig hinzu: «Ich habe gerade für eine Menge Geld ein Drehbuch verkauft.»

«Das ist gut», sagte sie.

«Es macht mich nicht besonders glücklich», sagte er.

Sie sah ihn mit einer gewissen Unduldsamkeit an. «Dann brauchen Sie kein Geld», sagte sie.

«Es ist keine Antwort», sagte er.

«Es ist die Antwort, wenn die Frage gestellt wird.»

Er lachte, und seine Hände blieben ruhig. «Lassen Sie uns über Geld sprechen», sagte er. «Es interessiert mich wirklich, was Sie darüber denken.»

Sie war mutiger als sonst, weil sie in ihrer Bar war, deshalb sagte sie: «Sie haben keinen Grund, sich dafür zu interessieren, was ich darüber denke.»

«Doch, doch ... Sie sehen aus wie eins von den Gibson-Girls. Ist das nicht Grund genug?»

Sie zog sich zurück, weg von der vertraulichen Bemerkung.

«Nein. Das meinte ich nicht», sagte er, «nicht so, wie Sie denken.»

«Ich muß in ein paar Minuten gehen», sagte sie.

«Könnte ich Sie wiedersehen? Ich habe etwas weiter in der Straße für einige Wochen eine Wohnung gemietet. Um zu reden. Nach Ihrer Arbeit? Könnten Sie hierherkommen?»

«Ich weiß nicht.»

«Kommen Sie trotzdem. Ich gehe zurück und schlafe ein bißchen und esse und komme wieder her –»

Er informierte sie über Einzelheiten seines Haushalts, sein Programm, und sie fand seine Ernsthaftigkeit komisch.

«Wenn ich nicht zu müde bin, komme ich ungefähr um elf zurück», sagte sie.

«Ich bin Ben Greenhouse.» Er streckte seine Hand aus. «Annie Vogel», sagte sie und berührte seine Hand leicht. «Ann», sagte er. Sie war plötzlich atemlos und glitt von dem Barhocker herunter.

«Danke für den Drink.»

«War mir ein Vergnügen, Ann.»

In dem aufrechtstehenden Sarg, den die Geschäftsführung ihnen zur Verfügung stellte, zog sie ihre Uniform an. Warum hatte er sie Ann genannt? Sein Ton war von sanfter Beharrlichkeit; sie vermutete hinter der Namensvariation die Absicht, auf die eigene Originalität hinzuweisen.

Die nächsten drei Abende verbrachte sie mit ihm an der Bar. Am letzten Abend war er verärgert, weil Ernie sie hatte saubermachen lassen und sie lange nicht hatte gehen können. Ernie spielte ihr seit kurzem den grausamen Chef vor, wie um jene erste Zeit vergessen zu machen, in der er um sie herumscharwenzelt war wie ein Freier.

«Ich konnte nichts dafür», sagte sie protestierend.

«Sie hätten anrufen und Harry eine Nachricht hinterlassen können», sagte Ben. Er gähnte laut.

«Wenn Sie so müde sind, hätten Sie nach Hause gehen können. Es hätte mir nichts ausgemacht.»

«Das ist mir bewußt. Das ist das Problem mit Ihnen. Zuviel macht Ihnen nichts aus. Es ist alles viel zu sanft. Sie wissen es vielleicht nicht, aber was Sie ausdrücken, ist Verachtung. Für Männer.»

Sie war etwas beunruhigt wegen seiner Griesgrämigkeit und doch auch zufrieden. Es gab langwierige Streitereien zwischen ihnen wie zwischen Verwandten.

Die Luft in der Bar war mit dem Duft von Gin und Salzwasser, Sonnenöl und Rasierwasser angenehm parfümiert.

«Wir lassen es uns gutgehen, nicht?» sagte sie auf einmal. Sein Gesicht entspannte sich, er lächelte. «Sie sind ein komisches Mädchen», sagte er. Dann machte er weiter, wo er in der Nacht zuvor aufgehört hatte. Es wurde ein langes Interview daraus; machte er sich Notizen?

«Sie sagten, Ihr Vater habe nie gearbeitet, wenn er betrunken war. Wie oft hat er denn gearbeitet? Wie oft war er betrunken?»

«Ich weiß es eigentlich nicht, weil ich nicht so lange Zeit mit ihm zusammengelebt habe. Aber er hat es mir gesagt. Ich glaube ihm. Jedenfalls hat er ein trauriges Leben gehabt.»

«Jeder hat ein trauriges Leben. Das ist nichts Besonderes.»

«Einige Leute scheinen glücklich zu sein.»

«Gut, aber sie sind es nicht wirklich. Sie versuchen nur, sich über den allgemeinen Zustand zu erheben.»

«Es gibt Menschen, die sich so eine Frage nicht einmal stellen können – sie leiden daran, daß sie nicht genug zu essen haben oder kein Dach über dem Kopf –»

«Halt!»

«Nein. Sehen Sie nur, wie Sie angezogen sind! Wie kann man von Glück und Unglück sprechen, wenn man die Möglichkeit hat zu wählen, wie Sie!»

«Sie wissen nichts darüber, was ich wählen kann oder nicht, und ich bin mir klar über das Leid der großen Mehrheit der Menschheit, und ich will nichts hören über den idealen kommunistischen Staat voll von kleinen, langhaarigen, häuslichen Grüppchen, die einander im Namen des Fortschritts totschlagen. Sie versuchen, etwas zu finden, was Ihnen die Welt erklärt. Sie haben sich den Weg ausgesucht, der in Ihrem Alter unvermeidlich ist. Shaw sagte, wer vor dreißig kein Sozialist ist, hat kein

Herz, und wer nach dreißig noch Sozialist ist, keinen Verstand.»

«Ich möchte lieber ein Herz haben.»

«Da ziehen Sie einen Trennungsstrich, der empörend ist. Als ob wir nicht mit beidem leben müßten! Das ist das Verfluchte an dem Ganzen!»

«Warum greifen Sie mich so an?»

Er seufzte und tätschelte ihre Hand. «Ich nehme an, weil Sie so jung sind und ich langsam so alt werde.»

«Warum wollen Sie das alles über mich wissen?»

«Weil, weil – ich Sie mag, als erstes. Und ich muß alles wissen über das, was ich mag –» Er lachte. «Bis zu dem Punkt, an dem ich es zerstöre! Außerdem verzehrt mich eine schreckliche Neugier. Sie ist destruktiv, ich weiß das. Sie frißt mich auf. Wenn mir langweilig ist, falle ich ins Koma.» Er sah nachdenklich in sein Glas. «Ich bin wie ein Bär», sagte er. «Die Hälfte der Zeit vergrabe ich mich in Schweigen, die andere Hälfte bin ich voller Begeisterung und Energie. Ein jüdischer Bär.»

Er hatte schon einige Male darauf angespielt, daß er Jude sei. Sie hatte einige Fragen dazu, wußte aber nicht, wie sie sie stellen sollte. Sie hatte ein paar Juden kennengelernt. Sie hatten glückliche Familien. In der Gewißheit, daß sein Interesse an ihr einmalig und uneigennützig war, riskierte sie es. «Ich habe jüdische Familien gesehen. Sie sind glücklich.»

Er schrie etwas Unverständliches, so daß alle in der Bar innehielten und zu ihm hinüberblickten. Er schüttelte den Kopf und sagte: «Ignorantin! Sie leben in eisigen Regionen unter den Nichtjuden, drängen sich aneinander, zerfetzen sich in dieser aufgezwungenen Vertraulichkeit, vergewissern sich gegenseitig ihrer Überlegenheit über die Gewalten, die sie aneinanderfesseln, wie Sie es sich kaum vorstellen können! Selbst jetzt – in dieser Minute – werden sie zum Schlachten vorbereitet, Kinder, die aussehen wie meine Kinder, werden zu Tausenden sterben.

Glücklich! Das ist nicht die Sorge eines guten Juden! Mein Vater war ein dicker Bauer, der meine Mutter und mich in den Wahnsinn trieb! Ein Pelzhändler, der nach verwesten Tieren und Gerberei roch und seinen Geschäften nachging wie ein blinder Maulwurf, er erschnüffelte sich seine Wege und Verstecke und schleppte abends sein Essen nach Hause und grunzte, wenn er es zu sich nahm. Ich bin weggelaufen ... Ich saß auf der Treppe der Telefongesellschaft bis zum frühen Morgen. Ich war siebzehn. Ich rief meine Mutter an und sagte, ich würde nie zurückkommen. Aber ich kam zurück und sprach zwei Jahre lang kein Wort mit ihm. Jawohl! In zwei Zimmern, nicht größer als diese Bar! Er hat's nicht mal bemerkt.»

Sie schwieg. Juden, aneinandergedrängt in warmen Gruppen unter den eisigen Nichtjuden – der Vater mit den verwesten Tieren ...

«Also», begann er, nun wieder in seinem gewohnten väterlich-gleichmütigen Ton, «was für eine Art von Maler ist er? Ich meine, ist er traditionell? Ist er von einer bestimmten Schule beeinflußt? Braque? Gris? Picasso? Kubismus? Impressionismus? Was?»

«Ich weiß nicht», sagte sie. «Haben Sie Ihren Vater seitdem noch einmal gesehen?»

Er rief wieder aus, daß sie eine Ignorantin sei, und wischte die Frage gereizt vom Tisch. «Ich will nicht über ihn reden.»

«Entscheiden immer Sie, worüber geredet wird?»

Er schnitt eine Grimasse. «Ja. Teilweise deshalb, weil ich lange genug mit Kommunisten gestritten habe, die mich in Rage bringen mit ihrer Fadheit und Brutalität, ihrer Ignoranz und Dickköpfigkeit. Meine Frau hat natürlich die Kinder, über die sie spricht. Ich habe sie mehrmals gelesen. Ich habe dieses Buch so gut gelesen, daß ich es auswendig kann.»

Er schüttelte den Kopf und sah verzweifelt vor sich hin. Nach drei Abenden mit ihm, jeweils vier oder fünf Stunden lang, war sie allmählich an die raschen Wechsel seiner Mienen und Stimmungen gewöhnt.

«Vielleicht kennt sie Sie auch wie ein Buch.»

«O ja, das tut sie! Habe ich arrogant geklungen? Anmaßend? Das bin ich. Aber, das arme Ding –»

«Das ist gönnerhaft –»

«Ich wünschte, ich wäre anders.»

«Könnte ich noch etwas zu trinken haben?»

«Sie trinken zuviel. Ja.» Er winkte Harry und bestellte noch einen Drink für sie.

«Wenn ich hätte arbeiten müssen, wie Ihr Vater es wahrscheinlich tun mußte, wäre ich vielleicht auch wie ein Maulwurf gewesen. Er konnte nichts daran ändern, daß er so roch!»

«Wenn Sie wie er gewesen wären, dann müßten Sie sich selbst verdammen! Stellen Sie sich vor, daß objektiv Böses verschwindet, nur weil Sie eine reiche Phantasie besitzen? Was für ein Unsinn! *Sie* könnten so sein, und schon sind Sie bereit, es zu verzeihen! Wie liebevoll Sie mit sich selbst umgehen!»

Sie trank schnell ihren Gin, zornig, in Angst versetzt von ihrem Zorn, als ob er außerhalb ihrer selbst existierte, von außen käme. Sie antwortete nicht.

«Na, da habe ich Sie jetzt beleidigt. Sie sind verletzt, nicht?» Er lachte. «Sehen Sie, ich weiß, was Sie fühlen. Ich habe einen Plan. Lassen Sie uns morgens an den Strand gehen. Wir sollten einmal bei Tageslicht leben! Ich bin seit meiner Ankunft nicht am Strand gewesen, habe nur in dieser Hütte herumgelegen wie ein Gefangener. Denken Sie nicht, daß das kalifornische Strandleben erstaunlich ist? Es ist abscheulich. Hunderte Meilen wahnsinniger Maden ausgestreckt in der Sonne. Ich hasse den Pazifik. Ich habe wirklich Angst vor ihm. Kalifornien ist das feindseligste Land, in dem ich je gelebt habe! Was für ein perfekter Schauplatz, um Süßigkeiten zu produzieren! Wissen Sie Bescheid über den Andreasgraben?

Wie Ameisen können wir alle ins Wasser geschmissen werden – und fuchteln wie wild mit unseren Armen und Beinen im herrlichen Sonnenlicht herum, während wir untergehen.»

Sie blieben noch eine Weile – dann brachte er sie bis dahin, wo der Muschelweg abzweigte, und ging etwa eine halbe Meile weiter die Straße entlang zu seiner Wohnung. Hinter einem Baum stehend, beobachtete sie ihn, bis er verschwunden war. Er setzte seinen Hut nie ab.

Als sie Sigrid sah, dachte sie einen schrecklichen Moment lang, sie sei tot. Ihre Augen waren halb geschlossen. Zuerst konnte Annie keine Atembewegung feststellen. Zusammengesunken lag sie im Sessel am Fenster, das Glas war ihrer schlaffen Hand entglitten, und ihr Gesicht war wie eine gelöschte Laterne. Annie wollte weglaufen, Joe holen, Leute alarmieren, die Polizei, aber vor allem wollte sie keinen Moment länger hierbleiben. Dann rülpste Sigrid.

«Lieber Himmel! Ich dachte –»

«Waaas –»

Sie war betrunken.

Sie brach in betrunkene Tränen aus, schluckte sie hinunter, wenn sie über ihren Mund rannen. Ihre Wimperntusche war verlaufen, ihr Haar formlos. Sie bot einen traurigen Anblick.

«Es ist wegen Joey», schluchzte sie. «Er ist zwei Nächte nicht zu Hause gewesen. Was is mit Joey passiert? Menschenskind . . .»

Annie hatte es nicht einmal bemerkt. Warum hatte dieses dumme Mädchen nichts gesagt?

«Warum hast du es mir nicht gesagt?»

«Dir! Wer soll dir etwas sagen können? Mit diesem hochnäsigen Gesicht? Als ob du anders wärst als jeder andere!»

Schwer getroffen wich Annie zurück an die Wand.

«Menschenskind!» jammerte Sigrid, während sie versuchte aufzustehen; ihre Beine gaben nach, sie ließ das Glas los, es fiel auf den Boden und zerbrach. «Schau dir das an! Wir müssen für dieses Glas bezahlen. Siehst du das?»

«Du solltest zur Bar gehen und herausbekommen, ob er inzwischen aufgetaucht ist», sagte Annie und dachte: Wie *dumm*! Warum war sie nicht zur Bar gegangen? Dort mußte man vernünftigerweise zuerst nachsehen.

«Ich wollte nicht allein da hingehen», sagte Sigrid in jammervollem Ton.

Mein Gott! War sie schüchtern? Mit diesem nuttenhaften Aussehen? Ängstlich? Sie sah aus – so würde Walter es ausdrücken –, als trüge sie eine Matratze mit sich herum. Sigrid starrte Annie mit dem schlauen Blick der Betrunkenen an.

«Du denkst, du bist die einzige, die Angst hat?» fragte sie mit einem unheilverkündenden Flüstern, das die Drohung eines Schreis enthielt.

«Nein.»

«Doch, das tust du! Oh, Joey!»

«Laß uns zur Bar gehen.»

«Kann nicht laufen.»

«Ich gehe.»

«Gut.»

Die Bar schloß, als Annie dort ankam. Der letzte Gast bedachte sie mit einem langen Blick seiner glitzernden Augen, als sie an ihm vorbei hineinging. «So ein liebes Mädchen ...», sagte er bittend.

Joey war zwei Abende nicht aufgetaucht. Sie wußten nicht, wo er war, aber sie gaben ihm den guten Rat, sich gefälligst herzubequemen und ihnen zu erklären, was zum Teufel er sich unter seiner Arbeit vorstelle!

Sigrid schnarchte im Sessel. Morgen früh sehen wir weiter, entschied Annie.

Beim Frühstück war Sigrid beherrscht, obwohl sie mitgenommen aussah. Ruhig hörte sie zu, als Annie von der

Bar berichtete. Dann zuckte sie mit den Schultern. «Es ist sein Leben und seine Angelegenheit», sagte sie und zog sich die Arbeitsuniform an.

Annie fühlte sich so verlassen, als ob sie es sei, nach der zu suchen niemand sich die Mühe machte. «Ich glaube, du solltest zur Polizei gehen», sagte sie. Sigrid sah sie voller Abneigung an. «Ich gehe wegen niemandem zur Polizei», entgegnete sie scharf.

Annie traf Ben Greenhouse am Strand unterhalb des Drive-ins. So würde sie bis zur letzten Minute bleiben können, hatte er gesagt. Sie ging den Weg über die Klippe zum Sand. Es war zu früh für die Sonnenanbeter, und der Strand war leer, bis auf einen Jungen von etwa zwölf, der ein paar Meter von der Stelle entfernt spielte, an der Ben saß, die Hände um die Knie verschränkt.

«Wo haben Sie dieses blaue Mal her?» fragte er, auf ihren Schenkel zeigend.

«Von der Schule, das ist lange her. Ich ging zu meinem Platz zurück. Ein Junge streckte den Arm aus mit einem Stift, und ich lief hinein.»

«Wie alt waren Sie?»

«Neun. Ich glaube, es war in der vierten Klasse.»

«Wie haben Sie sich gefühlt?»

«Verletzt. Ich meine, abgesehen von dem eigentlichen Schmerz.»

«Verletzt, weil er es darauf abgesehen hatte, Sie zu verletzen?»

«Ja.»

Er sah zu dem Jungen hinüber. «Was für ein dummer Platz, um sich zu unterhalten», sagte er. Seine Haut war so weiß und seine Behaarung ungleichmäßig wie ohne Sorgfalt gepflanztes Buschwerk. «Ich frage mich, ob Kinder am Anfang über die Bosheit der Welt Bescheid wissen und sie dann, wenn sie erst einmal Mitglieder unserer Gemeinschaft sind, vergessen. Ich vermute, daß Leute, die davon reden, daß der Mensch im Grunde gut ist, die schlimmsten sind. Sie ist kaum auszuhalten, die Bosheit der Welt.»

Der Junge kam plötzlich angerannt, kniete sich hin und sagte: «Seht mal!» Er öffnete die Faust, und ein kleiner Krebs erschien, der sofort in diagonaler Richtung über den Sand davonlief. Der Junge fing ihn ein und setzte ihn wieder auf den Boden, und dasselbe geschah von neuem. Er sah lachend zu Ben auf. «Das gefällt mir», sagte er. «Wie er läuft.» Er ging zurück zu dem Platz, an dem er gespielt hatte. «Es entspricht irgend etwas in seinem Kopf», murmelte Annie. Ben griff in ihr Haar. «Das haben Sie schön gesagt», sagte er. «Das gefällt mir.»

Später gingen sie spazieren, und Ben sagte: «Ich kann das nicht ertragen, still dazuliegen wie eine Eidechse.» Er sprach über Antisemitismus. Er sprach langsam wie zu einer zurückgebliebenen Schülerin. Er erwähnte ein Buch, *Der Mann Moses und die monotheistische Religion* von Sigmund Freud. Sie unterbrach ihn und sagte: «Jemand hat gesagt, ich sei neurotisch», und er wandte sich zu ihr und sah sie ernst an. «Wissen Sie, was das bedeutet?»

«Irgendwie schon», antwortete sie. Er schien einen Moment über ihre Antwort nachzudenken und kehrte dann zu den Juden zurück. Sie dachte, daß niemand je die blaue Narbe an ihrem Oberschenkel bemerkt hatte. Er sah so viel; er schien in einer Höhle ganz für sich zu leben, auf Beutezügen neues Wissen zu erwerben und es mitzunehmen ins Innere, wo er es in der Dunkelheit mit melancholischer Inständigkeit anstarrte. Darin fühlte sie sich ihm ähnlich. «Sie sind introvertiert, wie ich», sagte er plötzlich. «Ich wußte es, als ich Sie beobachtete, wie Sie allein an der Bar saßen und tranken. Es war ein Ausdruck von Erleichterung in Ihrem Gesicht, als ob Sie froh wären, allein zu sein, froh, niemandem Antwort geben zu müssen. Dann brachte ich es fertig, daß Sie mir Antwort gaben. Ich möchte Sie etwas sehr Persönliches fragen.»

«Das ist das Haus von Bette Davis», sagte sie.

«Möchten Sie zum Film?»

«Nein.»

«Das ist nicht wahr. Ich nehme an, daß Sie es sehr wohl wollen. Weil jeder es will, auch wenn es nur für eine Stunde ab und zu wäre. Ich würde sagen, Sie spüren, daß Sie es nicht schaffen können und daß es von Nutzen ist, wenn Sie nein sagen. Es hebt Sie aus der Masse heraus.»

«Manchmal geben Sie mir ein schlimmes Gefühl ... Sie reden über mich, als ob ich nicht da wäre oder als ob ich meine eigene Stellvertreterin wäre, so etwas.»

«Weil Sie wie jedermann sind. Sie wollen über nichts nachdenken. Ich würde meinen, Sie wissen schon eine Menge, aber Sie schenken dem, was Sie wissen, keine Aufmerksamkeit.»

«Sie haben gerade gesagt, ich sei nicht wie jedermann, als Sie über meine Introvertiertheit sprachen.»

«Ich habe nicht gesagt, Sie und ich seien die einzigen introvertierten Menschen auf der Welt», sagte er mit einem kurzen Lachen. Er lachte nicht oft. Wenn er es doch tat, so hatte sie bemerkt, klang es eher wie ein Husten.

«Ich schwimme eine Runde.»

«Warten Sie!» Er stand regungslos und sah sie an. «Tun Sie es nicht. Es erschreckt mich. Ich hatte gerade jetzt eine Vision von Ihnen, wie Sie ertrinken.» Sein Gesicht war verzerrt, als litte er Schmerzen. «Ich kann jemanden, den ich kenne, nicht im Wasser sehen oder am Rand einer Plattform oder nur beim Einsteigen in ein Auto. Meine Kinder klettern auf Bäume. Ich kann nicht hinsehen. Ich leide unsäglich ...»

«Gut, dann schwimme ich nicht.»

«Sehen Sie, wie schnell Sie nachgeben? Weil Sie meine Gefühle nur zu gut verstehen. Ich habe noch eine Frage, aber lassen Sie uns weitergehen.» Sie gingen weiter. Sie wartete mit einer Art von schmerzlichem Vergnügen darauf, was er als nächstes fragen würde. Die Situation erinnerte sie ein wenig an das Modellstehen. Es war, als könnte er durch ihre Antworten ein Porträt von ihr malen. Genauso wie sie in der Kunstschule vom Podium hatte steigen und zu dem Maler hinlaufen wollen, um zu sehen, was er aus ihr gemacht hatte, hätte sie Ben jetzt gern gefragt, welche Fortschritte das Porträt machte. Er schwieg einen Augenblick; offenbar war er davon in Anspruch genommen, seine kleinen, weißen Füße mit der zarten Knochenstruktur in die größeren Fußabdrücke zu setzen, die einige Meter vor ihnen im Wasser verschwanden.

«Sehen Sie, was ich tue?» fragte er. «Es ist eine Art von Demütigung, eine Übung vielleicht. Ich mag es nicht, etwas zu benutzen, was andere Menschen benutzt haben – den Platz für die Füße, in diesem Fall. Wessen Fußabdrücke sind das? Vielleicht ist es jemand, der einen schrecklichen Pilz hat, oder eine Frau mit Füßen ohne Knochen, ohne Saft und Kraft, wie Schweinefleisch. Also, die Frage. Nein. Ich werde sie nicht stellen. Ich kenne die Antwort. Ich glaube, Sie schlafen so ziemlich mit jedem. Ich denke, Sie tun es, weil Sie Angst haben, nein zu sagen – zu irgend etwas. Also, hören Sie mir zu. Sie dürfen es nicht mehr machen. Es ist eine Beleidigung – man beleidigt und wird beleidigt. Es ist eine Form von schrecklicher Dummheit ... Es wird später Konsequenzen geben, die Sie sich nicht mal vorstellen können. Wahrhaft moralisches Verhalten ist im Grunde gute Psychologie – Vernunft, wenn Sie wollen. Es gibt eine Zeit, in der man mit jedem schlafen kann, und eine Zeit, in der man damit aufhören muß.»

Er war abscheulich! Sie wollte es laut schreiend leugnen! Sie hatte nicht wirklich mit jedem geschlafen, oder? Aber die Wahrheit war ausgesprochen. Wenn es irgendwie möglich war, verweigerte sie sich keinem. Der Gedanke traf sie mit voller Wucht, wie ein Schlag. Ihr Herz pochte stärker; ihr Atem beschleunigte sich. Sie wünschte, sie hätte ihn nie getroffen.

Er sah auf den Sand hinab, sein Gesicht trug einen bedenklichen Ausdruck. Obwohl er soviel auf seine Sensibilität gab, machte er sich nicht klar, wie sich jemand fühlen mochte, in dem er las wie in einem offenen Buch. Sie ging mit schnellen Schritten von ihm fort.

«Kommen Sie zurück», sagte er sanft. Sie stand still. «Machen Sie sich nicht lächerlich», sagte er. «Daß ich etwas sage, verändert die Realität um kein Jota. Ich mag Sie. Gefällt Ihnen das nicht? Haben Sie mehr Glück als alle anderen? Mögen viele Menschen Sie wirklich – auch wenn sie wissen, wie Sie sind?»

«Ich bin keine Hure!» brach es aus ihr heraus.

«Nein. Das weiß ich. Sie genießen nur das, was Ihnen das Opfersein einbringt. Geben Sie es auf. Versuchen Sie es! Sehen Sie! Der Junge ist im Wasser. Rufen Sie ihn heraus, ja? Ich kann gar nicht gut schwimmen. Wenn nun etwas passiert? Es gibt Haie in diesem Meer.»

«Er kann gut schwimmen», sagte sie kühl. «Und Ihnen ist es egal, ob er ertrinkt oder nicht. Für Sie ist nur wichtig, wie Sie sich fühlen, wenn er ertrinkt.»

«Ann ... das stimmt. Es stimmt.» Er ließ sich in den Sand sinken, und nach einem Moment des Zögerns setzte sie sich neben ihn.

Sie fühlte sich klebrig, heiß, beschämt. Es war alles zu eng. Sie fühlte sich, als hätte man sie stundenlang mit Ben zusammen in einen Schrank gesperrt, während sich jenseits der Tür dieser Zelle die luftige Welt in einem Rauschzustand von Hoffnung und Freiheit befand.

«Haben Sie einen Stift und ein Stück Papier bei sich?»

Entschlossen, nichts Nettes zu tun, blickte sie dennoch zu ihrer Handtasche, die sie ein paar Meter weiter liegengelassen hatte. «Holen Sie es», sagte er in freundlichem Ton.

Sie holte ein Stück Papier und einen gelben Bleistift. Er fing an zu schreiben und benutzte seine Knie als Tisch. «Ein Wahnsinniger hat das gesagt, wodurch es nicht weniger wahr wird. Nietzsche. Komisch, daß ich ihn heute zitiere, zu dieser Zeit in der Welt. Ich bin ein perverser Jude.»

Er gab ihr das Papier. «Lesen Sie es mir vor.»

Sie las: «Keine Tat kann vernichtet werden: wie könnte sie durch die Strafe ungetan werden! Dies ist das Ewige an der Strafe Dasein, daß das Dasein auch ewig wieder Tat und Schuld sein muß!»

Er ließ ein hexenhaftes Kichern hören, wie aus Schadenfreude.

«Kennen Sie jemanden namens St. Vincent?» fragte sie; sie wollte ihn vor allem von ihr selbst ablenken.

«Ja. Aber nicht persönlich. Er gehört zur alten Schule, das Äquivalent eines *Ancien régime* bei uns. Er betrachtet uns, die jüdischen Autoren von der Ostküste, als Emporkömmlinge. Wie all diese Leute, die in den zwanziger Jahren hierherkamen. Seine Filme sind absolut passé. Altmodisch romantische Handlungen mit gemeinen Sarkasmen. Jetzt fangen sie mit den Propagandafilmen an. Der Himmel weiß, wo das enden wird.»

Sie hörte nicht zu. Weiter vorn bewegte sich eine Gestalt am Strand entlang rasch auf sie zu. Es war einer der Polizisten, Bob, der schwerfällig durch den Sand stapfte. Er war in Uniform. Sie hatte den merkwürdigen Eindruck, daß der Mann in seiner massigen Polizeiuniform den Strand in den Naturzustand zurückversetzte, daß es nicht länger ein Platz zum Spielen und Müßiggehen war, sondern nur eine Ödnis von Wassermassen, die gegen eine Küste brandeten.

«Woher kennen Sie St. Vincent?»

«Warum ist der Polizist am Strand?»

«Sagen Sie ...»

«Er ist ein alter Freund meines Vaters ... er scheint ziemlich zu schwitzen.»

«Sie sehen immer so aus. Na gut, sie waren früher befreundet, bevor St. Vincent hierherkam. Wie seltsam, an das Vorher zu denken, bevor Sie nach Hollywood kamen, bevor ich kam ... Ich hatte auch einmal ein anderes Leben ... Syracuse, die Universität, gewisse Abende im frühen Winter...»

Sie hörte ihm nicht zu. Der Polizist winkte ihr zu, aber er lächelte nicht. Wollte er, daß sie zu ihm hinging? Sie stand auf.

«Wohin gehen Sie?»

«Ich glaube, er will mit mir reden», sagte sie beunruhigt. Sie wünschte, Bob hätte sie nicht mit Greenhouse am Strand gesehen – es konnte dazu führen, daß der Polizist sie anders behandelte. Sie ging auf ihn zu; sie wollte nicht, daß er der Stelle, wo sie saßen, näher kam.

Er atmete keuchend, und Schweiß rann ihm übers Gesicht.

«Wo ist dieses schwedische Mädchen?»

Sein Ton war fast beleidigend; er sah sie an, als wäre sie aus Stein.

«Sie arbeitet.»

«Charlie ist zu eurem Haus gegangen, um sie zu holen. Ich muß – mein Gott! Ich muß dort entlanggehen!» Sie dachte, die Spannung in ihm werde sich lösen, nachdem er seinen Unwillen bei ihr losgeworden war, aber er starrte nur zornig zu dem steilen Pfad, der zum höchsten Punkt der Klippe führte.

«Was ist los?» fragte sie schüchtern.

«Ihr Bruder hat sich umgebracht.»

«Aber was ist passiert?» fragte sie noch einmal in ansteigendem Ton; sie hatte nicht begriffen. Was sagte er da?

Ben Greenhouse war hinter ihr hergekommen. «Worum geht's, Officer?» fragte er gereizt.

Der Polizist sah ihn nicht einmal an, sondern begann, den Weg hochzugehen; er hievte sich Schritt für Schritt nach oben und sprach undeutlich mit sich selbst.

Annie blieb stehen, wo sie war. Ein paar Leute hatten am anderen Ende des Strands einen Sonnenschirm aufgestellt. Sie sah einen Picknickkorb, eine Thermoskanne. Eine leichte Brise strich über die Wasseroberfläche.

«Ann ...»

Sie lief in die Richtung, aus der der Polizist gekommen war. Weit in der Ferne bewegten sich schwarze Gestalten schwerfällig hin und her; das Hitzeprisma ließ sie zerfallen in Fetzen aus schwarzem Stoff.

«Etwas Furchtbares ist passiert», sagte sie mit erstickter Stimme.

Greenhouse ergriff ihren Arm. Seine Hand war feucht.

«Gehen wir zurück», sagte er. «Gehen wir zurück», wiederholte er drängender.

Aber sie ging weiter, bis sie einen Körper sah, der auf dem Sand lag, ein bleiches Häufchen unter den kreisenden schwarzen Vögeln oben. Vor Angst gelähmt, blieb sie stehen.

«Ich will das nicht sehen», sagte Ben ihr ins Ohr. «Ich werde mich nicht zwingen lassen, das zu sehen.»

Eine der Gestalten löste sich von der Gruppe und kam auf sie zu.

«Hier gibt's nichts zu gaffen», sagte der Polizist. Sie sah die Gamaschen, die sich eng um seine Waden legten. Sie ging weiter. Der Polizist hielt die Hand hoch. «Bitte bleiben Sie zurück», sagte er.

«Ich habe ihn gekannt», flüsterte sie. Der Polizist schüttelte ärgerlich den Kopf.

Greenhouse zog sie weg, sie wehrte ihn ab, und sie stolperten zusammen in Richtung Wasser, in die Brandung.

Sie entwand sich Bens Griff, drehte sich um und sah Sigrid in der Drive-in-Uniform die Klippe herunterlaufen; ihre Hände flogen in die Luft, wenn sie versuchte, an dem steilen Hang die Balance zu behalten. Das Sonnenlicht brach sich auf den Metallknöpfen ihrer Bluse und zerstob in Splitter aus weißem Licht. Sie sprang auf den Strand, fiel, kam auf die Knie, rief etwas, stand auf und rannte weiter. Hinter ihr war Bob, schnaubend und armschwenkend.

Annie rannte. «Sigrid!» rief sie, als das Mädchen an ihr vorbeirannte, stolperte dann im Sand und weinte mit offenem Mund, blinzelnd im strahlenden Sonnenlicht. Der Polizist ging jetzt langsam und sah auf das Meer hinaus, als ob er nur einen kurzen Spaziergang machen würde. Die drei Leute unter dem Sonnenschirm hielten kleine Pappbecher an ihre Lippen und beobachteten die Szene mit mäßigem Interesse.

«Sie denken, sie schauen einen Film an», sagte Ben. Sie hatte vergessen, daß er da war. Er zog sie auf den Boden, und sie saßen beide am Rand der Brandung, wo das Wasser in Kreisen um ihre Füße wogte und dann abebbte.

«Sagen Sie mir, um was es geht.»

«Das ist das Mädchen, mit dem ich zusammenwohne», sagte Annie und sah den Strand hinunter. Sigrid war eine schwarze Gestalt geworden wie die anderen, als ob sie in eine andere Dimension eingetreten wäre. Zwei Männer stützten sie.

«Ihre Beine schlackern», bemerkte Ben.

«Ich habe Angst», sagte sie mit einem Stöhnen.

«Und der –»

«Ihr Bruder. Der Mann sagte, er habe sich das Leben genommen.» Sie war plötzlich verblüfft. War es das, was er gesagt hatte? Sie konnte sich nicht genau an die Worte erinnern. «Vielleicht nicht.»

«Auf jeden Fall ist er tot», sagte Ben. «Mochten Sie ihn?»

«Nein, nicht besonders», sagte sie.

«Es ist jedenfalls schrecklich, ist es das?»

«Ja.»

«Gehen wir zum Mittagessen. Ich lade Sie zu einem Drink ein, obwohl Sie nicht soviel trinken sollten – es gibt nichts Absurderes als eine betrunkene Frau –»

«Hören Sie auf. *Belehren* Sie mich nicht!» rief sie, erfüllt von quälendem Protest – gegen ihn, gegen die Leiche dort am Strand.

Er schwieg. «Ich gehe besser», sagte sie. «Ich werde sehen, ob ich Sigrid helfen kann.»

«Nein! Sie wollen das nicht sehen!»

Sie befreite sich und kam auf die Füße und ging auf die Gruppe zu. Bob hielt Sigrid an den Ellbogen. Sie hatte ihr Gesicht mit den Händen bedeckt. Als Annie sie erreichte, schüttelte Bob warnend den Kopf. Sigrid ließ ihre Hände fallen und starrte Annie an. «Sigrid?»

«Wie etwas, was an den Händen klebenbleibt, wenn man es berührt», sagte das Mädchen mit schriller Stimme.

«Er fühlt nichts», sagte der Polizist und tätschelte ihre Schulter. «Ertrunkene sehen immer so aus.»

«Er war immer unglücklich», sagte sie.

«Vielleicht wollte er nur schwimmen gehen», sagte Annie hilflos.

«In allen Kleidern?» fragte Sigrid und fing an, zu lachen und unter fortgesetztem Lachen auf den Polizisten einzuschlagen, bis er ihre Hände zu fassen bekam. Sie beruhigte sich sofort, wurde fast apathisch. «Sag du es Ernie», sagte sie zu Annie, dann ging sie, immer noch von dem Polizisten gehalten, auf den Weg zu.

«Ich kann nicht zu Mittag essen», sagte Annie. «Ich werde meine und Sigrids Arbeit machen müssen.»

Auf dem Weg den Abhang hinauf – Greenhouse folgte ihr schweigend – überfiel sie eine furchtbare Angst, als ob das Ereignis, das schon stattgefunden hatte, noch vor ihr läge.

Joe war ein einfacher, verschlossener Junge gewesen, schwermütig, das stimmte. Doch jetzt war ein machtvolles Geheimnis um ihn. Sich das Leben zu nehmen verlangte eine unvorstellbare Entschlossenheit. Wie lange hatte er gebraucht, um sie in sich auszubilden? Hatte das, was zwischen ihm und Annie geschehen war, seinen Entschluß bekräftigt? Als sie geweint hatte, war er schreckerfüllt vom Frühstückstisch weggelaufen. Heute glaubte sie nicht, daß er geflohen war, weil sie geweint hatte. Er mußte in unaufhörlicher Furcht gelebt haben, aber das war weder Sigrid noch ihr selbst klargeworden. Wie hätte sie davon wissen können? O ja, Sigrid hatte sich auf ihre Weise Sorgen gemacht, hatte dann aber die Sorge brutal beiseite geschoben. Würde sie sich jetzt schuldig fühlen? Und hätte sie, Annie, sie in jener Nacht zwingen sollen, aus ihrer Betrunkenheit aufzuwachen, um sie damit zu konfrontieren, daß Joe nicht bei der Arbeit erschienen war?

Inzwischen hatten sie die Spitze des Felsens erreicht. Annie sah Ernies Frau, die mit einem verächtlichen Ausdruck im Gesicht ein Tablett mit Pommes frites und Malzmilch zu einem wartenden Auto trug. Greenhouse, blasser als sonst, starrte auf die glatte Oberfläche des Asphalts mit den Inseln von Motoröl, wo die Autos im Leerlauf gewartet hatten.

«Das Durcheinander», sagte er. «Ich halte das nicht aus. Getue, Durcheinander...» Er sah in ihr Gesicht. «Ich bin hergekommen, um meine Kräfte zu sammeln.»

Er war so voller Klage. So ältlich.

«Es ist nicht Ihnen passiert», sagte sie. «Niemand von uns zählt in Ihrem Leben.»

«Das ist dumm. Sie verstehen nicht. Ich bin am Rand des Nervenzusammenbruchs gewesen. Ich bin siebenunddreißig Jahre alt. Alles langweilt mich.»

Menschen wurden nicht größer – sie wurden kleiner, kamen herunter bis zu dem winzigen Flecken Erde, den sie für sich ausersehen hatten. Er war widerwärtig!

«Jedes Klischee christlicher Frömmelei ist Ihnen auf die Stirn geschrieben», schleuderte er ihr entgegen. «Meinen Sie, ich weiß nicht, was Sie denken? Daß ich Mitleid haben sollte mit diesem toten Mann? Daß mich seine Schwierigkeiten interessieren sollten? Was für eine Heuchelei! Wenn Sie ehrlich wären –»

«Ich muß gehen. Ernie hat mich gesehen. Ich muß ihm das mit Sigrid sagen.»

Greenhouse ging schon in Richtung Straße.

Erleichtert lief sie zu Ernie. Zu dem, was er hörte, gab er keinen Kommentar ab. Als sie ihre Uniform angezogen hatte, kam er zu ihr. «Also, wie lange wird Sigrid wegbleiben? Was soll ich in der Zwischenzeit machen? Meine Frau hält das nicht lange aus. Sie ist nicht gesund. Also ...» Und er drehte sich um und trottete zu dem Tisch, wo die Bücher geführt wurden.

Etwa eine Stunde vor Schluß – Ernie machte das Zugeständnis, daß sie etwas früher schlossen, da es ohnehin ein Werktag war und sie zu wenig Personal hatten, obwohl er kein Mitleid hatte mit jemandem, der sich das Leben nahm –, fuhr Ben Greenhouse in einem Chrysler-Tourenwagen vor. Annie ging mit dem Bestellblock in der Hand zu ihm hinaus.

«Sie können mir ein Ginger-ale bringen», sagte Ben, «damit wir eine Minute reden können. Ich fahre nach Hollywood zurück.»

Sie brachte das Getränk und hängte das Tablett in die Fahrertür ein.

«Passen Sie auf, daß es das Auto nicht zerkratzt», sagte er nervös.

Sie war erschöpft; ihr Haar schmutzig, ihr Lippenstift abgekaut.

«Sie sind von mir enttäuscht», sagte er.

«Nein ... nein.»

Er seufzte. «Doch. Sie können gar nicht anders. Ich wünschte, ich könnte einfach nur schrecklich sein, ohne mir dessen bewußt zu werden.»

«Das Eis schmilzt.»

«Sie werden schlecht von mir denken. Ich wollte Ihnen etwas – Angenehmes zurücklassen. Es tut mir leid wegen des jungen Mannes ... aber es gehört zu meiner Krankheit, daß es mir nicht mehr zu Herzen geht. Aber Sie gehen mir zu Herzen. Werden Sie zurechtkommen? Glauben Sie?»

Er sah sie sonderbar eifrig an. Er war sehr klein in dem riesigen Wagen. Trotz des romantischen Flairs, das ihm der forsch auf dem Hinterkopf sitzende Filzhut verlieh, schien er nur verloren, und seine dunklen Augen waren ohne Glanz.

«Ich komme zurecht», sagte sie und machte damit etwas gegen seine sanfte Traurigkeit geltend, aber sie hatte etwas anderes im Sinn als seine Frage, die sie als Bitte um Entlastung verstand.

«Sie sind ein braves Mädchen», sagte er. «Nehmen Sie dieses Zeug jetzt weg. Ich will es nicht. Ich werde Ihnen einen Brief schreiben. Ich werde versuchen, ein paar Dinge zu erklären. Auf Wiedersehen, Ann.»

Sie ging heim und hatte Mühe, beim Gehen die Füße zu heben; vor Erschöpfung tat ihr alles weh. Sigrid war in Joeys Zimmer. Von der Straße aus sah Annie sie in der offenen Tür, wie sie Kleider sortierte. Sie wünschte, eine Woche wäre vorbei, ein Jahr.

Auf dem schmalen Bett lagen zwei oder drei Hemden, ein paar Shorts, ein alter schwarzer Pullover mit einem ausgefransten Ärmel. Als Annie eintrat, schob Sigrid Toilettensachen von einem Holzbord in eine Papiertüte. Ein Buch lag auf dem Boden. Es war ein Pfadfinderhandbuch, und ein Stück ausgerissene Zeitung lag als Lesezeichen in einem Kapitel über das fachmännische Knüpfen von Knoten. Als Sigrid das Kopfkissen verrückte, fand Annie ein kurzes Seil, mit dem Joe offenbar Knoten geübt hatte.

Sie zog an einem Ende, und der halb geknüpfte Knoten löste sich – Joes Leben verging in ihren Händen. Ein unwillkürliches Keuchen kam aus ihrem Mund. Sigrid sah von einem abgewetzten Koffer auf, den sie ausräumte.

Ihr Gesicht war ohne Ausdruck. Vielleicht war die ganze Familie so – schneegesichtig.

«Meine Familie geht vor die Hunde», sagte Sigrid. «Den ganzen Nachmittag habe ich von der Polizeistation aus Verwandte angerufen. Die, die kein Telefon haben, haben es von denen mit Telefon erfahren. Sie schicken Geld. Ich muß die Leiche nach L. A. schaffen und sie dann mit dem Zug weiterbefördern. Sie wollen ihn dort draußen begraben, wo die anderen Schweden liegen. Aber es muß eine gerichtliche Untersuchung der Todesursache geben. Wegen der Art ... Er ist jetzt beim Bestattungsinstitut, um hergerichtet zu werden, nehme ich an. Ich will nicht wissen, was sie machen. Es fällt nicht ins Gewicht. Schwer ist – wie bringe ich die Leiche nach L. A.? Mit dem Leichenwagen ist es zu teuer. Weshalb machst du so ein elendes Gesicht? Es ist mein Bruder, nicht deiner.»

«Er hat gelernt, wie man Knoten macht.»

«Als Vorbereitung, um sich aufzuhängen, wahrscheinlich. Aber das hat Joey ähnlich gesehen, sich irgendwas einfallen zu lassen und es dann aufzugeben. Er konnte sich nie lange auf etwas konzentrieren. Du hättest meine Tante Tilda hören sollen. Sie hat so laut geschrien, daß ich den Hörer fallen ließ, und dann fing sie gleich an, daß Kalifornien ein sündiger Ort ist, und kein Wunder, daß er sich umgebracht hat – meine Tante Tilda hat mit Indianermännern zusammengelebt die ganzen Jahre, einem nach dem anderen. Ich glaube, sie bringt sie um und stopft sie in den Boden des Kühlhauses, wenn sie mit ihnen fertig ist. Dann hatte ich diese Idee.» Sie hielt inne und setzte sich auf Joes Bett. «Vielleicht ist es verboten. Hör zu. Kennst du dieses kleine schwarzhaarige Miststück, die den Schulbus fährt? Die einen Mann bei der Marine hat und immer mit den Soldaten von Santa Ana rumschäkert? Ich hab mir gedacht, vielleicht kann sie mich und Joey in diesem Bus nach L. A. fahren. Was meinst du?»

Annie hatte das Mädchen ab und zu in der Bar gesehen. Eine gierige, nervöse Person, die die träge Oberfläche der Baratmosphäre zerrissen hatte wie eine Wasserwanze, indem sie Leute, Männer wie Frauen, mit der Hand berührte oder ihr langes schwarzes Haar richtete, es nach hinten aus dem Gesicht warf, es an einer Seite herunterzog und mit ihren langen, schmutzigen Fingernägeln hindurchfuhr. Einmal hatte sie Annie anvertraut, daß sie einen Gin Fizz brauche, auf der Stelle, nach einer wilden Nacht mit ein paar Jungs vom Stützpunkt.

«Ich würde ihr vielleicht fünfzig Dollar zahlen. Viel weniger, als ich dem Bestattungsunternehmer geben müßte. Was meinst du? Menschenskind! Ich habe eine Leiche am Hals!»

«Warum hat er es getan?»

«Darüber kann ich nicht nachdenken. Er war von Geburt an zu traurig. Alles, was passiert ist, machte es noch schlimmer. Er hätte Priester werden und mit Gott reden sollen. Dann hätte er gewußt, was er machen soll.» Sie faltete ihre Bluse mit beiden Händen, immer wieder. «Ich war ziemlich schlimm zu ihm», sagte sie flüsternd. «Ich kann nicht daran denken, also sag nichts dazu.»

Am Tag nach der gerichtlichen Untersuchung, an der Sigrid in dem von ihr so genannten Familienkleid teilnahm – das sie aufgehoben hatte für den Fall, daß jemand von den Tanten und Onkel einmal nach Kalifornien kam –, erhielt Annie ein Päckchen von Ben Greenhouse. Außer einem Brief enthielt es eine schöne Kette mit großen Bernsteinkugeln. Sie hatte nie etwas so Wertvolles besessen. Der Brief lautete: «Ann, ich habe nicht viel zu sagen, außer daß Sie mir gefielen, wenn auch nicht auf die herkömmliche Art. Ich hoffe, dieser Bernsteinkette entspricht etwas in Ihrer Seele. Ich stecke wieder ganz in meinem Leben, und eine Zeitlang wird es nicht das Schlechteste sein. Seien Sie brav, kein halbherziges leichtes Mädchen. Ihr Freund ...»

An diesem Tag wurde Joes Leiche in einem Kiefernsarg in den Schulbus geladen; das dunkelhaarige Mädchen saß auf dem Fahrersitz, kämmte sich das Haar mit den Fingern, und eine brennende Zigarettenkippe lag in der Verschlußkappe einer Flasche zu seinen Füßen. Der Polizist, Bob, war gekommen, um zu helfen. Zwei Männer vom Bestattungsinstitut faßten mit an, und doch war es schwer, den Kasten in den Bus zu manövrieren. Sie beschädigten die Lehne eines Sitzes. «Dafür muß bezahlt werden», sagte die Fahrerin kategorisch. Sigrid stieg ein; sie krampfte die Hände um ihre weiße Handtasche. Ihr Blick war starr auf den Sarg gerichtet, als der Bus sich in Gang setzte.

Als sie nach zwei Tagen zurückkehrte, erzählte sie, daß, immer wenn der Bus angehalten habe, eine Reihe von Autos dahinter ebenfalls gestoppt habe. Das habe sie zum Lachen gebracht, sie und das Mädchen. Beim Griechen hätten sie Pause gemacht, er wolle, daß sie und Annie zurückkehrten; der Laden laufe gut, um L. A. und im San Fernando Valley würden eine Menge Fabriken gebaut, und er brauche ein paar gute Bedienungen. «Er sagte, du hättest Stil», bemerkte Sigrid in abfälligem Ton zu Annie. Dann sei sie auf Sauftour gegangen, sagte sie, und habe halb Hollywood ausgetrunken, und ob Annie sich an diesen dicken verrückten Finnen erinnerte, der damals immer hereingekommen war und die ganze Zeit die *Finlandia* gespielt hatte? Na ja, sie und er hätten die Nacht durchgemacht, getrunken und geheult, aber ohne faule Sachen. Dazu habe er zuviel getrunken. Es hätte sie vielleicht ruhiger gemacht, sagte Sigrid, mit ihm ins Heu zu gehen, aber Alkohol sei fast genausogut, und jetzt fühle sie sich besser. «Menschenskind! Ich will einfach nicht daran denken, wie klebrig er aussah, als er da auf dem Sand lag, und ich werde es nicht tun. Man sagt, wenn man sich umbringt, kehrt die Seele als Geist an den Ort zurück, wo es passiert ist. Ich gehe bestimmt nie mehr an diesen Strand!»

Annie hatte das Haus während Sigrids Abwesenheit als

bedrückend empfunden. Sie wartete nur auf den richtigen Augenblick. Den Augenblick wofür? Sie hatte genug von diesem Ort. Die sagenhaften Trinkgelder, die Ernie versprochen hatte, waren ausgeblieben, obwohl sie mehr verdiente denn je, genug, um im Drugstore Lippenstift zu kaufen und Strandsandalen und Dinge, von denen sie früher nur geträumt hatte. Sie sehnte sich danach, das schläfrige, lichtgetränkte Örtchen zu verlassen, in dem zu gut erhaltene reiche Leute mittleren Alters mit ihren teuren Autos die Hauptstraße entlang und in die Berge fuhren, zu ihren betrügerischen Häusern und dem abgestandenen Wasser ihrer Swimmingpools.

Sie erschien pflichtschuldig im Drive-in, aber in Gedanken suchte sie nach einem Ort, wo sie hinfahren, wo sie leben konnte. In kleinen Erinnerungsschüben, die sie ab und an hatte, tauchte Max Shore vor ihr auf, dessen Leben anderswo weiterging. Ihres nicht.

Das leere Zimmer im Erdgeschoß beunruhigte sie; die Tür stand offen, die Schwärze in seinem Innern enthielt eine Anklage gegen sie wegen Vergeudung und Trostlosigkeit. Die ganze Geschichte mit Joe erfüllte sie mit Kummer. Obwohl er sich bestimmt nicht aus Liebe zu ihr umgebracht hatte! Ein Bild in ihrem Kopf kehrte immer wieder: ein Kind, das Decken auf ein Schneefeld hinausschleppte.

Dann waren, zwei Wochen nach Joes Selbstmord, für kurze Zeit alle Probleme für sie gelöst. Samstag nachts um zwei Uhr hörte sie jemanden unten auf dem Muschelbelag herumstolpern. Sie stand auf und ging zur Treppe – erst unlängst hatte sie ihre nächtlichen Ängste verloren, als ob die nervöse Unzufriedenheit mit ihrem Leben sie auch tapferer gemacht hätte.

Im Mondlicht wandte sich ihr Walter Vogels Gesicht von unten zu, und überschwemmt von Gefühlen, über die sie nicht näher nachdachte, rannte sie die Stufen hinab und warf sich in seine Arme.

13

Es sollten Ferien sein, sagte Walter, ein wenig freie Zeit, bevor man sich ernsthaft daranmache, sesshaft zu werden. Sie hatte nie vom Yosemite-Tal gehört. Er hatte als Junge dort gezeltet; er wollte, daß sie es sah, weil es der einzige Ort war, den er liebte – soweit er die Welt kannte. Sie würden bei Merced haltmachen, um bei seinen Onkeln die Campingsachen einzuladen, die Schafzüchter seien. Sie seien die unverheirateten Brüder seines Vaters, aber wie Walter selbst hätten sie nichts mit dem alten Vogel zu tun, obwohl sie vom gleichen Schlag seien. Als er sie zuletzt gesehen habe, sagte er, seien sie dabeigewesen, eine Organisation von Ranchern aufzubauen, deren Ziel es war, Asiaten daran zu hindern, Land zu kaufen.

Walter war nicht in Murmansk gewesen, sondern in England und dann in Südamerika. Im Hafen von Buenos Aires sei er, einen *Daily Worker* zwischen den Zähnen, von seinem Schiff gesprungen und durch das dunkle Wasser zu einem anderen amerikanischen Handelsschiff geschwommen, um die Zeitung einem «Genossen» im Maschinenraum zu bringen. Er sprach häufig von seiner Heldentat, mit einer Befriedigung, die eher piratenhaft als politisch schien. Es hatte Haie in diesem Hafen gegeben und stinkende Öllachen und gefährliche Patrouillen.

Er legte theatralisches Erstaunen an den Tag angesichts von Annies Unkenntnis über die Geschehnisse dieses Sommers in Europa; sie nahm sich seine Vorwürfe gern zu Herzen; sie schützten sie vor tieferem Bedauern. Das Geständnis ihrer Unkenntnis war feurig.

Habe sie nicht einmal Zeitung gelesen? Wisse sie nichts von Dünkirchen? Daß die Deutschen in Paris waren? Daß

Italien Frankreich den Krieg erklärt hatte? Er runzelte die Stirn, schüttelte den Kopf, sagte: «Ts, ts.» Wie habe sie es nur fertiggebracht, einen so dekadenten Winkel zu finden, wo sie diesen kritischen Sommer mit Träumen verbringen konnte? Die Arbeit – erklärte sie. Das wischte er weg. Irgendwo in ihr, er habe es von Anfang an gewußt, lebe eine indolente Dilettantin. Warum lache sie? Oh, sie war froh, daß er da war! Albernes Mädchen! Die Welt werde in Scherben fallen, und sie sei froh, daß er da war! Sie erzählte ihm von dem jungen Mann, der eines Tages im Drive-in gewesen war und reichlich Tränen in seinen Schokoladeneisbecher hatte fallen lassen, weil er daran dachte, was mit den Kirchen in Europa geschehen werde; das ganze ungeheuer kostbare farbige Glas, das durch die Bomben zerspringe und nie ersetzt werden könne. «Klingt wie einer von deinesgleichen», sagte Walter.

«Wie sind deine Onkel?» fragte sie und versuchte dabei, sich selbst als die junge Braut zu sehen, die die neuen Verwandten kennenlernt.

«Sie sind fett.»

Er war jahrelang nicht auf der Ranch gewesen und wußte den Weg nicht mehr genau. Sie fuhren viele Meilen auf einer geteerten Straße, bogen dann links ab und kamen auf einen Feldweg mit hoher Grasnabe, die an der Unterseite des Autos entlangschabte. Ein leichter Regen fiel. Sie lehnten sich beide nach vorn und spähten durch die Windschutzscheibe.

Walter stellte den Motor ab. Die Scheinwerfer ließen einen dichten Fleck von dornigem Gezweig und hohem Gras erkennen. Sie hörte das sanfte, beständige Geräusch des Regens.

Er ging voraus zu einer kleinen Hütte und öffnete die Tür, ohne anzuklopfen.

«Georgie! Herbie! Steht auf!» schrie er. Sie traten ein und hörten das erstickte, schmerzliche Ächzen schlafender dicker Männer. Walter strich ein Streichholz an. Auf einem Bett mit einem Kopfbrett aus Metall waren zwei große Erhebungen zu sehen; unter der schmutzigen rosa Decke kam überall der Matratzendrillich zum Vorschein. Ein dicker Fuß hing über die eine Seite des Betts. Walter machte sich lärmend auf die Suche. Nach einer Minute tauchte er neben ihr auf und hatte eine Kerosinlampe in der Hand, die er anzündete, nachdem er sich im Licht der Autoscheinwerfer an der Tür hingehockt hatte.

Außer dem Bett gab es in dem Raum noch einen Tisch, auf dem eine leere Flasche Muskateller stand, und einen Kerosinofen. An sanitären Einrichtungen war nur ein Wasserhahn in der Wand zu sehen, aus dem Wasser in einen Eimer auf dem Boden tropfte. Hier und da waren verstreute Kleiderhaufen.

«Die Schafe kriegen die besten Zimmer», sagte Walter. Die dicken Männer schliefen weiter. Walter sprang plötzlich auf das Bett, hüpfte auf und ab und mähte laut wie die Schafe.

Ein verzweifelter Seufzer kam von einer der Erhebungen. Es gab eine leichte Turbulenz unter der Decke, als einer der Schläfer sich darunter hervorrollte. Er trug ein Unterhemd und eine lange weiße Unterhose, die halb auf dem Hinterteil saß. Er kniete sich einen Moment neben dem Bett hin, kam dann, sich mit riesigen, tatzengleichen Händen an der Matratze abstützend, mühsam auf die Beine und wandte sich so, daß er sehen konnte, was ihn belästigte. Walter sprang neben ihm auf den Boden.

«Na, so was, Walter!» rief er mit dünner Stimme. Er gähnte und schüttelte den Kopf wie ein Pferd, das sich von Fliegen belästigt fühlt. «Und du bist vorbeigekommen, um uns zu besuchen! Wach auf, Herbie. Unser einziger Neffe ist da. Wer ist das? Du hast eine Freundin mitgebracht? Riech mal dieses Kreosot! Wir haben den ganzen Tag geschoren. Warte ... Ich hole der Dame einen Stuhl.»

Er watschelte zur Tür, während Herbie sich auf der anderen Seite aus dem Bett hievte. Er lächelte, als er Walter sah, stapfte zum Wasserhahn, drehte ihn voll auf und klatschte sich mit beiden Händen Wasser ins Gesicht. «Muß spät sein», murmelte er vor sich hin. George kehrte mit einem Hocker zurück, den er hinter Annie stellte. «Setzen Sie sich!» sagte er.

Der Geruch des Kreosots war stark, aber dahinter drang ein häßlicher Gestank durch, schwach, verschwiegen, stechend, von vager Süßlichkeit, unverkennbar streng.

«Ich sehe, ihr seid immer noch schön vollschlank», sagte Walter. George lachte erfreut, und sein Lachen war so dünn und kindlich wie seine Stimme.

«Ich esse für mein Leben gern», sagte er. Herbie murmelte etwas in seiner Ecke, wo er offenbar lieber bleiben wollte. Er zog Ölzeug über seinen Körper. «So ist es gut, Herbie», sagte George.

«Das ist meine Frau, Annie», sagte Walter. «Wir fahren für ein paar Tage zum Yosemite.»

«Das ist gut. Eine hübsche kleine Frau. Der Yosemite ist groß, nicht viel damit anzufangen.»

«Wir brauchen ein paar Töpfe und Pfannen und ein oder zwei Messer. Ich hab gedacht, ihr könnt uns vielleicht was davon leihen. Wenn wir zurückfahren nach Los Angeles, bringen wir's zurück.»

«Gut», sagte George. «Komm mit zum Werkzeugschuppen, wir werden sehen, was wir haben.» Er nahm die Kerosinlampe, und Walter und Annie gingen mit ihm. Sie drehte sich um und sah Herbie, wie er schwerfällig, mit schon geschlossenen Augen, ins Bett kroch.

Der Werkzeugschuppen hatte elektrisches Licht. George blies die Lampe aus und sagte, man brauche kein Kerosin zu verschwenden. Er nahm einen Matchsack von einem Haken, glättete ihn auf dem Boden und füllte ihn mit Kochtöpfen, einer Kaffeekanne, einer Bratpfanne,

Messern, Tassen und Blechgeschirr. Er gab Walter eine kleine Axt.

«Als ich jung war, ging ich zelten, und es gab nichts anderes, was mich beschäftigte. Ihr braucht ein paar Dekken. Die hier riechen nach Schafen, aber sie erfüllen ihren Zweck. Die Schlafsäcke sind kaputt, Walter. Irgendwo habe ich hier ein paar Angelschnüre. Gehen Sie gern fischen, Missus? Ich hoffe, Sie haben eine lange Hose. Es ist kalt zu dieser Jahreszeit. Hast du Arbeit, Walter?»

«Bald.»

«Siehst du deinen Dad manchmal?» George sah ihn unverwandt an, als Walter den Kopf schüttelte.

«Du solltest nicht so streng mit ihm sein. Wir werden alle alt. Du bist sein einziger Sohn.»

«Wir haben uns einander nicht ausgesucht.»

George sah traurig aus. «Du solltest einen dummen Kerl nicht behandeln, als ob er ein schlechter Mensch wäre.»

Walter sagte: «Ihr besucht ihn auch nicht.»

«Na ja, das ist was anderes, ich mag ihn nicht», sagte George.

Walter nahm den Matchsack und ging zum Auto, George und Annie folgten. Der Sack kam auf den Rücksitz. Walter stieg ein, während George Annie die Tür öffnete. «Hübsche kleine Frau», sagte er besänftigend. Er sah durchs Fenster zu Walter.

«Dir und Herbie geht's gut mit den Schafen?» fragte Walter. Er drehte den Choke mit der linken Hand, mit der rechten hielt er immer noch die kleine Axt. Annie nahm sie ihm ab. Er sah sie mit einem raschen, unsicheren Blick an.

Georges Ausdruck von lächelnder Milde änderte sich. Er wurde zu einem Ei mit gemalten Zügen. «Wir verdienen unseren Lebensunterhalt», sagte er knapp.

«Ach, komm, Onkel», sagte Walter. «Ich wette, ihr habt ein Vermögen unter der Matratze.»

George ging vom Auto zurück. «Sprich auf keinen Fall von solchen Dingen!» rief er. «Unsere Angelegenheiten sind nicht deine! Ausreißer! Du hast dich von dieser Familie losgesagt! Und ich habe dir gerade Campingausrüstung im Wert von achtzig Dollar gegeben!»

Walter stieß mit voller Kraft zurück zum Schuppen und schoß auf die Straße. Vom Licht des Armaturenbretts beleuchtet, war sein Gesicht verhärmt und bitter und – so erkannte Annie – voller Angst. Wann hatte er diese beiden zuletzt gesehen? Welche alten Stichworte hatten Walter dazu gebracht, seinen Onkel zu quälen, und wie war Georges plötzliche Wut zu erklären, die dazu geführt hatte, daß er sich trotz seines massigen Körpers durch das Gras davonstürzte wie ein wild ausschlagendes Tier? Walter, über das Lenkrad gebeugt, fuhr jetzt so schnell, daß das kleine Auto schlingerte. Leere? Der Vater, der über Schmutzrändern in der Badewanne brütete, die beiden alten Schafzüchter, die Morgen für Morgen aus ihren unappetitlichen Betten krochen ... war das Walters Familie? Drei alte Männer, zwei schmutzig, einer sauber.

Der Regen hatte aufgehört. Ein leichter Wind vertrieb die Wolken und ließ den Mond hervortreten – er sah ein wenig wie Onkel Herbie aus –, der sich am Grat der Bergkette von ihnen wegbewegte, während sie an ihrem Fuß entlangfuhren. Annie fiel in einen Halbschlaf; ihr Kopf schlug gegen das Fenster, ihre Beine lagen fest am Sitz an.

Als sie erwachte, war alles ruhig. Es regnete wieder. Sie hörte das Geräusch der Tropfen auf den Blättern. Das Auto stand auf einem Feldweg vor einem großen, blockhüttenartigen Gebäude. Walter rauchte; er saß zurückgelehnt da, mit dem Kopf auf dem Sitz.

«Wir können heute nacht hierbleiben. Ich kenne eine Abkürzung zum Tal, die von dieser Straße abgeht.»

Sie kamen in einen dämmrigen Raum, in dem zwei alte Männer an einem Flipper neben einer langen Bar standen. Dort stand ein weiterer alter Mann in einem karierten Wollhemd. Hinter ihm, auf einem Bord, befanden sich zwei Flaschen Whiskey, eine davon halb leer.

«Wieviel?» wollte einer der Männer am Flipper wissen. «Um wieviel willst du wetten?»

«Ich wette nicht mit dir, du alter Bock», erwiderte der andere.

Der Barmann sagte: «Seid still! Hier ist eine Dame.»

Annie ging zur Toilette am Ende des Raums. Im Innern hatte jemand an die Wand geschrieben: «Kunden, die danebenpissen, werden von uns angeschissen.»

Ihr Bett bestand aus Latten, auf denen eine Strohmatratze lag. Von irgendwo in der Nähe hörte sie eine Stimme, undeutlich, streitsüchtig: «Du wettest, oder ich reiß dir den Arsch auf!» Es folgte eine gemurmelte Antwort. Sie schlief und war sich des eintönigen Klangs jenes Dialogs bewußt, der unveränderbar vor sich ging, wie ein Ritual, und des trockenen Strohgeraschels, wenn Walter sich unruhig bewegte.

Ein paar Meilen weiter auf einer Straße mit tiefen Spurrillen, die sie am nächsten Morgen entlangfuhren, sanken die hinteren Räder des Wagens in den Schlamm ein. Der Geruch nach Humus war betäubend und kühl. Walter häufte Zweige unter die Räder, und in dem Moment, als das Auto wieder anzog, brach die Sonne durch, und das Licht wurde auf einmal gelb und heiter. Mit einem gewaltigen Satz gelangte das Auto von dem tropfnassen Holz auf eine befestigte Straße.

«Da sind wir», sagte er und stellte den Motor ab.

Annie sah verständnislos auf die sanfte Landschaft, die Ruhe, das Grün, das Blinken, wo die Sonne die nassen Blätter berührte. Walter lachte, als er ihre Enttäuschung sah. «Warte!» sagte er.

Er ließ den Motor an, nahm eine Kurve und fuhr in einen Tunnel. Bevor sie das andere Ende erreichten, bremste er ab, und sie gelangten im Schrittempo ans Tageslicht. Unter ihnen war ein langgestrecktes, tiefes Tal, das schimmerte, als ob ein Binnenmeer sich gerade erst zurückgezogen hätte. Ein Wasserfall – ein hochkant gestellter Fluß – fiel über einen kahlen, felsigen Steilhang. Dichte, sonnige Stille lag über dem Tal wie ein dünner, wäßriger Farbüberzug, doch die nackten Felsfassaden, die bewaldeten Hänge, die waagerechten Klippen, über die die weißen Wasserstränge stürzten, schienen voll stürmischer Bewegtheit.

Nach einigen Metern zu Fuß kamen sie in einen schweigenden Wald, in dem Mammutbäume aufragten. Eine Blockhütte, für die Parkaufseher bestimmt, mit zugenagelten Fenstern und Türen und eingefallenem Dach, stand auf dem Waldboden. In der Nähe stießen sie auf einen Baum mit einer in die Rinde eingelassenen Plakette. Einige der Mammutbäume, hieß es darauf, stammten aus der Zeit vor Christi Geburt. Der Besucher wurde eingeladen, den Knopf unter der Plakette zu drücken, um sich die Tonbandstimme von Nelson Eddy zu Gehör zu bringen, der Joyce Kilmers weltberühmtes Gedicht, *Bäume,* in Liedform zum besten gab.

Sie fuhren weiter hinunter zur Talsohle, wo der Merced River sich zwischen Silberfichten und Eichen entlangschlängelte, an einer Blockhütte vorbei, wo eine Familie sich für einen Mann mit Kamera auf einer Felsterrasse in Positur gestellt hatte. Vor ihnen – sie fuhren langsam – ging gemessenen Schrittes ein Parkaufseher, der erst zur Seite trat, als das Auto fast seine Fersen berührte. Auf einer Lichtung nahe der Straße hängte eine Frau Wäsche auf eine Leine, die zwischen einer kleinen Blockhütte und einem Baum gespannt war.

Walter sagte, die Aufseher wohnten im Tal, und wenn sie Ferien hätten, würden sie im Quellgebiet des Merced und Toulomne campen. «Dort ist es ganz anders», sagte er.

Sie kauften Lebensmittel in einem kleinen Gemischtwarenladen und fuhren dann zum oberen Ende des Tals.

«Der Half Dome», sagte Walter und zeigte auf eine große graue Waffel, die wie eine Zunge aus der sie tragenden Felswand herausstand. Annie duckte sich im Auto.

Walter stellte das Auto an einer Wiese ab, auf der drei Rehe weideten und ihre gefleckten Rücken in der Sonne wärmten. In der Nähe war ein kleiner See, umgeben von einem zarten Rand hohen Grases; er war still, samtschwarz, wie eine Traube auf einem grünen Blatt.

«Das ist ein guter Platz.» Er zeigte zu den drei rohbehauenen Hütten, die über der Erde auf Stelzen standen. «Da ist niemand. Wir lassen unsere Sachen darin. Es kommen Bären, die Essen stehlen. Hier.» Er gab ihr eine Schachtel mit Cornflakes. «Du kannst die Rehe füttern. Ich mache alles fertig.»

Er war so ruhig, so angenehm. Er war jemand, den sie nicht kannte.

Sie ging auf die Wiese, und sofort sahen die Rehe auf; ihre schlanken Köpfe verharrten unbeweglich. In dieser stillen grünen Umgebung hatte der tosende Wasserfall einen sonderbaren Klang. Die Rehe schienen keine Angst zu haben, als Annie langsam auf sie zuging. Etwas von ihnen entfernt setzte sie sich ins Gras und hielt ihnen die Cornflakes hin. Das größte Tier kam, knabberte daran, und bald folgten die beiden anderen. Sie waren so schön, so anmutig, doch als ihre warmen Flanken sich an sie drückten und ihre Hände feucht wurden von ihren nassen Mäulern, hatte sie einen Augenblick Angst.

Sie kehrte zurück und sah, daß Walter am Rand des Sees eine kleine Vertiefung gegraben und mit Steinen ausgelegt hatte, und auf einem der Steine war eine geöffnete Büchse mit Sardinen, ein Laib Brot, Zwiebelscheiben auf einem Blatt. Er sammelte Feuerholz. Der Ausdruck konzentrierter Anstrengung ließ ihn jung aussehen. Er gab sich ganz seiner Tätigkeit hin. Sein Blick auf sie war leer, als er die Kaffeetasse in die Hand nahm, dann lächelte er in seiner Geistesabwesenheit, und auf einmal sah sie einen früheren Walter, der die verheißungsvollen Jahre seines Lebens noch vor sich hatte, im Schwung seiner Jugend und seiner Kraft. Es war seltsam, daß die Zeit sein Gesicht lediglich geglättet hatte. Hier – während er die Hölzchen wie ein Zelt zusammenstellte, in die Glut blies und sich freute, als die Flamme hochschlug – war sein Lächeln aufrichtig.

Nach dem Essen saßen sie mit dem Rücken an einen Baumstumpf gelehnt und warfen Steinchen in den See. Von der Sonne gewärmt, dösend, sprachen sie kaum ein Wort. Einmal nahm Walter ihre Hand und machte mit ihr eine Bewegung in Richtung des gegenüberliegenden Ufers, wo Annie zwischen den Bäumen die plumpe Gestalt eines kleinen Bären erblickte. Später gingen sie spazieren, und sie versuchte, die Namen der Pflanzen und Vögel im Gedächtnis zu behalten, die Walter ihr zeigte, aber ihr Kopf nahm nichts auf, vielleicht, weil sie so verwirrt war von der unbekümmerten Natur, die sich um sie in Hülle und Fülle entfaltete, und auch, weil Walters ungewöhnliche Kenntnisse sie überraschten.

Sie aßen früh zu Abend. Es war kühler geworden. Sie rösteten Kartoffeln im Feuer und zerteilten sie mit bebenden Fingern. Die Nacht senkte sich sanft herab, gleich einer Emanation, einem Atemzug des Waldes. Sie wärmten sich die Knie an der Feuerstelle und tranken schwarzen Kaffee aus Onkel Georges angeschlagenen Emailtassen.

Während der ganzen fünf Tage, die sie in dem Tal verbrachten, sprach keiner von ihnen von den Monaten zwischen dem Augenblick, als Walter sie in jener Nacht am Busbahnhof verlassen hatte, und dem Zeitpunkt, als sie in Laguna Beach auf der Holztreppe gestanden und auf ihn hinuntergesehen hatte. Die Zeit, die sie hier verbrachten, war jenseits der Zeit – sogar der unangenehme Abschied von Onkel George war vergessen. In diesem Tal lebten sie ohne Gedächtnis.

Spaziergänge, Bergtouren die gefährlichen Felssteige von Devil's Cascade hinauf, Begegnungen mit Gruppen von Bären, die unter den Bäumen herumschnüffelten wie dicke, verwöhnte Kinder, der Geruch des Waldes bei Nacht, der See, in den sie stiegen wie bei einer Taufe, die bald so vertrauten Rehe, die nach Schafen riechenden Decken, in die sie sich nachts einhüllten, das Feuermachen, was sie aßen, wie sich die Rinde verschiedener Bäume anfühlte, die Nachmittagsschläfchen in den sonnenwarmen Wiesen, das dicke, schwammgleiche, nasse Moos unter den Wasserfällen, andere Camper, weit weg, die sie mit schläfrigen Blicken wahrnahmen wie durch einen wohltätigen Nebel, ihre nächtlichen Umarmungen, die endlich einmal so mühelos waren wie Schlaf – wie unbeschwerter Schlaf – und die sich natürlich und ohne Planung dem Rhythmus ihrer Tage einfügten.

Das Tal hielt sie fest – ihre Geschichten, jede so fremd für den anderen, waren aus ihrem Gedächtnis gelöscht. Einmal dachte sie, wie seltsam es war, daß diese Befreiung, die sie empfand, in irgendeiner Weise mit der Aufgabe ihrer verschiedenartigen Temperamente zusammenhing, jener *Persönlichkeiten,* die sie im Tunnel über dem Tal aus dem Auge verloren hatten. Es lag nichts eigentlich Persönliches in ihren Beobachtungen – wie leicht er auf den steilen Pfaden das Tempo hielt, wie gut er sich auf das Feuermachen verstand. Und genauso bemerkte sie, wie leidenschaftslos ihr sein Blick folgte, wenn sie in den See stieg oder die Rehe fütterte oder jeden Morgen in der Frühe die Decken zusammenfaltete.

Und doch rührte sich ganz hinten, am Rand ihrer Ruhe, wie jener Vogel dort im Wald zwischen den Blättern, das Wissen, daß der Zauber bald gebrochen würde und kaum eine Spur davon zurückbliebe, wenn sie das Tal verließen.

Am Ende der Woche packten sie zusammen. Walter riß die steinerne Feuerstelle ein und streute Erde über die

Asche. Annie beobachtete ihn aufmerksam durch die Windschutzscheibe. Er steckte die Hände in die Taschen und kam langsam auf sie zu. Sie fuhren das Tal entlang, die Straße zum Tunnel hinauf, und als sie wieder auf der anderen Seite waren, in der gefälligen, doch nicht besonders spektakulären Landschaft, die sie anfangs fälschlich für das Yosemite-Tal selbst gehalten hatte, sagte er: «Diese verdammten Dreckskerle! Jetzt müssen wir in Merced halten, um ihnen das Zeug zurückzubringen, das sie uns geliehen haben!»

Schwarze Magie. Seine Worte stießen sie zurück in die schimpfliche, elende Zeit seiner Abwesenheit. Schüchtern begann sie, ihm zu erzählen, wie es im Drive-in war, aber er schob ihre Geschichten von Ernie und dem betrunkenen Koch beiseite. Was er wissen wolle, sagte er, sei, was sie gelesen habe, welche Versammlungen sie besucht habe, ob sie ihr irgendwelche Aufträge gegeben hätten, ob sie Paul Lavan getroffen habe.

Sie hatte nicht viel gelesen – es war so kompliziert und so langweilig.

«Langweilig! Was hat das schon zu sagen?»

Na ja, sie war bei ein paar Versammlungen gewesen, und sie war mit einer Frau mitgegangen, die Mexikaner als Mitglieder gewinnen sollte –

«Was meinst du damit? Die Partei schickt keine Leute mit Mitgliedsanträgen im Land herum!»

«Die Frau sollte die Bedingungen im Gefängnis untersuchen, aber ich dachte, es ginge nur darum, Mitglieder zu werben . . .»

Seine Miene war verächtlich.

«Ich mag Lavan nicht.»

«Du mußt ihn nicht mögen.»

«Ich habe aber ein paar Bücher gelesen.»

Er grummelte etwas, fragte aber nicht, was sie gelesen habe.

Etwa um zwei Uhr nachts erreichten sie die Schafranch

von George und Herbie. Sie beobachtete Walter, wie er den Matchsack ins Gras warf. Bevor sie wieder fuhren, drückte er so lange auf die Hupe, bis sie ihm in den Arm fiel und ihn bat, damit aufzuhören.

Später machten sie am Straßenrand Rast, und er sagte ihr, daß er Arbeit bei Lockheed-Vega am Fließband gefunden habe, und in der Hoffnung, den Frieden zwischen ihnen wiederherzustellen, erzählte sie ihm, daß sie Nieten sortiert habe und dafür verantwortlich sei, daß die kleine Fabrik hatte schließen müssen.

«Wie willst ausgerechnet *du* das geschafft haben?»

«Ich bin zur CIO gegangen.»

«Zur CIO? Was hast du dir nur dabei gedacht?»

«O Gott!» rief sie aus.

«Annie, du bist so durcheinander, was soll aus dir werden?»

Sie gab auf. Er konnte ihr das Wort im Mund herumdrehen; er konnte sie tadeln und aufziehen und alle zwei Minuten seine Meinung ändern. Sie würde sich totstellen. Sollte er sie nach Belieben herumrollen wie einen Sack Getreide.

Als sie in ein Zimmer in der Cheremoya Avenue zogen, war die Zeit im Yosemite-Tal nur noch ein Traum, substanzlos wie jene Phantasien, die sich mühelos, als kämen sie von irgendwo außerhalb ihrer selbst, so vieler ihrer wachen Stunden bemächtigten.

Sie fing wieder bei dem Griechen an, und Walter machte die Nachtschicht bei Lockheed.

Während sie im Restaurant bediente, träumte sie von Konzertauftritten, von Abendkleidern aus Taft. Wenn die Gäste Krabbencocktail verlangten, neigte sie auf edle und feierliche Weise ihren Kopf, betäubt von Rufen, die «Zugabe! Zugabe!» verlangten. Sie schrieb ihr Autogramm auf den Bestellblock, nachdem sie «Steak med.» oder «Steak durch» notiert hatte; sie kam zu spät zu einer Party, die man ihr zu Ehren veranstaltete, und trug einen revolutionären irischen Regenmangel mit Garbo-Hut, und alle Köpfe drehten sich nach ihr um; im fassungslosen Schweigen zündete sie sich eine türkische Zigarette an; Geliebte umkreisten sie im exakten Abstand von einem Meter. Sie maß es aus. Sogar in ihren Tagträumen waren die interessanten Männer diejenigen, die sich abwandten und gleichgültig blieben, das Gesicht unter dem Rund ihrer Hutkrempen versteckt.

In jener Welt von duftlosem Parfum und geräuschlosem Applaus, in der Annie sich wie durch Zauber in ein Geschöpf von unbegrenzten Fähigkeiten verwandelte, wußte sie, daß es sich um einen Akt ihres Willens handelte. Ganz plötzlich konnte die Erinnerung an einen aufgedunsenen Körper am Strand, das Gefühl des rauhen blauen Stoffs einer Polizeiuniform an ihrem Schenkel bei einer Autofahrt, die plötzlich bedrohlich geworden war, der Geruch eines Kellers, in dem Ratten auf dem feuchten Boden herumliefen, ein bewundernder Blick, der wie Gift in ihr wühlte und einen unerträglichen Selbstekel hervorbrachte, die Träume platzen lassen.

Aus dem Lot gebracht durch diese stillen Extravaganzen, betrachtete sie die schäbigen Möbel des Zimmers, in dem sie mit Walter lebte, die Restaurantküche, wo der Grieche seinen mächtigen Leib herumbugsierte und Bestellungen brüllte mit einer durch seine Ungeduld unverständlich gewordenen Stimme; sie sog den Geruch des in immer wieder benutztem Bratfett schmorenden Fleischs ein und dachte an die Sorgen, die sie bis in den Schlaf hinein verfolgten, wenn es ein Uhr wurde und Walter, klimperndes Kleingeld in seinen Taschen, die Tür aufschloß, sich im Dunkeln auszog und zu ihr ins Bett kam. Das Bettzeug war völlig zerschlissen – es nützte nichts, daß Walter es samstags zur Wäscherei brachte; er nahm die Sachen von letzter Woche mit heim, ausgefranste Lumpen, sauber und ordentlich gefaltet.

An einem Freitagabend brachte er ein paar Leute aus der Fabrik mit. Sie gingen zum Bowling. Auf dem Weg holten sie die Ehefrau einer der Männer ab, eine große, flachbrüstige Frau mit rotem Haar und einem dicken, feuchten, roten Mund. Am frühen Morgen kehrten sie zum Zimmer der Vogels zurück und begannen, Whiskey zu trinken. Annie saß auf dem Boden, mit dem Rücken an der Wand. Die rothaarige Frau, Augusta, lag auf dem Bett. Warum, um Himmels willen, lachte sie dauernd? Ihre Beine waren ausgestreckt, ihr Mund stand offen, ihre Hände lagen flach auf der Decke, die offenen Handflächen nach oben gerichtet. Halbe Sätze, Gelächter, Rufe wirbelten um Annie herum wie Geschirr, das von Regalen geworfen wird. Andere Arbeiter der Fabrik, Vorarbeiter und Kontrolleure, wurden lächerlich gemacht, verdammt und auf ewig in die Hölle gewünscht. Gelächter verzerrte, verschluckte, überwältigte Wörter, Husten und Prusten und Gegurgel.

Augustas Mann, Junior, dünn und klein, mit dicken, bleichen Händen, trank pausenlos aus der Flasche. Mit seinen schwarzen Augen schielte er immer wieder zu seiner Frau auf dem Bett. Es gebe zu viele Mädchen in der Fabrik, sagte er zu Annie. Er hockte vor ihr auf dem Boden. «Frauen!» rief er und kippte auf seinen mageren Hintern. «Huch! Da hab ich doch vielleicht einen kleinen Wind streichen lassen, Euer Ehren!»

Sie schob sich vorsichtig von ihm weg. Junior zupfte an seiner Gürtelschnalle. «Sie sollten da nicht so viele Frauen haben», sagte er. «Macht Ärger.» In diesem Moment sah Annie, wie Walter sich vornüberbeugte und seinen Mund in die Mitte von Augustas fleischigen Feigenlippen drückte.

«Du warst entsetzt», sagte er, als alle weg waren. «Das kannte ich noch nicht an dir.» Er war immer noch betrunken und kicherte albern. «Ach, Annie, so unschuldig ...»

Einige Monate später wurde Junior vor einem Gericht in Los Angeles der Vergewaltigung angeklagt. Annie und Walter gingen zum Prozeß, Walter sollte den guten Charakter des Angeklagten bezeugen.

«Wie kannst du etwas bezeugen, was nicht da ist?» hatte sie ihn gefragt.

«Du willst, daß man ihn vor aller Augen auspeitscht.»

Sie wich vor ihm zurück. Das wünsche sie niemandem, rief sie. Aber wie immer hatte er es geschafft, daß sie sich schuldig fühlte. Sie hätte ihn gern gefragt, warum er nie seine alten Freunde besuchte, Paul Lavan und die anderen, die sie in dem großen Haus im San Fernando Valley kennengelernt hatte. Was war mit den Leuten von der Partei, die er ihr hatte vorstellen wollen? In mancher Hinsicht war er heute weiter von ihr entfernt als damals, bei seiner Einschiffung – er machte fast jede Nacht Überstunden, an den Wochenenden trank er zu Hause, oder er torkelte mit Junior und den Rohlingen, die seine Freunde waren, vom Bowling in die nächsten schäbigen Bars.

Die Vergewaltigungsklage wurde wegen Mangels an Beweisen fallengelassen; auf den Stufen des Gerichts sah das angebliche Opfer, eine gedrungenere Ausgabe von Augusta, Junior ins Gesicht und brach in wieherndes Gelächter aus. «Denkst du immer noch, er sollte ausgepeitscht werden?» fragte Walter Annie. «Das habe ich nie gesagt», protestierte sie hilflos.

Nicht lange nach Juniors Prozeß kam Annie von der Arbeit und fand gelbe Haarnadeln im Bett und einen zerrissenen Seidenstrumpf. Sie saß lange da mit diesen Sachen in der Hand. Als Walter kam, Gesicht und Hände ölverschmiert, regte sie sich nicht; ihre Finger umklammerten die Haarnadeln, der zerrissene Strumpf fiel von ihrem Schoß. Er wusch sich über dem Becken. Er sang leise: «Ich hab den Blues – und ich bin nie zufrieden . . .»

Er sah auf sie hinunter. Er hob den Strumpf auf. Er lächelte sein altes Lächeln. «Das war nichts», sagte er.

Sie schwieg.

«Eine Frau, die sagte, sie würde dich kennen. Wie hast du sie kennengelernt? Ein Mädchen namens Karin. Sie kam heute morgen, sagte, sie hätte monatelang versucht, dich ausfindig zu machen.»

Annie öffnete den Mund und schrie.

Walter warf sich auf sie und hielt ihr den Mund zu. Sie biß in das weiche Fleisch seines Handballens.

Er riß seine Hand weg. Sie schnappte nach Luft.

«Hör auf! Hör auf!» schrie er.

«Du willst mich umbringen!» Ihr Kopf fiel gegen den Stuhl. Sie weinte mit offenem Mund – sie war verstört. Er stand schweigend da, sog mit halbgeschlossenen Augen an seinem Handballen. Sie glitt auf den Boden, lag auf dem Bauch und drückte das Gesicht in den schmutzigen Teppich. Er ließ sich neben ihr nieder.

«Ich sehe sie nie wieder», versprach er.

Eine Woche später, an einem Samstagnachmittag, als sie an dem Tisch am Fenster Kaffee tranken, wurde ein großer weißer Umschlag unter der Tür durchgestoßen. Sie ging hin und hob ihn auf. Er enthielt einen Schnappschuß von Walter auf der Straße. Direkt hinter ihm war Karin in einer Silberfuchsjacke. Sie legte das Foto auf den Tisch. Er sah darauf nieder.

Sie nahm den alten Koffer aus dem Schrank und fing an zu packen. Als sie sich vornüberbeugte – in Gedanken war sie auf der Straße, nicht in diesem Zimmer, diesem Leben mit Walter –, traf eine Kaffeetasse ihren Hinterkopf. Sie drehte sich um. Da stand er, mit den Händen auf den Hüften. Sie nahm einen Stuhl und rannte auf ihn zu. Er begann zu lachen. Sie zerschlug den Stuhl vor ihm. Sie standen da, zwischen ihnen die ausgezackten Holzstücke.

Als sie an der Tür war, rief er: «Warte!» Sie drehte sich um.

«Warum können wir nicht wie normale Leute leben?» rief er.

Sie lachte, bis sie auf der Straße war und sich bewußt wurde, daß sie Blicke auf sich zog, aber diesmal machte es ihr nichts aus. Kaffeesatz war auf ihrer Schulter. Sie fand eine Telefonzelle.

«Hallo?» fragte eine Frauenstimme.

«Ist dort Mrs. Shore?»

«Hier ist Eva.»

«Ist Mr. Shore –»

Seine Stimme war zu hören.

«Max? Hier ist Annie. Kann ich zu Ihnen kommen?»

Im Hintergrund war die Stimme eines Kindes.

«Ich weiß nicht, was ich tun soll . . .», murmelte sie vor sich hin. Max hörte sie.

«Kommen Sie gleich», sagte er. «Aber ich kann Sie mit dem Auto abholen.»

«Nein. Ich schaffe es schon.»

14

Nichts von dem, was Annie begegnet war, fesselte ihre Aufmerksamkeit so sehr wie Max Shore, seine Frau und sein Kind und wie sie in ihren drei Zimmern zwischen Büchern, Töpfen und ramponiertem Kinderspielzeug lebten. Manchmal war Eva spät dran und verließ das Haus, ohne das Bett zu machen. Von der Couch im Wohnzimmer aus beobachtete Annie, eine Tasse Kaffee in der Hand, durch die offene Tür, wie Max sich dieser Aufgabe widmete. Wenn das Bett gemacht war, begann der Tag, obwohl Thomas inzwischen schon Stunden wach war, mit Bauklötzen Häuser baute und sie zerstörte oder auf dem Boden der schmalen Küche Konservenbüchsen hin und her rollte.

Sie waren freundlich zu ihr. Eva senkte nicht selten die Stimme, wenn sie mit Annie sprach, als ob sie eine Rekonvaleszentin vor sich hätte. So mußte sie Eva erschienen sein, das wußte Annie. Das Gefühl ihrer eigenen Fremdheit wuchs so schnell, wie die Shores sich bemühten, sie in ihr Leben zu integrieren.

Sie beobachtete eine Ehe; mitten darin entging ihr deren eigentliche Natur. Sie wartete auf eine Offenbarung, die nie kam. Thomas hatte seine Gewohnheiten, starr und fest wie Rituale. Seine beiden Eltern erfüllten ihre Pflichten, ohne einander um Rat zu fragen. Sie kochten abwechselnd, aber Max war verantwortlich dafür, daß der Müll rechtzeitig hinausgebracht wurde, und er mußte einkaufen. Eva kümmerte sich um die Wäsche. Samstags machten sie zusammen die Wohnung sauber. Max spielte Kammermusik auf ihrem Plattenspieler. Eva nannte sie Jammermusik. Sie mochte Paul

Robeson oder Folk-Sänger lieber, Benny Goodman und Fats Waller.

Thomas hatte heftige Wutanfälle, in deren Verlauf er wie ein kleiner Irrer auf dem Boden herumrollte und schrie, bis ihm der Atem ausging. Zu anderen Zeiten war er ein in sich gekehrter kleiner Junge, der sich damit vergnügte, Gegenstände aufeinanderzustapeln. Manchmal lag er im Schoß seines Vaters, lutschte am Daumen und starrte träumerisch an die Decke. Mit aufgestützten Ellbogen, den Löffel seinem offenen Mund entgegengestreckt, gab Eva ihm sein Abendessen. Sie trank einen Whiskey pur, während sie ihn fütterte, und redete behaglich mit Max über die Ereignisse des Tages. Wenn Thomas ein Glas mit Apfelkompott in die Luft geworfen hatte und sie ihn ermahnte, beobachtete er sie mit unversöhnlichem Blick. Es gab kleine Zänkereien über häusliche Angelegenheiten – ein tropfender Wasserhahn, ein Stuhlbein, das repariert werden mußte. Bis auf die Wutanfälle des Kindes war die Atmosphäre nachsichtig und schonungsvoll. Und doch erspürte Annie ein Geheimnis, irgendeinen versteckten Kampf verschiedener Naturen, ein Übermaß an Emotion, das weniger verborgen als unterdrückt wurde. Es fand sich nicht in den glattpolierten politischen Gesprächen, und sie konnte nur Vermutungen anstellen über das, was nachts hinter der geschlossenen Schlafzimmertür der Shores vor sich ging. Sie versuchte, diese Gedanken beiseite zu schieben, aber sie kamen immer wieder in ihr auf.

Einmal hob sie Thomas vom Boden auf, als er wieder einmal einen Wutanfall hatte. Er biß ihr so fest in die Hand, daß es blutete. Eva griff nach dem verwundeten Finger. Annie war überrascht, als sie spürte, daß Evas Hand zitterte. Max wischte mit steinerner Miene das Blut weg. «Ich weiß nicht, warum», sagte Eva immer wieder, während Max Verbandsmull um den Finger wikkelte. Sie sahen beide erschöpft aus. Eine Stunde später war es, als sei nichts passiert.

Annie war oft zugegen, wenn es politische Diskussionen gab, zwischen Max und Eva oder wenn Gäste kamen. Man schloß sie nicht ausdrücklich aus, redete aber auf eine Weise, die deutlich machte, daß sie zuhören, doch nicht teilnehmen durfte. Ohnehin verspürte sie keinerlei Wunsch nach Teilnahme. Die Anordnung der Welt ähnelte in diesen Gesprächen Thomas' Gebäuden aus Bauklötzen – die Blöcke der Kapitalisten, der Arbeiter, der unterdrückten Kolonien, der Massen, der Elite, der Intelligenz. Annie stellte sich vor, diese Blöcke wie Thomas mit einem Fußtritt umzustoßen. Die Sprache war langweilig und ermüdend, trotz der Energie, mit der gesprochen wurde.

Was immer hinter der geschlossenen Schlafzimmertür der Shores geschah, es geschah ohne Lärm. Annie lächelte unbehaglich auf ihrer Couch und hatte stets Angst, etwas zu hören. Sie versuchte, sich mit den Büchern abzulenken, die Max ihr gegeben hatte. Es waren nicht dieselben, die Eva studierte und sich dabei Notizen machte. Eva sagte zu Max: «Warum gibst du ihr dieses ganze Zeug?»

Annie las etliche Romane von Thomas Hardy, hatte aber Schwierigkeiten mit der *Rückkehr*. Der Dialekt irritierte sie. Sie las *Zärtlich ist die Nacht* zweimal. Das Buch lag neben der Couch auf dem Boden, und Eva hob es auf und drehte es in der Hand herum. «Ich weiß nicht, was Max sich dabei denkt», sagte sie kopfschüttelnd.

Wenn die Shores abends ausgingen, kümmerte sich Annie um Thomas. Sie betrachtete es als eine weitere Gegenleistung neben dem kleinen wöchentlichen Essenszuschuß, den sie Eva gab. Einmal wachte er auf, und sie spielten zusammen mit den Bauklötzen, errichteten Türme und Palisaden, bis er sich hinlegte und neben den Bauklötzen einschlief. Sie trug ihn in sein Kinderbett und fand das leichte Gewicht seines kleinen Körpers und den

Gedanken, welch lähmende Macht er während seiner Wutanfälle ausüben konnte, erregend. Sie deckte ihn zu und machte die kleine Nachtlampe neben dem Kinderbett an, dann stand sie träumend da. Sie würde Nonne werden – in einer italienischen Abtei –, Aussicht auf lombardische Pappeln, eine steinerne Zelle, ein Holztisch, ein hartes Bett, die Zeit geregelt und erfüllt von Glockengeläut.

Die Shores baten sie nicht, an Parteiversammlungen teilzunehmen, nicht einmal an solchen, die Nichtmitgliedern offenstanden. Darüber war sie froh. Fern Diedrich, die Frau, die sie nach San Diego gefahren hatte, kam einmal aus irgendeinem Grund vorbei. «Sie schon wieder!» sagte sie zu Annie. Fern sah sonderbar aus. Ihr Blick irrte ruhelos vom Tisch zum Stuhl zur Couch zur Lampe, blieb nie an einem Gesicht haften. Sie nannte Eva «Genossin» und sprach fieberhaft vom Mord an Trotzki – Annie wußte nichts davon –, der ein paar Monate zuvor stattgefunden hatte. Fern lachte trocken und hustete. «Das Schicksal ereilt einen, sogar in Mexiko!» sagte sie. Max' Miene war sardonisch. «Schicksal? Nanu, Fern! Was für ein Wort ist das für eine Marxistin!»

In der Nacht zuvor war Annie gekommen, mit Kaffeesatz im Haar, hatte Max von Walter erzählt und stundenlang über Walters Freund Junior gesprochen, die Kaffeetasse, die sie am Kopf getroffen hatte, und wie Walter mit ihr redete. «Er wird mich nie so sein lassen, wie ich bin ... Er mag mich nicht, wissen Sie. Er kann mich nicht *ausstehen ...*»

«Sie dürfen nicht zurückgehen», hatte Max gesagt. Eva schlief schon lange. Max bezog die Couch für Annie.

In den zwei Wochen, bevor sie wieder Arbeit fand – sie hatte dem Griechen am nächsten Morgen gesagt, daß sie nicht mehr käme –, versuchte sie herauszufinden, wo Johnnie Bliss war. Sie ging zu der Pension, in der er gewohnt hatte.

«Dieser schlechte Mensch ist sicher da, wo er hingehört», sagte die Vermieterin. «Schämen Sie sich, den zu kennen! Er wird von Gangstern erschossen werden und dann aus dem Auto geworfen. Wenn ich wüßte, wo er ist, würde ich es Ihnen nicht sagen. Ich bin eine anständige Frau.»

Sie rief St. Vincent an. Der Anschluß war tot. Vielleicht hatte er sich nichts mehr pumpen können, und Andrew war jetzt Fahrer des Wäschereilasters, glücklicher Andrew.

Manchmal erinnerte sich Annie daran, wie sie im Sessel gesessen hatte mit den Haarnadeln in der Faust und dem zerrissenen Strumpf auf dem Schoß. Sie konnte den Zorn, den sie damals empfunden hatte, nicht mehr in sich hervorrufen. Daß sie mit Walter Vogel verheiratet war, daß sie überhaupt zusammengelebt hatten, war unwirklich. Als sie Arbeit in einer kleinen Keramikfabrik fand, benutzte sie ihren Mädchennamen. Eva sagte: «Sie werden sich eines Tages scheiden lassen müssen.» Der Gedanke an Scheidung war realer, als die Ehe je gewesen war.

Sie blieb zwei Monate bei den Shores. Als sie ihren ersten Lohn von fünfundzwanzig Dollar bekam, kaufte sie eine Flasche Whiskey für sie, einen Plüschhund für Thomas und einen Band mit Gedichten von Thomas Hardy. Es machte ihr große Freude, mit ihren Paketen heimzukommen. Thomas warf den Hund durch den Raum und kroch ihm dann auf allen vieren nach. Eva sagte, sie hätte ihr Geld nicht für solche albernen Dinge verschwenden sollen, aber trotzdem danke, und Max nahm das Buch und legte es auf den Tisch neben ihrem Bett. Annie sah das Buch dort von Zeit zu Zeit, wenn sie den Tisch deckte für das Abendessen. Sie hatte ein schlechtes Gewissen und frohlockte. Sie war in das eheliche Schlafzimmer gelangt.

Evas Gegenwart bedrückte sie mehr und mehr. Eva sah sie nie richtig an. Eva sagte dauernd: «Alles ist in Ordnung.» Thomas Wutanfälle seien ganz natürlich in seinem Alter; es sei *in Ordnung,* daß Annie jemanden wie Walter geheiratet hatte – in ihrem Alter. Fern sei *in Ordnung* – unverheiratete Frauen in einer männlich-chauvinistisch-kapitalistischen Gesellschaft hätten es schwer –, ja, Fern sei *in Ordnung,* weil ihre wachsende Unsauberkeit und Exzentrik die angemessene Antwort auf die Ursachen dieses Verhaltens sei. Die Ehe sei *in Ordnung,* und der Tod seien *in Ordnung.*

Wenn Eva für Sekunden am Küchentisch stand und in das Spülbecken hinuntersah – woran dachte sie dann? Daß es in Ordnung sei, in ein Spülbecken zu starren? Eva bewegte sich schwerfällig; wenn sie müde war, sah sie alt und plump aus.

Wie grüblerisch sie Max beobachtete und lächelte, wenn sich ihre Blicke trafen! *Nichts* war in Ordnung, dachte Annie und freute sich an der Grausamkeit ihres Wissens; sie wollte Eva auf den Kopf schlagen und ihr ins Gesicht schreien, daß ihr Leben nur von Wäschelisten und Parteiparolen zusammengehalten wurde. Sich selbst zu den Verurteilten zu zählen würde erträglicher sein als die hartnäckig verfochtenen, bedeutungslosen Gewißheiten der Älteren. Aber Max' Langmut gegenüber seiner Frau beschämte Annie. Es war nicht notwendig, sich zu benehmen, als wäre man verurteilt, auch wenn man es war. Und während sie das dachte, erschrak sie – Joe mußte sich verurteilt gefühlt haben, bevor er sich ertränkte. Sie versuchte energisch, Eva zu bewundern. Was für eine gute Hausfrau sie war, obwohl sie arbeiten ging! Mit wieviel Liebe sie Thomas überschüttete!

Max hatte Annie nicht erklärt, wie er sein Geld verdiente, bis er eines Tages später heimkam und sagte, er habe eine Stelle bei einer Schiffswerft in San Pedro. Er hatte gerade einen Anlernkurs als Maschinenschlosser absolviert.

An diesem Abend mußte Eva eine Gruppe kirchlicher Aktivisten aufsuchen, um Geld für einige inhaftierte junge Mexikaner aufzutreiben, die des Mordes an einem alten Landstreicher in Los Angeles beschuldigt worden waren. Max und Annie und Thomas aßen zusammen. Max schwieg, während sie das Geschirr spülten. Er brachte Thomas ins Bett. Annie las *Winesburg, Ohio.*

«Lesen Sie jetzt nicht. Ich muß mit Ihnen reden.»

Sie war sofort eingeschüchtert. In der Sekunde, bevor er zu sprechen begann, sah sie die warme Sicherheit, in der sie sich während dieser Monate gewiegt hatte, gefährdet. Irgend etwas war im Begriff kaputtzugehen.

«Haben Sie keine Angst. Versuchen Sie es», bat er sie.

«Habe ich etwas getan?»

«Eva und ich haben Schwierigkeiten.» Als er ihren überraschten Blick sah, lachte er laut. «Ich kenne Sie», sagte er. «Sie denken, Sie sehen alles, nicht?» Sie wandte sich ab, damit er ihre Enttäuschung nicht sah.

«Die Schwierigkeiten äußern sich nicht geräuschvoll», sagte Max. «Ich werde Ihnen nicht viel darüber sagen. Etwas davon hat damit zu tun, daß ich in eine andere Richtung steuere, mich politisch verändere. Eva – sie ist ... verwirrt. Und es ist nicht nur das.» Mit unerwarteter Bitterkeit sagte er: «Ich bin zum Zusammenleben nicht geeignet.»

Ihre Ungläubigkeit amüsierte ihn. «Annie, Sie leben in diesem Haus wie ein Kind», sagte er sanft. Sie dachte schuldbewußt an ihre ständige verstohlene Beschäftigung mit der geschlossenen Tür des ehelichen Schlafzimmers.

«Ich will Sie nicht verletzen. Aber Eva hat Angst – Angst vor *Ihnen* unter anderem. Ihr Leben, wie Sie in das Zimmer hereinkommen, alles an Ihnen macht ihr angst. Sie ist von einem Kästchen ins nächste gelangt, wissen Sie, von der Kindheit zu mir – die Antworten sind ihr zugeströmt. Sie hatte keine Zeit, Fragen zu stellen ... sie hat es nicht nötig gehabt. Sie weiß, daß ich sie nicht liebe. Die erste Frage ihres Lebens lautet: ‹Warum nicht?› Verstehen Sie, sie fragt das nicht aus Hochmut. Vielleicht liebe ich niemanden. Obwohl Thomas ... Aber das ist etwas anderes. Und sie fragt sich, ob Sie mir etwas bedeuten. Ja, du bedeutest mir etwas, Annie.»

Er schwieg, sah auf seine Hände, dann zu ihr. «Glaub nicht –» begann er.

«Oh, bitte!» unterbrach sie ihn mit lauter Stimme.

«Du stellst dir wirklich Dinge vor! Du hast Angst, ich würde etwas Furchtbares sagen! Hör zu! Das ist es, was ich will: Ich will, daß du ausziehst. Ich habe eine Freundin, mit der ich dich schon lange bekanntmachen will. Ich bringe dich jetzt hin. Sie erwartet uns.»

«Sie haben es ihr schon gesagt!»

Er sagte nichts. «Ich suche mir ein eigenes Zimmer!» rief sie, erschüttert bis ins Mark; er sah zum Bücherbord, und dieses Adlerprofil, das sie für so anspruchsvoll gehalten hatte, sah nur noch zimperlich aus. Gab ihre Angst einen häßlichen Geruch ab? Was für eine Farce führte er in diesem verlotterten Zimmer auf? Auch er gehörte nicht hierher!

«Du kannst dir später ein eigenes Zimmer suchen», bemerkte er beiläufig.

«Oh, was habe ich nur getan?»

«Nichts, nichts ...»

Er hatte gesagt, daß sie ihm etwas bedeute. Er hatte gesagt, sie solle gehen. Sie blickte unwillkürlich zur Schlafzimmertür. Er sah es und schien ganz leicht den Kopf zu schütteln. Die ganze Zeit hatte sie geglaubt, es gebe eine Verbindung zwischen ihnen, ein geheimes Band, aber es hatte sich gelockert. Sie suchte angestrengt nach irgendeiner machtvollen, unerhörten Sache, die seine Aufmerksamkeit wieder zu ihr zurückbringen würde. Aber das Zimmer gehörte ihr nicht; die Bücher, das Spielzeug, die Allerweltsmöbel waren Beweisstücke eines Lebens, auf das sie keinen Anspruch hatte.

Er beobachtete sie jetzt mit einem Lächeln. Sie konnte nichts dagegen tun – und verriet sich, indem sie zurücklächelte. Sie hatten das gleiche Lächeln – das von zwei Menschen, die in Schwierigkeiten sind.

Sie packte ihren Koffer. Sie hätte gern nichts gehabt. Aber da war der Koffer und erinnerte sie mit seinem schäbigen Inhalt daran, wie oft er schon gepackt worden war. Der Koffer suchte immer nach einem Platz, an dem er abgesetzt, ausgepackt und weggeräumt werden konnte. Wenn man einen Koffer aus einer Tür trug, war man aufgefordert worden zu gehen. Wenn man mit nichts wegging, fiel das Haus hinter einem zusammen und wurde zu Staub.

Sie ließ die Schlösser einschnappen. Er umarmte sie, als sie aufstand, mit ihrer alten Handtasche in der Hand. Sie seufzte, als ob das Leben selbst aus ihr herausflösse, das schreckliche Leben von Selbstbeherrschung und Verlegenheit und Zurückweisung. Eine Zeitlang standen sie so, leicht schwankend. Dann nahm er den Koffer und trug ihn zur Tür.

«Warte hier. Ich hole Mrs. Oliver.»

Als er sie dorthin fuhr, wo eine Frau wohnte, die er Theda nannte, wurde er fast fröhlich. Eva wurde nicht erwähnt. Er erzählte ihr von der Werft, in der er arbeitete, den Südstaatlern, die massenhaft nach Kalifornien kamen, wo es diese gutbezahlten Jobs gab, Löhne, von denen sie nicht einmal geträumt hatten; sie kamen von so weit entfernten Staaten wie Mississippi. Er denke, er könne auch ihr dort Arbeit verschaffen. Es gab Kurse für Anlernkräfte – wie würde es ihr gefallen, eine Ständerbohrmaschine bedienen zu lernen? Übrigens laufe das Unternehmen noch nicht mit voller Kraft, obwohl man zu Hunderten Leute einstelle. Die Hauptsache sei, daß die Vereinigten Staaten bestimmt irgendwann am Krieg teilnehmen würden. Zum erstenmal in der amerikanischen Geschichte gebe es Wehrpflicht zu Friedenszeiten.

Geld, Geld. Es werde eine Menge Geld verdient werden; wie immer im Krieg.

Ob Theda Kommunistin sei, fragte sie. «Das darfst du nicht fragen, egal, um wen es sich handelt», sagte er. Noch einmal bot er an zu versuchen, ihr eine Stelle in der Werft zu verschaffen. Sie würde nicht ewig schlafende Mexikaner auf Krüge malen wollen. Außerdem sollte sie auch einmal richtig Geld verdienen.

«Ich glaube, das könnte ich nicht, nie. Ich gehe in die andere Richtung, nie einen Dollar mehr haben, als man unbedingt braucht.»

«Weißt du was? Das klingt, als ob du stolz darauf wärst. Ich weiß, wie es ist. Man wendet die Tatsache, daß man unterworfen ist, in einen Akt des eigenen Willens um, im Kopf jedenfalls ... Aber was es wirklich heißt – es heißt, du bist irgendwann auf Unterstützung angewiesen, und falls du nicht das Spielzeug eines reichen Mannes werden willst –», er wandte sich zu ihr und lächelte sie an –, «falls du das nicht willst, mußt du es anders anfangen.»

«Ich bin nicht stolz darauf. Ich finde es zum Kotzen.»

«Das kommt, weil du vorgibst, so sein zu wollen – gleichgültig gegenüber Geld. Sag die Wahrheit.»

Sie leugnete es nicht.

«Wenn du in die Werft kommst, kann ich dich sehen. Wir können zusammen zu Mittag essen. Ich kenne da eine Bank. Wir gehen mit unserem Essen dorthin und reden.» Dieses nach Häuslichkeit klingende Detail zog sie an und verletzte sie gleichzeitig.

«Kann ich dich nicht zu Hause besuchen? Ach, ich glaube, Eva hat etwas gesagt, etwas, was du mir nicht sagst!»

«Nein. Ich räume auf. Ich will keine Scheidung; ich will mein Leben nicht zerstreuen. Und Thomas ... Etwas ist die ganze Zeit falsch gewesen ... meine Erwartungen ... Und, verstehst du, die politische Sache ist wesentlich, weil Eva irgendwie Teil der Entscheidung ist, die ich vor Jahren getroffen habe, bezüglich der Partei. Eva ist wirklich gut, weißt du. Sie ist in Wahrheit eine Ordensfrau – nein, nicht so eine gequälte Zweiflerin, eine schlichtere Art von Nonne. Die Partei ist so, wie sie das Leben versteht. Sie bekommt es jetzt mit der Angst. Sie liebt mich, so, wie sie zu lieben versteht, geduldig und furchtsam. Früher hat sie mich ziemlich herumkommandiert. Es hat mich nicht gestört. Ich glaube, ich habe es komisch gefunden, weil ich wußte oder zu wissen glaubte, daß mein Wille letztendlich stärker sei. Aber damit hat sie aufgehört. Ich erinnere mich an den Tag, fast die Uhrzeit, als sie aufgehört hat, mir zu sagen, ich soll den Abfall hinaustragen oder Thomas das Essen machen oder das Revers meines Jacketts umschlagen. Das andere kann ich kaum ertragen – wie sie sich auf die Zunge beißt. Ich bin ganz krank vor Mitleid, mit mir selbst, mit Eva, mit dir.»

«Mit mir?»

«Ja.»

Theda stand in der Mitte ihres Zimmers, eine Zigarette im Mundwinkel, mit einem Revolver in der Hand.

«Hast du jemanden erwartet?» fragte Max.

«Den habe ich gerade in einem alten Koffer gefunden», sagte Theda. «Einer von den Leuten von der Brigade hat ihn mir vor ein paar Jahren gebracht. Simon hatte ihn in Frankreich. Ich komme nicht darüber hinweg.»

«Ziel nicht auf uns. Das ist Annie.»

Theda nickte und richtete den Revolver auf den Kamin. «Er ist nicht geladen», sagte sie und drückte ab. Es gab einen lauten Knall.

«So was behaupte ich nie mehr», sagte Theda. «Simon hat mir immer gesagt, ich würde denken, ich wüßte alles. Ich habe Kaffee gekocht. Du kannst deinen Koffer dort hineintragen, Annie. Komm dann zurück. Komm bitte gleich zurück.»

Er blieb eine Stunde und ließ sie dann an dem Tisch am Fenster allein; Theda rauchte in einem fort, ihr langer brauner Arm ruhte auf dem Tisch; Annie saß aufrecht auf der anderen Seite und beobachtete sie mit ernstem, bewunderndem Blick. Max erkannte die reine Intelligenz, die beobachtende Kraft im Gesicht des Mädchens – und etwas Unerwecktes, völlig Unberührtes, das ihn im Hintergrund seines Bewußtseins abstieß: Sie war im Grunde ohne Selbst. Was macht der Wachhabende? Die ganze Nacht auf Posten, allein im Dunkel, die Ablösung kommt nie – er kann nicht schlafen –, Ablösung ist versprochen, aber er hat das Losungswort vergessen, weiß nur, wie wichtig es ist, daß er seine Pflicht tut, nicht schläft.

Jetzt eine andere Welt. Theda kannte Filmleute, Leute vom Ballett, Landstreicher, Maler, Neger.

Sie gab Partys. Man trank billigen italienischen Rotwein. Sie kochte Töpfe voller Chili. Man tanzte, sang, betrank sich, schlief auf Thedas Fußboden. Oft machte sie ihre Lektorenarbeit, während die Gäste um sie herumliefen, redeten und schrien und gelegentlich aufeinander losgingen. Theda achtete nicht darauf. Sie schien den Lärm zu mögen. Manchmal, wenn niemand da war, ging sie in eine Bar ein paar Straßen weiter und saß dort mit Notizbuch, gespitzten Bleistiften und einem Gin am Tisch.

Annie arbeitete in der Keramikwerkstatt, bis Max anrief und ihr sagte, sie solle in die Werft kommen und sich vorstellen, es seien Plätze in einem Kurs für Anlernkräfte frei. Es war eine lange Fahrt, mit der Straßenbahn, dann mit dem Bus. Die Ausbildungswerkstatt befand sich in einem nach Metall und Öl stinkenden Schuppen, die Maschinen waren in zwei bedrohlich wirkenden Reihen angeordnet. Es wurde an ihnen gearbeitet, einige der Arbeitenden trugen Schutzmasken. Es gab nur ein paar

Frauen. Während des Kurses würde sie mehr verdienen, als sie jetzt bekam. Der Kurs dauerte sechs Wochen.

«Es ist eine lange Fahrt», sagte sie Max später am Telefon. «Ich habe Stunden gebraucht.»

Er werde einen Weg finden, sagte er, wenn sie den Kurs beendet hätte. Wenn sie die gleiche Schicht hätten, könnte er sie im Auto mitnehmen.

An den Samstagen begann sie, nach einem eigenen Zimmer zu suchen. Thedas Leben war Zauber, Bann, aber es füllte jeden Zentimeter der Wohnung aus. Thedas exzentrischer Lebensrhythmus, ihre Arbeitsgewohnheiten, ihre morgendliche Gier nach den Todesanzeigen in der Zeitung, ihre Anfälle von Schwermut, ihre Witzeleien und Grübeleien, ihr Verlangen nach Gesprächen mitten in der Nacht – «Komm, wir unterhalten uns ein bißchen», sagte sie, wenn sie Annie aufweckte und sie aus dem Bett zog, ihr Kuchen gab, den sie um ein Uhr nachts plötzlich gebacken hatte –, es war wie eine einzige lange Zechtour. Zum erstenmal in ihrem Leben wollte Annie ein Zimmer für sich allein.

Sie lernte, während sie an diesen Samstagen in Hollywood herumwanderte, die sonnengedörrte Bedeutungslosigkeit, die Seichtigkeit der kleinen, schäbigen Häuser an den Rändern von Straßen, die überall hätten sein können, immer besser kennen, die Gipsflamingos, -enten, -gänse, -zwerge, -eichhörnchen, -katzen auf dem kleinen Rasenstück vor jedem Haus, einer Schürze aus vergilbendem Grün, die das Glück ihrer Besitzer kundgab.

Sie entdeckte eine Straße, gesäumt mit alten Holzhäusern, die vornehmen Invaliden mit halbgeschlossenen Augen glichen. Es war die Straße der Wahrsager, der Astrologen, der esoterischen Kulte, deren Mitglieder sie die Treppen hinunterhinken sah, ältere Frauen zumeist, madengesichtige Alte in Kattunkleidern und häßlichen kleinen Hüten, die wie festgenagelt auf dünnen Schädeln saßen. Viele Meilen von hier entfernt waren die Canyons, wo die Filmleute lebten, die Berge, wo ihre Häuser über den Tälern hingen, die Traumschlösser des Geldes, zusammengeschusterte marokkanische und spanische Vergnügungstempel, Häuser mit achtzehn und zwanzig und fünfzig Zimmern.

Noch in den ärmlichsten Gegenden gab es Nachtklubs mit Hawaii-Motiven, gigantischen Ananas auf dem Dach, die im Tageslicht uringelb glänzten, Autogrammfotos von Mädchen mit riesigen Brüsten in den Fenstern, Mädchen, die sangen und tanzten, und junge Männer mit geschniegelten Haaren, Komiker und Klavierspieler.

Einmal traf sie auf eine Menschengruppe um einen rotwangigen Mann mittleren Alters, der eine kleine amerikanische Flagge in einer Hand hielt, Broschüren in der anderen.

«Amerika!» schrie er, «Deine Reinheit wird besudelt von den Juden! Von den Halbblütern, von den Kojoten, von den Gelben, von den unerträglichen Kötern und Mischlingen, den Gottlosen und den Roten, den grinsenden, wimmelnden, schmutzigen Negern. Oh, Dein Elend! Gott schütze uns! Freunde, nehmt meine Predigten, lest! Erfahrt, wie Ihr die tödliche Gefahr abwenden könnt!» Er schwang die kleine Fahne. Hier und da gab es Applaus. Hinter der Gruppe rief ein Mann: «Faschist!» und gab Fersengeld. Der rotwangige Mann und seine Gefolgschaft liefen in anscheinend gemächlichem Tempo hinter ihm her. Sie verschwanden um eine Ecke. Die Straße war wieder ruhig, abgesehen von ein paar Autos, dem Geräusch eines Rasenmähers irgendwo, einem Fenster, das mit einem lauten Geräusch geschlossen wurde.

Eines Abends kehrte Annie zu Theda heim, als gerade eine Party begann. Unter den Leuten – einige von ihnen kannte sie schon – war ein Fremder, ein hellhäutiger Schwarzer, der am Rand einer Gruppe am Kamin stand. (Der Kamin wurde nie benutzt, Theda hatte einen Korb mit Obst hineingestellt.) Er war elegant gekleidet – dunkelblaues Jackett und leichte Flanellhose, eine schmale gestrickte blaue Krawatte, weißes Hemd. Annie ging ins Bad, um sich zu waschen. Sie legte die Bernsteinkette an, die Ben Greenhouse ihr geschickt hatte. Theda stellte eine Platte mit dicken kalten Schweinekoteletts und eine große Schale mit Apfelsauce auf den Tisch. Der Neger stand noch dort, wo Annie ihn zuletzt gesehen hatte. Sie sahen einander an, sie lächelte, er nickte. Sie ging zu ihm.

«Das ist wunderschöner Bernstein», sagte er.

«Ja.»

«Baumharz. Älter, als man es sich vorstellen kann. Manchmal hat man Insekten darin gefunden, Hunderttausende von Jahren alt. Um Bernstein sind Kriege geführt worden.»

«Kann ich Ihnen etwas zu essen bringen?»

«Nein. Danke, noch nicht. Ich heiße Cletus Moore.»

«Annie Gianfala», sagte sie. «Ich wohne hier bei Theda, bis ich etwas Eigenes gefunden habe.»

«Sie hat es mir erzählt.»

Er nahm einen Drink von dem Tisch neben ihm.

«Kann ich Ihnen etwas zu trinken holen?»

«Ja», sagte sie.

«Ich glaube, es gibt heute abend Gin.»

«Den nehme ich.»

«Er zerstört die Magenwand.»

«Da brauche ich mir darum wenigstens keine Sorgen mehr zu machen.»

Das schien ihm zu gefallen. Ein Lächeln enthüllte eine Lücke zwischen seinen Schneidezähnen. Er hatte die Farbe feiner Lederkoffer, und seine Augen waren leicht schräg. Er sah aus wie eine große, blaßgoldene Chrysantheme. Er brachte ihr ein Glas Gin mit Wasser und Eis.

Er wollte wissen, was sie machte. Sie absolviere ein Ausbildungsprogramm für Anlernkräfte, sagte sie ihm, und lerne, wie man eine Ständerbohrmaschine bedient. Er sagte, er schreibe Drehbücher für eine Nachmittagsserie – «über die Gerichtsprozesse von Weißen», sagte er mit feiner Ironie.

Später nahmen sie ihre Teller, machten es sich auf ein paar Kissen bequem und aßen zusammen. Sie hatte sich an einem Abend mit Essen und Drinks noch nie mit einem Neger unterhalten. Sein Benehmen war von gleichmäßiger Freundlichkeit, obwohl er eine beträchtliche Menge mehr trank als sie. Er sprach unbefangen von sich selbst, doch sie spürte, daß er ihr ein vorbereitetes Skript anbot, etwas, mit dem man fertigwerden sollte, bevor das richtige Spiel begann. Sie offerierte ihm im Gegenzug ihr eigenes, gründlich redigiertes Drehbuch.

«Ihr Leben ist ganz durcheinander», sagte er. «Aber Sie fangen gerade erst an.» Er lachte. «Es wird noch schlimmer, meine Dame.»

«Es kann nicht schlimmer werden.»

«Doch, es kann. Gerade diese Woche wollten sie, daß ein farbiges Dienstmädchen ‹zum Himmel 'nauffahren› sagt. Die Geschichte ist zu albern, um sie zu erzählen, aber behalten Sie das im Kopf. Sie wollten, daß *ich* dieses Mädchen dazu bringe, daß es ‹zum Himmel 'nauffahren› sagt. Ich sagte ihnen, daß ich 'nauffahre zu meinem Anwalt und ihnen meinen Vertrag vor die Füße werfe, wenn sie auf diesem Quatsch bestehen.»

«Was haben Sie das Mädchen sagen lassen?»

«Ich hab gekündigt.» Ihr Lachen war nicht die Reaktion auf das, was er gesagt hatte, sondern auf etwas Spielerisches in ihm. Breit lächelte er sie an. «Das ist ein schönes Jackett», sagte sie.

«Jaa. Blau wie meine dunkle Seele. Bringt junge Frauen auf den Gedanken, daß man mit mir garantiert ein bißchen leise plaudern kann. Denken Sie das nicht?»

«Ich weiß nicht viel über Jacketts.»

«Sehr gut.» Er hatte ein schönes volles Lachen; er konnte dabei sprechen; seine chinesischen Augen blitzten und kniffen sich in vielen feinen Fältchen fröhlich zusammen.

«Wo sind Ihr Daddy und Ihre Mama?»

«Mein Vater – ich weiß es im Augenblick nicht genau, irgendwo in Neuengland. Sie ist tot. Seit langem.»

«Ich komme von hier. Ich bin Kalifornier. Meine Mutter war eine Weiße, und als sie starb, hat mein Vater eine andere Weiße geheiratet. Meine Stiefmutter ist böse. Ich mußte das Feld räumen. Mein alter Herr hat eine kleine Hühnerfarm in Petaluma, wo es die meisten Eier in Kalifornien gibt. Er ist ein dürres kleines Männchen ... Er hat einen japanischen Geschlechtsbestimmer, der für ihn arbeitet. Wissen Sie, jemand, der sagen kann, welches Geschlecht ein Huhn hat. Er drangsaliert diesen Japaner manchmal fürchterlich. Kennen Sie die Geschichte vom Bongobaum? Es gibt eine Insel mit einem Bongobaum. Wenn genug Früchte da sind, behelligen die Einheimischen einander nicht weiter, aber wenn der Bongobaum nicht trägt, fressen sie einander auf. Eine von diesen Geschichten ... Die Wahrheit ist, die Einheimischen fressen einander, egal, ob der Baum trägt oder nicht. Theda ist eine gute Gastgeberin. Manche Frauen können das nicht, wissen Sie. Sie kriegen einfach kein Essen hin. Ich muß bald gehen. Ich muß dieses Zeug acht Wochen vorher schreiben, und die siebte Woche ist schon da und wartet nur darauf, mir das Kreuz zu brechen. Ich muß heute die ganze Nacht arbeiten.»

«Machen Sie das gern?»

«Oho! Sich entscheiden können! Das ist ein anderes Leben. Was ich gern machen würde, ist Essays schreiben. Hazlitt, Arnold, in dieser Art. Ich würde gern über die Dummheit schreiben. Wenn man darüber nachdenkt, merkt man, wie viele subtile Varianten es gibt, wie viele Nuancen die Abgestumpftheit hat, mit wieviel Würde und Stil die Selbstbetäubung einhergeht.»

«Gehen Sie nicht!»

«Sie hören mir gern zu? Kommen Sie vorbei, und besuchen Sie mich. Ich spiele Ihnen schöne Musik vor, und ich rede noch ein bißchen. Und wenn es nicht zu heiß ist, trage ich meinen Anzug aus Harris-Tweed, den ich in London gekauft habe und der nur meinem Körper paßt und keinem anderen.»

«Das würde mir gefallen!»

«Kennen Sie Countee Cullen? Nein? James Weldon Johnson? Bei mir werden Sie sie kennenlernen.»

Sie kam auf die Füße. Er streckte seine warme, trockene Hand aus, und sie zog ihn hoch. Er hüpfte ein paarmal auf und ab, straffte die Schultern und gab ihr einen Klaps auf den Kopf. «Haben Sie was mit Thedas Truppe zu tun? Der Partei?»

Sie zuckte die Achseln. «Ich weiß nicht.»

«Ich mag keine Gruppen», sagte er. «Egal, für was sie sich engagieren. Irgendwo bereitet sich eine Schlachterei vor. Werden Sie nirgends Mitglied. Lesen Sie Kipling? Es gibt eine Geschichte, *Die Katze, die eigene Wege ging*. Ich lese Ihnen etwas anderes von ihm vor, wenn Sie vorbeikommen. Thedas Bande sagt, er war ein schmutziger alter Imperialist. Theda sagt Ihnen, wo ich wohne. Es gefällt Ihnen vielleicht. Es ist ein großer Speicher über einem Nachtklub. Nicht weit von hier. Machen Sie's gut.»

Sie beobachtete, wie er zu Theda ging, ihr Gesicht berührte und dann den Raum verließ. Er war aufmerksam, wich taumelnden Betrunkenen aus, bewegte sich schnell und präzise.

Nachdem alle fort waren, erzählte ihr Theda etwas mehr über Cletus. In den Zwanzigern sei er in Carmel gewesen und habe all die schwarzen Dichter gekannt, die dort eine kleine Gemeinschaft gebildet hatten. Nein, er sei nie verheiratet gewesen, aber er liebe seit langem eine Frau – so lang, daß es schon keinen Klatsch mehr darüber gebe. Sie sei die Ehefrau eines Parteifunktionärs; eine ehemalige Varietétänzerin, glaubte Theda, aus dem Süden, und Cletus habe früher oft bei ihnen im Haus herumgesessen und sich mit dem Funktionär über Parteiangelegenheiten gestritten, während Leora auf weißen Tischtüchern ihre perfekten kleinen Essen servierte. Jemand habe gesagt, sie sei Halbmexikanerin. Ob Cletus sich für niemand anderen interessiere? Na ja, er habe hin und wieder ein Mädchen gehabt, während der zehn Jahre, die Theda ihn jetzt kannte. Er sei nett zu ihnen. Sie nahm an, daß er mit ihnen ins Bett gehe. Aber was er wirklich gern tue, sei, ihnen Dinge beizubringen. Cletus wisse eine Menge. Er habe die Howard University in Washington besucht. Es habe einen schrecklichen Krawall in seiner Familie gegeben, weil seine Stiefmutter gewollt hatte, daß er auf ein weißes College ging. Aber Cletus habe nicht nachgegeben. Er sei dorthin gegangen, wo er hinwollte. Er sei ein guter Freund, sagte Theda. Die Leute von der Partei würden ihn richtig schikanieren. «Ich hab mal gehört, wie Calvin Schmitter ihn fast einen ‹bösen Nigger› nannte, sich dann auf die Zunge biß, es runterschluckte und ganz grün wurde.»

Die Wohnung stand auf dem Kopf. Zwei Stunden putzten sie und räumten auf. Theda entdeckte eine Riesenflasche Rotwein hinter einem Besen im Wandschrank. «Das trinken wir jetzt», sagte sie, «dann geht die Zeit schneller vorbei.»

«Wie kann es sein, daß Leute der Partei so nahkommen, ohne Mitglied zu sein? Ich dachte ... Ich habe mir vorgestellt, es sei alles geheim.»

«Hier nicht. Heute nicht. In einigen Fällen vermutlich schon. Aber seit der Volksfront ... Es ist nicht mehr wie früher, die Palmer-Razzien und all das. Ach, es ist zu lang her. Ich habe keine Lust, darüber zu reden. Ich bin draußen, weißt du. Ich hab damit aufgehört.»

«Wie hört man damit auf?»

«Ich weiß es eigentlich nicht», sagte Theda bedrückt. «Sie haben mir nie viel Aufmerksamkeit geschenkt. Man hat mir ein paarmal Strafpredigten gehalten, aber ich habe diese schreckliche Fähigkeit, sie traurig zu machen, ich meine eine persönliche Trauer, ein Gefühl, das man vielleicht gegenüber jemandem hat, an dem einem nicht viel liegt und der an einer rätselhaften Krankheit stirbt. Ich nehme an, wenn ich wichtig wäre ... Na ja, ich habe sie genausoviel benutzt, wie sie mich benutzt haben. Weißt du, die Echten, die wirklich *glauben*, die haben sogar einen anderen Gang als normale Menschen ... Sie *wissen*, was richtig ist, die ganze Geschichte paßt in ihre zwei Fäuste. Noch in meiner wildesten Zeit – das war einmal, als ich dachte, es würde eine Seite geben, für die ich Partei ergreifen und auf der ich immer bleiben könnte –, selbst damals war ich furchtbar überempfindlich – ich glaube, einige haben das als Überzeugtheit aufgefaßt –, und mir wurde bewußt, daß die Vorstellung, daß es keine Wahrheit gibt in der Presse und Literatur und dem Kino und Theater des Kapitalismus, in mir die Form einer wütenden Paranoia angenommen hatte. Einfach alles erregte einen quälenden Argwohn in mir. Als Simon nach Spanien ging, um im Spanischen Bürgerkrieg zu kämpfen, habe ich den grauenhaften Lobeshymnen gelauscht, die in den letzten Tagen vor seiner Abreise über ihn ausgeschüttet wurden, politische Lobeshymnen. Aber ich wußte, warum Simon dort hinfuhr. Simon, das schlichte Gemüt. Er dachte, Franco sei *böse*; er hatte Ärger mit seiner Arbeit; es war ihm *langweilig*. Ach, Simon! Er hatte nie einen politischen Gedanken im Leben. Wenn ich an ihn denke, werde ich wahnsinnig.»

Die Teppiche lagen wieder richtig, die Sessel standen an ihrem Platz, Gläser und Geschirr waren gespült. Theda hatte das Fenster geöffnet, und eine nach Eukalyptus duftende nächtliche Brise strich über ihre erhitzten Gesichter. Sie stand auf, um ihrer beider Gläser noch einmal mit Wein zu füllen. Eine Weile saßen sie schweigend da, rauchten, sahen hinaus durch das Laub dorthin, wo die Straßenlampen die leere Straße erleuchteten.

«Wie bist du Mitglied geworden?»

«Durch meinen Bruder», sagte Theda. «Er ist das, was man einen Parteitheoretiker nennt. Er ist durchaus gebildet, der *Scheißkerl*! Unversöhnliches Monstrum, das er ist! Wie ein General hat er das College absolviert, die Professoren abgeschlachtet, die Trotzkisten an den Galgen gebracht, Dörfer niedergebrannt ... ich meine, natürlich mit Worten. Diese Worte kommen aus dem schrecklichsten Mund in der Geschichte der Menschheit. Jetzt ist er im Osten, gibt Direktiven aus. Einmal war er hier. Simon saß genau dort, wo du jetzt sitzt. Er fing an, Simon über die wahre Funktion der Kunst zu unterrichten. Simon hörte zu. Dann ging er in meine kleine Küche und kam mit einem Fünfpfundpaket Mehl zurück. Er schnitt es oben mit meiner Nagelschere auf. Mein Bruder, Carl, redete weiter zu den Möbeln, den Wänden, den Bildern. Simon schüttete das ganze Mehlpaket über seinem Kopf aus. Dann sagte Simon: ‹Ich komme wieder, wenn du alles aufgekehrt hast.›»

Theda warf den Kopf zurück und lachte. «Seitdem habe ich Carl nicht mehr gesehen. Ich hatte immer Angst vor ihm, bis ich ihn ganz in Weiß sah. Die Methode, wie ich meine Angst loswurde, war hart, aber so ist es nun mal passiert.»

«Hast du Simon geliebt?» sagte Annie mit unbesonnenem Nachdruck.

Theda trank. «Ich war größer als Simon. Aber das war Glück, denn er mochte große Frauen. Er mochte alle Frauen. Wir müssen ein sonderbares Paar gewesen sein. Ich begehrte Simon. Ich wünschte mir, immer dort zu sein, wo er war. Sieh mal! Jemand hat eine Zigarette auf meinem Teppich ausgetreten!»

Sie stand auf, ging zu dem zerquetschten weißen Stummel im Teppichflor und beugte sich hinunter. Lieber Himmel, sie war wirklich groß. Sie stand auf und hielt die Kippe in der Hand. Sie erhaschte Annies Blick und seine Bedeutung. Annie wurde rot; Theda lächelte.

«Trink noch was», sagte sie. «Liebe ist ebensowenig ein Thema wie Tod. Es macht mich nicht besonders stolz, aber noch mangelt es mir nicht an Männern, die mich lieben wollen. *Was* wollen sie? Lieben!» Und sie wirbelte herum und warf die Kippe in den Obstkorb im Kamin.

Sie tranken noch viele Gläser. Theda sprach, als ob sie ihre Gedanken einem klaren Element entnahm. Es war nicht ihr Urteil, das die jüngere Frau so beeindruckte, sondern daß sie so unbekümmert um die Folgen ihrer Worte redete.

Im Kabinett ihrer Ängste suchte Annie die Worte im Dunkeln und hoffte, daß sie sich nicht in Schlangen verwandelten. Doch in Theda staute sich nichts an. Annie fragte sie, ob sie Fern Diedrich kenne. Theda sagte, daß Fern verrückt werde – daß es nicht die Partei sei, die sie verrückt gemacht habe, nein, die Partei mache so etwas nicht –, im Gegenteil, häufig halte sie den Wahnsinn in Schach, «wie Religion», sagte Theda. «Einmal war sie hier, mit Max und Eva. Ich hatte damals einen Hund. Jimmie. Der Hund sprang Fern auf den Schoß. Sie saß da in katatonischer Erstarrung – Fern, mit Hund auf dem Schoß. Wir waren alle gelähmt, sogar Eva. Fern fing an zu grinsen, ihr Mund wurde so breit, daß ich dachte, ihr Gesicht bricht auseinander. Der Hund leckte ihr Kinn. Sie stand mit einem Ruck auf, so schnell, daß der Hund auf den Boden fiel. Ich habe bis dahin nie einen Hund gesehen, dem das passierte.»

«Max», sagte Annie traurig, betrunken. «Max.»

«Nein, nein. Nicht Max.»

Sie starrten einander über den Tisch hinweg an.

«Ich habe nicht so was gemeint ...»

«Es würde nichts Gutes dabei herauskommen. Ich habe ihn mal gefragt, ob er in seiner Jugend alte Damen umgebracht hätte. Ach, er ist hoffnungslos. Belastet sich mit Sachen, die er entsetzlich findet. Aber er kann nichts ablehnen, niemanden. Doch, du hast so was gemeint.

Hör zu, ich bin Jahre älter als du. Mit Männern zu schlafen ist deine Vorstellung von gutem Benehmen – man bietet dem Scharfrichter eine Zigarette an, bevor er einem den Kopf abschlägt.»

«Ich glaube, ich muß brechen.»

«*Minnie was a moocher*», sang Theda und warf ihr Glas um. «Gemeine Hunde! Kriegerische Wichte! Busengrapschende Rüpel!»

«Nörgler!» rief Annie.

«Birnenförmig, Schweineschnauze, apfelrund, Melonen, Monde, Fußringe, Liebesketten, Euter», heulte Theda, indem sie aufstand, taumelte und in die Mitte des Zimmer sprang. «Männer, von der Spezies der Schweine, Brustlutscher!»

«Titten!» kreischte Annie. Sie tanzten, sie trippelten, sie warfen sich in Pose und spielten lebende Statuen. «Der Susquehanna», flüsterte Theda.

«Shenandoah», seufzte Annie.

«Der Missouri.»

«Monongahela ...»

«Der Santee ...»

«Mississippi ...»

«Allegheny...»

«Der Nil!» schrie Annie.

«Der Nil?» fragte Theda, und laut lachend und in einer zeitlupenlangsamen Drehbewegung sank sie zu Boden und blieb liegen wie tot. Das Zimmer drehte sich weiter und sang für sich selbst.

Annie torkelte zur Toilette, kniete sich hin, umarmte die Kloschüssel und legte ihren Kopf auf das kalte Porzellan, dann schüttelte es sie wie eine Rassel, und sie gab ihren Mageninhalt von sich.

Schließlich glitt sie – schwach, dankbar dafür, wie sich Fliesen und Porzellan anfühlten, für das klare, kalte Geräusch der Spülung, für alle kalten, unbelebten und geruchlosen Dinge – auf den Boden und schlief.

15

Max und Annie trafen sich jeden Tag um zwölf Uhr mittags auf einer Bank in der zentralen Maschinenbauhalle. Um sie herum standen die Maschinen still. Das ganze Werk, die Arbeiter, die Maschinen, die Vorarbeiter, warteten. Jeder hatte eine andere Erklärung für das Ausbleiben von Material, den Mangel an Arbeit und die gleichzeitig ständig größer werdende Belegschaft. Am schlimmsten war die Untätigkeit spätnachmittags. Und doch gab es zwei Schichten, und man hörte das Gerücht, daß es bald eine zweite Nachtschicht geben würde von Mitternacht bis acht Uhr morgens.

Es überraschte Annie, daß jeder, mit dem sie sprach, hinter der Arbeitsunterbrechung finstere Absichten vermutete, entweder von seiten der Regierung oder der Werft oder beiden. Aber Max sagte, es sei typisch für amerikanische Arbeiter, Regierung und Industrie zu mißtrauen. «Es hat nichts mit politischem Bewußtsein zu tun», erklärte er. «Es liegt im Charakter der Leute.»

Sie hatte ein Zimmer in einem Haus in der Oxford Street gefunden, das einer geschiedenen Frau gehörte. Mrs. Ives lebte mit ihren zwei Kindern und ihrer Mutter zusammen, Mrs. Gannon, einer alten Frau mit Alligatorhaut und Knubbelfingern, die die meiste Zeit ihres Lebens in China verbracht hatte. Jeden Morgen machte sie Annies Mittagessen, Avocado- oder Brunnenkressesandwich und ein kleines Glas mit rohen Mohrrüben und Rosinen. Die alte Frau schien sie zu mögen und neigte sehr dazu, ihr Klapse auf den Rücken zu geben wie ein vergnügter kleiner alter Mann.

Ihre Tochter hatte ein griesgrämiges Gesicht und verhielt sich reserviert, aber sie kochte sehr gut. An den Wochenenden brachte sie Annie mit einem gewissen unwirschen Stolz die Grundlagen der Kochkunst bei. Sie zeigte ihr, wie man Béchamelsauce macht, Zwiebeln hackt, weiße und braune Brühe zubereitet. Sie sagte: «Jeder will immer nur durchkommen. Du kannst keine richtige Köchin sein, wenn du mogelst. Jedenfalls habe ich in der Küche nie gemogelt. Meine Mutter sagte, wenn du den Knopf an der Bluse nicht annähst, wenn du eine Sicherheitsnadel benutzt, wo ein Haken hingehört, kannst du gleich aufgeben. Es ist nicht einfach, dieser Regel zu folgen.» Sie stand mit erhobenem Finger mitten in der Küche. Annie hatte den Eindruck, sie beschreibe die Bewegungen der Planeten.

Mrs. Ives und ihre Mutter waren, wie sie Annie mitteilten, «Progressive». Manchmal ging Annie abends in ihren Teil des Hauses hinüber und traf die beiden Frauen dabei an, wie sie über die Vergangenheit brüteten und leise über die empörenden Dinge sprachen, die der Mensch dem Menschen – und den Frauen – antat. Besonders den Frauen. «Wenn ich meinen Mann verlassen hätte», erklärte Mrs. Ives, «hätte er die Kinder bekommen. Ich bin dessen ganz sicher, obwohl er mit einem äußerst widerlichen Mädchen davongelaufen ist, das glaubt, ein Fenster aus buntem Glas zwischen den Beinen zu haben, statt dem, von dem wir vorgeben sollen, es nicht zu haben. Das ist alles ziemlich widerlich.»

Ihre Kinder, ein Junge und ein Mädchen von zwölf und vierzehn, hatten etwas seltsam Eisiges, das Annie bei Kindern noch nie begegnet war. Häufig berichteten sie, daß Hunde sich auf der Straße paarten. Einmal teilte der Junge seiner Großmutter mit, er sei überzeugt davon, seine Lehrerin in Staatsbürgerkunde sei in den Wechseljahren. Die Großmutter sagte Annie, amerikanische Kinder würden infantilisiert – «ihre Jugend wird bis ins mittlere Alter verlängert. Nachdem wir so lange in China gelebt haben, haben wir nicht die Absicht zuzulassen, daß mit Mai und Pavel dasselbe passiert.» Die beiden Frauen erhoben den Kindern gegenüber nie die Stimme. Wenn Pavel um etwas bat, was die ältere Frau oder ihre Tochter als kindisch erachteten, sagten sie es in angemessen gedämpftem Ton: «Das ist kindisch, Pavel. Wenn du einen Moment darüber nachdenken würdest, würdest du erkennen, daß das Resultat einer solchen Unternehmung dich wie einen Dummkopf aussehen lassen würde. Die Welt ist voll von Dummköpfen. Bemühe dich, nicht auch einer zu werden.»

Im selben Ton sprachen sie über Minderheiten in den Vereinigten Staaten. Die Menschen, die sie unterdrückten, seien Dummköpfe; die Polizei bestand aus Dummköpfen, besonders die auf die Linken angesetzten Einheiten; die Weltwirtschaftskrise war das Resultat falscher wirtschaftlicher Entscheidungen von Dummköpfen.

Das Haus verströmte ein kaltes, sanftes Gift. Doch Annie fühlte sich nicht unwohl mit den beiden Frauen. Sie redete einfach weniger, als sie es normalerweise getan hätte. Alles in allem waren sie auf ihre merkwürdige, eisige Weise freundlich zu ihr.

Sie vermied es allerdings, den Kindern zu begegnen. Sie fühlte sich vage bedroht durch ihre Anwesenheit. Die Kinder betrachteten sie mit klaren braunen Augen, die zu fragen schienen: Was bist du? *Was um alles in der Welt bist du?*

Ihr Teil des Hauses, ihr «Apartment», war das heiterste Zimmer, in dem sie je gewohnt hatte. Eine Flickendecke lag über dem großen Bett. Es gab einen Schreibtisch mit vielen Fächern, kleine Brücken bedeckten den Boden, und das Mobiliar war stabil und praktisch. Im Bad war eine saubere weiße Wanne, und der Gummistöpsel im Abfluß war nagelneu. Durch einen hölzernen Wandschirm, der mit einem Pfau und drei gelben Schmetterlingen bemalt war, hatte man eine kleine Kochnische abgeteilt. Die Fenster hatten weiße Vorhänge, und es gab ein Bücherregal aus Rotholzbrettern und Glasbausteinen neben dem Bett. Ein Fenster ging auf die Straße, das andere auf einen langen, schmalen, vernachlässigten Garten mit einem ausgetrockneten Zementpool in der Mitte. Die beiden Frauen arbeiteten nicht gern im Garten, und die Kinder spielten dort nicht. Wie und womit die Kinder auch spielten – es war ohnehin nicht als Spiel zu erkennen. Sie lasen; sie spielten Schach im Kopf; sie spielten zu zweit Bridge. Sie suchten sich keine Freunde.

Max fand Annies Berichte aus dem Haushalt höchst unterhaltsam. Der Vater hatte sich, laut Mrs. Ives, mit seinem Flittchen nach Bangor abgesetzt und schrieb seinen Kindern nie. Der Scheck, der einmal im Monat kam, kam mit untypischer Regelmäßigkeit, wie Mrs. Ives sagte. «Ich glaube», sagte Max, «das Mädchen wird in einer mondlosen Nacht die anderen drei umbringen und ein berühmter Filmstar werden.»

«Sie sind wie eine Bande», sagte Annie einmal, während sie das Gurkensandwich aß, das Mrs. Gannon ihr morgens gemacht hatte. «Das sind sie in Wahrheit, eine Bande von Desperados.»

Einmal in der Woche ging Annie zu einer Versammlung der Partei. Sie hatte sechs Wochen lang eine Institution besucht, die die Partei «Staatsschule» nannte, und hatte Zusammenfassungen von Büchern gelesen, die sie ganz hätte lesen sollen. Die Schule befand sich im zweiten Stock eines alten Bürogebäudes in Los Angeles. Vor den Fenstern waren Drahtgitter. Es gab einen Klassenraum und ein Büro. Dort lernte sie Ethel Schaeffer kennen. Die ältere Frau ging gelegentlich mit ihr in eine Milchbar, wo sie unter einem sich langsam drehenden Ventilator, der die Fliegen träge an der Decke hin und her schob, Kascha und Suppe mit Matzenklößchen probierte. Ethels Stimme war wie ein schäumender Fluß; sie sprach sanft, ununterbrochen; ein Gespräch mit ihr hatte weder Anfang noch Ende, es floß mühelos dahin. Annie hatte Schwierigkeiten mit dem starken Akzent der älteren Frau, aber sie war damit zufrieden, umhüllt zu sein von der außergewöhnlichen, wenn auch etwas unpersönlichen Güte, die sie verströmte. Sie wußte, daß Ethel fast als Heilige betrachtet wurde, und sie schien tatsächlich eine Heilige zu sein, doch Annies kritisches Vermögen war nicht ganz außer Kraft zu setzen. Ethel war – sie konnte den verräterischen Gedanken nicht verdrängen – ein allzu schlichtes Gemüt. Ethels Charakter lastete auf ihren Genossen als Forderung – die durch Ethels Entschlossenheit unbarmherzig wirkte –, das Gute in ihnen, die Tugenden, die sie nur aus Furchtsamkeit und Unwissenheit verborgen gehalten hatten, zum Zug kommen zu lassen. Nur die Gesellschaft war kompliziert, nicht ihre Mitglieder. Ausschließlichkeit war aristokratisch; man mußte jeden lieben. Es war eine mörderische Duldsamkeit. Sie schloß noch die Parteidoktrinäre mit den strengen Gesichtern ein, über die sich Ethel milde lustig machte. «Leute, die Bescheid wissen», sagte sie, «sind nicht so steif. Diese armen Teufel werden langsam absterben wie der Staat.»

Einmal fragte sie Annie: «Und wie gefällt dir unser Karl Marx?»

«Ach –»

«Nein, nein», protestierte Ethel lachend. «Du wirst etwas Dummes sagen. Tu's nicht. Überlaß das genaue Lesen denen, die dafür bestimmt sind. Für dich ist nur die Anschauung wichtig. Nicht mehr.»

Inzwischen hatte Annie Calvin Schmitter kennengelernt. Er hatte ihr kurz zugenickt, sie als «Genossin» angesprochen und ihr dazu gratuliert, daß sie in einer Werft arbeitete, wo sie mit echten Arbeitern in Kontakt komme. Annies Blick war an einem sowjetischen Plakat hängengeblieben, das an der Wand von Schmitters kleinem Büro hing. Darauf schritten vier riesige, muskulöse

Gestalten vorwärts, eine von ihnen hielt eine Fahnenstange, an der das Banner mit Hammer und Sichel flatterte. Hinter den Arbeitern bildeten ihre genau gleichen Ebenbilder, immer kleiner werdend, eine unabsehbare Reihe, die am Horizont verschwand.

Während sie mühsam die eintönigen Nachmittage in der Fabrik überstand, dachte Annie mit Erbitterung an die Plakatmonstren mit den leeren Augen. Echte Arbeiter! Sie betrachtete die Frauen in ihrer Nähe mit ihren Köpfen voller Lockenwickler, die kleinen Gruppen der Männer bei den Spinden, die Karten spielten oder Whiskeyflaschen herumreichten. Sie hörte den oft aggressiven Gesprächen zu, die einzig aus Codewörtern, widerhallend von Mund zu Mund, zu bestehen schienen, über Geld und Sex, Sport und Trinken. Blöde und dreist betrachteten die Männern ihren Körper; die jüngeren sahen älter aus, als sie waren, die älteren waren verschlossen, mürrisch und sprachen in barschem Ton. Was sie Max nur schwer erklären konnte, war ihre – wie auch immer verkehrte oder oberflächliche – Freundlichkeit. Es war sonderbar, dachte sie, daß Max, der sich für die Rechte der Arbeiter einsetzte, von seinen Kollegen aristokratisch Abstand hielt, während sie, mit ihrem Durcheinander im Kopf und gelangweilt von kaum verdauter marxistischer Theorie über Arbeit und Kapitalismus, die Menschen, die in der großen Halle umherliefen, so vertraut, ja sympathisch fand.

Er war ein wenig beleidigt, als sie sagte, er sei aristokratisch, und erinnerte sie daran, daß die kommunistische Partei die Vorhut der Arbeiterklasse sei und daß, was sie bei ihm als *hauteur* bezeichne, einfach der Tatsache entspringe, daß er ein fortgeschritteneres Verständnis der gesellschaftlichen Kräfteverhältnisse besitze. Sie sah wohl ziemlich verwirrt aus. Er schüttelte ihren Arm. «Darüber spreche ich nicht», sagte sie eigensinnig. «Du bist wirklich anders!»

«Wir sind alle anders!» rief er aus.

«Das habe ich nicht gemeint.»

«Du drückst dich nicht gerade klar aus.»

«Du verstellst dich!» warf sie ihm vor.

Er runzelte ärgerlich die Stirn – sie sah ihn unverwandt an. Dann hellte sich seine Miene auf. «Na ja, wahrscheinlich muß ich das», sagte er.

Mit ein, zwei Frauen freundete sie sich an. Hannah Groops gehörte zu ihnen, eine Dreherin aus Alabama. Ihre familiären Sorgen waren ein wenig vulgär. Ihr Vater, sagte sie, «steigt meiner Tochter nach, seiner eigenen Enkelin. Nachts muß ich alles absuchen, um sicherzugehen, daß er nicht in ihr Bett gekrochen ist.»

«Warum schließt du die Tür nicht ab?»

Hannah Groops blickte sie verächtlich an. «Welche Tür? Glaubst du, wir leben in so 'nem Palast? Zu Hause hatten wir ein Zimmer. Jetzt haben wir zwei. Noch sind wir nicht soweit gekommen, Türen abschließen zu können.»

Sie ging zu einer Versammlung und entdeckte Max einige Reihen hinter ihr; er saß allein auf einer hölzernen Bank. Die Versammlung war zu Ehren eines Gewerkschaftsführers aus Detroit einberufen worden, eines Genossen, der als Gastredner über irgendeinen Fraktionskampf unter den organisierten Automobilarbeitern berichtete. Die Gesichter, die sie um sich herum sah, waren ihr zumeist unbekannt. Es gab natürlich auch hier Arbeiter, aber sie waren nicht wie die in der Werft. Danach ging sie in Max' Richtung, um mit ihm zu sprechen, aber er winkte ihr nur kurz zu und verließ den Saal. Später fragte sie ihn, warum er es vermieden habe, mit ihr zu reden. Er sagte, er wisse es nicht. Es sei ein Impuls gewesen. Die Vorstellung, bei der Versammlung mit ihr zu sprechen, sei ihm unerträglich gewesen. In der Werft war Max etwas Besonderes; in der Partei behandelte Max *sie* als etwas Besonderes. Sie begriff es nicht, aber in irgendeinem Winkel ihres Inneren regte es sie auf.

Eines Tages berichtete Max: «Karl Radek hat gesagt, er hätte, abgesehen vom Schlafen, in seinem Leben keine Handlung ohne Überlegung ausgeführt.»

Er sah sie erwartungsvoll an. Ihr war unbehaglich zumute. Welche Antwort erhoffte er sich von ihr?

«So etwas könnte ich von mir kaum behaupten», sagte sie schließlich trocken.

«Es ist das Hassenswerteste, das ich je gelesen habe», sagte Max. «Ich habe bis gestern abend nicht gewußt, wie hassenswert es wirklich ist, und ich habe die Protokolle der Moskauer Prozesse oft genug gelesen.»

«Wie geht's Eva?»

«Gut.»

Annie besuchte sie nie mehr in ihrer Wohnung. Ihr Leben bestand jetzt aus einer Reihe von Abschnitten: die Werft und Max auf der Bank; die Parteiversammlungen, wo sie Berichten von Spendenaktionen für die Parteizeitung zuhörte, Debatten über dialektischen Materialismus, Menschewismus, die mexikanische Gemeinde von Los Angeles, ein Flugblatt für die Gewerkschaft der Fischereiarbeiter, Frauendiskriminierung in der internationalen Gewerkschaft der Maschinisten, die Dringlichkeit der Rekrutierung von schwarzen Parteimitgliedern, die ständig präsente Möglichkeit einer Welle der Repression, die Zellen, die organisiert werden müßten, den imperialistischen Krieg, die Berlin-Tokio-Rom-Achse und jede Menge ähnliches Zeug.

Weihnachten verbrachte Annie mit den Ives, die keinen Baum hatten, statt dessen einen von Mrs. Ives gebackenen Kuchen in Form eines Weihnachtsscheits. «So machen sie es in Frankreich, viel vernünftiger, nicht diese kitschige Geschenkorgie wie hierzulande», sagte Mrs. Ives prahlerisch, und jedes der Kinder bekam ein Buch. Mrs. Gannon schenkte Annie eine Blechdose fürs Mittagessen, in der auch eine Thermosflasche Platz hatte. Sie hatte Annies Name in gelben Buchstaben darauf gemalt.

Nach den Ferien zog Max auf der Bank ein Päckchen für sie aus der Tasche, eine Auswahl von Gedichten von William Butler Yeats. Sie stellte das Buch auf ihr Regal neben *Der Ursprung der Familie, des Privateigentums und des Staats* von Engels und Hardys *Tess von den D'Urbervilles.*

Cletus Moore sah sie häufiger und lernte durch ihn andere Leute kennen, von denen einige Freunde wurden.

In seinem großen, hallenden Speicher unterhielt Cletus sie in einem eleganten neuen Hut, der tief in der Stirn saß, und einem alten braunen Flanellbademantel, zusammengehalten von einem Band mit Quaste. Samstags lauschten sie gregorianischen Chorälen, Brahms und Jazz. Cletus las ihr Gedichte vor, Countee Cullen:

> «Halb schlafend lieg' ich, halb erwacht,
> und ungeschützt vor Regen in der Nacht...»

Sie brach in Tränen aus. Cletus lachte schallend, warf seinen Hut auf den Boden, sprang darauf, wirbelte sie von der halb ausgeweideten Couch hoch, in die sie beim Zuhören gesunken war, und tanzte mit ihr durch den Raum.

Sie besuchte einige Partys, wo sie reiche Leute kennenlernte. Es seien keine Kommunisten, erklärte Max, aber sie unterstützten verschiedene Organisationen wie die Hilfsgruppen für die spanischen Flüchtlinge. Sie wanderte durch wunderschöne stille Räume voller echter Gemälde und Ledersessel und Schalen mit frischen Blumen. Im Wohnzimmer war gelegentlich Calvin Schmitter anzutreffen, kerzengerade sitzend, zu seinen Füßen die Gastgeberin in einem langen Gewand, die mit geübtem Interesse zu ihm aufsah. «Sie spielen nur», sagte Max.

Einer von Cletus' Freunden war ein Trompeter namens Melvin Johnson. Seine Haut war schwarz, seine Augen waren groß, seine Zähne waren weiß und regelmäßig. Er war bei der Marine, hatte sich für sechs Jahre verpflichtet.

«Rate, wie alt ich bin!» sagte er zu Annie. «Dreißig», sagte sie. Er johlte triumphierend. «Dreiundvierzig!»

Er trug seine Trompete in einem mit lila Samt ausgeschlagenem Kasten mit sich herum. Manchmal nahm er sie heraus, steckte sie zusammen und blies ein Swing-Motiv. Er hatte eine italienische Freundin, deren Mann beim Militär war, stationiert auf den Philippinen. Er zeigte Annie ihr Foto. «Schön!» sagte Annie, als sie die etwas verschwommene stattliche Gestalt einer hübschen Frau mittleren Alters betrachtete.

«Wie ich», sagte Melvin.

Er erzählte ihr Geschichten über die großen Musiker des Jazz. Er hatte eine Zeitlang mit Count Basie zusammengespielt. Er war in verschiedenen Bands im ganzen Land aufgetreten, sogar im Norden, fast in Kanada, wo die Wangen hartfroren und man kaum einen Ton blasen konnte. Schon als kleines Kind hatte er unten im Süden in Hotels gearbeitet, hatte den Männern ihren Whiskey geholt und Frauen zu ihnen gebracht. Er liebte Pferde, und wenn er Geld hatte, gab er alles beim Rennen aus. Aufgrund einer besonderen Begabung konnte er die Eigenheiten berühmter Rennpferde nachahmen. Gallant Fox hatte er am liebsten.

«Weißt du, er hatte solche kurzen Beine, bis hierher, verstehst du?», er zeigte es an seinen eigenen langen Beinen, «und gerade dann, wenn man dachte, er schläft im Laufen ein, fing er erst richtig an!» Und er galoppierte mit seinen Armen am Treppengeländer entlang. «Schau!» Und er ließ das erste Pferd vorbeilaufen. «Und dann!» Das zweite kam. «Und jetzt kommt er!», und er stürmte an Annies Schulter vorbei, «und gewinnt!»

Melvin brachte ein schönes blondes Mädchen in Cletus' Speicher. Ihr Name war Miranda Katz, sie war die Adoptivtochter eines wohlhabenden Kleiderfabrikanten aus Chicago. Um sich ihren Lebensunterhalt zu verdienen, fuhr sie Taxi, und sie hatte eine Manie für Kleider. Zuletzt hatte sie bei Bullock's Wilshire einen roten Wollmantel mit einem riesigen Fuchskragen erworben, der fünfhundert Dollar gekostet hatte. Sie hätten ihren Lohn einbehalten, weil sie das verdammte Ding natürlich nicht auf einmal bezahlen konnte! Ihre andere Leidenschaft war das Ballett, das sie bei jeder Gelegenheit besuchte, begleitet von verschiedenen reichen Homosexuellen, die sie kannte. Sie ließen sich gern mit ihr sehen, bemerkte sie ohne besonderen Stolz. Man konnte Miranda ungezwungen ansehen; sie zierte sich nicht, und es machte sie nicht unruhig; gelassen akzeptierte sie die Prüfung ihrer Züge, als sei sie ein Kleidungsstück, das auf die Feinheit der Näharbeit getestet wird. Cletus berichtete, daß man sie nur ärgern könne, wenn man den Reichtum ihrer Familie erwähne. Sie weigere sich, einen Cent von ihnen zu nehmen – er wußte nicht, warum. Doch leistete sie sich dauernd Extravaganzen wie den roten Mantel. «Ihr wildes Gehege hat einen Zaun aus Geld», bemerkte Cletus, «und sie weiß, es ist immer da. Sie kann sich von diesem Wissen nicht freimachen.» Annie betrachtete sehnsüchtig das goldene Haar. Miranda hatte nie eine Dauerwelle gehabt; sie machte sich ihre Frisur selbst, indem sie das Haar um den Hals herumlegte und mit einer schweren Metallschere absäbelte. Ohne den geringsten Anspruch auf Individualität war sie anders als jeder andere. «Sie ist sogar anders als sie selbst», sagte Cletus.

Oft spielten sie zu viert bis spät in die Nacht hinein Poker, und obwohl Annie so früh aufstehen und zur Arbeit gehen mußte und ihr die Augen zufielen vor Müdigkeit, wollte und wollte sie nicht gehen. Jeder Abend, den sie mit ihnen verbrachte, endete in Ungewißheit; sie empfand einen schmerzhaften Stich, wenn sie an Cletus' Tür stand und kurz zum Abschied die Hand hob, weil sie daran dachte, daß sie sich vielleicht nie mehr sehen würden. Es war mehr als Melvins magisch heraufbeschworene Pferde und Mirandas blonde Mähne, mehr als der Zauber von Cletus' ausgedehnten Kenntnissen, was sie an der Tür zögern ließ.

Wie hatten sich diese drei Menschen kennengelernt? Vielleicht genauso, wie sie selbst gewisse Leute in der Partei kennengelernt hatte, Leute, die Schmitter «instabil» nannte. Gleiche zogen sich an. Ihre wenigen Parteifreunde machten Witze über Calvin, über die lokalen Funktionäre mit ihren Stalinschnurrbärten, über einen Slogan, den die Partei in New York – wie jemand berichtete – tatsächlich ausgegeben hatte: «BAUERN VON BROOKLYN, ERHEBT EUCH!», und ein Flugblatt mit dem Titel: «Der Stahl streikt – was bedeutet das?»

Ja, sie lachten! Und doch wuchs die Macht der Partei über Annie und machte ihre Ansichten über Stalinschnurr bärte irrelevant, ihr Gelächter nebensächlich. Niemand mußte ihr sagen, daß es in ihrem Leben immer mehr Ordnung gab.

Aber es gab schreckliche Nächte, in denen etwas Schweres und Feuchtes und Lebloses auf ihr lag wie eine Katze, die den atmenden Körper eines Kindes erdrückt. Sie lag da wie erstarrt und atmete schwer. Sie stand auf und machte Licht und ging im Zimmer hin und her, sie nahm ein Buch und versuchte, den Alp wegzulesen.

Zunächst schrieb sie es der Müdigkeit zu, oder sie phantasierte, es sei Joes armer, meerwassergetränkter Geist. Dann hatte sie den Gedanken – als sie eines Nachmittags bei Cletus auf der Couch saß und ihn bei der Arbeit an der Schreibmaschine beobachtete –, daß die nächtliche Heimsuchung die Last ihres eigenen Lebens sei, jenes früheren Lebens, das sie aus ihrem Bewußtsein verbannt hatte. Das Zimmer am Hollywood Boulevard war immer noch da, und Johnnie Bliss schlief noch immer neben ihr auf dem Klappbett; Onkel Greg wartete in dem dunklen Haus am Hudson; Samuel, umwölkt von

Düften nach Moschus und Staub, öffnete immer wieder seine Zigarrenschachtel und zählte immer wieder Fünfdollarnoten ab; Walter Vogel war noch immer ihr Ehemann, und ihr Vater stieg noch immer in einen Zug, ohne daß sie wußte, wohin er fuhr. Sie hatte geglaubt, ein paar Dinge gelernt zu haben. Illusion, das Ganze!

Während eines Panikanfalls verließ sie Cletus – «He, du, wohin willst du?» – und rannte die Treppe hinunter auf die Straße. In einer Telefonzelle wählte sie Beas Nummer. Es meldete sich niemand. St. Vincents Telefon war abgestellt. Hatte Tony nicht gesagt, wo er hingegangen war, als sie das letztemal mit ihm gesprochen hatte? War nicht ein Brief von ihm zu Hause in der Schachtel, wo sie ihre Papiere aufbewahrte? Sie würde Onkel Greg anrufen! Aber als sie in ihrer Handtasche nach Münzen suchte, sah sie, daß sie nicht genug hatte. Sie nahm ein Taxi, zum erstenmal seit jenem Abend, als St. Vincent ihr einen Wagen bestellt hatte. Sie fuhr zu Theda.

Ihre Wohnung lag im Schein eines weißlichen Lichts. Wie zerkratzt die alten Tischbeine waren! Und Theda trug eine Brille. Hatte sie sie schon immer getragen? Annie stand in der Tür und sah zu der Frau hinüber, die am Tisch saß, eine Schreibmaschine neben sich. Die Frau blickte erstaunt zu ihr auf.

«Annie!»

«Kann ich bei dir telefonieren?»

«Bist du krank?»

«Krank?» Annies Stimme stieg zu einem hohen, hektischen Ton an. «Nein. Nicht krank.»

«Da ist das Telefon . . .»

«Es ist ein Ferngespräch. Ich zahle dafür.»

Theda sah sie stumm an.

Sie dachte, sie hätte die Nummer vergessen, aber sie floß ihr leicht von den Lippen.

Es war über ein Jahr her, seit sie das Läuten dieses Telefons das letztemal gehört und sich die Treppe vorgestellt hatte, das Fenster aus buntem Glas, den Wandspiegel, den Löwen und die Maus. Das Telefon läutete und läutete. Sie hörte, daß Theda etwas über die Zeitverschiebung sagte. «Was?»

«Dort ist es acht Uhr abends.»

«Manchmal veranstaltet die Kirche Samstag abends ein geselliges Beisammensein», sagte Annie und legte den Hörer auf.

«Du siehst schrecklich aus.»

«Gerade habe ich versucht, meinen Onkel zu erreichen. Kennst du das Gefühl? Daß etwas Entsetzliches passiert ist?»

Aber es war nicht der Onkel, von dem sie glaubte, etwas Entsetzliches sei ihm passiert. Sie sah Theda verzweifelt an, als ob diese Frau sich vor ihr in Luft auflösen könnte.

«Ich hasse Kalifornien. Ich hasse diesen Staat.»

«Es ist nur ein Ort unter anderen ...»

«Nein. Es ist absurd und grausam hier, und alles ist künstlich.»

«Du solltest dich von Vogel scheiden lassen. Hast du das schon in die Wege geleitet? Ich habe einen Freund, der Anwalt ist. Hier ist es nicht so schwer. Du solltest davon loskommen.»

Wie typisch war es für Theda, sich einen von den Fäden herauszusuchen, die sie jetzt an diese unsinnige Angst banden! Theda wollte, daß sie etwas loswurde – eine Beule mitten in ihrem neuen, geglätteten Leben. Ja, vermutlich sollte sie es wirklich, vermutlich –

«Du bist so verdammt selbstbezogen», sagte Theda in hartem, unversöhnlichem Ton. «Sieh dich an!» Sie schlug mit der offenen Hand auf den Tisch und sah dann schweigend auf ihre Finger. Ihr Gesicht wurde weicher, und sie sah Annie mit einem fast entschuldigenden Blick an.

«Es stimmt, was ich gesagt habe. Aber wie ich es gesagt habe, stimmt nicht. Es ist, wie wenn man jemandem sagt, er atmet. Die Leute kommen hierher, und ich trinke mit ihnen und mache ihnen Essen, und sie glauben, ich beachte sie, während ich in Wahrheit die ganze Zeit nur an einen toten Mann denke. Es tut mir leid ... Es tut alles so weh. Aber wegen der Scheidung ... Vielleicht könntest du die Ehe annullieren lassen. Das ist vielleicht besser. Schließlich hast du kaum mit ihm zusammengelebt.»

Sie redeten ein wenig über Thedas Freund, den Anwalt, wieviel er als Honorar verlangen würde und ob Walter bereit wäre zu zahlen oder nicht. Sie sprachen über das Buch, das Theda im Auftrag des Studios las, und dann sagte Theda, sie habe auch eine gute Nachricht; sie sei vom ersten Juni an bei der Abteilung Drehbuchentwicklung angestellt und werde ständig dort arbeiten. Vielleicht werde sie selbst ein Drehbuch schreiben und ein Vermögen verdienen.

«Seit wann trägst du eine Brille?»

«Schon immer», sagte Theda. «Ach, Annie!» Und sie lachte schallend.

Annie erzählte ihr von dem jungen Maler, der mit ihr an der Staatsschule der Partei gewesen war. Eines Abends hatte er gefragt, ob er sie heimfahren dürfe in die Oxford Street. Er fuhr eine Landstraße entlang. Nach ein paar Meilen hielt er an und legte den Arm um sie. «Du erinnerst mich an die Farben in ungeöffneten Tuben, Purpurrot und Krapprot und Zinnober.» Dann küßte er sie einmal, grinste sie mit all seinen Zahnlücken an und fuhr sie ohne ein weiteres Wort nach Hause. Später, bei irgendeiner Parteiversammlung, hatte jemand ihr die Frau des Malers gezeigt. Eines ihrer Beine war sehr viel kürzer als das andere, so daß es schien, als würde sie bei jedem Schritt vornüberfallen. Sie war stark behaart und sah zehn Jahre älter aus als ihr gutaussehender junger Gatte. «Ich glaube», sagte Annie, «ich bin voller Grausamkeit. Ich bin hinausgegangen auf die Straße, weil ich so lachen mußte.»

«Gib es nur zu», sagte Theda träumerisch. «Vielleicht wird es dich retten.»

«Ich habe so furchtbar gelogen.»

«Gieß dir was zu trinken ein.»

«Nein. Ich gehe heim. Ich muß noch ein paar Sachen waschen.»

«Wie ist die Arbeit?»

«Öde. Ein öder Job. Nichts passiert dort. Ich gehe jeden Morgen durch das Tor mit der Kennmarke an der Bluse. Es ist da wie in einem traurigen Klub, wo die Hälfte der Mitglieder die ganze Zeit betrunken ist und die andere Hälfte wünscht, sie wäre es. Max sagt, es wird sich ändern, wenn erst einmal genug Arbeit da ist. In der Zwischenzeit habe ich ein bißchen Geld. Vorher hatte ich nie Geld. Die meisten anderen dort wahrscheinlich auch nicht.»

«Die Shores habe ich neulich abends gesehen.»

Annie stand auf, um zu gehen. Sie wollte nichts von den Shores hören, nur von Max. Sie seufzte, war sich ihres verhedderten Haars bewußt, das vor kurzem in Wellen gelegt worden war, und dachte an Miranda.

«Ich sag dir was», fuhr Theda fort. «Ich glaube, Max bringt Eva um. Sie ist wie so ein hilfloses Ding, das Giftgas einatmet. Sie *beobachtet* ihn die ganze Zeit. Er ist so *nett* zu ihr. Etwas Tödliches passiert zwischen ihnen. Er ist so erbarmungslos bei seinem beharrlichen Versuch ... gut zu sein.»

«Er ist mein bester Freund, abgesehen von dir und Cletus», sagte Annie. «Ich dachte, wenn ich erwachsen bin, könnte ich auch gut werden.»

«Deinetwegen werde ich mich noch betrinken», murmelte Theda.

Annies Heimsuchungen hörten bei Tageslicht nicht auf. Sie glaubte, die Leute sähen sie auf andere Weise an. Eines Morgens warf sie den Wandschirm mit den drei gelben Schmetterlingen um und erschrak, als sie sah, daß dahinter nur das Altbekannte war, die kleine, saubere Kochnische, die sie fast nie benutzte. Sie grübelte ständig über jenes andere Leben nach, das sie gehabt hatte und das von den letzten sechs Monaten nahezu ausgelöscht worden war.

In der Werft wurden die Menschen dick in Erwartung der kommenden Mahlzeit einer Massenvernichtung. Auch ihre Ernährung war besser geworden. Hannah Groops sagte: «In Alabama haben wir immer nur davon gehört, daß man so ißt, wie wir jetzt essen. Keiner von uns hat jetzt mehr Würmer, nicht mal die Kinder.» Annie überlief ein Schauder.

Ihr eigenes Zimmer wurde dick, es füllte sich mit Dingen: einem Radio, vier Paar Schuhen, Kleidern, Lippenstiften, einer neuen Handtasche aus Leder mit Kleingeld in der Geldbörse. Aber das Tweedkostüm hing noch im Schrank, der unverwüstliche Stoff war kaum abgenutzt.

Auch die Arbeiter in der Werft – gegen die sie sich manchmal herablassend verhielt, indem sie zuviel über ihre idiotischen Witze lachte oder die Frauen berührte, weil sie sie abstoßend fand – kamen ihr allmählich anders vor. Es wunderte sie, daß sie einmal geglaubt hatte, sie habe irgend etwas mit ihnen oder mit irgend jemandem gemeinsam. Nur Max schien von den schmerzhaften Widersprüchen ihrer Anschauungen unberührt. Doch Thedas Worte hatten sie besorgt gemacht, und bei ihren mittäglichen Treffen auf der Bank suchte Annie in seinem Gesicht nach den Kennzeichen eines Mörders.

Parteiversammlungen, zu denen sie sich einst geflüchtet hatte, setzten ihr nun mit ihrer krankhaften Langeweile zu. Sie fürchtete die trockenen, vage bedrohlichen Vorträge von Leuten, die von der Parteizentrale geschickt worden waren, um den lokalen Funktionären Vorhaltungen zu machen, weil sie nicht genug Geld aufgebracht hatten, weil bestimmte Genossen ihre Beiträge nicht ordnungsgemäß entrichteten, weil man gehört habe, daß einigen Genossen nicht klar sei, wie man den europäischen Krieg aufzufassen hatte. Es sollte Seminare und Diskussionen geben, geführt von verläßlichen Marxisten. Die Genossen schwankten, sie fielen auf Propaganda über Konzentrationslager und Judenverfolgung herein. Ihr Denken sei nicht «korrekt».

Dann kam Ethel Schaeffer ins Krankenhaus und wurde operiert. Im unteren Teil ihres Darms war ein Tumor gefunden worden.

Annie besuchte sie. Ethel war zusammengeschrumpft; ihr Silberhaar lag wie ein gespenstischer Hauch auf dem flachen Krankenhauskissen. Ein fürchterlicher Anblick war der Schlauch, der unter der Bettdecke herauskam und zu einer Flasche auf dem Boden führte. Sie hatte starke Medikamente bekommen. Ihre Augen öffneten und schlossen sich wie unter dem Druck eines allzu schweren Gewichts.

Sie nahm Annies Hand und hielt sie kraftlos.

Annie erzählte ihr Geschichten von der Werft, von den Menschen dort. Ethel lächelte abwesend. Dann sagte sie: «Mein liebes Kind, ich habe darüber nachgedacht, was Marx sagte. Er sagte», und sie hielt inne und stöhnte, und vom Schlauch kam ein grauenhaft schabendes Geräusch wie ein Echo, «er sagte, daß die Juden zur Bourgeoisie gehörten und deshalb ein Bollwerk der Ausbeuterklasse seien. Liebes Kind, ich glaube, ich habe deinen Namen vergessen, aber – o doch, ich weiß, wer du bist –, anscheinend habe ich Angst.» Sie öffnete die Augen sehr weit und sah Annie ins Gesicht. «Nicht vor dem hier», sagte sie. Dann machte sie einen Scherz, den sie mit einem Lächeln begleitete. «Nicht einmal Kommunisten können ewig leben.»

Annie erfuhr von Paul Lavan, den sie dann und wann bei Parteiversammlungen traf, daß Walter noch immer in ihrem alten Zimmer wohnte. Sie schrieb ihm einen kurzen, zugeknöpften Brief des Inhalts, daß er sich vielleicht gern scheiden lassen würde, da die Ehe ja nicht mehr ... Ein paar Tage später, als sie nachts im Bett las, hörte sie ein Auto, das mit laufendem Motor draußen vor dem Haus stand. Sie ging ans Fenster. Es war ihr altes Auto, und Walter saß darin und rauchte. Sie zog ihren neuen Bademantel an und ging hinunter.

Sie fuhren in den Hollywood Hills herum. Er war leicht betrunken. Der Zusammenhang seiner Worte war nicht immer zu erkennen. Er werde wieder zurückgehen in die Handelsmarine. Ob Annie es ernst meine mit der Scheidung? Er glaube, sie hätten die Sache falsch aufgezäumt. Er sehe, daß sie sich verändert habe. Ja, das sei ihm klar. Er spüre solche Dinge sofort. Wisse sie, daß er als kleiner Junge auf die Berge bei San Francisco gestiegen sei und geweint habe? Was halte sie davon? Er habe geweint wegen der Schönheit der Dinge und der Hoffnungslosigkeit des Lebens. Das sei ein schöner Bademantel. Männliche Kleider stünden ihr, weil sie eine gute Figur habe. Nein, wirklich, jetzt würden sie gut miteinander auskommen, denke er. Sie hätten wahrscheinlich beide große Veränderungen durchgemacht. Würde sie gern ein bißchen ans Meer fahren?

Sie fuhren ans Meer und saßen im Sand bei Santa Monica. Der Morgen graute. Es war kühl. Gott sei Dank gab es diese Kühle, dachte sie. Sie hatte vergessen, wie richtiges Wetter war. Die grauen Wogen brachen sich mit gewaltigem Getöse am Ufer. Walter legte den Arm um sie. Nein, sagte sie. Er lachte sein ironisches Lachen – sein einziger Besitz, dachte sie, der etwas bedeutete. «Du steigst auf und ich ab», sagte er. «Das ist zu erwarten.»

Er fuhr zu ihrer alten Wohnung und öffnete die Tür, dann warf er Annie den Autoschlüssel in den Schoß. «Du solltest etwas von dem Ganzen haben», sagte er. «Ich schick dir die Papiere, alles Nötige. Wirklich traurig ist das, Annie...» Sie beobachtete ihn, wie er die Treppen hinaufstolperte. Als er außer Sicht war, ließ sie das Auto an und fuhr zurück in die Oxford Street, und während des ganzen Weges sang sie wild und unmelodisch vor sich hin.

Mrs. Ives sah aus dem Vorderfenster. Es war sechs Uhr früh.

Hastig gab Annie eine Erklärung ab. Mrs. Ives machte eine gebieterische Handbewegung. «Ihr Leben gehört Ihnen. Wie meins mir gehört. Ich muß Ihnen etwas sagen. Mr. Ives hat um Mitternacht aus Bangor, Maine, angerufen. Die ganze Nacht habe ich gepackt. Hier. Nehmen Sie einen Kaffee. Mr. Ives wünscht, daß wir zu ihm zurückkehren. Er sagte – er hat auch geweint –, er sagte, er hätte sich ganz schrecklich lächerlich gemacht. Ob wir ihm verzeihen? Ob ich nicht glauben würde, es sei besser für die Kinder? Meine Mutter und ich haben es besprochen. Er hat das Gespräch bezahlt, also hab ich einfach aufgehängt und mit meiner Mutter zusammen verschiedene Aspekte der Sache bedacht. Um es kurz zu machen: Wir haben entschieden, daß es das Beste ist, wir kehren zu ihm zurück. Meine Mutter mag Kalifornien sehr gern, wegen der Sonne und der salzigen Luft. Aber Mr. Ives hat offenbar inzwischen ein kleines Geschäft in Bangor und hat sich bereits nach einem Haus erkundigt, wo die Kinder zwölftausend Quadratmeter haben, die sie erforschen und wo sie spielen können.»

Noch immer im Stehen trank sie einen großen Schluck Kaffee. Dann starrte sie auf den Küchentisch und brach in schrilles Gelächter aus. «Das wird ihm noch leid tun!» rief sie.

In diesem Augenblick erschien Mrs. Gannon in einem Kimono in der Tür. Sie sah zu ihrer Tochter, dann zu Annie. Ihr Ausdruck war unergründlich. Als Annie ihren Kaffee austrank, sah sie eine große Träne über die Falten von Mrs. Gannons altem Gesicht rollen. Aber die alte Frau sagte nichts.

Cletus Moore half ihr beim Umzug. Sie hatte jetzt so viel, daß nicht mehr alles in den alten Lederkoffer paßte. Nur eine Straße von Thedas Wohnung entfernt hatte sie ein Pensionszimmer in einem großen Holzhaus gefunden, das sie an das Haus erinnerte, in dem Jake Cranford gewohnt hatte. Aber im Innern war es sauber, das Geländer war blank gewachst, und die Vermieterin, eine kräftig aussehende Frau mittleren Alters, arbeitete auch in einem Rüstungsbetrieb.

In der ersten Nacht in ihrem fremden Bett horchte sie vergeblich auf die Geräusche, die die Ives-Kinder hinter der Wand machten, wenn sie sich unterhielten, ihre Wortspiele endlos ausspannen und in ihrer Geheimsprache redeten, in triumphierendem Trotz gegen die Welt aller Erwachsenen.

16

Wenn Annie allein in ihrem Zimmer, mit den leisen Abendgeräuschen der Pension im Ohr, zuviel trank, wurde sie ins Reich ihres geheimsten, verborgensten Selbst entrückt, wo ein mythisches Leben ohne Gesetz und Vernunft sie in Anspruch nahm.

Während sie langsam ihr erstes Glas Gin trank, träumte sie von Max. Seine Gürtelschnalle glänzte vor ihren Augen. Darüber waren sein Zwerchfell, sein Brustkorb, die Wölbung seiner Brust, die gerade Linie seiner Schultern, seine kräftigen Oberarme, seine schmalen Handgelenke, die ausdrucksvollen Hände, die nie herumfuchtelten, um irgend etwas Vages zu unterstreichen, nie drohten oder jemandem zusetzten oder in stumpfem Nichtstun herunterhingen. Aus einem bis oben zugeknöpften Kragen erhob sich der Hals, das klassische, wachsame Gesicht tragend, mit dem unerwarteten Schabernack blauer Augen unter dunklen Brauen und dunklem Haar.

Das zweite Glas trank sie schneller und wandte sich der Gestalt des Mannes zu, eine straffe, ruhelose Gestalt mit einer distanzschaffenden Vornehmheit, als ob sein Körper sich weigerte, den Absichten seines Geistes Folge zu leisten.

Bei ihrem dritten, volleren Glas Gin löste sich Max auf und wurde von unbekannten Spielern ersetzt, die in eine leidvolle Szene von Versöhnung, Verzeihung, Weinen verstrickt waren. Ein paar Tränen flossen über Annies Wangen. Wie gut alle zu ihr waren! Sogar Hannah Groops, jene unedle und schmächtige Südstaatlerin, legte ihren körperlosen Kopf auf Annies körperlose Schulter.

Im Wald ihrer Phantasie kamen Cletus und Theda und Melvin mit offenen Armen auf sie zu.

Sie aß ein Stück Brot. Aber waren sie wirklich so gut zu ihr? Oder duldeten sie sie nur? Lachten sie hinter ihrem Rücken über sie? Der schwarze Melvin und Hannah mit dem wächsernen Gesicht tanzten um sie herum, vereint in höhnischer Freude.

Sie schüttete den vierten Gin herunter; die stummen Schauspieler kehrten zurück und spielten Dramen, die sich heroischer anfühlten, je unverständlicher sie wurden. Gestalten wanden sich zwischen Flammen, und Annie zog sie heraus wie Zweige; große, beschlagene Spiegel wurden zertrümmert, Menschen flohen aus einstürzenden Häusern. Annie befeuchtete die Lippen unbekannter Opfer mit Brandy. Nach der Feuersbrunst, im rauchgefüllten Dunkel, kam Max zurück. Sie spürte einen kräftigen Griff an den Armen.

Aber es war nicht Max. Es war der junge katalanische Schweißer, dessen Augen ihr so oft folgten, wenn sie durch die Halle ging. Eines Tages hatte sie mit ungeschickten Händen versucht, einen Bohrer in ihre Maschine einzusetzen. Sie war naßgeschwitzt gewesen, hatte, das Teil in der Hand, ganz verdreht an der Bohrmaschine gestanden, als er vorbeilief, ein paar Schritte zurück machte, sie schweigend beobachtete, und als sie ihn böse ansah – sie schämte sich, weil ihr das Hemd am nassen Rücken klebte –, hatte er seine Hände auf ihre Arme gelegt, sie fest heruntergedrückt und sie gleich wieder losgelassen. Diese Berührung vergaß sie den ganzen Tag lang nicht, und jedesmal, wenn sie ihn sah, spürte sie die Kraft seiner Hände und sah sie aufmerksam an, als ob die stämmigen braunen Finger ihr erklären könnten, warum sie so bis zur Hilflosigkeit gerührt gewesen war, als sie ihre Arme festgehalten hatten. Und es war der Katalane, der ihr geduldig in den alkoholisierten Schlaf folgte.

Jeden Tag suchte ihr Blick in der Werft nach ihm, und nachdem sie die Gewißheit hatte, daß er da war, wandte sie ihm, wenn er ihr nahe kam, den Rücken zu.

Dann folgte er ihr eines Tages, als sie die Maschinenbauhalle verließ, blieb immer ein paar Schritte hinter ihr, bis sie bei ihrem Auto war. Den Schlüssel in der Hand, drehte sie sich zu ihm um. Die ganze Gewalt seiner Frage stand konzentriert in seinen großen schwarzen Augen. Plötzlich setzte er ein zaghaftes Lächeln auf. Mein Gott! Er war nicht viel älter als sie! Sie war atemlos; die Nachmittagssonne umhüllte sie mit ihrer Wärme. Sie ließ die Beifahrertür offen und setzte sich ans Steuer. Der Katalane stieg ein und warf seine Brotdose auf den Rücksitz.

In ihrem Zimmer sah er die Bücher an. Er nahm einen Lippenstift von der Kommode, schraubte ihn auf und hielt ihn an die Nase. Dann sagte er: «Du heißt Annie?»

Sie bemerkte ein Zittern in seiner Stimme. Sie machte einen Schritt auf ihn zu, fast weinend vor Sehnsucht danach, daß er ihre Arme wieder in seine Hände nahm und sie jene außerordentliche, atemlose Befreiung spürte, dadurch, daß – wie es ihr vorgekommen war – Körper und Geist verbunden wurden, der zerklüftete Spalt heilte. Seine Hände hoben sich, als sie bei ihm war, dann ergriff er ihre Arme. Sie vergaß alles, verlor sich im Duft seiner Haut, die nach Salz und Äpfeln roch.

Zwei Wochen lang kam er jeden Tag mit ihr nach Hause. In der Stille des Spätnachmittags in ihrem Zimmer erfuhren sie mehr voneinander; er sprach wenig Englisch, doch es reichte, um ihr zu erzählen, daß er in New Mexico in den Bergen über der Wüste geboren worden war, daß er unglücklich war unter so vielen Menschen, daß er Geld sparte, um zurückzukehren und eine Farm zu kaufen, daß er fünf Brüder und eine Schwester hatte, daß sie ihm schon aufgefallen war, als sie in der Werft angefangen hatte. «So groß, habe ich gedacht», sagte er, während er, auf dem Ellbogen liegend, auf sie hinuntersah. «Aber dann doch nicht so groß.»

Sie trafen sich nicht an den Wochenenden. Er lebte bei einer verheirateten Schwester in Pasadena. Aber seine Familie stand ihnen nicht im Weg. Alles war klar zwischen ihnen; sie wahrten ihre Privatsphäre.

In der Maschinenbauhalle sprachen sie kaum miteinander. Und weil sie sich ihrer Beschämung schämte, wollte Annie nicht, daß Max auch nur erriet, daß sie den Katalanen kannte. Doch noch schwerer als diese Sorge wog ihr Geheimnis – sie sah auf und erkannte ihn in der Ferne, wie er mit dem Gang des ausdauernden Mannes vom Land zu seinem Spind lief. Nachmittags, wenn sie eine Limonade kaufen ging, sah sie, wie er von seiner Schweißnaht aufsah, die schwere Schutzmaske einen Augenblick anhob, bis sie vorbei war.

Dann, einige Wochen nachdem die Ives nach Neuengland abgereist waren, saß Max eines Mittags nicht auf der Bank, und Annie durchfuhr eine schreckliche Angst. Den ganzen Nachmittag unterhielt sie sich zwanglos mit Hannah Groops, auch wenn sie dann und wann aufstehen und zu ihren Maschinen gehen mußten. Es wehte jetzt ein schärferer Wind in der Werft, und der Vorarbeiter, der durch die Halle ging, gab sich gern den Anschein von leistungswilliger Ungeduld. «Verdammte Schinderei», sagte Hannah. «Bald werden wir arbeiten müssen, und ich hab mich so an das bequeme Leben gewöhnt.»

An diesem Nachmittag sagte sie dem Katalanen, daß sie den Abend nicht mit ihm verbringen könne. Seine Mundwinkel fielen herunter. Er schrammte mit dem Fuß über den Gehsteig. Dann sah er schnell auf. «Es ist dieser Mann? Der Mann, mit dem du essen?»

«Nein, nein ... Ich muß ein paar Dinge erledigen. Nein. Nicht dieser Mann. Er ist ein Freund.»

Er schüttelte den Kopf. «Freund?» sagte er mit einem leicht ungläubigen Unterton. Als sie wegfuhr, sah sie ihn im Rückspiegel dastehen, mit den Händen in den Taschen.

Ihr Zimmer schien außerordentlich still. Ein fahlgelbes Licht war an diesem Abend am Himmel, das auch im Dunkeln nicht verschwand, wie das Aufwallen einer Krankheit. Kein Blatt rührte sich. Sie versuchte zu lesen. Sie stellte das Radio an. Ein melodischer Tenor sang: *«I'll Remember April.»* Sie versuchte, sich an den April zu erinnern. Sie stürzte zur Tür und ging hinunter zum Hollywood Boulevard. Sie lief viele Meilen. Angesichts dieser besonderen, schmerzhaften Leere war ihr der Gedanke unangenehm und peinlich, Cletus oder Theda anzurufen. Melvin war unerreichbar und ohnehin entweder mit seiner italienischen Freundin zusammen oder bei seiner Marineeinheit. Miranda Katz fuhr Taxi. Vielleicht würde sie Paul Lavan anrufen, um ihn nach Ethel Schaeffer zu fragen. Sie wollte wirklich wissen, wie es Ethel ging. Eine Woche war sie nicht bei ihr gewesen. Irgendwie gelangte sie in einen Zeitungsladen und kaufte mit einer Grimasse des Selbsthasses eine Ausgabe von *Photoplay*.

Widerstrebend machte sie sich auf den Heimweg. Die Nacht war so windstill, daß sie zu ersticken meinte. Im unteren Teil des Magens verspürte sie einen wiederkehrenden pochenden Schmerz. Es war ganz deutlich die körperliche Manifestation der Panik, die sie angesichts von Max' mittäglichem Ausbleiben empfunden hatte.

Sie ging in eine Telefonzelle und suchte die Nummer von Ben Greenhouse heraus. Da war er, sein Name in Druckbuchstaben; er wohnte in der Beechwood Avenue. Sie erinnerte sich daran, daß auch May Landower dort wohnte. May! Gab es nichts hinter ihr, außer abgebrochenen Gesprächen? Die Mischung aus Mutwillen und Einsamkeit, die sie auf den Gedanken gebracht hatte, Greenhouse anzurufen, stand ihr klar vor Augen; sie ließ den Gedanken dann fallen und ging direkt nach Hause. Dort schrieb sie einen langen Brief an Onkel Greg. Als sie ihn noch einmal durchlas, bevor sie das Kuvert zuklebte, schien es ihr, daß es in dem Brief um eine ganz andere Person ging als um sie. Der Schmerz im Bauch hörte nicht auf.

Am nächsten Mittag war Max wieder da. Er sah abweisend und zerstreut aus.

«Du warst gestern nicht da!» sagte sie vorwurfsvoll.

«Ich habe versucht, mich für die Armee zu melden», sagte er.

Er nahm ihre Hand. «Mach den Mund zu», sagte er, «das Herz wird kalt.»

«Aber warum!» rief sie.

«Ich werde bestimmt eingezogen, außer ich sorge dafür, daß ich hier irgendeine wichtige Arbeit bekomme. Das will ich nicht.»

«Du läufst weg.»

«Wenn du willst. Es geht aber nicht. Sie werden mich nicht nehmen, weil ich verheiratet bin.»

«Max!»

«Es wäre in jeder Hinsicht besser gewesen», sagte er und seufzte schwer. «Ich wollte es nicht nur aus persönlichen Gründen. Ich glaube wirklich, Hitler ist der Teufel.»

Was meinte er – nicht nur aus persönlichen Gründen? Was war persönlicher als der Glaube an den Teufel? Ihr Zorn wurde noch stärker durch das Bewußtsein, daß sie keinen Anspruch auf sein Vertrauen hatte, daß sie nicht jemand war, den er in Betracht zog, wenn er sich zu einer bestimmten Vorgehensweise entschloß. Sie sprach mit ätzender Erbitterung, versuchte noch, mitten im Satz, ihren Ton zu mildern. Aber es war zu spät. Knallend wie Peitschenhiebe kamen die Worte heraus: «Ich dachte, die Genossen hätten entschieden, es sei ein imperialistischer Krieg?»

«Du bist ein unreifes, unwissendes Mädchen», sagte er, «und du bist impertinent genug, dir vorzustellen, daß deine mühsam zusammengekratzten politischen Erkenntnisse etwas mit der wirklichen Welt zu tun haben.»

Sie dachte, es müßte möglich sein, die Bank in der nächsten Minute zu verlassen, wenn nur ihre Augen aufhören würden herumzurollen wie die einer erschrokkenen Kuh. Ihr Blick blieb an der hohen Abfalltonne aus Blech hängen. Sie ging zusammengekrümmt hin und warf die Reste ihres Mittagessens in den übervollen Behälter. Sie hatte ihre Zigaretten auf der Bank vergessen, aber sie ging nicht zurück, um sie zu holen, und Max rief ihr nicht nach. Sie ging durch die ganze Halle bis dorthin, wo Hannah Groops stand und sich mit einigen anderen Frauen unterhielt, und mischte sich unter sie. Etwas konnte vom Proletariat gesagt werden – sie interessierten sich nicht groß für jemandes Kommen und Gehen.

Immer wieder während des Tages hatte sie bemerkt, daß der Katalane sie beobachtete. Kurz vor dem Ende ihrer Schicht traf sie ihn in der Nähe seines Spinds.

«Heute abend können wir uns nicht sehen. Ich fühle mich nicht wohl.»

Er nahm ihre Hand. Unwillkürlich warf sie einen Blick in die Runde, um festzustellen, ob Max sie sehen konnte. Der Katalane berührte jeden einzelnen Finger ihrer Hand. «Ich verstehe nicht», sagte er ernst. «Bitte», sagte sie sanft und ohne seinem inständigen Blick auszuweichen. Bitte was? Sie wußte selbst nicht, worum sie ihn bat.

Weil sie sich vor der langen einsamen Heimfahrt fürchtete, nahm sie einen der Männer mit, die in Los Angeles wohnten. Er hatte immer freundlich mit ihr geredet, ein kleiner, muskulöser Mann, dessen Statur sie an Walters Freund Junior erinnerte.

«Das ist ja eine ziemlich alte Kiste», sagte er mit Blick auf das Armaturenbrett. Er sagte, wenn Amerika in der Krieg eintrete, werde er die Nachtschicht machen, weil man da viel mehr Geld verdienen könne. Das erste, was er sich kaufen werde, sei ein Oldsmobile. Die Gründe dafür setzte er ihr in all ihren autotechnischen Einzelheiten langwierig auseinander. Sie hörte kaum zu. Dann erzählte er ihr ohne Änderung des Tonfalls, wie die Schwester seiner Frau, die in der Hoffnung auf einen guten Job nach Kalifornien gekommen sei und bei ihnen wohnte, eines Nachts mit seiner Frau und ihm selbst ins Bett gestiegen sei. Er beschrieb, was sie gemacht hatten. Annie sah zu ihrer Handtasche und fragte sich, ob vielleicht eine verirrte Zigarette darin sei. Sie fuhren den Sunset Boulevard entlang. Sie kamen an einem riesigen Nachtklub vorbei, aber es war kein Nachtklub – es war ein Beerdigungsinstitut.

Sie sagte: «Ist das wahr, was du mir erzählt hast? Und wenn es wahr ist, warum zum Teufel glaubst du, ich will es hören? Und wenn es nicht wahr ist, warum denkst du dir das aus? Ist es dir nicht peinlich? Was willst du überhaupt?» Sie wurde lauter. «Du willst mir nur angst machen! Warum knöpfst du dir nicht gleich die Hose auf, du kleines Ferkel!»

Sie hielt vor dem Trocadero und schaltete den Motor aus. Der Mann zitterte; er umklammerte seine Brotdose, und sein Atem ging pfeifend, als ob jemand versuchte, ihn zu erdrosseln. Annie zitterte genauso. Der Schmerz der vergangenen Nacht kehrte, wie von ihrem Schreien ausgelöst, mit neuer Gewalt zurück.

«Nein!» sagte der Mann zu ihrer Hand, als sie am Türgriff zog. «Nein! Bitte! Fahr mich bis Hollywood! Ich mag meine Frau, und ihre Schwester ist eine Hexe ... Ich habe einen Teil davon erfunden ... aber es könnte wirklich so passieren. Sie – die Schwester – sitzt da mit den Füßen auf dem Tisch. Ich habe eigentlich ein weiches Herz. Du kannst jeden fragen ... Was ist los? Ich wollte dir nicht weh tun!»

«Ich habe furchtbare Bauchschmerzen.»

Sie lehnte sich zurück, und er stieg aus und bedeutete ihr, sie solle auf den Beifahrersitz rutschen, und fuhr sie zu ihrer Pension. Als sie die Tür öffnete, sagte er: «Kann ich irgend etwas tun? Du siehst schlecht aus. Ich kenne einen Arzt in Pasadena. Er ist Chiropraktiker, aber meine Frau sagt, er ist gut. Willst du, daß ich –»

«Nein, nein. Es geht schon. Ich lege mich ein bißchen hin.»

«Weißt du, es tut mir wirklich leid.»

«Mir auch, daß ich so gebrüllt habe.»

Er warf ihr einen etwas verschlagenen Blick zu und lief dann zum Hollywood Boulevard hinunter.

Sie stieg schnell aus.

Der Schmerz wurde schlimmer. Sie erbrach eine bittere Flüssigkeit, die einen sauren Geschmack im Mund hinterließ. Irgendwann nahm sie den nassen Waschlappen von der Stirn und gestand sich ein, daß sie Fieber hatte. Sie rief Theda an.

Am Eingang der Rettungsstation im Krankenhaus konnte sie kaum noch gehen. Eine Schwester schob sie in einen Rollstuhl.

«Wo?» fragte der Arzt gereizt. «Nein, warten Sie! Wo hat es angefangen? Hier? Hier?»

Man nahm ihr Blut ab. Sie hielt Thedas Hand und starrte an die weiße Decke. «Sie stehen kurz vor einem Blinddarmdurchbruch», sagte jemand in der Nähe.

«Operationsvorbereitung», sagte die Schwester und rasierte ihr Schamhaar. Ein Assistenzarzt gab ihr eine Spritze. Sie wurde in einen Aufzug geschoben. Thedas langes, besorgtes Gesicht war das letzte, was sie sah, bis eine nierenförmige weiße Porzellanschale sie zu fressen versuchte. Sie erbrach sich, die Hand auf den Bauch gepreßt. «Oh, oh!»

«Hier», sagte die Schwester. Ein Glasröhrchen steckte in einem Glas Ginger-ale. Es war Morgen. Ein schnurrbärtiger Mann sah auf sie hinunter. Sein weißer Mantel war gestärkt; besonders steif war er über der Brusttasche, aus der ein Stift ragte.

«Wie fühlen Sie sich?»

«Furchtbar.»

«Er war ziemlich morsch. Ich finde es merkwürdig, daß Sie nicht schon früher etwas gemerkt haben. Gut, daß Ihre Freundin Sie hierhergebracht hat. Sie hätten eine Bauchfellentzündung kriegen können.»

Sie versuchte zu lächeln, da das Schlimmste nicht geschehen war.

«Fühlt es sich gasig an?»

«Es tut weh.»

«Es ist Gas. Dieser kleine Schlauch hilft ganz gewaltig. Oder vielmehr gewaltlos.» Er erlaubte sich ein kleines medizinisches Schmunzeln.

Später saß Theda auf einem Stuhl am Fenster. Die dunklen Ringe unter den Augen machten sie älter. Halb betäubt von den Medikamenten, sah Annie Theda plötzlich isoliert von allem anderen. Wie müde, wie angestrengt sie aussah! Theda betrachtete ein Bild an der Wand, es zeigte einen nichtssagenden Pierrot. Langsam drehte sie den Kopf und merkte, daß Annie wach war und sie anblickte. Sie stand auf und ging zum Bett.

«Und was hast du bei deiner nächsten Nummer vor?»

Annie lächelte schwach.

«Ich habe für ein paar Tage eine private Schwester engagiert, bis sie diesen Schlauch wieder rausnehmen. Die neue Arbeit hat angefangen, sonst würde ich bleiben. Mach nicht so ein ängstliches Gesicht. Es ist vorbei. Cletus bringt dir in den nächsten Tagen Bücher vorbei. Max kommt morgen. Er hat es übernommen, dem Vorarbeiter Bescheid zu sagen, daß du eine Weile nicht dasein wirst. Ich glaube, du wirst etwas Krankengeld bekommen. Mach dir keine Sorgen.»

Eine Schwester kam herein, und Theda ging.

Abends wartete Annie darauf, daß der Schatten der Schwester über die Schwelle fiel. Dieser Schatten brachte Vergessen. Wenn sie sicher war, allein zu sein, stöhnte sie. Es war ein Genuß zu stöhnen. Dann entdeckte sie, daß sie nicht allein war. Eine ältere Schwester döste am Fenster. «Sind Sie da?» flüsterte Annie.

«Ja, ich bin hier», flüsterte eine Stimme zurück.

«Ich hasse den Schlauch», ächzte Annie.

«Armer Schlauch», murmelte die Stimme.

«Kommt er nicht bald heraus?»

«Wenn kein Gift mehr da ist. Ich liebe den Schlauch. Und schlafen Sie jetzt.»

Am nächsten Tag stand Max nachmittags in der Tür. Er hielt einen Strauß bunter Maßliebchen in der Hand. «Welchen Schlauch?» fragte sie hoffnungsvoll. Sie sah, daß ein qualvoller Ausdruck über sein Gesicht glitt. Es war nicht die Schwester.

Die Schwester nahm ihm die Blumen ab; vorher steckte sie die Nase hinein. «Sind Sie es, der so gut riecht, oder die Blumen?» fragte sie Max.

«Du hast eine nette Schwester», sagte Max unbeholfen.

«Danke.»

«Ach, es tut mir so leid . . .», sagte er plötzlich und kam nah an das Bett heran und beugte sich über sie, um ihre feuchte Stirn zu küssen.

«Ich habe meine ganze Wut an dir ausgelassen», sagte er.

Sie schlief; der Schmerz war nicht mehr so stark; sie fühlte sich umhüllt von einer köstlichen Weichheit und Wärme. Jemand hatte ihr verziehen.

Am dritten Tag ging die Schwester. Der Schlauch wurde herausgenommen. Die Schwester sagte: «Jetzt, wo Sie den Blinddarm los sind, sollten Sie wieder klar sehen!» Eine Negerfrau, die den Boden unter dem Bett wischte, sah der Schwester verächtlich nach. «Sie war nett», sagte Annie zu ihr. «Ja. Sind alle nett», sagte die Frau und ging mit Eimer und Mop aus der Tür.

Cletus kam mit einer kleinen Flasche Champagner und einem Buch, das er auf ihr Nachtkästchen legte.

«Vertief dich in dieses Buch, und du wirst den Wunsch haben, nie geboren zu sein», sagte er fröhlich. Eine Schwester kam, um Fieber zu messen, und schrieb das Ergebnis auf die Karte, die an der Metallstange am unteren Ende ihres Bettes hing. Annie war jetzt bei vollem Bewußtsein, und sie beobachtete, wie die Schwester Cletus ansah. Cletus sprach mit ihr über etwas. Sie dachte über den Blick der Schwester nach. Etwas lag darin – was? Abneigung? Etwas anderes. Entrüstung? Ihr Geist schloß sich schmerzlich um das Wort wie um einen Dorn.

«Daß du mir keine Zeile von diesem Buch überliest!» sagte Cletus. «Du Russenliebhaberin! Warte, bis du von diesen Jungs hier erfährst.» Er nahm das Buch von ihrem Nachtkästchen und hielt es hoch. Sie sah das Bild einer Kirche mit Zwiebelturm. *Die Brüder Karamasow.*

Cletus setzte sich. «Wie geht's dir, mein Kind?»

«Besser», sagte sie. «Gut.»

«Gut», sagte er und grinste.

«Wofür ist der Champagner?»

«Für dich. Sie sagen, du darfst das trinken. Ich hab die Schwester gebeten, ihn in den Kühlschrank zu stellen.» Sie betrachteten beide die Flasche in Silberfolie auf dem Nachtkästchen. Die Schwester hatte sie nicht mitgenommen.

«Sie hat sie nicht mitgenommen.»

«Nein», sagte Cletus. «Sie hat damit gerechnet, daß ich Wassermelonen mitbringe.»

Sie war zehn Tage im Krankenhaus. Einmal kamen Max und Eva zusammen. Eva hatte sich verändert. Vielleicht kam es daher, daß sie so dünn war. Im Krankenzimmer wandte sie fast nie den Blick von Max. Sie hatte irgendein fundamentales Vertrauen in ihren Körper verloren; sie schien nicht mehr zu wissen, wie man sich hinsetzt.

Die Schwestern ließen Annie ziemlich unbeachtet. Das hatte natürlich damit zu tun, daß es ihr zunehmend besser ging. Es hatte auch etwas mit Cletus zu tun, aber besonders mit dem Auftauchen des großen Melvin in seiner Matrosenuniform, der den Korridor entlangpolterte und in ihr Zimmer stürmte mit den Worten: «Hey, Baby! Was sind das für Sachen?» Danach sagte niemand mehr als das absolut Notwendigste zu ihr, nur der schnurrbärtige Arzt, der sie operiert hatte, redete noch mit ihr.

Obwohl sie die meiste Zeit still dalag, kam es ihr vor, als wäre ein Sturm im Gang und Möbel und Häuser flögen um sie herum. Max kam allein. Als er sich zu ihr neigte, um sie auf die Wange zu küssen, spürte sie, daß sie ihm etwas sagen mußte. Er flüsterte ihr ins Ohr, daß Ethel Schaeffer gestorben sei, gestern, in diesem Krankenhaus. Sie fing an zu weinen. Max sagte: «Ach, Annie, wein doch nicht.»

«Sie ist tot.»

«Jesus weinte», sagte er.

«Was?»

«Ein Substantiv und ein Verb. Kurze Sätze sind lebendiger: «‹Satan, entzückt, setzte sich.›»

«Ach, Max, red nicht mit mir über solche Sachen.»

«Worüber soll ich mit dir reden?»

«Ich liebe dich, Max», sagte sie, krampfhaft schluchzend.

«Ich hoffe es», sagte er ernst. «Ich hoffe, jemand tut es.»

Theda hatte einen Plan. Annie sollte weg von dieser Werft. Es kümmerte sie nicht, ob Annie eine Ständerbohrmaschine oder was immer es war bedienen konnte. Theda hatte eine Sekretärinnenschule mit Abendunterricht ausfindig gemacht. Es war ein Kurs, der nur acht Wochen dauerte. Sie würde Schreibmaschine und Steno lernen, und dann konnte Theda ihr einen Job im Studio besorgen. Es sei wirklich nett dort. Die Büros seien kühl und die Gänge sauber, und sie behandelten einen bei weitem nicht so schlecht, und es gab billiges Mittagessen, und man werde nur lax überwacht, und da alle Mädchen in die Rüstungsbetriebe gehen wollten, seien Sekretärinnen hoch geschätzt. Annie willigte ein, ohne weiter darüber nachzudenken.

«Du wirst morgen aus diesem Laden herauskommen und eine veränderte Welt vorfinden», sagte Theda. «Gestern sind Truppen in die UdSSR einmarschiert, und Calvin Schmitter hat sich mit einer siebzehnjährigen Hure namens Ginger Snaps in einem gestohlenen Cadillac davongemacht.»

«Was!»

«Ich meine – er ist politisch ruiniert bis zum Schwachsinn. Ich habe gehört, daß die Leute von der Parteizentrale vierzehn Direktiven pro Minute ausgeben, um die ‹neue Position› zu erklären. Na ja, man sieht, wie das ist! Jetzt ist es wirklich ein Krieg gegen Hitler, mit unserem ruhmreichen neuen Verbündeten. Monopolkapitalismus? Imperialistischer Krieg? Worte, Worte. Alte Worte. Es wird jetzt neue Worte geben.»

Ethel Schaeffer war tot. Max wollte in den Krieg ziehen. Es war tröstlich gewesen, wenn die Menschen in jenen kahlen Versammlungsräumen gesagt hatten: «Hallo, Genossin.» Nichts schien Folgen zu haben. «Ich gehe auf die Sekretärinnenschule», sagte sie teilnahmslos. «Welcher Tag ist heute?»

«Der dreiundzwanzigste Juni», antwortete Theda. «Aber die Russen sind nicht so dumm. Sie haben ihre Streitkräfte aufgebaut –»

«Der Arzt sagt, ich muß ein paar Wochen kürzertreten, bis alles wieder zusammengewachsen ist. Wieviel wird das alles kosten?»

«Cletus und ich leihen dir das Geld. Du kannst es uns später zurückzahlen.»

«Ich hab ein bißchen was gespart, in einer Schachtel in meinem Zimmer.»

«Du wirst es zum Leben brauchen. Ich will, daß du zu diesem Anwalt gehst und die Scheidung einleitest.»

«Gut.» Es schien sinnlos zu schwimmen, die Strömung war stark genug, um sie zu tragen, eine Zeitlang zumindest. An ihrem letzten Abend im Krankenhaus kam Dr. Eagle sie besuchen.

«Sie haben sich gut erholt. Kein Bergsteigen für eine Weile. Kommt jemand, der Sie morgen früh abholt?»

«Ja», erwiderte Annie böse, «ein Freund von mir, ein *Nigger.*»

Die Schwester, die gerade das Fenster schloß, sah sie mitleidig und verächtlich an.

«Warum haben Sie das gesagt?»

Sie setzte sich auf und schwang ihre Beine über den Bettrand. «Diese Schwestern haben mich behandelt wie eine Aussätzige, seit zwei schwarze Freunde hier aufgetaucht sind.»

«Was glauben Sie, was sie denken? Haben sie Sie wirklich schlecht behandelt? Man sollte das bedauern und nicht zum Anlaß nehmen, selbstgerecht zu sein.»

«Ich bin nicht selbstgerecht.»

«Doch, das sind Sie. Ich möchte sehen, wie Sie gehen.»

Sie ging in ihrem Krankenhausbademantel auf und ab.

«Wie ein verletzter Storch», sagte er.

Sie blätterte in dem Dostojewski.

«Haben Sie es ganz gelesen?»

«Nein, teilweise.»

«Was machen Sie, wenn Sie draußen sind?»

«Ich werde ein richtiges Leben leben», sagte sie laut.

«Sie klingen ziemlich verärgert.»

Sie sah ihn trotzig an. Er hatte weiche braune Augen, ein eher ausdrucksloses Gesicht, vielleicht, weil der Schnurrbart den größten Teil seines Mundes verdeckte. Er sah pummelig aus in seinem weißen Kittel.

«Ist das nicht möglich?»

«Doch, ich denke, es ist möglich», sagte er. «Ich wollte vor Jahren nach China gehen, ich wollte in China praktizieren.»

«Warum haben Sie es nicht gemacht?»

Er zuckte die Achseln. «Die Umstände waren nicht danach.»

«Leben Sie ein richtiges Leben?»

«Ich denke schon...»

Onkel Greg hatte manchmal von den «Farbigen» gesprochen, die nach Nyack kamen. Sie hatten seltsame Gewohnheiten, von denen Onkel Greg sagte, daß sie ihm nicht sehr behagten. Aber auch Katholiken behagten ihm nicht sehr, und er hatte den Eindruck, daß Italiener eine verbrecherische Ader hätten und alle Russen gewalttätig seien. Aber leben und leben lassen, hatte er seufzend gesagt.

Annie erinnerte sich undeutlich an ein Dienstmädchen, das Bea einmal während einer gedeihlichen Periode in Tonys Leben engagiert hatte. Nachmittags hatte Bea sie wegen ihrer Schlampigkeit verwünscht, dann, wenn in der Dämmerung ihre Schwermut die Oberhand gewann, hatte sie darauf bestanden, daß sie mit ihr trank. Dessen entsann sich Annie noch gut – die beiden Frauen zusammengesackt am Tisch, eine Flasche Whiskey zwischen ihnen.

Dann und wann war Annie in den verschiedenen Schulen, die sie durchlaufen hatte, einem schwarzen Kind begegnet. Einst waren sie Sklaven gewesen; sie waren von Abraham Lincoln befreit worden, doch im Süden henkte und verbrannte man sie, und es war ihnen nicht erlaubt, Weiße auf bestimmte Weise anzusehen oder mit ihnen zu sprechen, damit sie das verhaßte Geheimnis ihrer Emanzipation nicht verraten konnten. Cletus hatte ihr einmal eine Geschichte vorgelesen, *Heller Morgenstern,* von Richard Wright. Sie hatte ihn gebeten aufzuhören – bei der Folterung des schwarzen Jungen war ihr ganz schwach zumute geworden. Cletus war unerbittlich. «Unterbrich mich nicht. Sei nicht feig», hatte er gesagt und weitergelesen.

Die Leute, die Neger quälten, kamen aus der Unterschicht und hatten lange schmale Köpfe und böse Augen. Sie hatte Fotografien von Lynchszenen gesehen, grau verwischte Männer, Frauen und Kinder, dichtgedrängt um einen schwarzen Körper. Lauschten sie den letzten Schlägen seines brennenden Herzens?

Die Partei hatte Schwierigkeiten bei der Rekrutierung von Negern. Sie waren eher schwer zu fassen und mißtrauisch, und außerdem – so hatten gewisse Parteimitglieder bemerkt – gehörten sie zumeist dem Lumpenproletariat an und waren daher der politischen Erziehung weniger zugänglich als Industriearbeiter.

Für Annie, die sich mit nichts verbunden hatte – nicht einmal in dem gewöhnlichen Sinn, daß sie wie andere Kinder unmerklich etwas vom Lebensgefühl, der Einstellung und den Zielen der Gemeinschaft, in der sie lebte, in sich aufgenommen hätte –, waren Neger mit einem reichen Vorrat an Überraschung, an Daseinsfülle ausgestattet, dem Lohn für ihren Ausschluß. Es war viel Raum um sie – ihr Triumph, ihre Niederlage.

Und doch, dachte sie – und mußte sogar lächeln bei dem Gedanken –, hatte sie sich mit einer Art von Gemeinschaft eingelassen, der Partei. Auf eine von ihr selbst nur ungenau wahrgenommene Weise war die Parteigemeinschaft für sie allerdings eine sehr konventionelle Gruppe. Das mußte sie Max sagen. Es würde ihn amüsieren ... Die Partei lehrte sie das bürgerliche Leben.

In der ersten Woche, die Annie wieder zu Hause verbrachte, kam fast jeden Abend Theda vorbei. Aber Cletus – der sein Serien-Schreibpensum eine Woche vor dem Abgabetermin erledigt hatte und darüber frohlockte –

und Melvin, der ungewöhnlich oft die Erlaubnis zum Landgang bekommen hatte – «Mit so einem gutaussehenden Hornbläser legen sie sich nicht an», sagte er –, sorgten dafür, daß sie zu essen hatte und nicht allein war.

Eines Abends kam Cletus mit einem kleinen Plattenspieler und einem Armvoll Platten. Ein paar Minuten später trat Melvin mit einer Tüte voller Lebensmittel ins Zimmer.

«Ich mach dir eine Galgenpfanne», verkündete er.

Die Galgenpfanne waren Schweinekoteletts in Brotteig. «Sieh mal», sagte Melvin. «Wenn die Koteletts soweit sind, schüttest du ein bißchen kaltes Wasser dazu. Schau!» Der Bratpfanne entstieg eine große Dampfwolke. «Das treibt das Fett aus ihnen raus, und sie können besser durchbraten.» Dann schlug er den Teig und goß ihn über die Koteletts.

Cletus, der das Ganze vom Sessel aus beobachtete, sagte: «Melvin, gib doch dem Mädchen keine Schweinekoteletts, nach so einer Krankheit. Du bist verrückt.»

«Nein, nein, nein», sagte Melvin. «Das ist gut für sie.»

Sie tranken Bier, und Cletus legte die Platten auf. «Hör mal zu, Schätzchen», sagte er. Louis Armstrong sang: «*If I could be with you one hour tonight . . .*»

Sie aßen Melvins Schweinekoteletts und hörten Louis Armstrong, und dann brachte Cletus ihnen ein Kartenspiel bei, das *Hearts* hieß.

Das Gehen fiel ihr noch immer schwer. Cletus bemerkte ihren Blick zur Diele. «Klo?» Sie nickte. Er hob sie hoch, trug sie in die Diele und setzte sie auf den Toilettensitz, verneigte sich mit ausgesuchter Höflichkeit und ging. Sie humpelte zurück und hörte Melvin über seine Freundin sprechen. Cletus sagte, Frauen seien sein Tod, und Melvin sagte, besser Frauen als andere Dinge, von denen er wisse.

Annie und Melvin wurde das Spiel langweilig, weil Cletus immer gewann. Sie redeten leise bis in die Nacht hinein. Miranda Katz, berichtete Cletus, habe erfahren, daß die schwedischen Frachter, die in San Francisco vor Anker lagen, Kajütenjungen brauchten; sie sei mit ein paar anderen Mädchen zusammen zur Gewerkschaft der Seeleute gegangen und habe es fertiggebracht, daß die Gewerkschaftsfunktionäre ihnen die notwendigen Papiere ausstellten. Sie habe wirklich angeheuert. Typisch Miranda. Annie erzählte ihnen, daß sie daran denke, den Sekretärinnenkurs zu absolvieren. Melvin schüttelte den Kopf, setzte seine weiße Matrosenmütze auf und nahm sie wieder ab. «Ich mag dich, so wie du bist.»

«Sie wird sich nicht verändern, nur weil sie tippen lernt», protestierte Cletus.

«Alles verändert einen», sagte Melvin. «Ich hab mich verändert, als ich lernte, Horn zu spielen.»

«Zu deinem Vorteil», sagte Cletus.

Alle wurden sich gleichzeitig bewußt, wie spät es geworden war – Melvin gähnte schrecklich, und Cletus saß, halb eingenickt, verträumt in seinem Sessel. Aber Annie wollte nicht, daß sie gingen. Es war ein fröhlicher Abend.

Sie wollte wissen, wer die Frau war, die Cletus liebte. Sie wünschte sich, Cletus würde sie auf diese Weise lieben. Sie wünschte sich, jemand würde das tun. Diese ständige Sehnsucht ... Ihr Vater hatte gesagt, wenn man bekomme, was man sich wünsche, zerfalle es zu Asche. Erwartung sei alles.

Und dann, als sie ihren Arm um das Kissen schlang, erinnerte sie sich, daß die Innenseite ihres Arms erst vor ein paar Wochen den Nacken des Katalanen berührt hatte, der im Halbschlaf dalag und mit seinem Atem ihr Gesicht wärmte. Aber die Zeit mit dem Katalanen war wie die Woche, die sie mit Walter im Yosemite-Tal verbracht hatte, versiegelt und weggeschlosen, und obwohl sie sehnsüchtig nach seiner lebendigen Gegenwart verlangte – sei es auch nur, um ihn zu beobachten, wenn er auf diese besondere Weise nackt durch das Zimmer zu seinen

Kleidern ging –, glaubte sie nicht, daß er noch einmal in ihr Zimmer, in ihr Bett kommen würde.

Sie würde zur Werft fahren müssen, um zu kündigen und ihren Ausweis zurückzugeben. Aber ihre Halle mußte sie nicht wieder betreten, auch wenn sie einen Stich empfand beim Gedanken an Hannah Groops, wie sie an den Spinden vorbeischlenderte und sie suchte. Nein, diese Frau war an alles gewöhnt; sie würde sich nicht lange über Annie den Kopf zerbrechen. Und sie konnte sich an Max wenden, der ihr sagen konnte, was passiert war.

Einen Monat später schrieb sich Annie in der Sekretärinnenschule ein; der Kurs hatte zwar schon begonnen, aber das schien die Dozenten nicht zu stören. Es war, wie wenn man mitten in einer Vorstellung ins Kino kam – man blieb einfach sitzen, bis der Film von neuem begann.

Einmal kam Paul Lavan samstags vorbei; er hatte ein ungemein dünkelhaftes Gesicht aufgesetzt. Er fühle sich in geringem Maße dafür verantwortlich, daß sie jetzt bei der Partei sei, sagte er, und er sei es ihr schuldig, ihr mitzuteilen, daß er ausscheide.

«Ich habe mit einer Psychoanalyse angefangen», sagte er. «Auch wenn die Partei behauptet, viele Psychiater seien Spitzel des FBI.»

«Ich verstehe nicht genau, was du machen willst», sagte Annie. Psychiater waren für Irre da. Sie glaubte nicht, daß Paul Lavan wußte, *wie* man verrückt wird. In seinem grauen kleinen Gesicht bog sich der kleine Kieferknochen voller Entschlossenheit und Selbstliebe nach vorn, die zarte Nase zeigte zum Himmel.

«Nicht viele Leute verstehen das», sagte er großspurig. «Es ist ein langer, strapaziöser Prozeß. Ich nehme an, die Behandlung dauert bei mir mindestens drei Jahre. Ich habe ein Kind, an das ich denken muß. Ich habe nicht die Absicht, meine Neurosen an einen hilflosen Unschuldigen weiterzugeben. Außerdem ist die Partei nur eine politische Organisation. Sie hat sich zuviel angemaßt. Die Geschichte lehrt uns, daß das Leben mehr ist als Ökonomie und Klassenkampf. Es gibt die Persönlichkeit, gar nicht zu reden von inneren Konflikten und Ambivalenz. Ein Gespenst geht um in der Partei, um das *Kommunistische Manifest* zu paraphrasieren. Es ist das Gespenst der individuellen psychischen Bedürfnisse. Ich werde gesellschaftlich ein besserer Mensch sein, wenn ich mein Unbewußtes verstehe und Reife erlange.»

«Paul, warst du lange in der Partei?»

Er schien etwas nervös zu werden. «Ich war eigentlich gar nicht Mitglied im wahren Sinn des Wortes.»

«Du meinst, du hattest keinen Ausweis?»

«Na ja – ich will mal so sagen. Paul Lavan ist nicht mein richtiger Name. Ich werde dich nicht damit belasten, wie ich wirklich heiße. Es ist besser, nichts zu wissen, falls du jemals verhört wirst.»

Sie erlaubte sich einen Kommentar: «Du klingst wie Dr. Hackenbush», sagte sie.

Lavan sah erschrocken aus.

«Ein Film. Die Marx Brothers, wo Groucho –»

Er richtete sich zu seiner vollen Größe von eineinhalb Metern auf. «Ich fürchte, du nimmst die Sache nicht ernst. Ich glaube, ich bin es dir schuldig, dir zu sagen, daß die Leute in der Partei dich nicht als verläßlich erachten; man rechnet dich zu den *zweifelhaften* Personen.»

«Und das Militär?» fragte sie und unterdrückte ein lautes, gemeines Lachen.

«Als Kind hatte ich rheumatisches Fieber», antwortete er kühl, «und mein Herz ist nicht in Ordnung.»

Selbstmitleid schwang in seiner Stimme mit. Würde sein Herz diese neue Partei ertragen, in die er gerade eintrat? Die psychische Partei?

Er setzte seinen hübschen kleinen Hut auf. «Ich hoffe, du nimmst mir das nicht übel», sagte er boshaft, «aber wie ich schon einmal andeutete, bist du ein sehr triebhaftes Mädchen. Ich möchte sagen, daß du, falls du es dir je wirst leisten können – es ist eine teure Angelegenheit –, so schnell wie möglich den nächsten Psychiater aufsuchen solltest. Wirklich, ich glaube nicht, daß du die leiseste Ahnung davon hast, was dich im Inneren bewegt. Als naheliegendes Beispiel darf ich dich darauf hinweisen, daß du einen Mann geheiratet hast, der gequält wird von seinen geheimen homosexuellen Neigungen. Das ist es, was seinen Donjuanismus erklärt. Nun gut, auf Wiedersehen.»

Annies Vermieterin hatte nie etwas gegen ihre verschiedenen Besucher einzuwenden gehabt, aber als sie einen kleinen weißen Terrier mit heimbrachte, den sie gekauft hatte, klopfte die Frau an ihre Tür.

«Sie dürfen in meinem Haus kein Tier halten», sagte sie.

Der kleine Hund wedelte mit dem Schwanz und setzte sich der Vermieterin zu Füßen.

«Tiere vergiften die Luft. Es tut mir leid, aber ich werde es nicht dulden.»

«Aber ich werde alles sauberhalten.»

«Unmöglich! Ich bin sehr zufrieden mit Ihnen als Mieterin. Sie sind ordentlich, und das weiß ich bei einem so jungen Menschen zu schätzen. Ich habe nicht einmal etwas gegen Ihre farbigen Freunde. Einer von ihnen ist offensichtlich ein Mischling, und das sind oft überlegene Typen, da sie die guten Eigenschaften beider Rassen besitzen. Aber ein Hund kommt nicht in Frage. Ebensowenig wie eine Katze. Oder ein Vogel.»

Der kleine Hund hockte da und urinierte.

«Muß ich noch mehr sagen?» intonierte die Vermieterin.

Theda sagte, sie könne ihn nicht nehmen; der Hund würde den ganzen Tag allein sein und wahnsinnig werden. Cletus sagte, er müsse all seine Kräfte dafür aufwenden, mit sich selbst zurechtzukommen. In der Sekretärinnenschule war ein Mädchen, das sich bereit erklärte, den Terrier zu versorgen. Sie holte ihn ab; er leckte Annie über die Wange und wurde weggetragen.

Steno bereitete ihr das größte Vergnügen. Einmal schrieb sie während eines samstäglichen Besuchs in seinem Speicher alles mit, was Cletus sagte, und las es ihm vor. «Lieber Gott!» sagte er. «Ich will dich nicht in meiner Nähe!» Er machte nur Spaß, nicht? Er kam zu der eingebrochenen Couch herüber, auf der sie mit Block und Bleistift saß, hob sie hoch und setzte sie sich auf den Schoß. «Hör jetzt auf damit!» sagte er.

«Ich wünschte, du könntest mich besser leiden.»

«Ich liebe dich.»

«So meine ich das nicht.»

Er stand auf, und sie glitt auf den Boden. «Hör mal, du bist zu nervös *dafür*. Ich will keine nervösen Mädchen, die schreien und herumspringen und bei mir im Bett leiden. Ich *will* dieses Leiden nicht.»

Sie sah, daß auch sein Lachen eine Art von Nervosität war.

Sie stand auf und strich sich über den Rock. «Gut», sagte sie ruhig.

«So gefällst du mir.»

Sie hatte noch nie direkt und unaufgefordert ein solches Angebot gemacht. Sie versuchte, gekränkt zu sein, aber als sie später darüber nachdachte, fand sie es nur komisch. Cletus war ein tiefes Wasser. Er war nicht nur der gemütliche alte Cletus mit seinem aufgesetzten Jive-Gerede und seinen Gedichten, seinem Brahms und Louis Armstrong.

Theda verhalf ihr zu einem Vorstellungsgespräch mit dem Büroleiter der Abteilung für Drehbuchentwicklung. Sie mußte einen Schreibmaschinentest machen. Sie schaffte achtunddreißig Wörter in der Minute. Dann stenographierte sie eine schnelle Notiz, die ein vom

Büroleiter angeschleppter dünner, ungeduldiger Autor ihr diktierte. Sie wurde engagiert.

War Joe in jener Nacht von der Bar direkt zu einem steilen Felsen gegangen? War er gesprungen? War er vom Strand aus ins Wasser gegangen? Hatte er nicht daran geglaubt, daß er sterben würde, bis seine Willenskraft durch einen Krampf gelähmt wurde und es zu spät war? War er lange einsam umhergewandert und hatte an den Tod gedacht, den er erfahren würde? Hatte er das Meer um sich gezogen, wie er einst die Decke um sich gewickelt hatte, als er hinausgewandert war auf das schneebedeckte Feld? Kalt und naß und so elend an Körper und Seele und Geist, daß nur Vergessen ihn heilen konnte? Hatte er sich vom Leben geheilt wie von einer Krankheit? Hatte er geweint? Hatte er zu schwimmen versucht, als er im Wasser war? Wie lange hatte es gedauert, bis das Wasser seine Lunge gefüllt hatte?

Warum dachte sie so oft an ihn, dessen Leben das ihre kaum berührt hatte – nicht mehr als sein Körper sie berührt hatte? Doch Joe ergriff auf tiefere Weise Besitz von ihrer Phantasie. Ihre Gedanken an ihn wurden rituell; die unbeantworteten Fragen eine Litanei, die sie sich vor dem Einschlafen vorsang.

Im Leben hatte er kaum Gewicht gehabt, dieser hellhäutige Junge mit dem leeren Blick und dem Gesicht eines Schlafwandlers, seiner lässigen Freundlichkeit, seiner Besessenheit – seiner heimlichen, angespannten, besessenen Reinlichkeit. Sie erinnerte sich an seine bis zur Mitte des Unterarms aufgekrempelten Hemdsärmel. Wenn er ein so leichtes, ein so wenig substantielles Wesen war, wie konnte er das Leben so schwer, so bitter empfinden?

Joe kam zurück, seine Stimme flüsterte ihr im Dunkeln etwas zu, in einer Sprache, die sie angestrengt zu verstehen suchte, auch wenn sie vorgab, an andere Dinge zu denken.

Sie hatte ihn erschreckt. Ihr Leben hätte ihn abgestoßen. Aber er hatte sein eigenes Leben beendet. Was hatte er in sich versteckt?

Sie verbrachte eine angenehme Zeit. Die Atmosphäre in der Abteilung für Drehbuchentwicklung im Studio gefiel ihr. Irgendwo an der Peripherie der kleinen Büros, wo sie kritiklos die übertriebene Kameraderie der Leute akzeptierte, die ihr diktierten, tobte das Leben der gutaussehenden, exotischen Schwachköpfe – so jedenfalls wurden sie von den Schriftstellern beschrieben –, und abends ging sie oft ins Kino, wo sie die Stars auf der Leinwand sah, von denen sie gelegentlich einen Blick erhaschte, wenn sie von der Cafeteria zu einem Auto oder zum Set oder in ein Büro gingen, und die sehr wirkliche Bewegung ihrer Beine machte sie kleiner, als sie waren.

Seit Ethel Schaeffers Tod hatte sie keine Parteiversammlung mehr besucht; Theda erzählte ihr finster, daß einhundertzehntausend Japaner in Konzentrationslager gesteckt worden waren, ganze Familien untergegangen seien wie die *Titanic* – die Menschen änderten sich nicht –, man müsse sich irgendwo verkriechen und überleben – solange es sich noch lohnte. Daß Annie die Versammlungen besuche, sei der reinste Wahnsinn. Wogegen wolle *sie* denn protestieren? «Bei mir ist es was anderes», beteuerte Theda. «Juden leben in der Masse. Juden sind wie ein Körper, was einem Glied passiert, passiert allen. Leute wie du haben einen persönlichen Anfang. Warum sollte es dir erlaubt sein, etwas anderes vorzutäuschen? Sogar Max hat Gründe – er gehört wenigstens zu einer klar erkennbaren Klasse; aber du, Annie, was willst du zu Fall bringen?»

Theda bellte sie an wie ein Wolf. Sie nahm sie bei den Schultern und schüttelte sie. «Siehst du, du bist so dumm, das, was ich sage, persönlich zu nehmen.»

«Wie denn sonst?» protestierte Annie schwach. «Ich habe keinen persönlichen Anfang gehabt. Ich wurde geboren und weggeworfen.»

«Armes Ding», sagte Theda spöttisch.

«So habe ich es nicht gemeint.»

«Komm vom Kreuz runter! Geboren werden ist der Anfang von endlosen Greueln! Dein Schicksal ist nicht einzigartig.»

Theda rief sie um ein Uhr nachts an. «Es tut mir leid, ich war gemein zu dir. Ich werde so überempfindlich! Von jedem glaube ich, daß er lügt, lügt! Die Partei – einige von ihnen wußten, was mit den Juden passierte, schon 1937. Juden wußten Bescheid, was mit Juden passierte! Ich weiß nicht, was aus mir wird! Ich habe aufgehört, Kommunist zu sein, und dieses Jüdischsein – das hat die ganze Zeit auf mich gewartet. Tag und Nacht tobe ich vor Wut. Wenn Simon hier wäre, lebendig ... Es würde etwas in ihm geben, was meine Säure aufsaugt. Nicht, daß er gewußt hätte, was er tut – glaubst du, er hatte die leiseste Ahnung, warum er nach Spanien ging? Simon?» Sie lachte rauh. «Jetzt behaupten sie, er gehöre zu den ehrenhaft Gefallenen im antifaschistischen Krieg. Er hätte ehrenhaft nicht schreiben können oder Faschismus. Er war eigensinnig. Er war nicht gegen das Lesen, verstehst du, er wollte bloß nicht lesen. Er hat nie gesagt, daß die Leute zuviel reden, aber ich wußte, daß er Reden haßte. Er selbst war schweigsam. Er war so schweigsam!» Theda stieß einen kleinen Seufzer aus. «Ich wünschte, ich könnte schweigsam sein, still in der Mitte, wie Simon.»

«Aber warum ist er dann gegangen?»

«Gegangen?»

«Nach Spanien, Theda ...»

«Ich weiß nicht, weil ihm langweilig war, weil er die Bewegung spürte, all diese jungen Männer im Aufbruch. Weil er glaubte, er würde nach Paris kommen und Braque würde auf ihn warten, ich weiß nicht.»

Sie schwieg. Das Telefon summte; Annie bewegte sich und drückte dabei den Hörer auf das Kissen.

«Na ja, ich wollte nur sagen, daß es mir leid tut. Ich spüre langsam, daß ich alt werde. Ich sollte einen Rabbi heiraten. Es ist schrecklich – an nichts zu glauben, außer an Sicherheit. Ich mag nicht mal Tiere.» Sie legte unvermittelt auf.

Annie lag auf dem Rücken, sie fürchtete sich. Jemand schien furchtbare Prophezeiungen zu wispern. Gefährdet und gut genährt, voll tödlicher Angst und mit Geld in der Tasche, hörte sie ihre eigene Stimme, als ob sie von jemand anderem käme: «Du wirst damit nicht durchkommen», sagte sie mitleidlos.

Zwei Tage bevor das schwedische Schiff, auf dem sie angeheuert hatte, aus Long Beach auslaufen sollte, gab Cletus für Miranda eine Party. Melvin war da; seine großen weißen Augen bewegten sich von Gesicht zu Gesicht, und er lachte und erzählte seine Pferdegeschichten, seine Big-Band-Geschichten. Etwa ein Dutzend anderer Leute, denen Annie schon gelegentlich begegnet war, hörten ihm zu. Miranda trug ein schwarzes Samtkleid, ihr blondes Haar fiel über ihre samtigen Schultern. «Ich bezahle es, wenn ich zurückkomme», flüsterte sie als Antwort auf Annies Kompliment. «Mein Körper gehört Bullock's.»

Cletus sagte zu Annie: «Sie ist wunderschön, nicht? Gehört niemandem.» Annie erzählte ihm, was Miranda ihr gesagt hatte. «Ihre Kleider sind ihr Haus», sagte er. «Sie will die erste Viertelstunde jeder Liebesaffäre. Sie hat noch eine Menge Viertelstunden vor sich, bevor der Rest der Stunde aufholt.»

Mirandas Haut schimmerte im Licht. Sie war blaß und königinnenhaft, und ihre großen blauen Augen waren leer. Kurz bevor Annie ging, bat Miranda sie, ihre Kleider für sie aufzubewahren. «Du kannst die Leopardenjacke tragen, wenn du willst», sagte sie schüchtern, fast entschuldigend. Sie würde sie bei Annie vorbeibringen. «Er hat ein Auto.» Sie zeigte auf einen jungen

Mann, der mit Cletus sprach. «Jedenfalls hat er es mir erzählt. Ich bringe ihn dazu, daß er mich mit allen Sachen zu dir fährt.»

Lange nachdem Miranda abgereist war – und bis sie endlich zurückkehrte und ihren Besitz zurückverlangte –, öffnete Annie immer wieder den Schrank und betrachtete die Kleider, die Mäntel, die Leopardenjacke, die dort hingen wie die Garderobe einer Toten. Keine Bücher, keine Juwelen, ein Paar beige, gebrauchte Schuhe mit zierlichen Absätzen, keine Briefe oder Bilder, nichts als Kleider.

Es war absurd, unglaublich, wenn man an Miranda dachte, mit ihren unbekannten Vorfahren, ihrer Fähigkeit, Geld aufzutreiben, der lässigen Furchtlosigkeit, die sie als reiches Mädchen an den Tag legte, wie sie jetzt die Gänge eines schwedischen Schiffes auf dem Weg nach Australien entlanglief, jene Gewässer befuhr, die sich unumstößlich im Besitz der Japaner befanden und von ihnen aufgerollt wurden wie ein Teppich, mit den Philippinen, Malaysia, Burma, Indonesien mitten darin.

Ab Februar 1942 konnten sich auch Familienväter als Freiwillige zum Wehrdienst melden. Im März meldete sich Max. Er hatte sich entschlossen, nicht die Offiziersschule zu besuchen. Er erwartete, daß er am Tag seiner Meldung abreisen mußte. Am Abend zuvor lud Eva ein paar Freunde, unter ihnen Theda und Annie, zu einem aufwendigen, aber unfrohen Abendessen ein. Unter den anderen Gästen war William Lester, ein kleiner Mann, dessen Haut die Farbe und Beschaffenheit von Seezungenfleisch hatte. Er starrte die Decke an, wenn er sprach, als ob er sich an eine übergeordnete Autorität wandte, und bezog sich häufig auf «Onkel Joe». Jedesmal wenn er den Onkel ins Feld führte, brachte es Max fertig, mit unverhohlener Verärgerung zu sagen: «Joseph Stalin.» Jede Handlung und jedes Wort William Lesters enthielt einen stark mißbilligenden Unterton, außer wenn er verehrungsvoll den unaussprechlichen Namen des Onkels nannte. Er aß sehr wenig. Von Zeit zu Zeit fuhr er mit der Hand über die dünnen Haarsträhnen auf seinem Kopf, wie um sich des einwandfreien Zustands seines etwas breiig aussehenden Schädels zu vergewissern. Eva behandelte ihn respektvoll, war aber merklich kühl zu Mrs. Lester. Lester mißbilligte es offensichtlich, daß Max Soldat wurde; er sprach von Max' «Spontanaktion». Eva sah fast den ganzen Abend unglücklich aus.

In der Diele vor dem Bad traf Annie auf Theda, und Theda teilte ihr mit, daß Lester ein Parteifunktionär der unteren Ebene sei und seine Frau Cletus' Geliebte. Danach schenkte Annie den anderen nur noch wenig Beachtung.

Mrs. Lester war eine sehr sonderbar aussehende Frau; wie sie vom Tisch aufstand und in die Polster der Couch sank, ihre Beine anzog und streckte, dahinglitt und sich schlängelte und drehte, glich sie einer leicht aus dem Gleichgewicht geratenen Weihepriesterin des Modernen Tanzes. Annie fragte sich, ob Mrs. Lester sich selbst genauso sah, in einem rauhen braunen Wollgewand auf der Bühne, Staub aufwirbelnd bei bedeutungsschwangerem barfüßigem Getrappel. Die enganliegende Kappe ihres dunklen Haars mit dem Knoten im Nacken, ihr kleiner Kopf auf dem glatten, langen Hals, die strengen parallelen Winkel ihres Körpers, als sie sich in die Couchkissen zurücklegte – all das führte Annie zu der Überzeugung, daß diese Frau verwickelt war in ein heiliges Drama des Selbst. Sie sprach kaum, nickte nur oder schüttelte den Kopf, um dabei träge ihren Hals zu zeigen. Ihre Züge hatten etwas Orientalisches. Ihre Haut hatte die Farbe einer rötlichen Pflaume. Manchmal führte sie die Fingerspitzen zusammen, so daß sie exakt aneinanderlagen, und betrachtete sie voller Erstaunen. Sie hieß Leora. Wenn ihr Mann sprach, hielt sie den Kopf gesenkt.

Theda flüsterte Annie zu: «Wahnsinnige Liebe!»

Aber Annie wunderte sich, daß Cletus für solch ein eigenartiges Geschöpf in Leidenschaft entbrannt war, und fragte sich, was um alles in der Welt ihn zu ihr hinzog.

An diesem Abend gab es überall Kriegsgerede wie eine unausweichlich ansteigende Flut. Für William Lester war der Krieg ein Kapitel, das eines Tages in der marxistischen Geschichte der Vereinigten Staaten erscheinen würde, die er zu schreiben beabsichtigte. Als Max sagte, es werde vielleicht die Vereinigten Staaten nicht mehr geben, wenn man Hirohito und Hitler gewähren lasse, prophezeite Lester: «Diese Angelegenheit wird von der internationalen Solidarität der arbeitenden Klassen erledigt werden, zusammengeschlossen im Kampf gegen die todgeweihten Kräfte des internationalen Monopolkapitalismus, deren bloß zufälliger Ausdruck dieses pazifische Abenteuer ist.» Leora Lester schwang vor und zurück in ihrem Couchnest, in geheimer Zwiesprache mit ihren Kobras.

Kleopatra, das war es! dachte Annie, die alte Königin des alten Nils.

An der Tür sagte Max: «Ich versuche, morgen abend auf einen Sprung vorbeizukommen.» Eva sah sie mit leerem Blick an. Sie stand offensichtlich kurz davor, in Tränen auszubrechen.

Am nächsten Tag kaufte Annie nach der Arbeit einen kleinen Strauß Rosen und stellte ihn in ein Glas. Sie ließ das Abendessen aus, um das Zimmer für Max saubermachen. Er kam ungefähr um neun. Sein Haar und sein Anzug waren feucht von dem trübseligen beständigen Regen, der den ganzen Tag über gefallen war. Die heraufziehende Nacht hatte das Grau des Himmels nur vertieft. Max beugte sich vor und drückte sein Gesicht in Annies Strauß.

«Wirst du Eva besuchen, wenn ich weg bin?»

«Sie mag mich nicht.»

«Nein, nein ... das siehst du falsch. Trotzdem, ich bitte dich um einen Gefallen. *Du* bist das, weißt du. Du magst Eva nicht.» Sie wollte es leugnen, aber sie sagte nichts, denn sie empfand die Situation als irgendwie heilig und fühlte sich verpflichtet, sich nicht zu verstellen. Max würde vielleicht getötet werden. Sie erfuhr seinen Tod, ihren Verlust, in einem Augenblick und wandte ihr Gesicht ab, damit er nicht sah, daß sie ihn betrauerte, während er lebendig vor ihr stand. «Ich werde sie besuchen», sagte sie.

«Und du wirst mir schreiben. Alles. Was du machst und denkst, alles, wirst du das tun?»

«Ich schreibe dir.»

«Ich komme in ein Ausbildungslager in Montana. Sobald ich die Adresse habe, schicke ich sie dir.»

«Du siehst froh aus. So habe ich dich lange nicht gesehen.»

«Das stimmt. Es sollte auch nicht sein. Du weißt es noch nicht, aber es ist Freiheit, wenn man herausfindet, was ich über mich herausgefunden habe.»

Sie wartete.

«Nein», sagte er mit Nachdruck, als ob sie ihm widersprochen hätte. «Nicht, daß ich mir dessen sicher bin, was ich tue. Aber mir ist bewußt, was ich die ganze Zeit getan habe.»

«Du willst von ihnen loskommen», murmelte sie, «von Eva, der Partei.»

«Ja. Es ist falsch von mir. Aber ich komme zurück – zu ihr. Du mußt die Konsequenzen tragen ...»

«Du klingst so – du bist so *herablassend*! Vielleicht ist sie froh, daß du gehst. Vielleicht bist *du* die Last!» rief sie.

«Natürlich, das bin ich, das bin ich!» stimmte er inbrünstig zu.

«O Gott!»

«Du bist meine Freundin, oder?»

«Ja, ich glaube schon.»

«Siehst du, wie lächerlich ich bin? Ein Lumpen, ein Fetzen von einem Menschen! Sechsunddreißigtausend Männer haben auf Bataan gerade kapituliert, und ich denke nur an Erlösung!»

Wie erregt er war! Sie mochte ihn nicht, wenn er so war. Sie sehnte sich nach dem Ernst, der Autorität des alten Max, der sein Leben in der Hand hatte, sie wollte diesen Mann nicht, der sie so hoffnungsvoll anblickte, als ob sie, als ob irgend jemand die Macht hätte, ihm Erleichterung zu verschaffen, ihm zu vergeben. Sie lachte wütend, zögernd, und sagte: «Ich vergebe dir.»

«Mein liebes Kind», sagte er und legte die Arme um sie, «das kannst du nicht. Was du meinst, ist lediglich, daß du dich mit deiner Enttäuschung über mich abfindest.» Er rückte von ihr ab. Ihre Gesichter berührten sich fast, und er sagte: «Du denkst immer noch, es gibt eine Welt von Erwachsenen irgendwo – einen Ort, eine Lebensweise, eine Botschaft, die das Wesen der Dinge enthüllt. Das gibt es nicht! Das gibt es nicht!»

«Wir sind alle Kinder?» sagte sie sarkastisch.

«Nein. Das auch nicht.»

Er küßte sie energisch, sagte: «Danke für die Rosen» und zog die Tür hinter sich zu. Sie weinte ein wenig, als sie das Glas mit den Blumen hochhob und an ihnen roch. Wie typisch für ihn zu bemerken, daß sie für ihn waren.

Als sie sich auf das Bett legte, gestand sie sich den Grund ein, warum sie es früher an diesem Abend frisch bezogen hatte, gestand es sich ein und schämte sich und war dankbar, daß er keine Gelegenheit gehabt hatte, es herauszufinden.

Tagelang fühlte sie sich matt, erledigte lustlos ihre Sekretärinnenpflichten und ließ die Hälfte der Zeit das Mittagessen aus. Abends aß sie etwas Obst und Cracker, irgend etwas, was keine Mühe machte, und drehte das Radio an und schlief ein, während es noch lief, genauso, wie sie es früher in New York gehalten hatte.

Männer im Büro – Männer, die siebenundfünfzig Dollar die Woche verdienten und in kleinen Zellen an Drehbuch-«Projekten» arbeiteten, aus denen nichts wurde – baten sie manchmal, mit ihnen auszugehen.

Sie lehnte ohne großes Aufheben ab und war insgeheim erstaunt darüber, daß sie dem Zwang, ja zu sagen, widerstehen konnte. Sie teilte diesen Triumph der Willenskraft Theda mit. Theda hörte mit einem höhnischen Lächeln zu. Was geschah mit Theda? Die geduldige Zuhörerin war nörglerisch und nervös geworden. Annie fand es oft kränkend, wie Theda auf ihre vertraulichen Mitteilungen reagierte, ihre Berichte vom Büroklatsch, ihre Bemühungen, die alte, herzlichere Beziehung wiederzubeleben. «Ach, und wenn schon!» sagte Theda lustlos, oder sie unterbrach Annie mitten im Satz: «Na und, dann ist er eben ein Schwindler. Für mich ist nur wichtig, ob ich ihn mag oder nicht.» Und dann protestierte Annie, daß sie niemanden hatte kritisieren wollen, daß sie Theda nur etwas hatte erzählen wollen, von dem sie gehofft hatte, daß es sie interessierte. Es war wie ein leichter Schlag auf den Mund. Sie wurde allmählich vorsichtig. Tagsüber sah sie Theda selten; die Ältere arbeitete unaufhörlich in ihrem Kabäuschen, zerknülltes Papier war auf dem Boden verstreut.

Annie litt. Theda machte sich nichts mehr aus ihr. Vielleicht sprach sie mit Cletus über sie, und Cletus sprach mit anderen, sogar mit Fremden. Der besondere, vertraute Umgang war unmöglich. Es hatte keinen Zweck, sich des Wohlwollens eines Menschen für immer versichern zu wollen. Menschen waren Krähen, die einander stückweise verschacherten, ein großes Handelsnetz vernichtender Urteile. Oder vielleicht hatten sie nichts, was so dauerhaft war wie echte Ansichten, sondern nur opportune Meinungen. Es war die Krankheit derer, die reflektierten, sagte sie sich und dachte an jene, die nicht reflektierten: den Katalanen, Hannah Groops, Melvin,

Johnnie Bliss. Wenn sie nur wüßte, was irgend jemand wirklich über sie dachte, wie man sie sah! Eines Morgens kam Theda zu ihrem Schreibtisch, einen Papierbecher mit Kaffee in der Hand. Nachdenklich sah sie auf Annie hinunter.

«Ich habe es satt, mich zu entschuldigen», sagte Theda. «Ich weiß, daß du mich für eine ungehobelte alte Hexe hältst. Aber ich hoffe, du hast etwas Nachsicht für mich übrig.» Sie warf den leeren Becher in einen Papierkorb, lächelte wehmütig und ging in ihr Büro zurück.

Annies frohe Überraschung machte Verwirrung Platz. Es war schlimmer, als sie gedacht hatte! Sogar ihr schrieb man Urteile zu und bat sie um Nachsicht!

Annie wurde zur Zeitungsleserin. Das Zeitunglesen war der Höhepunkt ihres Tages. Sie las die Kriegsberichte so aufmerksam, daß sie auf die Unwissenheit von Leuten, mit denen sie zusammenarbeitete, empfindlich zu reagieren begann. Sie wußten kaum, wo irgend etwas war, außer dem Strand von Santa Monica.

Endlich schrieb ihr Max. Es war ein munterer Brief, sonderbar grell, ja witzig. Er beschrieb die Grundausbildung als Varietéprogramm. «Nachdem sie dafür gesorgt haben, daß deine Krawatte exakt den vorgeschriebenen Winkel bildet, schicken sie dich dorthin, wo du getötet wirst.» Sie roch an dem Papier, sah sich die Schrift von nahem an, betrachtete die elegante Unterschrift: «Max.» Sie rief Eva an, und sie machten einen Termin aus zum Abendessen in der folgenden Woche. Eva freute sich zu Annies Überraschung ehrlich, von ihr zu hören.

Eines Nachts lag sie im Bett und las einen Roman von Gide, *Die Falschmünzer*, den Theda ihr geliehen hatte. Ein kleiner neuer Wecker tickte leise neben ihr. Am Fuß des Bettes war die Tageszeitung ausgebreitet. Es war drei Uhr morgens, und nachdem sie gebadet und ein gutes Abendessen bei Theda zu sich genommen hatte, fühlte sie sich sonderbar schwerelos, als ob die Zeit stehengeblieben sei, als ob alles an seinem Platz sei und es nichts mehr zu tun gebe. Es war nicht einmal wichtig, daß man schlief. Das Telefon läutete.

Sie erkannte Cletus' Stimme kaum.

«Krankenhaus?» rief sie aus. «Du bist im –»

«Warte! Hör zu!» Er schien ihr aus der Entfernung zuzuschreien. «Schreib diese Adresse auf. Es ist die Ivar Street, ein kleines Mietshaus. Da ist ein Mädchen, Lucy Griggs.»

«Cletus!»

«Geh zu diesem Mädchen! Ich bin zusammengeschlagen worden! Sie wurde vergewaltigt! Geh hin, Annie, jetzt gleich!»

«Cletus, wo bist du?»

«In der Notaufnahme –» Andere Stimmen unterbrachen ihn, Cletus protestierte undeutlich. «Ich komme auch hin, sobald sie mich rauslassen», kam seine Stimme zurück, und irgendwo darin war ein schriller Schrei verborgen wie eine scharfe Glasscherbe direkt unter der Oberfläche. «Geh hin!» Eine Hausnummer wurde wiederholt, dann wurde krachend eingehängt.

Mit vor Angst heftig pochendem Herzen zog sie sich an, stieß ihre Arme und Beine in die Kleider und atmete schwer dabei. Das Haus war still, nur eine kleine Nachtlampe brannte in der Diele, als sie die Treppe hinunter auf die Straße lief. Das Geräusch des Motors war furchtbar laut.

Im Vorraum zum Treppenaufgang des kleinen Hauses in der Ivar Street fand sie einen Briefkasten mit dem Namen Lucy Griggs und der Wohnungsnummer. Zwei weitere Namen waren auf das Stück Pappe gekritzelt. Im Innern war es muffig; es roch nach gerade noch aufrechterhaltener Anständigkeit, Suppe und Müll. Es gab keinen Aufzug. Sie stieg eine enge Treppe hinauf, deren Stufen mit grauem Linoleum belegt waren. Im dritten Stock war eine Tür angelehnt. Sie stieß sie auf, und ihre

Hand hinterließ einen feuchten Abdruck auf dem Holz. Eine ungemachte Bettcouch stand an der gegenüberliegenden Wand, und daneben, auf einer Holzkiste, verbreitete eine Lampe mit einem Schirm aus buntem Glas schwaches rosafarbenes Licht.

«Lucy?» flüsterte sie.

Entlang der anderen Wand verlief eine Theke, auf der sich Geschirr und Gläser durcheinander stapelten. Wenn das Mädchen nun nicht da war – ein Gefühl der Erleichterung überschwemmte Annie bei diesem Gedanken. Es war so still. Die Unaufgeräumtheit des Zimmers machte ihr angst, die Lampe mit ihrem süßlichen Licht, die späte Stunde, die offene Tür. Wo waren die anderen beiden, deren Namen sie auf dem Briefkasten gelesen hatte? Ein Schauder überlief sie. Waren sie alle abgeschlachtet worden? Warteten ihre Leichen darauf, von ihr entdeckt zu werden? Sie hörte einen langen Seufzer. Es war, als hätte die ganze Wohnung vor Kummer über ihren elenden Zustand laut ausgeatmet. Sie hielt noch immer die Eingangstür fest. Sie drückte sie nach innen, und ihr wurde bewußt, was sie vor einem Moment wahrgenommen und nicht erkannt hatte. Jemand, etwas blockierte die Tür. Sie sah dahinter. Ein Mädchen lag auf dem Boden über der Schwelle eines Zimmers, das nicht viel größer war als ein Wandschrank. Ihr Kopf wurde von ihren schlanken Armen gehalten. Die bloßen Füße des Mädchens stießen an die Tür; Annies Druck von außen hatte das Mädchen in diese zusammengefaltete Stellung gebracht.

Die Füße des Mädchens waren schmal, mit dünnen Zehen. Ihre Haare waren knallrot, ihre Kinderarme voller Sommersprossen.

«Lucy!» rief Annie.

Das Mädchen bewegte sich und stöhnte.

Annie setzte sich auf den Boden und legte ihre Hand auf die Schulter des Mädchens. Es schauderte zusammen und zog sich von der Berührung zurück. «Cletus schickt mich.»

Langsam drehte sich das Mädchen um; ein schmales Gesicht kam zum Vorschein, mit halbgeschlossenen Lidern und aufgerissenen Lippen. Ihre Haut war fleckig, wie verbrannt. Sie fing an zu schluchzen.

Annie zwängte ihren Arm unter den Rücken des Mädchens, und indem sie es halb zog, halb trug, brachte sie es zum Bett, das den größten Teil des Raumes einnahm. Dort krümmte sich das Mädchen wieder zusammen, bis die Knie fast sein Kinn berührten. Sie sah nicht älter aus als zwölf. Annie, die auf einmal Angst bekam, schloß die Tür und verriegelte sie, dann ging sie zurück und setzte sich auf den Bettrand. Die dünne Haut des Mädchens, die Röte, die durch sie hindurchschien, die langen Unterarmknochen, der zarte Vogelhals, der jetzt bloßlag, als es sich mit der Hand in das Haar griff, verlieh dem ganzen Körper eine irgendwie abstoßende Zerbrechlichkeit, als ob das Mädchen ohne den angemessenen Schutz des Fleisches geboren worden sei.

«Lucy. Ich heiße Annie. Cletus hat mich aus dem Krankenhaus angerufen. Es geht ihm jetzt gut. Er hat mir gesagt, was dir passiert ist.»

Das Schluchzen des Mädchens hörte auf, und wieder stieß es einen Seufzer aus, einen schrecklich langen Seufzer, der wisperte und pfiff, bis Annie ihre Hand um einen der zarten Fußknöchel neben ihr legte.

«Kann nicht reden», murmelte das Mädchen.

«Sag es mir. Es wird dann besser.»

Wieder begann das Weinen.

Annie saß aufrecht da. Was konnte sie für dieses Häufchen Elend tun, das vor ihr lag? Die Schluchzer waren so kränklich, so schwach!

«Sprich mit mir!» sagte Annie laut.

«Oh!» rief das Mädchen plötzlich aus. «Oh! Oh!»

«Ich koche dir einen Tee», sagte Annie und sah mit

abwesendem Blick zum Waschbecken. Aber der Arm des Mädchens schnellte hervor, und die dünnen Fingerknochen schlossen sich um ihr Handgelenk. Sie setzte sich auf und sah Annie unter geschwollenen Lidern an. «Gehen Sie nicht.»

Annie fiel gegen die Wand zurück; die Empfindungen von Ekel und Angst waren ihr bewußt. Der Tee war nur eine Ausflucht gewesen, um sich vom Griff des Mädchens zu befreien.

Ein kleines Lächeln erschien auf dem verwundeten Gesicht, ein besänftigendes Bettlerlächeln. Fast sofort verschwand es wieder.

«Sie –», begann das Mädchen und hielt inne. Mit aller Kraft gelang es ihr endlich, sich aufzurichten, dann saß sie da wie ein geknickter Sack voll Knochen. Sie wischte sich Strähnen geringelten Haars aus dem Gesicht.

«Erzähl's mir...», sagte Annie.

«Cletus und ich waren bei einer Mieterparty. Er brachte mich heim. Dann gingen wir den Cahuenga Boulevard entlang, und da kam diese Bande, diese Männer –» Das Lächeln trat wieder auf ihre Lippen; ihre Zähne waren klein und standen weit auseinander. «Jungen, vielleicht eher. Sie stellten sich im Kreis um uns auf. Und sie sagten *du Nigger* und kamen näher. Ein Auto kam vorbei, aber es hielt nicht an. Sie waren vielleicht zu viert oder zu fünft, und einer hatte einen Stock. Ich weiß nicht, was es war...» Ihre Stimme wurde lauter, und Annie lockerte den Griff an ihrem Gelenk und nahm Lucys Hand.

«Ganz ruhig...»

«Cletus sagte, ich sollte versuchen, durch einen kleinen Spalt in dem Kreis durchzukommen und wegzulaufen, dann sah ich zwei ältere Männer in einem Hauseingang, die uns beobachteten, und ich bin an zwei von den Jungen vorbeigerannt zu den Männern, und einer von ihnen hat gesagt, dein Freund ist in Schwierigkeiten, besser, du kommst mit uns mit, und ich flehte sie an, ihm zu helfen, und einer von ihnen sagte, nein, diese Jungs da haben Messer, ja, das hat er gesagt, der dicke Mann sagte das. Ich sagte, aber wenn wir die Polizei rufen, und der andere Mann sagte, ja, da ist ein Drugstore, wo wir anrufen können, nicht weit von hier, und ich hatte solche Angst, ich hab nicht daran gedacht, wie spät es war, daß der Drugstore nicht mehr offen hatte. Und ich hab das Ächzen gehört, und ich hab gesehen, daß sie Cletus zusammenschlugen mit diesem Stock und einem Gürtel, etwas Glänzendes, ich hab es im Schein der Straßenlampe gesehen, und ich lief wieder zurück, aber der dicke Mann sagte – er hat ganz sanft und freundlich geklungen –, er sagte, sie würden mich und Cletus umbringen, wenn ich zurückliefe, weil sie ihn deshalb zusammenschlagen würden, weil er ein schwarzer Mann ist, und ich bin weiß. Und dann fiel Cletus hin, und die Jungen sind weggerannt, die Straße hoch, und ich wollte wieder zu ihm hin, aber diesmal haben mich beide Männer an den Armen festgehalten, und ich sagte, ich würde schreien, und ich schrie, und sie verdrehten mir den Arm auf dem Rücken und sagten, sie würden mich umbringen, genau an dieser Stelle, auf der Straße, sie sagten, sie würden meinen kleinen Hals brechen, wenn ich noch einen Muckser von mir gebe, und ich drehte mich nur noch einmal um und habe gesehen, wie Cletus aufstand und seinen Kopf schüttelte. Auf seinem Gesicht war ein schwarzer Streifen, und ich wußte, es war Blut. Dann mußte ich mit diesen beiden Männern mitgehen, mehrere Blocks weit, bis wir zu einem alten Haus kamen, und sie haben mich die Treppe raufgestoßen in ein Zimmer.»

Sie keuchte. Ihre Zähne schlugen geräuschvoll aufeinander. Annie hob eine Decke auf, die auf den Boden gefallen war, und hüllte das Mädchen bis zum Kinn darin ein. «Ich mache dir was Heißes», sagte sie, aber das Mädchen schüttelte den Kopf, *nein, nein*. Sie schwieg lange, ihre Augen waren glasig, und sie starrte in das größere Zimmer, wo die Lampe brannte.

«Ich besorge dir einen Arzt», sagte Annie, obwohl sie nicht wußte, wie sie einen Arzt besorgen konnte, obwohl sie keinen Arzt kannte, außer dem, der sie am Blinddarm operiert hatte, und sie hatte seinen Namen vergessen, wußte nur noch, daß es irgendein Vogel gewesen war, aber sie konnte anrufen, sie hatte ein Telefon gesehen, auf dem Boden, auf der anderen Seite der Bettcouch, sie konnte das Krankenhaus anrufen –

«Nein!» rief das Mädchen. «Keinen Arzt. Ich gehe nach Hause. Ich gehe zu meinem eigenen Arzt zu Hause.»

«Erzähl mir den Rest.»

«In dem Zimmer war ein Muttergottesbild an der Wand und ein Bett und ein Waschbecken. Einer der Männer – hat in das Waschbecken gepinkelt, und der andere hat meinen Arm festgehalten. Auf dem Boden war ein Koffer. Ich hab sie gefragt, ob sie an Jesus glauben, und sie sagten, ja, natürlich, sie glauben an ihn, und jetzt solle ich mich auf den Boden legen, und ich hab gesehen, es war noch jemand anderes im Bett, ein alter Mann, und er schnarchte die ganze Zeit, während ich auf dem Boden lag, der alte Mann ist kein einziges Mal aufgewacht. Ich hab sie angebettelt, aber sie haben gesagt – Sie müssen aufpassen, was sie gesagt haben –, sie sagten, es tut ihnen leid, aber was getan werden muß, muß getan werden. Dann legte sich zuerst der dicke Mann auf mich. Der andere Mann war klein und hat nach Schimmel gerochen. Ich hab geschrien – der dicke Mann sah so schrecklich aus, mit seinem ganzen Fett, das über mir hing –, aber er hat einfach nur die Hosen runtergelassen und sein Bauch hing da. Ich hatte Angst, laut zu sein, ich dachte, wenn ich laut bin, würde der auf dem Bett aufstehen und es auch noch mit mir machen.»

Das Mädchen zog unter der Decke wieder die Beine hoch. Die geröteten Augen waren naß, aber es kamen keine Tränen.

«Der Kleine sagte immer wieder, daß es ihm leid tut, aber der Große – er hieß Mario, ich hab den Namen gehört – hat einfach nur seine Hose hochgezogen und *beeil dich* zu dem anderen gesagt. Dann brachten sie mich runter zur Straße und haben gesagt, wehe, wenn du mit der Polizei zurückkommst, weil wir längst wegsein werden, und von jetzt an hältst du dich von Niggern fern, denn das ist es, was du davon haben wirst, wenn du dich mit Niggern einläßt. Der Kleine flüsterte wieder, daß es ihm leid tut. Ich bin heimgegangen. Niemand, den ich getroffen habe, fragte mich irgendwas, obwohl ich geweint habe und hinkte. Als ich hierherkam, saß Cletus unten im Eingang auf dem Boden, ganz voller Blut und halb bewußtlos, und er fing an zu weinen, als er mich sah, obwohl ich ihm noch gar nichts gesagt hatte. Dann hab ich es ihm gesagt, und er sagte, er muß ins Krankenhaus und ich soll mit ihm gehen. Aber ich wollte nicht, und Cletus hat versucht, mich mitzuziehen, und dann hab ich Angst gekriegt vor Cletus, dann kam jemand von oben herunter, und wir sind beide hier hereingegangen und waren eine Zeitlang still. Dann ist Cletus ins Krankenhaus gegangen.»

Annie stand vom Bett auf. Diesmal ließ das Mädchen sie gehen, und sie ging zum Kühlschrank, in dem sie eine halbvolle Flasche Milch fand. Es war nichts anderes in dem Fach, außer einer eingetrockneten Zitrone und einer zerdrückten Gardenie mit fast schwarzen Blütenblättern auf einem weißen Teller.

Sie fand einen Topf und machte die Milch heiß, spülte eine Tasse und brachte sie dem Mädchen, das schnell austrank und nur einmal ausrief, es sei so heiß. Sie saßen, ohne zu sprechen, da; Annie hielt die leere Tasse. Durch das Fenster über dem Bett beobachtete sie, wie sich das

Licht veränderte. Als die ersten Morgenstrahlen in das große Zimmer fielen, sah der rosafarbene Lampenschein fiebrig aus.

Frauenkleider waren auf dem Boden verstreut.

«Wo sind die anderen, die hier wohnen?»

«Sie sind dieses Wochenende an den Big Bear Lake gefahren. Harriet und Jean. Sie kommen bald zurück. Jeans Eltern kommen heute aus San Francisco. Wir hatten angefangen, die Wohnung zu putzen.»

«Bitte laß mich dir einen Arzt besorgen.»

Das Mädchen schüttelte den Kopf. «Nein. Ich fahre nach Hause. Heute fahre ich nach Hause. Ich nehme den Zug heim in meine Stadt und gehe zu meinem Doktor.»

«Wo ist dein Zuhause?»

«Oregon. Ich wohne in Klamath Falls. Ich bin hierhergekommen –» Sie hielt inne, als ob sie sich plötzlich an alles erinnerte, das sie hierhergebracht hatte an diesen Ort, zu dieser Stunde. Sie bedeckte das Gesicht mit den Händen und wiegte sich hin und her, aber kein Laut kam hinter ihren verschränkten Fingern hervor.

Etwas später schien sie eingeschlafen zu sein. Annie betrachtete das verschlossene Gesicht eingehend. Die roten Flecken verblaßten allmählich; die Augenlider waren bläulich; schmal und kindlich lagen die Hände aufeinander, die Haut an den Nägeln war rauh und zerbissen. Der Atem war unschuldig, sanft.

Etwa um acht erwachte das Haus; eine Toilettenspülung rauschte, ein ferner Wecker klingelte. In der oben angrenzenden Wohnung hörte man laute Schritte, jemand rannte die Treppe hinunter, und kurz darauf hörte Annie zwei Frauen, deren Stimmen lauter wurden, als sie sich der Tür näherten. Ein Schlüssel wurde ins Schloß gesteckt, und plötzlich waren zwei junge Frauen da, die auf sie heruntersahen. Lucy Griggs erwachte – sie sah ruhig zu ihnen auf, sah dann Annie an, wartete.

Eine der Frauen setzte eine kleine Reisetasche ab, die andere ging zu der rosafarbenen Glaslampe und schaltete sie aus.

«Was ist los?» fragte die Frau mit der Reisetasche.

«Harriet», sagte Lucy mit schwacher Stimme. «Wie war's?»

Annie erhob sich und ging in das andere Zimmer. Harriet, die Lucys Frage nicht beantwortet hatte, folgte ihr.

«Also, was ist?»

Annie sah sie an. Sie war groß, dunkelhaarig, muskulös. Ihr Ausdruck war feindselig und mißtrauisch. Eine junge Greisin, dachte Annie. Rasch erzählte sie ihr Lucys Geschichte. Auf Harriets Gesicht zeigte sich kein Mitleid. Ihre schmalen Lippen, ihre starr blickenden Augen verkündeten, daß sie bereits wußte, wie die Welt war.

«Ich glaube, man sollte sie zu einem Arzt bringen. Sie sagt, sie will einfach nur nach Hause.»

Das andere Mädchen neben der Bettcouch gab schnalzende Laute von sich. «Ich wußte, daß sie Probleme kriegt», sagte Harriet erbarmungslos.

«Armes Ding», sagte die andere leise.

«Armes Ding, Unsinn. Es gibt gewisse Dinge, die man einfach nicht tut, wenn man gewisse Konsequenzen vermeiden will.»

«Ach, Harriet!»

«Ach, Quatsch! Sie lebt, oder?»

Annie wandte sich von diesem steinharten Gesicht ab. In die Decke gehüllt, stand Lucy direkt hinter ihr. Sie dachte an Joe – es war nur ein Blitz, ein Schatten, der vor ihrem inneren Auge vorüberzuckte.

«Wir nehmen die Sache in die Hand», sagte Harriet, und damit war Annie entlassen. Sie sah zu Lucy hinüber, aber Lucy beobachtete Harriet.

«Dann gehe ich also», sagte sie.

Lucy blickte sie an; einen Moment lang sah es aus, als ob sie gleich zusammenbrechen würde. Dann hellte sich ihr Gesicht auf, und sie wandte sich wieder Harriet zu.

«Ich fahre heute nach Hause.»

«Ja», sagte Harriet.

«Ich kann jetzt nicht hierbleiben.»

«Ich glaube, es ist das beste, wenn du heimfährst.»

Das andere Mädchen sagte: «Ich helfe dir packen, Lucy.»

Annie ging zur Tür.

Lucy rief «Danke!» mit teilnahmsloser Stimme.

Annie aß Rühreier in einem Drugstore und trank eine Tasse dünnen, bitteren Kaffee. Dann fuhr sie zu Cletus.

Außerhalb seiner Wohnung schrillten die Geräusche der morgendlichen Stadt. Im Innern war es still. Cletus saß auf der alten Couch; um den Kopf hatte er einen dicken Verband, ein Finger war geschient, der rechte Arm hing in einer Schlinge. Er sah kaum zu ihr hin.

«Ich bin bei ihr geblieben, bis ihre Freundinnen zurückkamen», sagte Annie leise. Er nickte.

«Hast du gegessen? Soll ich dir Frühstück machen?»

«Nein.»

«Cletus? Kann ich eine Platte auflegen?»

«Raus hier», sagte er.

«Cletus!»

«Raus!»

17

8. August 1945

Liebe Annie,

herzlichen Glückwunsch zum Geburtstag! Auch wenn einige Tage verstrichen sein werden, bevor du diesen Brief in den Händen hältst. Ich erinnerte mich heute morgen daran, als ich den roten Ahorn sah, den ich an dem Tag pflanzte, an dem du vor zweiundzwanzig Jahren geboren wurdest. Ich bin in diesen letzten Jahren immer sehr beunruhigt gewesen, wie wahrscheinlich jedermann. Heute lese ich kaum noch Bücher über Geschichte. Ich glaube, die Geschichte ist tot. Die Stadt hat sich so sehr verändert, daß du sie nicht wiedererkennen würdest. Es gibt jetzt viele Farbige hier, und einige der großen alten Familien, für die ich den Garten gemacht habe, sind auseinandergebrochen, die Kinder sind fort oder gefallen, und es gibt keine Dienstboten mehr, die den Haushalt führen könnten, auch in Zeiten der Rationierung. Nun, die Rationierung hat einigen von uns nicht viel ausgemacht, weil wir nie auf großem Fuß gelebt haben. Außer was das Benzin betrifft. Ich mußte immer in der Nähe arbeiten; der alte Laster verbraucht zuviel Sprit, so daß ich manche von den Leuten aufgeben mußte, für die ich die ganzen Jahre über gearbeitet hatte, aber die Leute wollten sowieso nicht mehr viel von Blumen wissen. Ich weiß nicht, warum, aber wenn ich Gemüse sehe, das in einem Beet wächst, wo früher Chrysanthemen blühten, geht es mir durch und durch. Ich bin einfach nur töricht, denke ich, weil ich ja weiß, daß diese «Siegesgärten» sehr nützlich waren.

Gabriel Heatter sagt im Radio, daß jetzt, wo sie die Bombe auf Hiroshima geworfen haben, der Krieg wirklich vorbei ist. Ich sitze hier oben auf dem Hügel in dem alten Haus in der Dämmerung, und ich denke, daß ich schon viel zu lange gelebt habe. Eine Zeitlang habe ich die ganzen Geschichten über die Lager in Deutschland gelesen, dann mußte ich damit aufhören. Meine Gedanken sind abgeschweift. Ich weiß kaum noch, was ich denke. Zum letztenmal wohl gefühlt habe ich mich im Mai, als ich ein Beet für die Belknaps ausgehoben habe, die noch immer auf sich halten, trotz des Todes ihres jüngsten Sohnes. Erinnerst du dich an ihn? Brewster Belknap, der weit weg, in Neuguinea, starb?

Ich glaube, ich rede die ganze Zeit nur von mir. Ich wollte dir eigentlich für deinen Weihnachtsbrief danken. Es hat mich gefreut, von deiner Arbeit zu hören. Annie, denk nicht, ich würde dir Vorwürfe machen, aber ich wollte, du hättest mir etwas über deine Heirat gesagt und über die Scheidung. Tony rief mich an und hat es mir erzählt, und es machte mir Kummer zu hören, daß du in so jungen Jahren all das durchmachen mußtest. Ich nehme an, du weißt, daß Tony jetzt einen Sohn hat (und du einen Halbbruder!). Es überraschte mich, überhaupt von ihm zu hören, aber vielleicht hat er deine liebe Mutter im Gedächtnis behalten und sich ab und zu auch an mich erinnert. Am Telefon hat er wie der gute alte Tony geklungen. Ich habe dir nicht früher geschrieben, weil ich etwas krank war. Jetzt ist es besser, und das zeigt, daß es nicht nötig ist, gleich zum Arzt zu laufen, wenn einem etwas weh tut.

Manchmal denke ich, du kommst hier die Straße hoch, und mache die Tür auf. Schreib mir wieder, Annie, wenn du kannst.

Herzlich
Onkel Greg

«Brief aus der Heimat», sagte Dr. Myron – Mike – Eagle und gab Annie die Blätter zurück. «Also dort bist du gewesen, bevor du plötzlich da warst.»

Annie antwortete nicht. Sie legte den Brief auf die Küchentheke und fuhr mit einem Messer die Seiten der Ente entlang, die sie briet. Das Fett floß heraus und prasselte bedrohlich in der Pfanne.

«Wenn es die Kommunisten nicht sind, sind es die Kongregationalisten», sagte Myron. «Hör mir mal zu.»

«Ich höre dir zu, durch das Medium dieser Ente», sagte sie.

Wie groß sie war! Das Messer hatte sie in der rechten Hand, mit der linken schob sie das Haar aus dem Gesicht, das ihr bei ihrer schweißtreibenden Arbeit am Herd an der Wange klebte. Sie trug einen marineblauen Rock und eine weiße Bluse. Myron sah, wie so oft, zu ihrem flachen Bauch, der unter dem Flanell des Rocks und der Baumwolle des Slips seine Narbe trug. Es berührte ihn seltsam, wenn er an jenen pfeilförmigen Einschnitt dachte, den sie ihr Leben lang behalten würde und den er selbst vor drei Jahren genäht hatte. Ab und zu, wenn sie zusammen im Bett lagen, sah er den Schatten eines Stichs, der sich durch das Fleisch bohrte. Es gab jetzt neue Techniken, die man durch den Krieg gelernt hatte, es war möglich, daß Narben sich nur noch als haarfeine Linien zeigten. Die Dicke von Annies Narbe befriedigte ihn jedoch, er betrachtete sie mit einer Art von medizinischem Genuß, den er gern seiner kleinen sadistischen Ader zuschrieb.

Er schrieb sich eine kleine «Ader» für jegliche psychologische Marotte zu – und er war stolz darauf, dachte

Annie und sagte ihm einmal, er habe eine *große* Ader dafür, an das Übernatürliche zu glauben.

«Du willst nicht von dir selbst überrascht werden, oder?» bemerkte sie trocken.

«Wir sind alle potentiell anomal», erwiderte er. «Meine Patienten vertrauen mir, weil ich sie ohne unnötige Distanz behandle. Ich kann körperlich so krank sein wie sie – und seelisch.»

Sie hielt eine ironische Entgegnung zurück. Sie glaubte nicht, daß Myron davon ausging, unter seinesgleichen zu sein, wenn er im Krankenhaus seine Runden machte. Jedermann konnte krank sein; jeder konnte wahnsinnig werden. «Wahrheiten» wie diese bezogen sich nicht auf alles und jeden. Für Annie war die bloße Bekundung solcher Gemeinplätze Prahlerei, der Versuch, sich durch überlegenes Begriffsvermögen über die Menge zu erheben. Myron reizte sie immer auf eine leichte, milde Weise. Ihre Auseinandersetzungen waren gedämpft. Er hatte auf alles eine Antwort, doch sie wußte, daß sie ihn aus dem Konzept brachte, und obwohl er über ihre Behauptungen lachte, konnte er sie nicht vom Tisch wischen. Den ganzen Nachmittag hatten sie über Ursache und Wirkung gestritten. Es gebe nichts ohne anfängliche Ursache, hatte er gesagt. «Aber es gibt Dinge, die plötzlich da sind, aus dem Nichts!» hatte sie gesagt.

«Das ist irrational.»

«Mike, du versucht, Wasser zu fesseln!»

«Das kann ich!» sagte er triumphierend. «Sieh dir bloß den Tennessee-Valley-Staudamm an! Gut, jetzt gib mir ein Beispiel von etwas, das aus dem Nichts plötzlich da ist.»

«Ein Gedicht.»

«O Gott!» rief er.

Sie sah, wie er zu ihrem Schreibtisch hinüberging und den Deckel des ledernen Kosmetikköfferchens anhob, das immer dort stand.

«Dieser Scheißkerl», murmelte er, während er ein rosa Fläschchen herausnahm und daran roch. Tony Gianfala hatte ihr vor zwei Jahren dieses luxuriöse Köfferchen mitgebracht, als er für einen kurzen Besuch nach Hollywood gekommen war und ihr von der Geburt seines Sohnes Ned berichtet hatte. Sie war mit Tony in ein Restaurant gegangen und hatte Myron vorher Bescheid gesagt, wo sie sein würden, damit er einen Blick auf ihren Vater werfen konnte. Aber sie hatte sie einander nicht vorgestellt. «Weißt du nicht, warum du nicht wolltest, daß er dich mit einem Mann sieht?» hatte er mit unheilverkündender Stimme gefragt. Sie gab vor, seinen Ton nicht zu bemerken. Aber es machte sie verlegen.

«Jedesmal wenn ich da hineinsehe, ist dasselbe drin. Benutzt du nie etwas?»

«Ich rieche es», sagte sie. «Ich liebe den Duft.»

«Es muß über hundert Dollar gekostet haben. Willst du noch einen Drink?»

Sie nickte und fing an, Erbsen zu enthülsen. Er mixte sich einen Martini und reichte ihr ein Glas Bourbon mit Wasser. «Wann hörst du auf, dieses Bauerngebräu zu trinken?» fragte er. Sie lächelte und sagte: «Ich habe eine Ader für Bauern.» Dann lachte sie laut, und Myron hörte ihr zu und lächelte. «Paß auf! Hab ich dir erzählt, daß Bea einen Hammer als Knoblauchpresse benutzt?»

«Nicht schlecht.»

«Nein. Wirklich. Ich habe mich gerade daran erinnert, als ich an den Salat dachte, den ich uns gleich machen werde. Als ich sie im letzten Frühjahr besuchte, war sie voll wie eine Strandhaubitze, fiel dauernd über ihr altes schwarzes Spitzenneglígé und hämmerte wie verrückt auf eine kleine Knoblauchzehe ein.»

«Daran ist nichts Komisches. Nachdem du sie besucht hast, warst du einen Monat lang deprimiert.»

«Ach, Mike, das macht doch nichts.»

Nach dem Essen machten sie die Lampen aus und

saßen am Fenster, wo man durch das Laub des Eukalyptusbaums die Lichter Hollywoods überblickte. Theda hatte Annie ihren zerschrammten alten Tisch hinterlassen, als sie in ein kleines Haus im San Fernando Valley gezogen war. Manchmal, wenn Annie samstags oder sonntags allein war, wenn Mike mit seiner Frau und seinen Kinder zusammensein mußte, saß sie dort, wie Theda einmal dort gesessen hatte, mit den Armen, wo Thedas Arme gelegen hatten, ein aufgeschlagenes Buch vor sich, und sah hinaus wie aus einem Leuchtturm.

«Es war seltsam, daß Tony herkam», sagte Annie leise, «nur um mir das mit dem Baby zu sagen, nachdem er sich die ganzen Jahre nicht um mich gekümmert hat.» Sie hatten sich schon oft über den Besuch ihres Vaters Gedanken gemacht. Einige ihrer Gespräche waren alte Gespräche. Sie hatten jetzt eine Geschichte, nach zweieinhalb Jahren.

«Stalingrad», sagte Myron und berührte ihre Hand. Sie zog sie zurück. «War ich vulgär?» fragte er, gekränkt, doch um Verzeihung bittend. In jenem November 1943 hatte sie Radio gehört, und ein Arbeiterreporter einer Zeitung von San Francisco hatte geweint, als er über Funk die Schlacht beschrieb, die damals in Stalingrad stattfand. Einige Monate später hatten sie beide denselben Reporter gehört, als er Briefe von russischen Soldaten vorlas, die bei der Belagerung im November eingeschlossen worden waren.

Myron Eagle hatte nachts Bereitschaftsdienst gehabt und an ihre Tür geklopft. «Wollte wissen, wie's Ihnen geht», hatte er gesagt, als er vor ihr gestanden hatte, mit seinem schwarzen Arztkoffer in der Hand. Daß er das Pronomen ausgelassen hatte, war für sie überraschend gewesen. Er hatte nicht *ich* gesagt. Er hatte dagestanden wie zwei Entscheidungen, die gegeneinander prallten – seine Gegenwart unterstrich seinen Wunsch, sie zu sehen, die unidentifizierbare, abwesende Person: *ich, er, sie,* wer?

Myron Eagle war fünfunddreißig. Er hatte eine Tochter namens Brett und einen Sohn, Tracy. Es seien seltsame Namen, hatte Annie bemerkt. «Für einen Juden?» hatte er gefragt. «Für jeden.»

Sie fragte nur selten nach seiner Frau. Er fand ihren Mangel an Neugier unnatürlich. «Sie ist beschränkt», hatte er einmal geäußert. «Wer ist das nicht?» hatte Annie erwidert. «Das ist eine biestige Antwort», hatte er protestiert.

Sie hatte über das Wort «biestig» gelacht. Danach hatte er es oft benutzt. Sie hätte ihm beichten können, daß sie nicht das Gefühl hatte, mit seiner Frau um seine Aufmerksamkeit zu wetteifern; sie lief nebenher. Einmal hatte sie auf ganz indirekte Weise von ihrem Gefühl der Kurzlebigkeit ihrer Beziehung gesprochen. Sie hatte gemerkt, wie unruhig er dabei geworden war; er hatte ihr falsche Bescheidenheit vorgeworfen und daß sie seine Ehe nicht einmal ernst nehme! Und sie hatte sich nicht verteidigt. Bei allem, was sie hätte sagen können, wäre als Unterströmung spürbar gewesen, daß sie Myron nicht liebte. Sie hatte den Verdacht, daß er ein Bild von sich selbst als von einem Mann kultivierte, der zwischen zwei Frauen hin- und hergerissen ist, und daß er sich trotz seiner vielgerühmten Rationalität danach sehnte, überwältigt zu werden von Leidenschaft. Ein wahnsinniger Romantiker schlummerte irgendwo in Myron und wartete darauf, endlich zum Vorschein kommen zu können. Diesen geheimen Traum hielt sie ihm zugute, und sie empfand eine Zärtlichkeit für ihn, als wäre er unschuldig.

Im übrigen war sie dankbar für seine Gegenwart, für den Geruch seines frisch gereinigten Hemds, für die häusliche Atmosphäre, die um ihn war und von der sie zehrte, obwohl es ihr nicht zukam, für das Gewicht seines medizinischen Wissens, für seinen scharfen und boshaften Humor, für seine sexuelle Zurückhaltung, dank deren sie sich, auch wenn sie manchmal darüber lachen mußte – bei Licht bedeckte er sich stets mit einem Handtuch, einer Decke, einmal einem Pullover, den sie auf einem Stuhl liegengelassen hatte –, weniger *verantwortlich* fühlte. Ja, sie war ihm zutiefst dankbar; und wenn sie daran dachte, wie eine solche Affäre sich vor ein paar Jahren gestaltet hätte, wurde ihr klar, daß sie sich früher nicht hätte vorstellen können, daß diese Dinge einmal die wesentlichen sein würden. Er schickte sie zu einem guten Zahnarzt. Empört und amüsiert zugleich, fiel er wegen ihrer Eßgewohnheiten über sie her, erklärte ihr mit grausiger Deutlichkeit, was sie sich mit ihren spontanen und unregelmäßigen kleinen Mahlzeiten antat. Seinetwegen hatte sie angefangen zu kochen. Er sorgte dafür, daß sie nicht zuviel trank. Er schenkte ihr eine gute Leselampe. Er überfütterte sie mit frischem Obst vom Bauernmarkt und verlangte mit einer für ihn ungewöhnlichen Aggressivität, daß sie Milch trank und Gemüse aß.

Er kochte ihr Gemüsesuppe. «Schmeckt sie dir?» «Sie ist gut», gab sie zu. «Aber es ist langweilig, Suppe zu essen.» «Langweilig?» hatte er gefragt. «Wie Pinkeln.» Er lachte. «Du ißt wie ein Gassenkind.»

Er war wirklich um sie besorgt – wie um eine seiner interessanteren Patientinnen, glaubte sie. Denn wenn sie ihn auch nicht aufforderte, von seiner Familie zu sprechen, so bat sie ihn doch inständig, ihr von den Leuten zu erzählen, die er während seines Nachtdiensts behandelte. Sie wurde nie müde, ihre Geschichten zu hören – von alten Männern, die allein in ihren Zimmern lebten, Morphiumsüchtigen, schwangeren Ausreißerinnen, Geisteskranken, Armen und Ausgestoßenen – das waren seine Patienten, seine wirklichen Patienten. Trotz ihrer Streitereien hatte er sie mit einer neuen Ideenwelt bekannt gemacht, der Psychologie. Sie war betroffen von dem Gedanken, daß Menschen von Gesetzen beherrscht wurden, von denen sie nichts wußten. Er gab ihr ein

Buch mit dem Titel *Totem und Tabu*. Sie las ein paar Seiten, bis sie zu diesem Satz kam: «Das Verbot verdankt seine Stärke – seinen Zwangscharakter – gerade der Beziehung zu seinem unbewußten Gegenpart, der im verborgenen ungedämpften Lust, also einer inneren Notwendigkeit, in welche die bewußte Einsicht fehlt.» Ihre Bestürzung war weit größer als ihr Begreifen. Sie wagte nicht, es Myron gegenüber zur Sprache zu bringen, aus Angst, daß er ihr die Bedeutung dieses Satzes erläuterte, indem er ihn auf irgendeine Weise auf sie anwendete. Oder auf ihn selbst. Sie konnte den Sinn nicht erfassen – und doch erschreckte er sie, wie eine Stimme, die in einer fremden Sprache über sie redete. Alles, wovon sie nichts wußte, sprach von ihr – und, so sagte sie sich, sie wußte von fast nichts. War das ein Grund zu lernen? Um das Gewisper der Welt zum Schweigen zu bringen? Sie dachte an ihre ansehnliche Bibliothek, die im Lauf der Jahre allmählich entstanden war. Aber diese Bücher enthielten – ausgenommen die wenigen politischen Werke – nur Geschichten; sie verwandelten sich nicht in negative Berichte über ihre Existenz.

Sie erzählte Geschichten über Menschen, die sie gekannt hatte und noch kannte, und Myron fand Vergnügen daran und sagte, es gebe mehr als eine flüchtige Übereinstimmung zwischen ihren Freunden und seinen Patienten. In einem Brief an Max zitierte sie den Satz von Freud und schrieb, daß solche Auskünfte – wenn es Auskünfte waren – ihr Angst einjagten, als ob man ihr plötzlich das Augenlicht genommen hätte. Max antwortete aus Nordafrika. Er sagte, sie solle Bücher über Geschichte lesen, das werde ihr eine Perspektive geben, sie werde sich dann nicht so verfolgt fühlen durch das Wissen. Habe sie je von der Philosophie des Mechanismus gehört, von Descartes? Und sehe sie diesen Arzt noch? Sie selbst hatte ihm gegenüber von *sehen* gesprochen. Sie hatte Myron nur beiläufig erwähnt. Max hatte es nicht vergessen.

Gut, es fehlte eine Menge zwischen ihr und Myron, das wußte sie. Leidenschaft? War es das? Einst hatten ihr dunkle, nebulöse Dinge vorgeschwebt, wenn sie an Bea und ihren Vater dachte, Dinge, vor denen sie floh, kaum daß sie als Gedanken in ihr aufgestiegen waren. Und das romantische Licht, in dem sie Theda einmal gesehen hatte, war längst am Verlöschen. Sie wußte nicht, daß sie in Wahrheit nicht mehr an Theda und Simon glaubte. War sie einst tief bewegt gewesen von der Vorstellung, daß diese schlanke, kontrollierte Frau von ihrem schweigsamen Geliebten beherrscht worden war, so fragte sie sich jetzt, wieviel Theda erfunden hatte oder wieviel sie, Annie, erfunden hatte. Theda war dabei zu werden, was sie in Wahrheit immer gewesen war, eine launische, scharfzüngige, unduldsame Frau, die zu mürrischen Ausfällen über die Dummheit und Sinnlosigkeit von fast allem neigte, gefühlsmäßig verhärtet und auf ihre Gesundheit bedacht, als ob sie sich in dauernder Gefahr befände – wenn man ihr glaubte, liefen überall Aussätzige herum –, und sie hatte es aufgegeben, über Heirat und Kinder zu sprechen. Was Cletus und die Frau des Funktionärs betraf – was war es denn, außer einer bequemen Ausflucht, damit Cletus weiter einsam durch die Welt gehen konnte?

Ein Jahr hatte sie Cletus jetzt nicht gesehen. Nach der Vergewaltigung des rothaarigen Mädchens – arme Lucy Griggs, was war aus ihr geworden? – hatte sich ihre Beziehung verändert. Er hatte angerufen, um sich für sein Verhalten an jenem Morgen zu entschuldigen; es war eine spröde, unfreundliche Entschuldigung gewesen, die nach Gegenbeschuldigung klang. Sofort hatte sie wieder bei ihm, ihrem Freund, Zuflucht gesucht. Sie war so dankbar, daß er sie nicht endgültig hatte loswerden wollen. Aber sie traf auf eine reservierte, rätselhafte Person mit sarkastischer Miene, die einst der liebe Cletus gewesen war, und was noch grausamer war – er machte ihr klar, daß die alte Vertrautheit nicht mehr existierte; in seinem alten Morgenrock ging er zum entferntesten Ende seines Speichers und lachte unfroh über ihre Bemühungen, ehrlich mit ihm zu sprechen. «Cletus, was ist los? Was ist los?» Endlich setzte er ihren tastenden Anstrengungen ein Ende, indem er sagte: «Ich habe mich entschuldigt. Ich habe dir für deine Hilfe gedankt. Was willst du jetzt von mir? Soll ich noch länger dein süßer kleiner Mohr sein, bis du es satt hast, das arme kleine Mädchen mit den Schwefelhölzern zu spielen, und mit dem richtigen Leben anfängst? Meine Güte!»

Melvin hörte ihrer Geschichte zu und öffnete kopfschüttelnd den Trompetenkasten. Während er mit seinen langen, schwarzen Fingern über die glänzende Oberfläche des Instruments fuhr, sagte er: «Hör mal zu, mein Kind, es gibt Sachen, von denen du nichts weißt, und du mischst dich da besser nicht ein. Hätte Cletus mehr gelebt wie ich, wäre er vielleicht nicht so überrascht. Er hat sich diesen Winkel gesucht, weißt du, und er hat gedacht, er würde in einer guten Welt leben, und dann hat er entdeckt, daß es nur ein Mauseloch war, und die Katzen sind genau so, wie man es ihm sein ganzes Leben lang zugeraunt hat. Er hat was abgekriegt. Er hat entdeckt, daß er ein Nigger ist, genau wie all die anderen Nigger.»

«O Gott! Melvin!»

Er grinste. «Ich wußte zwei Dinge von Anfang an», sagte er. «Ich wußte, ich bin schwarz. Ich wußte, ich würde sterben.»

«Aber ich habe ihn geliebt!» rief sie.

«Ja, klar! Das weiß ich, Baby! Aber er hat die Sache kapiert, verstehst du? Er ist immer nervös gewesen. Jetzt hat er kapiert, warum er so nervös gewesen ist. Er *denkt* nicht mal an dich, mein Kind! Er denkt an sich selbst.»

Melvin war froh; sie hörte den Triumph in seiner Stimme. Die böse Leidenschaft, recht zu haben, war überall. Gäbe man ihr die Chance, würde auch sie keine

Gelegenheit auslassen zu gewinnen. Sie versuchte es noch einmal mit Freud; streng flüsterte es in ihr, daß ihr Leben eine Lüge sei.

Annie sah Cletus immer wieder, bis er nach San Francisco zog. Er hatte einen Job beim Amt für kriegswichtige Informationen bekommen, und nach einer Weile, bevor er umzog, hatte es den Anschein gehabt, als sei er wieder wie früher – fast. Aber auch sie hatte sich verändert. Sie fühlte sich unbehaglich mit ihm.

«Um Himmels willen, hörst du endlich auf, mich zu bedienen!» rief er einmal aus, als sie ihm Kaffee in die Tasse goß, die Zuckerdose holte, einen Aschenbecher neben ihn stellte. «Was führst du für Veitstänze auf?»

Als Cletus fort war, versuchte sie, eine Arbeit in Europa zu finden. Sie hatte gehört, daß in den überseeischen Militärstützpunkten ein großer Bedarf an Büroangestellten bestand. Sie schrieb einen Brief an Onkel Greg, in dem sie ihn bat, ihr ihre Geburtsurkunde zu schicken. Als sie ankam, entdeckte sie, daß sie doch keinen zweiten Vornamen hatte. Sie war versucht, den Namen Elizabeth anzunehmen, dunkel, geschmeidig, samtig, wenigstens als zweiten Namen. Das Paßamt lehnte ihren Antrag ab. Zum erstenmal enthüllte sich der weniger romantische Aspekt ihres Engagements für die kommunistische Partei in Gestalt eines Mannes namens Dooley, der sie eine Stunde lang verhörte, ohne den Blick von einer Mappe zu heben, die vor ihm auf dem Schreibtisch lag.

«Gratuliere», sagte Theda. «Du hast eine Akte.»

Aber sie hatte gerade mal zehn oder zwölf Versammlungen besucht! Theda sagte: «Du kannst schwanger werden, wenn du es nur ein einziges Mal mit einem treibst.»

Die Partei hatte ihren Namen in «Kommunistische politische Vereinigung» geändert. «Aber es sind doch Amerikaner!» protestierte Annie. «Und ich darf jetzt das

Land nicht verlassen.» Panik ergriff sie. Das ganze Land war nicht größer als Thedas Wohnzimmer, und sie konnte nicht hinaus! Sie wollte Max davon schreiben, aber Theda sagte, sie solle es nicht tun, wegen der Briefzensur. Als sie es Eva erzählte, hatte sie den Verdacht, daß sie die Nachricht mit Genugtuung aufnahm, wie Melvin Genugtuung verspürt hatte, als er von Cletus erfahren hatte. Und als Annie in diesem letzten April Eva und einigen Leuten zugehört hatte, die nach dem Abendessen vorbeigekommen waren, um über die letzten Neuigkeiten zu diskutieren, den französischen Kommunistenführer Jacques Duclos und seinen Brief an Browder, in dem er letzteren des «Revisionismus» und des «rechten Abweichlertums» bezichtigte, als sie dem wütenden Streit lauschte, den erhitzten Stimmen, die mit der schweren, sperrigen politischen Sprache kämpften, in der der einzig lebendige Akzent bissige persönliche Angriffe waren, hatte sie gespürt, daß jedes Interesse langsam erstarb, und dahinter kam das unbehagliche Bewußtsein zum Vorschein, daß auch sie es mit Neuigkeiten zu tun hatte, wenn sie sich auch nicht um Browder und irgendeinen weit entfernten Franzosen drehten, der die amerikanische kommunistische Partei mit der ganzen Autorität Stalins vernichtete.

Myron Eagle war näher gekommen, stand jetzt hinter ihr und hielt ihr die Augen zu. «Wie du starrst ... Ich sehe deine Augen, sie glänzen wie die eines Bären in einer Höhle ...»

Sie nahm seine Hände weg, und er legte sie auf ihre Brüste, und wieder nahm sie sie weg.

Er griff im Dunkeln nach ihr, führte einen komischen Tanz mit ihr auf und wirbelte sie herum, so daß sie an die Möbel stieß. «Ein Tänzchen im Dunkeln», sang er in lächerlich hohem Tenor.

Sie sprachen davon, daß der Krieg zu Ende ging, über die Kapitulation, die an diesem Tag auf dem Kriegsschiff

Missouri zwischen Amerikanern und Japanern unterzeichnet wurde. Sie erinnerte sich an den Tag, als Roosevelt gestorben war, wie sie in ein Café gegangen war, das sie damals öfters besuchte, und dem Mann hinter der Theke vom Tod des Präsidenten berichtet hatte und wie er geantwortet hatte: «Woran ist er gestorben? Bleivergiftung?», und wie sie eine Weile gebraucht hatte, bis sie verstand, was er meinte, und wie sie erschrocken war.

Es wurde ihr bewußt, daß sie Myron von diesem Vorfall erzählt hatte, weil sie ihm übelnahm, daß er Stalingrad erwähnt hatte. Wie konnte er im gleichen Atemzug von ihren persönlichen Geschicken und dreihunderttausend Toten sprechen? Wie konnten sie fröhlich im Dunkeln herumhüpfen, nachdem jene entsetzliche, unvorstellbare Bombe auf zwei japanische Städte abgeworfen worden war?

«Ich werde es noch einmal beim Außenministerium versuchen», sagte sie. «Ich will einen Paß.»

«Wohin zum Teufel willst du?»

«Raus. Weg.»

«Um was zu tun?»

«Ich werde einen Job bekommen.»

«Wo?»

«Ich weiß nicht. England.»

«Warum?»

«Auch das weiß ich nicht.»

«Du bist manchmal brutal, Annie», sagte er.

«Nein!» rief sie. Er machte Licht. Es war der schlimmste Vorwurf.

Man hatte Annie gebeten, für die Frau eines ungarischen Drehbuchautors ein paar Kleider vorzuführen. Sie waren arm, sie waren «Progressive». Einer der Schriftsteller im Studio hatte sie eines Tages beiseite genommen und ihr von Heida und ihrem Mann erzählt, den Kämpfen, die das Paar zu bestehen hatte, nachdem sie es geschafft hatten, 1939 aus dem unbesetzten Frankreich nach Portugal zu kommen. Würde sie es umsonst machen? Heida hoffe, eine *couturière* zu werden, aber sie hätten kein Kapital. Sie hatte eingewilligt, weniger aus Sympathie für die Ungarn als wegen des Vergnügens, Kleider zu tragen.

Sie war etwas nervös, obwohl sie den Gang auf dem Laufsteg mehrere Male geprobt hatte, wie sie sich zu drehen und zu wenden und die Hände zu halten hatte, so daß sie eine Stunde zu früh fertig war. Sie ging ruhelos im Zimmer umher und hielt schließlich vor der Kommode, wo sie in einer kleinen Bonbondose aus Blech ihre Papiere verwahrte. Ihre Scheidungsurkunde lag darin, das Dokument mit der Sozialversicherungsnummer, der Brief des Außenministeriums, der ihr «zum jetzigen Zeitpunkt» einen Paß verweigerte, ein dickes Bündel Briefe von Max und zwei von ihrem Vater: Einer davon war zwei Jahre alt und kündigte seine Ankunft in Los Angeles an, den späteren hatte sie erst zu Anfang dieser Woche bekommen.

Voller Bedauern hatte sie ihm vom Tod James St. Vincents geschrieben, und es war diesmal keiner von den sorgfältig-sorglosen Briefen gewesen, die sie manchmal schrieb, mit einer ausgearbeiteten Beobachtung, einer Geschichte, von der sie dachte, daß sie ihn amüsieren könnte und ihr das schmerzliche Vergnügen seiner Anerkennung einbrachte.

Erst ein paar Wochen zuvor hatte sie St. Vincent gesehen. Er hatte einen Herzinfarkt erlitten. Hope hatte am Bett gesessen, das Gesicht ausdruckslos, der Mund ein kalter Strich. St. Vincents Gesicht war so weiß wie das Laken, das ihn bedeckte und das er bis zum Hals gezogen hatte und festhielt, als ob das Herz selbst, defekt und verwundet, zum Vorschein käme, wenn er eine Ecke des Stoffs losließ. Seine Stimme war so schwach. Dennoch strengte er sich an, im alten Tonfall zu sprechen, den sie wiedererkannte. Aber er stockte und schloß die Augen, nachdem er ein wenig gelächelt und sie gefragt hatte, wie es ihr gehe, und dann kam Andrew herein, der nur Augen für seinen Vater hatte, sah für den Bruchteil einer Sekunde zu Hope, und es lag Entsetzen in seinem Gesicht, als ob er nur zu gut wüßte, was sein Schicksal sein würde, wenn sein Vater nicht mehr da war, sein Vater, sein Schutz. Andrews Züge hatten sich auf undefinierbare Weise vergröbert, und Annie erkannte, daß Andrew tatsächlich «anders» geworden war.

Andrew rief sie an, um ihr mitzuteilen, daß sein Vater gestorben war; nach dem Besuch bei St. Vincent konnte sie sich nicht vorstellen, wie er weiterlebte, sie war bestürzt und erschrocken, aber seine sonderbare Stimme lenkte sie ab. Es wurde ihr klar, daß er versuchte, wie sein Vater zu sprechen. Es war eine groteske Parodie. Der Junge, der ihr die Nachricht in James St. Vincents Sprachrhythmus und Wortwahl überbrachte, seine Stimme, die plötzlich in würgendes Schluchzen überging, und ein wehklagender Ausbruch: «Was wird jetzt aus mir? Aus mir?»

Also hatte sie gleich ihrem Vater geschrieben, und dieses eine Mal hatte er ihr sofort geantwortet. «Traurig, traurig», hatte er geschrieben, daß eines Menschen Jugend vergehe, eines Menschen Zeit. Ach, was sie erlebt hätten, er und Jim, vorbei, vorbei. Wer zum Teufel versorge sie jetzt eigentlich? Dieser nette pummelige Doktor? Ihr kleiner Bruder, Ned, sei ein Dummkopf, aber allerliebst. Er habe Margos neue Töpferscheibe kaputtgemacht.

Sie haßte den Brief. Das über Ned. Der Rest war Tonys alte Leier. Was ihr Übelkeit erregte, sie unruhig und zornig machte, war der beiläufige Urteilsspruch des Scharfrichters über das Kind, das sie nie gesehen hatte.

Max' Briefe, die Korrespondenz von über zwei Jahren, waren größtenteils auf selbstklebendem Briefpapier geschrieben worden, das sie beim Versuch, es zu öffnen, oft zerrissen hatte. Zuerst war der Ton der Briefe onkelhaft gewesen; Max hatte sich besorgt nach ihrem Wohlergehen erkundigt und nur hin und wieder komische Bemerkungen über seine militärischen Erfahrungen gemacht. Doch im Lauf der Monate – er war von Montana nach England versetzt worden, mit einem kurzen Urlaub dazwischen, in dem er mit ihr telefoniert hatte – entwickelten sich die Briefe zu einer kontinuierlichen Träumerei über sein eigenes Leben. In einem erzählte er ihr, wie er eine Katze getötet hatte. Er sei neun gewesen, er und die anderen Jungen – das Entsetzen verlasse ihn nicht –, er habe nie jemandem davon erzählt, und er habe die Jungen nie wiedergesehen. Nur Eva, sein Leben mit Eva, blieb ausgespart. Doch er schrieb ausführlich von einem exzentrischen Onkel, von Schule und College, von Pokerspielen und politischer Radikalisierung – obwohl er sich zu letzterem Thema, offenbar wegen der Zensur, nur vorsichtig äußerte –, von Mädchen und Jungen, die er gekannt hatte, von dem Haus, in dem er gelebt hatte, den Bildern an der Wand, den Büchern, die er gelesen hatte, von der Ansicht der Welt, die man in einem Haus in unmittelbarer Nähe von Portland, Oregon, gehabt hatte. Sie hatte in gleicher Weise geantwortet. Als sie ihm von Joes Selbstmord berichtet hatte, hatte er zurückgeschrieben, daß sie die Verantwortung für seinen Tod übernommen habe und daß sie soviel Macht nicht für sich beanspruchen dürfe. Vielleicht verstärkten Max' Briefe, die parallel zu den Kriegsnachrichten gelesen wurden, das Gefühl der Unwirklichkeit dessen, was in Europa geschah. In Los Angeles hatte es so viele eintreffende und abfahrende Soldaten gegeben. Sie hatte etliche bei Eva kennengelernt, einige von ihnen «Genossen» oder «Progressive». Und Miranda Katz hatte zwei Fahrten hinter sich und war bei der letzten von einem schwedischen Unteroffizier geschwängert worden, der sich auf ihr Schiff hatte versetzen lassen, um mit ihr zusammenzusein.

Annie war eines Nachts um drei Uhr von der Türklingel geweckt worden. Myron war aus dem Bett gefallen und hatte sich in panischer Eile im Dunkeln angezogen, während sie das hartnäckige Läuten so lange wie möglich zu ignorieren versuchte. Es war ein Beamter der Einwanderungsbehörde gewesen. Wisse sie, wo sich Miranda Katz aufhalte? Nein? Also gut. Sei ihr ein gewisser Jensen bekannt, Offizier eines schwedischen Schiffs? Habe sie diesen Mann gesehen?

Während sie mit einem übergeworfenen Regenmantel dort stand, war ihr bewußt gewesen, daß Myron im Schlafzimmer dabei war, in schweigendem Entsetzen sein Hemd zuzuknöpfen, und sie hatte am Ende nicht mehr sprechen können. Als sie zurückkam, hatte sie mit bebender Stimme gesagt: «Der Einwanderungsmann war hinter einem schwedischen Seemann her ... ein Mädchen, das ich kenne...» Aber sie hatten einander angeblickt, und beide hatten die rationalen Erklärungen durchschaut, und beiden war zur gleichen Zeit die tiefer liegende Verwundbarkeit ihrer Vereinbarung zu Bewußtsein gekommen. Aber ihre Angst – nicht die vor eifersüchtigen Ehefrauen und empörten Nachbarn – war alt. Seine war einfacher, unmittelbarer. Sie hatte erkannt, daß er unwiderruflich Ehemann war.

Danach war er nie mehr länger als bis Mitternacht geblieben.

Sie nahm die Scheidungsurkunde in die Hand. Max hatte geschrieben, es sei gut, es zu Ende zu bringen, und nach all der Qual war die Zeit, die sie dann vor Gericht verbracht hatte, unerheblich – Handlungsweise betrügerisch, Gemeinschaftseigentum nicht vorhanden, Unterhaltszahlungen keine. Sie war aus dem eichenen Zeugenstuhl getreten, hatte den Richter kurz angesehen und den Gerichtssaal verlassen.

Sie legte die Papiere beiseite, warf einen Pullover über die Schultern und fuhr zum Sunset Strip, wo Heida in einem kleinen leeren Laden eine Gruppe junger Frauen anschrie, die mehr oder weniger unangezogen im Hinterzimmer hin und her gingen. Sie müßten Heftpflaster über die Brustwarzen kleben, rief Heida mit schriller Stimme. Die Kleider seien nicht dazu gemacht, um über diesen mittelalterlichen Belagerungsabwehrwaffen, amerikanischen Büstenhaltern, getragen zu werden! Sie probten ein wenig, dann ging Annie mit einem der Mädchen in dessen nahegelegene Wohnung, und sie aßen ein Sandwich, bevor die Show anfing. Das Mädchen, Laura, war eine entfernte Bekannte von Annie. Sie war die Freundin eines Drehbuchautors, der mehrmals in die Partei ein- und wieder ausgetreten war und der sich selbst großspurig als universale Nervensäge bezeichnete, weil er die Genossen nicht weniger *épatere* als die Bourgeoisie. Er war reich.

Laura war eine Schönheit. Dunkelhaarig, romantische Augen, perfekte Zähne. Wenn sie sich einen Seidenschal um den Kopf wand und das Haar darin einband, sah sie aus, als gehörte ihr ganz Kalifornien. Ihre Wohnung war voller Blumen, ein Klavier stand in einer Ecke, und an allen Wänden hingen Bilder von ihr selbst: Laura in Reitstiefeln, mit traurigen Augen, mit fröhlichem Lächeln, Laura auf einem Segelboot, mit Strickjacke, traurige Augen, fröhliches Lächeln! Ungeschickt machte sie einige belegte Brote für sie zurecht. Als sie in einen Sessel sank, war sie vollkommen, doch wenn sie irgend etwas tat, außer sich ansehen zu lassen, trat eine eigenartige Unbeholfenheit zutage. Annie beobachtete sie fasziniert. Die gesamte Intelligenz des Mädchens war auf ihre eigene Person bezogen. In ihrem eigenen Milieu – Sofas, weiche Sessel, auf dem für die Show am Abend schnell installierten Laufsteg im Laden – erreichte sie Vollkommenheit.

Während sie ein mit Salat und Tomaten belegtes Sandwich aß, sprach sie von der proletarischen Revolution; die «kleinen Leute» hatten es ihr angetan.

«Kleine Leute!»

Sie schob ihr herrliches Haar zurück. «Die kleinen Leute», murmelte sie, «die unterdrückten Massen.»

Kleine Leute ...

«Richard macht einen Film in Mexiko. Jeder ist dagegen. Es macht ihm nichts aus ... über die *peones,* die mexikanischen Tagelöhner. ich werde mit ihm gehen ... sein eigenes Geld.»

«Mexikanische Zwerge?»

Laura sah sie ausdruckslos an. «Ich weiß nichts über Zwerge.»

Eine Frau betrat mit ihnen den Aufzug. Ein Stromstoß schien sie zu durchfahren, als sie Annie sah. Es war ein langsamer Aufzug.

«Warum starren Sie mich an?»

«Sie sind so schön», sagte die Frau. Annie wurde rot, sah entschuldigend zu Laura und dann hinunter auf das von Heida entworfene schwarze Kostüm, das sie trug. Es war ein wunderschönes Kostüm, teuer und von wirklich gutem Material und Schnitt.

Um elf war die Show zu Ende, und Annie ging auf die Straße hinaus; sie wollte zu ihrem Auto, das auf der anderen Seite stand, als sie jemanden rufen hörte. Sie drehte sich um und sah die Straße hinunter zu einer besser beleuchteten Ladenfront. Ein gedrungener Mann, dessen Gesicht sie nicht erkennen konnte, winkte ihr zu. Sie ging zu ihm. Sie war ganz sicher, daß er ihren Namen gerufen hatte: Ann.

Es war Ben Greenhouse.

«Meine liebe Ann», sagte er. Er war betrunken, und er war korpulent geworden.

«Hallo, Ben.»

«Kommen Sie hier rein. Wir machen eine Ausstellung. Das Studio legt sich ins Zeug für die Kultur, ein vorübergehender Anfall. Kommen Sie rein, und schauen Sie sich die Typen an.»

Sie zögerte, aber er nahm ihren Arm, und sobald er sie berührt hatte, erinnerte sie sich seines anspruchsvollen und doch so schwunglosen Wesens.

Im Innern bewegten sich Schwärme von Menschen in Abendkleidung vor den Gemälden von einer Gruppe zur nächsten. Mitten im Raum saß auf einer samtbezogenen Couch ein älterer Schauspieler, den Annie von einem Dutzend Filmen her kannte. An der Rückseite der Couch saßen einige Mädchen, die wie eine Woche alte Gladiolen die Köpfe zu ihm herunterbeugten. Ben war sarkastisch, als er Annie Leuten vorstellte, die vorgaben, seine Worte nicht zur Kenntnis zu nehmen, und die aus ihrem Blickfeld verschwanden, kaum daß sie ihre Hand berührt hatten. Sie wollte fort. «Ich muß gehen», sagte sie. «Ich muß morgen früh arbeiten.»

«Ach, aber ich will hören, wie es Ihnen geht.»

«Sie haben sich verändert», sagte sie, verärgert, weil er sie am Arm gepackt hielt.

«Sie auch. Sie sind jetzt erwachsen, oder?»

«Nein», sagte sie wütend. «Bin ich nicht.»

«Ich hätte nie gedacht, daß Sie ein Kind bleiben würden», sagte er interessiert.

«Sie haben überhaupt nicht an mich gedacht!»

«Ach – dieser arme junge Mann. Erinnern Sie sich an den Tag am Strand? Seine Leiche?»

«Hören Sie, ich muß wirklich gehen.»

Er ließ sie los. Er schien beleidigt. «Na ja, wenn Sie wollen ... ich bin nur neugierig. Das ist mein Gebiet, wissen Sie, Neugier...»

Sie dachte daran, wie oft sie mit Menschen bekannt geworden war, die sie in Wirklichkeit nicht gemocht hatte, wie sie Stunden und Tage und Monate mit ihnen verbracht hatte. Greenhouse war lächerlich. Als dünner Mann war er nervös und sprunghaft und interessant gewesen. Jetzt war er nur dick.

«Ich verachte Ihre Neugier», sagte sie plötzlich mit

lauter Stimme und erregte dadurch bei einigen Leuten in der Nähe matte Aufmerksamkeit. «Es ist nur Habsucht.»

«Es ist tatsächlich besser, wenn Sie gehen.»

Sie ging.

Sie fuhr am Trocadero vorbei, vorbei an den Straßen, die zu den Canyons führten, wo sie einst zu den Häusern der Filmleute hinaufgestarrt hatte, wo James St. Vincent gesessen hatte mit einer Leinenserviette über dem Kopf, wo ein opiumsüchtiger Koch in seiner Freizeit Golf spielte – Nachrichten aus einer anderen Welt, einer flachen Welt, Augenschwindel, einen kurzen Moment von Bestand, dann tot, in die Wirklichkeit des Todes gestürzt.

Die Partei hatte sie nicht eigentlich aufgenommen, ihr nur zeitweilig Schutz geboten, und während sie – da sie schließlich nicht zu den Menschen gehörte, die «die Sache ernst nahmen» – ihr immer wieder nahekam und sich immer wieder von ihr entfernte, hatten sie ihr wenig genug Aufmerksamkeit geschenkt.

Die Frau, die «die Sache ernst genommen» hatte, war gestorben. Ethel Schaeffer mit ihrem unbeirrbaren Blick, ihrer Freundlichkeit, die ein leuchtendes Bad der Gefühle war, blinder Segen für die Selbstbetrüger um sie herum, die kleinen Tyrannen, die geheimen Schläger, oder Menschen wie Theda und Max, die sich endlos mit Definitionen herumschlugen, oder jemand wie Lavan, der hastig von einem Dogma zum anderen umschwenkte und im Innern den eigenen Verräter sitzen hatte, stets geheim, stets durchsichtig in seiner Heimlichkeit, ein Mann des Untergrunds, der mit der Mode ging.

Was hatte sie von alldem begriffen? Daß sie zu etwas gehörte, auch wenn es so abstrakt war wie eine Klasse? Wie primitiv sie gewesen war, dachte sie, da sie erst jetzt begonnen hatte, das auszusondern, was nicht ihres war. Blitzartig erschien in ihrem Gedächtnis ein Bild von vor vielen Jahren: Sie saß in der steinigen Einfahrt zu dem alten Haus in Nyack, ein großer, flacher Stein lag neben ihrem Knie, ihre Hand umfaßte einen runden Stein als Hammer; indem sie andere Steine spaltete, entdeckte sie, wie verschieden einer vom anderen war, und sie hatte sich Namen für sie ausgedacht.

Als sie vor ihrer Wohnung das Auto abstellte, wurde sie von einem Gefühl der Dankbarkeit überschwemmt, sogar Calvin Schmitter gegenüber, und erkannte im gleichen Moment, als Tränen in ihr aufstiegen, daß ihr Gefühl ohne Tiefgang war. Was dahinter lag, war das Wissen, daß sie Kalifornien verlassen würde, sobald sie konnte.

Der Krieg war vorbei; von Eva hatte sie gehört, daß Max bald heimkehren würde, heim zu Eva. Sie wußte, daß sie nicht mehr in ihr Leben hineinschlüpfen konnte wie die ruhelose Gestrandete jener früheren Zeit, und sie wußte auch, daß sie es nicht mehr zulassen konnten.

In all seinen Briefen hatte Max nie von seinem häuslichen Unglück geschrieben, das Annie so deutlich gesehen, wenn auch nicht verstanden hatte. Was die Liebe zwischen ihr und Max betraf, so verstand sie auch das nicht. Für sie war es ein Gefühl von leidenschaftlicher Teilnahme, das sie befriedigte, weil sie es für einzigartig hielt, ohne daß es sie den erschreckenden Ungewißheiten des Liebens aussetzte.

Sie würde ein wenig Geld sparen müssen; sie hatte vierhundert Dollar in einem Umschlag. Es war ihr als riesengroße Summe erschienen, aber wenn sie weiterdachte, war es nichts. Die nächsten paar Monate lebte sie ohne Kino, Einkäufe und Restaurantbesuche. Sie sparte weitere hundertfünfzig. Sie nahm die Bernsteinkette, die Ben Greenhouse ihr geschenkt hatte, und zeigte sie Theda. Theda legte sie um ihren langen Hals, und sie glitten über ihren grünen Pullover nach unten. Theda lächelte erfreut, warf einen Blick in den Spiegel. «Ich will sie verkaufen», sagte Annie.

«Sie steht mir», murmelte Theda und drehte ihren Kopf hin und her.

«Was denkst du?»

«Sie sind mehr wert, als ich bezahlen kann – dreihundert Dollar wahrscheinlich.»

Annie blieb die Luft weg. Greenhouse mußte verrückt gewesen sein. Theda bemerkte: «Solchen Leuten macht es Spaß, eine Menge Geld für Dinge zu bezahlen. Es erinnert sie daran, wieviel sie haben. Ich gebe dir zweihundert. Wozu brauchst du es?»

Sie sah hinaus auf Thedas Rasen, wo eine kleine weiße Ziege festgebunden war.

«Kennt dich die Ziege?»

«Ich will stark hoffen, daß sie es tut!»

«Ich meine – erkennt sie dich, wie ein Hund?»

«Nicht so, daß es mich belastet, gerade genug. Genug für mich.»

«Theda, ich gehe weg. Ich gehe nach Europa.»

Theda verschwand in der Küche und kam mit belegten Broten und Kaffee zurück.

«Ein Friedhof», sagte sie. «Warum willst du auf einen *Friedhof* gehen?» Sie sah bedrückt aus; ihre Schultern fielen nach vorn. «Hast du es nicht schon einmal versucht? Haben sie es nicht abgelehnt?» Und dann, als ob die Worte ihr durch den Kopf flögen und sie sie schnell festhalten müsse: «Wie kannst du nur daran denken! Die Luft ist immer noch voll vom Rauch der Krematorien! Ich höre die Schreie – ich höre, wie die Kinder schreien –, ich höre den letzten Atemzug der Kinder. Hast du die Bilder gesehen? Hast du gesehen, wie sie aufeinandergeschichtet dalagen, und die Leute von den Dörfern, hast du die Gesichter von diesen Leuten gesehen, die nichts *wußten*! Weißt du nicht, daß das moralische Rückgrat der Welt für immer gebrochen ist! Wie kannst du den Boden betreten, wo diese Dinge geschehen sind! Zu deiner eigenen *Unterhaltung*? Weil dir *langweilig* ist? Weil dein Kopf *leer* ist –» Sie setzte sich hin und rieb sich mit wütenden Händen das Gesicht, dann sprang sie auf und ging zu einem Tisch, öffnete eine Schublade und nahm ein Scheckbuch heraus. Sie schrieb einen Scheck und ging zu Annie zurück, die sich tief in den Segeltuchsessel gedrückt hatte. Sie dachte, Theda werde sie schlagen, aber Theda gab ihr nur den Scheck über zweihundert Dollar und sagte: «Komm und iß deine Brote.»

Während sie schweigend aßen, dachte Annie, wie oft Theda ihr zu essen gegeben, sie beschützt, ihr so teilnahmsvoll zugehört hatte. Die Bernsteinkette schwang nach vorn, als sie das Essen zum Mund führte. Sie sah geistesabwesend aus. Wie tief die Falten um ihren Mund geworden waren! Annie legte die Hand auf ihren Arm. Abschiede lagen in der Luft; Trennungen, Veränderungen. Theda stellte ihre Kaffeetasse ab und umschloß Annies Hand mit ihrer.

«Es wird mir leid tun», sagte sie.

Als Annie aufstand, um zu gehen, sagte Theda mit einer gewissen Schärfe: «Ich will meinen alten Tisch zurück.» «Ich bringe ihn zurück», versprach Annie. «Bewahrst du meine Bücher für mich auf?» «Als ob ich nicht schon genug verdammte Bücher hätte», brummte Theda.

Sie ging mit Annie zum Auto. Die Ziege lief auf sie zu, bis die Kette sie zurückhielt; eines ihrer glänzenden Augen war auf Thedas Hand fixiert. Theda kratzte sich kurz am Kopf. «Du hast mich immer an Simon erinnert», sagte sie zu Annie. «Wie Simons kleine Schwester. Das habe ich beim erstenmal gedacht, als Max dich hierherbrachte – wie sehr du mich an Simon erinnerst.»

Die letzte vergnügliche Zeit in Kalifornien verbrachte sie in einem Blockhaus in den Big-Bear-Bergen bei Los Angeles. Mike Eagle berichtete, seine Frau habe ihm gesagt, daß er furchtbar schlecht aussehe und ein paar Tage verreisen solle, um auszuspannen. In den Bergen war es Januar, fast ein echter Januar. Auf dem Boden waren Schneeflecken, die Luft war blau vor Kälte, der kleine See gefroren, und Annie sah kurz die weißen Flanken von Großohrhirschen zwischen den Kiefern.

Sie schliefen unter mehreren Schichten von Baumwolldecken und erwachten bei kaltem, klarem Licht, und ihr Atem dampfte in der kleinen Hütte. Mike machte Feuer im Kanonenofen, und sie aßen Schinkenspeck und tranken Kaffee und sahen dabei über den See zu den schwarzen Lärchen auf der anderen Seite. Es war schwer, das warme Bett zu verlassen; es lag ein so zeitloses, gedankenloses Vergnügen in dieser Wärme, die sich von der kühlen, nach Kiefern duftenden Luft abhob und bald vom Rauch des Holzes im Ofen überdeckt wurde.

Annie wickelte sich in eine Decke ein, wenn sie aßen. Sie dachte an Joe und fragte sich, ob sie je in der Lage sein würde, so eine Decke zu sehen, ohne daß es sie an ihn erinnerte. Sie erzählte Mike von ihm. Er hörte zu; sein Gesicht war bereit zu lächeln, wie immer, wenn sie ihre «Geschichten» vor ihm entfaltete, und sie nahm ihm die Selbstgefälligkeit seines vorweggenommenen Amüsiertseins übel. Sie erzählte ihm mehr, als sie gewollt hatte.

«Er wußte nichts von sich selbst», sagte Mike. «Es ist klar, daß er homosexuell war. Diese Tatsache kann auch die Promiskuität seiner Schwester erklären, oder umgekehrt.»

«Tatsache, umgekehrt?»

«Tausend Leute begehen Selbstmord.»

«Worüber redest du?»

«Es spielt eine große Rolle für dich, weil du ihn kanntest. Es ist ein völlig alltäglicher Vorfall, besonders unter jüngeren Menschen.»

«Alltäglich!»

«Reg dich nicht auf. Hier, nimm eine Zigarre.»

Sie zog sich an, wandte das Gesicht von ihm ab.

Später, als sie durch den Wald wanderten, stießen sie in einem engen Tal auf die Überreste eines verlassenen Filmsets, das von ihrem Aussichtspunkt auf dem Berg aus wie ein kleines Grenzstädtchen wirkte. Sie gingen ins Tal und wanderten zwischen den Fassaden umher, auf deren hölzernen Dachfirsten Schnee liegengeblieben war. In der Stille und Kälte standen sie eng aneinandergeschmiegt da und sahen zu dem Saloon auf, den Häusern, die nur flüchtig bemalte Holztafeln an einem Berghang waren. Sie fragte sich, ob Berglöwen die Hauptstraße entlangspazierten. Sie hatten in der Nacht zuvor einen Schrei gehört, und Mike hatte gesagt, es müsse ein Berglöwe auf der Jagd sein.

An ihrem letzten Morgen sagte sie, sie habe eine weitere alltägliche Geschichte für ihn. Er lauschte teilnahmslos ihrer Erzählung von Lucy Griggs und Cletus und der jungen Frau mit dem steinernen Gesicht.

«Es gibt eine Opfertheorie», sagte er. «Ich glaube auch daran. Dieses kleine Mädchen war prädestiniert für eine Vergewaltigung. Weißt du, ein paar von meinen Patienten wohnen in Vierteln, wo es so gefährlich ist, daß man sich um zehn Uhr morgens nicht hintraut. Aber mich hat nie jemand belästigt. Auch deshalb, weil ich nicht erwarte, belästigt zu werden.»

«Du hast für alles eine Antwort.»

«Ich versuche, diese Dinge zu verstehen.»

«Wie kannst du das? Nachdem du schon vorher entschieden hast, was sie bedeuten?»

«Ich versuche, dich zu verstehen.»

Sie schüttelte sich überdeutlich. «Säuberlich in die Schublade gesteckt», sagte sie. «Ich will es nicht hören.»

Plötzlich umarmte er sie. «Ich versuche es, aber ich tu's nicht», sagte er demütig. «Sei nicht so böse mit mir – man kann nicht das ganze Leben lang alles als offene Frage stehenlassen. Sieh dich an! Glaubst du nicht, du hast versucht, ein *System* zu finden, als du dich mit den Roten angefreundet hast?»

«Das war es nicht», murmelte sie mit dem Kopf an seiner Schulter. «Etwas anderes ...»

«Du kannst nicht verlangen, daß Menschen keinen Standpunkt haben – daß sie einfach *schauen,* wie du es tust. Irgendwann wirst du zu ein paar Schlußfolgerungen kommen müssen – du wirst überzeugt und dickköpfig sein müssen, genau wie wir alle.»

Sie hörte ihn kaum, aber sie war nicht mehr zornig. Sie dachte an Onkel Greg, der für irdische Angelegenheiten keine Antworten hatte, der an Gottes Himmel glaubte.

«Du mußt Urteile fällen», sagte Mike. «Wie kann man leben, ohne zu urteilen?»

Sie packten und vergewisserten sich, daß das Feuer erloschen war. Myron bezahlte bei dem Ehepaar, das der kleinen Hüttengemeinde vorstand. Auf der langen Fahrt hinunter zu den wärmeren Regionen sprach er vorwurfsvoll und ruhelos von ihrer Abreise aus Kalifornien. Sie unterwerfe sich einfach ihren Impulsen. Ihr Leben hier sei nicht schlecht. Jetzt sei der Krieg vorbei, und alles werde besser, es gebe mehr Chancen, sie könne sich überlegen, die Schule zu besuchen. Habe sie je daran gedacht, Krankenschwester zu werden? Oder Laborantin? Sie könne gut beobachten – sie würde sich gut eignen für Laborarbeit. Er könne helfen – »

«Nein. Ich gehe.»

«Das kommt, weil du so jung bist.»

«Das muß es sein.»

Melvin half ihr mit Thedas Tisch und den Bücherkisten. Er hatte einen Freund mit einem Kleinlaster. Melvin hatte von seinen sechs Jahren noch ein Jahr zu dienen. Was würde er danach tun?

«Vielleicht erinnert sich Basie an mich», sagte er. «Ich kriege irgendwo eine gute Bleibe. Ich habe ein bißchen Geld gespart. Meine Güte, die alten Zeiten gehen vorbei! Erinnerst du dich, wie nett wir es gehabt haben? Wie wir Karten gespielt haben bei Cletus mit der guten alten Miranda! Da haben wir es gutgehabt, oder? Ich hatte es oft gut und oft schlecht, und ich weiß nicht, was jetzt kommt. Du gehst auch weg, und ich würde es selber gern tun, aber ich muß die Zeit erst zu Ende bringen. Letzte Woche hab ich Cletus gesehen, aber er hat jetzt nicht mehr viel Zeit für mich. Er wird regelmäßig für irgendeine Zeitung schreiben. Er hat mich gefragt, ob ich dich getroffen hätte, aber ich sag dir, Annie, er ist nicht derselbe alte Cletus, den wir kannten. Nichts ist jetzt mehr dasselbe.»

Sie bereitete ihre Abreise vor. Sie brachte das Auto zur Inspektion, und der Mechaniker sagte, bis Texas würde sie es ohne Schwierigkeiten schaffen, was danach sei, wisse er nicht. Sie hatte geglaubt, es würde so viel zu tun geben, aber am Ende war es gar nicht so viel. Einige von denen, die sie gekannt hatte, waren verschwunden; einige waren gestorben, einige hatten sich verändert.

Als sie Myron Eagle zum letzten Mal sah, hatte er sich auf sonderbare Weise gegen sie verhärtet. Sie hatte das Gefühl, daß er sie überhaupt nicht mochte. Doch kurz bevor sie fuhr, gab er ihr ein Bündel zusammengerollter Geldscheine. «Nur ein paar nicht angegebene jüdische Gewinne», sagte er. «Lieber Gott! Was wird aus dir!» Dann küßte er ihre Wangen und strich mit der Hand ihren Arm entlang. «Ich bin traurig», sagte er ernsthaft und sah pummeliger aus denn je und unbeholfen, als ob er die Grenze seines eigenen Körpers nicht spürte. Sie küßte seine olivfarbene Wange und hatte den Geschmack seiner außergewöhnlich glatten, leicht öligen Haut auf den Lippen. Nie wieder, sagte sie sich. Und dann drückte sie ihm zu ihrer beider Überraschung das Geld, das er ihr gegeben hatte, wieder in die Hand.

«Nein, nein. Nimm es!»

«Hilf mir», sagte sie. «Diesmal will ich es nicht.»

Er studierte ihr Gesicht, wie um die Symptome eines körperlichen Leidens festzustellen. Dann steckte er das Geld wieder in die Tasche. «Annie faßt einen Entschluß», sagte er.

«Mach dich nicht lustig.»

«Das werde ich nicht tun, nicht mal in der Erinnerung.»

Sie verbrachte ein paar Stunden mit Eva. Theda war da und schenkte ihr eine hübsche blaue Strickjacke – «falls du mal nach Lappland kommst». Eva hatte einen klumpigen Schokoladenkuchen für sie gebacken.

Aber Thomas war nicht da. «Beim Babysitter», erklärte Eva. «Er ist neuerdings ein bißchen nervös, wenn Leute da sind. Es ist wegen der Augen.»

«Was ist mit seinen Augen?» fragte Annie.

«Ich dachte, Max hätte es dir geschrieben», sagte Eva mit einem Anflug von Ironie. Annie war entsetzt. Max hatte Eva von ihrer Korrespondenz erzählt!

«Nein, hat er nicht. Ich habe ziemlich lange nichts von ihm gehört», sagte sie beschämt.

«Ach, ja? Na ja, du siehst ihn vielleicht in New York. Er hat dort einen kurzen Aufenthalt, bevor er heimkommt.»

«Was ist mit Thomas' Augen?»

«Wir wissen es noch nicht. Er ist von mehreren Ärzten untersucht worden. Das hat ihn alles sehr nervös gemacht.» Eva sah zerstreut im Zimmer umher, als ob sie nach dem kleinen Jungen suche. «Ich bin sicher, es wird bald wieder alles in Ordnung sein», sagte sie. Theda fragte: «Wie heißt es? Was er hat.»

«Ich kann es nicht mal aussprechen», erwiderte Eva und bot ihnen noch einmal Kaffee an und redete dabei wie ein Wasserfall über den Kuchen, das Rezept und warum der Teig geklumpt habe.

Eva schüttelte formell ihre Hand und wünschte ihr Glück. Erst als sie sich zur Wohnung zurückdrehte, sah Annie die Pein in ihrem Gesicht. Als sie Theda heimfuhr, sagte sie: «Worum ging es eigentlich?»

«Eva war da, aber sie ist uns ausgewichen», sagte Theda. «Vielleicht erzählst du Max besser nichts davon, wenn du ihn wirklich sehen solltest. Er ist daran gewöhnt, seine Informationen auf indirektem Weg zu bekommen.»

«Nicht von mir», sagte Annie.

«Er gehört nicht dir», sagte Theda streng.

«Ich habe nie geglaubt, daß mir irgend jemand gehört.»

«Hm.»

Frühmorgens rief sie Cletus an. Sie hörte Brahms im Hintergrund. Vor Angst wurde ihr das Herz schwer. Sie war dabei, den einzigen Ort, an dem sie je eine nennenswerte Zeitlang geblieben war, und die einzigen Freunde, die sie je gehabt hatte, zu verlassen.

«Warum hast du mich nicht besucht?» fragte Cletus. Sie schwieg und sah den Hörer an.

«Jaa», sagte Cletus, als ob sie geantwortet hätte. «So geht es eben. Ich werde an dich denken, Annie.»

«Ich denke auch an dich.»

Am folgenden Morgen um sechs fuhr sie mit zwei Koffern im Kofferraum und einem Tank voll – jetzt nicht mehr rationiertem – Benzin in ihrem alten Auto von Los Angeles weg. Einige Meilen nach der Stadtgrenze stand ein schwarzer Soldat am Straßenrand, der ein Schild hielt, auf dem «HOUSTON» stand. Sie hielt an. Der Mann rannte zu ihr und öffnete die Tür.

«Danke», sagte er, als er einstieg. «Wie weit fahren Sie?»

«Bis an die Ostküste», sagte Annie.

«Ich heiße Mason White», sagte er.

«Wohnen Sie in Houston?»

«Ja, jetzt. Der Krieg ist aus. Ich fahre heim.»

18

Sie fuhren Tag und Nacht und wechselten sich am Steuer ab. Er schlief mit dem Kopf gegen das Fenster gelehnt und der Militärkappe über dem Knie, während Annie sie durch die Mojave-Berge fuhr, die nach Süden hin immer flacher wurden. Sie drückte auf das Gaspedal, und der Wagen raste mit höchster Geschwindigkeit durch nächtlich-abweisende Ortschaften, bis Mason White ihren Arm berührte und sagte: «Nicht zu schnell hier. Wir wollen ja nicht angehalten werden.» Sie hatte vergessen, daß es wirkliche Städte gab – sie war über eine unbevölkerte Landkarte gefahren, hatte nur Straßenschilder gesehen, unbefestigte Straßen, die vom Highway abzweigten und nirgendwo hinführten.

«Als ich nach Kalifornien kam», erzählte sie Mason White, «habe ich einen alten Koch von einem CCC-Camp mitgenommen. Seine Frau bekam gerade ein Kind in einem Bergdorf irgendwo in den Rockies. Er hat sich ans Steuer gesetzt und ist gefahren, als seien die Furien hinter ihm her.»

«Wie lange ist das her?»

«Fünf Jahre», sagte sie, und als sie ihre Worte hörte, konnte sie es selbst nicht glauben; sie erinnerte sich an den Koch, wie er über das Steuer gebeugt dagesessen hatte wie ein großer roter Vogel mit lidlosen Augen, und vergaß für einen Augenblick all die Gesichter zwischen damals und jetzt.

«Fast so lange, wie ich beim Militär war.»

«Haben Sie eine Frau und Kinder in Houston?»

«Nur meine Mutter und meine Schwestern. Aber ich denke, ich werde bald eine Frau haben. Man sagt, alles wird jetzt besser. Die Illustrierten, die Zeitungen sagen, daß alles besser wird für uns. Bessere Arbeit. Besseres Leben.»

Sie spürte die leichte Betonung, die er auf das Wort «uns» gelegt hatte, als ob er dabei ihren Arm berührt hätte; er hatte nicht sie gemeint.

«Sie können jetzt nicht zurück», fuhr Mason White fort. «Die Leute hatten gute Jobs in den Rüstungsfabriken, sie werden nicht wieder Böden schrubben.»

«Haben Sie immer in Houston gelebt?»

«Seit der Zeit, als wir von Alabama hierherkamen. Mein Vater hatte dort eine kleine Gemüsefarm. Eines Tages war er auf dem Weg zum Markt. Ein weißer Typ kam aus einer Seitenstraße und krachte direkt in den Laster meines Vaters. Mein Vater kam heim und sagte: ‹Packt eure Sachen.› Verstehen Sie, wenn sie einem etwas Schlimmes antun, wird es bald etwas noch Schlimmeres sein. Er hämmerte die Beule aus der Lastertür, und wir packten alles, was wir tragen konnten, hinein, verließen den Ort noch in derselben Nacht und fuhren nach Houston, weil er einen Bruder dort hatte. Dann, nachdem wir ein Jahr oder so da gewesen waren, zog mein Vater weiter. Ich weiß nicht, niemand von uns weiß, wo er gelandet ist. Meine Schwestern machen beide eine Ausbildung als Krankenschwestern. Die Lage wurde etwas besser während des Krieges. Sie können uns jetzt nicht zwingen, den ganzen Weg wieder zurückzugehen.»

Während Annie schlief, fuhr Mason White über die Grenze nach Texas.

Weil Mason darauf bestanden hatte, war Annie allein in die Raststätten an der Straße gegangen und hatte für sie beide belegte Brote und Kaffee gekauft. «Aber Sie sind Soldat!» hatte sie protestiert.

«Es ist ganz egal, was ich bin.»

Beim Tanken suchte er sich immer die kleinsten Kreuzungen aus, Orte, wo zur Tankstelle ein Laden gehörte und ein paar alte Männer auf der Veranda schaukelten und in ihren Zähnen stocherten. Es waren ganz unbedeutende Ansiedlungen, und die Bretter, aus denen die baufälligen Gebäude bestanden, sahen aus wie von einem Hurrikan hinterlassene Trümmer. Es gab keine Versorgungsstationen für Reisende, nur der immergleiche alte Laden mit seinen Besen und Hacken, Tüten mit Tierfutter und Säcken mit Nägeln und ein paar Konservendosen, und der Benzintank steckte so fest im Boden, als wäre er direkt aus einem Loch im Himmel heruntergestürzt. Manchmal entdeckte Annie in einem Lokal eine schmutzige Toilette. Aber Mason White wartete, bis sie auf der Hauptstraße waren, und während sie sich auf dem Sitz zurücklehnte, suchte er sich einen versteckten Platz hinter Felsen und Gebüsch.

Er fuhr absolut kontrolliert, das Auto war sein Diener. Sein klares braunes Gesicht war vor Müdigkeit ganz zerknittert. Er war ein zurückhaltender Mann, aber der kleine Raum des Autos ließ die Distanz zwischen ihnen schwinden, und bald entstand darin jene besondere Vertrautheit, die es nur zwischen Menschen mit einem gemeinsamen Ziel gibt. Er war rücksichtsvoll ihr gegenüber. Er nahm aufmerksam die Zeichen ihrer Erschöpfung wahr. «Sie sind jetzt zu müde. Halten Sie an, ich fahre weiter», sagte er oft.

Stündlich kamen sie in immer gefährlicher werdendes Territorium. Als der Zeiger auf der Tankanzeige sich dem roten Bereich näherte, spürte sie seine Angst und wußte, daß sie größer war als ihre eigene.

«Sie trauen sich was, mich im Auto mitzunehmen», bemerkte er einmal.

«So habe ich es nicht gesehen.»

«Ich weiß», sagte er. «Ich sag's Ihnen nur. Vor fünf Jahren hätten sie mir die Beine dafür gebrochen. Ich bin nicht sicher, was sie jetzt machen würden, wenn ich nicht diese Sergeantstreifen auf der Schulter hätte, diese

Uniform, und wenn alle ihre jungen Männer zurück wären, nicht nur diese alten Knochen, die da herumklappern.»

Weil ihre Angst immer größer wurde, weil sie diese Angst überwinden wollte, um zu beweisen, daß sie unbegründet war, bestand sie schließlich darauf, daß sie beide in eine Bar gingen, die mit ihren Hackbratensandwiches und ihrem kalten Bier warb. Einige graue Hütten, die aufgeblähten Hühnerställen glichen, standen auf dem holperigen Feld hinter der Bar. Bei einer stand die Tür offen, die in einen dunklen Innenraum führte. Ein glänzendes schwarzes Rohr lehnte an der grauen Lattenwand, und daneben stand ein gelbes Huhn in erwartungsvoller Haltung. Sonst regte sich nirgends Leben.

«Hören Sie, haben Sie gesehen, wie diese Leute uns anstarren? Der Mann an der letzten Tankstelle hat Sie angesehen, als wären Sie der letzte Dreck.»

Nach drei Tagen und zwei Nächten dauernden Fahrens wurde sie von Verzweiflung eingeholt, als ob sie die ganze Zeit hinter ihnen gewesen wäre und nur auf diesen Moment gewartet hätte, ungefähr hundert Meilen weit von Houston entfernt. Sie konnte es nicht glauben, daß sie irgendwohin fuhr oder irgendwoher kam. Es war lebenswichtig, daß sie zusammen in diese Bar gingen. Sie war plötzlich voller Wut und hörte nicht auf Whites Bitten, vorsichtig zu sein. Er folgte ihr, zögernd, im Abstand von einigen Schritten in den kühlen, staubigen langen Raum, wo ein paar alte Männer auf Barhockern an einer schmalen Theke saßen. Der Barkeeper hatte einen arthritisch verkrümmten Rücken, sein Truthahnkopf streckte sich zwischen den Schultern nach vorn.

«Nimm die Mütze ab, Junge!»

Annie wirbelte herum und sah, daß sich Mason White mit der Militärkappe auf dem Kopf zurückzog in Richtung Tür.

«Er ist Soldat!» rief sie. «Er war im Krieg!»

«Wir haben andere Ansichten darüber», quiekte der Barmann.

Die alten Männer starrten sie ausdruckslos an. «Wenn Sie was wollen, können Sie es haben. Aber er muß die Mütze abnehmen. Und Hackbratensandwiches sind aus. Es gibt nur noch ein paar Scheiben Schinken.»

Mason White schüttelte leicht den Kopf. Sie gingen zum Auto zurück und hörten hinter sich das Zischen uralten brüchigen Gelächters.

Sie weinte ein paar Tränen und beobachtete dabei, daß das Huhn jetzt vergeblich die harte gelbe Erde beim Auto aufkratzte. «Schauen Sie sich dieses verdammte dumme Huhn an!» sagte sie. Mason Whites Hände lagen auf dem Steuerrad. «Gut», sagte sie und wischte sich mit der Hand über das Gesicht. «Fahren wir.»

Am frühen Abend kamen sie in Houston an. In dem Viertel, wo die Farbigen wohnten, waren außergewöhnlich viele Polizisten zu sehen.

«Jemand muß etwas zu laut gesagt haben», sagte White. Es war sein erster Scherz.

Die Whites lebten in einem großen, baufälligen Haus mit einer kleinen Wildnis aus hohem Gras um die Verandatreppe. Als Mason White den Motor abstellte, erschienen drei Frauen im Eingang. Er sprang die Stufen hoch. Die Frauen hingen an seinem Hals, eine der jüngeren sah mit unverhohlenem Erstaunen über seine Schulter zu Annie.

«Auf Wiedersehen, Sergeant», rief sie aus dem Fenster.

«Nein, nein. Sie kommen rein und essen mit uns», rief Mason White. Er wandte sich an seine Familie: «Sie hat mich den ganzen Weg mitgenommen.»

Eine seiner Schwestern berührte die Streifen an seiner Jacke, und ihr kleiner Kopf mit den kunstvoll gelegten schwarzen Wellen nickte in Annies Richtung, als ob sie seiner merkwürdigen Idee zustimmte. White kam wieder die Stufen hinunter und ergriff mit Bestimmtheit ihren Arm.

«Nach dem, was Sie für mich getan haben – bitte bleiben Sie. Mama?»

«Ja, natürlich!» sagte Mrs. White mit einem Lächeln zu ihren Töchtern. «Sie muß bleiben.»

Am Eßtisch war Mrs. Whites Gesicht immer ihrem Sohn zugewandt. Sie reichte ihm Teller voll Reis und Fleisch, beobachtete seinen Mund, während er sprach, gefesselt von der Bewegung seiner Lippen, voll träumerischer Wiedersehensfreude. Die Schwestern redeten über ihre Arbeit, das Krankenhaus, die Nachbarn und kicherten immer wieder, wenn sie ihren Bruder ansahen. «Ihr seid so groß geworden», sagte er, und auch darüber kicherten sie. Sie blickten verstohlen zu Annie; sie versuchte, etwas zu sagen; sie nickten bestätigend, bevor sie es beendet hatte, und verscheuchten so ihre Worte.

Werde sie über Nacht bleiben? fragte Mrs. White.

Nein, nein, sie müsse dringend weiter, sagte sie. Mrs. White dankte ihr. Sie betonte immer wieder in übertriebener Weise Annies Güte, was Annie so auffaßte, daß die alte Frau sie im Gegenteil unbewußt wegschob, dorthin zurück, wo sie hingehörte.

White ging mit ihr zum Auto und erklärte ihr, wie sie aus Houston hinauskam.

«Werden Sie jetzt die ganze Nacht fahren?»

«Sie haben mich heute fast den ganzen Tag schlafen lassen. Ich glaube, ich kann es schaffen.»

«New York», sagte er.

«New York», echote sie. «Danach gehe ich nach Europa.»

«Alle gehen jetzt weg. Außer mir. Ich bin jahrelang immer wieder weggezogen, mein ganzes Leben lang, so kommt es mir vor.»

Sie öffnete die Tür. Eine Papiertüte, in der belegte Brote gewesen waren, die sie für ihn gekauft hatte, lag auf dem Boden unter dem Bremspedal.

«Ich nehme das mit», sagte er und beugte sich vor, um die Tüte aufzuheben.

«Es war ein langer Weg durch Texas», sagte er.

Sie schüttelten einander die Hand. Annie wartete einen Augenblick und beobachtete Mason White, wie er zurücklief auf die Veranda, wo seine Mutter und seine Schwestern warteten; sie umschlangen sich mit den Armen, und ihre braunen Gesichter waren so still vor den grauen Dachschindeln, daß sie wie ein Foto in einem Album wirkten.

Sie fuhr die meiste Zeit in dieser Nacht, sang oder sprach mit sich selbst, bis die ersten Strahlen der Morgensonne ihre Augen trafen und sie an den Bordstein fuhr und bis Mittag schlief. Später, in der Dämmerung, konnte sie gerade noch einer toten Kuh ausweichen, deren steifer Kopf aus dem Straßengraben ragte, und eine Stunde später folgte sie dem betrunkenen Fahrer eines alten Fords, der von einer Straßenseite zur anderen kurvte; am Ende stellte sie sich mit der Kraft der Verzweiflung auf das Gaspedal und überholte ihn. In dieser Nacht war sie völlig erschöpft und zahlte zwei Dollar für ein Bett in einer Blockhütte; sie war zu müde, um sich wegen der schmutzigen Matratze, den ausgeleierten Bettfedern, dem Tropfen eines Wasserhahns in einem schmutzigen Waschbecken an der Wand Gedanken zu machen.

Sie trug die Jacke, die Theda ihr geschenkt hatte, und darüber einen Regenmantel, als sie an einem Februarmorgen den Pulaski-Skyway entlangfuhr und in der Ferne die Türme von New York sah.

19

Annie sah, daß der Winter der Straße schon übel mitgespielt hatte. Während sie holpernd in Richtung des dunklen Hauses bergauf fuhr – konnte der alte Mann so früh am Abend schlafen gegangen sein? –, erinnerte sie sich an die Verheerungen jener längst vergangenen Winter, als Eis und Schnee losgebrochen waren und Steine in die Rinnsteine stürzten, so daß die Straße fast unpassierbar geworden war; Autos hoben sich in die Höhe und fielen zu Boden, wenn die Räder griffen und die Bodenhaftung wieder verloren, dann schlingerten und rutschten sie abrupt zur Seite, wenn die Vorderräder im Schlamm durchdrehten und die Hinterräder zwischen schartigen Felsbrocken eingezwängt wurden. Onkel Greg mußte aufgegeben haben – die Straße war noch nie so schlecht gewesen wie heute. Sie öffnete das Fenster, um besser zu sehen, und streckte den Kopf hinaus. Einen Augenblick nahm ihr die Luft den Atem – die sommerliche Feuchtigkeit war abgestorben und menschenfeindlich geworden, die Winterluft des Hudson Valley war von erstickender Klammheit –, und sie spürte auf Stirn und Nase stechende Partikel harten Schnees, als ob der Block des unsichtbaren Himmels in Stücke gehauen würde.

Zu beiden Seiten der Straße erstreckten sich hartgefrorene Felder, die schwarz wirkten, wo Nadelbaumgruppen in Lachen von Dunkelheit standen, und schwach schimmerten, wo Schnee lag unter den kahlen Ästen der Laubbäume, die ihr Großvater in einem anderen Jahrhundert gepflanzt hatte.

Das Vorderteil des Autos stieg in die Höhe, die Räder drehten sich, der Motor hustete, dann war sie auf der ebenen Straße, die das Haus umrundete. Aus einem der oberen Zimmer drang schwaches Licht. Er war nicht tot!

In den ersten drei Tagen in New York hatte sie Onkel Greg mehrmals, morgens und abends, vom Murray-Hill-Hotel aus angerufen, in dem sie sich eingemietet hatte.

Als an diesem Nachmittag um fünf noch immer niemand abgenommen hatte, entschloß sie sich zu tun, was sie tun mußte: Sie fuhr nach Nyack, wo sie erwartete, Onkel Gregs Leiche vorzufinden.

Sie hatte zu lange dem Läuten des Telefons gelauscht und dabei über den Innenhof des Hotels zu einem gegenüberliegenden Fenster geblickt. Neben einer halbvollen Flasche Milch hatte sie dort drüben ein Paar lange weiße Füße auf dem Fensterbrett gesehen. War auch dieser Mensch tot? Er lag auf dem Boden seines Zimmers und hielt neben den Überresten seiner letzten Mahlzeit die Füße so säuberlich, so irrsinnig gekreuzt! Das Hotel war nicht so, wie es ihr Vater ihr einmal beschrieben hatte. Die Vornehmheit, die sie sich vorgestellt hatte und die sie ein paar Tage lang genießen wollte, egal, wieviel es kosten würde – wenn es sich nur irgendwie machen ließ –, war dahin, es gab nur noch schwache Echos davon in den höhlenartigen Zimmern, den marmornen Bädern, auf den zerrissenen, ausgeblichenen Läufern der staubigen Korridore. Die Halle war voll von alten Leuten, die sich vor Schwäche kaum noch auf den Beinen hielten, vor Betrunkenen erschraken und nervös auffuhren, wenn sie das laute Geräusch der Aufzugstüren hörten. Hier und da traten Männer in engen blauen oder grauen Anzügen, die ein wenig wie Kriminelle aussahen, verstohlen ihre Zigaretten auf dem Boden aus.

Sie hielt vor der vertrauten viereckigen Veranda. Als sie über die alten Bretter ging, raschelten die kahlen Glieder eines Fliederbuschs an der Treppe geräuschvoll. Die Tür war nicht verschlossen. Sie betrat die Diele und stand einen Moment in der unangenehm feuchten Stille. Aber es gab keinen Grund zur Vorsicht; sie erinnerte sich, wo alles war, und strebte mit sicheren Schritten auf die Treppe zu, vorbei an den Tischen, den Stühlen, der Garderobe; ihre Hand strich über den Rücken des Bronzelöwen, als sie die Stufen hinaufging, und sie spürte den dicken Staub an ihren Fingern. Plötzlich hörte sie ein sonderbares und beunruhigendes Geräusch, eine Folge beständiger *Pings*. Dann ein schwereres dumpfes Geräusch, dann ein hohles *Bang*.

In der Diele im ersten Stock sah sie das Zimmer vor sich, aus dem das flackernde Licht gekommen war, das sie vom Auto aus gesehen hatte. Sie ging schnell darauf zu. Fast der ganze Boden war mit einer Vielzahl von Behältnissen bedeckt, Töpfen, Eimern, Schalen, Vasen, Pfannen in den unterschiedlichsten Formen, und in sie tropfte mit erbarmungsloser Regelmäßigkeit Wasser von der Decke. Sie machte einen Schritt in das Zimmer hinein. Eine Kerzenflamme schwankte im von ihr verursachten Zug, und sie drehte sich nach links und stieß mit der Seite des Schlittenbetts aus Mahagoni zusammen. Darin lag, schlafend oder bewußtlos, Onkel Greg unter einer verblichenen grünen Steppdecke. Eine Hand hielt die Decke gepackt; auf den verrunzelten Fingern waren Wachsflecken. Probehalber drückte sie auf einen Lichtschalter. Es gab keinen Strom.

Sie berührte sein Gesicht, das bis zu den Wangen mit weißen Bartstoppeln zugewachsen war. Seine Lider flatterten und schlossen sich wieder.

«Onkel Greg?»

Wasser tropfte auf ihr Haar. Sie sah zur Decke, an der dunkle Kreise die Löcher im Putz markierten. Das Dach hatte endlich über ihn triumphiert.

In seinem Gesicht waren die dunklen Kreise seiner geschlossenen Augen. Nur die wachsfleckigen Finger seiner Hand schienen lebendig, obwohl auch die Hand sich nicht bewegte, doch sie hatte die Decke zusammengerafft und hielt sie immer noch fest; es war ein Widerhall von Kraft in der knochigen Faust. Es war, als hätte sich alles Leben aus ihm zurückgezogen, außer an dieser Stelle. Doch seine Augen öffneten sich erneut – sie war gerade weggegangen, zum Telefon. Man mußte jemanden anrufen, das Krankenhaus, die Polizei. Sie hielt inne, wünschte sich, seine Augen wären noch geschlossen und würden nicht mit solchem Erstaunen an die Decke starren.

«Onkel Greg?» flüsterte sie.

Sein Kopf drehte sich kaum merklich. Der Mund, der in geschlossenem Zustand wie eingetrocknet wirkte, öffnete sich ungleichmäßig, hier und da klebten die Lippen zusammen. Einen Moment sah er sie mit derselben Verständnislosigkeit an, wie er die tropfende Decke betrachtet hatte. Dann zog sich sein Mund etwas in die Länge; es war der Versuch eines Lächelns.

«Du bist krank. Ich rufe das Krankenhaus an.»

«Ja», flüsterte er. «Jetzt bin ich krank.»

«Die Heizung geht nicht.»

«Nichts geht mehr», sagte er, allmählich seine Stimme wiedergewinnend, als hätte er einen Berg erklettert und sie ganz oben gefunden – eine Stimme wie ein dünnes Pfeifen.

«Ich bin gleich zurück.»

«Nein. Warte. Ich weiß nicht, ob das Telefon geht.»

«Es geht. Ich habe dich von New York aus angerufen.»

«Ja. Das war es wohl. Ich dachte, ich hätte es läuten gehört. Aber ich dachte, es sei im Traum. Ich hab geträumt.»

Er ließ die Decke los und versteckte seine Hand; er versuchte, sich aufzusetzen.

«Nicht. Beweg dich nicht», sagte sie.

«Annie?»

Erkannte er sie erst jetzt?

«Erinnerst du dich an Helen Sears?»

Sie dachte, er würde ihr von den alten Zeiten erzählen, von der Familie Sears, die ein paar Meilen von hier gewohnt hatte, von dem Feuer, das vor fünfzehn Jahren vom alten Ephraim Sears verursacht worden war, als er eine Kerosinlampe auf seine Frau geworfen hatte, eine Frau, die der Sprache abgeschworen hatte zugunsten ihrer Hände, mit denen sie auf ihren Mann, ihre Kinder, ihre Schwestern, ihren eigenen Vater, solange er noch lebte, eintrommelte. Das Haus war bis zu den Grundmauern niedergebrannt. Annie entsann sich Onkel Gregs fassungslosen Grauens, als er ihr erzählte, daß niemand überlebt habe, außer der alten Frau und ihrer Tochter Helen; bei diesem einen Mal hatte er vergessen, daß Annie ein Kind war und von solchen Dingen nichts hören sollte. Mit dem Rauchgeruch am Körper und rußigen Händen hatte er unten in der Diele gestanden, und die Geschichte war aus ihm herausgesprudelt. Später hatte er versucht, sie noch einmal zu erzählen und zu glätten. Aber es war zu spät gewesen. Am nächsten Tag war sie heimlich nach der Schule zu der noch rauchenden Ruine gegangen; sie hatte sich gefragt, ob die Knochen des alten Ephraim noch irgendwo zwischen den verkohlten nassen Balken seien. Und da war noch Helens jüngerer Bruder gewesen, der ebenfalls bei lebendigem Leibe verbrannt war.

«Onkel Greg –»

«Nein, nein, nein.» Auf einmal war er griesgrämig, machte ein böses Gesicht. «Ich will, daß du Helen anrufst. Nicht das Krankenhaus. Sie hat ein Pflegeheim. Dahin will ich. Ich habe diesen Bruch. Das ist alles. Darum habe ich mich nicht bewegen können.»

«Hast du gegessen?»

«Kein Hunger.» Er seufzte furchtbar. Seine Augen schlossen sich. Sie legte die Hand auf seinen Kopf. Sein Haar war naß.

Sie ging wieder die Treppen hinunter. Er war so eingefallen! Wie lange hatte er nichts mehr zu sich genommen? Sie entzündete ein Streichholz. In der dichten Dunkelheit schien der Bronzelöwe seine bronzene Mähne zu schütteln, als er die Pfote ausstreckte in Richtung der wartenden Maus. Sie sah die Linien, wo ihre Finger über seinen staubigen Rücken gefahren waren. Das Telefon war an seinem gewohnten Platz.

Es war einfach. Die Einrichtung nannte sich einfach Sears-Pflegeheim. Miss Sears nahm selbst ab. Ja, natürlich erinnerte sie sich an Annie.

«Onkel Greg ist furchtbar krank. Ich glaube, er hat tagelang nichts gegessen. Die Decke besteht nur noch aus Löchern, und der Schnee schmilzt direkt über seinem Bett.»

«Kannst du ihn herbringen?»

«Ich bin ziemlich sicher, daß er nicht gehen kann. Er sagt, es ist ein Bruch. Aber er sieht aus, als wäre er schon fast tot.»

Es gab eine Pause. Dann sagte Helen rasch: «Ein Bruch! Diese alten Jungfern! Ich habe ihm vor einem Jahr gesagt, er solle sich von einem Arzt untersuchen lassen. Er hat versprochen ... natürlich ist er nicht hingegangen. Ach, diese alten Männer! Sie wollen sich nicht ausziehen, weißt du, nicht mal vor einem Mann. Das ist kein Bruch. Ich hätte ihm damals sagen sollen, was ich für die Ursache hielt. Meine Schuld ... alles meine Schuld. Ich hätte ihn besuchen sollen. Aber das Haus hier macht mich kaputt, macht mich einfach völlig kaputt. Ich schicke unseren Rettungswagen. Es dauert etwa eine Stunde. Der Fahrer ißt gerade. Koch ihm einen Tee, wenn er welchen hat.»

«Es gibt keinen Strom.»

«Mein Gott! Sie sind alle gleich! Keinen Strom! Tu eben, was du kannst. Ich erwarte dich.»

Annie saß am Bett und hielt seine schuppige alte Hand. Er schlief; er erwachte. Manchmal redete er. Sie sagte ihm, sie hoffe, bald nach England gehen zu können. Er sah sie nur an. Sie erkannte, daß er es nicht begriff.

«Ich muß neues Werkzeug kaufen», sagte er plötzlich. «Meine Heckenscheren könnten nicht mal Butter schneiden. Entweder, man kriegt solche Dinge kaum, oder sie sind teuer! Ach, ich könnte nach Jericho fliegen! Die ganze Welt ärgert mich so! Merkst du, wie die Stadt aussieht? Sie spucken auf den Gehsteig, und alles ist ihnen egal. Wenn ich daran denke, wie sehr mein lieber Vater diesen Ort liebte!» Unvermittelt schlossen sich seine Augen. Sein Atem ging so schwer, als ob er die Luft mit einem Eimer aus seinen Lungen hochzöge; es gab nicht genug Luft für einen einzigen richtigen Atemzug.

Endlich kamen sie, wickelten ihn in die Steppdecke und hoben ihn auf eine Tragbahre; einer der Männer leuchtete mit einer Taschenlampe, als sie die Treppen hinuntergingen. Annie blies die Kerze aus. In dem dunklen Zimmer tropfte das Wasser unaufhörlich in die Töpfe. Bis zum Morgen würden sie bestimmt überfließen.

Der Riegel an der vorderen Tür war gebrochen. Sie ließ die Tür angelehnt und beobachtete, wie der Sanitäter den alten Mann mit einer rosa Decke zudeckte. Als sie zu ihrem Auto ging, stolperte sie über die Steppdecke, die sie auf den Boden geworfen hatten und die schon ganz durchgeweicht war.

Helen Sears wartete im Pflegeheim. Sie nickte Annie zu und gab einer Schwester, die auf den alten Mann auf dem Tisch hinuntersah, Anweisungen. Ein junger Arzt betrat den Raum und zog die Decke zurück. Onkel Greg trug Hemd und Hose, aber er war barfuß. Der Arzt zog die Hose herunter, schob das Hemd hinauf. Er befühlte, untersuchte, schüttelte den Kopf.

Später sagte Helen Sears: «Also, es ist unverkennbar und viel zu spät, um irgendwas zu tun. Er ist vom Krebs ganz zerfressen. Wir brauchen keine Laborberichte dafür. Sogar dieser Ignorant von Arzt, dieser sogenannte Doktor ... Gott weiß, was sie ihnen heutzutage auf der Schule beibringen – sogar er weiß es. Er hat nicht mehr lange zu leben.»

«Wie lang?»

«Einen Tag, ein paar Tage. Nun gut, wir werden es ihm schön machen. Das ist mein Geschäft – es diesen alten Kerlen angenehm zu machen. Es hat keinen Zweck, ihn ins Krankenhaus zu schaffen. Ich habe ein Dutzend von ihnen hier, die sterben. Aber sie haben es gut. Niemand kann sagen, sie hätten es nicht gut.»

Helen Sears betrachtete nachdenklich ihre großen, sauberen, breiten Hände. «Geranien in den Zimmern», sagte sie.

«Ich komme also morgen wieder.»

Aber Helen hörte nicht zu. Sie starrte Annie an, sah durch sie hindurch. «Hättest du das geglaubt?» flüsterte sie. «Meine eigene Mutter ist hier! Neunzig. Sie scheißt und schmiert sich die Scheiße ins Haar und beißt die Schwestern ...» Ihre Lippen wurden breiter, und auf einmal lachte sie laut und hielt sich dann den Mund zu. «Ich bin nicht verrückt», sagte sie gleich darauf. «Ich nehme an, du kennst die Geschichte? Über meinen Vater und Bruder und den Brand? Na ja, die alte Hexe kann niemanden mehr schlagen. Wo wohnst du? Ich werde dich vielleicht anrufen müssen.»

«Ich bin im Murray-Hill-Hotel, aber ich muß ein Zimmer finden, wo ich länger bleiben kann. Morgen sehe ich mich danach um. Sie können eine Nachricht hinterlassen. Ich komme ohnehin irgendwann morgen wieder her, und vielleicht habe ich bis dahin eine Wohnung.»

Die ältere Frau nickte. «Willst du einen Kaffee?» fragte sie mit überraschender Freundlichkeit.

«Nein, nein, danke. Es ist das beste, wenn ich jetzt gehe.»

«Arbeitest du, oder was? Ich habe mich immer gefragt, was aus dir geworden ist. Natürlich habe ich mich das nicht dauernd gefragt, ich hatte zuviel damit zu tun, an andere Leute zu denken.»

«Ich gehe nach England. Ich hab ein bißchen Geld gespart.»

«Hat *er* Geld?»

«Es gab immer so eine Art Versicherung von seinem Vater.»

«Deinem Großvater», unterbrach Helen.

«Ja. Meinem Großvater. Ich weiß nicht genau, wie es funktionierte, aber er hat viermal im Jahr einen Scheck bekommen. Ich erinnere mich daran, weil er immer vorgehabt hat, das Dach zu reparieren, und dann, als das Geld kam, mußte er andere Sachen damit bezahlen.»

«Er muß auch bei seiner Gärtnerarbeit etwas verdient haben.»

«Ich weiß es einfach nicht. Ich war fünf Jahre weg.»

«Ja. Und diese Alten reden nicht gern über Geld, oder? Na ja, er war gut zu mir, besonders nachdem mein Vater versucht hat, uns einzuäschern. Wir kriegen das schon hin.» Sie stand auf. «England. Ich war nie irgendwo», sagte sie. «Und was wirst du dort machen?»

«Ich weiß noch nicht. Ich suche mir eine Arbeit.»

«Nach England gehen, um sich Arbeit zu suchen ... Hättest du nichts finden können, was etwas näher an zu Hause ist?»

Aus Helens Neugier war deutlich der Vorwurf herauszuhören.

«Ich will», begann Annie und versuchte dabei, ihre Augen auf die Frau gerichtet zu halten, mußte aber beschämt wegblicken, «also, was ich will, ist ein Ort, wo ich noch nicht gewesen bin, wissen Sie.» Wenn sie über sich selbst Rechenschaft ablegen sollte, verdächtigte sie sich gleich zweifelhafter Beweggründe – wie Helen es vermutlich tat. Vor einiger Zeit war dieser plötzliche starke Vorsatz dagewesen. Hatte sie es Theda gesagt? Myron Eagle? «Ich gehe nach Europa.» Warum hatte sie überhaupt beschlossen, irgendwohin zu gehen? Helen Sears lächelte schwach.

«Ich war nie irgendwo», sagte sie noch einmal. «Ich denke manchmal, es gibt keinen anderen Ort außer diesem und daß Europa oder Mexiko oder die Fidschiinseln nur im Kopf existieren. Natürlich –»

«Ich will einen neuen Anfang machen», unterbrach Annie. «Das habe ich gemeint.»

Helen sah mit ernster Miene auf ihre Uhr. Annie stand auf, um zu gehen.

«Hat er irgendwelche Verwandten, außer dir?»

«Ich erinnere mich, daß es eine Cousine gab. Das liegt so lange zurück. Sie war mit irgend jemandem in Providence, Rhode Island, verheiratet. Ich glaube, sie leben immer noch dort.»

«Du mußt seine Papiere durchsehen und herausfinden, was du kannst. Er wird sterben, weißt du. Es ist lästig, die Beerdigung und all das. Denkst du, er hat ein Testament gemacht? Es gibt das Haus und das Grundstück. Es ist wahrscheinlich etwas wert.»

«Aber – verstehen Sie nicht? Ich war weg! Ich weiß nichts über diese Dinge. Wie sollte ich?»

«Du mußt dich jetzt kundig machen. Ich werde es ihm so angenehm machen, wie ich kann. Aber was ist mit dem Haus, seinen Sachen? Du kannst nicht einfach weggehen. Er war doch dein Onkel.»

«Er ist noch nicht tot!»

«Ich habe mich fünfzehn Jahre um eine mordlüsterne alte Frau gekümmert! Sie ist daran schuld, daß mein Vater und mein Bruder in Flammen aufgegangen sind. Ich bin auf die Schwesternschule gegangen und habe es gehaßt! Gehaßt! Aber ich war dazu bestimmt. Es war der einzige Weg, mich um *sie* zu kümmern! Wenn ich nicht gewesen wäre, wäre sie in die Klapsmühle gekommen. Glaubst du, du kannst einfach nach England abreisen, wie es dir paßt, und so eine Verpflichtung vergessen?»

Helen Sears stand neben einem Glaskasten, in dessen Fächern eine Reihe von metallenen Instrumenten lagen, einige davon Scheren mit überkreuzten Schneiden.

«Das werde ich nicht. Das tue ich nicht. Ich kann sowieso die nächste Zeit nicht abreisen», protestierte Annie. «Sie verstehen nicht. Ich weiß nur nicht, *was* ich zu tun habe! Und er atmet doch noch. Vielleicht stirbt er nicht. Wie können Sie wissen, daß er stirbt?»

«Ich nehme die Leute nur, wenn sie sterben», rief Helen Sears, «also muß er sterben!»

«Ich komme morgen wieder», schrie Annie und hielt ihre Hände vor die Brust. Die Frau war fähig, sie anzugreifen! Sie konnte ihr diesen Glaskasten an den Kopf werfen! Sie war verrückt, so verrückt wie ihre alte Mutter. Helen sah wieder auf die Uhr. Was konnte die Uhr ihr mitteilen?

«Na gut», sagte Helen in ruhigem Ton. «Es tut mir leid, daß ich so hitzig war. Ich habe mit Angehörigen zu tun, weißt du. Die ganze Zeit.» Sie stieß ein tonloses kleines Kichern aus. «Es läßt einen ziemlich bitter werden, zynisch, könnte man sagen.»

In ihrem Zimmer im Murray-Hill-Hotel starrte Annie lange das Telefon an. Es war erst neun Uhr in Los Angeles. Theda würde schon auf den Beinen sein. Aber was konnte Theda ihr sagen? Wollte sie etwas gesagt bekommen? Nur Thedas Stimme wollte sie hören, die Stimme einer Freundin!

Sie wußte, was sie zu tun hatte. Sie würde am nächsten Morgen die Fotos machen lassen für den Paßantrag, den sie sich im Rockefeller Center geholt hatte. Sie würde sich ein Zimmer in Greenwich Village suchen. Die Ausstellung des Passes dauerte zwei Wochen – wenn sie einen bekam. Sie würde sich um die Schiffspassage kümmern müssen. Dann würde sie nach Nyack in das alte Haus fahren und Onkel Gregs Schreibtisch durchsehen.

Sie las den Antrag. Die Fotos waren einfach! Und sehr bald würde sie eine Adresse haben. Aber woher nahm sie jemanden, der ihr *Identitätszeuge* sein könnte? Sie kannte *niemanden* in dieser Stadt. Sie begann, den Antrag auszufüllen. *Dieser Teil nur für weibliche Antragsteller*, hieß es. *Ich war nie verheiratet. Das Datum meiner letzten Eheschließung* – ein großer Tintenklecks breitete sich von der Spitze ihres Füllers auf die Zeile aus. Das Zimmer war kalt. Theda hatte gesagt, sie hätten eine Akte über sie.

Ich beabsichtige, die folgenden Länder aus den unten angegebenen Gründen zu besuchen: «England», schrieb sie.

Welche Gründe? Die gegenüberliegenden Fenster waren dunkel. Ein trübseliger Regen fiel, schwach tröpfelte es im Innenhof. Es wird mir nicht möglich sein wegzugehen, dachte sie. Ich habe keinen Identitätszeugen. Onkel Greg wird noch lange nicht sterben. Ich werde ein Zimmer finden, und alles fängt von vorn an. Es gibt immer irgendwo ein Zimmer.

Sie zog sich aus und ging ins Bett. Die Ungeheuerlichkeit dessen, was sie hatte tun wollen! In ihrem Wahn hatte sie sich vorgestellt, daß es nur eine Sache des Willens sei und daß man etwas Geld brauchte. Aber Papiere. Fotos. Zeuge. Plan. Grund. Adresse. Eid. Und ein paar Meilen hudsonaufwärts stand in diesem zusammenfallenden alten Haus ein Schreibtisch mit Schubladen voller Papiere, Onkel Gregs Fluchtpapieren, einem Testament, einer Urkunde, Todesdokumenten. Sie hatte schon ihre eigene Spur, Heiratszertifikat und Scheidungsurkunde, Sozialversicherungskarte, eine Akte in Washington, Unterschriftenlisten, in denen sie sich eingetragen hatte, Arbeitsverträge, Führerschein. Ach! Der Himmel wußte, welche Fallen sie vor langer Zeit für sich selbst aufgestellt hatte, die in Monaten und Jahren zuschnappen würden!

Was würde mit dem alten Haus geschehen? Konnte er es ihr vermacht haben? Nein, sicher nicht. Das hätte bedeutet, daß er ihr sein eigenes Schicksal überschrieb. Sie würde das Haus nicht annehmen. Sie würde es Helen Sears übergeben – damit sie es mit sterbenden Menschen füllte, denen sie es «schön» machte. Nach einiger Zeit entspannte sie sich. Sie döste. Ein Name murmelte in ihrem Kopf, kämpfte sich an die Oberfläche, ein sonderbarer Name. Jersey Lighter. Sie setzte sich im Bett auf und griff nach dem Telefon. Die Auskunft gab ihr die Nummer. Er hatte sie gemocht. Er würde sich an sie erinnern. Hatte er ihr nicht dieses Papier gegeben? Etwas über einen Engel, Anrichte, Kamin, das Schicksal der Welt? Er würde ihr Zeuge sein.

Jersey Lighter wartete in einer Nische nicht weit von der Tür zur Küche in dem chinesischen Restaurant, wo sie sich treffen wollten. Zuerst sah er sie nicht; mit der Brille auf der Nase sah er auf die Speisekarte, die er umdrehte, als sie in die Nische schlüpfte. Dann stand er auf und verbeugte sich linkisch über dem Tisch.

«Wie geht es dir, Annie?» fragte er ernst, als ob nur ein paar Tage vergangen seien, nicht Jahre. Sie schüttelte die ihr angebotene Hand. Er nahm wieder die Speisekarte und setzte sich. «Bist du an Ideographie interessiert? Ich bringe mir selber chinesische Zeichen bei. Es ist eine gute Übung für die Hand.» Sie warf einen Blick darauf und sah statt der schmutzigen Speisekarte die verblichene sepiafarbene Handschrift auf den Papieren, Postkarten und Briefen, die sie an diesem Nachmittag in dem Haus in Nyack durchgesehen hatte. Ihre Hände waren immer noch staubig; sie hatte keine Zeit gehabt, beim Hotel vorbeizufahren und sich zu waschen. Sie strich sich das Haar aus dem Gesicht; es war ihr bewußt, daß sie furchtbar aussah.

«Wie geht es eurem Baby?» fragte sie und versuchte, sich an den Namen von Jersey Lighters Frau zu erinnern.

«Dandy», sagte er. «So nennen wir sie. Sie heißt Daniela. Elmira mag ausländische Namen.» Das Wort «Elmira» hatte er etwas betont, als ob er wüßte, daß Annie ihren Namen vergessen hatte.

«Es tut mir leid, wenn ich dir Unannehmlichkeiten mache», sagte sie, «aber mir ist niemand anderes eingefallen. Du müßtest mit mir zum Paßamt gehen. Ich hoffe, es macht dir nichts aus.»

«Nein. Ich freue mich. Zur Zeit ist nicht viel los. Bald kommen die Frühjahrsschaufenster, aber jetzt geht es gut. Wie war's? In Kalifornien?»

Es mußte ihr ins Gesicht geschrieben sein, daß sie sich außerstande sah, eine solche Frage zu beantworten, denn er lächelte und sagte: «Egal. Es ist eine lange Zeit gewesen. Du siehst aus, als hättest du es geschafft. Walter ist in New York, weißt du. Ich habe ihn vor ein paar Tagen gesehen. Er sagte, er hätte irgend jemandem dort drüben geschrieben, der herausfinden sollte, wo du bist.»

«Walter!» rief sie ängstlich aus.

«Er sagt, er braucht die Scheidungspapiere von dir.» Ein Kellner kam zu ihrem Tisch, und er sprach nicht weiter. «Was willst du?»

«Ich weiß nicht. Kannst du bestellen? Nicht zuviel. Ich habe keinen Hunger.»

Er sagte dem Kellner, was er bringen solle, ohne auf die Karte zu sehen. Annie nahm an, daß er oft hier aß. Dann sagte er auf dieselbe ruhige und distanzierte Art, die sie von dem Abend vor fünf Jahren noch in Erinnerung hatte: «Walter heiratet wieder. Darum braucht er die Papiere.»

Sie mußte einen so bestürzten Eindruck gemacht haben, daß er ihren Arm mit seiner kleinen, gepflegten Hand berührte. Aber er hatte ihre Reaktion mißverstanden. Es war nicht der Gedanke an Walters neue Heirat. Es war der Gedanke an Walter selbst. Sie lachte ein bißchen.

«Alles in Ordnung», sagte sie. «Nur daß ich mir Walter einen Moment lang nicht vorstellen konnte. Ich meine, daß er wirklich existiert und in der Stadt herumläuft. Ich bin nicht – eifersüchtig.»

Wie wenig Jersey sich verändert hatte! Der gleiche milde Ausdruck, sogar die gleiche Goldrandbrille. Jetzt erinnerte sie sich daran, wie er in jener Wohnung unterm Dach in einem Winkel gesessen und auf eine Puppe hinuntergesehen hatte.

«Machst du immer noch diese –»

«Die Puppen. Ja. Es ist uns gutgegangen. Nicht so gut, wie wir gedacht hatten. Der Krieg hat es unterbrochen. Die Armee hat mich nicht genommen. Ich hatte als Kind schweres Rheuma. Tagsüber mußte ich in einer Maschinenfabrik am Irving Place arbeiten. Da haben sie mit Industriediamanten Sachen geschnitten und geschliffen. Nachts haben wir die Puppen gemacht und ein paar verkauft. Kaufhäuser halten sich ewig. Wir sind zurechtgekommen.»

«Ich habe eine Weile in einer Schiffswerft gearbeitet. Ich sollte eine Ständerbohrmaschine bedienen, aber ich habe aufgehört, bevor ich richtig dazu gekommen bin.»

Er lächelte. «Na, ein bißchen praktisches Wissen schadet nie. Eines Tages kann man es vielleicht gebrauchen.»

Der Kellner brachte zwei kleine Schalen Suppe. Sie aß, dankbar für die dünne Brühe. Sie hätte von fester Nahrung nicht viel heruntergebracht. Jersey hatte noch nicht wissen wollen, wofür sie den Paß brauchte, wohin sie ging. Sie fragte sich, ob irgend etwas ihn aufregte oder ihm angst machte. War es Resignation, die ihn so gleichmütig machte? So wenig fordernd?

«Mein Tag war seltsam», sagte sie und dachte: Es wird ihm nichts ausmachen, davon zu hören, weil es ihn nicht berührt. «Mein Onkel ist schwer krank, und ich mußte zu seinem Haus fahren – wo ich als Kind gelebt habe – und versuchen, seine Papiere zu finden. Aus irgendeinem Grund habe ich nie daran gedacht, daß Leute *Papiere* haben müssen. In einer der Schreibtischschubladen waren ein paar weiße Cracker. Sie zerfielen, als ich sie anfaßte. Und eine andere Schublade war voller großer grauer Münzen. Aber die Postkarten – Dutzende davon! Aus ganz Europa. Und die Schrift war so dünn und spinnenbeinartig, in brauner Tinte. Ich habe zuviel Zeit damit verbracht, das alles zu lesen, über all diese Reisen vor so langer Zeit. Ein paar von ihnen hatte mein Onkel an seine Mutter geschrieben, als er in Deutschland war, das muß vor dem Ersten Weltkrieg gewesen sein. Und ein paar waren von Leuten, von denen ich nie gehört habe. Aber ich fand eine von meiner Mutter an Onkel Greg. Ich habe sie behalten.»

«Was stand darauf?» fragte er.

Der Kellner nahm die Schalen weg und brachte ihnen Reis und zwei zugedeckte Platten.

«Darauf stand: ‹Wir haben ein allerliebstes kleines Haus am Wasser gefunden. Ich bin glücklich. Endlich daheim.›»

«Wo war das kleine Haus?»

«In Rockport, Massachusetts. Und mein Vater ist zurückgegangen. Er ist jetzt dort.»

«Zurückgegangen?»

«Meine Mutter starb, als ich klein war. Seitdem hat er noch zweimal geheiratet. Jetzt ist er wieder dort hingegangen.»

Jersey löffelte zwei kleine Portionen von den Platten auf ihren Teller. Dampf stieg kurz von den Speisen auf und sank wieder in sich zusammen.

«Ich glaube, es gibt einen entscheidenden Unterschied zwischen Leuten, die gern alles zusammen essen, und denen, die die Kartoffel und das Kotelett auf dem Teller so weit voneinander entfernt haben wollen wie möglich. Meine Mutter hat sich den Lauf eines Gewehrs in den Mund gesteckt und sich eine Kugel durch den Kopf gejagt.»

Ihr Atem stockte. Er sah sie gelassen an und fing an zu essen. Dann sagte er: «Ich habe mir sagen lassen, es macht einen Unterschied für ein Kind, wie sie sterben.»

«Nein, so kannst du nicht denken! Du –»

Etwas flackerte in seinem Gesicht. Seine Augen öffneten sich sehr weit, seine Nasenflügel blähten sich. Sein Gesicht war dabei, langsam zu explodieren! Dann beugte er sich wieder über den Teller und nahm noch eine Gabel voll Essen. Als er aufsah, hatten seine Züge wieder die vertraute Form angenommen. «Doch», sagte er. «Ich weiß, ich sehe die Dinge etwas anders als andere Leute. Ich habe diese Idee, daß der Schuß, der sie tötete, mein Gleichgewicht verschoben hat. Ich kann es nicht erklären. Aber damals hatte ich einen guten Vater. Sehr gut. Wie das so ist. Erzähl mir von diesem Haus, dem Haus von deinem Onkel.»

«Es war kalt. Die Heizung geht nicht.»

«Wann reist du ab?»

«Ich muß ein Schiff ausfindig machen. Ich muß ein Zimmer finden. Man braucht eine Adresse, an die sie den Paß schicken können. Es darf kein Hotel sein. Vielleicht bekomme ich nicht mal einen. Vor ein paar Jahren haben sie mich abgewiesen.»

Er sah nachdenklich aus. Dann sagte er: «Ich habe ein paar Freunde in der Handelsmarine, das heißt, außer Walter, der eigentlich kein Freund ist. Ich glaube, die United States Lines haben einige umgerüstete Schiffe, die nach Europa fahren. Während des Krieges wurden sie zum Truppentransport verwendet. Jetzt nehmen sie ein paar Passagiere mit. Du könntest es dort versuchen. Und ich kenne Leute, die Pässe bekommen haben, älter als du und wahrscheinlich wesentlich gefährlicher aus der Sicht des Außenministeriums. Du bist nicht *sehr* gefährlich, oder?»

Er zog sie ein wenig auf, auf eine trockene Weise, wie es ihm entsprach, dachte sie.

«Nein. Ich denke nicht. Aber sie haben mich wirklich einmal abgewiesen.»

«Das ist alles Zufall», sagte er.

«Könntest du übermorgen mit mir hingehen? Als Zeuge?»

«Morgens. Wo wirst du nach dem Zimmer suchen?»

«Hier im Village, dachte ich», sagte sie.

«Da ist ein Haus in der Morton Street, ein kleines altes Mietshaus, aber sehr sauber. Ein italienisches Ehepaar kümmert sich darum. Du könntest es dort versuchen.»

Er brachte sie zu ihrer U-Bahn-Station. «Du hast mir so viel geholfen», sagte sie.

«Die paar Informationen.»

«Danke für das Essen. Ich hatte es nicht so gemeint, daß du bezahlst.»

Sie gaben sich die Hand. Er berührte leicht ihren Arm. «Es hat mir doch weh getan», sagte er. «Die Verwirrung war schrecklich. Aber man leidet nicht ewig. Wie könnte sonst irgend jemand weiterleben?»

«Erinnerst du dich an das Stück Papier, das du mir geschenkt hast? Was stand darauf?» fragte sie schüchtern.

Einen Augenblick wurde sein Gesicht von einem unbekümmerten Lächeln erhellt.

«Der Giotto», murmelte er. «Wie nett, daß du dich daran erinnerst.»

«Treffen wir uns um neun Uhr vor dem Paßamt?»

«Gut», nickte er.

Den ganzen nächsten Morgen wanderte sie in Greenwich Village herum. Jersey hatte vergessen, ihr die Nummer des Hauses in der Morton Street zu geben, aber sie entdeckte eines, das es sein konnte. Es gab viele dieser alten, schmalen Gebäude mit dem schwarzen Z der Feuertreppen quer über der Fassade. Eine Italienerin zeigte ihr ein Zimmer im Erdgeschoß. Sie gingen einen langen Korridor zurück, die feuchten weißen Fliesen auf dem Boden rochen noch nach dem nassen Mop. Das Zimmer ging auf den Innenhof. Vor dem einzigen Fenster war ein Maschendrahtgitter. «Damit die Katzen nicht reinkommen», sagte die alte Frau. In der Mitte des Raums befand sich eine rätselhafte kreisrunde Plastikkonstruktion mit einer schmalen Öffnung. «Jemand wollte da eine Dusche haben. Verrückt», sagte die Frau. «Für wie lange wollen Sie es?»

«Ich weiß noch nicht», sagte Annie, die Angst hatte, die Frau würde ihr das Zimmer nicht vermieten, wenn sie wüßte, wie unsicher ihre Pläne waren.

«Es kostet dreißig Dollar im Monat. Gas zahlen Sie mit Münzen. Sehen Sie?» Sie legte die Hand auf einen Wassertank neben einem breiten Waschbecken. «Ein Vierteldollar, und Sie haben heißes Wasser.» Das letzte sagte sie im Flüsterton, als ob es irgendwie illegal sei. «Aber Sie müssen mir sagen, für wie lange.»

«Ich kann es nicht –»

«Sehen Sie, es ist eine Untervermietung. Der Mann ist Indianer. Billy. Er geht zurück dorthin – wie heißt das? In das Reservat? Und er ist nur sechs Wochen weg. Also verstehen Sie, das ist das Problem.»

«Für mich ist es in Ordnung.»

«Sie müssen keinen Strom zahlen.»

«Wann kann ich es haben?»

«Heute abend.»

Die alte Frau ging zu einem Schlafsofa am Fenster. «Seine Bettwäsche ist schmutzig, hm?»

«Ich gebe Ihnen jetzt das Geld für einen Monat.»

«Da drin ist die Toilette.» Sie zeigte auf eine geschlossene Tür. «Das Waschbecken ist groß genug, daß man sich daran waschen kann. Billy wäscht sich nicht oft.»

«Wollen Sie das Geld?»

«Billy ist gleich zurück. Er ist einkaufen gegangen. Wir warten.»

Sie standen ein paar Minuten schweigend da. Die Italienerin faltete die Hände über ihrem Bauch und schien einzunicken. Annie rechnete. Sie konnte sich ihre Mahlzeiten auf dem zweiflammigen Kocher zubereiten. Es war dumm gewesen, das Zimmer im Hotel zu nehmen, Geldverschwendung. Aber wenn sie morgen hier einzog und äußerst sparsam war, würde sie sich in der Zwischenzeit nicht noch Arbeit suchen müssen. Natürlich hing alles von dem Schiff ab, wann sie eines bekam, wie lange es dauerte, bis es abfuhr; und es hing alles vom Paßamt ab – und von Onkel Greg. Dreißig Tage, sagte sie sich. Keine dieser Fragen würde nach dreißig Tagen noch ohne Antwort sein. Dachte sie, daß Onkel Greg rechtzeitig sterben sollte? Das war es nicht, das konnte es nicht sein. Helen Sears hatte gesagt, er würde nur noch ein paar Tage zu leben haben, höchstens. Als sie gestern im Pflegeheim war, nach den tristen Stunden in dem alten Haus, war er in einem seltsamen Zustand zwischen Schlaf und Bewußtsein gewesen, hatte sie in einem Moment erkannt und im nächsten vergessen, wo er war und wer sie war. Nur einmal war sein Blick klar geworden; sie war gerade dabei gewesen, den Bademantel aufzuhängen, den sie im Haus gefunden und ihm gebracht hatte.

«Nicht der da! Ach, Annie, nicht dieses alte Ding. Ich habe einen guten Morgenrock. In deinem alten Wandschrank. Ich habe ihn da hineingehängt ... Ich weiß nicht, warum ... aber ich werde dieses häßliche Ding nicht anziehen. Jetzt geh und hol den richtigen.» Es erschreckte sie, diese unerwartete Klarheit und daß er hartnäckig auf seinem Morgenrock bestand. Sie war gerührt gewesen – Eitelkeit, die über alles andere hinaus Bestand hatte. Sie hatte seine Kleider durchstöbert. Wie vernachlässigt und schmutzig alles gewesen war! Wie schrecklich, alt zu werden, so krank zu sein, allein, allein, und die Laken wurden grauer, die Knöpfe fielen von den Hemden ab – am Ende ist man zu alt, um sich zu bücken und unter die Möbel zu schauen –, Unterwäsche in Fetzen, Anzüge, die die Gestalt eines alternden Körpers abbildeten, durchgescheuerte Knie.

«Ich habe noch eins, es kann jeden Tag frei werden.» Die Italienerin hatte plötzlich angefangen zu sprechen. «Oben. Ein besseres Zimmer. Er ist drogensüchtig. Er wird sich umbringen.»

«Es ist ganz in Ordnung ... Ich brauche wirklich nur ein Zimmer für ein paar Wochen. Ich gehe ins Ausland.»

«Wie? Wohin?»

«Nach England. Dann auf den Kontinent.»

«Mein Gott! Weshalb tun Sie so etwas?»

Das Erscheinen von Billy, einem großen, dicken, schwarzhaarigen jungen Mann in Latzhosen und rotem Flanellhemd unter der Jacke ersparte ihr die Antwort. Er ignorierte die beiden Frauen und ging direkt zum Herd, auf den er eine kleine Papiertüte legte.

«Billy, Sie haben eine Mieterin», sagte die Frau. «Sie nimmt Ihr Zimmer.»

Billy riß seine Jacke auf, und enorme Schultern rückten in Sichtweite, als er sich drehte und das Kleidungsstück auf das Bett warf.

«Okay. Hat sie Ihnen gesagt, wieviel? Ich kriege fünf für die Möbel. Aber Strom übernehme ich. Hat sie Ihnen das mit dem Gaszähler erklärt? Ich hab ein paar Laken in der Reinigung gleich um die Ecke. Sind jetzt fertig. Sie können sie abholen. Ich fahre in einer Stunde.»

Die Möbel! Eine Schlafcouch, ein Klappstuhl, in dessen Sitz eine Latte fehlte, ein ungestrichener Tisch der billigsten Sorte.

«Sie meinen, es sind fünfunddreißig Dollar?» fragte sie die alte Frau.

«Nein. Wie ich gesagt habe. Sie geben mir fünfundzwanzig, ihm fünf.»

Billy griff hastig nach seiner Jacke und fühlte in den Taschen. «Hier, ich habe einen Schlüssel machen lassen für den Fall, daß jemand das Zimmer nimmt. Verstehen Sie, in sechs Wochen komme ich vom Reservat zurück.»

Sie nickte und nahm den Schlüssel. Die alte Frau wurde plötzlich von einem trockenen Husten geschüttelt. Dieses wütende und sich steigernde Crescendo abgerissener und mit offenem Mund ausgestoßener Laute wirkte merkwürdigerweise wie ein Wutanfall, der Billys ganze Aufmerksamkeit auf sich zog. Nach einem letzten langen Keuchen verstummte die Frau; Tränen rannen ihr die Wangen hinab. «Liebe Güte!» rief Billy.

Annie legte dreißig Dollar auf den Tisch – sollten sie es unter sich aufteilen – und ging schnell über den langen Korridor zurück auf die Straße. Was ihr jetzt Sorgen machte, war, daß sie keinen Mantel hatte. Das Wetter hatte an diesem Morgen plötzlich umgeschlagen, die feuchte, frostige, regnerische Luft war hart und bitterkalt geworden, durchsetzt mit kleinen, eisigen Windstößen wie die kalten Quellen in einem Bergsee. Sie trug zwei Pullover und den Regenmantel. Sie wanderte auf einem schmalen Grat – der Mantel brachte den ganzen Plan in Gefahr. Würde sie nicht in England einen brauchen? Vielleicht gab es etwas Passendes in dem alten Haus, zu dem sie gerade fuhr. Auf dem Dachboden standen Überseekoffer, die sie noch nicht geöffnet hatte. Ein alter Mantel ihrer Mutter vielleicht?

Am dritten Tag ihres Besuchs im Haus spürte sie, daß sein Geist erloschen war. Vielleicht gab es Mäuse im Keller, Eichhörnchen im Dach, aber die Luft roch nach vermodertem Stoff und morsch werdendem Holz, nichts Lebendigem mehr. In Onkel Gregs Schlafzimmer lag das Bettzeug herum, wie es die Sanitäter hinterlassen hatten; die Töpfe auf dem Boden waren fast alle voll, die kleineren standen in feuchten Lachen, weil das Wasser übergeflossen und in die Dielen eingedrungen war. Annie betrachtete das Schlittenbett. Es gehörte ihr.

Gestern hatte sie ein Testament gefunden, bezeugt von einem unentzifferbaren Namen. Das Haus war der Historischen Gesellschaft des Hudson Valley, Hauptsitz in

Cornwall, vermacht worden. Die Möbel, mit Ausnahme des Bettes, sollten an Herrn und Frau Dr. Vernon Fletcher in Providence, Rhode Island, gehen. Der kleine Geldbetrag auf einem Sparbuch in Nyack werde gerade die Kosten eines einfachen Begräbnisses decken, hatte Helen Sears gesagt. «Sehr einfach», hatte sie warnend hinzugefügt. Diese Worte hatte Annie noch im Ohr, als sie gestern an Onkel Gregs Bett gestanden und beobachtet hatte, wie sich sein schmaler Brustkorb unter der Decke hob und senkte. Eine Geranie blühte auf dem Fensterbrett in dem kleinen Zimmer. Voller Entsetzen erinnerte sie sich an ihren Alptraum als Kind, daß man sie lebendig begrub, daß sie in einem hölzernen Kasten tief in der Erde aufwachte.

Heute würde sie Mrs. Vernon Fletcher anrufen müssen, die einzige lebende Angehörige Onkel Gregs, von der sie wußte, außer ihr selbst. Aber zuerst stieg sie zum Dachboden hinauf und dachte dabei immer wieder hoffnungsvoll, daß sich in einem jener Koffer vielleicht ein Mantel befand. In einem entdeckte sie zwischen vergilbten Spitzen und Knopfschachteln und Packen von Briefen ein Samtcape, das am Hals von einem kunstvollen vergoldeten Frosch zusammengehalten wurde. Sie schüttelte es aus, und der Geruch von Lavendel und Staub stieg ihr in die Nase. Dann legte sie es sich um die Schultern und stand eine Weile in der Mitte des Dachbodens und sah aus einem kleinen Fenster hinaus auf den Friedhof, die Wälder, den Rauch aus einem Schornstein irgendwo unten am Fluß. Es gab noch zwei weitere Koffer mit vermoderten Lederriemen, und als sie zu ihnen hinüberging, raschelte das am Boden schleifende Cape hinter ihr. Auf einem Koffer klebte eine verblichene Aufschrift: «Cadogan-Hotel, Sloane Square, London.» Im Innern lag eine Puppe mit Porzellangesicht auf einem dunkelgrünen Schal. Sie hob die Puppe hoch. Ein Auge öffnete sich; die Wimpern waren fast alle ausgefallen, das gemalte blaue Auge starrte sie ausdruckslos an. Sie legte sie wieder in ihr Bett, nahm energisch das Cape ab und lief die Treppen hinunter, um zu telefonieren.

Mrs. Vernon Fletcher nahm beim zweiten Läuten ab. Annie sagte rasch ihren Namen; deutlich hörte sie den geräuschvollen Atem der Frau.

«Na ja, er wurde wirklich langsam alt», sagte Mrs. Fletcher. «Natürlich haben wir ihn jahrelang nicht gesehen, wir waren ja keine engen Verwandten, wissen Sie das nicht? Eigentlich bin ich nur Cousine zweiten Grades. Ich erinnere mich an Sie, als Sie klein waren, da habe ich Sie einmal gesehen.»

«Er wird bald sterben», wiederholte Annie.

«Das nehme ich an. Aber sehen Sie, Vernon fällt es schwer, von hier wegzufahren. Wir fahren fast nie irgendwo hin. Gerade jetzt haben wir acht kranke Hunde und zwei kranke Katzen, und eine Frau ist weggegangen nach Oregon und hat eine gelbe Promenadenmischung bei uns gelassen, und er hat seit Monaten keinen halbwegs verantwortungsbewußten Helfer gefunden. Diese Farbigen bleiben ja nie lange. Wissen Sie, daß sie Angst vor Hunden haben? Komisch ist das. Aber zur Beerdigung kommen wir schon. Ich nehme an, Sie kümmern sich um das alles, weil Sie ja die nächste Angehörige sind und so weiter und er so gut zu Ihnen war, als Ihr Daddy Sie im Stich gelassen hat.»

«Er ist noch nicht tot.»

«Wir müssen alle sterben.»

«Er hat Ihnen die Möbel des Hauses vermacht, außer seinem Bett.»

Man hörte einen tiefen Atemzug am anderen Ende. «Hast du Töne!» sagte Mrs. Fletcher. «Na, so was – der gute alte Knabe! Also, das wird Vernon ganz sicher Auftrieb geben. Ein Tierarzt führt ein Hundeleben.» Sie ließ ein kleines, meckerndes Lachen hören. Annie lächelte grimmig.

«Es gibt eine Menge Bücher», sagte sie.

«Bücher? Gibt es kein Klavier? Mir scheint, ich entsinne mich, daß da ein Klavier war. Und ein Schreibtisch mit vielen Schubladen und ein runder Eßtisch? Ach ja, ich erinnere mich tatsächlich. Schließlich ist es ein großes altes Haus, oder? Na, Gott segne ihn!»

«Dann schaffen Sie es vielleicht doch zu kommen und ihn zu besuchen – solange er noch lebt?» Sie hörte den boshaften Unterton in ihrer eigenen Stimme und war sofort beschämt. Machte ihr der Gedanke so viel Kummer, daß Onkel Greg allein starb, ohne daß sich die Überreste seiner Familie um ihn versammelten? Oder war es ganz einfach ihr eigener schlechter Charakter, ihre Angst, daß Onkel Gregs Krankheit ihren Plänen in die Quere kam? Pläne! Flucht! Ihre Gedanken gingen ihrer Wege – sie mußte bei dem bleiben, was sie gerade tat, aber in ihrem Kopf flammte *England* auf wie ein Neonschriftzug auf einer Anzeigentafel, und sie konnte nicht über das Wort hinaus sehen oder denken.

Sie ging in ihr altes Zimmer. Die kahlen Zweige des Ahornbaums strichen leicht über die Fensterscheibe, immer wieder. Neben dem Bett stand ein Bücherregal. Sie nahm den ersten Band des *Dschungelbuchs* in die Hand, dann *Mein Königreich*. Onkel Greg mußte ihr diese Bücher gekauft haben, dachte sie und las, was auf dem Vorsatzblatt der Kindergedichte von Stevenson stand. «Für Ann, an ihrem sechsten Geburtstag, in Liebe, von Tony», las sie und legte das Buch auf die alte rosa Decke, die noch immer über ihrem Bett lag.

Im Wandschrank hing Onkel Gregs «guter» Morgenrock auf einem Holzbügel. Die Aufschläge waren aus dunkelrotem Moiré. Der kostbare, schwere Stoff, die exzellente Schneiderarbeit verblüfften sie. Was hatte er sich nur gedacht? Der Stoff roch alt, aber sie erinnerte sich nicht, ihn vorher gesehen zu haben. Geheimnisse. Sie dachte an Onkel Gregs Hände, die so rauh waren, geformt von der Arbeit, die er so viele Jahre lang getan hatte, wie sie aus diesen seidenen Ärmelaufschlägen heraussahen.

«Er hat sich etwas erholt», berichtete Miss Sears. «Ich glaube, wegen der Pflege. Ein bißchen Nahrung, ein warmes Zimmer. Es mag dir nicht so vorkommen, aber wir haben ihn mit Morphium vollgepumpt. Die Schmerzen sind stark. Ich kann mir nicht vorstellen, wie er es so lange ausgehalten hat!»

«Weiß er, was er hat?»

«Ach – er behauptet, er wüßte es nicht. Das tun sie oft. Er sagte mir heute morgen, daß er sich furchtbare Sorgen macht», sie brach in ein kurzes, ausgelassenes Lachen aus, «weil Mrs. Belknap anrufen könnte wegen der Frühjahrsbepflanzung. Mrs. Belknap! Noch eine von den alten Hexen. Sie sterben alle weg, weißt du ... Die Leute, mit denen ich aufwuchs, reich und arm, alle sterben sie aus. Früher einmal habe ich gedacht, sie leben ewig. So denken wir alle, wenn wir klein sind.»

«Ich muß mich gegen Pocken impfen lassen. Kennen Sie vielleicht einen Arzt?»

«Ob ich einen Arzt kenne!» rief Helen Sears. «Mein Gott! Ich kenne nichts anderes! Ärzte! Du kannst dich hier impfen lassen. Ich komme nicht darüber hinweg, daß du nach Europa gehst.»

«Es gibt noch etwas», fügte Annie mit plötzlichem Ärger hinzu. Sie hatte Helens Schrillheit, ihr Geschrei, ihre Ausbrüche, ihre hirnlosen Spötteleien gründlich satt. «Hören Sie mir zu, bitte!»

Die Krankenpflegerin zog eine Packung Zigaretten aus ihrer Rocktasche. Plötzlich sah sie demütig aus, als sie ihre Zigarette anzündete und Annie unterwürfig ansah. War das alles, was es brauchte? Ein bißchen Ärger im Ton?

«Dieses Schlittenbett ... Ich weiß nicht, was ich damit anfangen soll. Ich weiß, es ist sehr alt. Ich will nicht, daß

Mrs. Fletcher es bekommt. Aber ich habe keinen Platz, wo ich es aufbewahren könnte.»

«Laß es einlagern.»

«Dafür habe ich kein Geld.»

«Also – in der Stadt gibt es einen Trödelladen. Der alte Mann, der ihn betreibt, spricht von Antiquitäten, aber es ist nur Ramsch. Vielleicht würde er es dir abkaufen. Aber warte!» Sie hielt eine Hand hoch. «Du kannst jetzt noch nichts tun. Vielleicht solltest du es schätzen lassen. Es gehört dir noch nicht. Ach, ich hasse das! Wie jeder aus dem Leben geht und eine Dreckspur hinter sich läßt. Einmal im Jahr werfe ich alles raus, was ich besitze. So werden sie mich nicht kriegen, mit einer Menge sinnloser Sachen, die sie betatschen und zerhacken. Mich nicht!»

Annie stand vor Onkel Gregs Bett. Er döste. Sie hielt den Morgenrock über dem Arm. Blütenblätter der Geranie waren auf das Fensterbrett gefallen. Der Himmel hatte sich mit Schneewolken bezogen. Er würde sterben. Als sie eine Stunde zuvor aus dem alten Haus getreten war, hatte sie gedacht: Ich werde nie mehr hierherkommen. Das hagere Gesicht auf dem Kissen vor ihr, die eingesunkenen Augen und die bleichen Lippen verdeckten jetzt die Züge des unveränderlichen Erwachsenen ihrer Kindheit. Er war immer dagewesen, wenn sie aus der Schule kam. Er war an eisigen Wintertagen immer so früh am Morgen in der Küche gewesen, und in der Milch, die er ihr eingegossen hatte, hatten immer noch weiße Eisstückchen geschwommen. Erwachsene waren in jeder Situation vor einem da. Und jetzt war er anders; jetzt würde er den Rest ihres Lebens abwesend sein. Sie berührte seine Hand, die auf der Decke lag. Es war ihr nicht einmal bewußt, daß sie weinte, bis seine Augen flatterten und sich öffneten. Sie hielt den Morgenrock hoch, damit er ihn mit seinen benommenen Augen sah und um ihr eigenes Gesicht zu verstecken. Sie hatte nur um ihrer selbst willen geweint, dachte sie.

«Das ist er», wisperte er.

Es gab Tage, an denen sie nichts tat, nur morgens Billys scheußliches kleines Zimmer verließ, um eine Zeitung und ein paar Eier und Milch zu kaufen, und den Rest des Tages damit verbrachte, jeden einzelnen Artikel in der *New York Times* oder der *Herald Tribune* zu lesen und aus schierer erbitterter Langeweile einzuschlafen. Aber es gab andere Tage, an denen sie den Eindruck hatte, durch eine dicke, fast undurchdringliche Substanz zu laufen – das waren die Stunden des Tages, die nicht lang genug waren für all das, was sie zu tun hatte.

Der Einstich an ihrem Arm wurde rot und schwoll an, die Pockenimpfung zeitigte Wirkung.

Sie ging zum Büro der Reederei und buchte ihre Überfahrt auf einem Schiff namens *Constellation*, am vierten März, in drei Wochen, nach Southampton. «Es ist nicht gerade ein Fünfsternehotel», hatte der Mann gesagt. «Sie werden praktisch wie in einer Kaserne leben, aber mit Frauen, ganz bestimmt.»

Auf dem Weg zum Pflegeheim machte sie bei dem Antiquitätenladen in Nyack halt. Nachdem sie das Bett beschrieben hatte, hatte der Besitzer nur Spott für sie übrig gehabt. «Ja, doch, die Leute sind wie wild hinter solchen Sachen her», hatte er mit schriller Stimme gesagt, und sie gefragt, um was für eine Art von Mahagoni es sich handelte. Na ja, sie wisse es nicht. Woher wisse sie dann, daß es überhaupt Mahagoni sei? Aber er erklärte sich damit einverstanden, hinzugehen, es anzuschauen und ihr seinen Preis zu nennen. Aber Achtung, erwarten Sie nicht zuviel! Als sie ihn ein paar Tage später wiedersah, sagte er, es gebe da einige andere Dinge, an denen er ebenfalls interessiert sei. Er mußte wie ein Geier durch das Haus geflogen sein. Aber sein Angebot überraschte sie: hundertfünfzig Dollar. Damit würde sie einen Mantel und Handschuhe kaufen können und noch etwas übrigbehalten. Dann sagte er ihr, das Testament werde beglaubigt werden müssen, und das werde Zeit kosten, «nicht zu reden vom tatsächlichen Ableben Ihres Onkels», fügte er hinzu. Wahrscheinlich noch ein Jahr. Sie verhehlte ihre Enttäuschung nicht. Er runzelte die Stirn. «Warten Sie doch um Gottes willen, bis er kalt ist, ja?» Sie protestierte. Er grinste unfreundlich. «Na gut, na gut. Ich setze ein kleines Dokument auf, Sie übertragen mir das Bett. Dann kriegen Sie das Geld. Aber wenn er nicht stirbt, mein Kind, werde ich dafür sorgen, daß ich mein Geld zurückkriege.»

Onkel Gregs Gesicht wurde jeden Tag schmaler, wenn sein Körper auch dicker wurde, seine Füße so sehr anschwollen, daß sie nicht mehr in seine alten Schuhe paßten. Er aß jetzt kaum noch etwas, und das Morphium wirkte nicht immer. An manchen Tagen, wenn sie ihn besuchte, erkannte er sie überhaupt nicht. «Du könntest ebensogut wegbleiben», sagte Helen Sears. «Er kommt jetzt in das Stadium, wo sie keinen mehr kennen.»

«Ich werde wiederkommen», sagte Annie ohne weiteren Kommentar.

Sie hatte an Theda geschrieben, und Theda hatte sofort zurückgeschrieben. Sie las den Brief immer wieder, wie sie einst Max' Briefe gelesen hatte, und strich mit dem Finger über die Wörter, den Namenszug am Ende. Seit langem hatte sie nichts mehr von Max gehört. Nachdem sie ihm geschrieben hatte, daß sie vorhabe, das Land zu verlassen, hatte er nichts mehr von sich hören lassen. Thedas Brief war von ihrer Persönlichkeit erfüllt. Sie schrieb, wie sie redete. Langsam, beim dritten Lesen, wurde Annie klar, daß Theda sie vermißte. Als sie mit den blauen Bögen in der Hand auf Billys Schlafsofa saß, wurde sie auf einmal ruhig. Es war, als hätte sie vergessen, wie es war, ruhig zu sein, still zu sein, den eigenen regelmäßigen Atem zu hören, die entspannte Weichheit ihrer Glieder zu spüren. Theda vermißte sie. Auch ihre erste Aufregung über Thedas Mitteilung, daß Max bald aus dem Militärdienst entlassen werde und sich ganz in der Nähe auf dem anderen Flußufer in Fort Dix, New Jersey, aufhalte und daß Theda ihm Annies Adresse in der Morton Street geschickt habe, wurde durch das außerordentliche Gefühl gemäßigt, das die Herzlichkeit und Frische des Briefes hervorriefen. Fast schlief sie dort ein, aufrecht sitzend, mit nackten Füßen auf dem kalten Boden.

Sie hatte Jersey Lighter angerufen, um ihm von dem Zimmer zu berichten, und Elmira hatte abgenommen und ihr in einer sonderbaren glucksenden Erwachsenen-Babysprache von ihrem kleinen Mädchen erzählt. Annie hatte den Eindruck, daß Elmira nicht die leiseste Ahnung hatte, wer sie war. Vermutlich als Folge dieses Anrufes stand ein, zwei Tage später eines Abends Walter Vogel vor ihrer Tür. Hinter ihm stand ein stämmiges, dunkelhaariges junges Mädchen mit einem Schmollmund wie ein nach Luft schnappender Fisch. Sie traten ein. Das Mädchen starrte Annie unverwandt an; was um Himmels willen hatte Walter ihr über sie erzählt?

Er hatte sich kaum verändert, selbst seine Kleidung sah aus wie immer, Latzhose, Matrosenjacke, blaue Strickmütze. «Das ist Lou», hatte er, mit einem kleinen Lächeln auf den Lippen, gesagt, und mit dem Daumen auf das Mädchen gezeigt. Lou sah auf den Boden. Er war wegen der Scheidungsurkunde gekommen; er und Lou würden heiraten. Kurz bevor er ging, flüsterte er Annie zu: «Sie weiß gar nichts. Ich mußte ihr beibringen, was *Scheiße* heißt!»

Lou hatte kein Wort gesprochen in der halben Stunde, die sie da waren. Nur Annie beobachtet. Und Annie, der alles entsetzlich peinlich gewesen war, hatte sich benommen wie jemand, von dem sie nie gehört, den sie sich nie vorgestellt hatte, hatte sich lebhaft mit Walter über ihren «Plan» unterhalten, ihn angeschrien, wenn er sie nach irgendeiner Einzelheit fragte, und hektisch gelacht beim leisesten Anflug von Kritik. Auch er hatte sie am Ende unverwandt und fragend angesehen. Was war in sie gefahren? Tief beschämt war sie unter die Decke gekrochen; sie hatte sich verflucht und Szenen phantasiert, in denen sie Walter einfach die Urkunde gab und ihm die Tür vor der Nase zuschlug oder dieses idiotische Mädchen vor dem warnte, was auf sie zukam. Also Lou kannte nicht mal das Wort «Scheiße»? O Gott! O Gott! Und wie er Lou einmal angesehen hatte! Nie hatte er *sie* so angesehen. Oder doch? Warum konnte sie nicht sagen, wie dieser Blick eigentlich war? Und doch wußte sie, was er bedeutete.

Dann – es war, als stiege es aus dem Boden auf und würde plötzlich sichtbar – hörte sie ganz deutlich das Lachen ihres Vaters. Sie machte Licht, zog sich an und ging auf die Straße. Auf der Siebten Avenue fand sie einen Drugstore, der die ganze Nacht geöffnet hatte, mit einer Telefonzelle in einem rückwärtigen Raum. Sie mußte über Pappkartons klettern, um hineinzugelangen. Als sie die Nummer der Vermittlung wählte, sah sie auf der Uhr über der Sodamaschine, daß es kurz nach Mitternacht war. In Massachusetts klingelte es eine unendlich lange Zeit. Aber gerade als sie ihre Münzen wieder einstekken und zurückkehren wollte in ihr Zimmer, drang eine Frauenstimme vertraulich und schläfrig an ihr Ohr.

«Ja?»

«Ist Mr. Gianfala da?»

«Wer sind Sie?»

«Seine Tochter.»

Schweigen.

«Er ist betrunken», sagte die Stimme. «Tut mir leid. Zu betrunken, um zu reden, denke ich.»

«Könnte er – ich werde bald nach England abreisen. Ich bin in New York. Ich wollte nur auf Wiedersehen sagen.»

«Ich bin Margo. Es ist sehr spät, wissen Sie. Wir gehen hier früh zu Bett.»

«Aber wenn er auf ist –»

«Kaum. Na gut, ich werd's versuchen. Warten Sie ...»

Sie hörte entferntes Gebrüll, geräuschvoll-wortlosen Protest, dann, so laut, daß sie den Hörer weghalten mußte: «Annie!»

«Tony. Ich rufe an, um dir auf Wiedersehen zu sagen.»

«Ach so ... auf Wiedersehen. Das ist alles, was wir je sagen, wir beide. Wohin geht's diesmal? Also, wohin willst du? Wohin?»

«Ins Ausland. Tony, Onkel Greg liegt im Sterben.»

«Im Sterben ... armer alter Onkel Zuckertomate ... armer alter Teufel. Ich sterbe auch. Wir sterben alle. Außer Margo, natürlich. Margo hat vor, uns alle zu überleben.»

Sie wollte ihn lachen hören, nicht dem flutenden Auf und Ab des Alkohols in seiner Stimme folgen, der seinen Ton so flegelhaft und aufsässig machte, während er sich auf alberne Weise um poetische Effekte bemühte. Aber es fiel ihr nichts ein, was ihn zum Lachen bringen konnte, und sie dachte: Ich werde in das Zimmer zurückkehren, vielleicht kann ich mich dort daran erinnern.

Die Stimme der Vermittlung sagte, drei Minuten seien vorbei, würde sie bitte einen weiteren Vierteldollar einwerfen? Die Hand über der Münze, zögerte sie. Warum nicht aufhängen? Er würde sich nicht einmal daran erinnern, daß sie angerufen hatte. Doch sie warf den Vierteldollar in den Schlitz und hielt den Hörer fest in der Hand, als ob die Kraft ihres Griffs seine Benebelung durchdringen könnte, um der Forderung Nachdruck zu verleihen, daß er sie wiedererkenne.

«Ich habe ein Buch gefunden, daß du mir geschenkt hast», sagte sie. «Es war im Haus, *Mein Königreich ...*»

Er hustete heftig, dann: «‹Es war ein kleiner Schatten ...›»

«Ja, ja», sagte sie eifrig.

«Das ist alles, was ich noch weiß. Annie, kannst du herkommen? Uns besuchen, bevor du abfährst? Deinen dicken kleinen Bruder anschauen?»

«Nein, ich kann nicht. Ich muß die meiste Zeit im Pflegeheim sein. Die anderen Verwandten machen nicht viel. Und in einer Woche geht mein Schiff.»

«Armer kleiner Schatten», sagte er traurig.

«Ich bin kein armer kleiner Schatten», sagte sie protestierend, befeuert und erhoben von ihrer Entrüstung. «Wenn ich drüben bin, werde ich schreiben.»

«Annie? Annie?»

Das Telefon klickte. Die Stimme der Vermittlung meldete sich wieder, und sie sagte: «Auf Wiedersehen.»

Sie streifte die Siebte Avenue entlang, über die Morton Street hinaus, weiter und weiter, vorwärtsgetrieben von einem ganz besonders kalten Wind. Schlagartig war die Straße völlig leer. Sie hatte die bewohnten Viertel hinter sich gelassen und befand sich in einem Gebiet von Lagern und Bürogebäuden und Speichern, dunkel, bedrohlich, ein nächtlicher Friedhof. Viele Meilen nördlich stolperte ihr Vater jetzt wohl in Zimmern herum, die sie nie gesehen hatte, schikanierte eine Frau, die sie nicht kannte. In jenem Haus, wo sie irgendein gewohnheitsmäßiges Drama aufführten, wurde ihr unbekannter Bruder vielleicht von ihren Stimmen geweckt. Sie verfolgte ihre eigenen Fußspuren zurück bis zur Morton Street. Ihre einzige Verpflichtung bestand gegenüber Onkel Greg.

Am folgenden Nachmittag traf sie Mrs. Vernon Fletcher – sie trug Handschuhe und Hut – in Helen Sears' kleinem Büro an. Mrs. Fletcher betrachtete sie mit einem äußerst schlauen Blick, wobei sie die Augen schmal machte und abschätzend die Lippen spitzte. Annie dachte: Das ist ihr Schaugesicht – sie ist dumm wie Bohnenstroh.

«Sie sehen wirklich aus wie Ihre Mutter», sagte die Frau mit einem trockenen kleinen Lachen. Oder war es nur ein Räuspern?

«Es geht bergab mit ihm», sagte Helen Sears.

«Ich bin im Haus gewesen», berichtete Mrs. Fletcher mit triumphierendem Unterton.

«Ist er bei Bewußtsein?» fragte Annie.

«Nur dann und wann, für einzelne Augenblicke», erwiderte Helen Sears.

«Es ist eine Schande, wie er es hat herunterkommen lassen. Diese schönen alten Stücke.»

«Das Schlittenbett gehört mir», sagte Annie scharf und kalt.

«Na, wissen Sie! Ich bin keine von denen, die auf etwas Anspruch erheben, was ihnen nicht zusteht.»

«So sollten wir nicht reden», sagte Annie, weil sie an ihren Besuch beim Antiquitätenhändler dachte, mit welcher Hast sie selbst ihren Gewinn machen wollte, bevor der alte Mann tot war. Auf einmal empfand sie Abscheu vor Mrs. Fletcher, sich selbst, Helen Sears' faltenlos alterndem Altjungferngesicht, und sie sagte: «Obwohl ich nichts Falsches behaupten will. Ich bin zu einem Antiquitätenmann in Nyack gegangen und habe gefragt, ob er das Bett kaufen würde. Am vierten März reise ich nach England ab, und ich wußte einfach nicht, was ich damit machen sollte.» Sie sah entschuldigend Mrs. Fletchers schwarzen Filzhut an.

«Ja, das Bett...», sagte Mrs. Fletcher grüblerisch. «Ich hab mir gleich gedacht, daß das wertvoll ist. Was hat er Ihnen angeboten?»

«Er sagte, er werde sehen. Vielleicht hundertfünfzig Dollar.»

«Na ja, Sie werden es nicht kriegen können, bis das Testament beglaubigt ist, wissen Sie, und bis dahin –» Auf einmal wurde sie von einem brüchigen Lachen geschüttelt. «Aber natürlich, Sie werden dann in frischen grünen Gefilden wandeln!»

Helen Sears nahm einen Bleistift in die Hand, betrachtete ihn eingehend.

«Ich sag Ihnen was», sagte Mrs. Fletcher, die sofort ihre Selbstsicherheit wiedergewann. «Ich gebe Ihnen das Geld. Dann können Sie die ganze Sache mir überlassen. Würde Ihnen das nicht helfen?» Sie wandte sich an Helen.

«In Zeiten wie diesen», sagte sie, «muß man einander einfach helfen.»

Helen Sears erlaubte sich ein kleines, giftiges Lächeln. Sie legte den Bleistift hin. «Nun gut, wenn die Damen das Geschäftliche beendet haben –»

«Kann ich ihn sehen?» fragte Annie.

«Natürlich kannst du ihn sehen.»

Mrs. Fletchers bleicher, dick gepuderter Hals bewegte sich, als sie sich räusperte. «Ich hab ihn gesehen. Ich kann nicht sagen, daß er mich gesehen hat. Es ist eine abscheuliche Krankheit. Ich warte hier auf Sie, Annie. Wir regeln die Sache mit dem Bett nach Ihrem Besuch. Bitte versuchen Sie zu verstehen, daß Vernon und ich uns um all die *Einzelheiten* werden kümmern müssen – verstehen Sie? Unerfreuliche Einzelheiten, die die Jüngeren gern uns Älteren überlassen.»

Im Korridor ging Annie schweigend neben Helen Sears her, die die Hände vor dem Körper verschränkte. «Es ist immer so», sagte sie. «Mit den Angehörigen. Ich bin daran gewöhnt. Du brauchst dich deshalb nicht schlecht zu fühlen. Das Abscheuliche ist nicht die Krankheit. Es sind die Familien.»

«Ich fühle mich schrecklich wegen des Betts. Aber –»

«Nein, nein. Erklär es mir nicht. Du tust, was du tun mußt. Es ist nur natürlich. Mrs. Fletcher ist nicht so schlecht, wie sie sich benimmt. Jedermann hat Angst vor dem Tod.»

Überrascht von so viel Großmut, berührte Annie Helens Arm und sagte danke.

«Ich habe immer noch dieses und jenes menschliche Gefühl», sagte Helen einfach.

Onkel Gregs Augen waren geschlossen. Annie betrachtete ihn lange. Es gab keine subtilen Veränderungen mehr, sondern eher eine Wendung zum Groben. In der

Mitte seines verwüsteten Gesichts ragte der fast fleischlose Nasenrücken auf; der Mund stand offen, die Lippen waren schlaff und mit grauem Schaum bedeckt. Es war, als würde sein Gesicht von einer unsichtbaren Faust geschlagen.

Während der Stunde, die sie an seinem Bett verbrachte, öffnete er ein paarmal die Augen. Schwach lächelte er die Decke an, murmelte etwas, das sie nicht verstand, kehrte zurück in dieses sonderbare Vakuum, das dem Schlaf so ähnlich sah.

Bevor sie wieder nach New York aufbrach, erklärte Mrs. Fletcher, daß sie Vernon in Providence angerufen und ihn angewiesen habe, ihr das Geld für das Bett zu bringen, und daß er losfahren wolle, sobald er es schaffte, die Dinge im Tierhospital zu regeln. Das Wort «Hospital» erinnerte sie an etwas. «Also, wenn man so viele sterbende und tote Tiere gesehen hat wie ich, na ja, wir sind schließlich alle Tiere, nicht, daß ich nicht an eine höhere Macht glaube, verstehen Sie, aber wenn das Leben aufhört, ist es eine Schweinerei, es ist alles eine Schweinerei, wenn Sie mich fragen, allerdings sind Sie noch jung, und das ist die beste Zeit. Wenn man jung ist.»

Einige Tage später traf Vernon ein und händigte Annie einen Umschlag mit hundertfünfzig Dollar aus. Er war ein kleiner, untersetzter Mann mit einem totenbleichen Gesicht, das aussah, als wartete es darauf, daß ein einziger ständiger Ausdruck sich darauf abbildete. Er hatte die Neigung, den Arm seiner Frau zu drücken.

Annie ging zu Macy's und kaufte sich einen schweren beigen Mantel; vage erinnerte er sie an einen anderen Mantel, den sie einmal besessen hatte. Sie hatte noch genug Geld übrig, um wollene Handschuhe und Unterwäsche und einen schwarzen Wollrock zu kaufen. Sie konnte nichts dagegen machen, sie wollte es nicht, aber sie empfand Freude, als sie zusah, wie ihre neuen Kleider eingepackt wurden.

Den Nachmittag des ersten März verbrachte sie im Pflegeheim. Die Fletchers traten ein und gingen wieder; Mrs. Fletcher spitzte die Lippen und schüttelte den Kopf, als sie hinuntersah auf Onkel Greg, Dr. Fletcher war ausdruckslos wie Mehl, ein unbestimmtes Etwas neben dem Bett.

An diesem Tag war der alte Mann in ruheloser Bewegung, er zupfte und riß an der dünnen Krankenhausdecke und murmelte und brummelte unaufhörlich; die träg sich dahinschleppenden Worte wurden vorgebracht im penetranten Ton dessen, der aus Furcht, unterbrochen zu werden, mit verzweifelter Hartnäckigkeit eine Geschichte erzählt. Zweimal kam eine Schwester, um eine Nadel in seinen welken Arm zu stoßen. Zwischen seine geschwollenen Lippen wurde ein Glasröhrchen gesteckt, aber es strömte keine Flüssigkeit hindurch. Die Patienten der Ambulanz spähten hin und wieder durch den Türspalt und gingen dann weiter den Korridor hinunter; Tabletts ratterten, als das frühe Abendessen ausgeteilt wurde; die Blütenblätter der Geranie leuchteten vor dem Fenster, an das von außen die Flocken eines Schneegestöbers schlugen und schmolzen. Es wurde dunkel. Die Zeit verlor ihre Grenzen. Annie entdeckte, daß der laute Atem, dem sie seit einer Weile lauschte, ihr eigener war. Einmal sprach er. «Ich hab schon wieder diesen Schlüssel verloren», sagte er sehr vernehmlich und sank zurück in die Zusammenhanglosigkeit. Helen Sears kam und tippte ihr auf die Schulter. «Du brauchst nicht hierzubleiben», flüsterte sie. «Das kann die ganze Nacht so weitergehen. Es reicht, wenn du morgen früh kommst.»

Am Morgen stellte sie das Auto auf einer dünnen, weichen Schneeschicht in der Zufahrt ab. Helen Sears erwartete sie in ihrem kleinen Büro. Die Fletchers saßen schweigend nebeneinander auf der Couch.

«Er ist tot», sagte Helen. «Er ist um drei Uhr zwanzig gestorben.»

Sie seien keine Juden, sagte Mrs. Fletcher, also werde die Beerdigung im angemessenen Zeitabstand stattfinden, und Annie werde entweder ihre Abreise verschieben müssen oder nicht daran teilnehmen können. Die Wahl war so grausam – sie empfand die Ungerechtigkeit, eine solche Entscheidung treffen zu müssen, jetzt so stark, daß sie den Tod ihres Onkels überschattete. Helen Sears beobachtete sie mit distanziertem Interesse, genauso, wie sie etwa dem Vorwärtskommen eines Insekts gefolgt wäre, das auf seinem Weg auf ein Hindernis trifft.

Unfähig, die Selbstgefälligkeit der Fletchers und Helens Professionalismus dem Tod gegenüber zu ertragen, fuhr Annie zum Friedhof, stellte das Auto in dem kreisförmigen Eingangsbereich ab und ging auf dem frisch gefallenen Schnee den Weg bergauf. Bis zu diesem Morgen hatte sie nicht gewußt, daß ihre Mutter in einer «Familiengrabstätte» begraben war, und als Vernon Fletcher es ihr mit seiner farblosen, ermattenden Stimme gesagt hatte, hatte sie es wie ein Schlag getroffen. Ihre Mutter, dachte sie, als sie zu dem Hügel im Norden ging, war die ganze Zeit hiergewesen.

Sie kam an einem neuen Marmorgrabstein vorbei, vor dem eine lange, rote, mit Schnee gesprenkelte Gladiole lag. Nicht weit davon entfernt, an der nordöstlichen Rundung des Hügels, befand sich eine Gruppe von drei kleinen Grabsteinen. Als sie vor einem davon stand, trat ein Mann in einer abgewetzten karierten Holzfällerjacke aus dem Schatten der Bäume, die an die Nordseite des Friedhofs grenzten. Die Hände tief in den Taschen, kam er auf sie zu und stieß dabei die Spitzen seiner robusten Arbeitsstiefel fest in den Boden.

«Der Boden ist hart», sagte er. «Zu hart. Spüren Sie diesen Wind? Bringt wahrscheinlich noch mehr Schnee. Manchmal müssen wir sie zu dieser Jahreszeit in der Gruft dort drüben aufeinanderstapeln. Na ja, wir werden sehen.»

«Mein Onkel ist gestorben», sagte sie.

«Sie sind seine Nichte? Ja, ich kannte ihn. Eine lange Zeit. Jetzt muß ich das Loch für ihn graben.»

Sie sah auf die Aufschrift des Grabsteins hinunter. *Elizabeth,* las sie. Neben ihr würde Gregory liegen. Dahinter waren die Gräber von Elizabeths und Gregorys Vater und Mutter, ihren Großeltern. Sie schauderte, als der Wind über die kahlen Äste der Bäume fuhr und den weichen Schnee aufwirbelte.

Der Totengräber krümmte die Schultern und ging zurück in die Richtung, aus der er gekommen war. Annie erinnerte sich an das feuchte, kalte Gefühl der Puppe, die sie auf Onkel Gregs Dachboden gefunden hatte. Dann verließ sie eilig den Friedhof. Das hier würde vorbei sein. Dann würde ihr wirkliches Leben beginnen.

«Ich kann bei der Beerdigung nicht dabeisein», sagte sie den Fletchers. «Wenn ich dieses Schiff nicht nehme, werde ich nie mehr genug Geld haben, um abzureisen.»

Dr. Fletcher schien sie nicht gehört zu haben. Vielleicht hörte er nur bellende Hunde und fauchende Katzen. Aber Mrs. Fletcher spitzte die Lippen und schüttelte den Kopf. «Es ist Ihr Gewissen, meine Liebe», sagte sie mit unverhohlenem Frohlocken.

Helen Sears begleitete Annie zum Eingang des Pflegeheims. Sie wappnete sich gegen einen süffisanten Kommentar. Doch Helen Sears sagte: «Sehr viele Leute kommen überhaupt nicht. Es war anständig von dir, ihn diese ganzen Tage zu besuchen. Hätte Gott mich nicht mit dieser Wut gestraft, wäre ich nicht mit dieser alten mörderischen Hexe geschlagen gewesen, wäre ich vielleicht auch einmal irgendwo auf ein Schiff gegangen.»

An diesem Abend packte Annie ihre Koffer. Lange starrte sie den Paß an, der eine Woche zuvor gekommen war und der jetzt ein britisches Visum enthielt. Ihr Paßfoto lächelte sie stupide an. In die Zeile für die «nächsten Angehörigen» hatte sie Thedas Namen und Adresse eingetragen.

«Ich fahre nach England», sagte sie laut. Dann hörte sie – auf so geheimnisvolle Weise, wie vor ein paar Tagen das Lachen ihres Vaters in diesem trostlosen Zimmer ertönt war – ihre eigene Stimme von vor fünf Jahren, die sagte: «Ich fahre nach Kalifornien», und Aufregung, Erwartung und das Gefühl, all den Kräften, die sich gegen diese neue Reise verschworen hatten, einen Strich durch die Rechnung gemacht zu haben, schwanden dahin wie die flüchtige Euphorie von Alkohol und verdünnten sich zu Schwäche. «Zum Teufel!» rief sie aus. Dann sank sie zu Boden und weinte um Onkel Greg.

Der Morgen war hell; der Wind hatte sich gelegt. Sie frühstückte in einem Drugstore und ging nachmittags in ein Kino, wo ein Gangsterfilm lief. Sie hatte sich selbst versprochen, an diesem Abend Theda anzurufen, und sie fühlte sich ruhig und entschlossen und sogar gleichmütig gegenüber dem, was vor ihr lag. Es war, als hätte sie sich selbst einer unpersönlichen Kraft ausgeliefert, die sie durch diese Nacht führen und sie bei der Gangway ihres Schiffes ankommen lassen würde: Morgen früh würde sie das Schiff besteigen.

Ein paar Minuten vor halb neun – um diese Zeit wollte sie zum Drugstore gehen und Theda zu erreichen versuchen – klopfte jemand an die Tür. Sie hatte keine Ahnung, wer es sein könnte. Walter hatte sicher alles bekommen, was er von ihr gewollt hatte! Wieder klopfte es. Sie entriegelte die Tür und öffnete. Davor stand ein Soldat und sah sie an, mit einem Matchbeutel neben sich.

«Annie?»

Sie starrte Max Shore sprachlos an. «Annie», sagte er. Sie umarmten sich. Seine Kappe fiel auf den Boden. Unter dem groben Stoff, der betonten Zuverlässigkeit seiner Uniform, um die sich ihre Arme schlossen, spürte sie die Substanz seiner Knochen, sein Fleisch, seine Wirklichkeit.

Am Ende lockerte er ihren Griff oder vielmehr, er löste sie beide voneinander. Er sah ihr ins Gesicht; er forschte sorgfältig in ihren Zügen. «Die Tür», sagte sie und öffnete beim Sprechen kaum die Lippen, um seine gespannte Inspektion nicht zu unterbrechen, die sie Gewicht und Schmerz ihres eigenen körperlichen Daseins empfinden ließ.

Er wandte sich um, zog den Beutel in das Zimmer und schloß die Tür. Sie gingen zu der Schlafcouch und setzten sich. Er legte den Arm um sie.

«Was hast du heute gemacht?» fragte er nach einem Moment.

«Ich hab einen Film über harte Jungs gesehen», sagte sie.

«Hat er dir gefallen?»

«Ja. Ich will oft so sein, will zu Leuten sagen: ‹Du Ratte!› und sie wie Puppen abknallen – nicht, wie ich bin, immer auf ein kleines Lächeln lauernd, ein Lachen, eine Träne, einen Kuß.» Sie lachte laut. Er lachte mit ihr. «Du magst deine eigenen Witze, oder?» sagte er.

«Ich liebe sie!» rief sie.

«Heute bin ich entlassen worden», sagte er. «Und ich habe einen Flug nach Los Angeles gebucht.»

«Morgen fahre ich nach England.»

«Und gestern?»

«Gestern. Mein Onkel ist gestorben. Die Beerdigung ist übermorgen. Ich werde nicht dasein.»

«Macht es dir viel aus?»

«Nur wegen Äußerlichkeiten. Was die Leute von mir denken werden. Nein. Er ist tot. Ich fand ihn, als ich aus Kalifornien zurückkehrte, er lag hilflos im Bett, das Dach war halb eingestürzt, der Schnee fiel durch die Löcher in der Decke und ist auf ihm geschmolzen. Er lag sicher schon lange im Sterben. Ich denke darüber nach, wie allein er gewesen ist. So lang hatte er nichts Lebendiges um sich, und sein Leben ist ausgelaufen in diesem alten leeren Haus. Er war schon als Kind dort. Ich auch.»

«Laß uns irgendwohin gehen und etwas essen. Ich bin direkt hierhergekommen. Ich hab Hunger.»

Sie schwieg einen Augenblick, lehnte sich vor mit der Hand auf dem Kinn, dem Ellbogen auf dem Knie.

«Du gehst also zurück, zu Eva.»

«Ich gehe zurück», sagte er. «Thomas hat eine schwere Augenkrankheit.»

«Eva hat etwas davon erwähnt.»

«Sie wollte es mir nicht sagen. Am Ende mußte ich den Arzt anrufen. Sie konnte es nicht sagen. Sie leidet unter einer entsetzlichen Gespanntheit ... der Gespanntheit der Hoffnung. Es ist ihr einziger barbarischer Zug – dieses Beharren darauf, daß immer alles gut wird.»

«Was hat er?»

«Es heißt *Retinitis pigmentosa*. Es bedeutet, daß die Netzhaut sich pigmentiert. Irgendwann wird er am Rand des Blickfelds nichts mehr sehen.»

«Man kann es nicht aufhalten?»

«Ich weiß nicht.»

Sie stand auf und zog ihren neuen Mantel an. Er beobachtete sie und bemerkte, wie sehr sie sich verändert hatte und wie sehr sie sich doch gleichgeblieben war; er dachte an jene Eigenschaft, die seine Phantasie zuerst beschäftigt hatte und die ihn nach all den Jahren noch immer gefangennahm: die unabweisbare Kraft ihrer Fremdheit. Vielleicht war sie mit irgendeiner atavistischen Erinnerung verbunden, einem Bild des Lebens vor der Sprache, der mythischen Welt der Frühzeit, bevor er mit anderen verkettet wurde, bevor er die Bindungen entwickelt hatte, die ihn an den bewußten Verlauf von Tagen und Jahren fesselte. Er sah eine Strähne ihres Haars auf dem Kissen neben ihm. Er streckte die Hand danach aus und zog sie dann zurück. Es war alles, nichts; es war zu gefährlich. Sein Körper fürchtete sie, noch während seine Seele sie umarmte.

Sie gingen in ein Delicatessen-Restaurant in der Achten Straße. Sie wollte ihm unbedingt erzählen, warum sie fortging ... «Ich habe mich mein Leben lang so geschämt. Ich hatte diesen Einfall, daß ein anderes Land oder wenigstens Orte, wo ich die Sprache nicht verstehe, alles verändern würden.» Er sagte es nicht, aber er dachte, daß sie dorthin fuhr, wo es jetzt nur noch Scham gab. Auf einmal schlug sie eine neue Richtung ein und fing an, ihm von Dr. Vernon Fletcher zu erzählen.

«Er war so leer», sagte sie aufgebracht. «Nein, ich dachte, er hätte bei Onkel Gregs Tod keine Trauer empfinden sollen. Weil er wie eine wandelnde Leiche aussah! Und er hatte diese morbiden irischen Haare.»

Er lachte und sagte: «Was?»

«Als ob die Haarzellen vor Jahrhunderten abgetreten wären und einen kleinen Vorhang von grauen Schnipselfransen aufgehängt hätten, damit es keiner merkt.»

«Weißt du irgend etwas über Irland? Die Iren?»

Sie runzelte die Stirn. «Nicht viel.» Sie lächelte. «Aber ich kann einiges aus Dr. Fletchers Haaren schließen.»

Er wollte ihr von Europa erzählen, vom Krieg, von dem kleinen Lager – keines, über das geschrieben worden war –, das seine Einheit mitten in einem Dorf in Westdeutschland entdeckt hatte, von den kreisförmig aufgeschichteten Leichen im Zentrum des Geländes, den Dörflern, die die amerikanischen Soldaten mit steinernen Gesichtern durch den Stacheldraht beobachtet hatten. Aber er sagte wenig. Sie würde ein anderes Europa vorfinden, nicht seines, nicht das der Soldaten.

«Gehst du mit mir zu diesem Haus?» fragte sie ihn beim Kaffee. «Am letzten Abend vor der Abreise nach Kalifornien war ich dort. Ich würde gern noch mal dorthin, zu einem kurzen Besuch. Es gibt eine Cafeteria. Wir können den Nachtisch dort essen. Tony sagt, ich gehöre zu den Leuten, die immer ihre eigene Spur zurückverfolgen. Ich denke, das stimmt. Es ist eine lange Fahrt mit der U-Bahn.»

«Wohin du willst», sagte er.

An der Hundertfünfundzwanzigsten Straße stiegen sie aus und gingen vom Broadway bergauf in Richtung Riverside Drive, dann einige Blocks nach Süden. Im Foyer des Wohnheims saßen ein paar gelangweilt aussehende Leute auf Sofas, andere sprachen in kleinen Gruppen miteinander.

«Früher waren es fast nur Ausländer. Aber jetzt sieht jeder amerikanisch aus. Sogar die Inder sind nicht mehr da.»

Er folgte ihr in den Leseraum. Sie bewegte sich schnell und voller Spannung, als ob sie sicher sei, etwas Wertvolles zu finden. Ein Mann saß in einem Sessel in der Ecke und las ein Buch.

Er ging mit ihr zum Fenster.

«Es war Dezember», sagte sie. «Da draußen war ein Mann, fast nackt. Jemand erklärte, daß er eine Schützengrabenneurose hätte, vom Ersten Weltkrieg. Es war ein Ritual, das er immer befolgte. Er muß inzwischen tot sein.»

Sie sah sich zerstreut im Raum um, als ob das, was sie suchte – was immer es war –, sich noch immer hier befinden könnte. Er nahm ihre Hand. Sie führte ihn zum Klavier. «Da war ein Junge, der hereinkam und anfing zu spielen. Er trug einen Anzug, der ihm zu groß war. Er war sehr schüchtern, ich erinnere mich, daß ich das feststellte, verlegen. Was wohl aus ihm geworden ist?»

Er wußte kaum, was er sagte, aber er hielt ihre Hand mit festem Griff.

«Was ist aus dir geworden?» fragte er und sah auf die Tasten des Klaviers hinab.

Er spürte in seiner Hand die Spannung ihrer Finger. Sie starrte unverwandt auf den Klavierhocker, als ob der Junge in dem zu großen Anzug noch immer da sei.

«Es hat mich nach Kalifornien verschlagen», sagte sie. «Nach einer Weile bin ich entkommen.»